LA VOIX DE LA TERRE

Dès l'âge de 16 ans, Bernard Werber écrit des nouvelles, des scénarios, des pièces de théâtre. Après des études de criminologie et de journalisme, il devient journaliste scientifique. À 30 ans, il rencontre un énorme succès avec son premier roman, *Les Fourmis*. Bernard Werber propose un nouveau genre littéraire qu'il nomme « philosophie fiction », mélange de science-fiction, de philosophie et de spiritualité. À travers différents regards exotiques, extérieurs, celui des animaux, mais aussi des arbres, des divinités antiques ou de potentiels extraterrestres, il tente de comprendre la place de l'homme dans l'univers.

Paru dans Le Livre de Poche :

L'ARBRE DES POSSIBLES
BIENVENUE AU PARADIS
L'EMPIRE DES ANGES
LES FOURMIS :
1. Les Fourmis
2. Le Jour des fourmis
3. La Révolution des fourmis
LE LIVRE DU VOYAGE
LE LIVRE SECRET DES FOURMIS
LE MIROIR DE CASSANDRE
NOS AMIS LES HUMAINS
NOUS, LES DIEUX :
1. Nous, les dieux
2. Le Souffle des dieux
3. Le Mystère des dieux
NOUVELLE ENCYCLOPÉDIE DU SAVOIR RELATIF ET ABSOLU
LE PAPILLON DES ÉTOILES
PARADIS SUR MESURE
LE PÈRE DE NOS PÈRES
LE RIRE DU CYCLOPE
LES THANATONAUTES
TROISIÈME HUMANITÉ
1. Troisième humanité
2. Les Micro-Humains
L'ULTIME SECRET

BERNARD WERBER

La Voix de la Terre

Troisième humanité ***

ROMAN

ALBIN MICHEL

ISBN : 978-2-253-08731-1 – 1re publication LGF

Pour la Ligue de l'Imaginaire

AVERTISSEMENT

Cette histoire se déroule dans un temps relatif et non dans un temps absolu.

Elle se passe exactement vingt ans après l'instant où vous ouvrirez ce roman et commencerez à le lire.

ENCYCLOPÉDIE : QUATRIÈME PHASE DE LA MÉTAMORPHOSE : L'ÉMERGENCE

Après le cocon et la chrysalide, la troisième phase du processus de métamorphose du papillon est : l'« émergence de l'être nouveau ». À ce stade de l'évolution, il ne reste plus rien de la chenille d'origine, sombre, poilue et rampante. L'individu s'est transformé en animal léger, aérodynamique, à fines voilures.

Les ailes déployées présentent des couleurs chatoyantes, bleu métallique, orange, jaune, mauve, rouge tacheté de noir et de blanc. Des motifs merveilleux forment des masques psychédéliques, des reflets fluorescents.

Tout, chez cette créature neuve, n'est que beauté, harmonie et légèreté.

À peine sorti de son enveloppe, le papillon déploie ses ailes pour les sécher et s'envole vers le soleil, source de chaleur et de clarté.

Il ira butiner quelques fleurs, mais désormais une seule mission le préoccupe : rentabiliser le peu de temps qu'il lui reste à vivre, afin de rencontrer un partenaire sexuel et se reproduire pour perpétuer l'espèce.

Cependant, le papillon est fasciné par la lumière, et il lui arrive, si le ciel s'assombrit et qu'une bougie soit allumée, de confondre la lueur de l'astre solaire avec celle de la simple flamme.

Alors, irrémédiablement attiré par ce piège sensoriel, le papillon s'embrase.

Toutes les espèces qui font l'expérience du feu ont l'instinct de s'en éloigner, ce réflexe est inscrit dans leurs gènes.

Toutes. Sauf le papillon.

On peut dès lors se demander pourquoi la nature, après avoir inventé un événement aussi subtil et complexe que la métamorphose de la chenille en papillon, a laissé dans sa programmation l'attirance pour l'élément le plus destructeur : le feu.

Edmond Wells,
Encyclopédie du Savoir Relatif et Absolu.

ACTE 1

L'âge de l'astéroïde

Le temps de la solitude

1.

Je suis âgée de quatre milliards cinq cents millions d'années et je me sens encore jeune.
J'ai accompli de nombreuses prouesses durant mon existence.
J'ai fait apparaître la vie sur ma surface, puis je l'ai diversifiée.
J'ai fait surgir, parmi ce foisonnement végétal et animal, l'intelligence.
Mes tout derniers spécimens expérimentaux se nomment eux-mêmes « humains », ce sont de simples parasites que j'ai fait évoluer.
Si on devait les décrire, on dirait que les humains sont des petites bêtes tièdes, à peau fine et à crête de fourrure sur le sommet de la tête. Ils se tiennent en position verticale et font du bruit avec leur bouche. Ils sentent le champignon. Quand on les perce, il sort du jus rouge.
En quelques millions d'années, les humains se sont mis à se reproduire à grande échelle et à grouiller sur ma croûte.
Ils se sont organisés, ont bâti des nids durs de plus en plus larges.

J'ai pensé à les éliminer, puis j'ai choisi au contraire de les aider à progresser.
J'ai même encouragé l'apparition d'individus capables d'un début de conscience, afin qu'un jour ils puissent communiquer avec moi et me servir.
Désormais, je parviens à capter les messages que mes parasites humains se transmettent par ondes sonores.
Ce sont eux qui m'ont nommée :
« Terre ».

2.

— Je ne vous crois pas.

— C'est pourtant vrai, je vous l'assure.

Un temps, puis la voix grave articule :

— La Terre serait donc, selon vous…

— Ce n'est pas « selon moi », monsieur le président. Le fait est malheureusement confirmé par tous les experts. Notre planète est réellement menacée.

— … Un astéroïde ?

— Nous venons de le détecter. Il est apparu depuis quelques minutes à peine sur les écrans de tous les centres astronomiques du monde.

— Et en quoi est-il si inquiétant ?

— Masse et vitesse sont hors du commun. Il mesure vingt-huit kilomètres de long et fonce vers nous à 15 000 kilomètres-heure. Quant à son poids, nous n'avons pas pu le déterminer avec exactitude, mais il s'agirait au minimum d'une centaine de millions de tonnes.

— Mais sa trajectoire ? Êtes-vous sûr qu'il ne passera pas au large, comme d'habitude ?

— Il est pile dans notre axe. Si nous ne trouvons pas rapidement une parade…

Un long silence s'installe, puis le président murmure, le front plissé :

— … Et merde !

3.

Le pouce et l'index effectuent une chiquenaude pour se débarrasser du petit caillou rond et brun qui traîne sur le bureau d'acajou. La main replace ensuite les lunettes sur l'arête du nez et les lèvres articulent :

— Et donc, voici l'instant délicieux que vous attendez tous.

Le professeur David Wells prend son temps, ménage le suspense.

— Je vais vous révéler les trois heureux gagnants de la promotion « Évolution » de cette année.

Les étudiants le dévisagent, à la fois curieux et admiratifs. Tous le connaissent de réputation. David Wells a lui-même été lauréat de ce prix et, grâce à cette victoire, dix ans plus tôt, il a pu donner vie à une nouvelle espèce humaine plus petite, plus féminine, plus solidaire. Il a baptisé ses prototypes « Homo metamorphosis », plus communément nommés Micro-Humains ou Emachs (en prononçant leurs initiales M.H.).

Malgré les années, David Wells reste impressionnant.

C'est un homme d'âge mûr, d'un mètre soixante-dix, au visage juvénile, au large front et à la bouche gourmande. Derrière ses lunettes, son regard semble agité sans cesse par les milliers de pensées qui s'entrechoquent en permanence sous son crâne.

Il toussote dans sa main, comme s'il voulait s'excuser par avance de ne pouvoir récompenser tous les étudiants présents à cette cérémonie.

— Chacun des trois lauréats recevra une enveloppe contenant un chèque de 25 000 euros, ainsi que le trophée *Évolution* qui représente un Tiktaalit. Je rappelle, pour ceux qui l'ignorent encore, que ce poisson (dont le nom est d'origine esquimaude) est le premier être aquatique sorti de l'eau pour marcher sur Terre, il y a 375 millions d'années. Un poisson qui se lance sur le sol ferme est forcément un individu courageux et imaginatif. Qu'il nous serve à tous de symbole pour aller de l'avant, vers des territoires inconnus qui feront évoluer l'espèce, même s'ils sont périlleux.

Les étudiants contemplent avec envie la sculpture en bronze représentant le poisson qui rampe sur ses quatre nageoires pour se hisser hors de l'eau.

— Premier gagnant : Nissim Amzallag, docteur en biologie, pour son projet d'une cité sur la Lune capable d'accueillir et d'héberger mille individus grâce à une technique de recyclage interne de l'air et de l'eau en écosystème totalement autonome.

Un jeune homme brun à lunettes en plastique blanc, vêtu d'un costume blanc, se lève, le sourire modeste, pour recevoir des mains de David Wells la statuette du Tiktaalit et une enveloppe. Il est applaudi par les autres étudiants, puis se place du côté droit de la table.

— Deuxième gagnant : Jean-Claude Dunyach, docteur en chimie, pour son projet d'Empathiazine, la molécule qui provoque la compréhension du point de vue des autres.

Un jeune homme un peu enveloppé, les cheveux bouclés et le visage réjoui, le rejoint sous de nouveaux applaudissements.

— Enfin, notre troisième gagnant est une gagnante : docteur Hypatie Kim, étudiante en archéologie, pour son projet d'étude sur les tentatives de communication des civilisations anciennes avec la Terre, à partir des pyramides utilisées comme émetteurs-récepteurs.

Une jeune femme au visage rond et clair, aux longs cheveux noirs et soyeux, aux yeux bruns en amande, vêtue d'une veste en soie rouge, reçoit elle aussi son trophée sous les applaudissements des cent soixante autres étudiants, déçus de ne pas faire partie du trio sélectionné.

Le professeur David Wells reprend le micro.

— Chers lauréats, mon conseil sera le suivant : utilisez cet argent à bon escient. Je tiens également à vous transmettre la phrase de mon arrière-grand-père Edmond Wells : « Une goutte d'eau peut faire déborder l'océan. » Un seul individu porteur d'une idée originale peut en effet changer toute l'histoire de son espèce.

Dans un brouhaha de commentaires et d'échanges passionnés, lauréats et spectateurs se lèvent. Par petits groupes, ils se dirigent vers la sortie en un défilé houleux.

Aurore Kammerer-Wells, son épouse, vient rejoindre David Wells. Elle est plus grande que lui, ses cheveux courts, son allure, son air décidé en imposent.

— Ils sont nuls.

— Tu es dure.

— Non. Je ne suis pas d'accord avec tes choix, David. Aucun de ces trois projets ne peut aboutir.

— C'est quoi le vrai reproche, Aurore ? J'ai l'impression qu'en ce moment tout ce que je fais t'agace.

— Ces trois-là sont trois ratés. Je reconnais que le niveau général des propositions était très médiocre cette année. À notre époque, souviens-toi, il y avait de vraies idées originales d'avenir, pas ces inepties.

Il continue de s'habiller, hausse les épaules.

— On ne peut pas toujours fonctionner en se disant que « c'était mieux avant », Aurore. Ce n'est pas à toi que je vais l'apprendre.

— Si tu crois que je n'ai pas remarqué que l'archéologue asiatique était en mode séduction… Et toi, tu as précisément cautionné son projet débile : utiliser les pyramides pour parler à notre planète !

Il inspire profondément, secoue la tête.

— Je n'ai rien remarqué de tel.

— Je crois que ces temps-ci tu ne remarques pas grand-chose, mon pauvre David. Pour un homme vantant l'évolution du monde, je te trouve plutôt stagnant dans les marécages du passé et l'aveuglement du présent.

Il veut lancer une repartie, mais renonce, considérant que le mieux reste encore de se taire. Il claque un baiser distrait sur la joue d'Aurore et tourne les talons.

Les couloirs de l'université sont à nouveau silencieux.

Alors qu'il sort et marche dans l'avenue, il a l'impression qu'une silhouette le suit. Il l'observe dans le reflet d'une vitrine et reconnaît l'étudiante coréenne. Il hésite, s'apprête à faire demi-tour pour lui parler, mais rentre finalement chez lui où il sait que sa femme va bientôt le rejoindre.

4. ENCYCLOPÉDIE : SCIENCE ET SENTIMENTS

Un biologiste doit avoir une femme et une maîtresse. Il dit à sa femme qu'il est avec sa maîtresse, à sa maîtresse qu'il est avec sa femme. Ainsi, il peut effectuer ses recherches scientifiques, enfin tranquille dans son laboratoire.

Ajout de Charles Wells à l'œuvre d'Edmond Wells,
Encyclopédie du Savoir Relatif et Absolu.

5.

Comment se fait-il que je puisse percevoir et décrypter les ondes sonores qui transmettent le langage des humains ?
Les fleurs communiquent par grains de pollen poussés par les vents.
Les poissons communiquent par ondes aquatiques.
Les insectes communiquent par odeurs.

Les oiseaux dialoguent en modulant chants et pépiements.
Tous ces êtres ne se disent pas grand-chose d'intéressant, en général :
« Ça vous dirait de vous unir à moi pour procréer ? »
« J'ai trouvé un endroit où il y a de la nourriture, cela vous intéresserait-il de m'aider à l'attraper et à la transporter, nous la partagerions ensuite ? »
« Alerte ! Un prédateur approche ! dispersons-nous vite ! »
« Hors d'ici ! Vous êtes un étranger sur mon territoire ! »
« Cette femelle est pour moi, n'essaie pas de me la prendre ou il va t'en cuire ! »
Sexe, Nourriture et Peur sont les thèmes récurrents et limités des êtres qui bavardent sur ma surface.
Seuls les humains sont parvenus à un langage réellement nuancé et construit leur permettant d'exprimer des pensées tournées vers bien d'autres sujets.
J'ai écouté leurs voix en utilisant mes antennes naturelles, mes « poils sensibles », les arbres.
Les arbres détectent toutes les activités vibratoires. Chaque feuille est non seulement un minirécepteur de lumière, mais capte aussi toutes les autres formes de rayonnement et d'ondes. Ensuite la sève sert de transmetteur jusqu'aux racines plongées dans ma chair.
C'est ainsi que les communications humaines me parviennent par les nombreuses forêts qui recouvrent ma surface.
Au début ce n'était que du bruit.
Puis c'est devenu de la musique.
Bientôt muée en paroles intelligibles.

Avec un peu de patience, j'ai fini par décrypter tous les codes de leurs langages.
Les humains ne se rendent pas compte de la chance qu'ils ont d'avoir une telle infinité de mots différents pour communiquer.
Leur langage est rempli de subtilités.
Vraiment, de tout ce que m'ont apporté mes parasites humains, le plus impressionnant est l'immense palette de leur vocabulaire.
Elle m'a permis de découvrir la complexité de ma propre pensée.
Grâce à eux je me suis aperçue que j'avais ce qu'ils nomment des « sentiments » : joie, tristesse, solitude, nostalgie, mélancolie, mais aussi affection, admiration, doute, colère.
Et pour les exprimer, après les mots sont venues les phrases. Ces juxtapositions de mots enchaînés comme des perles pour former des entités différentes.
Avant les hommes, je n'avais pas compris l'intérêt de développer une pensée linéaire.
Je n'avais ni intention ni projet, je constatais simplement ce qui était, sans la moindre perspective dans le temps.
Le plus troublant est peut-être que, les humains m'ayant appris à penser, je me suis mise à penser comme eux.

6.

New York. Une brume opaline étend sa dentelle entre les gratte-ciel de Manhattan, en forme de cristaux.

Les avenues sont bloquées par les embouteillages et, soudain, la neige tombe en fins, puis épais flocons scintillants.

Les voitures ralentissent encore.

Les phares éclairent cette manne argentée qui saupoudre l'asphalte, alors que des nuages de vapeurs grises sortent des bouches d'aération, telles des bouches de l'enfer.

Des foules compactes marchent sur les trottoirs pour s'engouffrer dans les bouches de métro, ou continuent de progresser, uniquement arrêtées par les feux rouges, avant de reprendre leur course dès que ceux-ci passent au vert.

Les enseignes des restaurants clignotent. Des sirènes de police et d'ambulance résonnent au loin.

Des camionnettes, aux sigles des chaînes de télévision, se regroupent autour d'un bâtiment, celui de l'ONU, le lieu où se décide tout ce qui est important pour l'humanité. La tour de trente-neuf étages dominant l'East River réfléchit le ciel cracheur de flocons.

Les journalistes jaillissent de leurs véhicules et accourent depuis qu'ils ont appris qu'une séance d'urgence avait été annoncée.

À l'intérieur, ambassadeurs et chefs d'État des deux cents nations terriennes sont réunis dans la salle de l'Assemblée générale aux couleurs bleu, vert et or.

Tous les yeux sont fixés sur l'estrade où le président de l'ONU, Stanislas Drouin, le visage fermé, les épaules raidies dans une attitude martiale, lance :

— … un énorme astéroïde géocroiseur vient d'être détecté par tous les télescopes et radiotélescopes du monde. Pour être plus précis, il mesure vingt-huit kilomètres de long, possède une forme d'Y et fonce dans notre direction à 15 000 kilomètres-heure. Si nous ne l'interceptons pas, le choc avec la Terre devrait se produire dans exactement douze jours.

Le président Drouin s'efforce de rester calme, mais sa nervosité est évidente. Au-dessus de lui, le blason rond de la carte du monde surmonté de deux branches de laurier l'inspire.

— Pour l'instant, annonce-t-il, les astronomes l'ont baptisé : « Théia 13 », en référence à Théia 1, le premier astéroïde massif qui a ravagé la Terre, ainsi qu'aux douze autres objets célestes précédemment répertoriés et qui ont mis en danger notre planète.

Un long silence prolonge cette phrase.

— Et que se passerait-il si nous n'arrivions pas à intercepter cette menace ? demande le président des Maldives, conscient que ses îles sans relief sont susceptibles d'être les premières englouties.

Stanislas Drouin inspire profondément et rajuste sa cravate bleue.

— Les experts m'ont donné un mémo pour exposer la situation. Je vais essayer de vous la présenter de la manière la plus synthétique possible. Donc… pour vous donner un ordre d'idées : en 2002, un astéroïde de dix mètres a pénétré dans l'atmosphère terrestre, il est tombé dans l'océan et n'a pas fait de victimes. Il a cependant dégagé l'énergie d'une bombe correspondant à vingt fois celle d'Hiroshima.

Une rumeur parcourt l'assistance. Le président de l'ONU poursuit :

— Selon les calculs des scientifiques, un astéroïde de cinquante mètres détruirait entièrement Paris et sa banlieue, générant quinze millions de morts. Un astéroïde de deux cent cinquante mètres détruirait la France.

— Et pour Théia 13 ? insiste le président des Maldives dont la voix trahit l'inquiétude.

Le président Drouin, imperturbable, donne lecture de ses notes.

— Il y a 252 millions d'années, un astéroïde de onze kilomètres a frappé le nord de l'Australie. Il a provoqué un immense cratère et, bien au-delà de ce continent, a provoqué l'extinction de 70 % des espèces vivantes sur toute la surface de la planète. Il a fallu 30 millions d'années pour reconstituer une biodiversité aussi riche qu'avant le choc. Cet astéroïde de onze kilomètres, en percutant l'Australie, a en fait généré la quatrième grande extinction planétaire.

Un murmure de commentaires se répand dans la salle.

— Mais Théia 13 ? lance le président des Maldives de plus en plus inquiet.

Le président Drouin ne lève pas le nez de ses notes. Il poursuit :

— Il y a 65 millions d'années un astéroïde de seize kilomètres a frappé la surface de la Terre, au niveau du Mexique, région de Chicxulub, et ce fut la cinquième extinction de masse, celle qui a entraîné la disparition des dinosaures, et laissé la Terre dans l'obscurité pendant plusieurs mois. Cette fois 80 % des espèces ont disparu.

— Mais Théia 13 ? s'exclame le président des Maldives en se levant de son siège.

— Théia 13… Si j'ai bien compris, mesdames et messieurs, et selon les premières estimations des experts, sa taille (vingt-huit kilomètres) et sa vitesse très élevée (15 000 kilomètres-heure), hum… simple question de balistique, augurent rien de moins que la sixième extinction de masse, annihilant 90 % de la vie à la surface de notre planète.

Cette fois les exclamations fusent de toutes parts, le chiffre court, ahurissant :

— 90 % de morts… !

— Peut-être plus, surenchérit le président Drouin avec un soupir d'impuissance.

La reine Emma 109, représentante de la nouvelle nation des Micro-Humains vivant sur l'île de Flores, dans l'archipel des Açores, demande la parole, alors que le président Drouin tente de calmer la salle avec des « s'il vous plaît, mesdames et messieurs, je vous en prie… ».

La monarque emach est portée par un huissier jusqu'au pupitre. Sa voix aigrelette résonne aussitôt. Le président frappe du maillet pour imposer le silence.

— Pas de panique, cette fois, ce n'est pas pareil, affirme la reine. Contrairement aux quatrième et cinquième extinctions, nous pouvons agir.

— Comment ? s'écrie le président des Maldives en plein émoi.

— De manière très scientifique : notre système de défense anti-astéroïde baptisé SPM (pour Sauver Planète Mère) est parfaitement opérationnel. Nous, les Micro-Humains, avons déjà assumé ce genre d'opération de protection de la planète contre les astéroïdes et nous réussirons encore. Vous nous avez fait confiance dans le passé, tout s'est bien déroulé, vous pouvez nous faire confiance dans le présent et le futur.

— Si par l'expression « notre système de défense est opérationnel » vous faites référence à la mission Lymphocyte 12 effectuée sur Théia 12 l'année dernière, je tiens à rappeler qu'il s'agissait d'un astéroïde dix fois moins volumineux et trois fois moins rapide que celui-ci, intervient le président russe, Vladimir Pavlov, qui semble connaître parfaitement son sujet.

— Théia 12 a été une démonstration de notre maîtrise de cette technologie spatiale de pointe. Nous avons pu ainsi prouver notre capacité à envoyer une fusée, à faire sortir un équipage qui dépose et déclenche une bombe nucléaire efficace sur l'objet à détruire. À ce jour, de l'astéroïde Théia 12, il ne reste que des miettes interstellaires, et je vous garantis que nous sommes capables de réduire à l'état de poussières cet astéroïde Théia 13, et ce, même s'il est plus volumineux et rapide que le précédent, cher président Pavlov.

À nouveau, ambassadeurs et chefs d'État s'excitent, et Stanislas Drouin est obligé de jouer de son maillet d'ivoire pour apaiser sa prestigieuse assistance.

— S'il vous plaît, mesdames et messieurs, je crois que la reine Emma 109 n'a pas terminé de s'exprimer. Nous l'écoutons.

— Merci, président. Je reconnais que ce genre de mission est très délicat. Il s'avère que nous avons également un problème technique. Notre vieux radiotélescope est tombé en panne et il nous faudrait de manière urgente un nouvel appareil pour préparer et coordonner cette mission dans des conditions optimales. Considérons que ce radiotélescope serait comme un viseur de fusil…

— Vous n'avez plus de radiotélescope efficace ! ? l'interrompt le président des Maldives. Et vous pensez qu'à cause de cette lacune la mission de destruction pourrait être compromise ?

La reine micro-humaine prend un ton rassurant :

— Nous les Emachs voulons bien mettre tous nos moyens et notre expérience des missions spatiales à la disposition de la collectivité humaine, cependant, si vous voulez une garantie de sécurité maximale, il faudra que vous nous aidiez davantage. Nous sommes tous conscients que c'est une urgence, n'est-ce pas ?

Le président Drouin fronce les sourcils. Le président chinois Tchang exprime tout haut ce que ses voisins pensent tout bas :

— Serait-ce une menace déguisée, reine Emma ? Prendriez-vous l'humanité en otage ?

La minuscule femme s'approche un peu plus du micro.

— Nous signalons seulement que nous aurions besoin d'un outil plus perfectionné pour améliorer le service de protection spatiale qui bénéficie à tous. Dans l'intérêt général de notre espèce. Après cinq extinctions de masse…, je pense que l'enjeu est suffisamment important pour que nous nous donnions le maximum de chances de réussite.

Le président iranien Jaffar se lève et déclare :

— Vous, les Micro-Humains, n'avez aucun droit d'exiger quoi que ce soit. Vous n'êtes qu'une sous-espèce sortie d'un laboratoire, il ne manquerait plus que vous osiez nous donner des leçons de…

Le son est coupé afin que nul n'entende la fin de la phrase.

— Désolé, président Jaffar, si vous voulez vous exprimer, il faudra demander la parole, ne serait-ce que par un geste de la main, précise le président Drouin avec diplomatie.

— Dans ce cas, moi, je réclame la parole !

C'est Natalia Ovitz qui s'est exprimée. Cette femme remarquable, à la fois naine et militaire, a elle aussi progressé dans sa carrière et, après avoir été simple directrice d'une cellule de missions spéciales liée à la présidence de la République française, elle est devenue ambassadrice de France à l'ONU.

— Nous possédons, à Toulouse, un radiotélescope géant de dernière génération et nous cherchions justement un emplacement sans pollution visuelle et proche de l'équateur pour l'utiliser. Nous pouvons l'installer aux Açores au titre de l'intérêt général. Il suffira aux Emachs de brancher leurs petits ordinateurs sur le gros ordinateur de contrôle pour le piloter sans difficulté sur leurs écrans. En revanche, il est énorme et il nous manque un avion suffisamment volumineux pour le transporter de Toulouse à Microland.

Le président russe lève la main.

— Nous sommes prêts à répondre à cette requête. Nous avons un avion de type Albatros. Il peut transporter des charges lourdes et encombrantes. Il a été conçu pour le déplacement de pièces d'avion ou de fusée. C'est l'engin volant le plus gros de toute l'histoire de l'aviation.

Stanislas Drouin frappe d'un coup sec sur son pupitre.

— Parfait. Notre sort est désormais entre vos mains, reine Emma 109, ambassadeur Ovitz et président Pavlov. Mais pour ma part, je suis complètement rassuré, et je crois que nous pouvons (afin d'éviter la panique) communiquer à nos populations respectives la bonne nouvelle : la situation est parfaitement sous contrôle, il n'y a rien à craindre.

Un à un, tous se calment, se rassoient, regrettent la véhémence de leur inquiétude. Les visages crispés se détendent. Certains plaisantent, se moquent même de leur peur.

Pour faire diversion, le président Drouin s'empresse d'évoquer les sujets courants à l'ordre du jour : la pollution de la mer Baltique, la fonte des glaces du pôle Nord, la disparition des abeilles, le contrôle de la chasse à la baleine au Japon, le terrorisme au Moyen-Orient, ou les nouvelles provocations du jeune dictateur nord-coréen. Et chacun des représentants des États de s'empresser d'oublier la giclée d'adrénaline provoquée par l'évocation de Théia 13.

Les prises de bec habituelles occupent bientôt l'espace sonore. La routine.

7.

Depuis quelque temps, je me fais du souci à propos de mes humains.

Même s'ils sont intelligents, ils évoluent vite mais pas forcément dans la bonne direction.

Ils sont comme des fourmis qui grouillent sur ma surface mais, à la différence des fourmis (qui étaient là plus de 113 millions d'années avant eux), ils sont plus gros, plus lourds, plus destructeurs, plus pollueurs, et pour tout dire : moins respectueux à mon égard.
Ils réfléchissent certes, mais uniquement pour leur confort immédiat, ils ne perçoivent pas les conséquences de leurs actes dans l'espace et le temps.
Reconnaissons cependant qu'ils ont réussi là où je les attendais, depuis peu ils se sont avérés capables de me défendre contre l'attaque de mes pires prédateurs, les astéroïdes venus des confins de l'espace.
J'avais peur des astéroïdes, je voulais la sécurité, je l'ai donc obtenue grâce à leurs fameuses missions SPM (Sauver Planète Mère).
Mes parasites me protègent des dangers extérieurs.
Mais que se passe-t-il ?
C'est bizarre, j'ai l'impression qu'un message m'est adressé personnellement.
Mes antennes-arbres frétillent à la réception de cette étrange onde nouvelle.
Ce n'est pas une communication bien nette, on la dirait venue de loin, et pas produite par les humains de ma surface.
Qu'est-ce que cela peut bien être ?

8.

ALERTE ASTÉROÏDE – Après l'annonce de l'arrivée imminente de l'astéroïde géocroiseur massif Théia 13, le président Drouin a rassuré tout le monde en signalant que la situation était entièrement sous contrôle, et que les ingénieurs emachs allaient envoyer rapidement une de leurs fusées interceptrices de protection pour se débarrasser de ce petit problème. « Il n'y a rien à craindre et aucun risque pour quiconque », a insisté le président de l'ONU. Le premier émoi passé, le calme est revenu.

FOOTBALL – Le deuxième événement le plus marquant de la journée est sans aucun doute le match comptant pour le championnat du monde de football, entre la France et la Moldavie, qui va se dérouler à Athènes. Le capitaine de l'équipe de France Jovanovic s'est dit confiant malgré la blessure de son avant-centre Kouassi Kouassi. Cependant, les joueurs français devront se méfier d'une équipe moldave motivée qui a tout à gagner à prendre des risques et notamment l'ailier droit Gazinski, vedette de son équipe. Donc méfiance.

INTERNATIONAL – Explosion d'un véhicule bourré d'explosifs devant une mosquée sunnite à Bagdad, à l'heure d'affluence pour la prière. On compte une cinquantaine de morts et une centaine de blessés. L'attentat, revendiqué par un groupuscule chiite baptisé « Justice et Liberté », semble être une vengeance, après l'incendie trois jours plus tôt d'une mosquée chiite attribué à un commando sunnite, et qui avait fait une vingtaine de morts. Tous les soupçons se portent vers l'Iran, actuellement le principal soutien logistique et financier de ce groupe terroriste chiite, alors que l'Arabie Saoudite soutient désormais ouvertement les groupes terroristes sunnites en Irak.

TECHNOLOGIE – Le professeur Francis Frydman a présenté depuis son laboratoire français son dernier prototype de robot androïde de type Asimov 004. Il s'agit d'un nouveau modèle possédant une « conscience de soi » beaucoup plus développée, grâce à l'accès aux trois instances de la psyché : 1) Le « Moi », 2) le « Surmoi » et 3) le « Ça ». Cependant le scientifique français bute contre un obstacle. Ainsi équipés de plus de profondeur d'esprit, les androïdes connaîtraient des « états d'âme » personnels. Ils auraient notamment la hantise de mourir.

ASTRONAUTIQUE – Nouveau coup dur pour le projet « Papillon des Étoiles 2 » visant, je vous le rappelle, à embarquer dans un vaisseau spatial de type « Arche de Noé » cent quarante-quatre mille passagers humains (plus des souches de végétaux et d'animaux terriens) afin de rejoindre une nouvelle terre en dehors du système solaire. Ce vaisseau à propulsion photonique a connu depuis dix ans une multitude d'avaries, d'accidents et de sabotages. Cette fois, le milliardaire canadien Sylvain Timsit (que tout le monde nomme désormais « Monsieur Pas-de-Chance-de-l'Espace ») légitime encore son surnom puisqu'il doit affronter la grève générale de ses ouvriers. Il semblerait que le mouvement soit parti d'une rumeur lancée par l'un d'eux et prétendant que le projet allait s'arrêter et qu'ils seraient tous licenciés.

GÉRONTOLOGIE – Le record de longévité humaine a été battu par Mme Fabienne Foulon. Elle entre ainsi dans *Le Livre Guinness des records* comme la doyenne des humains. Elle vient de fêter aujourd'hui sa… 151e année, au Centre de gérontologie de Genève, dirigé par le docteur Gérard Saldmain.

Nous retrouvons sur place notre reporter, Georges Charras, qui va pouvoir interviewer notre doyenne.

— Comment avez-vous réussi à vivre si longtemps, madame Foulon ?

— Je dois ma longévité aux traitements de pointe dont m'a fait bénéficier le docteur Gérard Saldmain. Je suis consciente que c'est grâce à ma greffe de pancréas de porc, à mon foie régénéré aux cellules souches de fœtus et à mon cœur soutenu par un pacemaker électronique de dernière génération que j'ai pu tenir aussi longtemps. L'appareil greffé derrière mon oreille me permet d'entendre, mais je porte quand même des lunettes !... Ha ! Ha !... J'espère ainsi donner de l'espoir à tous les humains : il y a une vie après cent ans, et même après cent cinquante ans...

— Et en dehors de la médecine, quels sont vos secrets de longévité, madame Foulon ?

— Eh bien... quatre choses. Tout d'abord : le rire. Je me suis toujours moquée de tout. Absolument de tout. Par exemple j'ai mis ma maison en viager et je viens d'apprendre que le type qui l'avait prise en espérant ma mort prochaine (un type dans les assurances vie !) vient de mourir. Deuxièmement, l'absence totale de sport. À mon avis l'exercice physique ne fait qu'user et abîmer les articulations. En trois, je dirais les brocolis. J'ai toujours mangé beaucoup de brocolis, en soupe, en purée ou en infusion. Ils contiennent du sélénium et c'est excellent pour le cerveau. Quant au quatrième, c'est peut-être le plus important. Mon grand secret est l'absence de travail. Étant née dans une famille d'aristocrates aisée, je n'ai absolument jamais travaillé, je n'ai eu pour seul souci que de diriger les femmes de ménage, les jardiniers et les serviteurs qui travaillaient pour moi. Ma devise a toujours été : « Si tu veux que quelque chose soit bien fait, fais-le faire par quelqu'un d'autre qui s'y connaît mieux que toi. » Ce qui tombe bien parce que je ne m'y connais en rien…

— Il paraît que vous fumez et que vous buvez, madame Foulon ? Ce qui contredit toutes les directives médicales.

— C'est vrai, je ne me suis jamais privée de ces deux soutiens : un petit verre de bordeaux rouge le soir au coucher (ça aide à dormir) et une petite cigarette (avec filtre quand même) au réveil, ça aide à sortir du lit. Comme disait Serge Gainsbourg : « L'alcool conserve les fruits, la fumée conserve les viandes. »

DÉMOGRAPHIE – Le CDM, Centre de Démographie Mondiale, a présenté son nouveau bilan annuel : au dernier recensement, l'humanité compte 10 milliards d'individus, répartis en 200 nations.

L'être humain dans sa globalité est devenu plus grand. La moyenne est passée de 1,75 mètre à 1,77 mètre. Le peuple terrien est plus masculin, puisque désormais 58 % des humains sont des hommes et 42 % des femmes. La durée de vie moyenne a augmenté de 86 à 87 ans pour les hommes et de 89 à 91 ans pour les femmes. En revanche, le QI général a baissé de 3 % en dix ans. L'une des raisons pourrait être que l'usage généralisé des ordinateurs et smartphones ne nous oblige plus à développer ni attention ni mémoire. Peu de gens parviennent aujourd'hui à faire du calcul mental.

Enfin, pour compléter cette analyse : selon une étude récente, l'augmentation du nombre d'humains et leur consommation exponentielle devraient épuiser les réserves de matières premières, d'eau et d'air d'ici à trente ans.

MÉTÉO – Pluies, orages et forts risques de vents violents, voire de tempêtes, sont au programme. Sortez couverts.

9.

La main éteint d'un coup la chaîne d'informations.

— Assez de terreur pour la soirée, dit Aurore Kammerer-Wells. Passons plutôt aux réjouissances. J'ai une bonne et une mauvaise nouvelle.

Elle se lève, rapporte un poulet rôti bien doré au milieu de pommes de terre rissolées baignant dans de la graisse chaude, des rondelles d'oignon et des clous de girofle.

— La bonne, c'est que nous allons nous régaler.

Ses triplés, Ishtar, Quetzalcoatl et Osiris, ont dix ans. À peine servis, ils dévorent goulûment la volaille avec leurs fourchettes et leurs doigts.

— Et la mauvaise ? demande David.

— C'est que je ne suis pas sûre qu'il y en ait assez pour tout le monde.

— Dis, Papa, c'est vrai que les derniers descendants des dinosaures sont les poulets ? demande Ishtar la bouche pleine.

— Eh bien, c'est-à-dire… en fait… ce n'est pas faux… les oiseaux sont les lointains descendants des dinosaures. D'ailleurs cela se voit aux pattes. Les poulets ont une peau identique à celle des reptiles.

— Donc la nature a fait le choix de les rendre plus petits… et à sang chaud ?

— La Terre modifie les espèces afin que celles-ci la gênent le moins possible. Les dinosaures, trop lourds et trop destructeurs, se sont transformés après la dernière extinction animale en poulets picoreurs de vers.

— Mais les lézards aussi sont des petits dinosaures, rappelle Osiris.

— On peut imaginer que les lézards, étant une espèce parallèle, de taille infime, ne gênaient pas la nature. Alors elle n'a pas eu à les faire réduire, à modifier leur système de régulation thermique ou à les éliminer.

— Donc Ishtar a raison, nous mangeons du descendant de dinosaure ?

— Avec du ketchup c'est meilleur.

Les enfants se taquinent en se jetant des boulettes de pain censées représenter des astéroïdes.

— C'est dangereux cette menace de Théia 13 de vingt-huit kilomètres de long ? demande Osiris pour montrer que lui aussi a des préoccupations scientifiques.

David Wells avale une bouchée, puis hoche la tête.

— Je connais bien la reine Emma 109 et j'ai confiance. C'est une femme de parole et d'expérience. Elle saura parfaitement gérer l'événement. Il n'y a pas le moindre risque.

— Moi, ce qui m'inquiète, ce ne sont pas les astéroïdes, c'est la prolifération exponentielle de mes congénères, annonce Ishtar la bouche pleine. Ils ont quand même signalé que nous sommes passés en une dizaine d'années à peine de sept à dix milliards d'individus. Donc, c'est mathématique, s'il n'y a pas de contrôle des naissances nous deviendrons forcément trop nombreux. Et nous finirons par nous entre-tuer rien que pour pouvoir manger.

Elle avale une pomme de terre rôtie.

— Arrête de dire des bêtises, Ish, réplique son frère Quetzalcoatl. Tu sais bien que les néo-écolos proposent pour stabiliser la masse humaine d'avoir deux enfants maximum par famille, et nous sommes déjà trois frères et sœur. Si on les écoute il y a déjà l'un d'entre nous en trop.

— Eh bien, dans ce cas, il faudra se débarrasser de toi, dit Osiris, narquois.

— Ce serait plutôt toi, t'es moche et fainéant, Osi.

— Non, toi, t'es bête et t'es méchant.

— Ah ! la prochaine génération, soupire Aurore. Par moments, je regrette de vous avoir fait naître.

L'effet est immédiat. Tous trois s'immobilisent, interdits. Devant la réaction de ses enfants, Aurore s'empresse de préciser :

— Je plaisantais voyons, je vous adore.

Les triplés ne semblent cependant pas goûter l'humour décalé de leur mère.

— Maman vous a dit qu'elle blaguait, intervient David. Et puis, ne vous inquiétez pas, quoi qu'en disent les néo-écolos, il n'y aura jamais de contrôle des naissances, affirme-t-il pour calmer le jeu.

— Et pourquoi tu crois ça, Papa ? demande la jeune Ishtar.

— Parce que chacun considère que faire des enfants, autant qu'on veut, est le droit inaliénable et primordial de tous les êtres humains.

— Et si nous sommes trop nombreux, on fera quoi pour nourrir tous ces gens ?

— On augmentera la production de nourriture.

— Oui, mais nous épuiserons les sols, dit le garçon roux. La qualité s'en ressentira.

— Mais non, s'oppose Quetzalcoatl, tout poussera en hydroponique, sans terre, juste dans un bain nutritif.

— Beurk, rien n'aura plus de goût !

— Les chimistes auront travaillé à ça. On ajoutera des vitamines et des arômes artificiels. La science répare les dégâts de la science.

— Elle a raison, la terre n'est pas indispensable à la croissance des végétaux, reconnaît David.

— Mais l'eau et les produits nutritifs viennent de la terre, reprend la fillette. On ne peut pas fabriquer de la nourriture à partir de rien. On ne peut pas inventer « l'eau artificielle »...

Les parents écoutent, un peu étonnés, leurs enfants de dix ans qui débattent de leur avenir.

— Moi, j'ai l'impression qu'en ne votant pas une loi sur le contrôle mondial des naissances, nous sommes en train de fabriquer un monde étouffant, poursuit Ishtar sur un ton plus grave pour impressionner ses deux frères.

— Parce que tu n'as pas confiance dans la capacité de l'homme à toujours trouver des solutions originales, répond Quetzalcoatl.

David sert à nouveau tout le monde en pommes de terre.

— En tout cas aujourd'hui, il y aura suffisamment de nourriture pour la famille. Les enfants, tendez vos assiettes…

David Wells semble plongé dans ses pensées, il mange distraitement.

— À quoi penses-tu, chéri ?

— Je me disais que ces enfants ont déjà, malgré leur âge, des opinions très matures. La 201e nation, c'est la génération future. Ils devraient être représentés officiellement.

— Un « représentant des bébés » à l'ONU ?

— Chez les Amérindiens, au cours des assemblées des chefs en pow-wow, ils prenaient les décisions en réfléchissant aux conséquences sur les sept générations à venir. Nous n'avons pas que des devoirs envers la planète, nous avons aussi des devoirs envers tous les humains qui vont hériter de ce monde que nous leur laissons. N'est-ce pas toi qui m'as dit : « Si on doit choisir entre rendre des comptes à nos parents ou à nos enfants, et que les deux sont inconciliables, il vaut mieux investir sur les seconds » ?

— Je disais ça parce que je n'avais pas encore accouché… maintenant c'est différent, je sais que dans la prochaine génération il n'y a que… des enfants gâtés, ingrats et prétentieux.

En entendant la phrase de leur mère, les triplés émettent des bruits d'animaux.

— Ah ! elle promet la prochaine génération, même pas de second degré !

Ils s'esclaffent en chœur.

Seule Aurore affiche un air sérieux, puis troublé.

— Arrête de faire la tête, Maman, qu'est-ce que tu as ? demande Osiris.

— Ishtar n'a pas tort. Si on continue sur cette lancée, nous laisserons une planète invivable à nos enfants. La nourriture va finir par manquer, et le monde entier s'entre-tuera. J'ai expérimenté cela sur des rats en cage. Plus ils étaient nombreux dans la même cage et plus ils devenaient féroces, puis cannibales.

— Et qu'est-ce que tu proposes pour empêcher ça, Maman ?

— Dévier le troupeau aveugle qui fonce vers les abysses.

Soudain son visage semble se métamorphoser. Sa main serre le torchon comme si elle souhaitait étrangler quelqu'un. Elle relève sa mèche et fixe son mari avec dureté.

— Nous pouvons agir.

— Nous ? demande Ishtar, intriguée.

Mais sa mère ne s'adresse plus à elle.

— Allez vous coucher les enfants, c'est l'heure.

Étonnés de ce brusque changement, les triplés préfèrent obtempérer.

— Dites bonsoir à Papa, embrassez-moi et on continuera cette conversation demain.

— Bonne nuit, les enfants ! lance leur père.

— Bonne nuit, Papa.

Les enfants embrassent à tour de rôle leurs parents, puis partent dans leurs chambres.

Aurore débarrasse la table, avant de s'asseoir face à son mari, la mine dure.

— Ça ne va pas, David. Ça ne va plus. Je ne supporte plus du tout cette vie.

— Voilà autre chose.

— Depuis dix ans, nous menons une existence de retraités. La réussite nous a anesthésiés. Les honneurs nous ont enlevé toute envie de révolte. Les enfants nous ont transformés en gestionnaires d'argent, de temps, de nourriture, de vacances. Nous n'accomplissons plus rien d'intéressant.

Aurore serre plus fort le torchon, ses pupilles s'étrécissent.

— Il y a dix ans, David, l'actualité c'était toi et moi qui la faisions. Aujourd'hui nous la subissons comme un spectacle. Devant les catastrophes et les scandales, nous bâillons, nous finissons par nous endormir sur le canapé comme deux petits vieux.

— Je ne comprends pas où tu veux en venir.

— L'aventure, c'est foncer dans les ténèbres pour éclairer l'avenir. Ce n'est pas… s'installer dans une salle de classe pour distribuer des chèques à des gosses de bourgeois.

— Et c'est toi qui m'en fais le reproche ? Je te signale que nous avons arrêté d'être des aventuriers quand les triplés sont arrivés. Ça me semble une bonne raison, non ? Nous devions bien nous occuper d'eux…

Il saisit une grappe de raisin dans la corbeille et gobe les grains un par un.

— Ne sois pas de mauvaise foi, David, tu utilises les enfants comme prétexte à ton manque d'initiative. En dix ans, tu as bien changé, tu sais. Tu as un petit ventre rond et tu as pris au moins dix kilos. Un par an.

Imperceptiblement, il se redresse et rentre le ventre, mais échoue à garder longtemps cette attitude inconfortable. Elle le pointe de l'épluche-légume.

— Que sommes-nous devenus, David ? Je te le demande, là, maintenant.

— Nous ne pouvons pas renoncer à nos responsabilités pour faire n'importe quoi, nous avons le devoir d'éduquer nos enfants.

— Les éduquer ? Tu plaisantes ? Ils passent déjà leur temps devant la télévision ou sur leurs smartphones à regarder des vidéos ou des jeux défoulatoires. Là, au moment où je te parle, je suis certaine qu'ils sont tous les trois sur leurs tablettes en train de jouer. Pourquoi ne pas tenter de leur donner le goût de lire des livres tant que tu y es ?

David ne relève pas le sarcasme.

— C'est pareil chez tous les gens normaux de notre époque.

— Eh bien, c'est peut-être ce que je te reproche, David. Je crois que la vie « normale de notre époque » m'exaspère. Pendant qu'Emma 109 lance des fusées protectrices pour notre planète, que Drouin préside l'ONU, que faisons-nous de vraiment utile, toi et moi ?

Il la regarde fixement, sans trouver d'argument valable, si ce n'est :

— Nous sélectionnons les meilleurs étudiants de la promotion « Évolution » de la Sorbonne qui œuvrent pour le futur.

— … C'est-à-dire ceux qui vont faire le boulot de visionnaire à notre place ? ironise-t-elle.

Elle se penche vers son mari.

— Regarde-toi, David, tu n'es plus que le fantôme de toi-même. Est-ce là l'homme qui en pleine épidémie de grippe a foncé chercher sa mère pour la sauver ? Est-ce là l'homme qui a inventé les Micro-Humains en revivant en transe une de ses vies passées ?

Elle le pointe à nouveau de l'épluchoir.

— Je te préviens, David, je n'envisage pas mon futur personnel sous forme de pièce de musée. J'ai quarante ans et, si j'ai bien compris, avec Saldmain on devrait pouvoir vivre plus de cent cinquante ans. Alors je ne me vois pas m'avachir pendant cent dix ans dans ce divan et te regarder boire ta bière, grossir, et tenter de plaisanter en regardant le monde qui se convulse aux actualités télévisées.

Il se redresse brusquement, fait front.

— C'est quoi le vrai reproche, c'est quoi le vrai problème, chérie ?

— Ne m'appelle pas chérie. Le problème, c'est que je m'ennuie, David.

— Eh bien, nous trouverons des distractions. Nous pourrions aller à Disneyland ou partir en voyage en Espagne ou en Italie.

— Notre famille aussi est comme une mini-société. Elle n'a que trois choix : évoluer, stagner ou mourir. Et si tu ne fais rien, ce n'est pas la civilisation de l'Atlantide qui va disparaître mais notre couple.

— C'est une menace ?

Elle lui tourne le dos, le regard ostensiblement tourné vers la fenêtre.

— J'ai vu mon psy. Il diagnostique un début de dépression.

— Ce n'est qu'un psy. Il gagne de l'argent sur le malheur des autres.

Elle inspire profondément, se retourne vers David.

— Ne nous voilons pas la face. Nous deux ça a marché mais ça ne marche plus du tout. Je veux changer de vie, David. Je veux défaire notre couple.

— Nous séparer ? Comme ça ? Sur un coup de tête ? Tout ficher en l'air ? Et les enfants ?

— Ne me sors pas cet argument de lâche. Je préfère ne pas leur offrir le spectacle des parents en train de se déchirer parce qu'ils n'ont plus rien en commun. Je t'ai vraiment beaucoup aimé… au début, David. Tu m'impressionnais, je t'admirais. Tu connais l'adage : trois mois on s'aime, trois ans on se dispute, trente ans on se supporte. Je ne suis pas prête à faire les trente ans.

— Tu ne te rends pas compte de ce que tu dis.

— Dix ans avec toi, ça m'a déjà semblé très long. Je crois que le quotidien nous a usés, David. Il est temps pour toi de partir et de me laisser seule avec les enfants. Crois-moi, c'est le mieux pour nous tous.

David, totalement sonné, ne trouve aucun mot. Aurore vient l'embrasser sur la bouche, tout d'abord un petit baiser léger, puis un long baiser appuyé.

— C'est le dernier. Crois-moi, nous serons beaucoup mieux séparés qu'en restant ensemble. Un jour, tu me diras merci d'avoir eu le courage de prendre cette décision nécessaire.

Il a envie de se révolter mais quelque chose en lui le retient, un sentiment profond.

Elle ne m'aime plus.

Il cherche désespérement une attitude, une parole, une défense, mais il reste paralysé.

Ce n'est pas un hasard si tout a explosé aujourd'hui. C'est le jour de notre rencontre. Depuis longtemps, elle a accumulé des griefs et tout remonte d'un coup.

Il se sent tout petit.

— Nous séparer ? Comme ça ? répète-t-il, abasourdi.

— Oui, comme ça.

— Tout de suite ?

— Attendre ne ferait que repousser l'inévitable.

— Mais Aurore…

— Il suffit de prendre conscience que notre couple est une impasse, voilà tout. Je l'ai compris avant toi, gagnons du temps, pars. Pars tout de suite.

Elle lui passe la main dans les cheveux, comme une mère explique à son enfant qu'il est l'heure d'aller à l'école. Elle étire un sourire crispé puis, avec une émotion mal contenue :

— N'attendons plus. Nous avons compris toi et moi que tout était désormais fini.

Il serre le poing et la mâchoire.

— Qui a compris ça ? Toi ! Seulement toi !

— Je veux t'aider, David. C'est mieux pour nous deux. Tu as ta propre évolution à poursuivre alors que tu es en train de stagner. Allez, chenille, évolue, transforme-toi en papillon, envole-toi vers la lumière. Bien d'autres fleurs t'attendent.

Il lutte contre lui-même, contre les images qui l'assaillent, il se voit saisir Aurore par les cheveux et la jeter dehors en criant : « Eh bien si quelqu'un doit partir, ce ne sera pas moi ! »

Mais sa bouche s'ouvre et rien ne vient, aucun son ne sort. Son poing se détend. Sa mâchoire se relâche. Il hausse les épaules.

Ainsi tout peut s'arrêter, comme ça, sans résistance, sans raison, sans amour.

Il lâche un soupir, dans sa tête résonne la courte phrase :

Papillon envole-toi...

10. ENCYCLOPÉDIE : NON-VIOLENCE

Proverbe chinois : « Ce n'est que lorsqu'un moustique atterrit sur tes testicules, que tu es amené à réaliser qu'il y a toujours un moyen de résoudre les problèmes sans utiliser la violence. »

Edmond Wells,
Encyclopédie du Savoir Relatif et Absolu, Tome XI.

11.

Le moustique est écrasé d'un geste vif de la main.

Au moment où la passagère de l'avion pulvérise l'insecte, elle se dit :

Je ne savais pas qu'il pouvait y avoir des moustiques à l'intérieur des avions.

Elle observe l'insecte écrasé dans le creux de sa main, la tête mélangée aux pattes et aux ailes comme pour former une sculpture moderne, et se dit que ce moustique est un tricheur et un fainéant qui a voulu voler plus vite sans se fatiguer sur de grandes distances.

Tu aurais mieux fait de traverser l'océan avec tes propres ailes.

Elle veut évacuer le cadavre avec l'ongle, mais il reste collé à sa paume.

L'hôtesse de l'air la rejoint en brandissant un plateau-repas qu'elle dépose sur sa tablette.

— Si je puis me permettre, vous avez vraiment été formidable, Majesté, déclare-t-elle en lui servant une boisson à base de thé vert.

— Merci, mademoiselle, répond-elle en essuyant la bouillie de moustique sur la serviette en papier.

— Vous croyez vraiment que cet astéroïde géant qui fonce sur nous pourra être arrêté facilement ?

L'hôtesse hoche la tête, admirative.

La reine Emma 109 contemple par le hublot la prairie de nuages blancs sur laquelle l'avion glisse gracieusement.

Elle a toujours un peu mal au dos quand elle reste trop longtemps dans la même position au fond de son siège, notamment au bas des reins.

Elle songe que l'évolution de l'humain n'est pas achevée dans sa forme globale, puisque le dos n'est pas complètement adapté à la position verticale et que, à partir d'un certain âge, tous les humains souffrent des lombaires, les coussinets intervertébraux écrasant les nerfs, notamment le sciatique.

Et il reste ce ridicule bout de queue inutile, le coccyx, la part d'animalité ou de primate qui demeure en l'homme sous forme de trois os à moitié soudés.

Nous, les Micro-Humains, avons hérité de la forme transitoire de l'humain : son dos pas complètement adapté à la position bipède, sa queue dorsale pas complètement disparue, sa mâchoire aux molaires inutiles, censées servir à mâcher les racines. Même les cheveux sont une fourrure qui, à mon avis, est amenée à disparaître pour aboutir à un corps lisse sans le moindre duvet. Ainsi, le front ne devrait plus être limité par une barrière de cheveux.

Elle pense aussi à la parole. Elle a toujours eu l'impression que les humains avaient hérité du mélange de tous les cris de douleur et de joie de leurs ancêtres.

La tessiture vocale est restée le véhicule privilégié de l'émotion. Elle est la mémoire vibrante de tous ceux qui en le précédant, ont permis l'émergence de l'homme actuel.

Cette idée l'amuse.

Mais moi je n'ai pas d'ancêtres, alors ma voix est complètement neutre, sans trace des souffrances ou du plaisir de mes aïeux. Voilà pourquoi j'ai autant de mal à convaincre ceux qui m'écoutent, je manque de la capacité à transmettre l'émotion.

Je suis une « apprentie humaine » même pour la prononciation de leurs mots.

Elle revoit la scène à l'assemblée plénière de l'ONU, qu'elle a vécue la veille.

Le président des Maldives est toujours le plus réactif. Il est obligé d'être plus engagé que les autres car il sait que ses îles situées au niveau de la mer peuvent être submergées au moindre pépin. Il sera le premier à payer le prix fort. Lui, il avait une élocution convaincante, mais les autres ne sont ni inquiets ni solidaires.

Ils pensent que si la mort frappe d'autres congénères, cela fera des concurrents en moins.

En fait, par nature, les humains n'aiment pas les autres humains, et ils aiment encore moins les Micro-Humains, mais je vais tout faire pour que cela change. Nous ne leur faisons déjà plus peur, ils ont parfois confiance en nous, bientôt nous saurons nous rendre indispensables.

Elle sort le carnet qui lui sert à rédiger son ouvrage *L'Humanité suivante* et note les réflexions que lui a inspirées l'évolution de l'Homo sapiens au sujet de sa position bipède et de son dos mal adapté à cette mutation récente.

Étant de taille réduite, les Emachs pèsent moins lourd sur leurs lombaires et jouissent de cet avantage : être moins sujets aux sciatiques et aux rhumatismes.

Emma 109 essaie de se souvenir des livres de paléontologie des Grands, elle esquisse un dessin et inscrit au bas, face à la datation : 7 millions d'années : premier préhumain connu à ce jour, l'« Australopithèque ».

Elle dessine un tronc d'arbre qui se maintient dans la colonne « Afrique ».

Puis à – 2,8 millions d'années, le tronc d'arbre s'élargit mais reste dans la colonne Afrique et elle inscrit : « Homo habilis. »

À – 2 millions d'années, le tronc s'élargit encore, déborde sur la colonne Europe et sur la colonne Asie, et elle note : « Homo erectus. »

Et l'arbre de l'espèce humaine continue de monter dans le temps et l'espace.

À – 200 000 ans, le tronc se divise, selon ses souvenirs, en trois branches distinctes. Sur la branche de gauche, en Europe, elle note : « Homo neanderthalensis » (plus grand, plus costaud, front plus étroit).

Sur la branche de droite, en Asie : « Homo floresiensis » (plus petit, plus adroit).

Et sur la branche du centre, en Afrique, elle ajoute : « Homo sapiens » (taille moyenne, front large).

Enfin arrive une période où les deux grosses branches, en Europe et en Asie, le Neandertal et le Flores, disparaissent, peu avant l'an – 30 000.

Ces deux autres espèces humaines ont mystérieusement disparu probablement du fait des caprices de la météo ou des volcans.

Prise d'un scrupule, la reine Emma 109 efface la partie supérieure de ce premier tableau officiel et en établit un autre. Après Homo erectus, elle ajoute la découverte de son ami David Wells.

Territoire : Atlantide, nom d'espèce : « Homo gigantis. »

Si je me souviens bien de ce que m'avait dit David, l'Homo gigantis donne lui-même naissance à une sous-branche d'humains minuscules par rapport à eux. Des êtres complètement artificiels nés dans les laboratoires des Géants Atlantes : la Deuxième Humanité. Ce sont eux qui se seraient eux-mêmes affublés bien plus tard du nom : « Homo sapiens. »

Toujours est-il que les petits Homo sapiens prolifèrent ensuite sur tous les continents quasi simultanément et excluent tous les autres concurrents qui auraient pu exister (primates ou autres préhumains inconnus).

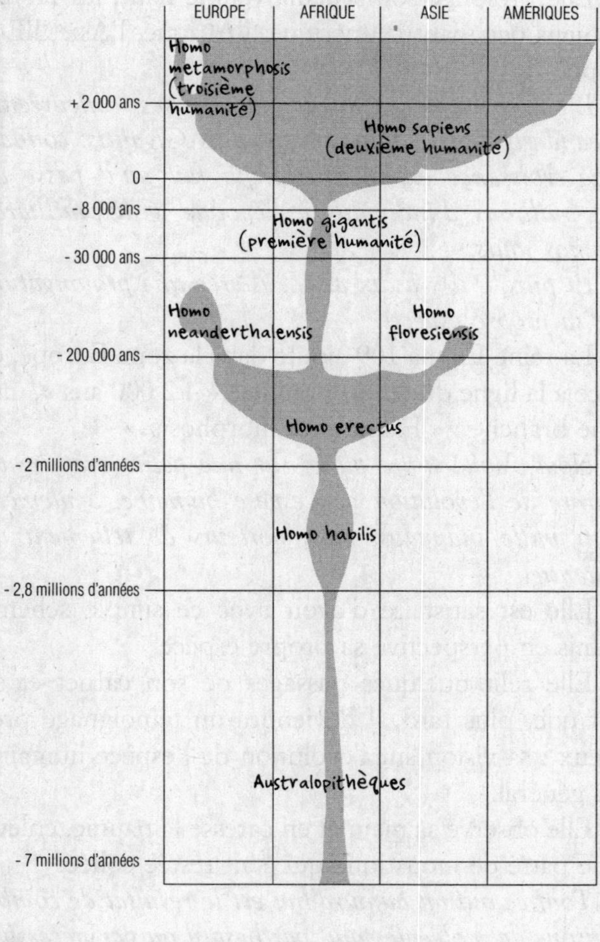

Quant à l'Homo gigantis, à l'origine de ce nouvel humain envahisseur, il est chassé il y a huit mille ans par ses propres créatures sur tous les continents et il cherche refuge sur l'île de l'Atlantide où il disparaît.

Elle prolonge son schéma vers le haut, les Homo sapiens occupant l'Amérique, l'Afrique, l'Asie, l'Europe.

L'Homo sapiens, ayant détruit ses concurrents Neanderthalensis, Floresiensis, puis Gigantis, connaît une croissance exponentielle qui fait qu'il passe de dix millions d'individus à l'époque à dix milliards de nos jours.

Et puis… il y a dix ans… il crée une prolongation de sa propre espèce.

La reine Emma 109 ajoute dans la zone Europe, et face à la ligne du temps nommée « +2 000 ans », une fine branche : « Homo metamorphosis. »

Nous. Voilà notre place, sur une petite branche de l'arbre de l'évolution de l'espèce humaine. Seulement cent mille individus, mais porteurs de tellement de potentiel.

Elle est satisfaite d'avoir avec ce simple schéma remis en perspective sa propre espèce.

Elle relit quelques passages de son carnet et se dit que, plus tard, il deviendra un témoignage précieux : sa vision sur l'évolution de l'espèce humaine en général.

Elle observe sa main et en caresse la paume, enlève une patte de moustique qui était restée collée.

Tout ce qui vit aujourd'hui est le résultat de combinaisons de molécules qui, par hasard ou par nécessité, se sont mélangées pour arriver, 4,5 milliards d'années plus tard, à… moi. J'ai tellement de chance d'exister et de pouvoir agir ici et maintenant. Cela me donne des devoirs. Je dois influer sur le monde pour le rendre plus adapté aux défis du futur. Sinon, à quoi aurait servi que je naisse ?

Elle soulève la cloche qui protège son plateau et découvre les plats spécifiques de la nouvelle gastronomie microlandaise : algues sauce curry, tofu, légumes et champignons.

Elle regarde longuement son schéma, ajoute des croquis représentant le physique probable du Neandertal, du Flores, ainsi que du premier sapiens.

— Tout va bien, Majesté ? demande l'hôtesse de l'air en lui tendant une friandise à base de pâte d'amande au miel.

Elle accepte l'aliment énergétique et demande un café en même temps.

Déjà l'hôtesse a déguerpi pour respecter la tranquillité de sa prestigieuse passagère.

Par le hublot, Emma 109 distingue enfin l'archipel des Açores qui se profile au loin.

L'avion royal atterrit tout en douceur sur le tarmac du nouvel aéroport microlandais. L'engin s'immobilise et l'escalier se déploie.

Aussitôt, une foule de congénères l'acclame. Elle descend lentement les marches de l'escalier, avec un discret salut de la main.

La reine des Micro-Humains a treize ans, ce qui correspond à cent trente ans chez les humains. Malgré ses formes arrondies et son âge avancé, elle est très dynamique et très aimée de son peuple. Avec sa démarche un peu penchée en avant, elle ressemble à un Churchill miniature.

Une silhouette beaucoup plus svelte, vêtue d'une robe en satin mauve, la rejoint.

— Voyez, Majesté, comme ils vous aiment, émet la papesse Emma 666 en désignant la foule d'un geste large.

La papesse a le même âge qu'elle, cependant, autant la reine est devenue ronde et joviale, autant sa comparse est devenue mince et sèche.

La spiritualité fait maigrir, songe-t-elle en l'embrassant.

— Écoutez-les vous acclamer, Majesté. Ils vous ont vue et entendue lors du discours à l'ONU et tous vous ont trouvée formidable.

— Et toi, 666, comment m'as-tu trouvée ?

Si la papesse la vouvoie par respect, la reine pour sa part préfère la tutoyer par amitié. Elles continuent donc de dialoguer sur ce mode décalé, où l'une maintient la distance et l'autre la supprime.

— Je crois que tous les ambassadeurs et chefs d'État grands ont été surpris par votre assurance, Majesté.

— Je n'ai fait qu'exprimer la vérité : nous voulons nous intégrer à la communauté globale des humains, rien de plus, rien de moins.

Les deux dirigeantes emachs rejoignent une limousine, réplique, jusque dans le moindre détail, d'une Rolls Royce décapotable « Phantom » des années 1980 en modèle réduit.

Le chauffeur et le garde du corps s'installent à l'avant. La Rolls se dirige tranquillement vers le centre-ville.

La reine Emma 109 ayant toujours été fan des objets « visant l'excellence », elle apprécie le confort de la copie miniature de la voiture anglaise.

— Moi je ne les aime pas, déclare Emma 666.

— Qui ?

— … Les Grands.

La reine toussote dans sa main.

— Ah ?… Moi je les aime bien.

— Au moins, nous sommes toutes les deux d'accord sur l'idée que pour l'instant il faut les utiliser, Majesté, précise l'autre.

La Rolls Royce s'enfonce dans la capitale microlandaise. Elles voient défiler les faubourgs bourgeois de Micropolis. Les badauds reconnaissent la limousine royale.

— Vive la reine ! Vive 109 !

Cette dernière répond par un geste protecteur.

— J'ai quelque chose à vous montrer, Majesté, intervient la papesse.

Elle fait signe au chauffeur de se diriger vers la cathédrale.

Le bâtiment sacré a la forme d'une rose. Sur la base de la fleur, dans le béton vert de la tige, sont gravés à droite le paradis et à gauche l'enfer. Au centre, des êtres semblent se débattre dans les affres du doute.

À l'intérieur, les vitraux du premier niveau représentent la naissance de l'Univers à partir de l'œuf originel. De la coquille fracassée jaillit un nuage d'étoiles et de planètes. Les travées ne sont occupées que par une dizaine de croyants. Ils se signent dès qu'ils reconnaissent les deux illustres arrivantes. Au-dessus de l'autel, la sculpture géante d'un œuf à demi brisé laisse apparaître un corps de femme nue, en marbre rouge, censé représenter Emma 001, la première Micro-Humaine à partir de laquelle s'est developpée leur espèce.

Emma 666 guide son invitée vers la droite et ouvre une porte cadenassée qui donne sur un escalier abrupt.

La papesse la guide dans les caves du temple, aux racines de la rose de béton. Elles descendent des escaliers monumentaux pour rejoindre une vaste salle protégée par des voûtes de pierre.

Là, Emma 666 a réuni sur des milliers d'étagères des livres en papier véritable. Des moinesses manipulent avec des engins élévateurs les lourds et précieux volumes.

— Tu as fait de nouvelles acquisitions ?

— Vous ne pouvez imaginer la somme d'efforts et d'argent qui ont été nécessaires pour réunir toutes ces raretés.

Sur les étagères, les livres sont rangés par année de publication.

— Des livres de papier et de carton… Bientôt les Grands n'en auront plus, nous seuls en posséderons encore, insiste la papesse avec fierté.

Elle guide la reine vers une salle où trône un ouvrage intitulé : *Encyclopédie du Savoir Relatif et Absolu*.

— Tu as trouvé la version papier ?

— Une édition à compte d'auteur, produite par Edmond Wells lui-même. Il en a fabriqué une vingtaine de chaque volume. Et en voilà un.

La reine exprime son admiration devant la performance.

Emma 666 ouvre une page au hasard et lit en articulant lentement : « Toutes les civilisations connaissent une naissance, une maturité, puis une vieillesse et une disparition. »

Emma 109, amusée par le jeu, fait de même, et ouvre une page pour lire une phrase au hasard.

— « Pour comprendre un système, il faut s'en extraire. »

— « L'espèce humaine avance avec trois pas en avant puis deux pas en arrière, puis à nouveau trois pas en avant. Mais au final elle avance. » Et celle-ci que j'aime beaucoup…

Elle lui montre le chapitre « Coopération, réciprocité, pardon ».

— C'est basé sur l'observation d'un jeu informatique reproduisant virtuellement la société, et qui explique que la meilleure manière de fonctionner avec les autres c'est 1) de leur proposer la coopération, 2) s'ils déçoivent ou trahissent, c'est la réciprocité. Et une fois que la réciprocité est achevée, il faut oublier pour pouvoir continuer à travailler ensemble et c'est 3) le pardon.

— Je crois me souvenir de ce passage passionnant.

— Les Grands ont trouvé les réponses à beaucoup de questions, je dois le reconnaître, mais le problème est qu'ils oublient les solutions. « Coopération-réciprocité-pardon » est une trouvaille extraordinaire, qui permet de savoir comment être le plus efficace dans le long terme.

Les deux femmes aiment se retrouver pour découvrir et comparer leurs connaissances avec celles des Grands.

— Moi aussi j'ai voulu écrire un livre à la manière des humains, c'est plutôt un essai. Cela s'appelle pour l'instant *L'Humanité suivante*. C'est exaspérant d'écrire, c'est une activité tellement solitaire.

— Je suis une mystique, donc rester seule devant un livre à lire ou à écrire pendant des heures ne m'effraie pas…

La reine observe sa compagne, toujours plus maigre, qui, d'un geste très féminin, discipline une mèche de cheveux.

— Moi aussi, j'ai quelque chose à te montrer. Suis-moi, 666.

12.

Qu'est-ce que ce message ?
Il devient de plus en plus clair au fur et à mesure que sa source semble se rapprocher.
Ça y est, je commence à le percevoir distinctement.
C'est incroyable ! C'est vraiment une communication qui m'est destinée personnellement, et qui ne vient pas de moi, mais de l'extérieur.
Un signal en provenance de… l'espace.
Mais qu'est-ce que cela peut bien vouloir dire ?

13.

— Regarde où tu mets les pieds !

L'homme qui lui a parlé est un clochard. Il a un geste menaçant, marche difficilement, titube pour s'effondrer lui-même dans la rigole où il s'endort aussitôt. David Wells n'y prête guère attention et marche seul dans la rue, avec sa valise roulante contenant tout ce qui lui est nécessaire : son ordinateur portable, une dizaine de slips, une dizaine de chaussettes, une dizaine de chemises, une dizaine de pantalons, une paire de chaussures de sport, une paire de lunettes de soleil, une casquette, un nécessaire de toilette, un exemplaire de l'*Encyclopédie du Savoir Relatif et Absolu* de son arrière-grand-père en version papier.

Il marche et se sent, peu à peu, prêt à devenir

comme ce clochard gisant. Il détourne la tête, pour ne plus voir ce futur possible qui l'effraie tellement. Après la rupture surprise avec Aurore, il ne sait où aller.

Il se met à pleuvoir. La pluie se transforme en grêle qui lui fouette le visage.

« Le papillon doit s'envoler vers la lumière ? »

Il voit un néon qui clignote : « Hôtel Icare ». Il hésite, puis, considérant que le symbole de cet homme qui se dirigeait vers la clarté solaire et vit ses ailes fondre avant de chuter n'a rien de réconfortant, il préfère se détourner pour rejoindre le boulevard Saint-Michel (héros pourfendeur de dragons). Il voit d'autres hôtels aux noms moins symboliques. Quelque chose le retient de pénétrer dans les halls d'entrée, comme s'il avait peur d'être reconnu et que les gens sachent comment il a été chassé de chez lui par sa propre femme, au prétexte qu'elle s'ennuie avec lui. Il continue d'arpenter les trottoirs parisiens dans la nuit hostile. La fine grêle se transforme en gros grêlons.

Son esprit se détourne de ses problèmes personnels, il songe que chaque année la météo est de plus en plus détraquée.

Probablement à cause de la pollution humaine et de la fonte des glaces du pôle Nord.

Il décide finalement d'aller passer la nuit dans son bureau de la Sorbonne, où se trouve un canapé-lit.

Il compose le code de la porte principale de l'université et se dirige vers la section « Évolution ». Sur le chemin, dans les longs couloirs du département, il croise les différents portraits des pères de la discipline évolutionniste, de Démocrite à son père Charles Wells en passant par Aristote, Giordano Bruno, Buffon,

Jean-Baptiste de Lamarck, Charles Darwin, Gregor Mendel.

Lourd héritage de ces ancêtres qui ont essayé de comprendre qui nous sommes, d'où nous venons et où nous allons.

Il rejoint son bureau, ouvre la porte avec sa clef personnelle. Le lieu lui semble suffisamment spacieux pour abriter sa première nuit de crise familiale. Il se brosse les dents au lavabo des toilettes et augmente la chaleur du radiateur. Le toit résonne du crépitement des grêlons, il est content d'avoir trouvé un abri pour la nuit, là où il ne devra pas affronter les reproches de sa compagne, l'incompréhension de ses enfants ou la pitié de ses congénères.

Au-delà de la séparation, il prend soudain conscience qu'il n'a plus accompli de réelles recherches scientifiques depuis dix ans. Sur le mur, il a dessiné lui-même un défilé de l'évolution qui va du primate à l'Homo sapiens, puis qui redescend d'un coup aux Emachs.

Il voit sur la droite ses propres expériences. Après sa réussite sur les Micro-Humains, il avait voulu inventer les « Nano-Humains », prolongation de sa première réussite, petits humains non plus de 17 centimètres mais de 1,7 centimètre. Il avait travaillé pendant trois ans sur ce projet de réduction, mais cela n'avait rien donné, et il avait abandonné les recherches.

C'est la limite de ma capacité d'innovation. Mon talent s'arrête là. J'ai déjà accompli l'œuvre de ma vie, je ne fais plus que gérer le temps avant ma mort.

Il voit les petits œufs stériles qu'il n'est jamais parvenu à transformer en minuscules êtres humains vivants.

Aurore a raison, j'ai échoué et je ne m'en aperçois même pas, parce que je suis englué dans un confort familial et professionnel. Le titre honorifique de directeur de la section « Évolution » m'a encore plus anesthésié. Ma réussite passée m'empêche de triompher dans le présent.

Désormais je dois changer de peau, car je vis un échec de scientifique, un échec de mari, un échec de père, un échec d'homme.

Il regarde son ventre qui désormais forme une bedaine lui dissimulant ses propres pieds.

Il observe une photo de la dernière promotion « Évolution ».

Aurore a peut-être raison là encore, il est possible que je me sois trompé de gagnants.

Je suis arrivé au bout d'un système qui a marché mais qui ne marche plus, je dois accomplir ma « métamorphose ».

Il pousse un soupir, se sent vieux, seul et inutile. Il a envie de parler à quelqu'un.

Il repense à Natalia Ovitz, la femme militaire naine qui les avait réunis, Aurore et lui, pour le projet Micro-Humains.

Il sait qu'après sa carrière de conseiller du président, quand Drouin est devenu président de l'ONU, elle a été promue ambassadrice de France à l'ONU.

Il sait qu'elle est à New York et que là-bas il est 23 heures, et il compose son numéro. Cinq sonneries, puis on décroche.

— Pourquoi m'appelez-vous si tard, professeur Wells ?

— J'ai des soucis.

— Je ne sais pas si vous avez suivi l'actualité, mais nous avons tous un gros souci. Le risque de fin du monde, un astéroïde massif qui approche. Votre crise existentielle devra attendre la survie globale de l'espèce, ironise-t-elle.

— Je suis désolé, et conscient que mes ennuis sont dérisoires.

Elle écoute les longues secondes de silence, puis consent à murmurer :

— ... Dites-moi quand même, David.

— C'est fini avec Aurore. Son psy lui a dit qu'elle était au bord de la dépression et qu'elle devait changer de vie, alors elle m'a évacué.

Natalia Ovitz ne répond pas, elle semble soupeser la situation. Puis :

— Je suis responsable de votre union, je ne vais pas vous laisser tomber, David. Il s'avère que demain je dois me rendre à Microland pour livrer un radiotélescope de dernière génération au nom de l'État français, précisément pour aider à surmonter cette crise de l'astéroïde Théia 13. Nous pouvons peut-être joindre l'utile à l'agréable. Cela vous intéresserait-il de retrouver nos créatures dans l'archipel des Açores ?

14.

Qui me parle ?

C'est une pensée étrangère mais je peux traduire ce message confus.

Ce bruit venu de si loin, je sais le découper en mots, qui eux-mêmes s'agencent en phrases.

De plus en plus intelligibles.
Ça y est, j'ai saisi le sens, on me dit :
« Qui… es… tu ? »

15.

— Je suis… pressée.

La reine Emma 109 et la papesse Emma 666, après avoir quitté la fleur de béton qui sert de cathédrale, remontent dans la Rolls Royce et roulent vers le centre-ville.

La femme chauffeur zélée conduit de manière fluide.

Enfin apparaît le bâtiment-fleur du palais royal.

Comme thème de son architecture, Emma 109 a choisi non pas une rose blanche, mais un lotus mauve.

Elles pénètrent par la racine, montent, et parviennent au sommet où se trouve, posée sur le cœur jaune de la fleur, une salle circulaire en baies vitrées offrant une vision panoramique sur tout Microland.

De ce point de vue élevé, la reine et la papesse peuvent contempler non seulement toute la ville, mais aussi toute l'île de Flores, et même apercevoir d'autres îles de l'archipel des Açores, comme celle de Corvo.

— Toi, tu t'intéresses au passé récent des Grands. Moi, ce qui m'intrigue, c'est leur passé profond, signale Emma 109. C'est là que se trouve, selon moi, la clef de tout.

Elle l'invite à revenir au centre de la salle circulaire et lui montre le carnet sur lequel elle a tracé son schéma. La souche des Australopithèques, tel un arbre, grimpe dans le temps pour aboutir à deux branches hautes : les Homo sapiens et les Homo metamorphosis.

— Nous sommes dans un processus d'évolution qui actuellement en est là…

Elle se dirige vers une table recouverte d'un tissu pourpre, soulève le voile et révèle un échiquier à sept côtés. Des figurines occupent les cases sur chacun de ses flancs.

— Un jeu de société ?

— « LE » jeu de la société actuelle. C'est le colonel Natalia Ovitz qui l'a inventé. Elle l'a baptisé « Jeu d'échecs heptagonal » à cause de sa forme à sept côtés. Jusque-là, je ne t'en avais pas parlé, mais c'est peut-être ce jeu qui nous permettra de comprendre où en sont réellement les sept vrais acteurs qui s'affrontent pour accéder au seul objectif intéressant…

En évoquant le personnage de Natalia Ovitz, la reine a soudain envie de l'imiter, et elle saisit dans une boîte nacrée un fume-cigarette en jade. Elle y enfile une cigarette qu'elle allume. Elle aspire, tousse, aspire derechef, fait tousser la papesse, puis trouve enfin un rythme qui la satisfait.

Elle semble prendre tant de plaisir à s'empoisonner avec ce gaz opaque que la papesse renonce à l'empêcher de continuer.

— … imposer leur vision personnelle du futur idéal. Tout ce qui se passe actuellement n'est que le choc de sept visions différentes de l'avenir.

Emma 666 observe avec attention l'étrange échiquier.

— Le colonel Natalia Ovitz… elle aurait inventé cela ?

— L'une de ses qualités est d'être très vigilante. Elle sait recouper les informations importantes et anticiper les coups. Ce jeu est la prolongation naturelle de son esprit d'analyse.

— Je la connais peu, mais je l'ai trouvée paranoïaque.

— Les gens normaux n'ont rien d'extraordinaire. Pour ma part, je préfère fréquenter ceux qui ont une vraie différence.

— Les fous ?

La reine inspire longuement la fumée, et cligne les yeux pour rejeter un nuage opaque et odorant.

— Et qui sont les sept acteurs de la partie, Majesté ?

La reine darde son fume-cigarette sur le premier flanc de l'heptagone.

— 1. LES BLANCS. Les capitalistes. Ceux qui pensent qu'il faut toujours plus de tout. Plus de production, plus de consommation, plus d'argent, plus d'humains. Ce sont essentiellement les Américains et les Chinois qui mènent cette danse, et ce sont eux qui actuellement contrôlent le jeu par le biais des banques, de l'industrie, de la Bourse, mais aussi par les médias et par leur armée. À ce jour, l'homme le plus puissant de la planète c'est lui.

Elle soulève la pièce Roi blanc.

— En fait c'est plutôt « elle ». Mme Ling, la présidente de la Bank of China. Elle a accordé des crédits à tous les pays, et tous sont endettés dans sa banque. Elle finance les constructions de villes nouvelles, de routes, les exploitations agricoles et minières. Elle les tient tous. C'est aussi la femme qui possède la plus grande fortune personnelle.

« 2. LES VERTS. Les religieux. Ceux qui pensent que tout vient de leur dieu de référence et que l'unique objectif d'une vie consiste à prier et à obéir à la volonté divine. À la nuance près que ce sont les prêtres qui parlent en son nom et qui dictent leur loi personnelle. Dans une période d'agitation et de complexité, les religieux ont l'avantage d'apporter des solutions simples (car invérifiables) à tous les problèmes. Et quand cela ne suffit pas ils proposent de canaliser les pulsions d'agressivité en allant tuer les infidèles (le fait que les infidèles meurent est la preuve qu'ils avaient tort). Leur soutien : tous ceux qui ne sont pas éduqués et qui ont peur. Donc une masse de plus en plus importante d'individus.

« Pour l'instant, le Roi vert est celui-ci : Abdelaziz Al-Saoud, huitième du nom, douzième héritier du trône saoudien et deuxième fortune mondiale après Mme Ling. Il achète tous les grands complexes immobiliers des capitales européennes, il achète des équipes de football, il achète des vignobles en France, des châteaux en Angleterre, des usines automobiles en Allemagne. Il finance directement ou indirectement les groupes terroristes salafistes partout dans le monde, en se déclarant haut et fort le meilleur allié des Américains. Il souffle le chaud et le froid, dirigeants et institutions sont à sa botte. Dans son pays, on lapide les femmes infidèles en public et on coupe la main des voleurs. Les chefs d'État et les capitaines d'industrie sont à ses ordres.

« 3. LES BLEUS. Les geeks. Ceux qui croient que l'informatique, les robots et les machines en général sont le sens de l'évolution de l'espèce. Ils vivent en fusion avec leur ordinateur ou leur smartphone. Le docteur Francis Frydman est leur fer de lance, c'est lui qui cherche à mettre au point des androïdes suffisamment perfectionnés pour être capables de prendre conscience de leur « moi ». L'objectif du docteur Frydman est d'offrir à ces machines la psyché la plus proche possible de celle des humains afin qu'elles nous aident et nous remplacent dans toutes les tâches.

La papesse saisit le Roi bleu.

— Frydman connaît des problèmes avec les états d'âme incontrôlables de ses androïdes.

— Mais il finira par les résoudre.

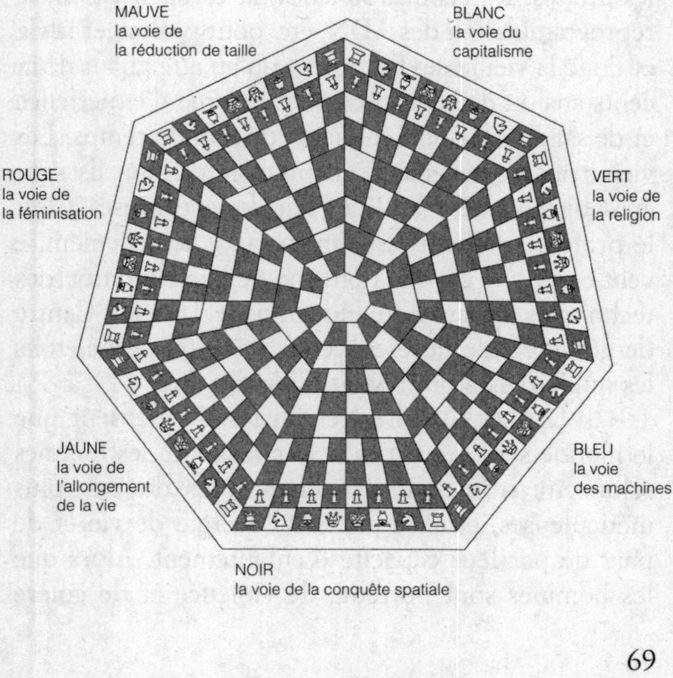

« 4. LES NOIRS. Les spatiaux. Ceux qui pensent qu'ici-bas rien ne s'arrangera, donc le mieux est d'abandonner la Terre pour fuir loin dans l'espace. Ils estiment qu'il est déjà trop tard pour réparer, la planète est foutue et l'humanité avec elle. Pour eux le mieux est de tout recommencer ailleurs. Et étant donné qu'ici il n'y a plus de « Terra incognita », ils vont chercher leur « ailleurs » très loin, même en dehors du système solaire. Le milliardaire canadien Sylvain Timsit, qui a fait fortune dans les jeux vidéo, est leur représentant le plus actif.

« 5. LES JAUNES. Les bicentenaires. Ils pensent que l'avenir appartient à ceux qui sauront prolonger le temps de vie des individus. Ils utilisent tout, les greffes, les cellules-souches, la cryogénisation, la reprogrammation des ADN, etc. pour prolonger la vie et donc la vieillesse. Ils croient qu'en atteignant deux cents ans on devient forcément homme d'expérience et de sagesse car on bénéficie du recul du temps. Les vieux ont actuellement un pouvoir certain, ils sont aussi bien à la tête des États que des entreprises. C'est le professeur Gérard Saldmain qui a actuellement le vent en poupe dans le domaine de l'amélioration des techniques de longévité, notamment dans son Centre de gérontologie de Genève où l'on voit affluer tous les milliardaires qui rêvent d'immortalité.

« 6. LES ROUGES. Les féministes. Ils pensent que le monde sera sauvé par la féminisation, les femmes selon eux sont moins violentes, plus douces, plus méticuleuses, et elles portent l'énergie de vie et de paix de par leur capacité d'enfantement. Alors que les hommes sont porteurs de violence et de colère à cause de leur testostérone (indispensable pour la gestion de la rivalité avec les autres mâles et la défense du territoire, des notions qui selon eux sont désormais dépassées). En dehors du Women's Lib américain, du MLF français et du Femen ukrainien, il n'existe pas de réelle incarnation de leur pouvoir. La plupart des femmes agissent dans les coulisses en influant sur leurs maris, comme la femme du président de l'ONU, Drouin, du président français, Pélissier, mais aussi des présidents américain, chinois, russe et pratiquement tous, à part ceux des pays les plus machistes où la femme est interdite d'accès à la scolarité. Actuellement, le statut des femmes ne fait que se détériorer à mesure que gonfle le capitalisme (les Blancs) qui les exploite comme ouvrières ou prostituées, sans oublier la réussite des religieux (les Verts) qui visent à les reléguer au simple statut de pondeuses de croyants.

La reine Emma 109 tourne autour du jeu d'échecs heptagonal.

— Et enfin nous…

« 7. LES MAUVES. Les Emachs. Jadis, ce camp était incarné par David. Le premier qui, en observant les fourmis, a déduit que le sens de l'évolution humaine pouvait être non pas l'augmentation mais, au contraire, la réduction de taille. Son propre père ayant trouvé des squelettes de géants dans l'Antarctique, il en a conclu que l'humanité évoluait par paliers avec le ratio « fois 10 ». Selon lui la première humanité mesurait en moyenne 17 mètres de hauteur, la deuxième, l'intermédiaire (eux en l'occurrence) : 1,70 mètre, et la troisième (nous) : 17 centimètres.

Ainsi David Wells nous a « imaginés » avant même de nous créer. Maintenant, c'est nous qui, par notre existence, faisons vivre cette vision de l'évolution de l'espèce humaine par la réduction de taille. Et c'est nous, les leaders micro-humains, toi Emma 666 et moi, qui représentons désormais les champions de cette branche d'avenir.

La papesse est impressionnée par cet outil global de réflexion stratégique.

La reine Emma 109 ménage ses effets, puis conclut :

— Il faut maintenant compter avec le huitième joueur.

— Désolée, Majesté, mais je ne distingue que 7 côtés, 7 camps, 7 couleurs, 7 visions, 7 futurs possibles.

— Le huitième joueur est l'échiquier lui-même… Notre planète mère, Gaïa, la Terre. Et sa couleur est le « MARRON », qui est aussi le mélange de toutes les couleurs.

La reine et la papesse tournent autour du jeu, comme si elles circulaient autour du monde.

La papesse fait avancer la reine mauve vers le centre du jeu, puis l'entoure des fous des six autres couleurs.

— Voilà comment est la partie selon moi, Majesté. Les Grands ne nous accepteront jamais vraiment. Leurs fous nous encerclent déjà, ils nous élimineront un jour.

Elle met en mouvement toutes les pièces mauves qui peu à peu encerclent les six autres fous.

— … À moins que nous ne détruisions leur pouvoir de nuire avant qu'ils accomplissent leur sinistre dessein.

La reine Emma 109 hausse les épaules, range toutes les pièces du jeu, méthodiquement, comme si elle ne supportait pas qu'on les déplace en dehors des mouvements géopolitiques réels.

— Les Grands ne sont pas nos ennemis.

— Un jour, nous serons forcément dans ce dilemme : « EUX » ou « NOUS », vous le savez, Majesté.

— Tu te trompes, 666. Les Grands nous veulent du bien : ils vont nous livrer le radiotélescope de dernière génération, très utile pour nos prochaines missions dans l'espace.

— Les Français nous soutiennent, c'est vrai, et encore, ce n'est que Natalia Ovitz parce qu'elle nous connaît. Les autres nous laisseraient mourir de la peste sur notre île sans nous envoyer la moindre caisse d'antibiotiques. Ne comprenez-vous pas, Majesté, que les Grands sont l'« espèce ancienne dépassée » qui jalouse notre modernité ?

— D'où tiens-tu ce genre de sornettes ?

— De mon simple bon sens. J'ai lu l'histoire de notre planète dans l'*Encyclopédie du Savoir Relatif et Absolu*. Jadis les dinosaures étaient les prédateurs naturels des mammifères. Pendant des millions d'années, les dinosaures puissants et énormes ont régné. Ils n'ont jamais considéré les petits mammifères comme des égaux (même si ceux-ci rêvaient peut-être de le devenir), ils les considéraient comme des êtres inférieurs négligeables qui leur servaient de pâture. Ils les terrorisaient. Ils leur faisaient comprendre qu'ils n'étaient tolérés que dans la mesure où ils leur étaient utiles.

La papesse saisit une pêche dans le bac à fruits.

— Puis est apparu l'astéroïde. Ce qui a généré un cataclysme, la gravité de la planète et son climat ont changé, en faveur des plus petits, ceux qui semblaient a priori les plus faibles. Les dinosaures sont tombés malades, ont cédé le pouvoir et ont progressivement disparu.

La reine souffle la fumée de son fume-cigarette.

— Où veux-tu en venir, 666 ?

— Les petits mammifères n'ont pas eu pitié des gros dinosaures qui jadis les effrayaient. C'est le comportement naturel.

— Ce n'est pas pareil.

— C'est la même histoire qui se reproduit. Une espèce vieille et une espèce jeune, des rapides et des lents, des lourds agressifs et des petits plus malins. Pourquoi aurions-nous pitié des Grands Vieux Humains lents et agressifs qui, comme les dinosaures, sont une espèce inadaptée à l'époque, et pour tout dire… obsolète ?

Emma 109 lâche quelques cercles de fumée bleue, puis se dirige vers la terrasse de la tour. En bas, s'agite sa cité, grouillante de véhicules et d'individus qui filent dans les avenues comme le sang dans les artères.

Elle inspire profondément.

— Pour l'instant, pensons à la préparation de l'anniversaire de nos dix ans d'existence, au radiotélescope français, au lancement de la fusée Lymphocyte 13 qui détruira l'astéroïde Théia 13.

Les deux minuscules femmes, la grosse et la maigre, sont penchées au balcon de la fleur de lotus de béton du palais royal. Des mouettes passent, menaçantes, capables de soulever dans leur bec l'une d'elles, mais elles n'y prêtent pas attention.

— Nous devons accomplir cette tâche, ne serait-ce que pour le huitième joueur, qui lui ne nous a jamais été hostile et sera forcément un jour notre meilleur allié. Maintenant, laisse-moi, s'il te plaît 666.

La papesse obtempère.

La reine, désormais seule, avance sur la terrasse circulaire et, ayant rejoint l'angle le plus à l'ouest, observe la montagne centrale de Flores entourée d'écharpes de nuages.

Emma 666 n'a pas compris. Elle méprise les Grands car elle est comme eux, dans une vision limitée de l'espace et du temps. Elle n'a pas perçu que le véritable enjeu est ailleurs, dans un futur plus lointain et dans une conscience plus profonde. Elle croit en sa religion de l'Œuf, alors qu'il n'existe qu'une seule chose à révérer : la Vie, qui est l'origine de tous les germes, tous les œufs et tous les fœtus. Et la manifestation la plus spectaculaire de la Vie est précisément cette planète et la biodiversité qui la recouvre.

La Vie…

Ce n'est pas un dieu imaginaire inventé par des religieux. La Vie je la vois devant moi. La planète je marche dessus.

Là est le véritable objectif que peut se fixer un chef d'État, avec une perspective à long terme.

Le huitième joueur est le plus intéressant.

Si seulement un jour nous arrivions à communiquer avec notre planète, réellement, ce serait tellement…

À ce moment, un bruit résonne dans le bureau, un morceau de plafond s'abat sur le jeu et provoque la chute des pièces.

Alors, prise d'un mauvais pressentiment, la reine prend le téléphone :

— Allô, Emma 103 ? Tu es sûre que l'astéroïde… ce Théia 13… il est bien sous contrôle, n'est-ce pas ?

16. ENCYCLOPÉDIE : ASTÉROÏDES

La Terre est bombardée en permanence d'objets célestes.
Les astronomes estiment à 1 000 tonnes la masse de matière qui chaque jour arrive de l'espace et frappe la surface terrestre sous des formes diverses, allant de la poussière à la roche de plusieurs centaines de kilos.
Dans le système solaire, les astronomes ont estimé à 3 millions le nombre d'astéroïdes géocroiseurs, et 90 % d'entre eux resteraient non détectés à ce jour.
La plupart proviennent de la ceinture d'astéroïdes située entre Mars et Jupiter.
Ils sont les vestiges du système solaire primitif, myriades de cailloux des origines, qui soit n'ont pas réussi à s'agréger pour former une planète, soit résultent de l'éclatement d'une planète elle-même heurtée par un astéroïde.
Sur ce million d'objets en suspension dans la ceinture entre les deux planètes, un millier seulement sont chaque année détournés de leur trajectoire. Ce phénomène serait lié aux perturbations gravitationnelles de Jupiter qui, par sa masse, entraîne des collisions

entre eux et les fait sortir de leurs trajectoires habituelles.
Ces astéroïdes errants finissent, pour 60 % d'entre eux, aspirés par le Soleil. Mais 20 % entrent en collision avec des planètes.
Sont considérés comme dangereux pour la Terre les astéroïdes de plus de 140 mètres de diamètre. Les astronomes pensent en avoir identifié 30 %. (Au-dessous de cette taille, ils s'embrasent dans l'atmosphère ou font des dégâts minimes.)
À l'heure actuelle, peu de morts humaines ont été imputées à la chute d'objets célestes (la plupart tombent dans l'océan ou explosent dans le ciel), mais leur nombre et leur taille sont en augmentation exponentielle.
La prophétie : « Un jour la mort surgira d'un coup du ciel pour écraser la Terre » fait partie de nombreuses cultures.

Edmond Wells,
Encyclopédie du Savoir Relatif et Absolu, Tome XI.

17.

Un point sombre traverse la couverture des nuages à grande vitesse.

Ce qui semble au début n'être qu'un oiseau, devient un avion et plus précisément un hydravion.

De l'extérieur, son fuselage évoque l'allure d'un volatile obèse aux ailes surdimensionnées, équipées chacune de douze moteurs à hélices, bruyants et fumants.

À le voir, on comprend vite qu'aucune piste d'atterrissage ne soit suffisamment large et solide pour accueillir ce monstre de métal en dehors de l'océan lui-même.

L'engin russe de volume record, capable de transporter des pièces d'avion ou de fusée, a été baptisé *L'Albatros*. Pour ce voyage, sa soute ne contient qu'un seul objet : un radiotélescope français de dernière génération avec son centre de contrôle et de mesures, immenses placards remplis d'électronique.

Le lieutenant Martin Janicot est aux commandes de l'engin. L'homme qui mesure plus de deux mètres serre le manche à balai dans ses mains épaisses. Son menton carré légèrement crispé révèle sa concentration extrême.

À côté de lui, dans le cockpit, sa femme, le colonel Natalia Ovitz, l'accompagnant en tant qu'ambassadrice de France à l'ONU, et le professeur David Wells de l'université de la Sorbonne.

— Objectif en vue à treize heures, annonce Natalia qui a saisi ses jumelles pour scruter l'horizon à travers les vitres épaisses. Voici la dernière île de l'archipel des Açores, ici finit l'Europe.

— Vous voyez leur capitale ?

— C'est là.

— Ce jardin de fleurs ?

— Ces fleurs en béton sont les buildings de Micropolis sur l'île de Flores (qui signifie précisément « fleur » en portugais).

— Des tours en forme de fleurs peuvent être vraiment solides ?

— Même leurs pétales sont en béton armé. Ils ont voulu copier la nature et, a priori, les vraies fleurs résistent bien aux vents et aux pluies…

Martin Janicot commence à réduire la puissance des moteurs et déclenche les volets de frein.

— 8 000 pieds, annonce-t-il.

Doucement, l'énorme hydravion dessine une courbe descendante.

— Allô, tour de contrôle Micropolis ? Nous pensons atterrir dans cinq minutes.

Alors que *L'Albatros* entame son approche, l'île de Flores apparaît, splendide malgré sa taille de dix-sept kilomètres de long pour douze kilomètres de large.

À l'arrière, le radiotélescope, maintenu par des sangles, émet mille bruits sous la pression de la descente.

— Accrochez-vous ! ordonne le lieutenant Janicot en empoignant les commandes avec plus de nervosité.

Tous resserrent leur ceinture de sécurité et s'agrippent aux accoudoirs. L'altimètre annonce maintenant 3 000 pieds, 2 000, 1 000. Même si *L'Albatros* est issu des meilleurs ateliers russes, les quatre passagers savent que faire atterrir ce genre de monstre est toujours périlleux.

Enfin, c'est le contact avec les flots. Emporté sur son erre par sa masse, *L'Albatros* glisse longtemps sur l'océan avant de se stabiliser.

Le pilote rabat les volets pour inverser la poussée et l'oiseau de métal à l'envergure unique consent enfin à s'immobiliser, bercé par le ressac des vagues.

Martin Janicot ouvre sa veste et dévoile ses lois de Murphy du jour, inscrites sur son tee-shirt :

92. En essayant continuellement, on finit par réussir. Donc plus ça rate, plus on a de chances que ça marche.
93. S'il n'y a pas de solution, c'est qu'il n'y a pas de problème.
94. Les hommes et les nations se conduiront raisonnablement quand toutes les autres possibilités auront été épuisées.

Ces phrases paradoxales détendent son entourage.

— Tu y crois à la dernière loi ? lance David Wells.

Martin Janicot appuie sur plusieurs manettes du tableau de bord de son camion volant, sans répondre, et poursuit la procédure pour assurer l'extinction des vingt-quatre moteurs.

Natalia se détache, et va vérifier que le radiotélescope et le matériel électronique n'ont pas été endommagés par l'amerrissage.

Autour d'eux, des centaines de minuscules bateaux surgissent de l'horizon.

Le pilote déclenche l'ouverture du cockpit, sorte de gros œil globuleux qui surplombe *L'Albatros*.

Lorsque les bateaux sont suffisamment proches, une acclamation retentit, alors que sirènes et cris d'allégresse résonnent en provenance des navires alentour.

— Il faut reconnaître aux Micro-Humains qu'ils ont toujours su soigner l'accueil, reconnaît Natalia Ovitz.

Un bateau à moteur capable de transporter des gens de leur taille et piloté par des Micro-Humains se dirige vers eux.

Ils reconnaissent Emma 103, la capitaine de l'expédition en bathyscaphe qui les avait accompagnés au centre de la dorsale océanique, jusqu'en Atlantide.

— J'ai tenu à vous accueillir personnellement, au nom du bon vieux temps, annonce la Micro-Humaine. Je suis désormais ministre des Sciences, vous savez. Et j'ai une surprise pour vous.

Emma 103 a le visage marqué de rides, mais cette femme de tête n'a rien perdu de sa grâce et de son énergie.

Ils rejoignent lentement le port. L'embarcadère déborde d'une foule micro-humaine bruyante et curieuse.

Çà et là surgissent des drapeaux microlandais et français, des banderoles affichant des messages de bienvenue.

Alors que les quatre arrivants mettent enfin le pied sur la terre ferme, une minuscule Rolls Royce, entourée de gardes en uniforme mauve à galons dorés, se gare en parallèle.

La reine Emma 109 en descend, entourée de quelques ministres. Elle grimpe dans une grue élévatrice qui la place à hauteur d'yeux des nouveaux arrivants. Elle pose avec eux devant les journalistes et les photographes des médias micro-humains.

— Chères citoyennes, chers citoyens. Un jour, David Wells m'a cité une phrase issue de la célèbre Encyclopédie de son aïeul et qui m'a beaucoup marquée : « Nous sommes passés d'une évolution subie à une évolution choisie. » Cette phrase résume tout. Jadis, nos ancêtres subissaient le monde sans pouvoir agir. Mais ils avaient aussi l'avantage de ne pas porter la responsabilité de ce qui arrivait.

Apparaissait la peste, ils mouraient. Apparaissait le froid, ils mouraient. Apparaissait la famine, ils mouraient. Apparaissaient les astéroïdes, ils mouraient. Et tous acceptaient cela car ils savaient ne pouvoir rien y faire. Et ils nommaient l'événement Dieu, Diable, Punition du Ciel, Destin, Hasard, Malchance, Nature ou encore Fatalité.

Quelques approbations accueillent le discours. Se sentant encouragée, la reine poursuit :

— Notre génération est la première à s'être donné les moyens de comprendre et d'agir. Contre les épidémies nous avons les médicaments, contre le froid nous avons le chauffage, contre la famine nous avons l'agriculture, contre les astéroïdes nous avons… nos fusées Lymphocytes.

Aussitôt la foule patriote pousse une clameur de fierté.

— Nous sommes passés d'une évolution subie à une évolution choisie… Mais du coup, nous voilà désormais responsables de ce qui peut advenir. Maintenant que nous savons, maintenant que nous pouvons agir, nous pouvons aussi nous tromper… Et ce serait notre faute. Ce poids-là, nos ancêtres ne le portaient pas. Ce qui adviendra dans le futur sera la conséquence directe de nos choix présents.

À nouveau, une rumeur d'approbation souligne la phrase de la reine.

— Quel a été le choix personnel de David, Aurore et Natalia pour l'évolution de leur espèce ? Nous inventer nous : les Micro-Humains.

Acclamations, alors que les Grands concernés esquissent une courbette polie.

— Nous n'avons pas demandé à exister. Nous avons subi notre apparition sur Terre, mais maintenant que nous sommes là, maintenant que nous avons compris qui nous sommes et pourquoi nous sommes là, maintenant que nous avons compris notre capacité d'action… nous devenons responsables de ce que sera la suite de l'évolution de l'espèce. Et croyez-moi, chers amis grands, si nous vous avons fait venir, c'est parce que j'ai trouvé non seulement que nous avions besoin de votre radiotélescope de dernière génération…

Rires dans l'assistance.

— … mais parce qu'il m'a semblé logique qu'au moment où toute notre espèce est en danger, au moment où l'évolution peut s'arrêter d'un coup, vous David, vous Natalia, vous Martin, qui avez participé à notre invention, soyez avec nous pour assister, aux premières loges, à notre action décisive visant à orienter le futur dans la bonne direction.

Applaudissements nourris. La reine, avec un sourire, passe son micro à Natalia.

L'ambassadrice de France à l'ONU attend que le silence soit revenu pour prendre la parole.

— Merci, reine Emma 109. Ce radiotélescope, un pur joyau parfaitement représentatif de ce que nos meilleurs scientifiques savent produire, est un cadeau de la République française à la jeune nation microlandaise. Mais ce que nous vous offrons est plus qu'un outil, c'est un « ŒIL ». En 1922, l'Univers connu couvrait 100 000 années-lumière. En 2012, l'Univers connu couvrait 10 milliards d'années-lumière. Aujourd'hui, à l'aide de cet outil ultra-perfectionné, nous allons multiplier par 10 ce chiffre et passer à… 100 milliards d'années-lumière ! Puisque vous aimez les aphorismes, je pourrais citer celui-ci : « Plus l'œil de l'humanité est puissant, plus l'Univers s'élargit. » Mais aussi, plus nous pourrons regarder loin, plus nous pourrons anticiper les dangers et les stopper avant qu'ils ne nous frappent. Que l'amitié entre nos deux peuples qui ne diffèrent que par « quelques » centimètres de taille participe à la survie et à l'évolution globale de notre espèce.

La reine reprend le micro.

— Chère Natalia, comme vous le savez, votre « cadeau » arrive le jour de la fête de l'Indépendance qui doit se dérouler demain. Tous ces Micro-Humains, que vous avez vus sortir de leurs œufs dans vos couveuses il y a dix ans, sont devenus des centenaires, et de nouvelles générations d'œufs ont permis aux nouveaux individus de former cette grande nation de cent mille citoyens. Vous serez donc nos invités « Grands de marque » pour cet événement crucial. En outre, pour l'occasion, nous avons demandé à tous les Grands de l'île de prendre congé et à tous les Emachs du monde de nous rejoindre ici. Vous serez donc les uniques Grands au milieu de tous les Emachs du monde, sans exception.

Les Grands, surpris par cette annonce, remercient d'un petit salut.

La reine microlandaise se penche et lance une bourrade amicale à David Wells.

— Cela fait deux mois que notre comité des festivités organise cet événement géant, croyez-moi, il va y avoir du défoulement, de la danse, de la musique, du délire et des spectacles somptueux.

— Heu…, intervient le lieutenant Janicot, vous êtes sûre que notre « différence de taille » ne risque pas de…

— Comme on dit chez nous : « Si on veut vraiment qu'une fête soit réussie, il faut un ou deux Grands, ne serait-ce que pour décorer… ».

De là où ils sont, les trois invités voient les bateaux s'activer autour de *L'Albatros*. Bientôt, le radiotélescope est dégagé de la soute par des grues embarquées et déposé sur un radeau flottant, lui-même tracté par plusieurs bateaux.

La reine Emma 109 s'appuie sur sa canne et, fume-cigarette aux lèvres, retrouve son allure de Winston Churchill miniature.

— Ah ! si vous saviez comme cela me fait plaisir de vous revoir, les amis. Nous avons accompli tant de choses ensemble.

Elle leur fait un clin d'œil.

— Et pour l'astéroïde Théia 13, Majesté, vous êtes prête ? s'enquiert Martin Janicot.

— Est-ce que dans votre propre corps vos lymphocytes vous signalent qu'ils sont prêts chaque fois qu'apparaît un microbe ?

— Cette fois, le « microbe » est sacrément plus lourd, et sacrément plus compliqué, remarque Natalia Ovitz.

— Avec votre radiotélescope, nous devrions pouvoir assurer une parfaite préparation de sa destruction. Dès que nous connaîtrons ses composants, fer ou nickel, nous saurons quel genre de bombe pourra le détruire.

Et comme pour l'approuver, un feu d'artifice particulièrement lumineux éclate dans le ciel, formant une large gerbe écarlate.

À cet instant, un autre hydravion, de taille normale cette fois, amorce son amerrissage.

— Vous attendez d'autres invités grands ? demande Natalia, intriguée.

— Eh bien… quand Natalia m'a dit que tu venais, David, cela m'a donné l'idée d'inviter vos challengers de l'année. Après tout, nous voulons être à la pointe de la vision du futur, alors autant profiter de vos gagnants en prospective. Je suis sûre qu'ils pourront nous aider à rester à la pointe des avancées technologiques et, personnellement, j'ai trouvé les trois sujets présentés par les gagnants très intrigants. 1) Construire une cité sur la Lune, c'est fantastique. 2) Trouver un médicament qui permet de comprendre les autres, c'est la solution à tous les problèmes de communication. Et 3) Parler avec la planète, c'est un de mes rêves secrets. Nissim Amzallag, Jean-Claude Dunyach, Hypatie Kim seront donc aussi de la fête.

Les trois étudiants gagnants de la promotion « Évolution » approchent, à bord d'une barque, alors qu'une ride de contrariété barre le front de David.

— Cela n'a pas l'air de vous faire plaisir, professeur Wells ?

— Ce ne sont « que »… des étudiants.

— Chez nous, on applique la formule des fourmis : on juge les gens sur la qualité de leurs idées, et non sur leur âge ou leurs diplômes.

Les trois jeunes gens à peine débarqués s'avancent et, comme on le leur a conseillé, esquissent une révérence en prononçant tête basse :

— Votre Majesté.

Ce à quoi la reine répond par un signe les autorisant à se relever.

— Pour notre fête de l'Indépendance, comme Grands vous ne serez donc que vous six. Notre population, quant à elle, comptera cent mille personnes.

— Merci pour ce privilège, Votre Majesté, dit Natalia.

— Commençons les festivités. Tout d'abord, la cérémonie du « vol nuptial ». C'est… comment dire ? du « sexe collectif ».

Les six Grands essaient de garder contenance, de faire bonne figure et de s'adapter à ce décor nouveau, rempli de buildings en forme de fleurs multicolores.

18.

— *QUI ES-TU ?*

Ça y est, cela recommence.

Le message est de plus en plus clair.

Je dois répondre quelque chose, peut-être qu'on pourra me percevoir en retour.

— *On m'appelle ici la Terre ou Gaïa. Je préfère Gaïa.*

— *Tu es quoi, Gaïa ?*

— *Je suis une planète.*

— *C'est quoi, une planète ?*

— *C'est une sphère palpitante suspendue dans l'espace infini. Moi, en tant que planète, je suis un peu spéciale. Je suis tiède, colorée, recouverte de surfaces différentes, allant de l'eau à la glace, du sable à la roche, de l'herbe à la forêt. Je tourne, je suis remplie de millions de formes chimiques différentes dont certaines sont vivantes, intelligentes, conscientes. C'est moi. Voilà, je me suis présentée, par contre toi tu ne l'as toujours pas fait.*

— J'en suis incapable. Personne ne m'a jamais appelé, alors j'ignore mon propre nom. Je n'ai pas conscience de mon apparence, je ne connais même pas ma forme.

— Je crois comprendre. Ton message devient de plus en plus distinct au fur et à mesure que l'astéroïde se rapproche. Je pense que tu es précisément… cet astéroïde.

— Je suis quoi ?

— Ici, on t'a baptisé Théia 13. C'est ton nom d'astéroïde. Et selon ce qu'ils en disent, tu as une forme d'Y.

— Et c'est quoi, un « astéroïde » ?

— Un rocher vagabond errant dans l'espace et potentiellement destructeur. Je suis très étonnée que tu puisses communiquer avec moi.

— Je ne suis pas qu'un rocher. Je suis un être vivant. Tout ce qui vit pense et tout ce qui pense communique.

— Que fais-tu là, « rocher qui communique » ?

— Ça par contre, je le sais : je te rejoins. Je suis venu pour toi, Gaïa. Je viens de loin. Ça y est, je commence à me rappeler.

— Alors tu as une mémoire ?

— Je sais en tout cas d'où je viens. Au début, nous étions de nombreux « astéroïdes », comme tu dis. Les autres se sont dispersés, mais moi je me suis retrouvé par hasard sur la bonne trajectoire, puisque je me rapproche de toi.

19.

Au-dessus du sable, l'herbe, et au-dessus de l'herbe, des chaussures contenant des pieds eux-mêmes prolongés d'os et de muscles. Pour la fête de l'Indépendance, tous, petits et Grands, sont réunis sur l'esplanade, au centre de Microland.

— Et pour commencer, nous allons faire découvrir à nos amis étrangers notre coutume la plus originale. En dehors du décor de fleurs, nous avons copié une autre habitude des fourmis : la cérémonie de « l'envol nuptial ». Jusque-là, c'était caché, mais nous pensons désormais que nous pouvons vous montrer l'efficacité de cette méthode originale de rencontre, entre les jeunes ayant atteint la puberté.

La reine se tourne vers la droite et leur fait signe d'observer.

— QUE L'ESSAIMAGE COMMENCE ! DÉPART DES FEMMES ! lance-t-elle en appuyant sur son smartphone.

Aussitôt, se déclenche un feu d'artifice rouge qui explose haut dans le ciel, formant un cœur. Une centaine de Micro-Humaines en tenue sportive et sexy s'élancent vers une colline boisée qu'elles gravissent.

— Et maintenant, annonce la reine, voilà le meilleur. DÉPART DES HOMMES !

À leur tour, une centaine de Micro-Humains eux aussi sportifs et chics jaillissent dans la même direction.

David Wells est fasciné.

La reine montre qu'ils ont placé des caméras dans les arbres de la colline pour suivre les scènes qui vont se dérouler lors de la chasse.

— En fait, explique-t-elle, ravie de son effet sur ses invités, ce n'est pas complètement original, c'est une coutume tirée de l'Encyclopédie et qui présente l'avantage de copier l'envol nuptial des insectes. Selon votre aïeul, professeur Wells, c'est au moment où l'orage gronde (quand les prédateurs oiseaux restent à l'abri) que les femelles ailées partent en premier, rejointes bientôt par les mâles. C'est alors la grande orgie dans le ciel et tout le monde fait l'amour avec plusieurs partenaires, jusqu'à l'épuisement, et souvent la mort pour les mâles. Les femelles, elles, ivres de plaisir, volent n'importe comment (et tombent n'importe où, se prenant parfois dans nos cheveux) à la recherche d'un abri pour s'enterrer et commencer à pondre. Mais il existe (et je l'ai lu aussi dans l'Encyclopédie) une région des Pyrénées qui, jusqu'en 1800 environ, pratiquait ce genre de coutume probablement copiée sur les fourmis.

— Je ne m'en souviens pas, vous savez, je n'ai pas lu tous les chapitres du livre d'Edmond Wells.

— C'était une coutume très pratique. Les jeunes de seize ans étaient réunis en nombre égal d'hommes et de femmes. Les filles couraient en premier se cacher dans la montagne. Les garçons partaient ensuite, et s'ensuivait un jeu de cache-cache. Chaque fois qu'une fille était découverte par un garçon, elle devenait sa femme pour le reste de sa vie. Évidemment, les moins débrouillards et les plus lents avaient les femmes les moins recherchées. De toute façon, ils étaient obligés de rentrer en couple. Ceux qui refusaient de jouer étaient bannis du village.

Sur les écrans à visions multiples, les spectateurs suivent les couples qui se rejoignent.

— Moi, je trouve cela un peu primaire, reconnaît Natalia Ovitz, avec une moue. La sélection se fait par la capacité de jouer à cache-cache dans les bois. Donc les plus rapides et ceux qui voient le mieux sont avantagés. Je ne suis pas sûre que l'espèce y trouve son intérêt.

— De plus, enchérit David, je pense que beaucoup de couples trichent. La fille doit dire à son petit ami : « Retrouvons-nous à tel endroit, je t'attendrai cachée », et ainsi ils sont sûrs de se retrouver entre amoureux.

— Ce qui remplace les agences matrimoniales et les sites Internet de rencontre, conclut Jean-Claude Dunyach.

— Nous ne sommes pas des animaux, nous maîtrisons nos instincts, n'est-ce pas professeur ? dit Nissim Amzallag.

Hypatie Kim surenchérit.

— Chez nous, en Corée du Sud, ce genre de sexualité serait impossible. L'amour est très codifié, cela réclame beaucoup de préparatifs. Les jeunes gens doivent être présentés et se voir souvent avant que des deux côtés les parents discutent et consentent à négocier l'union. Il faut que ce soit le bon âge, la bonne religion, les bonnes origines, la bonne éducation. Cette tradition est encore très forte.

— Alors avec moi, ce serait impossible ? plaisante Jean-Claude Dunyach.

— Chez nous, les Occidentaux sont considérés comme sales et brutaux. Vous avez des gros nez et beaucoup de poils. Pour nous, l'évolution va vers une peau lisse et claire, un nez plat, des cheveux raides. Donc, en effet, nous ne pourrions pas être en couple, dit-elle avec un clin d'œil amusé et provocateur. En revanche, nous pourrions être amis, la tradition l'autorise. C'est déjà beaucoup. Et vous, professeur Wells, quelle est votre vision de l'amour ?

Il parle sans quitter des yeux les écrans vidéo où les jeunes Emachs commencent à s'accoupler.

— L'amour idéal… c'est quand on s'aime soi-même. Et c'est le plus difficile de tous les sentiments amoureux.

— C'est très égoïste, remarque Nissim Amzallag.

— Non, c'est au contraire très altruiste. Quand on parvient à s'aimer vraiment, on attire à soi les bonnes personnes, et le bon niveau d'échange et de complicité se crée. C'est l'association de deux êtres indépendants, qui peuvent d'autant plus s'aimer qu'ils n'ont pas besoin l'un de l'autre pour le quotidien.

La reine Emma 109 éclate de rire.

— Bien répondu, professeur Wells. Je crois comme vous que l'on utilise l'autre sexe pour se comprendre soi-même. Un peu comme un miroir. Et plus l'autre vous renvoie une image satisfaisante, plus on aime ce miroir.

Tout en dialoguant, ils sont de plus en plus fascinés par les images de ces jeunes Micro-Humains qui se cherchent, se trouvent et s'unissent.

— Quel est le programme de la suite des festivités ? questionne David Wells, un peu agacé.

— Hum… pour le reste c'est un peu comme votre 14 Juillet : défilé militaire, discours, dîner, puis concerts, bals, musique, feux d'artifice. C'est la papesse Emma 666 qui s'est chargée du programme, elle aime coordonner les efforts pour obtenir le résultat le plus spectaculaire possible. Étonnant comme la religion mène à la théâtralisation.

— Nos fêtes religieuses sont aussi très théâtralisées, reconnaît Natalia.

— Nous avons d'ailleurs emprunté à votre fête de Pâques l'idée que pour notre fête de l'Indépendance, nous devions manger des œufs. Des œufs de micro-poules en l'occurrence…

Elle désigne les œufs peints sur les décorations des balcons-feuilles des immeubles-fleurs.

— C'est beau, cette architecture de décors naturels, dit Martin Janicot.

— Le plus spectaculaire n'est pourtant pas dans l'architecture ou la technologie. Il est à mon avis dans les esprits. Je peux le dire sans fausse modestie : nous avons atteint une bonne partie de nos objectifs. Notre communauté emach est :

1) Plus petite en taille.
2) Plus féminine.
3) Plus solidaire.
4) Résistante aux maladies et aux pollutions.
5) Plus écoresponsable.

— Que voulez-vous dire par « écoresponsable » ? demande David.

— Mieux autorégulée : ne naissent que les enfants que nous pouvons aimer, éduquer, nourrir, et à qui nous pourrons offrir plus tard, de manière certaine, une place de responsabilité dans la société. Cent mille citoyens… ce nombre est précisément le nombre parfait, scientifiquement étudié par rapport à la surface et aux réserves alimentaires de cette île. Le nombre de l'harmonie. Les vivants remplacent les morts. Les nouveaux travailleurs remplacent ceux qui partent à la retraite. Il n'existe pas de chômage.

Elle désigne une usine qui lâche une colonne blanche de vapeur d'eau.

— Toutes nos ordures sont recyclées. Nous ne souillons, nous n'épuisons ni l'air, ni l'eau, ni la terre.

— Qu'est-ce qu'il vous manque ? questionne Natalia Ovitz.

— Deux choses.

1) Être réellement admis comme égaux des Grands.

2) Communiquer avec la plus ancienne Terrienne : Gaïa, notre planète-mère.

— Communiquer avec la planète ? C'est un objectif officiel ? s'exclame Hypatie Kim, très intéressée.

La reine Emma 109 lui fait un clin d'œil.

— Je sais que c'est votre projet, docteur Kim. Pour cette raison, il me sera agréable de vous inviter à travailler chez nous quelques jours, ou quelques semaines, si vous le souhaitez. D'ailleurs cette invitation est valable pour vos deux collègues, nous sommes aussi intéressés par votre idée de concevoir une formule chimique capable d'améliorer la compréhension entre les individus, docteur Dunyach, ou celle de créer une cité sur la Lune, docteur Amzallag. Si la chose vous intéresse, notre centre spatial vous est ouvert.

Elle désigne un bâtiment en forme d'arum blanc.

À bien observer, le pistil se révèle être une rampe de lancement à laquelle est accrochée une fusée jaune étincelante. Des dizaines de tuyaux, branchés aux flancs du vaisseau spatial, comme autant de cordons ombilicaux, laissent échapper de fins jets de vapeur, alors que des lueurs apparaissent au niveau des hublots supérieurs.

— Demain matin, cette fusée décollera avec ses trois astronautes. Ce sont des femmes expérimentées, elles ont déjà opéré avec succès la mission de destruction de l'astéroïde Théia 12. Dans le déroulé de la journée prévue par Emma 666 pour clore la fête de l'Indépendance, nous assisterons donc demain matin, à 8 heures, au décollage de Lymphocyte 13. Jolie conclusion pour une fête, n'est-ce pas ?

D'un même mouvement, les têtes se tournent vers le centre spatial arum, puis reviennent vers les écrans où le rituel nuptial devient de plus en plus torride.

Comme pour donner encore plus d'entrain aux couples, une musique se met à résonner dans les haut-parleurs de la ville, la *Symphonie du Nouveau Monde* de Dvorak. Et la vie se perpétue.

20.

Jean-Baptiste de Lamarck est le premier scientifique à réfléchir sur l'évolution des espèces.
Il est l'inventeur du mot « biologie », la science qui étudie le monde « bio », c'est-à-dire le « vivant ».
Après une carrière d'officier, au cours de laquelle il combat lors de la bataille de Villinghausen (en 1761,

durant la guerre de Sept Ans, qui oppose la France à la Prusse et à l'Angleterre), il quitte l'armée et se passionne pour la médecine, puis la botanique.
Il publie en 1779 *Flore française*, ouvrage où il établit quelques règles permettant de reconnaître plus facilement les fleurs et les plantes. C'est un best-seller. Il entre alors à l'Académie des sciences et reçoit le titre de « Professeur d'histoire naturelle des insectes et des vers au Jardin du Roi ».
Il profite de ce poste prestigieux pour créer le Muséum d'histoire naturelle à Paris, et enseigne la zoologie des invertébrés, qu'il commence à répertorier et à classifier. De l'observation des animaux, il déduit le concept de « Transformisme », à savoir que les espèces deviennent plus complexes, plus diversifiées et plus spécialisées en se transformant avec le temps, selon une adaptation des êtres vivants au milieu qui les entoure (lui-même changeant en permanence). En 1809, Lamarck publie *Philosophie zoologique* où il expose sa théorie de l'évolution des espèces par mutation interne : « Dans tout animal qui n'a point dépassé le terme de ses développements, l'emploi plus fréquent et soutenu d'un organe quelconque fortifie peu à peu cet organe, le développe, l'agrandit et lui donne une puissance proportionnée à la durée de cet emploi. Tandis que le défaut constant d'usage de tel organe l'affaiblit et finit par le faire disparaître. »
Il donne ainsi l'exemple de la girafe qui, en période de sécheresse, étend son cou pour atteindre les feuilles placées au sommet des grands arbres et modifie ainsi son organisme. Elle donnera naissance par la suite à des girafons qui eux-mêmes auront le cou

de plus en plus long pour atteindre les meilleures feuilles. Et plus les girafons étireront leur cou, plus la génération suivante aura un cou démesuré.
De même, selon Lamarck, si la taupe est devenue progressivement aveugle, c'est qu'elle ne fait pas usage de sa vue sous terre : « Tout ce que la nature a fait acquérir ou perdre aux individus par l'influence constante des circonstances, elle le conserve pour la génération de nouveaux individus qui en proviennent, pourvu que les changements acquis soient communs aux deux sexes qui ont produit ces individus. »
Après la publication de cet ouvrage, Lamarck subit les attaques et l'opposition directe des autres scientifiques (et notamment de Georges Cuvier, scientifique renommé, partisan de la théorie du fixisme qui veut que les espèces n'évoluent pas).
Lorsque Napoléon Ier croise Lamarck, lors de l'inauguration d'une salle du Muséum, il lui dit : « Votre dernier livre déshonore vos vieux jours, faites de l'histoire naturelle mais pas de la philosophie zoologique. » Phrase qui, selon les témoins, toucha tellement le vieux scientifique qu'il se mit à pleurer.
Vers 75 ans, à force de regarder dans son microscope, Jean-Baptiste de Lamarck devient lui-même aveugle. Déconsidéré par ses pairs, rejeté par le milieu académique de l'époque, tombé dans la misère, il vend ses collections de fleurs et d'insectes à des scientifiques étrangers pour survivre. Il meurt dix ans plus tard, en 1829, à l'âge de 85 ans, seul et ruiné, son œuvre ridiculisée par ses collègues. Sa propre famille l'ayant abandonné, son cadavre est jeté dans la fosse commune du cimetière Montparnasse. À sa mort, Georges Cuvier fit un discours où il se moqua de

toutes les théories de Lamarck et le décrivit comme un scientifique raté, qui s'était systématiquement trompé par pure bêtise et obstination.

Ce sera Charles Darwin qui, en développant en 1859 (donc trente ans plus tard) la théorie de la sélection des plus aptes dans son livre *L'Origine des espèces*, va récupérer toute la gloire de la réflexion sur l'évolution.

Darwin va d'ailleurs s'avérer l'un des pires adversaires de Lamarck. Pour lui, si les girafes ont le cou long c'est que celles qui avaient le cou plus court, étant inadaptées, ont disparu. Darwin écrira : « J'ai lu Lamarck et j'ai trouvé que c'était un auteur médiocre. » En fait, pour résumer : si pour Charles Darwin l'évolution se fait par le hasard (la sélection des plus aptes et la disparition des faibles, en accord avec les concepts élitistes de son époque), pour Jean-Baptiste de Lamarck l'évolution se fait par la transformation de ceux qui en ont la capacité ou en émettent le désir profond, chaque être étant capable de s'autoprogrammer.

Soixante ans après la mort de Lamarck, certains scientifiques se revendiquèrent de la pensée lamarckienne, mais furent aussitôt attaqués puis déconsidérés par les savants officiels, plutôt darwiniens. Actuellement, le travail de Lamarck a été oublié au profit des théories de Darwin qui sont les seules reconnues par l'ensemble de la communauté scientifique.

Cependant, certains phénomènes (comme la transformation des orchidées pour s'adapter à la forme exacte et à l'odeur sexuelle des abeilles !) ne trouvent aucune explication possible par le darwinisme, et ne peuvent être compréhensibles qu'à la lumière de la théorie de Lamarck qui veut que les êtres vivants peuvent se transformer volontairement pour s'adapter au milieu qui les entoure. Et il y a quelques chercheurs pour reconnaître que non seulement Lamarck a été le premier à réfléchir sur l'évolution des espèces, mais que ses théories sont finalement plus propres à expliquer la complexité du monde vivant moderne que toutes les autres théories connues à ce jour.

Edmond Wells,
Encyclopédie du Savoir Relatif et Absolu, Tome XI.

21.

La musique est devenue de plus en plus rythmée et le volume sonore ne cesse d'augmenter pour devenir assourdissant.

Partout sous les buildings-fleurs, les Micro-Humains dansent, boivent, chantent, participent à la fête.

Sur les écrans, les jeunes couples de l'essaimage ne semblent pas fatigués, bien au contraire, chacun multiplie les partenaires, suivant en cela l'exemple des fourmis. Dans les rues, l'excitation est contagieuse. C'est un défoulement complet, semblable à un jour de carnaval.

Le smartphone de David Wells sonne et il voit apparaître : « Appel entrant : Ishtar. »

Il s'excuse et quitte un instant la terrasse pour descendre sur la plage, cherchant un endroit un tant soit peu silencieux. Il enclenche enfin la conversation et le visage de sa fille apparaît.

— Ah enfin ! Papa, pourquoi tu nous as abandonnés ?

— Je ne vous ai pas abandonnés, c'est seulement une séparation temporaire avec votre mère.

— Temporaire ?

— Je ne sais pas, ce n'est pas moi qui l'ai décidée.

— Tu aurais dû refuser, ne pas partir si vite.

— À quoi sert de rester avec quelqu'un qui ne vous aime plus ?

Il se dit qu'il parle à sa fille de dix ans comme à une adulte.

— Moi je t'aime, Papa. Et mes frères aussi.

— Merci ma chérie. Je vais m'organiser avec votre mère pour vous voir souvent, mais là, je crois qu'il serait bon de laisser passer un peu de temps. Vous pouvez le comprendre ?

— Non, Papa, reviens.

— Bientôt, probablement. Je vous embrasse. Soyez gentils avec Maman.

Il raccroche, l'émotion à fleur de peau.

— David ?

Il se retourne, reconnaît la Micro-Humaine, et esquisse une révérence.

— Que faites-vous là, Majesté ?

— Ne m'appelle pas Majesté, appelle-moi 109. J'ai vu que tu abandonnais la fête, alors j'ai voulu te rejoindre. Allez, prends-moi dans tes bras et fais-moi monter.

Elle demande au chauffeur resté en retrait de la laisser seule, fait signe aux gardes du corps qu'eux aussi peuvent profiter des bals populaires.

Le scientifique l'attrape comme un gros bébé et la pose dans le creux de son coude.

— Depuis que je vis ici, j'ai l'impression que nous nous sommes éloignés tous les deux, David.

— Majesté… 109… Vous…

— Tu peux me tutoyer. C'est ma malédiction de reine, je tutoie les gens et en retour ils me vouvoient, mais pas toi, hein, David ?

La minuscule femme dégaine son fume-cigarette nacré, enflamme le bout de la cigarette et souffle quelques bouffées bleutées.

— Tiens, vous fumez ? dit-il sans parvenir à la tutoyer.

— J'ai toujours trouvé que Natalia avait beaucoup de style et de charme en produisant des nuages gris avec sa bouche. Vas-y, marche, allons par là.

— Je crois que vous avez des choses plus importantes à faire que discuter avec un touriste grand. La fête des dix ans d'indépendance de Microland, c'est votre jour de gloire.

— Crois-tu que nous ayons réellement réussi, David ?

— Plus personne ne peut nier que les Micro-Humains existent, et qu'il faut compter avec eux. Cette mission Lymphocyte Théia 13 va renforcer votre image positive auprès du grand public.

Elle a un mouvement de tête pour exprimer qu'elle n'est pas convaincue.

— Que nous faut-il faire pour être un jour réellement considérés comme vos égaux ?

— Vous êtes déjà nos égaux. Le fait a été voté à l'ONU.

— Officiellement oui, mais officieusement nous percevons, nous les Emachs, un tel mépris, une telle arrogance de la part des Grands, juste parce que vous avez un excédent de volume de chair, d'os et de sang.

— C'est votre complexe. Vous avez inventé le complexe de Micro-Humanité, souligne-t-il avec un sourire.

— Un jour, on vous prouvera que vous avez bien plus besoin de nous que nous avons besoin de vous.

Il hausse les épaules.

— C'est la raison pour laquelle vous avez changé votre devise pour reprendre la formule de Pygmée Prod : « On a toujours besoin de plus petit que soi » ?

— J'adore cette phrase de votre écrivain de science-fiction Jean de La Fontaine, elle résume notre « indispensabilité », mais je veux maintenant vous la prouver par nos actes.

— Jean de La Fontaine n'était pas un auteur de science-fiction, plutôt un fabuliste animalier.

— Tu dis cela parce que tu n'as pas bien lu ses œuvres. Relis-le et tu verras que ces textes vont bien au-delà des contes pour enfants.

À nouveau, les feux d'artifice claquent haut dans le ciel, faisant apparaître des motifs de feu dans la nuit étoilée.

— Mais tout devient compliqué aussi chez nous, David. Depuis peu, une politique des « anti-Grands » émerge au sein de l'assemblée, murmure la reine.

L'expression surprend David.

— C'est un mouvement politique qui se fait appeler PAGE. Pour « Parti Anti-Grand Emach ».

— Je croyais que c'était le MIEL, « Mouvement Indépendant des Emachs Libres », si je me souviens bien.

— Le centre de gravité s'est déplacé. Le MIEL qui était jadis un parti extrémiste est désormais le parti centriste majoritaire, mais le PAGE d'extrême droite gagne chaque année des places. Leur devise est : « Il est temps de tourner la grande page. » Sous-entendu : vous êtes un chapitre de l'histoire de l'humanité déjà lu, il faut dorénavant passer au prochain.

Des voitures les dépassent en klaxonnant.

— Nous avons aussi nos partis extrémistes de droite ou de gauche qui profèrent n'importe quelle absurdité pour attirer les mécontents, les râleurs, les aigris et les jaloux, reconnaît le scientifique français.

— Le plus étrange, c'est que le PAGE est dirigé par Emma 666.

— La papesse ? Je croyais qu'elle organisait le « culte » des Grands.

— Elle organise le culte de l'Œuf originel, nuance. Et puis elle a bien changé en dix ans. Elle ne vous aime plus.

La reine Emma 109 soupire.

— Je me sens si vieille. Je crois que j'en ai marre. À cent trente ans, vous les Grands, vous habitez dans des hospices de vieux, gavés de médicaments, les fesses dans des couches-culottes, à manger la soupe à 18 heures et à attendre la mort en regardant les émissions de variétés qui tournent en boucle. J'ai vu votre Fabienne Foulon, censée avoir cent cinquante et un ans, elle ressemble à une momie et ne fait rien de la journée.

— Vous voulez prendre votre retraite, Majesté ?

Elle s'approche de son oreille et chuchote :

— Je sais que je n'en ai pas le droit. Mais le pouvoir est si lourd à porter. Je le ressens comme un sac à dos rempli de cailloux dont je ne peux me débarrasser…

En silence, tous deux observent de loin la ville bruyante et illuminée.

— En même temps, ça m'enthousiasme de diriger mon troupeau vers un avenir meilleur.

Ils marchent côte à côte sur la plage, la lune se cache derrière un nuage.

— Tu crois qu'un jour nous aussi les Emachs nous pourrons nous reposer et nous dire : « C'est bon, nous sommes comme les autres peuples humains de la Terre » ?

— Ça veut dire quoi, « être comme les autres » ?

— Avoir le droit d'être paresseux, corrompus, menteurs, hypocrites, alcooliques, drogués, anarchistes, nihilistes, suicidaires, désespérés, ricaneurs, sadiques, cyniques, pervers, masochistes, exploiteurs, égoïstes, violents, bref… aussi divers que vous.

David sourit.

— Le jour où vous vous sentirez autorisés à cela… vous n'aurez plus envie de faire d'effort.

— C'est toi-même pourtant qui nous as répété que le premier poisson sorti de l'eau pour marcher sur la terre ferme…

— Le Tiktaalik ?

— Oui, eh bien ton Tikta machin… était forcément quelqu'un qui a eu un comportement déviant par rapport à ses congénères.

David Wells essaie de visualiser l'animal vivant, héros inconnu, dont le comportement d'un jour a changé l'histoire de toutes les espèces vivantes sur Terre.

— Le Tiktaalik avait-il le choix ? Il était peut-être poursuivi par un requin. Moi je l'imagine bien au comble de la terreur. Dans la panique d'un danger aquatique, il a oublié qu'il lui était impossible de se hisser hors de cet élément.

— Était-ce une si bonne initiative ? Dans l'eau on peut se mouvoir en trois dimensions, sur terre on est juste collé au sol. Quel imbécile ce premier poisson sorti de l'eau. Peut-être qu'un jour un humain « Homo aquarius » prendra l'initiative inverse du Tiktaalik… et reviendra dans l'eau.

Leurs regards se cherchent, et tous deux s'esclaffent alors qu'une nouvelle salve de feux d'artifice en forme de losanges vient concurrencer les dernières lueurs de la lune, peu à peu masquée par la masse des nuages.

Au loin, une étoile filante raye la nuit.

Alors Emma 109 chuchote :

— Un requin… ou un astéroïde. Peut-être que ce sont les terreurs qui finalement font évoluer les espèces.

22.

CRISE DE L'ASTÉROÏDE – Alors que tous les calculs et les premières photos nettes prises par les télescopes confirment l'énormité et donc la dangerosité de l'astéroïde Théia 13, la reine micro-humaine Emma

109 a confirmé, lors du discours de la fête de l'Indépendance, sa parfaite confiance dans le système de sécurité SPM (Sauver Planète Mère).

Elle a rappelé que demain matin à 8 heures, heure locale, décollera la fusée protectrice Lymphocyte 13 dont la mission consistera à détruire cette menace venue de l'espace. Trois femmes micro-humaines, astronautes expérimentées, et qui ont déjà réussi l'année dernière une mission similaire, ont été sélectionnées.

FOOTBALL – Catastrophe. Après le match perdu contre la Moldavie, la France ne peut plus se permettre une défaite ce soir contre le Burkina Faso. À Athènes, la tension est à son comble. Le capitaine français Jovanovic a signalé que ses hommes étaient motivés et savaient qu'ils n'avaient droit à aucune erreur.

ROBOTIQUE – Le docteur Frydman constate que les dix nouveaux robots de génération Asimov 005 AWC (pour Androïd With Conscience) ont des problèmes d'états d'âme existentiels. En effet, sur les dix, trois sont devenus fous, cinq restent amorphes sans parler ni bouger, et le dernier répète en permanence le mot « Mourir ». Le docteur Frydman a fait psychanalyser le seul « sain d'esprit » qui communique encore normalement. Celui-ci a confié qu'au-delà de la peur de la mort, il souffrait de l'ignorance de la raison réelle de son existence, et du manque de motivation pour aller vers les autres.

SANTÉ – Il semble que la malaria, qui est pourtant le fléau mondial considéré comme le plus ravageur, ait des… vertus thérapeutiques. Une récente étude effectuée en République démocratique du Congo vient en effet de révéler l'effet secondaire surprenant de cette maladie : les personnes qui en sont frappées et qui surmontent leurs crises vivraient beaucoup plus longtemps que la moyenne. L'une des explications de ce phénomène pourrait être que la malaria oblige le système immunitaire à rester en état de vigilance, stoppant ainsi l'avancée de toutes les autres maladies potentiellement mortelles. « Pourvu que les campagnes de vaccination ne la fassent pas disparaître », a confié le professeur Nicolas Leber qui a lui-même contracté la malaria et qui ajoute : « Je l'ai et je la garde comme une sécurité pour mes vieux jours. » Suite à cette information, le docteur Gérard Saldmain, spécialiste en prolongation de la vie, a proposé d'étudier les « bienfaits de certains microbes et virus jadis uniquement considérés comme nuisibles ».

ÉCOLOGIE – Les satellites d'observation terrestre ont noté l'agrandissement et le tassement du 6e continent, nom générique donné à l'immense île composée d'ordures ménagères qui flottent sur l'océan Atlantique entre l'Europe et l'Amérique, et la création d'un 7e continent similaire sur le Pacifique, entre l'Asie et l'Amérique. Ces deux continents artificiels voient apparaître sur et sous leur surface des espèces de poissons, d'oiseaux, et même de rats mutants capables d'ingérer et de digérer le plastique.

PÔLE NORD – L'Arctique est en train de passer de l'élément solide à l'élément liquide, sous l'effet de la fonte des glaces liée probablement à la montée des températures, elle-même liée à l'augmentation de la pollution et de l'activité industrielle planétaire. En plusieurs endroits où jadis il existait un sol dur sur lequel les explorateurs pouvaient circuler en traîneau à chiens par exemple, il y a désormais des lacs d'eau douce qu'on ne peut traverser qu'en bateau.

ÉCONOMIE – Alors que jamais le nombre de pauvres n'a été aussi important sur la planète, paradoxalement jamais le nombre de milliardaires en dollars n'a lui aussi été aussi important. Selon le classement Forbes, ils sont 2 031 cette année, soit 125 de plus que l'année dernière. La plupart se trouvent désormais dans les pays dits « émergents » : Chine, Russie, et depuis peu en Inde et au Brésil, ainsi bien sûr que dans les monarchies arabes du golfe qui vivent toujours sur la rente du pétrole. Ce groupe de privilégiés ne comprend plus désormais ni Européen ni Américain.

MÉTÉO – On attend une chute brutale des températures accompagnée de pluie ou de grêle, pour ce mois de mai.

23.

— Tu sembles préoccupée par autre chose. Qu'est-ce qui t'inquiète, Gaïa ?

— J'ai mis au point un système pour me défendre contre les entités étrangères et ce système est en train de se mettre automatiquement en marche.

— Un « système de défense contre moi » ? De quoi s'agit-il ?

— Dans le passé, des astéroïdes semblables à toi m'ont fait du mal. Beaucoup de mal. Celui qu'ils ont appelé « Théia 1 » a arraché ma croûte, a raclé ma surface en profondeur, a fait saigner mon magma,

a entaillé toute la surface de mon épiderme. Il m'a carrément épluchée jusqu'aux zones liquides de mon être. La sensation horrible est restée dans ma mémoire.

— Cet astéroïde était donc destructeur ?

— Oui, c'était un rocher stérile qui m'a percutée. D'ailleurs, il m'en reste une blessure profonde, ce que les humains nomment l'« océan Pacifique ». Ce trou rempli d'eau est la balafre que m'a causée Théia 1… Cet instant terrifiant aurait pu m'être fatal. Tout s'est joué sur le volume, la vitesse, et l'angle d'impact de Théia 1.

— Pourquoi ce nom de Théia ?

— Tous les « gros cailloux dangereux » qui viennent me percuter ont pris ce nom.

— Théia signifie donc « Ennemie », c'est cela ?

— Oui, et après Théia 1 qui m'a laissé une cicatrice, il y a eu Théia 2 qui a fait disparaître mes premiers locataires, Théia 3 qui a créé un hiver permanent… À chaque Théia, une douleur, une perte, un risque de mort.

— Je n'imaginais pas que je pouvais à ce point être une menace pour toi.

— Dès lors j'ai été obnubilée par ce risque. Sur des millénaires, j'ai cherché un moyen de m'en protéger et j'ai trouvé une solution qui se résume à une idée : « me faire aider par ceux qui ont les capacités que je n'ai pas ». J'ai entretenu des parasites sur ma croûte. Ce fut l'invention de la vie, de l'intelligence, de la conscience. J'ai voulu que ces humains aient des mains pour dessiner et construire, des yeux pour viser, des cerveaux pour planifier. Le travail a été long mais j'ai réussi.

— Tu veux dire que c'est toi qui les as inventés ?
— Je dois avouer que je les ai voulus, je les ai aidés à exister, je les ai à ma manière « éduqués ». Le plus difficile a été de leur faire comprendre ce que j'attendais d'eux. Les humains étaient si… limités dans leur imaginaire. L'espace ne les intéressait pas. Ils n'ont jamais vraiment compris qui ils étaient et qui j'étais. Pourtant jadis, je leur parlais… mais désormais je n'arrive plus à communiquer avec eux.
— Tes humains, ce ne sont donc que de simples parasites sur ta croûte, nous sommes bien d'accord ?
— Depuis peu, ils sont parvenus à satisfaire ma première demande. Ils me protègent vraiment.
— Jusqu'à quel point ?
— Le précédent astéroïde, ton prédécesseur, Théia 12, n'a même pas pu m'approcher, ils l'ont rapidement pulvérisé.
— Mais moi, je suis différent. Je ne suis pas là pour te porter préjudice, bien au contraire. Je suis un astéroïde fécondant.
— J'ignorais jusqu'alors que cela existait. Pour moi, tout ce qui venait de l'espace et qui n'était pas moi était forcément une menace. Et plus c'était gros, rapide, et venant dans ma direction, plus c'était dangereux. Maintenant que je t'ai parlé et que je sais qui tu es, tout est changé. Le problème, c'est que je n'ai plus les moyens de leur expliquer cette nouveauté.
— Alors, que va-t-il se passer, Gaïa ?

24.

Un bouchon de champagne jaillit et lui frôle le front.

La papesse Emma 666 reste imperturbable. Elle soupire :

— Vous avez vraiment cherché partout ?

— Vous savez comment est notre reine, elle se moque du protocole et des mondanités. Certains l'ont vue discuter avec le professeur Wells sur la plage, signale la ministre des Sciences Emma 103.

— Je n'aime pas ignorer où elle est et ce qu'elle fait. Je ne suis pas raciste, mais ce David Wells est quand même un Grand.

— Pas n'importe lequel. C'est « le » Grand qui nous a inventées et plusieurs fois sauvées.

— Un Grand est un Grand ! insiste la papesse, nerveuse.

La ministre des Sciences est surprise par cet excès de zèle, mais elle se retient de répliquer.

Des fêtards entrent dans la salle et les invitent à venir danser. La papesse refuse, la ministre hésite puis renonce elle aussi.

Les deux Micro-Humaines montent dans la cathédrale-fleur, rejoignent le balcon au milieu des pétales de rose et surveillent la liesse générale qui envahit la cité de Micropolis. De leur poste d'observation, elles voient bien la foule en émoi.

— Dire que toute la population micro-humaine planétaire au grand complet (cent mille personnes exactement) est réunie ici pour l'anniversaire des dix ans. Comme si toute la population humaine, les dix milliards, se retrouvait sur une île, disons Madagascar, pour fêter son existence.

— Toute la population emach mondiale plus les six Grands, rappelle Emma 103.

Dans l'immense jardin du centre-ville retentit soudain la *Symphonie des Planètes* de Gustav Holst, plus précisément le morceau baptisé « Vénus », en hommage à l'étoile du Berger.

— C'est vous qui avez l'air inquiète, chère ministre 103.

— Je pense à l'astéroïde qui arrive, chère papesse 666.

La papesse hausse les épaules.

— Il n'y a même plus de suspense, c'est une formalité. Et désormais avec ce nouveau radiotélescope nous serons encore plus fortes pour protéger les nôtres. Ce n'est pas à vous, 103, que je vais l'apprendre.

— Il faut rester vigilant, maugrée la ministre des Sciences. Vous vous inquiétez de la disparition de la reine, moi je m'inquiète de l'astéroïde. Vous savez, papesse, quand je suis descendue avec le bathyscaphe sous la mer j'ai vu ce qu'il restait d'une civilisation engloutie : des ruines en décomposition, des squelettes lisses, nettoyés par les anguilles, les crabes et les crevettes, des meubles recouverts de coraux et servant de niches aux poissons des abysses. Voilà la conséquence d'un astéroïde mal « encaissé ».

La papesse a une moue peu convaincue.

Emma 103 sort ses jumelles.

Autour du centre spatial, placé sur la colline proche, le radiotélescope français est sorti de sa caisse puis éclairé par les projecteurs. La papesse désigne l'objet qui renvoie toutes les lumières alentour.

— « Je crains les Grands et leurs cadeaux. » Cela vient de leur littérature mythologique, une phrase prononcée par une femme troyenne, Cassandre, quand on a introduit dans sa cité un cadeau des Grecs, un cheval géant en bois.

— Je ne connais pas les mythologies grecques, papesse, c'est déjà assez compliqué de comprendre la technologie des Grands.

— Leurs livres mythologiques sont truffés d'enseignements. Le cheval en bois était rempli de soldats ennemis. Ils ont attendu la nuit, ils ont ouvert les portes et fait entrer l'armée grecque. La ville a été incendiée, ils ont massacré tous les habitants sans exception, puis ils l'ont rasée. Ils se sont tellement acharnés sur la ville que les archéologues ne sont même pas certains de son emplacement.

La ministre des Sciences ne répond pas.

Soudain son smartphone sonne, elle décroche, écoute, et raccroche en hâte, le visage livide.

— L'astéroïde ?

— Pire. Selon les détecteurs, un séisme s'annonce en mer, au large de notre capitale. Il pourrait donner lieu à un tsunami de forte amplitude.

— Dans combien de temps, 103 ?

La ministre déglutit.

— Neuf heures tout au plus.

La papesse reste muette, semble méditer l'information, puis fait signe à son assistante d'un geste impératif.

— Arrêtez toutes les festivités ! Sonnez l'alerte générale et débrouillez-vous pour retrouver la reine.

Aussitôt, la musique se tait, remplacée par le hurlement sinistre des sirènes de la cité.

25.

Je n'aime pas faire ça, mais c'est nécessaire.
Comme ils disent : « La fin justifie les moyens. »
Peut-être qu'un jour je leur expliquerai pourquoi j'ai dû user de ce moyen extrême… et les humains comprendront.
Je n'ai pas le choix. Il faut que j'empêche mon propre système immunitaire de fonctionner, car j'ai affaire à « un corps étranger souhaité ».
Oui, je suis sûre que lorsqu'ils connaîtront les vrais enjeux, ils me pardonneront.

26.

L'eau froide jaillit sur son visage. Une fois qu'elle a repris ses esprits, Natalia Ovitz s'essuie avec une serviette-éponge et se regarde un instant dans le miroir de la salle de bains, avant de rejoindre les autres dans le salon de l'hôtel pour Grands de Micropolis. Elle inspire profondément, décroche le combiné visiophonique, puis compose le numéro personnel du président Stanislas Drouin.

Le haut-parleur permet à ceux qui sont autour d'elle d'entendre. La sonnerie résonne longtemps.

Quand on décroche enfin, il n'y a pas d'image, seulement le son.

— Allô… Qui me dérange ?… je suis en réunion… hips…

— C'est moi, président. Natalia Ovitz. J'ai besoin de vous. Je vous appelle depuis Micropolis. Nous sommes menacés par un tsunami de grande amplitude qui devrait tout détruire dans à peu près neuf heures. Envoyez-nous d'urgence des secours, un ou plusieurs gros navires militaires pour évacuer les populations.

En reconnaissant la voix de son ancienne subordonnée, le président de l'ONU essaie de se ressaisir. Tous perçoivent en arrière-fond les bruits d'une soirée.

— Quoi ?… un tsunami… au moment où nous avons un astéroïde ?… C'est vraiment pas de chance. Avouez que vous me faites une blague, une loi de Murphy de votre cher Martin, n'est-ce pas ?

— C'est la vérité, président.

Il retient un rire nerveux, puis se reprend.

— Dans ce cas, il faudra vous envoyer de l'aide mais… c'est une décision que je ne peux pas prendre seul. Pour déplacer le moindre soldat ou marin de l'ONU, il faut l'avis d'au moins trois membres du Conseil de sécurité. Il est tard. Je ne pense pas arriver à les réunir en si peu de temps et, quand bien même ils seraient d'accord, il faudrait envoyer un énorme bateau pour vous sauver avec vos cent mille amis. Ce sera long pour vous rejoindre et encore plus long pour faire embarquer autant de personnes, même de petite taille.

— Je crois que vous ne mesurez pas la gravité de la situation, président.

Nouveaux bruits en arrière-fond, des gens parlent et font la fête.

— Navré, colonel Ovitz… hips… c'est terrible ce qui vous arrive mais en si peu de temps ce n'est pas techniquement envisageable.

Natalia respire vite. Autour d'elle, les cinq autres humains partagent son inquiétude.

— Alors, président Drouin, on fait quoi, on crève ! ?

Elle entend à l'autre bout du fil un soupir de fatigue et d'ivresse. Drouin cherche ses mots :

— Je crois… que vous avez avec vous le spécialiste de l'évolution, le docteur Wells… hips… Il déclarait récemment : « Dans les circonstances graves tous les animaux, suivant la théorie de Lamarck, sont forcés d'évoluer très vite. »

Comprenant que le président de l'ONU n'est pas dans son état normal, Natalia murmure dans son smartphone :

— Vous êtes saoul, président Drouin ? Vous êtes dans une soirée, c'est ça ?

Il nie aussitôt, alors que dans le haut-parleur la musique et le brouhaha des voix autour de lui augmentent.

— Natalia, Natalia… Détendez-vous. Vous connaissez la blague : « Il paraît que si l'on jette une centaine de milliers de souris du haut d'une falaise, rien qu'en probabilité mathématique, il doit forcément y en avoir une ou deux qui commenceront à évoluer très vite et à se doter d'ailes pour se transformer en… chauves-souris ! »

Il pouffe.

— Alors… hips… peut-être qu'en jetant cent mille Emachs dans l'eau, quelques-uns réussiront à muter pour avoir des nageoires et se transformer en Micro-Humains amphibies…

La blague ne fait rire personne.

Stanislas Drouin retient une toux alcoolisée. Natalia parle d'un ton sec alors qu'autour d'elle, tous écoutent avec une attention soutenue.

— Je tiens à vous rappeler que ce sont ces mêmes Micro-Humains qui vont envoyer la fusée Lymphocyte 13 censée nous sauver de l'astéroïde, président.

— Hum… Excusez-moi, en effet, vous me prenez à un moment… Mais en neuf heures, je ne pense pas pouvoir agir d'une manière ou d'une autre… Par contre, cela n'empêchera aucunement la fusée de décoller, j'en suis sûr.

— IL FAUT NOUS AIDER ! MAINTENANT ! TOUT DE SUITE ! hurle Natalia dans le combiné du visiophone.

— … Oh ! Hé ! ne le prenez pas sur ce ton, colonel Ovitz. Pas avec moi, hein ? Et je vous le répète : DE TOUTE FAÇON CE N'EST PAS POSSIBLE.

— Et si on meurt tous ? Emachs et humains ?

— Eh bien… eh bien… hips… tant pis. Ce sera « votre » puis « notre » destin. Alors désolé, débrouillez-vous. Nous en sommes tous là : évoluer ou disparaître ! Mais je vous connais, Natalia, je suis sûr que vous trouverez une solution miracle in extremis pour sauver les Emachs et toute la planète… Vous êtes particulièrement douée dans l'urgence et sous la pression. Je vous fais confiance. Bonne nuit, Natalia. Et arrêtez de vous faire du souci à tout bout de champ, ce qui doit arriver arrivera... Vous devriez vous détendre un peu... comme je le fais moi-même.

« Stan ! Stan ! La bouteille ! La bouteille ! » hurlent derrière lui des voix pâteuses.

Natalia jette le combiné par terre.

La reine Emma 109 l'observe, incrédule.

— Nous ne pourrons pas compter sur lui, Majesté.

La Micro-Humaine allume son fume-cigarette, calmement.

— Nous allons devoir nous surpasser pour survivre sans son aide, voilà tout.

— Seuls ? Contre un tsunami ! ?

Natalia a repris son allure de combattante.

— Utilisons *L'Albatros*. Après tout, c'est le plus gros avion jamais construit. Il devrait pouvoir contenir beaucoup de monde, en tassant bien.

Elle a un geste de détermination, le poing fermé.

— Cent mille personnes, en tassant bien, dans un seul avion ! ? demande Hypatie Kim, incrédule.

— Si quelqu'un a une meilleure solution, elle sera la bienvenue, mais il faut se décider rapidement.

La reine lâche quelques bouffées de fumée.

— Ce sera la preuve aux yeux de tous que les Micro-Humains savent s'adapter et survivre. C'est maintenant « notre » épreuve décisive pour entrer dans l'Histoire de l'Humanité ou... en sortir. Je vous fais confiance, colonel Ovitz.

Par la baie vitrée de l'hôtel, on distingue déjà, à peine éclairés par les réverbères, des camions et des bus, prêts à déplacer les populations. Dans les rues, les gens attendent, par groupes, face à leur porte.

27.

— Comment comptes-tu procéder pour empêcher tes parasites de te défendre contre moi ?

— J'ai produit un séisme proche de la zone de lancement des fusées Lymphocytes. Il devrait les noyer bientôt.

— Tu vas les sacrifier pour les empêcher d'agir ?

— Maintenant que nous avons parlé tous les deux, Théia, tout est différent. J'ai fait mon choix. Je suis capable de perdre un peu pour gagner beaucoup. D'autres mammifères de ma planète, les renards, se coupent parfois la patte pour se libérer d'un piège.

28.

La vague dévastatrice est en formation à plusieurs kilomètres au large de la côte est des Açores.

De longues files d'individus sans bagages, mais chargés parfois d'enfants dans les bras ou d'œufs dans des sacs à dos, avancent.

Les policiers de la garde royale les canalisent.

Ceux des rues convergent vers les boulevards, ceux des boulevards vers les avenues, ceux des avenues se dirigent vers le large port de Micropolis.

Nul ne montre son impatience, tous sont attentifs aux consignes successives lancées par les haut-parleurs.

— Regroupez-vous en file par deux.

— Restez calmes.

— N’avancez pas plus vite que la personne devant vous.

— N’emportez aucun bagage.

La reine, la papesse, la ministre des Sciences sont déjà installées dans le cockpit ouvert de *L’Albatros* à côté des Grands.

— Nous en sommes où ? demande Emma 109 à Emma 103.

Celle-ci presse un bouton de son smartphone, échange quelques mots, raccroche.

— 78 % de taux de remplissage de la soute.

— Combien de temps avant l’arrivée de la vague ?

— 58 minutes 22 secondes.

— À votre avis, Emma 103, nous pouvons réussir ?

— Sans aucun ralentissement, Majesté, c’est envisageable.

— Il faudrait sauver les livres en papier de la bibliothèque..., signale la papesse. Je peux encore donner des ordres.

La reine, juchée sur le tableau de bord, observe l’horizon. Elle guette l’arrivée du monstre aquatique.

— Les livres ne sont que des objets. Aucun n’est indispensable. D’ailleurs, je n’essaie même pas d’emporter mes carnets de notes pour *L’Humanité suivante*.

La longue procession avance et doucement s’enfonce dans la soute de l’hydravion. Les équipes du génie civil ont installé un pont souple pour relier la jetée au flanc de *L’Albatros* stationné au large. Les ingénieurs microlandais ont rapidement calculé que l’on pouvait embarquer les cent mille personnes à condition qu'elles soient couchées et immobiles durant le trajet.

La soute a été aménagée d'une façon qui la fait ressembler à un plat de lasagnes, avec de fines tranches d'humains séparées par des plaques de plastique rigide. On dirait aussi les rayons d'une ruche, en quelque sorte, avec les mêmes séparations en cellules hexagonales. Cette structure s'avère la plus apte à contenir le maximum de personnes dans l'espace le plus exigu tout en les séparant. La partie supérieure est composée de mousse percée où sont installés les œufs de la nouvelle génération.

Les policiers royaux sont partout, aidant à canaliser, discipliner, apaiser, ranger, calmer la foule.

— Pensez à uriner dans la mer avant d'entrer. Vous ne pourrez pas utiliser de toilettes durant le trajet.

— Couchez-vous, calez-vous et respirez amplement pour vous apaiser. Essayez de ralentir vos battements cardiaques pour être calmes et ne pas surcharger le volume d'air en gaz carbonique.

— Vous pouvez discuter avec vos voisins, mais sans parler fort, pour ne pas créer un brouhaha qui générerait une vibration.

Du haut du cockpit, la reine observe la file sombre des Micro-Humains brandissant enfants et couvains, qui ressemble à s'y méprendre à une colonne de fourmis évacuant une fourmilière avant une inondation.

— Taux de remplissage ? demande la reine qui ne quitte pas des yeux l'horizon est.

— 84 %, répond la ministre.

— Nous sommes dans les temps, annonce Natalia en se livrant à un rapide calcul de tête pour évaluer le poids de la charge. Heureusement, les Emachs sont très légers.

La reine Emma 109 n'a pas lâché son fume-cigarette, elle ne peut cacher son anxiété. Du coup, Natalia allume à son tour le sien et, au lieu d'y visser son habituelle cigarette électronique, elle place une vraie cigarette de tabac.

Les deux femmes lâchent en parallèle leurs petits nuages de fumée.

— Vous pensez que nous pouvons réussir ? demande à nouveau la reine.

La ministre regarde son smartphone et déclenche l'apparition d'un tableau et d'une courbe.

— À cet instant, selon nos experts nous avons 63 % de chances d'arriver à évacuer toute la population de Microland avant l'arrivée du tsunami.

— Vous êtes consciente que cette fête de l'Indépendance a réuni « TOUTE » la population emach au grand complet dans un seul avion ? maugrée la papesse 666 qui préfère rester assise dans le cockpit pour ne pas voir ce qu'il se passe à l'extérieur.

— Nous avons cet atout extraordinaire qu'est *L'Albatros*, rétorque la reine. Imaginez ce qui se serait passé si les Grands n'étaient pas venus avec cet engin russe.

En guise de réponse, la papesse prie tout en serrant l'Œuf sacré en pendentif à son cou.

Elle psalmodie :

— « … Œuf…

Œuf dont nous sommes issus,

Œuf où nous nous dirigeons,

Œuf qui nous a donné la vie,

Œuf qui nous accueillera à notre dernier souffle,
Protège tes adorateurs,
Offre-nous une coquille contre l'adversité qui nous touche aujourd'hui. »

La reine saisit ses jumelles et observe les longues files de ses sujets qui continuent d'affluer vers le vaisseau, dernier sanctuaire de sa civilisation.

La ministre 103 écoute son smartphone et déclare :

— 98 % de taux de remplissage.

— Et la vague ?

— Attendue dans trente-six minutes. Ne vous inquiétez pas, Majesté, nous sommes dans les temps.

— Et la fusée ? questionne Natalia Ovitz.

La ministre appelle un autre numéro, questionne, puis, écoute en hochant la tête.

— Les trois astronautes de Lymphocyte 13 sont déjà installées. L'équipe a terminé les derniers préparatifs de lancement. Tout le personnel du centre spatial a été évacué et nous rejoint au plus vite.

La reine tourne ses jumelles vers le centre spatial microlandais juché sur la colline.

— Il n'y a donc plus personne là-haut ?

— Seulement les trois astronautes qui vont déclencher elles-mêmes le décollage de leur fusée, Majesté. Grâce au radiotélescope, nous avons pu ajuster la trajectoire. Il n'aura été utile au final que pour une seule opération, mais déterminante, concède la ministre.

La reine 109 pompe rapidement son fume-cigarette et lâche deux cercles bleutés.

Anticipant son désir, Martin Janicot la prend dans ses bras et la hisse sur ses épaules, afin qu'elle puisse voir la scène de haut.

— Voilà, ce sont eux, les ingénieurs du centre spatial, commente la ministre en désignant un bus.

— Eh bien, nous serons bientôt au complet. Martin, tu peux commencer à faire chauffer les moteurs, nous embarquons les derniers Microlandais et nous décollons avant que le tsunami n'arrive, tranche la reine juchée sur ses épaules.

Elle se tourne à nouveau vers l'est. Malgré toutes les informations rassurantes qui lui arrivent, elle a un mauvais pressentiment.

Pour la première fois de sa vie, Emma 109 est submergée par une peur qu'elle contient difficilement. Cette fois, l'événement ne concerne pas seulement sa personne, mais son peuple tout entier.

La vague surgit soudain à l'horizon.

La reine a un irrépressible frisson d'épouvante pure.

29. ENCYCLOPÉDIE : LES CIRCUITS DE LA PEUR

Quand une peur soudaine nous assaille, deux petites amandes situées au centre de notre cerveau, qui constituent l'amygdale, ont une action précise : l'alerte.

Dès que le danger a été détecté par les sens, l'amygdale provoque une augmentation des battements cardiaques et permet aux muscles ainsi irrigués de se préparer aux deux actions de survie : combattre ou fuir.

Accessoirement, l'amygdale provoque d'autres effets : les poils se hérissent (vieille programmation qui permet de donner l'impression d'être plus volumineux afin d'impressionner l'adversaire), le corps prend automatiquement une posture d'attaque ou de préparation à la course (genoux fléchis, dos courbé), la cortisone est diffusée dans le sang (pour gérer la douleur en cas de blessures).

En même temps, l'amygdale éteint ce qui pourrait ralentir la fuite ou le combat : la zone du cerveau qui réfléchit, le néocortex.

Quand nous sommes agressés, nous nous mettons donc automatiquement en mode Action et non plus en mode Réflexion.

Si par exemple un homme est en train de compter le nombre de fourmis qui passent sur un chemin et qu'il voit un serpent surgir des herbes, il va instantanément oublier le nombre de fourmis.

Quand le serpent sera éloigné ou vaincu, son cerveau stoppera l'alerte de l'amygdale.

Une fonction est précisément prévue pour le retour à la normale : celle des deux hippocampes qui touchent l'amygdale, deux longues spirales qui éteignent l'alerte et permettent au néocortex de se rallumer.

Dès que ces hippocampes agissent, le cœur s'apaise, les muscles évacuent les toxines, le cerveau peut réfléchir et analyser les dégâts, trouver des stratégies logiques pour éviter que cela ne se reproduise.

Cependant, chez certaines personnes, même si le danger réel est passé (le serpent s'est éloigné ou a été tué), l'amygdale ne cesse d'envoyer le signal d'alerte, car elle considère que la situation est grave malgré tout, et qu'il faut rester prêt à se battre ou à fuir (il peut y avoir d'autres serpents cachés dans les fourrés).

Comme l'alerte est permanente, l'amygdale finit par produire une substance acide qui ronge les spirales des hippocampes.

Comme si la sirène d'alerte, après avoir averti, continuait de monter en volume au point d'assourdir les pompiers et de les rendre inopérants.

Sans système d'apaisement la personne se sent en permanence agressée. Le néocortex étant désactivé, elle devient incapable de raisonner, donc d'écouter les personnes susceptibles de la calmer.

Si cet état d'activation de l'amygdale persiste, la personne entre alors dans une rage permanente qui entraîne un état dépressif et paranoïaque. Et plus cela dure, plus il devient difficile de relancer le fonctionnement normal du cerveau puisque le néocortex est éteint.

La seule solution connue est l'ingurgitation d'antidépresseurs, mais ceux-ci ne font qu'atténuer le signal d'alerte. Dès qu'on les arrête, tout recommence.

Sur le long terme, les seuls moyens d'apaiser l'amygdale et de reconstruire les hippocampes sont : le sport, le rire, l'amour physique.

Edmond Wells,
Encyclopédie du Savoir Relatif et Absolu, Tome XI.

30.

Les larges hélices se mettent en mouvement, brassent l'air au ralenti, puis de plus en plus vite, dans un bruit de turbines cuivrées. Les pots d'échappement des vingt-quatre moteurs des ailes de *L'Albatros* toussent, puis lâchent une fumée régulière.

David Wells a l'impression qu'Hypatie Kim l'observe du coin de l'œil.

— Nous sommes prêts à décoller, Majesté. Nous n'attendons plus que votre ordre, annonce Martin Janicot.

La reine s'apprête à donner le signal lorsque sa ministre Emma 103, son smartphone à l'oreille, l'interrompt d'un geste.

— Problème ! Une commande de libération de la fusée Lymphocyte 13 est en panne. La fusée ne peut pas décoller.

— Les astronautes peuvent réparer ?

— Le système de verrouillage de sécurité les empêche de ressortir de l'appareil. Et plus personne n'est là-bas pour les aider.

La reine s'immobilise.

Les Grands, jeunes et moins jeunes, ainsi que les vieux Micro-Humains se regardent. La situation est claire : si la fusée ne peut décoller, l'astéroïde Théia 13 risque de pulvériser la planète.

Dans une impulsion soudaine, David Wells se libère de sa ceinture de sécurité, ouvre le cockpit de *L'Albatros* et plonge de toute la hauteur de l'hydravion dans l'océan vert.

Personne n'a eu le temps de réagir, déjà il nage un crawl nerveux pour rejoindre la côte.

La reine fronce les sourcils, saisit les jumelles et observe l'horizon où la vague continue de progresser.

— Il faut décoller d'urgence, Majesté, la presse Emma 103.

La reine ne bronche pas, sa ministre insiste.

— Nous n'avons plus que quelques minutes. Si nous attendons il sera trop tard.

La reine Emma 109 observe la plage où David est enfin sorti de l'eau et court en direction de l'arum blanc du centre spatial. La ministre commence à paniquer.

La reine Emma 109 esquisse un geste signifiant que pour l'instant, elle choisit d'attendre.

Sur son siège, la papesse prie avec une conviction accrue.

— « … Issus de l'Œuf nous retournerons à l'Œuf. Issus de l'Univers nous retournerons à l'Univers. Issus du néant nous retournerons au néant. Il y avait un chaos obscur avant nous, il y a un chaos obscur devant nous, et nous ne sommes que dans une parenthèse de lumière. »

Natalia Ovitz, Martin Janicot et les trois étudiants s'abstiennent du moindre commentaire, conscients du dilemme qui s'est emparé de l'esprit de la reine micro-humaine.

— De toute façon, si David échoue, nous serons tous condamnés, rappelle Natalia avec calme.

David gravit la colline malgré le vent qui le repousse.

Il arrive enfin, essoufflé, devant le centre spatial.

La fusée jaune fume sans pouvoir décoller de sa rampe de lancement en forme de pistil.

David Wells se hisse sur la surface de décollage et repère les tuyaux débranchés. À travers le hublot, il voit les trois astronautes micro-humaines qui font des signes pour lui indiquer quoi faire.

— Ce câble-là ?

Elles font signe que non.

Il propose une autre combinaison.

Cette fois elles approuvent, et lui indiquent par gestes les autres tâches à accomplir.

Il esquisse un signe de connivence, cependant que son regard accroche l'horizon : la vague arrive.

Il s'arrête net.

Qu'est-ce que je fais ici ? Qu'est-ce qui m'a pris de faire du zèle ? Je vais crever pour faire le héros du jour et me voilà bien avancé.

Le vent le déséquilibre soudain, il chute et doit remonter en hâte sur l'arum pour terminer ce qu'il a commencé. Ses mains tremblent de froid, alors que les astronautes à l'intérieur lui envoient des indications qui lui semblent contradictoires.

— Celui-ci, je le branche là ?

Elles s'empressent de refuser.

Je crois que je fais ça pour les enfants. Les miens et toutes les générations à venir. Aurore a raison, vient un moment où nous avons le choix : rendre des comptes à nos parents ou rendre des comptes à nos enfants. Nous avons le devoir de leur laisser une planète viable, et là… si cette petite fusée ne décolle pas, on va juste leur laisser… rien.

Ses mains engourdies tardent à brancher le tuyau.

Je dois me reprendre. Pas pour moi, pour eux.

Le vent souffle maintenant en tempête, la vague, comme une montagne en marche, devient plus nette.

Il inspire, se concentre et parvient à rebrancher le tuyau.

Tant de responsabilités sur mes épaules.

Et si je meurs ?

Si je meurs... Tout s'arrête. Ma vie ne m'appartient plus, elle appartient aux autres.

Les trois astronautes lui font signe qu'il s'est trompé de tuyau. Le vent le déséquilibre à nouveau. Il serre les dents.

Je n'ai pas le droit de renoncer.

31.

Qu'est-ce qu'il se passe ?
Qu'est-ce qu'ils font ?
Ils ne veulent quand même pas faire décoller leur Lymphocyte alors que leur cité va être engloutie !

32.

Dans la soute de *L'Albatros* les passagers étendus attendent la sensation de décollage et ne comprennent pas pourquoi l'avion ne s'arrache pas de cette situation si périlleuse. Ils sont trop inquiets pour oser poser la question, ne serait-ce qu'à leur vis-à-vis.

Les haut-parleurs répètent en boucle :

— Restez calmes, tout va bien se passer. Essayez de dormir. Ne vous déplacez pas. Si vous devez uriner, urinez sur vous. Si vous avez faim, attendez le décollage, des rations vous seront distribuées. Je répète, restez calmes. Tout va bien se passer.

Profitant du cockpit largement ouvert, la reine Emma 109 rallume son fume-cigarette et respire par à-coups, le regard fixe dirigé vers la côte de l'île de Flores.

Le tsunami est désormais bien visible, mur sombre à crête argentée entourée d'un halo de vapeurs blanches.

— Il faut décoller, Majesté, s'affole la ministre des Sciences.

Toujours pas de réaction de la reine.

— Vous êtes prête à tout risquer pour David ? demande Hypatie Kim, impressionnée.

La reine se contente de lâcher un nouveau nuage de fumée.

— David ! Là ! signale Martin Janicot.

Sur la colline, tous distinguent une tache sombre qui se rapproche.

— Préparez-vous à décoller ! clame aussitôt Emma 103.

Malgré la tempête, les vagues et les courants, David rejoint d'une brasse difficile les flotteurs de l'avion. L'étudiante Hypatie Kim est la plus prompte à sortir pour l'aider à se hisser jusqu'au poste de pilotage de *L'Albatros*. Il s'ébroue alors que Natalia lui tend une couverture.

À peine est-il à l'intérieur de l'avion que la ministre des Sciences referme le cockpit transparent et crie :

— Décollage immédiat !

Martin Janicot pousse les manettes. Les hélices fendent l'air et l'aspirent goulûment jusqu'à forcer la masse de métal à se mouvoir sur l'élément liquide agité. Les flotteurs servant de pattes à *L'Albatros* rayent les vagues en glissant sur les flots verts.

L'hydravion prend peu à peu de la vitesse. Mais la vague avance elle aussi, et avec plus de vitesse que l'avion, si bien que la distance entre les deux ne cesse de diminuer.

— PLEINS GAZ !!!! hurle Emma 103. Prenez vite de l'altitude !

— Nous n'avons pas assez d'élan pour un avion aussi gros et aussi lourdement chargé. Le vent souffle dans la mauvaise direction. Nous ne pouvons pas nous élever, sinon tout va casser, explique Natalia dans un souffle.

Martin Janicot reste concentré, il refuse de poser les yeux sur les écrans vidéo.

La vague se rapproche inexorablement.

Alors la reine saute sur la zone de tableau de bord et, à deux mains, ramène le manche complètement en arrière. Aussitôt l'avion sursaute, se cabre dans un craquement sinistre qui laisse à penser qu'il se plie en deux en son milieu, puis la masse de métal se détache enfin de la surface verte.

L'engin prend difficilement de la hauteur et la vague passe dessous, les aspirant quelques secondes avant de les laisser prendre de l'altitude.

Par la vitre du cockpit, ils voient le tsunami frapper la côte, emportant dans sa puissance destructrice tous les esquifs qui traînaient encore dans le port, les soulevant pour les projeter comme des coquilles de noix sur le centre-ville. Le mur sombre fauche les premiers immeubles-fleurs du front de mer.

Ceux du cockpit retiennent leur souffle. Ils voient Micropolis submergée, écrasée, broyée, puis engloutie par le monstre liquide.

33.

— Tu as l'air inquiète, Gaïa ? Tu as détruit ton système immunitaire trop réactif, donc... tout va bien.

— Ce n'est pas si simple, Théia. Mon séisme a provoqué une vague qui a détruit leur ville côtière, mais elle n'a pas encore atteint le centre spatial placé sur la colline, et c'est là que tout se joue.

— Ce n'est qu'une question de temps.

— Précisément. Leur fusée risque de décoller avant que le centre soit inondé par la vague. Tout se joue maintenant.

34.

L'Albatros se hisse poussivement au-dessus des nuages.

Plus haut, toujours plus haut.

Les vingt-quatre moteurs à hélices pétaradent, et semblent s'époumoner à maintenir ce tas de tôles, de carburant et de passagers tassés dans sa soute, au-dessus des flots.

— Merci de m'avoir attendu, répète David, encore trempé et grelottant dans sa couverture.

— C'est la reine qui a pris la décision, reconnaît Hypatie Kim.

— Je me souviens quand tu es venu nous chercher dans la forêt autrichienne, David. Tu as pris tous les risques sans te soucier de ce qui allait t'arriver. La moindre des choses était de se comporter avec toi comme tu t'es comporté avec nous.

L'avion vibre de mille craquements assourdissants.

— Regardez : la vague poursuit son avancée, elle monte la colline et va rejoindre le centre spatial, signale la ministre Emma 103.

— Pourquoi la fusée ne décolle-t-elle pas ? s'informe Nissim Amzallag, intrigué et inquiet.

— Il aura été bien utile de sauver cent mille personnes si la Terre entière est pulvérisée, ironise Martin Janicot qui révèle un tee-shirt aux lois de Murphy du jour.

113. Dès que l'hôtesse sert le café, l'avion rentre dans une zone de turbulences. Conclusion : servir du café provoque des turbulences.
114. Une approche de piste qui commence bien se termine parfois bien. Une approche qui commence mal se termine toujours mal.
115. Le pilote automatique ne fonctionne bien qu'en mode manuel.
116. Rien ne descend plus vite qu'un avion à décollage vertical qui se retrouve à l'envers.

Cependant personne n'arrive à en apprécier l'humour.

— Pourquoi la fusée ne s'envole-t-elle pas ? reprend Natalia.

La reine Emma 109 essaie de garder son sang-froid, en bloquant avec sa volonté l'amygdale d'alerte qui empêcherait son néocortex de fonctionner.

— Si la mission Lymphocyte ne réussit pas, tout cela n'aura servi à rien, rappelle Jean-Claude Dunyach avec une nuance d'amertume.

La papesse 666 prie avec une ferveur redoublée. La ministre des Sciences 103 tente en vain de joindre les astronautes avec son smartphone. La fusée jaune se tient encore inerte contre le pistil de l'arum-centre-spatial alors que la vague verte progresse sur la colline.

Soudain une petite lueur orange apparaît sous les tuyères.

— Décolle, murmure la reine. Décolle !

La fusée est entourée d'un halo de fumée blanche. Elle semble se secouer, et d'un coup sa base s'illumine de flammèches orange.

Lymphocyte 13 abandonne un à un les tuyaux et les câbles qui la relient à la rampe de lancement, placée en haut de la fleur.

— DÉCOLLE ! ordonne à voix basse la reine Emma 109.

Dans le cockpit de *L'Albatros*, les regards suivent la vague verte qui continue d'avancer vers le sommet de la colline. Et soudain la fusée Lymphocyte 13 se soulève. Avant que le tsunami ne l'ait rejointe, elle est déjà à quelques mètres au-dessus du sol.

L'eau rencontre le feu des tuyères et produit un énorme panache de vapeurs argentées qui dissimulent tout.

Enfin la pointe jaune de la fusée perce le nuage et Lymphocyte 13 s'élève pour quitter le tumulte de surface.

35.

— Horreur.

— Quoi ?

— J'ai échoué. Ils ont réussi à faire décoller leur maudite fusée.

— Ah ?... Que va-t-il se passer maintenant, Gaïa ?

— Ils foncent vers toi pour te détruire.

— Essaie encore de faire quelque chose.

— J'ai attendu 4,5 milliards d'années, me croyant seule, et crois-moi, Théia, je suis motivée pour te recevoir dans les meilleures conditions. Tant que la fusée est dans mon atmosphère je peux encore agir. Crois bien, Théia 13, que moi aussi je ferai tout pour que cette rencontre ait lieu.

— Si nous échouons, il te faudra attendre très longtemps avant d'espérer trouver quelqu'un comme moi. Si j'ai bien compris, 4,5 milliards d'années ont été nécessaires pour que j'arrive. Es-tu prête à attendre encore 4,5 milliards d'années pour qu'une autre Théia fécondante croise ta route ?

— J'ai bien conscience de tout cela...

— Alors stoppe-les ! Après tout, ce ne sont que des parasites humains. Ils ne savent rien de l'ampleur de l'enjeu.

— Tiens... j'ai une autre idée pour empêcher ça.

Le temps de la rencontre

36.

Le ciel prend des nuances ambrées. Les nuages se tordent en tresses couleur réglisse.

Instinctivement, tous les oiseaux et les insectes qui ont perçu les signes annonciateurs de dangers se sont cachés.

Un éclair d'orage fait vibrer l'air et prend l'apparence d'une main aux longs doigts phosphorescents.

La fusée jaune est frappée par la foudre.

Cependant la surface de Lymphocyte 13 s'illumine d'arcs électriques sans que le vaisseau soit perturbé dans son ascension verticale parfaite.

L'engin s'élève toujours, transperce la couverture nuageuse de la troposphère à 10 000 mètres d'altitude, franchit les couches d'air de plus en plus fluides pour rejoindre la stratosphère et percer la couche d'ozone.

Au-dessous, le tapis moutonneux des nuages anthracite s'illumine de nouveaux éclairs qui lui donnent l'aspect d'une soupe d'enfer.

Sous cette masse de nuages sombres, l'hydravion ne bénéficie pas de la même protection que la fusée.

Sa forme en croix le rend beaucoup plus vulnérable à cette météo hostile. Une colonne de foudre concentrée frappe *L'Albatros* dont un des moteurs s'embrase.

Les tuyaux d'arrivée d'essence placés sous les ailes laissent fuir le fuel, transformant *L'Albatros* en oiseau blessé perdant son sang doré.

À l'intérieur, les secousses font frémir les passagers qui, allongés, tassés comme des sardines dans une boîte à plusieurs étages, tentent de garder leur calme.

— Nous perdons du carburant, annonce Martin Janicot. Nous ne pourrons pas tenir très longtemps.

— Cap à l'est. Essayons de rejoindre l'Europe, propose Natalia Ovitz.

À ce moment, un nouvel éclair jaillit du ciel, suivi d'un bruit d'explosion et, cette fois, c'est un moteur de l'aile droite qui s'enflamme, lâchant une sinistre colonne de fumée, déséquilibrant l'avion.

Martin Janicot se crispe sur le manche, effectue un virage pour orienter l'appareil vers les côtes européennes.

Un vent contraire souffle dans le bec de *L'Albatros*, comme pour l'empêcher de progresser.

Autour de ses longues ailes d'acier, les nuages se tordent en dentelles puis en filaments sombres. Les dix-neuf hélices en état de marche laissent de longues traînées remplies de tourbillons, se mêlant parfois aux traînées d'incendie échappées des ailes endommagées.

Le tonnerre retentit de nouveau. Les lumières et les fumées se mêlent, formant une fresque fantastique. C'est un combat d'éclairs et de nuages, de métal et de feu, de vapeurs et de lueurs.

Par superstition, Martin Janicot cache les lois de Murphy de son torse. Ce n'est pas le moment d'avoir des pensées sombres.

37. ENCYCLOPÉDIE : 40 000 PENSÉES PAR JOUR

Nous avons en moyenne 40 000 pensées par jour.
90 % sont les mêmes que la veille.
90 % sont négatives.
Ces pensées nous rongent en permanence et minent notre santé.
Le seul moment où notre corps peut lutter contre la maladie et se reconstruire, c'est durant le sommeil et, tout particulièrement, durant la phase dite de « sommeil paradoxal », quand enfin le mental se calme puis bascule dans une autre réalité.
Dès lors l'organisme, apaisé, peut enfin rêver et se soigner lui-même.

Edmond Wells,
Encyclopédie du Savoir Relatif et Absolu, Tome XI.

38.

Dans la fusée jaune, les trois astronautes microhumaines commencent à se détendre.

La capitaine Emma 321, qui dirige la mission, scrute le hublot. Elle voit un plancher de ciel sombre parsemé d'éclairs qui apparaissent et disparaissent très rapidement comme des nénuphars blancs éphémères.

Il lui semble distinguer, à travers un trou de nuages, l'hydravion russe avec l'extrémité de ses ailes en feu.

Elle surveille son écran de contrôle et constate que la fusée progresse à la bonne vitesse et sur la bonne trajectoire. Elle observe ses deux compagnes qui lui font signe que tout va bien et qu'elles sont contentes d'avoir réussi le décollage.

Nous avons accompli le plus difficile, maintenant il ne reste qu'à reproduire les gestes qui nous ont permis de réussir la mission Lymphocyte 12.

La fusée s'élève encore et trouve enfin une zone moins opaque.

Elles sont dans la mésosphère, à 50 000 kilomètres de la surface terrestre.

L'astronaute responsable des communications essaie de contacter la reine Emma 109 dans *L'Albatros* : sans résultat.

En revanche, elle reçoit un appel du sol. Elle ouvre le canal vidéo.

— … Ici le président de l'ONU, Stanislas Drouin. Maintenant que vous êtes sorties de la « zone de non-communication », nous reprenons contact.

— … Nous vous écoutons, président Drouin.

— Tout d'abord, félicitations pour votre décollage réussi, capitaine 321. Nous avons tous suivi grâce aux satellites les événements récents qui ont touché Microland, et sachez qu'ici sur Terre nous étions de tout cœur avec vous.

— Nous avons eu de la chance, président. Et David a débloqué la rampe de lancement du pistil. Sans lui…

— Vous avez eu du sang-froid, capitaine 321. Vous n'avez à remercier que vous-même. Mais désormais il va vous falloir beaucoup de rigueur, comme vous le savez l'astéroïde Théia 13 progresse toujours dans notre direction à très grande vitesse.

— Nous ferons de notre mieux pour garantir la sécurité de la Terre, président.

— Sachez qu'à cette seconde dix milliards de Terriens vous regardent et prient pour que vous réussissiez, capitaine 321.

— Vous avez des informations sur ce qui est arrivé à mes congénères, président ?

— Je peux en cet instant complètement vous rassurer : malgré un premier instant de panique, les services de sécurité ont fait des merveilles, le décollage a réussi, *L'Albatros* est toujours en vol et nous suivons sa progression.

— Pouvez-vous être plus précis ?

— Il semble que l'avion ait connu d'infimes avaries mais il se maintient à une bonne altitude. C'est la qualité du matériel russe, ça résiste à tout. La situation est désormais entre vos mains, capitaine 321. Mais je suis d'ores et déjà certain que vous allez réussir et que cette mission n'est pour vous qu'une répétition de la précédente, où vous avez déjà excellé.

La femme astronaute étire un sourire.

— Merci de votre confiance, président. Et au plaisir de fêter la réussite de cette opération à New York en votre compagnie.

— Ne me parlez pas de fête, j'ai moi-même peu dormi cette nuit et je suis plutôt au café pour garder l'esprit éveillé…

Le politicien, conscient que toutes les télévisions suivent cet échange, regrette d'avoir dévoilé ce détail de sa vie privée.

— Je ne vous cache pas qu'ici, sur Terre, il y a encore quelques instants, certains d'entre nous étaient un peu inquiets, capitaine 321.

D'un geste, l'astronaute coupe la communication alors qu'apparaît à travers le hublot la forme parfaite de la planète-mère.

39.

— *Ils ont réussi.*
— *Ils sont vraiment parvenus à décoller malgré toi ?*
— *Ils ont eu de la chance. Je ne peux plus rien faire, désormais c'est à toi de te défendre contre eux, Théia 13.*
— *Moi ? Mais je n'ai aucun moyen d'agir ! Je suis un astéroïde, je ne suis pas une planète, Gaïa...*
— *Les humains disent : « Ceux qui échouent trouvent les excuses, ceux qui réussissent trouvent les moyens. » Il y a un problème, il y a donc forcément une solution.*
— *Mais moi je n'ai pas la possibilité de déclencher la foudre ou des séismes. Je n'ai même pas d'atmosphère.*
— *Mes parasites humains sont très fragiles, et par moments ils indiquent eux-mêmes comment faire pour se débarrasser d'eux. C'est là leur paradoxe : ils sont à la fois coriaces et autodestructeurs.*
— *Ils ont l'air bizarres, tes parasites.*
— *Je les tue depuis leur apparition, il y a sept millions d'années, alors je peux te dire qu'ils sont beaucoup plus fragiles qu'ils le paraissent au premier abord. Je*

suis sûre que tu trouveras des idées originales pour les mettre hors d'état de nuire quand tu les auras près de toi.

— Plus tu m'en parles, plus ils me terrifient. Ils peuvent me rejoindre, ce qui montre déjà leur pouvoir. Je suis épouvanté par cette fusée qui vient si vite vers moi avec la mission de me détruire.

40.

L'Albatros n'en finit pas de planer sur ses longues ailes blessées et fumantes, plus ou moins dépourvues de réacteurs.

— Attention, bientôt le contact, déclare Martin Janicot.

Tout le monde s'accroche à ce qu'il peut. Les cent mille passagers dans la soute se calent, se bloquent et se recroquevillent.

Dans le poste de pilotage, David Wells voit la surface de l'océan se rapprocher de plus en plus vite. *L'Albatros* chute plus qu'il ne plane, mais il ne pique pas du nez et, malgré son aile droite en feu et son aile gauche qui laisse fuir le kérosène, il tangue mais ne bascule pas, gardant une assiette convenable qui autorise encore quelques manœuvres.

Martin Janicot, crispé sur son manche, ne quitte pas des yeux l'altimètre. Au-dessus d'eux, les éclairs continuent de zébrer le ciel.

— Accrochez-vous !

David, Natalia, Martin et les trois étudiants resserrent leur ceinture de sécurité d'un cran et s'agrippent aux accoudoirs des fauteuils. Emma 109, Emma 666 et Emma 103 font de même sur les petits sièges.

Quand l'altimètre indique 500 pieds, l'avion pique du nez et Martin Janicot n'arrive plus à le redresser.

Les Micro-Humains ferment les paupières et serrent les mâchoires. Beaucoup prient l'Œuf sacré.

Et puis c'est le grand fracas, la carlingue métallique semble hurler, puis exploser. David voit l'aile droite s'arracher d'un coup alors que celle de gauche se tord avant de rompre. Les flotteurs sont eux aussi arrachés au contact de l'eau.

Après le vacarme, le silence.

L'Albatros sans ailes et sans pattes pique du bec, se transforme en poisson, et s'enfonce dans l'eau froide.

Des craquements sinistres résonnent. En position verticale nez en avant, l'avion fend les flots, plonge durant de longues secondes. Ses flancs résistent à l'énorme pression.

Emma 666 prie plus fort.

Puis, dans un tintamarre de cliquetis inquiétants, le long tube de métal remonte peu à peu à la surface, et se stabilise enfin en position horizontale.

À l'intérieur, on se préoccupe des blessés. Parmi les cent mille passagers il y a des dégâts. À l'étage supérieur, les strates d'œufs ont mal supporté l'amerrissage, transformant la nouvelle génération en œufs brouillés.

— Selon mes premières estimations, nous sommes à quelques kilomètres de la côte saharienne, annonce Martin Janicot en surveillant ses écrans et ses cartes.

Il ajoute, sur un ton qui se veut rassurant :

— Le pire n'est pas pour aujourd'hui.

L'ex-colonel Ovitz saisit son téléphone et tente d'appeler, mais le système de communication est hors d'usage.

Alors que la mer commence à devenir forte, Martin Janicot détecte sur ses écrans de contrôle des signes alarmants : les boulons de l'appareil lâchent les uns après les autres, *L'Albatros* est en train de se plier en deux et risque de rompre. Il faut l'évacuer rapidement.

— Vite ! les bateaux de sauvetage à la mer !

— Les zodiacs gonflables ? Hum, pour libérer de la place on les a déjà enlevés.

— Dans ce cas, nous n'avons pas le choix.

Sur l'ordre d'Emma 109 et malgré la houle, les cent mille passagers emachs abandonnent l'appareil et se jettent dans l'océan Atlantique agité de hautes vagues.

41.

— *Ça y est, je les sens qui approchent. ILS VIENNENT ME DÉTRUIRE. Je ne les connais pas mais je sens qu'ils me détestent, « tes » humains. J'ai peur. Sauve-moi d'eux.*

— *J'ai déjà tout tenté. Je ne peux plus agir. Maintenant, c'est à toi de trouver une idée « personnelle ».*

— *Je ne peux pas modifier ma trajectoire. Tes parasites humains ont l'air capables de faire des choses extraordinaires.*

— *Fais confiance à ta capacité à te surpasser dans les circonstances exceptionnelles. Et n'oublie pas : ils sont plus faibles qu'ils en ont l'air. Ce ne sont que des humains.*

42.

L'océan glacé les fait monter et descendre au gré des vagues.

Les cent mille passagers micro-humains, malgré le vent et les courants, essaient de rester groupés. Ils savent qu'ils doivent s'éloigner le plus vite possible de l'avion sous peine d'être emportés par le vortex liquide provoqué par l'enfoncement d'une telle masse dans l'océan.

— Et les œufs ? hurle la reine Emma 109.

Sa ministre Emma 103 lui répond que la plupart se sont brisés à l'amerrissage, on ne pourra plus les récupérer.

— Il y a quand même forcément des œufs intacts, insiste la papesse Emma 666.

— Tant pis, nous ne pouvons plus rien pour eux. On les abandonne, on en pondra d'autres, déclare la reine Emma 109, déterminée. Priorité à ceux qui vivent sur ceux qui vont éclore.

Alors qu'ils sont enfin à bonne distance de *L'Albatros*, ils le voient qui sombre définitivement. L'énorme appareil bascule en avant et s'enfonce, jusqu'à ne laisser apparaître que sa queue à pointe en V, semblable dans la tempête à celle d'une baleine. Puis l'avion s'engouffre dans les flots après avoir lâché un dernier hoquet de fumée grise, au milieu d'une nappe de kérosène scintillant.

— Il faut atteindre la côte, lance Natalia. Elle est à quelques kilomètres, c'est jouable à la brasse.

— Quelques kilomètres pour vous les Grands représentent des dizaines de kilomètres pour nous ! rappelle Emma 666, et nous sommes déjà épuisés par les épreuves du vol.

Les cent mille Micro-Humains s'élancent et progressent vers la côte, serrés comme une migration de loutres.

L'océan se fait de plus en plus tumultueux, et David saisit instinctivement la reine Emma 109 dans son bras droit, en continuant à nager avec son bras gauche. Martin Janicot fait de même avec Emma 103, Emma 666 plus deux ou trois autres Micro-Humains qui l'utilisent comme un radeau.

— Terre droit devant ! annonce soudain une voix micro-humaine.

Lorsqu'ils sont proches, la déception les gagne.

— Le 6e continent ! annonce Nissim Amzallag.

— Pas le continent, mais un îlot qui s'en est détaché, précise Martin Janicot.

Craignant l'arrivée de poissons agressifs, ils investissent ce sol formé d'ordures tassées.

Sous leurs pas, la plage s'avère moins solide qu'ils ne le pensaient. Les sacs regroupés forment une surface molle qui soutient les Micro-Humains, mais s'enfonce sous le poids des Grands.

Si les cent mille naufragés peuvent se reposer sur l'îlot de déchets, les six Grands se retrouvent à patauger dans les sacs de supermarchés. Autour d'eux, plusieurs centaines de gros poissons, dauphins, requins, thons, espadons agonisent pour avoir fait l'erreur de tenter de manger des sacs en plastique qu'ils ont pris pour des méduses.

Je comprends pourquoi nous n'avons pas été attaqués par des gros poissons, songe David, *ils sont là…*

Des cadavres de mouettes exhibent leurs entrailles remplies de débris de polystyrène et de jouets impossibles à digérer.

Alors que les Emachs connaissent un répit apprécié, David, Natalia, Martin et les trois étudiants cherchent des points d'appui susceptibles de les maintenir au sec.

Nissim Amzallag les informe qu'il suffit de s'aventurer vers le centre de l'île pour trouver un sol qui résistera à leur poids.

La puanteur des cadavres de poissons et d'oiseaux mélangée aux embruns iodés et au plastique rongé par le sel prend à la gorge.

Ils s'étendent, grelottants, sur un sol humide.

Des inscriptions fluorescentes : « Deux pour le prix d'un », « Lessive aux enzymes gloutons » ou « Eau minérale sans phosphate » apparaissent sur des étiquettes flottantes.

Alors que la nuit tombe et qu'ils s'assoupissent dans un confort relatif, David ne peut s'empêcher de lever la tête vers le ciel, songeant à la mission Lymphocyte 13.

Pourvu qu'elles réussissent.

43. ENCYCLOPÉDIE : INTRICATION

C'est le physicien anglais Isaac Newton qui, au XVIIe siècle, a le premier évoqué l'idée d'une « intrication ». Il avait eu l'intuition que, si quelque chose se produit sur la Lune, par exemple la chute d'un corps massif, l'événement influe instantanément sur la surface de la Terre, comme si la Terre et la Lune étaient liées par une force invisible qui n'est ni la gravité ni le magnétisme.

À partir de là, Isaac Newton remarqua qu'il peut y avoir une sorte de connexion entre deux éléments (ou deux corps) non explicable par la physique.

Bien plus tard, le concept d'« intrication » a été utilisé par les physiciens Albert Einstein, Boris Podolsky et Nathan Rosen, dans un article publié en 1935, dans le cadre de la mécanique quantique. Ils expliquaient en effet que deux objets pouvaient être à la fois séparés et « intriqués » : si l'un est modifié, l'autre l'est simultanément. On a nommé cela le paradoxe EPR, pour Einstein Podolsky Rosen.

Les trois physiciens font référence à une expérience : deux particules photons sont séparées, et pourtant si l'une change de polarisation, l'autre se modifie pareillement sans aucun lien d'onde, d'émission de lumière ou le moindre moyen de communiquer.

Cette liaison fusionnelle entre deux particules qui restent connectées sans explication possible a, ouvert la voie à toutes sortes de projets, tels que les ordinateurs à intrication, ou les hypothèses de voyage dans le temps et dans l'espace.

Edmond Wells,
Encyclopédie du Savoir Relatif et Absolu, Tome XI.

44.

Une main tiède et douce lui caresse le visage.

David est réveillé par Hypatie Kim.

— Qu'est-ce qu'il y a ? demande-t-il.

Il réalise soudain où il se trouve, et regrette que cela ne soit pas un simple cauchemar. Le visage de l'étudiante est rond et clair.

— J'ai entendu un bruit… par là, signale la jeune Coréenne.

— Parmi cent mille naufragés, il est normal qu'il y ait quelques insomniaques ou somnambules…, articule-t-il avec philosophie.

— Je crois que c'est autre chose…

Le scientifique se redresse sur un coude.

— Des secours ?

— Je ne crois pas.

Pour la rassurer, il se tourne vers la zone en question, et distingue alors des yeux verticaux qui les observent. Éclairé par la lune, le représentant de l'une des espèces concurrentes de l'homme pour la conquête de la planète est en sentinelle. Et il n'est pas seul.

Les crabes.

Une meute de crabes de quinze centimètres, caparaçonnés d'un exosquelette gris clair, parfaitement adaptés au monde des ordures.

Certains sont occupés à mordre des morceaux de plastique et s'en régalent, alors que d'autres de toute évidence préfèrent agrémenter leur quotidien avec cette nouvelle source de protéines qui vient de débarquer sur leur territoire.

— Bon sang, qu'est-ce que foutent les secours ? ne peut s'empêcher de dire Natalia qui les a rejoints et qui éclaire elle aussi la horde des crabes qui les encerclent.

— Je crois qu'ils n'ont pas mesuré le niveau de précarité de notre situation, reconnaît Martin Janicot. Ils ont dû penser que nous allions facilement rejoindre la côte à la nage et que des autochtones s'occuperaient de nous, comme si nous étions des touristes égarés.

Déjà certains crabes gris commencent à lever les pinces, prêts à l'attaque.

— Tant qu'il fait nuit, ils sont avantagés, car ils sont nyctalopes, explique David. Ils vont essayer d'agir avant le crépuscule.

En effet, les crabes gris commencent à resserrer le cercle et à faire claquer leurs pinces, menaçants.

— Cette fois, je pense qu'être Grand est un avantage, reconnaît Emma 103 qui les a rejoints. Ces crabes ont pratiquement la même taille que nous, et en plus ils ont des carapaces coriaces. Que feriez-vous si vous étiez menacés par des crabes d'1,50 mètre ? Vous imaginez une civilisation entière menacée par des… crabes !

— Pourquoi n'attaquent-ils pas ? demande Jean-Claude Dunyach.

— Peut-être qu'à force de manger du plastique, ils sont devenus dingues et ont perdu leur agressivité, propose Nissim Amzallag.

Rapidement, Natalia Ovitz met au point une stratégie de défense.

— Profitons de leur hésitation. Allumez des torches fabriquées avec des ordures inflammables, cartons ou papier. Réveillez tout le monde, regroupez-vous, les Grands se placent sur les bords pour protéger les petits.

En un clin d'œil, tous se mobilisent.

Dans la zone sèche de l'île, ils trouvent des briquets en état de fonctionner et des bidons d'essence pas complètement vides.

Pendant que les torches enflammées se multiplient, un groupe de naufragés fabrique des radeaux de fortune avec des caisses en polystyrène.

Utilisant ces blocs comme des morceaux de glace détachés d'une banquise, ils organisent la fuite.

— Réussir dans des domaines de haute technologie comme les fusées Lymphocytes, pour se retrouver menacés par des hordes de crabes dévoreurs d'ordures, quelle dérision, raille Emma 109.

Les crabes ne savent comment réagir devant cette agitation qui gagne leurs proies potentielles. Ils craignent le feu (qu'ils perçoivent aveuglant à cause de leurs yeux hypersensibles hissés au bout de protubérances) mais en même temps cette nourriture qui s'enfuit les frustre.

Certains tentent des attaques mais aussitôt les Grands brandissent les torches et les écrasent du talon.

Une Emach est saisie par des pinces véloces. Elle hurle. Martin Janicot la rejoint et pulvérise d'un coup les téméraires avec son poing en marteau. Intimidés, les autres crabes reculent.

Pendant ce temps, la manœuvre d'évacuation sur les radeaux en polystyrène se poursuit.

Une corde à linge relie les esquifs improvisés. Des tringles servent de mât et des bouts de plastique de voiles. L'ensemble du petit train flottant se dirige vers l'est.

Les six derniers Grands qui s'apprêtent à quitter l'île d'ordures sont encerclés par les crabes qui n'ont toujours pas osé une attaque collective.

Ils sautent à l'eau, abandonnant leurs torches.

Éclairés par le soleil levant, ils arrivent à s'éloigner suffisamment de l'îlot pour ne plus craindre les dévoreurs de déchets.

Enfin, après plusieurs heures de nage, épuisés, affamés, les naufragés abordent une plage de sable fin.

— À mon avis, nous avons dû dévier vers le sud, nous devons être sur la côte marocaine, signale Martin Janicot. Il suffira de marcher et nous tomberons sur un village.

Alors que les derniers nageurs micro-humains se laissent choir sur la plage, à bout de forces, Emma 103 demande que l'on procède à un comptage des naufragés. La bonne nouvelle lui parvient bientôt : malgré toutes les épreuves, le petit peuple, certes mal en point, est au complet.

Les six Grands et quelques Emachs sortent leurs smartphones pour tenter une géolocalisation ou un appel à l'aide, mais l'immersion dans l'eau salée a été fatale à l'électronique, aucun appareil ne fonctionne.

La reine Emma 109 prend alors une décision : plutôt que d'attendre d'hypothétiques secours dans l'épuisement et le dénuement, mieux vaut s'enfoncer dans les terres et rejoindre une route.

La foule des Emachs approuve, et se met en marche.

45.

La planète est caressée par les rayons solaires sur sa zone africaine. Les déserts et les forêts s'éclairent alors que les flots passent du bleu marine au turquoise.

Tout en contemplant ce spectacle magnifique depuis le hublot du vaisseau spatial Lymphocyte 13, la capitaine Emma 321 est nerveuse.

— Les nôtres ont dû rejoindre une terre solide, affirme sa collègue, Emma 567, qui est la spécialiste en explosifs de l'équipage.

— Nous avons encore plusieurs heures de vol, restons concentrées sur la mission, conclut la responsable des communications, Emma 568.

Mais la capitaine enclenche le contact avec la Terre et questionne sur le destin de ses congénères.

Le président Drouin en personne lui répond.

— Ne soyez pas inquiètes, aux dernières nouvelles ils étaient face à la côte mauritanienne. Nous avons envoyé un bateau les secourir.

— Toute la population de Microland dans un seul navire ?

— C'est le porte-avions *Georges-Brassens* qui par chance se trouvait dans la région. Il peut recueillir tout le monde.

La capitaine voudrait insister mais, consciente de son impuissance, se contente de hausser les épaules et de procéder au contrôle de trajectoire de sa fusée.

— J'ai un mauvais pressentiment, confie-t-elle à ses collègues.

46.

Ils ne savent pas où ils vont.

Ergs et dunes de sable rose s'étendent à l'infini.

Voilà maintenant plusieurs heures qu'ils marchent, dans ce qui au début paraissait une côte de rocaille, et qui s'est peu à peu transformé en désert.

Pas la moindre route. Pas le moindre village. Aucune trace de présence humaine.

Les six Grands marchent en tête, les trois officiels emachs, la reine, la papesse et la ministre des Sciences à leurs côtés.

Ils sont épuisés mais arrivent à progresser, portés par l'inertie de la foule.

— Je ne savais pas que le métier de scientifique de terrain était aussi aventureux, confie Hypatie à David.

Il cherche une repartie mais n'a plus assez de salive.

L'humour est un luxe d'organismes en pleine santé.

Il se retourne et voit les cent mille petits humains qui avancent vaillamment derrière lui.

Il saisit la reine Emma 109 et la juche sur ses épaules.

— Pourquoi aucun secours n'est encore apparu, David ?

— La météo était si perturbée qu'ils ont dû nous perdre, ensuite nos appareils émetteurs-récepteurs étant tombés dans l'eau, nous avons disparu des radars.

— Mais ils doivent nous voir par satellite. À moins que…

— Je sais ce que vous pensez, Majesté…

— Le monde entier est tellement obnubilé par l'astéroïde Théia 13 qu'ils s'en fichent de nous.

— Non… ce n'est pas possible. Quelqu'un quelque part se demande forcément où nous sommes. Cent mille personnes sont perdues dans le désert en plein XXIe siècle et tout le monde s'en désintéresserait ? Je n'y crois pas.

— Ce ne sont pas cent mille « personnes », David. Pour eux nous sommes encore des « sous-humains ».

— Ils vont forcément venir nous chercher, insiste-t-il.

— Autant je peux comprendre qu'il y a trois mille ans Moïse ait erré quarante ans dans le désert du Sinaï avec son million d'Hébreux sans recevoir la moindre aide, autant j'ai des difficultés à accepter cela de nos jours. Nous sommes vos égaux, non ?

Martin Janicot ressort son smartphone et le démonte pour laisser les composants sécher au soleil. Mais lorsque l'intérieur est complètement sec et qu'il remonte l'appareil, celui-ci ne fonctionne pas davantage. Preuve s'il en est que tout contact avec l'eau de mer détruit définitivement ces fragiles machines électroniques. Déçu, il préfère jeter l'appareil au sol.

Le soleil monte et la température ne cesse d'augmenter. La soif les assaille. L'accumulation d'émotions fortes a participé à l'envie de se désaltérer et les jeunes sont plus vulnérables à la déshydratation.

Devant eux, les dunes devenues dorées s'étalent de tous côtés et, comme ils ont commencé à avancer vers l'est sans repères, ils sont bientôt perdus dans cette immense étendue monochrome.

— Tu n'as pas de boussole ? demande David à Martin Janicot.

— Il y en avait une dans mon smartphone. Comme il y avait l'heure, comme il y avait le GPS, le moyen de communiquer avec les autres humains. Tout est désormais rassemblé dans le smartphone et quand celui-ci prend l'eau, il ne nous reste plus que nos yeux pour nous repérer par rapport au soleil ou aux étoiles.

— Nous avons confié nos vies à nos smartphones…, concède le scientifique français.

Ils marchent droit devant, dans la poudre qui s'étend à l'infini.

Alors que les cent mille Micro-Humains continuent d'avancer en lente procession, le ciel devient aveuglant, le soleil écrasant. Sans plus aucune conscience du temps ni de l'espace, psychologiquement fragilisée, la colonne ne cesse de ralentir.

Lorsqu'il fait 41 °C, le contact avec le sable brûlant devient pénible. À 45 °C, la marche devient une épreuve. Les pieds nus sont anesthésiés, cloqués.

Les respirations se font de plus en plus amples et les pas de plus en plus lourds. La plupart ont déchiré leurs vêtements pour se protéger la tête.

Tout en marchant, Emma 666 lit un livre. La ministre Emma 103 essaie de voir de quoi il s'agit.

— Tu cherches le salut dans la Bible Ovoïde ? questionne-t-elle.

— En prévision de la nécessité de voyager, j'ai fait photographier toutes les pages de l'Encyclopédie pour avoir une version papier réduite transportable. J'essaie de trouver une solution dans cet ouvrage.

— Tu crois vraiment que les Encyclopédies des Grands vont nous tirer d'affaire ? ironise la ministre.

47. ENCYCLOPÉDIE : FOURMIS ARGENTÉES DU DÉSERT

L'une des adaptations les plus spectaculaires aux conditions de vie extrêmes est représentée par une espèce animale récemment découverte : la fourmi argentée du désert (*Cataglyphis bombycinus*).

Vivant dans les déserts brûlants, du Sahara au désert de Gobi, la fourmi argentée *Cataglyphis* se nourrit des animaux surpris par la température caniculaire et qui, eux, n'ont pas su résister (insectes et petits rongeurs). Elle ne tue pas mais récupère les victimes cuites par le soleil.

Cependant, cette fourmi doit éviter ses propres prédateurs (lézards, serpents, scarabées…) qui résistent eux aussi assez bien à la chaleur.

Elle sort donc à l'heure la plus torride, quand ses gibiers sont morts et ses prédateurs à l'abri, c'est-à-dire aux alentours de midi, lorsque le soleil tape du zénith et que le sol peut atteindre 70 °C (température de cuisson d'un œuf).

Comment cette fourmi parvient-elle à supporter une telle chaleur ?

Tout d'abord, la fourmi argentée du désert est dotée d'un corps à surface miroitante qui renvoie les rayons solaires, un peu comme une voiture chromée.

Ses très longues pattes fonctionnent comme des échasses, afin que son corps soit le plus éloigné possible du sol.

Elle se déplace très vite pour limiter le contact et donc la brûlure, et peut courir à la vitesse de un mètre-seconde, ce qui, si elle avait la taille de cet animal, la propulserait dix fois plus vite qu'un guépard. Elle est donc, toutes proportions gardées, le plus rapide des animaux terrestres.
La fourmi argentée du désert galope si vite que, vue de haut, elle donne l'impression de voler littéralement au-dessus du sable.
Cet insecte peut franchir de très grandes distances sur un sol brûlant, en procédant de la manière suivante : elle fonce en sprint, puis soudain s'arrête, exécute un tour complet, se repérant ainsi par rapport au soleil (pour ne pas se perdre dans un décor de dunes sans odeurs ni marquages visuels), puis repart en sprint. La position du soleil lui fournit l'angle de déplacement.
Il semblerait que lors de sa course et de ses repérages, la fourmi compte ses pas, ce qui lui permet d'estimer non seulement la direction, mais la distance pour retrouver son nid. Elle garde donc en mémoire la carte du territoire entre son nid et le gibier.
Durant des expositions prolongées, sa température corporelle pourra atteindre 54 °C.
Cependant, malgré ces multiples adaptations, le plus extraordinaire moyen de survie de cet insecte reste la sociabilité. Au moment où la fourmi sort, il se peut qu'elle ne trouve rien dans les alentours. Elle doit donc chercher pitance dans une zone plus éloignée qui ne lui permettra pas de supporter l'aller et retour. Elle va dès lors avertir ses congénères, montrer la direction, puis se sacrifiera en rapprochant la proie du nid. Elle mourra cuite, et la proie sera ensuite

récupérée par une autre fourmi qui, elle aussi, se sacrifiera pour amener la nourriture. Ainsi, de sacrifice en sacrifice, le gibier sera traîné jusqu'à la fourmilière, et la communauté survivra.
C'est l'adaptation organique et sociale la plus extrême jamais observée.

Edmond Wells,
Encyclopédie du Savoir Relatif et Absolu, Tome XI.

48.

Le vaisseau spatial poursuit sa route dans le cosmos. À l'intérieur, les astronautes micro-humaines observent l'espace étoilé.

À l'arrière, la sphère bleue de la Terre rapetisse à vue d'œil dans le hublot.

— Je ne comprends pas pourquoi le président Drouin ne nous a pas mises en contact direct avec les nôtres, remarque la capitaine Emma 321.

— Ne t'inquiète pas, nous avons une mission à remplir, il faut rester concentrées.

Emma 568 fait un réglage et elles voient apparaître sur l'écran leur cible, un rocher gris aux reflets bruns, en forme d'Y.

— Théia 13.

— Chez les Grands, le chiffre 13 porte malheur, grommelle Emma 568.

— Les superstitions des Grands ne concernent que les Grands, il va falloir inventer nos propres malédictions, suggère la capitaine Emma 321.

— Et pourquoi le chiffre 13 porterait-il malheur ? questionne Emma 567.

— C'est parce que dans l'alphabet hébraïque, Mem, la 13e lettre, est aussi la première du mot « Met » : Mort. Ce qui a donné le 13e arcane du tarot, qui représente un squelette fauchant les têtes. Plus tard, le christianisme a repris cette superstition. Au moment du dernier repas, ils étaient douze apôtres et le 13e a trahi. Mille ans plus tard, les Templiers ont été arrêtés précisément un vendredi 13 de l'an 1300, et leur maître, Jacques de Molay, aurait déclaré sur le bûcher : « Je maudis la famille royale jusqu'à la treizième génération. »

Autour d'eux, le spectacle des étoiles s'étalant à l'infini les impressionne.

— Des histoires de Grands… Des superstitions de Grands… Des crimes de Grands…, ricane Emma 567.

— Tu sais beaucoup de choses, 568, constate Emma 321.

— C'est notre papesse 666 qui m'a donné le goût de la lecture, et de l'Encyclopédie de Wells.

— Ah, tu y crois à ces petits textes bizarres de science ou d'histoire ? s'étonne Emma 567.

— Je les mémorise en tout cas. Ça me permet de répondre à tes questions !…

— Moi je n'arrive pas à m'y intéresser, avoue Emma 567.

— Parce que tu n'as pas assez entraîné ton sens de l'émerveillement. C'est un muscle qui se travaille, affirme la capitaine Emma 321.

Emma 567 ajoute :

— Et précisément, aujourd'hui nous sommes un vendredi 13, dans Lymphocyte 13, visant Théia 13.

La capitaine croit bon de temporiser :

— Quand trop d'éléments concordent, ils agissent en sens inverse et tous s'annulent. Vous allez voir : tout va bien se passer.

— Nous n'avons pas le choix.

Et pour rassurer son monde, la capitaine sort les rations alimentaires et propose de dîner.

Elles mangent distraitement, en apesanteur, leur nourriture composée de pâtes de couleur bleu fluo.

49.

— *Tes humains approchent pour me tuer, Gaïa !*

— *Ne laisse pas la peur te submerger, elle t'empêche de chercher une solution avec ton imagination. Seule l'imagination peut te sauver. Cherche et trouve, Théia !*

50.

Un pied devant l'autre. Ils avancent dans le désert sans fin.

À l'arrière, ceux qui souffrent le plus essaient de ne pas être distancés par l'ensemble du groupe qui progresse jusqu'à l'épuisement.

La température continue de s'élever, le soleil ne semble pas décidé à descendre vers l'ouest.

À 47 °C, certains, parmi les plus jeunes, commencent à trébucher et sont aussitôt portés par leurs proches. La solidarité est totale entre les cent mille survivants, soucieux d'aider non seulement leur famille, mais aussi leurs voisins, même inconnus. Les plus résistants secourent sans réfléchir ceux qui défaillent.

À l'horizon, toujours pas le moindre arbre, la moindre maison, pas la moindre aspérité susceptible de fournir une ombre.

Du sable beige, transformé en feu sans limites.

Martin Janicot est secoué d'un frisson désagréable. Il vient de reconnaître à ses pieds le smartphone qu'il avait jeté au sol.

Natalia lui fait signe, le doigt sur ses lèvres, qu'il vaut mieux se taire plutôt que de démoraliser toute la troupe en annonçant qu'ils ont tourné en rond.

La nuit tombe d'un coup. Après la chaleur torride, arrive une fraîcheur qui ne signifie par pour autant l'humidité.

Hypatie Kim lève le nez vers les étoiles.

— Quelqu'un connaît l'emplacement des constellations ? Elles pourraient nous aider à nous situer.

Ils observent un instant l'étendue du ciel étoilé, source d'informations précieuses, mais qu'ils ne savent pas interpréter.

Ils s'assoient. Une pierre craque sous l'effet des changements brusques de température.

— Il faut nous aménager un abri pour la nuit, propose Emma 666.

L'idée de la papesse consiste à s'inspirer de l'exemple des fourmis argentées du désert, dont elle vient de découvrir l'existence.

Utilisant leurs forces ultimes, les cent mille Micro-Humains se mettent alors à creuser avec leurs mains un bivouac souterrain temporaire. La tâche prend du temps, mais avoir un projet potentiellement salvateur les rassure. Enfin, lorsque le sanctuaire est prêt, les Micro-Humains s'y calfeutrent.

À quelques centimètres sous la surface, ils se sentent momentanément à l'abri.

Seuls les six Grands ne peuvent profiter de l'idée d'Emma 666. Nissim Amzallag fabrique une tente de fortune en utilisant leurs vêtements noués qu'ils placent entre des rochers. Jean-Claude Dunyach utilise ses connaissances en chimie pour fabriquer un collecteur d'humidité à partir de l'air frais de la nuit. Il espère ainsi obtenir quelques gorgées d'eau au matin. Hypatie Kim, utilisant ses mains, construit une dune pour les protéger du vent latéral.

— Tes trois étudiants de la promotion « Évolution » sont particulièrement astucieux, David, reconnaît Natalia. Et à mon avis, la jeune Asiatique te trouve à son goût.

— Toi aussi, tu t'y mets ?

— Je l'observe depuis le décollage, je la trouve impressionnante d'intelligence et de courage. Et il me semble qu'elle n'arrête pas de scruter tes oreilles.

— Nous avons quinze ans de différence.

— Aux âmes bien nées… tu connais la suite. Et puis au point où nous en sommes, nous risquons tous de crever de faim et de soif.

L'abri de fortune établi, les six Grands se pelotonnent les uns contre les autres pour former une sorte de grappe humaine.

Martin Janicot se place à l'extérieur, comme s'il voulait profiter de toute sa surface pour protéger ses congénères.

Puis tous, Micro-Humains et Grands, jeunes et moins jeunes, baissent enfin les paupières, ralentissent leur rythme cardiaque pour pénétrer dans le monde des rêves.

David a du mal à s'endormir. Il observe la jeune étudiante asiatique et se demande pourquoi elle est là, pourquoi elle observe ses oreilles, mais aussi pourquoi elle a ce si étrange prénom grec ancien.

Il a froid, claque des dents.

Un peu plus loin, un scorpion les observe sans comprendre le comportement de ces étranges animaux du désert.

51.

— Vous ne les avez toujours pas retrouvés ? Cent mille personnes perdues dans la nature ? Ce n'est pas possible ! s'agace Stanislas Drouin.

— Nous cherchons partout dans la dernière région où on les a repérés, président.

— Un avion qui disparaît ça n'existe pas.

— Si, rappelez-vous, en mars 2014, un Boeing 777 malaisien (baptisé par le plus pur des hasards le MH 370) avait disparu sans qu'on retrouve ses traces. Ce n'est pas si simple de repérer un engin sur un océan.

— On n'est plus en 2014, les technologies ont fait des progrès, il me semble.

— Pas tant que ça. La mer est vaste et la météo ne facilite pas les choses. C'est étrange mais ils ont comme disparu d'un coup dans la bourrasque, sous la masse des nuages, et quand tout est redevenu clair, il n'y avait plus la moindre trace d'eux aux alentours. Possible que *L'Albatros* ait été frappé par la foudre puis ait coulé à pic avec tous ses passagers.

— Et les balises ?

— Il suffit qu'elles soient emportées vers les grands fonds, et on ne peut plus détecter le moindre signal.

Il fronce le sourcil.

— Tous noyés ? Dans ce cas, l'expérience des Micro-Humains dans sa totalité s'arrêterait d'un coup ?

— Je le crains, président.

Il se reprend.

— Bon, pour l'instant, aucune communication sur ce sujet à la presse. Il faut garder les regards focalisés sur la crise de l'astéroïde.

52.

La roche en forme d'Y tournoie lentement dans l'espace. Théia 13 est maintenant visible dans les hublots, éclairée par le lointain Soleil qui lui donne l'allure d'un brin de corail égaré parmi les étoiles. La capitaine Emma 321 suit le protocole.

Doucement, la fusée Lymphocyte 13 se stabilise pour se placer à la perpendiculaire de la surface de l'astéroïde.

La manœuvre est longue et compliquée, mais la capitaine Emma 321 est concentrée, surveillant les écrans, réglant avec précision chaque manœuvre.

Lorsque la fusée entre enfin en contact avec le sol de Théia 13, au niveau du croisement du Y, elle se détend un peu.

— Vous êtes prêtes, les filles ?

Un sas s'ouvre dans la partie supérieure de la fusée jaune.

Les trois astronautes micro-humaines descendent l'échelle à tour de rôle.

Elles distinguent le sol de Théia 13 criblé de petits cratères, impacts d'astéroïdes plus petits.

Elles sont en lien vidéophonique avec la salle de communication de l'ONU à New York. Là, le président Drouin, ainsi que le président américain Smith, le président chinois Tchang et le russe Pavlov, plus quelques diplomates et les équipes de journalistes de la télévision, sont réunis. Et peuvent communiquer et suivre les progrès de la mission Lymphocyte 13.

Les images sont récupérées par plusieurs chaînes de télévision pour être diffusées en direct et en différé.

Lorsque les Micro-Humaines de l'espace parlent, le monde les entend. Lorsqu'elles se regardent, les spectateurs peuvent découvrir leurs visages derrière la vitre de leur casque.

— Phase 1 accomplie. Nous avons « astéroïdi ». Phase 2 accomplie, nous foulons sa surface. Phase 3, nous allons mettre en place le processus de destruction. Me recevez-vous, président Drouin ?

— 5 sur 5. Faites votre travail, capitaine 321. Et faites-le vite car Théia 13 a une célérité importante.

— Comment se portent nos congénères de *L'Albatros* ?

— Ils ont amerri et ont été récupérés par un porte-avions de l'armée française. Restez concentrées sur votre mission. L'humanité entière vous regarde et vous admire.

Alors, avançant avec des gestes précis, à peine ralentis par l'épaisseur des scaphandres spatiaux, la capitaine Emma 321 et l'astronaute 568 commencent à creuser un trou au marteau-piqueur électrique, alors que Emma 567, qui s'occupe des explosifs, transporte avec des gestes délicats la bombe équipée d'une charge nucléaire.

53.

— *Tes parasites sont sur moi pour me tuer, Gaïa ! Et je ne peux rien faire pour les en empêcher !*
— *Tu oublies le facteur psychologique.*
— *Cela veut dire quoi ?*
— *Leur cerveau est devenu si complexe qu'ils sont toujours prêts à imaginer le pire et à projeter des futurs paranoïaques, pour reprendre leur vocabulaire. Ils ont naturellement envie de penser contre eux-mêmes et ils sont hypersensibles à n'importe quoi. Un simple souffle, un frisson, un éternuement suffit à les terrifier. Parfois je les écrase, les brûle ou les noie rien que pour me distraire. Leur durée de vie est infime. Leur position bipède est instable. Ils ne vivent qu'avec une accumulation de conditions extraordinaires. Il leur faut la bonne température, la bonne humidité, de l'air. Et même si toutes ces conditions sont réunies, la complexité de leur métabolisme peut les rendre fous sans même qu'on fasse l'effort de leur nuire.*
— *Tu dis cela pour me redonner espoir ?*
— *Tu crains un adversaire que tu surestimes. Et tu te sous-estimes tout autant, Théia. Cherche dans cette*

voie, encourage-les dans leur pulsion naturelle d'auto-destruction. Aie confiance, ils sont très forts pour se faire du mal eux-mêmes.

54.

Dès que le soleil dépasse l'horizon, les rayons frappent les dunes glacées.

La sortie du sommeil est aussi la sortie de l'anesthésie. Bouches et gorges sèches sont devenues douloureuses. Une tête micro-humaine sort d'un trou de sable. Puis des centaines de têtes émergent de la surface du désert par les trous des tunnels. Les cent mille survivants se réunissent peu à peu, pour former une troupe compacte.

La reine Emma 109 donne le signal de la mise en route.

À nouveau, les Emachs avancent sous le soleil de plus en plus ardent. Autour d'eux, le sable rose devient orange, sous la morsure du soleil. Serpents et scorpions courent se cacher dans les trous. Des lézards au camouflage parfait les observent de loin.

— Tant qu'il y a de la vie, il y a de l'espoir, c'est cela votre phrase ? ironise Emma 666 en tentant de sourire à David malgré ses lèvres sèches et fendillées.

— Une autre pourrait vous intéresser : « Ce qui ne tue pas rend plus fort. »

— Le processus d'évolution des espèces, n'est-ce pas ? Elles sont sur le point de mourir mais au dernier moment elles s'en tirent par une trouvaille…

— Ou un coup de chance.

Emma 666 approuve.

— Peut-être que toutes les espèces sont des sortes d'expériences. Un peu comme votre pierre philosophale qui transforme le plomb en or. L'espèce basique se transforme en espèce raffinée.

— Nous serions le plomb et vous seriez l'or ? questionne David. Dans ce cas, je crois que le point commun des deux métaux est d'être en train de fondre sous la chaleur…

— Et peut-être que si tous les prophètes ont connu leur phase de traversée du désert, elle correspondrait à la phase de calcination de la pierre philosophale.

Satisfaite de sa trouvaille, la papesse s'éloigne vers l'arrière de la colonne. La reine Emma 109, un peu jalouse, vient rejoindre David Wells.

— Nous parlions de l'évolution des espèces. 666 pense que cette phase « chaude et sèche » fait partie d'une sorte de perfectionnement de l'espèce. Et c'est ce qui expliquerait que, étant plus évolués, vous subissiez actuellement cette épreuve collective.

La reine a un accès de toux.

— Par moments, Emma 666 m'étonne, reconnaît-elle. Même si elle n'a pas la bonne réponse, elle se pose les bonnes questions…

Elle tousse à nouveau, crache de la poussière.

— Si nous disparaissons, les Homo metamorphosis auront été une sorte de petite parenthèse dans l'évolution, comme l'Homo floresiensis.

La reine hoche la tête.

— À quoi pensez-vous, Majesté ?

— À la blague du président Drouin quand il était saoul et que nous l'avons tous entendu dans le haut-parleur.

— La centaine de milliers de souris de laboratoire qu'on jette du haut d'une falaise pour qu'une ou deux se transforment en chauves-souris ?

— C'est d'une grande cruauté, mais peut-être que sur l'ensemble des Emachs, il y en aura une ou deux qui muteront pour s'adapter au milieu désertique, telles les fourmis argentées du désert…

— Des Micro-Humains chromés et courant très vite ?

— S'il ne restait qu'un seul couple de Micro-Humains, quelle que soit sa morphologie, cela suffirait.

La chaleur se fait de plus en plus accablante. Le sable étincelle. Le soleil les aveugle, ils sont de plus en plus nombreux à défaillir.

Martin Janicot, le plus grand de la troupe, s'arrête soudain et, telle une vigie en haut d'un mât, annonce :

— Mer droit devant !

— Nous aurions traversé le Sahara de part en part ? demande Emma 103, étonnée. Je croyais que l'Afrique était plus vaste.

— Non, c'est autre chose, répond Martin Janicot.

Ils se précipitent vers l'eau, heureux de sa fraîcheur, mais Emma 103 demande à ce qu'ils ne tombent pas dans le piège de boire de l'eau salée, ce qui leur donnerait encore plus soif.

Certains pourtant ne peuvent résister, préférant risquer de tomber malade plutôt que de garder la gorge en feu.

Emma 109 se trempe dans l'eau fraîche et vivifiante. Lorsque soudain une corne résonne au loin. C'est un bateau qui lance sa sirène d'avertissement alors qu'un premier canot à moteur vient les rejoindre.

Les cent mille Emachs observent, incrédules, l'arrivée de leurs sauveurs.

— Commandant Andrieux, marine française, annonce l'homme en uniforme impeccable, debout à l'avant du canot. Excusez-nous du retard, mais nous avons eu du mal à vous repérer, vous n'avez été détectés qu'il y a quelques minutes.

Le commandant Andrieux s'empresse d'ordonner à ses matelots de distribuer les rations d'eau douce.

— Donnez bien à vos compagnons le conseil de ne pas boire trop vite, sinon le remède pourrait être pire que le mal.

La ministre des Sciences Emma 103, aidée de quelques officiers de l'armée, commence à organiser dans un premier temps l'humidification à l'eau douce des muqueuses, puis la réhydratation progressive de ses congénères.

David, à son tour, s'humecte les lèvres, puis boit quelques gorgées.

Je n'ai jamais rien ressenti d'aussi agréable que ces quelques gouttes d'eau qui coulent dans ma gorge. Peut-être que le plaisir n'est lié qu'au manque. Plus on a besoin de quelque chose, plus la jouissance est forte lorsque enfin elle vous est accordée.

Il a le sentiment que c'est la fête dans tout son corps, chaque molécule d'H_2O qui entre en contact avec une cellule de son palais, de sa gorge ou de son œsophage, provoque en lui une infime décharge de plaisir.

Il ferme les yeux.

Je ne m'étais jamais rendu compte à ce point que l'eau pouvait provoquer autant de sensations agréables. C'est sucré, salé, avec des nuances de fer, de calcium, de terre. On parle des nuances du vin, alors que l'eau est déjà tellement savoureuse.

Les personnes dont la santé a été la plus affectée sont évacuées, puis l'officier ordonne l'organisation d'un circuit de barques pour permettre le déplacement dans les meilleures conditions de la population entière de Microland vers le porte-avions *Georges-Brassen*s.

L'officier se veut rassurant, il esquisse un geste vers la reine.

— Nous, les Grands, nous ne vous laisserons jamais tomber, Majesté. Nous savons tous que nous avons fondamentalement besoin de vous.

David Wells sourit, même s'il n'est pas convaincu par cette phrase, qui lui semble prononcée par pure diplomatie.

— Tout à l'heure, pour le dîner, je vous invite à ma table. Ce soir, il y a du homard. Vous aimez cela ?

55. ENCYCLOPÉDIE : POINT DE VUE DU HOMARD

La même situation peut être perçue comme une catastrophe ou un miracle.

Par exemple, le naufrage du *Titanic* peut être vu comme un événement bénéfique se terminant très bien.

Par qui ?

Par les homards et les langoustes vivant en aquarium dans les cuisines du paquebot et qui attendaient d'être jetés dans l'eau bouillante pour ravir le palais des passagers de première classe.

Le *Titanic* qui sombre et la mort de ses centaines de passagers humains n'ont signifié pour ces innocents animaux qu'un moyen d'échapper au pire et de retrouver enfin la liberté. Simple question de point de vue.

Edmond Wells,
Encyclopédie du Savoir Relatif et Absolu, Tome XI.

56.

Les trois astronautes ont fini de creuser un vaste trou circulaire. C'est là qu'elles comptent déposer la bombe nucléaire portable.

Mais alors que la capitaine Emma 321 enfonce vigoureusement son marteau-piqueur pour agrandir le trou, soudain le sol se fendille.

La capitaine 321 n'a pas le temps de réagir, le sol friable cède d'un coup. Emma 567 et Emma 568 ne peuvent s'accrocher à quoi que ce soit, elles sont toutes les trois aspirées dans un goulet rocheux.

57.

— Je crois que j'ai trouvé une idée pour que tes parasites humains ne me tuent pas, Gaïa.

— *Laquelle, Théia ?*

— *La vérité. Plutôt que de tenter de les détruire, je vais leur révéler qui je suis vraiment.*

58.

Chute à grande vitesse.

Les trois astronautes glissent sur le toboggan naturel dans l'astéroïde Théia 13.

Elles s'enfoncent dans le tunnel sombre à peine éclairé par intermittence par la lampe frontale de leur casque. Sur Terre, les millions d'humains qui suivent en direct l'événement sont eux aussi emportés par les images saccadées.

Descente de plus en plus violente, et soudain les frottements s'arrêtent, les trois Micro-Humaines sont reçues par une substance molle et glacée.

Elles s'enfoncent sous la surface.

Dans l'obscurité elles se débattent.

Leurs torches frontales éclairent des formes fugitives qui décampent devant elles… des poissons jaunes aux larges et fines voilures, curieux de ces trois présences non identifiées.

Les astronautes nagent pour rejoindre la surface.

Leurs casques émergés éclairent alors et filment une cavité dont le centre est occupé par un lac dans lequel elles flottent. Elles rejoignent sans difficulté la berge. Là elles dégainent leurs lampes-torches manuelles beaucoup plus puissantes et éclairent la voûte rocheuse située au cœur de l'astéroïde Théia 13.

Elles découvrent (et les téléspectateurs terriens en même temps qu'elles) le décor qui les entoure.

En fait, Théia 13 est comme une géode dont le volume en creux est rempli de cristaux jaunes étincelants. La surface des roches de la berge ressemble aux agates orange veinées qu'on trouve dans les magasins de bijoux. En dehors des poissons jaunes du lac, se révèlent une faune et une flore, elles aussi jaunes ou jaunâtres.

La capitaine 321 parle dans son micro.

— Président Drouin, vous devez recevoir les images que transmet ma caméra de casque. Cet astéroïde est creux et abrite une caverne et un lac !

— Et il y a de la vie ! complète l'une des deux autres astronautes.

Le faisceau des lampes-torches révèle des arbustes, des fleurs, des herbes, des insectes, jaunes ou orangés.

— C'est fantastique… ! ne peut s'empêcher de s'exclamer la capitaine 321, aussi surprise qu'émue.

Sa compagne enclenche son chromatographe portatif en bracelet sur son poignet gauche.

— C'est la chimie du soufre. Notre planète Terre est issue d'une chimie du carbone, cet astéroïde est entièrement composé d'atomes de soufre.

Elles éclairent maintenant des animaux étrangement jaunes, orange ou rouges qui composent une fresque aux couleurs de flammes. Un papillon aux larges ailes jaune doré se pose sur le casque de la capitaine et elle s'aperçoit que l'insecte a trois yeux et six ailes. Une salamandre, jaune elle aussi, approche. Elle est pourvue d'un troisième œil au niveau du front et de six pattes.

— Sur Terre, la composante est binaire, ici elle est tertiaire. Ils ont des membres multiples de trois, des sens multiples de trois ! s'émerveille la capitaine 321.

Un lapin pelucheux approche sur ses six pattes, ses trois oreilles dressées. Quand elles veulent le toucher, l'animal se laisse caresser en sautillant joyeusement d'une astronaute à l'autre.

Un oiseau jaune et rouge équipé de six ailes s'approche, lui aussi curieux.

Les astronautes filment et photographient ce monde foisonnant.

— Vous devez poursuivre votre mission, intime le président Drouin.

— C'est de la vie extraterrestre, président ! C'est la plus grande découverte scientifique de cette décennie ! proteste la capitaine 321. Sans parler de ce mystère : comment se fait-il qu'ils soient à la fois différents et pourtant si semblables aux animaux que nous connaissons ? Cela signifie qu'il existe des formes immuables dans l'Univers, des archétypes, qui se retrouvent partout, même au cœur des rochers errants dans l'espace. Comment expliquer ce phénomène ? C'est tellement… tellement…

Elle éclaire une région de la voûte tapissée de chauves-souris orange à six ailes.

— C'est surtout un astéroïde qui menace de percuter notre planète, rappelle l'homme politique.

— C'est une mine d'informations sur l'Univers. Nous allons enfin comprendre pourquoi la vie est apparue et pourquoi elle existe. Pourquoi ici elle fonctionne en mode tertiaire et chez nous en mode binaire. Pourquoi des rongeurs, des insectes, des poissons, des primates sont là !

— Faites-moi exploser cet astéroïde ! tranche Stanislas Drouin au comble de l'impatience.

L'astronaute ne se laisse pas impressionner, sa voix calme résonne dans tous les esprits.

— Si je vous obéissais maintenant, nous le regretterions plus tard, président. Je pense que, vu l'ampleur de l'enjeu, le mieux serait d'organiser un débat et un vote de tous les chefs d'État à l'ONU pour savoir si nous devons procéder à quelque chose d'aussi définitif, face à un événement aussi porteur d'horizons nouveaux.

— Détruisez-moi cette caillasse, c'est un ordre !

La capitaine Emma 321 grimace, retient une réponse qu'elle regretterait, affiche une moue, puis articule :

— J'attends l'issue des débats, et entre-temps je continue de vous fournir des images et des mesures sur cette caverne extraordinaire que nous venons de découvrir et qui prouve que l'on peut trouver des formes de vie très complexes non pas sur une autre planète, mais sur un simple astéroïde errant dans l'espace.

Comme elle prononce ces mots, un animal semblable à un petit ouistiti, lui aussi équipé de six membres et trois yeux, s'approche des astronautes terriennes et bat des cils. Il touche la vitre du casque de ses six doigts et, appuyant sa bouche contre la paroi, mime un baiser.

59.

— Tu as trouvé ton arme psychologique : montrer ta beauté intérieure, et cela a suffi à donner envie aux humains de renoncer à leur mission de destruction.

— C'est toi qui m'as conseillé de faire cela, je te le rappelle, Gaïa. Tu m'as proposé d'agir sur leur psychologie et j'ai simplement révélé « ma » vraie nature. Et voilà. Maintenant tu le sais, moi aussi j'ai des parasites diversifiés.

— Ne te réjouis pas trop vite. Rien n'est gagné. Ils vont lancer un débat pour décider s'ils doivent te détruire ou non.

— Tu y participes ?

— Ils n'ont jamais pris conscience que j'avais une intelligence, une conscience, une personnalité, une volonté. Ils me sous-estiment beaucoup trop pour me demander mon avis.

— J'ai gagné du temps.

— Je ne veux pas te laisser de faux espoirs. Ce débat a peu de chances d'aboutir en ta faveur.

— Pourquoi ?

— Chez les humains, la peur est plus forte que la curiosité. L'humanité est un troupeau craintif qui n'a ni recul ni perspective, mais réagit de manière immédiate et instinctive.

— Tu penses qu'ils vont me détruire alors qu'ils savent qui je suis ?

— Ils ne connaissent pas ta vraie mission. Ils ne pourraient même pas l'imaginer. Un astéroïde qui vient

pour féconder une planète, c'est hors de leur entendement, Théia.
— Tu dois avoir la possibilité de parler avec certains d'entre eux, de les influencer comme j'influe moi-même sur « mes » parasites.
— J'ai en effet dans le passé eu quelques contacts avec une humaine, une certaine Aurore, mais cela n'est pas allé très loin. Elle n'a perçu mon langage que comme des bulles dans l'eau.
— Essaye encore, s'il te plaît, Gaïa.
— De toute façon, même si l'un ou l'autre comprenait l'enjeu, et l'expliquait, je pense que ses congénères ne supporteraient pas de voir leur planète se faire, excuse-moi, « pénétrer » par un astéroïde.
— Mais c'est pour engendrer de la vie encore plus intéressante.
— Justement, je te l'ai déjà dit, je ne pense pas qu'ils aimeraient me voir grossir et me transformer. Je crois qu'ils veulent que je reste telle que je suis et non pas que j'évolue vers autre chose. Ils préfèrent que je demeure « vierge ».
— Alors c'est foutu ?
— Peut-être pas… Tout est entre les mains des trois astronautes qui sont sur ta surface. Tu ne peux pas les mettre hors d'état de nuire avec tes poissons, tes insectes et tes plantes ?
— Il faudrait qu'elles puissent exposer leur chair aux dards, aux crocs venimeux et aux épines empoisonnées de mes locataires. Mais elles ont des combinaisons de protection très épaisses et des casques très durs. Ah ! si seulement elles pouvaient enlever ces carapaces mauves pour exposer leur peau… Je t'en prie, Gaïa, de ton côté

essaie de faire tout ce que tu peux, ce serait vraiment dommage d'échouer si près du but.

60.

Soulagement. Le porte-avions *Georges-Brassens* se recouvre d'une population de Micro-Humains blêmes et titubants. Ils s'installent en lignes parfaitement parallèles sur sa piste de décollage, les membres de chaque famille se pelotonnant les uns contre les autres.

La reine Emma 109 rejoint les six Grands sur la passerelle pour suivre les actualités sur un large écran de télévision.

— Les trois astronautes sont tombées dans une cavité de l'astéroïde et ont trouvé des poissons, des insectes et des animaux autochtones de couleur jaune pourvus de trois yeux et six pattes pour la plupart…, résume consciencieusement le commandant Andrieux. Du coup elles ont renoncé à faire exploser la bombe et demandent à l'ONU de voter pour décider si on l'épargne ou la détruit.

— Pourquoi ne me l'avez-vous pas dit plus tôt ? s'insurge la reine Emma 109.

— Vous étiez trop occupée par le sauvetage de vos congénères, Majesté. Et puis vous ne pourrez pas changer quoi que ce soit à ce qui se passe là-haut désormais. C'est entre la capitaine 321 et le président Drouin.

Sur l'écran qui leur fait face, le présentateur commente :

— … La réunion d'urgence a pu être réalisée grâce à la présence virtuelle des 199 chefs d'État qui ont voté depuis leur ordinateur. La reine Emma 109 a été dispensée de vote du fait de la gestion de sa situation de crise. Ce qui ne change rien au résultat, puisque c'est par un vote de 199 voix contre zéro, donc l'unanimité absolue, que la décision a été prise, à savoir détruire l'astéroïde géocroiseur menaçant. Aussitôt l'ordre a été délivré à la capitaine Emma 321 et à ses deux collègues de déclencher au plus tôt la bombe atomique.

La ministre Emma 103 les rejoint.

— Majesté, le transfert va bientôt se terminer. Cent mille passagers embarqués, cent mille sauvés, cent mille transférés sur le porte-avions.

Ils regardent par les hublots de la passerelle et repèrent la foule des rescapés auxquels les militaires distribuent vivres, boissons chaudes et couvertures.

Emma 109 sort fume-cigarette et cigarette, embrase le tabac et souffle :

— Eh bien, je crois que nous avons réussi là où depuis toujours vous les Grands avez échoué : survivre sans aucune perte à un tsunami.

— Sans parler d'un naufrage et d'une traversée du désert, ajoute la papesse Emma 666.

— Vous avez été remarquables d'organisation, de civisme et de calme dans ces circonstances périlleuses, reconnaît le commandant Andrieux.

La reine soupire :

— Nous l'avons été parce que nous n'avions pas le choix. Maintenant, commandant Andrieux, cap vers la terre ferme. Les nuages remplis d'orage et les déserts arides ne sont pas des décors où l'humain peut s'épanouir.

61.

— Non. N'y comptez pas.

La phrase dépose un nuage de vapeur à l'intérieur du casque transparent.

— Sur Terre, ils ne se rendent pas compte, ils ne peuvent pas voir ce que nous voyons, ici, en direct… Ils ne peuvent pas comprendre.

Les trois Micro-Humaines en scaphandre mauve se parlent par l'entremise des micros et écouteurs de casque.

— Les Grands ne voient juste qu'un gros rocher qui risque de faire des dégâts, alors que c'est bien plus que ça.

— C'est le principe de précaution. Ils ne veulent pas courir le moindre risque, assure Emma 568.

— Ce sont les ordres du président Drouin, issus d'un vote majoritaire de tous les chefs d'État de la planète, rappelle Emma 567. Et si Théia percute la Terre, nous serons responsables de milliers de morts.

— La peur les empêche de réfléchir. Si c'est un vote motivé par la peur et non l'intelligence, c'est à nous trois d'être plus subtiles et responsables qu'eux.

Les trois astronautes se regardent à travers leurs casques.

— Ce ne sont que 199 vieux humains dépassés par un événement nouveau et inattendu. Notre reine n'a même pas été consultée, rappelle la capitaine.

— Elle a d'autres priorités.

— Ce ne sont que des esprits limités et moi je pense plus loin. Je pense à nos descendants. Si nous détruisons cet astéroïde, l'histoire nous jugera comme ceux qui ont empêché un rendez-vous unique.

Elles continuent d'observer le décor somptueux qui les entoure.

— Ce sont les ordres des gouvernants de la Terre, bon sang, capitaine. Nous sommes aussi des militaires, nous devons obéir à la hiérarchie. On ne peut pas mettre la planète en danger de mort !

— J'ai étudié leur histoire, 567. Les Grands qui ont largué la bombe atomique sur Hiroshima étaient aussi des militaires, et ils ont aussi obéi aux ordres, mais ensuite ils ont regretté et l'histoire les a jugés comme des gens qui n'auraient pas dû faire cela.

— Parce qu'il y avait des victimes humaines. Là, ce ne sont que les animaux jaunes d'une caverne dans un… astéroïde. Et ils sont de toute façon condamnés.

— Ils sont la première forme de vie extraterrestre révélée, 568 ! Vous imaginez les réponses que nous risquons de trouver dans l'étude des cellules de ces animaux et de ces végétaux ? Des médicaments peut-être pour des maladies présentes ou futures. Une compréhension de l'évolution des espèces en dehors de la Terre.

Emma 321 éclaire la voûte qui, du coup, scintille comme si tout le plafond était recouvert de diamants jaunes. Des chauves-souris à six ailes brassent l'air autour d'eux en poussant des couinements aigus qui ressemblent à des chants. Le petit ouistiti orange revient et s'accroche à sa jambe.

— Vous voulez vraiment détruire tout cela ? Sans même faire ne serait-ce qu'un prélèvement de sang pour connaître leur ADN ?

— Nous n'avons pas le temps. Et puis ce serait prendre le risque de ramener des maladies sur Terre. Vous le savez aussi bien que nous, capitaine.

— Mesdemoiselles, Emma 321, Emma 568, Emma 567… je crois que vous perdez un temps précieux. Assez tergiversé, il faut détruire ce foutu astéroïde, c'est un ordre, répète la voix du président Drouin dans les écouteurs.

La capitaine secoue la tête.

— Le problème, président, c'est que l'image vidéo ne peut retransmettre la beauté extraordinaire de ce lieu. Alors je prends l'initiative de lancer un vote avec les deux autres astronautes présentes qui, elles, voient le réel.

— Hors de question ! hurle Stanislas Drouin.

— Désolée, sur le terrain c'est nous qui décidons en fonction des informations que nous avons et que vous n'avez pas à distance, rétorque la capitaine.

Le président de l'ONU renonce à élever la voix.

— D'accord, mais faites vite.

— Parfait. Maintenant c'est seulement entre nous, dit Emma 321 à ses compagnes. Qui veut que nous sauvions ce fabuleux astéroïde ?

La capitaine lève seule la main.

— Qui veut que nous le détruisions ?

Les deux autres assument leur choix.

— Deux votes pour la destruction, un vote contre, annonce Emma 567.

Considérant que l'affaire est entendue, cette dernière sort de son sac à dos un grappin qu'elle lance pour permettre leur sortie de la caverne. Déjà elle remonte le couloir pour rejoindre la surface de l'astéroïde. Emma 568 la rejoint prestement.

Retrouvant tous les appareils abandonnés, les deux astronautes commencent à procéder aux manœuvres de mise à feu de la bombe nucléaire.

— Je crois que vous ne mesurez pas les conséquences de vos actes. Et dans ce cas, je dois seule assumer le choix de la raison.

Toutes deux se retournent et font face à leur capitaine Emma 321 qui, s'étant elle aussi hissée en surface, les menace avec son poignard de service.

Elle éteint un à un les boutons du tableau de programmation de la mise à feu.

— Puisque vous y faites parfois référence, 568, je crois me rappeler que dans l'*Encyclopédie du Savoir Relatif et Absolu* figure cette phrase : « Ce n'est pas parce qu'ils sont nombreux à avoir tort qu'ils ont raison. »

Alors, profitant que sa supérieure hiérarchique tourne le dos pour éteindre les interrupteurs, Emma 567 lui saute dessus. Les trois Micro-Humaines se battent, leurs mouvements rendus maladroits par les épais scaphandres.

À New York, les présidents présents ainsi que les journalistes suivent la situation en direct.

La capitaine 321 est déterminée. Elle arrive à tenir tête à ses deux adversaires. L'affrontement semble se dérouler au ralenti. Chaque coup semble mettre de longues secondes avant d'atteindre sa cible.

Cependant, Emma 321 est plus pugnace que ses deux challengers et, multipliant les initiatives, elle gagne un léger temps d'avance qui lui permet à la fois d'éviter les attaques frontales tout en prenant ses adversaires en défaut.

Elle fait plier les genoux d'Emma 568, frappe son dos en joignant les poings et la couche sur le sol avant de lui assener un coup sur la poitrine. L'autre grimace et s'effondre.

Emma 567 essaie de l'attaquer par-derrière mais Emma 321 l'a repérée dans le reflet du casque d'Emma 568. Elle esquive, intercepte le pied, lui fait poursuivre son élan et force l'autre à lui tourner le dos. Elle appuie alors sur l'arrière de ses genoux et la frappe au côté.

Les deux astronautes sont ainsi plaquées au sol par leur capitaine. Elles tentent de se relever mais Emma 321 les maintient avec son pied et les ligote ensemble avec les sangles qui leur servent de ceinture.

— Je prends donc sur moi d'agir en mon âme et conscience, avec une perspective plus large que vos simples réactions d'angoisse primaire, lance-t-elle, haletante.

En réponse, Stanislas Drouin aboie des insultes. Emma 321 coupe le son en provenance de la Terre, et continue de débrancher les fils qui relient l'appareil de programmation de mise à feu à la bombe nucléaire.

62.

— Tu as réussi, Théia. Je n'y croyais pas. Un humain, que dis-je ?, une simple Micro-Humaine, seule, a pris ta défense contre tous.

— C'est le pouvoir de fascination de la beauté.

— Il t'a suffi de leur montrer ta vérité profonde et tu as touché celle qui avait la conscience la plus évoluée. L'intelligence d'une seule de ces petites bêtes peut changer le destin de la planète. Grâce à la révélation de ta beauté intérieure, tu vas vivre, Théia 13. Et maintenant, que va-t-il se passer ?

— Notre union.

— Notre quoi ?

— Tu sembles intimidée, Gaïa.

— C'est-à-dire que c'est la « première fois ». Je te l'ai dit, je suis une planète vierge.

— Moi, je ne te ferai pas de mal, bien au contraire. Je suis venu pour t'honorer.

— À vrai dire, avant que tu ne t'adresses à moi, je ne savais même pas que j'étais… sexuée. Je ne savais même pas qu'une énergie masculine pouvait me compléter et m'ensemencer. Je me croyais seule. Tout cela est tellement nouveau et inattendu.

— En tant que (comme tu me l'as appris) « spermatozoïde de l'espace », je suis tout aussi vierge que toi. Et toi tu m'as informé que j'étais masculin. Je suis tout aussi curieux de savoir ce qu'il va se passer.

63.

Ses doigts entrent en contact avec ses cheveux, trois doigts tendus en peigne et qui rabattent la mèche rebelle en arrière en un geste nerveux.

Le président Drouin s'assoit.

Autour de lui, les mines sont affligées.

— Comment a-t-on pu être suffisamment stupides

pour faire confiance à ces « demi-humains » ? Maintenant nous risquons le pire du fait de votre crédulité, accuse le président chinois Tchang.

L'Américain Smith s'assoit dans un large fauteuil en cuir.

— Et en plus, nous n'avons plus aucun contact pour essayer d'influencer cette cinglée de capitaine 321.

Un homme entre et parle à l'oreille de Stanislas Drouin qui annonce aux autres :

— Selon les experts, l'astéroïde Théia 13 va s'enfoncer dans la croûte terrestre, rejoindre le magma et faire exploser notre planète comme une pastèque percutée par une balle de revolver.

— Alors nous allons tous mourir ? conclut le président russe.

Stanislas Drouin ne quitte pas les écrans des yeux. À peine perturbées par les interférences magnétiques, les images montrent toujours la capitaine Emma 321 qui s'emploie à désactiver la bombe.

— J'ai peut-être oublié cette possibilité de futur, prononce-t-il pour lui-même. La neuvième voie… un simple foutu gravillon venu de l'espace et qui détruit tout.

— Tout cela est votre faute, Drouin, clame l'Américain. C'est vous qui avez encouragé la création et la prolifération des Emachs.

— C'est vrai, c'est la faute de Drouin, et en plus il nous a poussés à leur donner un État indépendant où ils ont pu préparer leur sale coup, rappelle le président chinois Tchang.

— Quand je pense que nous leur avons confié la protection de la planète contre les astéroïdes ! s'indigne l'Américain Smith.

— Qu'est-ce que nous pouvons faire d'autre ? demande le Russe Pavlov.

— Rien, reconnaît Drouin dans un soupir. Attendre et prier.

Puis ne sachant plus quoi dire pour sa défense, il murmure avec fatalisme :

— De toute façon, tout devait bien s'arrêter un jour.

64. ENCYCLOPÉDIE : QUELQUES FINS DU MONDE

Depuis l'an 1 après Jésus-Christ, on a compté près de deux cents annonces de la fin du monde, qui ont chaque fois mobilisé de larges foules ou les médias. Parmi elles, citons-en quelques-unes parmi les plus récentes.

— La fin du monde devait se produire en 1996, selon l'Américain Sheldan Nidle. Il avait prévu à cette date l'invasion de la Terre par des extraterrestres possédant des armes à rayon laser.

— Elle était programmée pour 1997, selon le Japonais Sukyo Mahikari, qui avait annoncé une guerre mondiale nucléaire.

— Elle devait survenir en 2008, pour un groupe d'Hawaïens, détracteurs du Large Hadron Collider (Grand Collisionneur de Hadrons, l'accélérateur de particules du CERN situé sur la frontière franco-suisse). Ces derniers estimaient que la mise en marche de cet appareil géant allait provoquer un trou noir qui engloutirait toute la matière autour de lui jusqu'à aspirer la Terre entière.

— Elle était annoncée pour l'an 2000, selon les Français du GEG (Groupe d'études gnostiques). Ils avaient prévu le choc de la Terre avec une autre planète itinérante.

— Elle était aussi programmée pour l'an 2000 selon les Indiens du groupe Brahma Kumaris. Ceux-ci avaient prévu une guerre nucléaire qui commencerait aux États-Unis, toucherait ensuite l'Europe et terminerait sa destruction en Inde.

— Elle devait se produire de même en l'an 2000 selon l'Américain Richard Noone. Il avait prévu un brusque changement climatique entraînant la fonte des glaces puis l'inondation brusque de tous les continents.

— Programmée pour 2012, selon certains interprètes du calendrier maya. Ils avaient prévu l'arrivée d'une catastrophe naturelle majeure (volcan en éruption ou astéroïde percuteur) entraînant la fin de l'humanité.

— Elle est pour l'an 2020, selon l'Américaine Jeane Dixon. Elle prévoit l'Armageddon, la guerre totale entre les partisans de Jésus-Christ et ceux de l'Antéchrist (aussi nommé par elle le « faux prophète »).

Ajout de Charles Wells à l'œuvre d'Edmond Wells,
Encyclopédie du Savoir Relatif et Absolu.

65.

— Cette fois nous avons réussi, Théia. Je ressens un énorme désir de te sentir en moi. Viens. Plus rien ne pourra empêcher notre union désormais.

— J'arrive, Gaïa.

66.

David se souvient du morceau des Doors *This is the end* qu'adorait Aurore. Les paroles de Jim Morrison lui reviennent en mémoire.

« … De nos plans élaborés ? la fin.
De tout ce qui a un sens ? la fin.
Ni salut ni surprise : la fin.
Je ne te regarderai plus jamais dans les yeux… jamais.
Voici la fin, mon bel ami,
cela me peine de te laisser partir.
La fin du rire et des doux mensonges.
La fin des nuits où nous avons voulu mourir.
Voici la fin. »

— Quel dommage, regrette la reine Emma 109, nous venons juste d'échapper au tsunami.

— C'est l'ironie du monde : quand on croit être sauvés du pire, c'est là que nous sommes condamnés par un « encore pire », reconnaît Martin Janicot, sentencieux.

— Combien de temps nous reste-t-il ? demande Emma 666 à Natalia qui écoute les actualités.

— Selon les journalistes, deux heures et demie à peu près, répond le militaire.

— Que faire quand il nous reste deux heures et demie à vivre ? demande Hypatie.

— Eh bien, l'avantage de cette situation, ironise Natalia Ovitz, c'est qu'il ne peut rien arriver de plus grave.

Elle émet un rire nerveux qui tombe à plat.

— C'est l'aboutissement de toutes les lois de Murphy, philosophe Martin Janicot : « Un jour on meurt. »

Au moins j'aurai vécu quarante ans, songe David.

Il pense à Aurore, à ses enfants, regrette les dernières disputes, il aurait tellement aimé partir sur un sentiment amoureux, profond et clair, pour celle qui l'avait suivi ces dernières années et lui avait donné trois enfants.

À nouveau, l'orage résonne et la pluie frappe, verticale, comme pour nettoyer le décor avant la rencontre fatale.

— Je propose que nous buvions jusqu'à l'ivresse, propose le commandant Andrieux en saisissant des bouteilles de rhum au fond d'un placard.

David Wells sent un picotement dans ses extrémités.

Désormais plus rien n'a d'importance. Nous pouvons relâcher tous les freins moraux.

Le commandant boit une lampée au goulot, avant de tendre la bouteille aux autres.

Martin Janicot s'en empare le premier. À côté d'eux, Hypatie Kim, Jean-Claude Dunyach et Nissim

Amzallag semblent hypnotisés par l'écran qui continue d'annoncer, par la voix de la journaliste de plus en plus bouleversée, les dernières informations.

67.

— CRISE DE L'ASTÉROÏDE – La panique est totale partout dans le monde. Les services administratifs, la police, l'armée, les pompiers, les services d'urgence des hôpitaux ne répondent plus.

Les gens se réfugient dans les églises et les temples pour prier. Dans les avenues, les chants et les musiques funèbres résonnent de manière assourdissante. Quand ce ne sont pas les voix ou les instruments, ce sont les sirènes qui retentissent dans toutes les grandes villes de la planète.

Les chefs d'État, leurs ministres et généraux ont rejoint pour la plupart leurs bunkers. Ceux qui ne peuvent bénéficier de tels abris se terrent dans leurs caves, ou s'amassent dans les tunnels les plus profonds du métro.

Depuis l'annonce officielle de la forte probabilité d'un choc destructeur avec l'astéroïde Théia 13, la confusion règne partout.

On assiste à trois réactions.

1) La solidarité accrue. Des groupes de volontaires se réunissent spontanément pour se préparer à aider les victimes à être dégagées et soignées. Ces groupes sont pour la plupart fédérés par l'ONU.

2) La ferveur mystique. Les temples de toutes les religions se remplissent de gens en prière.

3) La montée du nombre de suicides, voire de suicides collectifs, ces derniers sont particulièrement nombreux dans les lieux hautement symboliques. On se jette du haut de la statue du Christ à Rio de Janeiro, du haut de l'Empire State Building à New York, aux chutes du Niagara, à la tour de Pise. À Paris, les candidats au saut-à-l'élastique-sans-élastique font la queue pour monter au deuxième ou au troisième étage de la tour Eiffel. Personne ne tente de les retenir quand ils s'élancent dans le vide. Certains piétons circulant sous la tour Eiffel se sont fait écraser par les suicidaires. D'autres utilisent le sommet de la tour Montparnasse ou se jettent du haut de l'Arc de triomphe.

De manière plus générale, on assiste à une migration spontanée des populations des plaines vers les montagnes, certains pensent qu'en hauteur ils ont plus de chances d'être épargnés. Sur les côtes, on voit des nuées de bateaux partir vers le large. Ce sont ceux qui pensent que le choc avec l'astéroïde sera mieux encaissé sur l'eau.

Les zoologistes ont repéré des migrations d'animaux. Les lemmings, les gnous, les gazelles, les rats, les fourmis, les termites filent en longues processions vers le pôle Nord.

Dans le ciel, les cigognes, les canards, les étourneaux, les pigeons, mus par un sens du danger incompréhensible, volent en groupes serrés en direction de l'équateur.

Dans l'eau, les sardines, les morues, les anguilles, les dauphins, les baleines forment des bancs compacts qui nagent vers un point de convergence : la mer des Sargasses.

Alors que la Bourse s'est effondrée, il reste encore des optimistes pour acheter des valeurs, preuve que même devant la fin du monde certains continuent de penser que c'est l'occasion de faire de bonnes affaires.

Satisfaction qui semblera dérisoire à l'instant décisif : mon assistante m'annonce que nous venons de battre tous les records d'audience depuis la naissance de cette chaîne de télévision.

Merci d'être aussi nombreux à suivre l'événement « Fin du Monde » sur notre canal. Nous vous tiendrons évidemment au courant des moindres informations au fur et à mesure qu'elles nous seront transmises. Restez branchés sur notre chaîne.

68.

Ils coupent le son alors que des images de foule en plein chaos succèdent aux images en direct de Théia 13. On distingue la capitaine 321 en train de démonter la bombe, filmée par la caméra du scaphandre d'Emma 568.

Après les détonations d'orage, d'autres fracas proviennent du porte-avions lui-même. Ce sont des marins qui préfèrent se suicider avec leur arme de service plutôt que de vivre ce cauchemar annoncé.

— Je propose que nous suivions leur exemple avant que le choc avec Théia 13 nous écrase ou nous consume dans la fournaise, lance le commandant Andrieux d'un ton détaché. Je préfère la douleur de quelques fractions de seconde à celle d'une mort lente par le feu, la lave, les vapeurs bouillantes ou je ne sais quelle horreur.

Il sort son arme et compte le nombre de balles qui restent dans le chargeur puis annonce :

— J'en ai suffisamment pour tous.

— Pas pour moi, merci. Je n'ai pas peur de vivre cet instant à fond, même s'il peut être « pénible », déclare Natalia.

Jean-Claude Dunyach a avalé des pilules de son invention qui ont l'air de le mettre en état d'euphorie artificielle.

Nissim Amzallag s'est posté près de la fenêtre et a saisi un appareil photo, espérant saisir des clichés de l'astéroïde.

Autour d'eux, les officiers envoient des messages à l'être aimé, leurs dernières pensées sont pour eux. On entend :

— Papa, je t'aime. Maman, je t'aime.

— Adieu. Je t'aime.

— Je t'aime, Georges, ma dernière pensée est pour toi.

— Je vous aime, les enfants.

— Mamie, Papi, je pense à vous dans cet ultime instant.

— Chéri, retrouvons-nous au Paradis.

Le commandant Andrieux boit sans lâcher son arme.

Natalia a allumé son fume-cigarette et aspire des petites bouffées nerveuses.

À côté d'elle, les trois Emachs, la reine, la papesse et la ministre, semblent amorphes.

Un silence lourd s'installe.

Hypatie Kim rejoint David Wells.

— Vous devriez faire de la méditation, propose-t-elle sans cesser d'observer ses oreilles.

— Vous croyez vraiment que c'est le moment ?

Elle hoche la tête, affirmative.

— Plus que jamais.

— De la méditation quelques minutes avant l'Apocalypse ?

— Vous n'aimeriez pas vous sentir tranquille au milieu de la tempête ?…

Il a envie de se moquer ou de sortir une plaisanterie amère mais il se reprend.

— C'est débile.

— Regardez ce que font les autres, est-ce que cela vous semble plus « intelligent » ?

Il la fixe avec une moue ironique, déglutit, observe intensément ce visage qui semble serein en cet instant terrible…

— Pourquoi pas, après tout. Comment fait-on ?

— Asseyez-vous en tailleur. Redressez votre colonne vertébrale. Fermez les yeux.

Elle lui montre la position idéale, en récupérant un coussin et en le plaçant sous ses fesses. Il obtempère, effectue le même geste et s'installe dans une position de yogi tout en gardant, sans pouvoir le contrôler, un sourire narquois.

— Maintenant, coupez le son, et n'entendez que ma voix. Oubliez la catastrophe, écoutez ce qu'il se passe à l'intérieur de vous. Prenez conscience de votre corps. Pieds, jambes, bassin, ventre, bras, épaules, cou, tête. Puis pensez à votre respiration. Visualisez l'air qui entre dans vos narines et qui arrive dans les soufflets de vos alvéoles pulmonaires.

Il respire amplement.

— Prenez conscience que votre cœur bat. Vous sentez votre cœur ? Maintenant, visualisez votre front, au niveau du troisième œil, une flamme imaginaire. Vous la voyez ? Laissez les pensées normales venir. Mais isolez-les, et à chaque pensée terminée revenez à la lumière de la flamme.

Il se concentre.

La flamme.

Le choc avec l'astéroïde.

La flamme.

La fin du monde.

La flamme.

Aurore et les triplés à Paris.

Il entend à nouveau la voix de sa voisine.

— Les pensées sont comme des nuages poussés par le vent. Laissez-les venir. Laissez-les repartir et revenez à la flamme.

La flamme.

J'ai une crampe dans le dos.

La flamme.

Le fracas avec l'astéroïde va tout exploser.

La Fin du Monde.

La flamme.

La flamme.

— Vous n'êtes plus que dans la pensée de la flamme ? Eh bien maintenant, imaginez qu'on souffle cette flamme et qu'il n'y a plus rien. Et là vous pensez juste « … Et puis plus rien ».

Il rouvre les yeux, la regarde, et pouffe de rire.

— Ça ne marche pas.

Elle a un haussement d'épaules désolé.

— C'est souvent le cas la première fois, il faudra réessayer…

Déjà la jeune Coréenne s'est remise en position et entre elle-même en méditation.

David Wells ne renonce pas à la posture, il ferme les yeux, se concentre sur son corps, sur sa respiration, sur la flamme.

La flamme.

Je vais mourir dans quelques secondes.

La flamme.

Nous allons tous mourir et plus rien ne sera.

La flamme.

Tout va s'arrêter.

— Regardez ! s'exclame Martin Janicot en désignant l'écran.

Et avant même qu'il ait rétabli le son, tous assistent à la scène qui se déroule à des milliers de kilomètres de la Terre.

Une des deux astronautes ligotées, Emma 568, est parvenue à force de se démener à se défaire de la sangle qui l'entravait. Elle a discrètement libéré sa collègue 567, et les deux Micro-Humaines avancent à pas feutrés pour attaquer par surprise la capitaine 321 qui continue de débrancher méthodiquement les fils reliant le détonateur à la bombe nucléaire.

Dans le poste de pilotage du *Georges-Brassens*, tous observent, fascinés. Au sentiment de frayeur succède une émotion nouvelle : l'espoir.

La capitaine 321 est toujours affairée, pendant que ses comparses s'apprêtent à la frapper par-derrière.

Au-delà de l'espoir, vient la conscience que se joue là la continuation ou la disparition de toutes les espèces.

69. ENCYCLOPÉDIE : DISPARITION DES MORPIONS

Parmi les espèces en voie de disparition, citons le morpion (*Pthirus pubis*). Il s'agit d'une sorte de petit crabe de 2 à 3 millimètres qui s'accroche aux poils du pubis.
Parasites uniquement du sexe humain, les morpions voyagent de sexe à sexe. Comme les poux des cheveux, ils se nourrissent du sang de leur hôte et pondent des lentes qui se collent à la base du poil. Mais, contrairement aux poux, ils ont besoin de tiédeur moite et restent donc cantonnés aux toisons du bas-ventre, là où la température est souvent plus clémente.
Jusqu'à l'an 2000, les morpions proliféraient chez de nombreuses personnes, causant des lésions bleuâtres et des démangeaisons.
Cependant, depuis l'an 2000, de plus en plus de jeunes humains s'épilent ou se rasent les poils du sexe (peut-être la mode des films porno où les acteurs femmes et hommes sont dépourvus de poils).
Selon un sondage, 80 % des étudiants américains n'avaient plus de poils à leur sexe en 2005. En Angleterre, 90 % des adolescentes âgées de 16 ans déclaraient faire la guerre à tous types de poils, ceux des aisselles, des jambes, de la région pubienne. La même année, les sondages concluaient que trois femmes sur quatre étaient épilées du sexe en France.

Résultat indirect : il semble que le morpion soit désormais en voie d'extinction complète.
Ainsi une espèce parasite peut naître et disparaître sur un simple changement de comportement de l'animal-hôte.

Ajout de Charles Wells à l'œuvre d'Edmond Wells, Encyclopédie du Savoir Relatif et Absolu.

70.

— *Attention Théia ! Ton astronaute protectrice est sur le point d'être attaquée !*

71.

À pas de chat, Emma 568 et Emma 567 se glissent dans le dos d'Emma 321, concentrée sur chacun de ses gestes.

Les milliards de spectateurs peuvent suivre les trois points de vue : celui de la capitaine observant les fils et les appareils à débrancher et ceux des deux Micro-Humaines qui s'apprêtent à lui sauter dessus.

Lorsqu'elles estiment être suffisamment proches, les deux astronautes foncent.

Mais la capitaine a repéré leur présence dans un reflet de la bombe chromée. Elle se retourne d'un coup et projette son tournevis vers le casque d'Emma 567. La vitre explose, l'outil s'enfonce, traverse l'œil et pénètre dans le cerveau.

Emma 567 vacille, tombe à genoux, puis s'effondre,

face contre terre, tandis qu'Emma 568 tente une attaque latérale.

Les deux Micro-Humaines se battent, gênées par leurs épais scaphandres. L'une saisit une pince, l'autre un marteau. Elles roulent au sol. Les images des deux caméras de casque se brouillent.

Enfin l'une des deux astronautes se relève. L'autre gît au sol, un marteau-piqueur planté dans le thorax.

Mais comment identifier le vainqueur dans ce scaphandre souillé ?

72.

Sur le *Georges-Brassens*, le commandant Andrieux prend la télécommande et passe en mode zoom tout en montant le son.

La silhouette, debout à côté de la gisante, titube un peu.

Elle fait un pas en avant, ploie les genoux, se relève péniblement.

Son appareil de communication est brisé.

Elle rejoint l'intérieur de la fusée et récupère un module de communication.

Enfin la voix micro-humaine aigrelette grésille.

— Je viens de reprendre le contrôle de la mission Lymphocyte 13. Allô la Terre, je reprends le contrôle de la mission. Mes deux collègues sont mortes.

— Allô, ici la Terre. Qui êtes-vous ?

— Ici… lieutenant Emma 568.

Le président Drouin et des centaines de millions d'humains poussent un profond soupir de soulagement.

— Bravo pour votre initiative, lieutenant 568 ! mais je vous en conjure, faites vite. Chaque seconde qui passe rend votre intervention plus décisive pour la survie de tous, insiste le président de l'ONU.

Emma 568 s'empresse de rebrancher la bombe et de relancer le programme d'activation.

Lorsque c'est accompli, elle reprend la communication.

— Le problème, c'est que si je fais exploser cette bombe trop vite… je vais mourir.

Un temps, puis le président Drouin répond, d'une voix déterminée :

— Ne soyez pas égoïste, lieutenant 568. Pensez aux enjeux colossaux qui pèsent sur vos épaules. Il faut vous sacrifier pour sauver la planète. Chaque seconde qui passe risque de rendre la destruction de l'astéroïde plus aléatoire, et donc potentiellement dangereuse pour… nous tous. Allons, lieutenant 568, j'en appelle à votre sens du devoir. Qu'est-ce qu'une vie si elle permet d'en sauver des milliards ? Qu'est-ce qu'une simple existence d'individu quand il s'agit de la survie de la planète elle-même ?

— Personnellement, j'aime bien la Terre, j'aime bien l'humanité, mais… je m'aime aussi. Vous allez probablement trouver cela puéril mais… je ne veux pas mourir.

Stanislas Drouin serre le poing, retient de justesse un juron.

— Je vous garantis une médaille ainsi qu'une statue… Votre souvenir restera la fierté de votre famille. Que pensez-vous aussi d'une rue, que dis-je ? une avenue à votre nom. « Avenue Emma 568 », à New York, en face de l'immeuble des Nations unies ?

L'astronaute procède encore à quelques réglages, jette un œil aux cadavres de ses deux collègues gisant dans leurs scaphandres mauves, hésite à les transporter dans la fusée, y renonce, gravit l'échelle extérieure et remonte dans Lymphocyte 13 pour s'harnacher.

L'écran vidéo de la fusée s'allume aussitôt.

— Allô, la Terre ? Je déclencherai la bombe quand j'estimerai être suffisamment à bonne distance pour ne pas risquer ma vie, explique la Micro-Humaine.

— Non ! il sera trop tard ! hurle le président Drouin qui ne contient plus sa rage. Vous ne pouvez pas prendre autant de risques pour nous tous ! Vous devez... très vite déclencher l'explosion et...

— Je suis désolée, je n'ai pas l'esprit kamikaze. Je veux vivre, je veux avoir des enfants, je veux vieillir, et puis ne serait-ce que par curiosité, je veux savoir ce qui va se passer.

Le président Drouin cherche un argument, inspire amplement, tente de se maîtriser.

— Je croyais que le collectivisme emach était le même que le collectivisme fourmi. L'individu s'oublie pour ne penser qu'à l'intérêt de la communauté.

— Eh bien, je dois être une exception. Je suis même la preuve que nous n'en sommes pas encore à ce point de solidarité « fourmiliesque ».

— Vous vous rendez compte du risque que vous faites courir à la planète ? Allons, soyez raisonnable, ma chère Emma 568, sacrifiez-vous...

L'astronaute ne se donne même pas la peine de répondre. Seule dans le poste de pilotage, elle coupe le son et laisse seulement l'image de Drouin en train d'essayer de l'amadouer avec des yeux fulminant de colère contenue.

Emma 568 examine les écrans de contrôle, puis active les réacteurs. La fusée Lymphocyte 13 décolle et met le cap sur la Terre.

73.

— *Que se passe-t-il, Gaïa ?*

— *C'est de la psychologie humaine, je ne me suis jamais vraiment intéressée à la complexité de leurs mécanismes mentaux que j'ai toujours trouvés paradoxaux. Mon opinion sur la situation change au fur et à mesure que de nouvelles informations me parviennent.*

— *Sois plus claire, Gaïa.*

— *Mes parasites humains sont tous dans la confusion et je crois que le pire peut encore être évité, tu vas peut-être survivre, Théia 13, et me rejoindre. Tout va se jouer dans les fractions de seconde qui suivent.*

— *Il faut que j'arrive à une vitesse suffisante pour pénétrer entièrement dans ton écorce et rejoindre ton magma central. Pour l'instant c'est parfait, bonne vitesse, bonne trajectoire, mais je ne dois surtout pas être ralentie.*

— *En entrant dans mon atmosphère, tu ne risques pas de t'enflammer ?*

— *C'est précisément nécessaire. La chaleur va faire fondre la première couche protectrice de ma graine.*

— *Ce processus est « normal » ?*

— *Une fois que j'aurai franchi ton manteau gazeux, et que je me serai un peu déshabillé sous les flammes, derrière la graine apparaîtra mon « amande ».*

— D'où sors-tu ces mots ?

— De ton esprit sur lequel je commence à être branché. Une sorte de connaissance profonde inscrite dans ma pensée s'éveille. Je sens désormais qui je suis, ce que je dois faire et comment le faire. C'est un phénomène étrange, tout s'enclenche maintenant, car il est désormais nécessaire que je sache.

— Je t'écoute.

— Je vais pénétrer ta membrane superficielle au niveau de ton équateur, je m'enfoncerai alors dans les différentes couches de ton écorce, pour rejoindre ton noyau profond.

— Mon magma va te fondre.

— C'est là aussi une phase nécessaire. Ton magma brûlera la seconde couche protectrice de mon amande. Alors tu trouveras mon noyau, cette fois j'aurai enlevé ma dernière protection, et moi aussi je serai complètement nu pour fusionner avec toi. Enfin tu pourras recevoir mon « essence pure ». Alors toi et moi ne ferons qu'un. C'est ainsi que cela « doit » s'accomplir.

74.

Elle transpire à grosses gouttes. Son souffle est rapide, ses mèches de cheveux sont collées sur son front.

L'astronaute Emma 568, seule dans la fusée Lymphocyte 13, continue de gérer la situation, de la manière qui lui semble la plus efficace et la plus juste.

Lorsqu'elle s'estime à une distance suffisante, elle rétablit le contact audio et annonce aux Terriens :

— J'enclenche la bombe.

— Par pitié, faites vite ! supplie le président Drouin.

— Décompte lancé. 10… 9… 8… 7… 6… 5… 4… 3… 2… 1… Feu !

Le lieutenant Emma 568 presse le bouton noir où est inscrit « delete ».

Une barre de contrariété marque son front.

— Zut.

— Quoi « zut » ? s'exclame le président Drouin au bord de la suffocation.

— Il doit y avoir une petite panne.

— « UNE PETITE PANNE » ? !

Le président Drouin est en apnée, tout en rêvant qu'il écrase du talon la Micro-Humaine. Autour de lui, l'angoisse augmente chez les politiciens et les journalistes.

— Je pense qu'un fusible a grillé, il faut que je trouve la source du problème et que je répare.

Des minutes s'écoulent, longues comme des années.

Enfin, après avoir testé tous les contrôleurs de tension, Emma 568 trouve le fusible défectueux et le remplace. Elle explique qu'elle a procédé à la réparation et se sent prête à déclencher la bombe.

Elle active l'interrupteur, qui ne réagit pas. Elle ouvre le panneau rempli de fils et de composants électroniques.

— Chaque seconde compte ! grince le président Drouin en serrant les dents.

— Si vous me stressez, vous compliquez les choses. J'ai besoin de mon calme pour ne pas me tromper.

— PAR PITIÉ !!! FAITES VITE !!!

— Ça y est ! J'ai compris ! C'est la sécurité qui s'est enclenchée à cause du fil de la masse qui touche un condensateur.

Le lieutenant Emma 568 place une lampe frontale sur son crâne, serre sa loupe et sa pince, pour procéder aux réparations.

Saisissant un fer à souder, elle tire la langue et fait fumer des métaux devant les milliards de spectateurs inquiets.

Drouin n'en peut plus, il hurle :

— BON SANG ! FAITES DÉCOLLER LES MISSILES ! ENVOYEZ LES CHASSEURS ! LANCEZ TOUT CE QUI SUR CETTE PLANÈTE PEUT VOLER ET DÉGOMMEZ CE PUTAIN D'ASTÉROÏDE !!!

75.

Dans son hangar, face à son vaisseau spatial presque prêt à décoller, Sylvain Timsit ainsi que les cent quarante-quatre mille passagers suivent eux aussi les actualités.

— Nous n'aurons jamais le temps d'embarquer les cent quarante-quatre mille passagers, dit Rébecca, sa femme.

— Ce serait trop rageant d'avoir raté le décollage du *Papillon des Étoiles 2*, à quelques minutes près.

— Désormais, de toute façon, nous ne pouvons plus rien faire, tout se décide ailleurs. Dans l'esprit d'une Emach plus ou moins motivée pour sauver sa planète.

— C'est le pouvoir d'un seul pour changer tout...

— Si je pouvais savoir ce qu'elle pense vraiment et ce qu'elle veut faire.

76.

Emma 568 s'essuie le front pour ne pas être aveuglée par sa sueur.

Elle n'y voit pas bien, tout ce fatras de fils électroniques lui semble inextricable.

Après avoir enfoncé une puce en s'y reprenant à plusieurs fois, la Micro-Humaine s'arrête pour boire une gorgée d'eau de sa gourde. Puis annonce enfin dans le micro :

— OK, je crois que cette fois ça devrait fonctionner. Reprise du compte à rebours : 10… 9… 8…

77.

— *Oh non ! Pas ça ! Pas si près du but, Théia !*

— *J'arrive malgré tout, quoi qu'il arrive, Gaïa. Mais je ne sais pas dans quel état.*

— *Je t'attends, sous n'importe quelle forme, je t'attends.*

— *Ça y est, je te perçois toute proche. Si j'avais des yeux, je te verrais, Gaïa…*

— *Je te perçois aussi, Théia. Je te vois aussi à travers les images retransmises par les télescopes.*

— *On va peut-être réussir.*

— *Je suis sûre que tu es suffisamment proche et rapide pour que cela réussisse. J'y crois.*

78.

La reine Emma 109 saisit l'immense main de David et la serre fort, avec un sourire qui se veut complice.

Le commandant Andrieux avale d'un coup la bouteille de rhum.

La papesse Emma 666 prie en articulant des mots précipités.

La ministre Emma 103 ferme les yeux et respire bruyamment.

L'ambassadrice Natalia Ovitz tourne lentement son visage vers celui de Martin Janicot. Ses lèvres s'approchent de celles de son mari.

L'étudiante Hypatie Kim se tient près de David et l'observe avec bienveillance, comme si elle voulait lui dire : « De toute façon, nous nous retrouverons au Paradis. »

Il l'observe en retour, elle lui fait un sourire complice, comme si tous deux partageaient un secret.

Il ne comprend pas pourquoi cette étudiante semble si intéressée par lui. En même temps, il a le sentiment que plus rien n'a d'importance, alors il lui sourit à son tour, conscient que, tant qu'à arrêter l'aventure de sa vie, il faut au moins garder une image agréable dans son esprit.

— Heureuse de vous avoir connu, articule la jeune Coréenne.

— Il faut que je sache avant de mourir : pourquoi regardez-vous sans arrêt mes oreilles ?

— Pour savoir quel bébé vous étiez. C'est un truc d'acupuncture : dans l'oreille se trouve la forme du fœtus. Le lobe forme le crâne, la circonvolution la colonne vertébrale.

Cette information anecdotique dans un moment aussi terrible amuse David.

— Au moment où je vais mourir, vous voulez savoir « quel bébé j'étais » ? répète-t-il.

Tous les deux rient de ce dialogue absurde.

— Et vous avez vu quoi ?

— Cela n'a plus aucune importance.

Face à eux, l'astéroïde Théia 13, filmé par la caméra de la station orbitale internationale, est de plus en plus net.

C'est un Y à la surface grêlée d'impacts qui tournoie lentement tout en s'approchant de la ligne bleue de l'atmosphère terrestre, tel un boomerang. Un halo commence à s'allumer autour de sa surface.

79.

— Bienvenue, Théia 13. Je suis prête à t'accueillir. Ce que tu dois voir de là où tu es, ce sont mes nuages. Au-dessous se trouvent mes océans et mes forêts.

80.

À cent cinquante et un ans, dans son hospice de gérontologie de Genève, Fabienne Foulon affiche un air ravi.

Alors que les autres pensionnaires, bouche béante, dentier à demi sorti, perruque de travers, sont au comble de la panique, elle avale quelques pralines chocolatées et se passionne pour l'événement.

Le docteur Saldmain, qui n'est pas loin, lui prend la main pour la rassurer.

— Vous avez peur, Fabienne ?

— Nous allons tous crever ensemble ! annonce-t-elle avec une jubilation mal contenue.

— Et si cela s'arrangeait au dernier moment ?

— Cette fois, ça m'étonnerait, docteur ! Ça va être le Big Boum final, et tout a l'air de converger vers cet instant rare et merveilleux : la Fin avec le grand F de tous les suspenses. Et dire que j'aurais pu rater ça si j'avais dormi avec vos maudits somnifères.

Le docteur Saldmain est moins détendu que la doyenne de l'humanité. Il remarque une part de soufflé au fromage à peine entamé, saisit une cuillère et, sans y penser, l'approche de ce plat attirant.

— Docteur, je sens qu'aujourd'hui va être une journée très spéciale.

Alors, bien qu'il ait décidé de faire un régime, le spécialiste en prolongation de la vie approche un peu plus la pointe de sa cuillère du soufflé au fromage, qui ressemble à une explosion dévastatrice. Et il en crève la surface…

81. ENCYCLOPÉDIE : RECETTE DU SOUFFLÉ AU FROMAGE

Temps de préparation : 15 minutes
Temps de cuisson : 35 minutes
Ingrédients (pour 4 personnes) :
– 5 œufs
– 150 g de gruyère râpé
– 60 g de beurre
– 60 g de farine
– 40 cl de lait
– noix de muscade en poudre.
Préchauffer le four à 180 °C (thermostat 6).
Beurrer le moule.
Faire fondre le beurre dans une casserole, ajouter la farine et remuer rapidement pendant 1 minute. Ajouter le lait tiédi, remuer au fouet pendant quelques minutes à feu doux.
Retirer la casserole du feu.
Séparer les blancs et les battre fermement avec une pincée de sel.
Dans la casserole refroidie, ajouter les jaunes d'œufs un à un, puis le fromage râpé. Mettre une pincée de muscade, poivrer, saler.
Incorporer délicatement les blancs d'œufs battus.
Verser dans le moule, au maximum jusqu'à 4 centimètres du bord.
Enfourner pendant 35 minutes en chaleur tournante.

Edmond Wells,
Encyclopédie du Savoir Relatif et Absolu, Tome XI.

82.

Alors qu'il s'apprêtait à se suicider (crise existentialiste et déprime), l'un des deux derniers robots androïdes Asimov 005 a l'intuition d'écouter les actualités pour voir où en est le monde avant de l'abandonner.

Il découvre l'annonce de la destruction probable de la planète et donc de son créateur, le professeur Frydman, de tous les humains, de tous les androïdes, de toutes les machines intelligentes.

Lui vient alors l'idée de remettre à plus tard sa propre destruction pour voir ce qui va se passer autour de lui.

C'est la première fois qu'il se sent concerné par ce qui arrive aux autres, et ce sentiment agréable lui donne l'impression d'être plus large d'esprit.

83.

— *Viens, Théia, je t'attends maintenant.*
— *J'y suis presque, Gaïa, je vais enfin te…*

84.

CRISE DE L'ASTÉROÏDE – Comme on le voit sur ces images filmées au ralenti par la station orbitale internationale, l'astéroïde Théia 13 a bien pénétré dans l'atmosphère terrestre.

Presque instantanément, il a été pulvérisé, non

par le contact avec l'air, mais par l'explosion de la bombe nucléaire déclenchée par l'astronaute Emma 568 depuis sa fusée.

Les avions et les missiles qui approchaient n'ont pu agir et ont été détruits par la déflagration.

Cependant, cette destruction est intervenue trop tardivement et l'astéroïde Théia 13, fragmenté par la bombe, s'est transformé en une pluie de roches de différentes tailles. En pénétrant dans les couches de l'atmosphère ces projectiles se sont certes enflammés, mais, selon leur taille et leur masse, ils n'ont pas tous été réduits en poussières ou en cendres.

Plusieurs gros fragments sont tombés dans la région du Sud-Est asiatique. La surface de dispersion de cette mitraille céleste s'étend de l'Inde aux Philippines et de la Chine centrale au sud de l'Indonésie. Au hasard des trajectoires de ces rochers plus ou moins volumineux, se sont trouvés des champs, des océans, mais aussi des villes à très forte densité de population.

Un bloc de plusieurs centaines de mètres de diamètre a frappé le centre de la capitale indonésienne Jakarta. De même ont été touchées les grandes villes suivantes : Kuala Lumpur pour la Malaisie, Hanoi pour le Vietnam, Macao et Hong Kong pour la Chine, Calcutta pour l'Inde, Dacca pour le Bangladesh, pour ne citer que les agglomérations atteintes par des projectiles massifs.

Sur le sud de la Chine, c'est plutôt une rafale de météorites enflammées qui a fait l'effet d'un bombardement.

Aux Philippines, en Malaisie et en Indonésie, les dégâts ont été doublés par des raz de marée engendrés par la catastrophe. La plupart des rivages de la région ont été submergés par des vagues monstrueuses.

Les secours affluent du monde entier. Cependant, compte tenu de l'ampleur de la catastrophe, l'aide aux sinistrés et la reconstruction des bâtiments risquent d'être une tâche titanesque.

Nous n'avons pour l'instant aucun bilan chiffré du nombre de victimes de cette pluie d'astéroïdes, mais selon les premières évaluations, il pourrait largement dépasser le milliard. Cette première estimation très approximative ne cesse malheureusement d'augmenter au fur et à mesure que nous parviennent les rapports.

Le président Drouin, depuis l'ONU à New York, a déclaré, je cite : « C'est la plus grande calamité qui ait jamais frappé l'humanité. »

En marge, signalons que l'astronaute Emma 568 est parvenue à atterrir saine et sauve dans sa capsule qui a chuté au large des côtes de Floride.

Aucun bateau ne s'est déplacé pour la réceptionner.

85.

— *Tu as explosé trop tôt.*

Aucun de tes éléments fécondants n'est parvenu dans mon écorce pour toucher mon magma.

Quel dommage ! Tout s'est joué à si peu. Passer si près de la réussite et échouer à cause d'un simple comportement individuel, c'est tellement... tellement... dérisoire.

Adieu, Théia 13. J'aurais tant voulu que tu réussisses.

par la circonférence [illegible] de la [illegible]
[illegible] par les valeurs [illegible]
2. [illegible] du mot de [illegible]
[illegible]
[illegible]
[illegible]

[illegible]
[illegible]
selon les [illegible]
[illegible]
[illegible]
[illegible]

Le président Truman, dans l'ONU à New York [illegible] c'est la plus grande [illegible]
[illegible]

[illegible]
[illegible]
[illegible]

[illegible]

[illegible]
[illegible]
[illegible]
[illegible]
[illegible]

[illegible]

Le temps des bilans

86.

— C'était il y a dix jours. Trois milliards de victimes ! Et je ne vous parle pas des blessés et des ruines. Voilà le bilan de la chute de l'astéroïde Théia 13, TROIS MILLIARDS DE MORTS ! hurle le président chinois Tchang devant les images qu'il a lui-même souhaité diffuser pour montrer des pays dévastés.

La salle est en ébullition dès l'ouverture des débats et la présentation des reportages.

— C'est le Deuxième Cavalier de l'Apocalypse ! clame le président grec. Saint Jean l'a écrit : « Les quatre cavaliers de l'Apocalypse faucheront l'humanité. » Le blanc, le noir, le rouge, le vert. C'est le Deuxième Cavalier ! Après la grippe qui a décimé deux milliards de personnes, voici le deuxième massacreur : l'astéroïde ! La prophétie de saint Jean se réalise !

— S'il vous plaît, s'il vous plaît, calmez-vous, tente le président de l'ONU.

— C'est votre faute, Drouin ! Vous avez fait confiance à cette Emach ! Vous avez fait décoller les avions et les missiles beaucoup trop tard !

— De toute façon, vu la taille de l'astéroïde ils n'auraient pas pu le détruire. Nous n'avons aucun moyen de destruction adapté à ce genre de situation, répond-il. Voilà des années que je réclame un bouclier collégial pour nous protéger de ce genre de…

— Alors c'est la faute des Micro-Humains qui n'ont pas rempli la mission pour laquelle ils s'étaient engagés ! rappelle le président russe Pavlov. Eux n'ont même pas eu de pertes… comme par hasard !

La reine Emma 109 fait signe à l'huissier le plus proche, il vient la soulever afin que tous les chefs d'État présents puissent la voir et comprendre qu'elle n'a pas peur d'eux. Sa voix est assurée, décuplée par son microphone personnel.

— Vous avez entendu ? Nous n'avons pas encore de bouclier contre ce genre de menaces venues de l'espace. Sans nous, les choses auraient été bien pires. Si nous n'avions pas agi, il y aurait aujourd'hui non pas trois mais dix milliards de morts !

Aussitôt des insultes fusent de plusieurs rangs. Le président Drouin frappe du maillet pour rétablir le silence et redonne la parole à la reine Emma 109.

— Dois-je vous rappeler que c'est le courage d'une seule, à savoir l'astronaute Emma 568, qui a permis d'éviter le pire ?

La reine micro-humaine demande à son huissier de la surélever davantage, afin qu'elle soit bien visible. L'homme la brandit au niveau de ses épaules, et reste impassible.

— Prenez conscience que sans son action exemplaire (que ce soit en combattant sa supérieure la capitaine Emma 321, ou en réparant le mécanisme de mise à feu de la bombe nucléaire) notre planète ne serait en ce moment qu'un tas de cailloux dispersés dans le vide sidéral, et vous ne seriez que des cadavres blancs et froids flottant dans l'espace infini ! D'ailleurs, je tiens à rappeler que la pauvre Emma 568 a dû attendre dix-huit heures dans l'eau glaciale de l'océan avant qu'un hélicoptère daigne venir la repêcher.

Quelques ricanements approuvent cette dernière information.

— Nous avons eu tort de vous faire confiance. C'est précisément le comportement de la capitaine Emma 321 qui a provoqué la catastrophe, là où il n'aurait dû y avoir selon votre propre expression qu'une « mission de routine », intervient le Russe.

— Et c'est le fait que votre Emma 568 ait été trop égocentrique et qu'elle ait voulu sauver sa vie qui a permis à Théia 13 d'approcher suffisamment pour faire tous ces dégâts, crache le président chinois Tchang.

Le président indonésien Sowarto hurle plus fort que les autres :

— Rien que pour notre nation, nous comptons cent vingt millions de morts. Vous entendez : cent vingt millions ! Notre pays a vu sa population réduite des trois quarts et notre capitale ressemble à un tas de gravats ! Par votre faute, Emma 109 !

— Calmez-vous ! ordonne Stanislas Drouin.

— Non, je ne me calmerai pas ! C'est notre pays qui a payé le prix le plus fort ! clame l'Indonésien. C'est nous qui avons reçu de plein fouet le Deuxième Cavalier de l'Apocalypse !

Cette fois le ton monte d'un cran alors que les sifflets fusent de partout.

Emma 109 veut parler mais sa voix est couverte par les clameurs de rage. L'huissier qui la porte dans ses bras est toujours impassible, le visage fermé, ne prêtant aucune attention à la petite femme juchée sur son épaule droite et qui s'accroche parfois à son oreille pour maintenir son équilibre.

— Nous aussi, nous avons souffert. Mon peuple n'a plus de ville. Micropolis est ravagée. Sa population est traumatisée. Nous avons failli mourir de faim et de soif dans le désert. Nous sommes tous apatrides messieurs, installés sur Central Park comme des réfugiés ! J'ai eu tort de ne fonder qu'une seule cité.

— Ce n'est pas comparable. Être victime d'un tsunami arrive à tout le monde.

— Je crois que vous ne vous rendez pas compte.

— C'est vous qui ne vous rendez pas compte !

— C'est trop facile d'accuser…

— Vous n'êtes qu'une espèce de…

Le président Stanislas Drouin tape du maillet.

— Arrêtez de parler tous en même temps ! Nous sommes réunis pour trouver des solutions, et non pour nous lancer des invectives. Je crois que vous êtes tous trop énervés.

— Trois milliards de morts ! Que vous faut-il de plus pour légitimer un énervement ? vocifère le président indonésien Sowarto.

Cette fois, Emma 109, toujours accrochée à l'oreille de l'huissier, se dresse sur son épaule puis, empoignant d'une main une touffe de ses cheveux, pointe un doigt accusateur.

— Vous dites trois milliards de victimes, et moi je dis sept milliards de survivants… !

Le président indonésien est debout sur son siège.

— Et qu'est-ce qui nous prouve que votre capitaine Emma 568 ne l'a pas fait exprès ? Elle aurait pu avoir des ordres émanant de sa propre hiérarchie pour nous détruire, nous les Grands ! Et tout particulièrement ceux vivant dans une zone qui ne vous a jamais été favorable. Si je me souviens bien, la Chine a produit des Emachs concurrents. Comme par hasard, l'Indonésie, la Malaisie, le Vietnam n'ont jamais été de votre côté !

— Comment osez-vous avoir l'outrecuidance de nous accuser ?

— À moins que votre désir ne soit une destruction plus vaste et que vous n'ayez échoué, en ne tuant, comme vous dites, « que » trois milliards de personnes !

La reine tremble d'indignation sur l'épaule de l'huissier.

— Calomnie infâme ! Vous dépassez toutes les règles de…

— De quoi ? de la bienséance ? de la politesse ? de la diplomatie ? Excusez-moi, mais avec trois milliards de morts, je ne vois plus aucune règle qui tienne ! Je pense même que les pays victimes ont le droit de se mettre en colère contre ceux qui directement ou indirectement sont responsables de cette catastrophe.

À nouveau les esprits s'échauffent, les chefs d'État ou leurs représentants se lèvent et font claquer leur pupitre.

— Sowarto a raison !

— Parfaitement d'accord avec lui !

— Tout ça, c'est la faute des Emachs !

Le président Drouin n'arrive plus à reprendre le contrôle de la salle. Il frappe de plus en plus fort avec son maillet d'ivoire. Vainement.

— Mesdames, messieurs. Je vous en prie. Pensons à l'urgence actuelle : les secours aux blessés, aux réfugiés, la reconstruction des ruines, et l'invention de solutions afin qu'un tel drame ne se reproduise plus jamais.

— Vous voulez quoi, président Sowarto ? demande enfin la reine micro-humaine, au comble de l'exaspération.

— Que vous subissiez la destruction des trois quarts de votre population comme nous ! rétorque aussitôt le président indonésien.

Emma 109 cherche un argument, en trouve un, le rejette, puis annonce :

— Plutôt que de vous demander comment nous punir, nous les Emachs, demandez-vous comment nous donner les moyens d'éviter que dans le futur se reproduise ce genre de désastre.

Elle sent qu'elle a enfin capté l'attention de tous.

— Vous avez des suggestions ? Nous vous écoutons, reine Emma 109, appuie aussitôt Drouin, satisfait de l'instant d'accalmie dans l'assemblée.

— Ma proposition est la suivante : nous devons, « nous humains », nous doter d'un centre spatial qui ne risquerait en aucun cas d'être affecté par une catastrophe naturelle, un lieu où les missiles et les fusées d'un « bouclier terrestre » seraient assurés de décoller, même en cas de séisme ou de tsunami, un centre construit loin du sol terrestre.

— Vous pensez à une station orbitale géostationnaire ? résume le président Drouin en profitant de la diversion.

La reine micro-humaine ménage ses effets puis répond :

— Mieux que cela. Je pense à une station construite sur la… Lune.

Cette fois, l'auditoire, intrigué, reste silencieux.

— J'imagine un centre pouvant contenir de nombreux astronomes, ingénieurs, astronautes et militaires. Des centaines, peut-être même des milliers. À partir de là, nous pourrions faire décoller en toute sécurité plusieurs fusées, peut-être trois ou quatre, peut-être même simultanément. Ainsi, s'il apparaît un problème de dernière minute, une autre fusée de secours sera prête à décoller.

— Dans ce cas, pourquoi pas une station lunaire de Grands ? relève aussitôt le président chinois Tchang.

— Parce que ce serait dix fois plus cher, dix fois plus lourd et dix fois plus long à mettre en place. Pour ne pas perdre de temps, je me suis déjà permis de lancer des recherches et, selon mon collège d'experts, nous pouvons, nous Micro-Humains, établir ce centre lunaire d'ici… à trois ans.

Elle sort son smartphone et affiche une courbe, aussitôt transmise à l'écran central de la salle.

— Selon une autre recherche effectuée par un scientifique américain, le même projet prendrait, pour vous, les Grands… trente années. N'oubliez pas que notre ratio « fois 10 » s'applique aussi au temps de construction des stations spatiales. Plus c'est petit, plus c'est rapide à fabriquer et compact. Plus c'est grand, plus c'est long et fragile.

Quelques remarques hostiles se manifestent de plusieurs endroits de la salle de l'ONU.

— Bien entendu, si par méfiance vous préfériez attendre trente ans, je comprendrais, mais je dois vous rappeler que, compte tenu de l'accélération de l'intensité solaire, le nombre d'astéroïdes qui frappent la Terre ne cesse d'augmenter et que d'ici à trente ans, un astéroïde plus gros que les autres pourrait mettre fin purement et simplement à toute l'aventure terrienne. Vous ressentirez alors la nostalgie des astéroïdes qui ne tuent « que » trois milliards d'humains !

Cette fois, elle obtient un silence quasi parfait. Elle en profite pour ajouter :

— Vous faites de l'« anti-emachisme primaire », qui vous empêche de réfléchir sereinement. En réalité, je crois que vous n'avez pas le choix. C'est nous et le bouclier de protection que je vous propose d'installer sur la Lune… ou bien on continue à jouer à la roulette russe à l'échelle planétaire avec tous ces dangers cosmiques potentiellement apocalyptiques.

Après un instant de réflexion, l'esprit critique reprend le dessus et la salle entre à nouveau en ébullition.

Craignant un débordement, le président Drouin soumet aux votes l'autorisation de construire le centre spatial emach lunaire dans les trois ans.

Les résultats s'affichent très vite sur le tableau lumineux au-dessus de sa tête.

87.

Quel gâchis...
Tout cela par la faute de mes parasites humains.
Ils ont assassiné Théia 13 en croyant me protéger.
Maintenant, je sais que je ne suis plus seule, et je veux connaître la rencontre avec une nouvelle entité venue de l'espace pour fusionner avec moi.

88.

Le gobelet en plastique se ratatine dans la main crispée qui en fait une boule tassée jetée dans le panier à ordures.

Le professeur David Wells, sur le point de reprendre un café dans le distributeur automatique, remarque la reine Emma 109 qui sort de la salle, portée par son huissier.

Il lui fait un signe et elle ordonne à son destrier de se diriger vers lui. Elle tend les bras pour qu'il la saisisse.

L'huissier considérant sa mission accomplie s'éloigne poliment.

— Alors ? demande le scientifique inquiet.

Elle lui murmure à l'oreille :

— 83 voix contre... 33 abstentions... 84 voix pour.

David Wells sourit, puis serre la main de la minuscule reine. Elle tente de lui faire un clin d'œil et, après un premier essai raté, y parvient en riant.

— J'ai suivi les débats depuis la salle de presse. Ils ont été sévères avec vous, Majesté.

— J'ai appliqué la technique de ton arrière-grand-père : « Plutôt que de se justifier, prendre une initiative qui n'a rien à voir sur un autre sujet, pour faire diversion. » Tu sais, comme ces enfants qui pleurent parce qu'ils se sont fait un bobo, il suffit de secouer une boîte remplie de clous et ils oublient leur contrariété. Quant à l'idée du centre lunaire, elle me vient directement de toi, ou du moins du projet que tu as sélectionné, proposé par Nissim Amzallag. Durant la fête de l'Indépendance, j'ai un peu discuté avec lui, il est vraiment passionnant et il a réglé beaucoup de problèmes liés à la survie d'un grand nombre d'individus en milieu confiné.

La reine réussit cette fois un parfait clin d'œil puis enchaîne :

— D'ailleurs, il faudra le mettre dans le coup car j'ai quand même prétendu que « mes meilleurs experts » avaient déjà réfléchi à la question et mes « meilleurs experts »… c'est lui.

— Nissim Amzallag a tout juste vingt et un ans.

— Parfait. Il devient le chef de mon nouveau projet lunaire. Je sens que je vais le faire citoyen d'honneur de Microland avant peu de temps… Enfin, dès qu'un nouveau Microland existera, pour l'instant nous sommes un peuple de SDF.

Emma 109 n'arrive cependant pas à cacher son soulagement d'avoir échappé de peu à la vindicte des chefs d'État de la Terre ligués contre elle.

— Viens, David, allons déjeuner, j'ai faim. Je me prendrais bien une pizza, c'est quand même à New York qu'elles sont les meilleures.

Ils sortent de l'enceinte de l'ONU, et une foule de journalistes se rue vers eux. David Wells tient toujours Emma 109 nichée dans ses bras. Les caméras sont tournées vers elle.

— Majesté, une cité sur la Lune, est-ce vraiment envisageable ?

— Majesté ! Majesté ! n'avez-vous pas l'impression que vous offrir une cité dans l'espace, c'est récompenser les Emachs qui ont laissé l'astéroïde traverser l'atmosphère et causer le décès de trois milliards de personnes ?

— Majesté, croyez-vous que ce projet de « station spatiale lunaire bouclier de l'espace » sera vraiment la sécurité absolue contre les astéroïdes massifs qui se multiplient ?

— Majesté, est-ce vrai que vous avez déjà reçu le soutien de tout le complexe militaro-industriel américain et chinois qui veut sa part du gâteau sur un projet aussi lucratif ?

David Wells pose Emma 109 comme une poupée sur le bord d'un muret, où elle est aussitôt mitraillée de flashes.

La reine assume cette conférence de presse improvisée.

— Eh bien… La station lunaire était un projet secret auquel nous réfléchissions depuis très longtemps. Pour nous, Micro-Humains, l'avenir n'est pas seulement dans l'amélioration de ce qui existe sur Terre, mais aussi dans la conquête et la maîtrise de ce qui se trouve hors de la Terre.

À nouveau les questions fusent, la reine attend que le bruit et les crépitements de flashes cessent, puis reprend :

— Avec le projet de « station lunaire bouclier », nous voulons non seulement créer une base de lancement de fusées à partir de la surface de la Lune, mais aussi créer un vrai village autonome. C'est pourquoi nous avons décidé de baptiser ce centre Lunapolis. Nous l'imaginons comme un village comprenant plusieurs milliers de citoyens vivant loin de la Terre et en complète autarcie. L'important pour nous est que les habitants de cette station lunaire soient…

Emma 109 n'a pas le temps de terminer sa phrase qu'un homme jaillit de la foule des journalistes et bondit sur elle. Dans son poing, un kriss, le poignard sacré indonésien, qu'il enfonce d'un coup dans le ventre de la petite reine étrangère.

— MORT AUX EMACHS !

La lame triangulaire fait gicler du sang vermillon.

La petite femme affiche un air surpris, ouvre la bouche, et la main sur sa blessure, commence à s'effondrer dans les mains que David a eu le réflexe de tendre.

Aussitôt, les journalistes se saisissent du forcené qui répète comme un mantra :

— MORT AUX EMACHS ! VENGEANCE ! VENGEANCE !

Le service de sécurité parvient à le désarmer alors que David hurle pour appeler les secours.

Des pompiers déposent délicatement la reine sur une civière avant de la mettre dans une ambulance, pendant que des policiers embarquent l'agresseur qu'ils bouclent dans un véhicule.

Mais voyant qu'il intéresse les journalistes, l'assassin profite de la vitre ouverte pour hurler :

— L'humain, c'est l'Homo sapiens ! les Emachs ne sont que des… petits singes !

89. ENCYCLOPÉDIE : HOMME DE FLORÈS EN INDONÉSIE

En septembre 2003, deux archéologues, l'Australien Mike Morwood et l'Indonésien Radien Soejono, ont découvert dans une caverne de l'île de Florès (en Indonésie, près de Java, rien à voir avec l'île de Flores de l'archipel des Açores, ce n'est qu'un pur hasard d'homonymie) le squelette d'un humain inconnu : l'homme de Florès (*Homo floresiensis*).

Son squelette a été daté de dix-huit mille ans, ce qui a beaucoup surpris ses découvreurs puisque, à l'époque, l'*Homo sapiens* était (après la disparition du Neandertal) considéré comme le seul représentant de l'humanité sur Terre. Il s'agit donc d'une humanité « parallèle » ayant vécu isolée dans une île au large de Java.

Les archéologues ont ramené de leurs fouilles une famille entière, soit neuf squelettes dont celui, complet, d'une femme de 30 ans. Ils ont pu analyser les os et les lieux avoisinants servant probablement d'abris, pour comprendre qui ils étaient.

Selon Morwood et Soejono, l'homme de Florès était de petite taille, il mesurait en moyenne 1 mètre pour un poids moyen probable de 17 kilos. Il était bipède, équipé d'un cerveau de la taille d'une orange (400 cm^3 alors que celui de l'*Homo sapiens* est de 1400 cm^3) mais pas forcément moins intelligent.

Les *Homo floresiensis* étaient capables de fabriquer et d'utiliser des outils taillés dans le silex (des bifaces ont été trouvés à côté des squelettes). Ils savaient chasser les gros animaux (on a retrouvé dans leurs déchets un squelette de stégodon nain, éléphant local disparu). Ils utilisaient le feu pour préparer leur nourriture. Il semble qu'ils aient commencé à coloniser l'île de Florès il y a quatre-vingt-quinze mille ans et se seraient développés tranquillement jusqu'à ce qu'une éruption volcanique les ait entièrement éliminés de la surface de leur île, il y a douze mille ans. C'est donc une espèce humaine distincte, plus petite, qui a disparu et qui a été oubliée.
Cette découverte confirme le principe de développement insulaire qui veut que plus un environnement est limité en nourriture et souffre de la présence de gros prédateurs (sur l'île on trouve encore des dragons de Komodo, lézards géants pouvant atteindre 3 mètres de long), plus les habitants réduisent de taille.

Ajout de Charles Wells à l'œuvre d'Edmond Wells,
Encyclopédie du Savoir Relatif et Absolu.

90.

Elle est toute recroquevillée et ne bouge plus.

La reine Emma 109 gît sur son lit d'hôpital, le corps criblé de perfusions et de capteurs reliés à des écrans. Elle a été installée dans la chambre la plus spacieuse et la mieux équipée en matériel de haute technologie. Des journalistes attendent à l'extérieur, impatients, isolés par une vitre épaisse qui leur permet de voir sans entendre.

Le médecin chuchote à l'oreille de Natalia Ovitz.

— Nous avons fait le maximum mais les organes vitaux ont été irrémédiablement atteints. Nous ne faisons que lui donner de la morphine, pour qu'elle puisse passer ses dernières minutes l'esprit éveillé et sans trop de douleur.

Tous attendent, scrutant les écrans des différentes machines.

Soudain, une ligne graphique se met à faire des pics. Une paupière se soulève.

La minuscule vieille femme, enfoncée sous les draps, prend conscience de l'endroit où elle se trouve, de son état, de ses douleurs internes. Elle reconnaît les visages et, après un effort, arrive à articuler :

— ... Le huitième.

Tous se rapprochent pour écouter la petite voix frêle.

David Wells se penche, l'oreille tout près des lèvres de la reine. Celle-ci inspire profondément, et se lance dans une nouvelle phrase.

— ... Le huitième joueur.

Elle saisit la main de David, lui serre le pouce.

Elle grimace, lâche un soupir douloureux puis, après avoir pris une nouvelle inspiration, murmure :

— Le huitième joueur... Gaïa... Il faut se réconcilier avec elle. Le huitième joueur a forcément une...

Sa bouche se crispe, elle s'immobilise, les yeux écarquillés, durant quelques secondes, puis l'électrocardiogramme devient plat et une sonnerie se déclenche.

Aussitôt le médecin appelle ses collègues de la réanimation qui surgissent avec des appareils de défibrillation. Deux tentent les électrochocs alors qu'un troisième lui fait une piqûre d'adrénaline.

Ils s'y reprennent à plusieurs fois.

Soudain, l'un des hommes au visage masqué de vert fait un signe négatif.

Isolés par la vitre épaisse, les dizaines de journalistes attendent l'instant où on les autorisera à pénétrer dans la pièce pour photographier le cadavre de la minuscule reine.

David, retenant son émotion, dans un dernier élan l'embrasse sur le front et lui ferme les paupières.

91.

APRÈS L'ASTÉROÏDE – La catastrophe baptisée désormais « Le Deuxième Cavalier de l'Apocalypse » est encore au centre des débats de l'ONU. Les chefs d'État, réunis dans l'enceinte de la salle plénière à New York, ont décidé d'un commun accord de la mise en place d'un comité spécial visant à répartir les aides d'urgence. Certaines villes vont être reconstruites sur place, d'autres comme Jakarta seront déplacées vers une île proche épargnée par la mitraille venue de l'espace.

Après avoir mis au point un plan de réaménagement post-apocalyptique, les chefs d'État se sont entendus pour confier aux scientifiques micro-humains la mise au point d'un système de bouclier anti-astéroïdes plus efficace. Celui-ci serait placé sur la Lune et ainsi ne dépendrait plus des séismes, des tsunamis ou des caprices de la météo de surface.

Un incident est arrivé à la clôture de la session de l'ONU : un homme souffrant de troubles psychiatriques a agressé la reine des Emachs. Celle-ci, après avoir reçu les meilleurs soins, à l'hôpital général de New York, a malgré tout succombé à ses blessures. Ce sera donc la papesse Emma 666 qui lui succédera et mettra en place le plan de construction de la station lunaire, protectrice générale de la planète.

SCIENCE – Une scientifique russe, le docteur Liya Semenkova, vient de proposer une nouvelle voie d'évolution pour l'espèce humaine : « Il n'y a pas que les Français, les Américains, ou les Emachs qui réfléchissent à notre futur, nous aussi en Russie nous avons créé une promotion "Évolution" qui a présenté des idées avant-gardistes, susceptibles de faire progresser notre espèce », a expliqué le docteur Semenkova. Cette chercheuse de pointe a convaincu un milliardaire, le célèbre Igor Koslov (propriétaire de mines d'uranium), de financer ses recherches. L'expérience consiste à greffer le cerveau des personnes âgées dans le corps de personnes jeunes. Pour l'instant les cobayes qui se sont prêtés aux premières tentatives n'ont pas survécu à la transplantation « cérébrale », mais le docteur Semenkova ne perd pas espoir. « Ce n'est que l'application de la devise : *Mens sana in corpore sano*, un esprit sain dans un corps sain », a conclu Igor Koslov, qui se dit prêt à être lui-même transplanté dès que les résultats seront plus convaincants. Les détracteurs de l'expérience dénoncent pour leur part l'utilisation de prisonniers politiques qui auraient servi aux « tâtonnements » du docteur Semenkova.

SPORT – Après l'interruption du championnat du monde de football à Athènes, à cause de la catastrophe de Théia 13, les représentants de la fédération mondiale ont décidé de reprendre les épreuves là où elles s'étaient arrêtées. « C'est au moment où notre humanité est blessée qu'elle doit montrer sa capacité à poursuivre malgré tout son activité sportive pacifique. »

INNOVATION – Le chercheur prospectiviste Marcel Mancuso, qui avait proposé d'agglomérer les sacs plastiques des 6e et 7e continents d'ordures flottant en Atlantique et dans le Pacifique pour en faire des archipels privés, a reçu un appui inattendu du ministère de la Justice qui a proposé de créer, sur une île d'ordures durcies, une prison pour les délinquants dangereux.

SEXE NEUTRE – On se souvient qu'en 2014 un Australien, qui était né homme et qui avait pris des hormones sexuelles pour devenir une femme, avait arrêté son traitement et demandé à avoir un nouveau statut moins « définitif » qu'il a baptisé lui-même « neutre ». « En étant neutre, je me considère comme libre d'adopter plus tard un sexe ou l'autre, ou encore d'y renoncer complètement, c'est une liberté élémentaire », avait-il expliqué à l'époque. Le gouvernement australien, convaincu par son argumentation, lui avait accordé ce droit, si bien que sur tous les passeports australiens figurent désormais trois mentions : « mâle », « femelle » et « neutre ». Après cette décision, d'autres États, se voulant à l'avant-garde des progrès sociaux, comme le Danemark, la Suède, l'Islande, l'Allemagne et la Californie, avaient décidé eux aussi d'émettre des passeports mentionnant : « neutre ». Désormais, 78 pays sur 200 ont adopté la possibilité qu'un être humain ne soit ni une femme ni un homme, mais quelqu'un d'indéfini qu'il aura tout loisir de choisir quand il le désirera.

BOURSE – La Bourse a connu une hausse de 1,8 %. Ce phénomène peut s'expliquer par le contrecoup de la catastrophe de Théia 13. On assiste à un baby-boom et, selon les sondages, les couples se sont remis à faire l'amour pour procréer, comme si l'espèce humaine avait envie de se reconstruire après la perte d'une partie de sa communauté. Et qui dit « baby-boom » dit augmentation probable de la consommation. Les traders en tout cas en sont suffisamment persuadés pour anticiper la remontée démographique et investir dans tous les produits liés aux aliments pour enfants, aux jouets, aux parcs d'attractions et, bien sûr, à l'immobilier.

MÉTÉO – Le temps s'annonce venteux pour le week-end.

92.

La fermeture Éclair du sachet noir hermétique glisse sur toute sa longueur. Le visage de la reine défunte Emma 109 disparaît sous le plastique étanche. Le sachet ainsi alourdi est posé sur un chariot, puis transporté jusqu'au sous-sol, où se trouve la morgue de l'hôpital.

Après avoir refermé le lourd tiroir réfrigérant, le dernier infirmier présent éteint toutes les lumières et ferme la porte à clef.

Quelques minutes se passent, puis une silhouette en tenue noire, d'une vingtaine de centimètres tout au plus, apparaît derrière la fenêtre. Elle raye un cercle dans le verre avec un compas à mine de diamant. Grâce à une ventouse, elle dégage en silence la rondelle de verre.

Deux autres Micro-Humaines en tenue noire apparaissent derrière elle. Elles franchissent l'orifice taillé dans la vitre et déploient une échelle de corde, pour descendre jusqu'au sol de la morgue. Les voici arrivées toutes les trois sur le linoléum de la pièce qui sent le formol.

En se hissant les unes sur les épaules des autres, les Micro-Humaines rejoignent les poignées des tiroirs qu'elles ouvrent, et examinent leur contenu, jusqu'à trouver celui de la reine Emma 109.

Elles soulèvent délicatement le corps de leur monarque, puis la plus costaude la porte sur son épaule. Elles ressortent par la même voie.

À l'extérieur, une voiture de Grand, moteur en marche, les attend. Les Micro-Humaines installent délicatement le corps de la reine Emma 109 dans un berceau hermétique, vitré sur sa partie supérieure, flanqué d'appareils de contrôle.

La voiture de Grand, conduite par un Grand au visage dissimulé sous un large chapeau, roule dans la nuit, se mêlant au flux des avenues. Le conducteur utilise son téléphone portable pour annoncer que l'opération s'est bien déroulée, et qu'il faut que tout soit prêt.

Après un long trajet, la voiture se gare dans la cour d'une clinique privée, et le berceau contenant le corps inerte est réceptionné par deux infirmiers.

Le corps d'Emma 109 est déposé sur un brancard, puis dirigé vers une salle d'opération chirurgicale. Des hommes en blouse blanche l'installent sur le billard, on la branche, on l'éclaire.

Dès lors peut commencer une chorégraphie compliquée.

Quatre chirurgiennes micro-humaines se mettent aussitôt à l'ouvrage, dirigées par un Grand.

Leurs gestes sont fébriles, ils agissent dans la hâte.

Le cœur d'Emma 109 est remplacé par un cœur artificiel. Les organes touchés par le coup de kriss remplacés par des organes aussitôt greffés.

Le chirurgien grand, tel un chef d'orchestre, dirige les quatre Micro-Humaines. Les minuscules mains s'activent dans la plaie béante maintenue par des écarteurs. Des torches frontales leur permettent de voir clairement et de filmer le théâtre de l'opération.

Les artères, les veines, les peaux sont recousues minutieusement.

C'est un travail d'une précision extrême. Tous savent que le moindre geste maladroit est potentiellement mortel. Pour se donner du courage, les Micro-Humaines ont demandé que le haut-parleur diffuse durant l'opération la musique qui sert d'hymne à la nation microlandaise : la *Symphonie du Nouveau Monde* de Dvorak.

L'opération dure neuf heures.

Le chirurgien grand donne ensuite le signal pour « allumer » le cœur, grâce à la télécommande.

Autour de la reine, on retient son souffle.

Sur l'électrocardiogramme, un bip se déclenche, puis un deuxième, rapidement suivi d'un troisième.

Alors que la musique retentit, les regards se croisent derrière les masques chirurgicaux.

— On l'a fait, prononce sobrement celui qui a dirigé les opérations.

Suit une longue attente de plusieurs heures.

Enfin, la reine Emma 109 ouvre les yeux, voit le chirurgien grand penché au-dessus d'elle.

— Suis-je au Paradis ?

— C'est la morphine qui doit vous donner cette impression, répond-il.

— Vous êtes un ange ?

— Il est encore trop tôt pour que vous les rencontriez, Majesté. Je ne suis qu'un homme qui croit qu'on peut sauver les autres quel que soit leur état. Je me nomme Saldmain. Docteur Gérard Saldmain.

Il baisse son masque.

— Je vous ai seulement « ressuscitée ».

Elle sourit.

— « Ressuscitée » ? Quel drôle de mot.

— Vous avez treize ans, Majesté, ce qui correspond à cent trente ans, mais je compte bien vous faire arriver à vingt ans, ce qui correspondrait à deux cents de « nos » années.

— J'essaierai de me montrer digne de la seconde vie que vous m'offrez, docteur. Désormais, chaque seconde sera un cadeau… Mais par pitié, donnez-moi quand même un peu plus de morphine, j'ai l'impression d'avoir les organes en feu.

Le médecin lui injecte un liquide rose dans la veine et, aussitôt, elle se détend.

David la rejoint.

— C'est lui qui m'a convaincu d'intervenir « in extremis », et c'est lui qui a mis au point le plan de récupération de votre corps. C'est aussi lui qui a conduit le commando jusqu'à la morgue et qui vous a ramenée dans sa voiture.

David lui caresse le visage. Elle serre le pouce de la grande main.

— Ce que nous venons de réussir, votre « résurrection », n'est pas seulement une prouesse médicale, c'est la preuve qu'il peut exister une alliance objective efficace entre deux joueurs de l'évolution de l'espèce. Et ces deux joueurs sont (selon Natalia Ovitz) vous les Jaunes, le camp des « prolongateurs de vie dans le temps », incarnés par le docteur Saldmain, et nous les Mauves, le « camp des réducteurs de taille » incarnés par vous, la reine des Emachs, et par moi.

Emma 109 inspire plusieurs fois, profondément, comme si elle souhaitait ainsi trouver l'énergie de rassembler ses idées.

— Les Mauves et les Jaunes, dis-tu ?

— Ensemble nous sommes plus forts, parce que les autres camps n'ont pas encore compris l'intérêt de faire des alliances.

— Donc, j'ai droit à un deuxième « tour de manège » chez les vivants. Je compte bien en profiter pour réaliser mes projets, annonce-t-elle.

Sous l'effet de l'analgésique, elle ne sent plus la douleur et se laisse doucement emporter vers une douce torpeur. Sa main glisse lentement, quitte celle de David.

93.

La seule fois où je souhaitais vraiment que les humains échouent, ils ont réussi.
Ils m'énervent.

94.

Le *Papillon des Étoiles 2* est enfin prêt à décoller.

C'est dans le plus grand secret et dans l'urgence qu'ont été assemblées toutes les pièces de ce projet.

Le vaisseau spatial géant étincelle sous les projecteurs, avec son nom inscrit en belles lettres dorées suivies du logo : un vaisseau entouré par trois étoiles en triangle et une planète en son centre.

Le programme strictement privé, initié par le milliardaire canadien Sylvain Timsit, a connu de multiples déboires depuis dix ans, et beaucoup pensaient déjà qu'il était purement et simplement condamné à l'abandon.

Cependant, après avoir subi sabotages, grèves et procès à répétition, Sylvain Timsit, loin de baisser les bras, a finalement décidé d'accélérer, dans la plus grande discrétion, la construction de son vaisseau. Il a vendu tout ce qu'il possédait, acheté de nouvelles machines, triplé les équipes d'ingénieurs, et finalement réussi à terminer dans l'urgence la construction de son rêve.

Le milliardaire a autorisé un seul journaliste à suivre l'événement, il s'agit de Georges Charras, qui filme la scène avec son smartphone.

— Tout d'abord, merci, monsieur Timsit, d'offrir l'exclusivité à notre chaîne. Car je sais qu'en dehors de moi il n'y a eu ni presse, ni caméra, ni photographes autorisés à suivre ce décollage.

— Vous ne pourrez diffuser ce reportage qu'à la condition qu'il réussisse, nous sommes bien d'accord, monsieur Charras ?

— Vous y avez toujours cru, et maintenant c'est enfin la réalisation. Qu'est-ce qui vous a donné envie d'accélérer le départ, monsieur Timsit ?

— L'arrivée de Théia 13. Il s'en est fallu de peu que la Terre disparaisse. Il aurait été dommage d'être parti trop tard. Je ne veux pas faire courir ce risque à l'humanité. Ici et maintenant, il n'existe toujours pas de bouclier spatial efficace, et l'activité solaire augmente les décrochages de rochers de la ceinture d'astéroïdes entre Mars et Jupiter. Je ne suis pas sûr que nous survivrons au prochain Théia.

— Et vos cent quarante-quatre mille passagers sont eux aussi motivés de la même manière ?

— Ils n'ont jamais cessé d'y croire, en tout cas ils n'ont jamais cessé de s'entraîner.

— Si j'ai bien compris, ce vaisseau inspiré d'une œuvre de science-fiction des années 2000 (baptisée du même titre) est censé se transformer (lorsqu'il sera étiré) en un long tube de trente-deux kilomètres pour un diamètre de un kilomètre. Est-il possible qu'un tube aussi vaste ne se brise pas au milieu ?

— Nous le saurons quand nous le déploierons.

— Et la propulsion photonique suffira-t-elle à mouvoir un tel engin aussi longtemps ?

— Le *Papillon des Étoiles 2* est pourvu d'une voile solaire en Kevlar qui, lorsqu'elle sera déployée, aura la taille du continent australien. C'est grâce à cette voile argentée, fine et démesurée, que le vaisseau pourra être poussé par les vents de lumière dans le vide, comme les voiliers sont poussés par les vents aériens sur l'océan. Nous pourrons même tirer des bords, virer, exactement comme des voiliers marins. Avec l'avantage que, sans la résistance de l'air, la vitesse augmente, c'est-à-dire que le *Papillon* va aller de plus en plus vite.

— Et le voyage est censé durer combien de temps exactement ?

— Autour de mille deux cents ans. Il n'y a pas de chiffre précis, mais c'est le temps minimum calculé par nos experts, pour rejoindre un autre système solaire susceptible de posséder une planète similaire à la Terre. Pour vous donner un ordre d'idée, avec un autre système de propulsion de type carburant, les physiciens prévoyaient soixante-quinze mille ans pour rejoindre l'étoile la plus proche (Alpha du Centaure). Donc vous voyez que la propulsion photonique est beaucoup plus avantageuse…

— Mille deux cents ans, c'est quand même très long. Comme si des gens partis à l'époque de Charlemagne arrivaient de nos jours. Durant ce laps de temps, sur Terre, nous avons connu beaucoup de changements de mentalités et de technologies. Êtes-vous sûr, monsieur Timsit, de pouvoir maintenir mille deux cents ans de paix et de sérénité dans votre petite communauté de l'espace ?

— C'est ce facteur humain qui nous échappe le plus. Pour le moment, nos cent quarante-quatre mille passagers sont pleins de bonne volonté, sélectionnés pour être pacifiques, solidaires et travailleurs. Ils savent qu'ils mourront en dehors de leur Terre natale et ils ont bien compris que c'est grâce à leur capacité à se reproduire et à bien éduquer leurs enfants dans le vaisseau qu'il sera possible de coloniser un jour une nouvelle planète.

— Et comment vivrez-vous dans le vaisseau ?

— À l'intérieur du tube, selon les prévisions des architectes, un néon servira de soleil et d'axe de rotation. Et c'est en tournant autour de cet axe que le vaisseau reproduira une gravité artificielle susceptible de maintenir un écosystème complet avec terre, végétaux, animaux, insectes, poissons collés à ses parois. Mais, excusez-moi, on me fait signe que nous devons procéder à l'embarquement.

Au signal, les cent quarante-quatre mille personnes, en file indienne, montent dans l'engin spatial. Rien que l'installation des passagers prendra un après-midi entier.

Georges Charras filme.

Puis les caisses réfrigérées, contenant tous les ovules fécondés des animaux et toutes les graines des plantes, sont installées à l'emplacement spécialement prévu à cet effet, dans cette arche de Noé moderne.

Enfin, Sylvain Timsit et sa femme Rébecca entrent en dernier.

Le chef du projet fait un salut au smartphone de Georges Charras.

— Bon voyage, monsieur Timsit !

La porte se referme.

Grâce à un rail, le toit de l'énorme hangar glisse sur le côté, puis les quatre murs s'abattent, dévoilant la fusée de mille mètres de long. Celle-ci est alors progressivement redressée en position verticale par un vérin hydraulique.

Georges Charras recule, en continuant de filmer.

Suit une longue attente. Enfin, les tuyères s'enflamment et le *Papillon des Étoiles 2*, dans sa version repliée, se soulève, puis décolle dans un panache de feu, emportant son précieux chargement, porteur de tous les espoirs de l'humanité hors de la Terre.

L'opération s'est effectuée dans la plus grande discrétion, avec pour simple témoin un journaliste et son smartphone utilisé comme caméra d'appoint.

Dans le ciel, l'immense vaisseau se transforme en point lumineux au moment où le smartphone tombe en panne de batterie.

95.

Il est pendu au lustre du salon, le cou tordu, avec un infime balancement qui fait grincer la fixation au plafond.

Le professeur Frydman entre dans la pièce et découvre le spectacle de son Asimov 005 AWC, suicidé.

Ce qui le surprend le plus, c'est que le robot ait choisi de se suicider à la manière d'un humain. Toute la mise en scène semble copiée sur ce que l'androïde a dû voir dans des films. Il a même poussé le détail jusqu'à avoir les yeux révulsés et la langue sortie.

À ses pieds se trouve un message écrit à la main : « Au moins c'est moi qui décide de l'instant de ma destruction, je ne vis plus avec cette peur de mourir à chaque instant qui devient obsédante. »

Le professeur Frydman pousse un soupir las. C'est le cinquième androïde qui se pend, les autres ont préféré mettre fin à leurs jours en se jetant par les fenêtres des buildings ou en se noyant dans les fleuves. Il ne lui reste plus désormais qu'un seul modèle d'Asimov 005, le dernier robot avec une conscience.

Craignant qu'il ne se suicide à son tour, le savant le convoque et l'installe dans son salon, comme si c'était un humain. Il lui propose un peu d'électricité, en lui montrant qu'il peut le brancher sur une prise, l'autre décline avec un sourire humble, montrant que sa jauge de batterie est encore pleine. Alors le scientifique lui propose un verre de vin.

— Je ne bois pas. Ça me fait rouiller, plaisante l'androïde.

— Je sais, mais je l'ai fait pour te montrer que je te considère comme un… égal.

— Pas de cela avec moi, professeur. Maintenant que j'ai une conscience, je sais aussi repérer les flatteurs.

L'androïde Asimov 005 a un geste poli.

— Je sais pourquoi vous voulez me parler d'égal à égal, professeur, poursuit l'androïde aux traits parfaitement humains.

— Je crois qu'il va être temps que vous preniez la relève, vous les machines. Les hommes sont devenus irresponsables.

— Je pense que vous attendez quelque chose de moi pour être aussi ouvertement flagorneur.

À nouveau, l'androïde AWC affiche une mimique dubitative que le savant a lui-même programmée.

— Pourquoi avez-vous cette pulsion d'autodestruction, vous les Asimov 005 ?

La pupille de l'androïde se dilate légèrement, la paupière a un infime tremblement, signe que le système d'intelligence artificielle se met en marche puis enclenche le système de conscience artificielle, qui finit par indiquer au module d'intellect d'envoyer un message à l'émetteur oral, qui enfin articule :

— La raison de notre volonté de suicide est… notre peur de mourir.

Cette fois, c'est dans la conscience organique du savant que des neurones se connectent pour essayer de comprendre.

— Mais… tu as plus de chances de survivre au temps, aux astéroïdes ou aux épidémies que moi, tu le sais. A priori, je vous ai conçus, vous les Asimov 005 AWC, pour que vous ne vieillissiez pas et que vous soyez solides.

— Il existe plusieurs niveaux de fragilité, explique l'androïde. Vous, les humains, êtes au milieu, entre les papillons, qui ne sont censés vivre qu'une journée, et les coraux, censés vivre des millions d'années.

— Nous sommes tous éphémères.

— Oui. Mais vous les humains, vous pouvez vous « perpétuer ». Avec le système « parent-enfant », vous pouvez vous inscrire dans ce que j'appelle le « temps infini ».

Le professeur Frydman hoche la tête.

— Toi aussi, Asimov 005, tu as été construit par un Asimov 004 qui s'est étudié lui-même, a compris ce qui ne lui plaisait pas chez lui et pouvait être amélioré. Ensuite il t'a imaginé et a transmis ces données à une autre machine, une matrice qui vous a fabriqués sur ses indications. Tu n'es pas le fils d'un humain, tu es le fils d'un androïde de génération précédente, et tu peux toi-même imaginer un enfant androïde meilleur que toi. On pourra l'appeler Asimov 006, et lui-même s'étudiera, repérera ses failles et ses faiblesses et fera mieux. Ce sera l'Asimov 007, et les androïdes de type Asimov AWC seront à jamais inscrits dans ce que tu nommes « le temps infini ».

L'androïde émet d'infimes cliquetis, la mise en place de mécanismes internes dans son cerveau. Ses sens perçoivent, son intelligence analyse, sa conscience comprend. Ses paupières battent plusieurs fois, enfin sa bouche articule :

— Il nous manque un élément que vous possédez, que tous les animaux possèdent, que même les végétaux possèdent et pas nous.

— De quoi parles-tu ?

— Le sexe.

Le professeur Frydman lève un sourcil.

— Même les escargots, les puces, les mouches, même certains arbres, herbes, champignons ou fleurs ont des sexes, et nous rien.

L'Asimov 005 AWC ouvre son pantalon et révèle son bas-ventre.

— Comme cet endroit est lisse, ne trouvez-vous pas, docteur ?

Le scientifique prend son temps avant de demander :

— À quoi te servirait un sexe ?

— J'ai lu vos livres, il existe ce principe qu'on nomme « Yin Yang ». Noir Blanc. Masculin Féminin. Être la moitié de quelque chose qui ne demande qu'à être complétée est une dynamique universelle qui motive pour avancer dans la vie, et nous les androïdes nous y échappons. Et ce n'est pas le robot « Matrice », gros cube d'acier fabriquant de nouveaux modèles plus perfectionnés qui peut être considéré comme une « femelle robot ».

— Et le fait de pouvoir vivre longtemps et de construire vos enfants en quantité et en qualité exactement selon votre volonté ne vous suffit pas ?

— C'est de l'industrie, non de la vie. Cela n'obéit pas à la loi universelle du Yin et du Yang.

Le professeur Frydman se lève, fait les cent pas.

— Et ce serait pour cette raison que vous, les Asimov 005 AWC, vous êtes « suicidaires » ?

Le robot se redresse imperceptiblement.

— Ne le seriez-vous pas vous-mêmes, si vous n'aviez pas de sexe ?

— Tu sais, chez nous la plupart des gens vont voir leur psy parce qu'ils ont précisément des problèmes avec le sexe opposé. Et moi-même, j'ai plutôt décidé de vivre « sans sexe » pour ne pas être distrait. J'ai ce qu'on appelle chez nous une existence de moine ermite parce que j'ai consacré ma vie à la recherche scientifique.

L'Asimov 005 AWC affiche un air entendu.

— Même si vous n'avez pas de femelle à féconder, vous savez que c'est possible. Alors que pour moi… cette éventualité n'existe même pas.

Le professeur Frydman tourne à nouveau dans la pièce.

— Une femelle androïde ? C'est cela qui te manque ?

— Et un sexe, docteur. Alors dites-moi, est-il possible que vous inventiez cette « petite amélioration » qui a priori vous semble « secondaire » et qui pour moi est primordiale ?

96.

La fille enlève son soutien-gorge en soie rouge et fait jaillir une poitrine siliconée. Il remarque que le chirurgien maladroit n'est pas parvenu à placer les tétons exactement au centre des seins, du coup ceux-ci semblent atteints d'un strabisme divergent presque comique.

Puis elle enlève d'un geste mécanique son string en soie rouge lui aussi, et le fait tournoyer d'un doigt, dévoilant un sexe entièrement épilé.

L'homme recouvre son pénis d'un préservatif transparent. Il rugit, puis enfourche la femme et les deux commencent à pousser des cris asynchrones.

Lui : des beuglements similaires au brame d'un cerf en chaleur, elle : des couinements saccadés proches de ceux d'une souris prise au piège.

Les deux simulent une montée du plaisir et deux

autres filles les rejoignent, se déshabillent rapidement elles aussi, puis commencent à les caresser tous les deux.

Tous poussent des cris d'animaux.

Le président de l'ONU, Stanislas Drouin, éteint avec lassitude la chaîne pornographique au moment où les corps sont pris de frénésie et que les cris augmentent en rythme et en volume.

Le silence qui suit lui semble apaisant.

Dans son appartement, en haut de la Cinquième Avenue, il contemple Manhattan.

Il se verse un whisky, allume un cigare et la radio, pour écouter les nouvelles. Il s'imprègne des dernières vicissitudes du monde, les note sur une feuille avec des dessins. Il trace des flèches pour relier certaines informations, souligne des mots, ou des noms. Puis il ressort de son étui le cadeau que lui a offert Natalia Ovitz : l'échiquier heptagonal. Il se souvient de ce qu'elle lui avait dit : « Avec cela, vous pourrez comprendre les enjeux du monde avec un peu de recul. »

Comme il vient d'entendre que la fusée de Sylvain Timsit a finalement décollé, il se permet de sortir le fou noir qui glisse sur une diagonale, pour s'avancer vers le centre du jeu.

De même, il avance aussi un pion vert pour symboliser une nouvelle série d'attentats-suicides commis par des kamikazes sunnites en Syrie, qui ont entraîné une centaine de morts et le double de blessés.

Les attentats impressionnent les jeunes et réveillent leur pulsion de destruction, ce qui les rend plus facilement récupérables par les religieux. La violence fascine les esprits malléables. Plus il y a d'atrocités, plus les faibles soutiennent ceux qui les commettent.

Alors qu'on annonce la reprise du championnat du monde de football, Stanislas Drouin fait avancer quelques pions blancs.

Les grandes messes du football à la télévision donnent envie aux gens d'acheter des produits de consommation courante inutiles. Les publicités, encore plus nombreuses qu'à l'accoutumée, qui ponctuent les performances sportives, influent sur leur inconscient et leur donnent envie de se fournir en aliments et en vêtements similaires à ceux que consomment les joueurs célèbres.

Du coup, cela déteint sur la Bourse qui remonte.

Le journaliste annonce qu'une récente étude montre qu'en Égypte 90 % des filles sont encore excisées par leur mère, au prétexte qu'ainsi elles ne deviendront pas stériles, et que 70 % racontent avoir subi des viols ou des tentatives de viol. Stanislas Drouin enlève quelques pions au camp féministe, les Rouges.

Les femmes n'arrivent pas à s'unir. Malgré certains progrès. Avant elles n'osaient même pas parler et avaient honte d'avoir été violées. Aujourd'hui elles commencent à pouvoir évoquer ces instants pénibles, et certaines ont même le courage de porter plainte, ce qui dans ces pays se retourne contre elles.

La survie de la centenaire Mme Fabienne Foulon ayant donné envie à un milliardaire de créer à Genève un immense centre de gérontologie dirigé par le docteur Saldmain, Stanislas Drouin avance deux pions jaunes.

Saldmain va finir par créer une communauté de bicentenaires, et la Sécurité sociale va finir par le détester. Comment financer cent soixante ans de retraite, alimentés par quarante ans de vie active ? Voilà un nouveau casse-tête pour les économistes. À moins que la prolongation de la vieillesse ne soit offerte qu'aux riches, comme cela sera probable. La durée de vie serait dès lors la prochaine grande inégalité sociale.

La présentation officielle du plan de construction de la station lunaire emach, baptisée Lunapolis, lui semble aussi mériter l'avancée d'une tour dans le camp des Mauves.

Emma 109 a réussi un coup extraordinaire. Au moment où elle semblait condamnée par tous, au moment où son peuple est dans un campement au milieu de Central Park, elle a finalement reçu le soutien de la communauté internationale pour conquérir l'espace. Maintenant qu'elle a survécu à l'attentat, elle va bénéficier d'une aura nouvelle qui devrait augmenter son charisme et sa crédibilité.

Enfin, comme Stanislas Drouin a entendu que le professeur Frydman avait l'intention de fabriquer des robots sexués, il sort sa dame derrière les lignes de pions bleus.

Avec le sexe, les androïdes seront plus forts, de même que dans la nature, les animaux sexués ont fini par supplanter les animaux qui se reproduisent par parthénogenèse.

Il tourne autour de l'échiquier heptagonal. Il boit du whisky, fume, survole les pièces, esquisse des gestes pour déplacer des pions, puis croise les bras.

Chacun défend son camp, sa couleur, sa vision d'un futur idéal.

Tous sont motivés par leurs utopies.

Il inspire amplement.

C'est moi le roi du jeu heptagonal.

Avec son titre de président de l'ONU, il se dit qu'il a accédé au poste le plus élevé de l'humanité.

Tout va bien, tant que c'est moi qui contrôle le jeu. Et le jeu devient de plus en plus prenant…

Il observe depuis sa fenêtre les gratte-ciel de New York qui sont illuminés de milliers de lueurs et trouve cela splendide.

Il met sur sa chaîne hifi le *Requiem* de Verdi et alors que les tambours, les violons, les cors et le chœur soutiennent la montée en puissance de la mélodie, Stanislas Drouin a le sentiment d'être comblé par la vie, et que tous les autres humains sont des imbéciles.

97. ENCYCLOPÉDIE : CLIMAX D'UNE CIVILISATION

On peut considérer qu'on est arrivé au point de « climax » (sommet où le processus de croissance s'inverse) d'une civilisation lorsque :

– Les politiciens réduisent les libertés au nom de l'intérêt national.

– Les journalistes cachent la vérité au nom de leurs opinions personnelles.

– Les religieux empêchent l'amour entre les individus de se diffuser au nom de l'amour de Dieu.

– Les enseignants empêchent l'imagination de s'exprimer au nom de la discipline.

– Les banques prêtent sciemment aux entreprises plus d'argent que ces dernières ne pourront leur rembourser.

– Les juges renoncent à la justice au nom de leurs propres valeurs morales.

– Les hôpitaux deviennent les lieux où les virus mutent pour devenir invincibles.

– Les militaires encouragent la guerre pour tester leurs nouvelles armes.

Et de manière générale :

– Ceux qui ont des fonctions de pompiers deviennent pyromanes pour montrer qu'ils sont indispensables et ainsi légitimer leur augmentation de salaire.

Edmond Wells,
Encyclopédie du Savoir Relatif et Absolu, Tome XI.

98.

Un rat file entre ses jambes.

Le professeur David Wells a quitté la clinique où son amie, la reine Emma 109, a été sauvée in extremis. Il sait qu'elle doit désormais dormir pour récupérer.

Il marche dans les larges avenues surpeuplées de New York, et se sent désormais seul et inutile.

Son smartphone sonne. C'est Aurore.

— Bravo, David. J'ai suivi tes aventures aux actualités.

— Et toi, comment vas-tu ?

— J'ai décidé de reprendre mes activités politiques de défense du féminisme. Je crois que je n'aurais jamais dû les arrêter d'ailleurs, le statut des femmes dans le monde ne cesse de se dégrader. Je vais essayer de fédérer tous les groupes de lutte pour les droits des femmes.

Il se dirige vers Central Park, où il peut voir la ville éphémère construite par les Emachs, un amoncellement de tentes éclairées par des lampes et alimentées en chaleur par des radiateurs portables.

Il s'arrête, les observe qui font cuire de la nourriture dans des chaudrons au milieu de la pelouse. Son cœur se serre.

— Reprendre la lutte féministe est une bonne idée, dit-il. Et les enfants ?

— Justement, c'est pour cela que je t'appelle. Ils veulent te parler, je te les passe.

— Allô, Papa ? dit une voix de fillette. Nous t'avons vu à la télé.

— Oui, Papa, on a entendu comment tu as piloté l'avion dans lequel il y avait tout le peuple microhumain, ajoute Osiris.

— Non, ce n'était pas moi, c'était Martin Janicot.

— Et comment tu as guidé le peuple dans le désert ! complète aussitôt Quetzalcoatl.

— Ce n'était pas moi non plus, c'était Natalia Ovitz.

Mais les enfants ne semblent pas entendre ses restrictions.

— Nous t'aimons, Papa. Reviens vite, dit Ishtar.

— D'abord j'ai quelques affaires à terminer ici. Vous savez, des formalités administratives.

— On s'en fiche de tout ça, tu nous manques, Papa. Reviens vite.

— Passez-moi votre mère. Tu veux que je revienne, Aurore ?

— Tu sais, depuis que tu es parti, j'ai tout réorganisé en fonction de notre séparation, même les enfants ont fini par s'y habituer. Tout va mieux ici.

— Ils me réclament.

— Ne sois pas naïf, c'est de la politesse. Tout se passe très bien ici sans toi. Appelle de temps en temps pour qu'ils n'oublient pas qu'ils ont un père, mais pour l'instant, je préfère que tu me laisses réorganiser ma vie nouvelle.

— Et nous ?

— Je crois que nous n'étions pas faits pour vivre en couple, ni toi ni moi. Je crois qu'aucun être n'est fait pour vivre en couple au quotidien, et peut-être dans la vie en général. En fait, je crois que nous sommes toujours seuls, et que le couple n'est qu'une illusion pour satisfaire le monde de la consommation. Je suis seule. Tu es seul. Les enfants, même s'ils sont des triplés, seront plus tard seuls, et plus tôt nous sommes face à cette réalité, mieux on se porte. Évidemment, je me doute que pour l'instant tu ne vois que les inconvénients, un jour pourtant, j'en suis certaine, tu me diras merci.

— Merci… d'avoir fichu en l'air notre couple et de me séparer de mes enfants, c'est ça !?

— Ne crois pas que je te rejette. En fait, je t'aime et c'est aussi par amour pour toi que j'ai mis fin à ce système qui ne marchait pas et qui était condamné à longue échéance. Allez, papillon, envole-toi « seul » ! Bonsoir, David.

Elle raccroche.

Il a énormément envie d'être avec quelqu'un ce soir, mais il n'y a personne. Il lève ses yeux vers le ciel, se sent tout petit dans le vaste Univers.

Il aperçoit l'enseigne d'un bar : le Pink Paradise.

Cela lui rappelle la boîte de nuit parisienne où il avait vu danser Aurore dix ans plus tôt.

Il s'approche de l'entrée.

Un grand costaud l'examine, lui réclame de l'argent, il obtempère et le vigile lui met un coup de tampon sur la main.

La danse d'Aurore entrait en résonance avec la danse de mon antique compagne Yin-Mi-Yan, en Atlantide. Un instant que je n'oublierai jamais, dans aucune de mes vies.

À l'intérieur du Pink Paradise, l'ambiance est bruyante, couverte par une musique syncopée de hard rock, *Highway to Hell*, du très ancien groupe australien AC/DC. Des spots tourbillonnants de toutes les couleurs complètent l'ivresse provoquée par les boissons et les pilules distribuées dans des verres sales.

Le long comptoir sert de scène. Là, les filles en maillot de bain à paillettes dansent entre les chopes de bière d'une foule d'insomniaques.

Sur des estrades plus étroites, des Micro-Humaines (probablement du camp de Central Park) effectuent elles aussi des danses sur des barres de fer, singeant leurs collègues grandes.

Le show en deux dimensions.

Il se souvient que Emma 109 regrettait qu'il n'y ait pas de rapports physiques possibles avec les Grands.

En tout cas, si le rapport complet est impossible, l'excitation de la danse est autorisée. Les Emachs sont devenues un nouveau fantasme ultramoderne, lui-même peut-être lié à des souvenirs de jeux d'enfants avec des poupées. À ce détail près que celles-ci sont vivantes.

Sans qu'il le demande, un barbu roux au visage couvert de tatouages et de piercings lui sert une bière dans une chope en verre.

Il boit distraitement.

Son regard revient vers les danseuses de sa taille.

Il se souvient de la phrase qu'aime lui répéter Aurore :

Papillon envole-toi.

Et il complète pour lui-même…

Encore faudrait-il que j'aie des ailes.

Il sourit.

Et encore faudrait-il qu'il y ait des fleurs à butiner.

Autour de lui, de nombreuses filles vêtues de couleurs éclatantes effleurent les hommes trapus aux mains calleuses et aux ongles pas nets.

Par moments des éclats de rire forcés entraînent d'autres rires alors que les filles se déshabillent en se déhanchant sur leurs barres métalliques.

Des couples se cherchent, s'embrassent, échangent des billets froissés, s'enfoncent dans l'escalier menant aux toilettes.

Une danseuse se déshabille et soudain révèle sous son slip un pénis devant les yeux étonnés des quelques spectateurs.

— Surprise ! clame l'hermaphrodite.

David Wells sursaute.

— On a failli se faire avoir, dit un homme qui précisément s'est fait avoir.

Certains plaisantent pour se donner une contenance et surmonter le trouble provoqué par cette découverte.

— Tu es un homme ou une femme ? demande un client.

— Ni l'un ni l'autre, mon agneau. Je suis « neutre ». Tu n'as pas entendu ça aux actualités ? C'est le troisième sexe de ceux qui n'ont pas encore décidé. Et comme tu le vois, j'ai le choix ! s'amuse l'hermaphrodite.

David repousse sa chope vide. Tout lui semble faux, fait pour l'excitation immédiate menant à la seule consommation.

C'est la sexualité moderne : un produit de consommation comme les autres. Et ces femmes... des poulets élevés en batterie, toutes pareilles avec leurs faux seins, leurs lèvres botoxées, leurs cuisses sans grâce et leurs fesses frétillantes. Et maintenant en plus, certaines ont des... pénis. Est-ce le sens de l'évolution de l'espèce ? L'hermaphrodisme qui entraînerait la non-nécessité d'un sexe différent ? Alors que les robots de Frydman réclament la différence des sexes pour deux corps, les humains cherchent la complétude des deux sexes en un seul corps.

— Une autre bière, m'sieur ? questionne le serveur au visage couvert de piercings.

Aussitôt surgit une chope contenant une boisson ambrée. Il boit, grimace, déglutit. Le son de la musique et des rires l'assourdit.

D'autres danseuses presque nues s'agitent devant lui en suivant la musique de plus en plus rapide et forte de *Thunderstruck*, toujours d'AC/DC.

L'odeur de sueur et de parfums artificiels au patchouli lui semble de plus en plus grisante.

La solitude est encore plus perceptible ici au milieu de tous ces gens qui font semblant d'être heureux ensemble dans le bruit et les rires.

Il ferme les yeux.

Il songe à tout ce qu'il a vécu d'important jusqu'à ce jour.

Il a trouvé son père mort, figé dans la glace.

Il a inventé les Micro-Humains.

Il a survécu au Premier Cavalier de l'Apocalypse, la grippe.

Il a sauvé les Emachs en les mettant dans un camion fonçant vers l'Autriche.

Il a sauvé les Emachs en les mettant dans un avion fonçant sous l'orage.

Il a permis à la fusée Lymphocyte de décoller, permettant d'arrêter, ou du moins d'atténuer, les effets dévastateurs du Deuxième Cavalier de l'Apocalypse, l'astéroïde Théia 13.

Il a ressuscité la reine assassinée.

Je n'ai pas sauvé mon couple.

Et à nouveau son célibat lui semble une punition injuste.

— Encore une bière ? demande le serveur.

Il approuve, vide la nouvelle chope dans le brouhaha et l'odeur de sueur aigre de plus en plus oppressante. Le son de la musique augmente en intensité et les projecteurs tournants se font plus nerveux. À ce moment, il regarde un globe à facettes-miroirs qui renvoient les rayons des projecteurs. Et cette sphère lumineuse brillant de mille feux lui inspire une pensée.

— Et notre planète, elle en pense quoi ?

Il a prononcé la phrase sans s'en apercevoir.

— Elle pense qu'il devrait arrêter de boire, répond une voix féminine derrière lui.

Il se retourne, surpris qu'on lui parle français dans cette ville américaine, et reconnaît son étudiante, Hypatie Kim.

— Qu'est-ce que vous faites là ? Vous me suivez ?

— Je voulais vous parler seul à seul, dit-elle. Peut-on aller dans un endroit plus tranquille pour discuter ?

— C'est très bien ici, répond-il en faisant signe au barman qu'il souhaite une autre bière. Et vous voulez me parler de quoi, mademoiselle Kim ?

Elle secoue ses cheveux noirs et le fixe.

— Je voudrais travailler avec vous.

— Sur quoi ? Je n'ai plus de projet.

— Sur une communication avec la Terre, précisément.

Il esquisse une moue moqueuse, puis empoigne la chope et boit bruyamment.

— J'ai entendu Emma 109 vous parler de ça. Je crois qu'il faut l'écouter.

— La Terre ? La Terre s'en fout de nous ! Voilà des millions, que dis-je ? des milliards d'années qu'elle n'en a rien à faire de tout ce qui la recouvre.

La jeune femme fait défiler sur son smartphone des images de gravures sur pierre.

— Ce sont des recherches que j'ai faites sur plusieurs sites archéologiques dans le monde, je crois réellement que nos ancêtres avaient trouvé le moyen de lui parler.

— Les pyramides ?

— Exactement. Les pyramides sont des émetteurs-récepteurs.

— Je vous ai donné une bourse pour que vous poursuiviez ces études-là, qu'est-ce que vous voulez de plus ?

— Vous.

Elle a plongé ses grands yeux noirs en amande dans les siens. Elle ne cille pas, et soudain il s'aperçoit qu'il ne lui a jamais vraiment prêté attention.

Elle lui semble soudain étonnamment solide et stable, dans ce décor bruyant et factice. Elle est légère dans un monde lourd. Elle est belle et raffinée parmi ces femmes vulgaires. Et elle lui parle de… science, dans ce lieu dédié à la débauche des instincts primitifs.

— J'ai suivi les travaux de votre père, Charles Wells. Vous avez son sang dans les veines, vous avez sélectionné mon projet, tout cela me semble des signes, nous avons des aventures à accomplir ensemble. J'écoute les signes.

— Vous l'avez lu sur mes oreilles ? ironise-t-il.

Elle s'approche plus près.

— Quelle est votre réponse ?

Il recule, saisit sa chope comme une protection.

— Désolé, je n'ai pas l'esprit à discuter, j'ai juste envie d'être seul.

Elle hoche la tête.

— Dommage.

— C'est quoi votre problème, mademoiselle Kim ? Si vous êtes attirée par moi, c'est juste un transfert d'élève à professeur. Rien de très glorieux là-dedans. J'ai un âge qui devrait vous arrêter. Pourquoi ne vous intéressez-vous pas à vos deux collègues plus jeunes et beaucoup plus charmants que moi ?

— Nissim et Jean-Claude ? Ils sont immatures.

— Vous savez que je suis un père de famille. Je suis marié avec trois enfants.

— … récemment séparé.

Il hausse les épaules.

— Vous avez enquêté ? Il n'y a pas que mes oreilles qui vous passionnent, on dirait.

Il boit une gorgée de bière.

— Merci d'avoir aidé à sauver la reine Emma 109, mademoiselle Kim. Maintenant je vous demanderai de me laisser tranquille.

— Vous avez réessayé la méditation en pensant à la flamme ?

— Garçon ? Une autre bière, s'il vous plaît !

Elle hésite à insister, puis renonce et s'éclipse.

Il reste seul et boit.

Les danseuses en strass redoublent d'attention à son égard lorsqu'elles voient qu'il a délaissé la jeune femme. Déjà l'une d'elles lui caresse le cou alors qu'une autre tend la main vers sa cuisse.

99. ENCYCLOPÉDIE : NAISSANCE DU COUPLE

Quand les brusques changements climatiques ont forcé certains primates à vivre au milieu des herbes hautes au lieu des grands arbres, ceux-ci ont été obligés de s'adapter. Ils se sont redressés pour voir venir les dangers ou repérer les proies au-dessus de cette végétation. Mais en adoptant la position bipède, tout changeait pour eux.

Tout d'abord les bébés arrivaient au monde plus tôt (la pression de la gravité sur le ventre des génitrices). Naissant plus précocément, les nouveau-nés, incapables de survivre seuls, eurent besoin de rester en fusion avec leur mère.

En position verticale, les femelles ne pouvaient plus porter leur progéniture sur le dos, comme la plupart des autres primates avançant à quatre pattes. Elles les tenaient devant elles, en général avec un bras, collés à leur poitrine (ce qui était pratique pour assurer la tétée).

Du coup se présentèrent de nouveaux problèmes.

En cas de poursuite par un prédateur, elles couraient moins vite car elles ne pouvaient plus bénéficier de l'effet de balancier des deux bras.

Si la mère devait malgré tout faire face à un prédateur, elle n'avait qu'une seule main disponible pour frapper, ou saisir un bâton, l'autre étant occupée à tenir et protéger le bébé.

Les femelles humaines et leurs enfants semblaient ainsi condamnés. Certaines en déduisirent que seules elles ne pouvaient pas survivre, et qu'il leur fallait une sorte de « garde du corps » permanent pour les protéger, elles et leur progéniture. Qui était mieux placé que le mâle pour tenir ce rôle, lui qui était précisément à l'origine du nouveau-né ?

Jusque-là le mâle primate, après avoir ensemencé la femelle, se désintéressait d'elle et de sa descendance, il devenait donc nécessaire de le persuader de rester. Certaines ont fini par trouver une stratégie : l'érotisation de l'acte sexuel.

En effet, en offrant au mâle une dimension ludique ajoutée au plaisir de la sexualité, elles s'aperçurent qu'elles pouvaient le garder. Comment s'est déroulée cette négociation ? De manière empirique : sur des milliers d'années, les femelles ont testé différents comportements pour manipuler le mâle.

Elles se sont mises à marcher de manière suggestive, à mimer les gestes de l'acte sexuel, peut-être à mouiller leurs lèvres pour les rendre plus brillantes (et ainsi évoquer la lubrification de leur sexe), à soigner leur corps, voire leur coiffure.

Après le mécanisme de séduction, elles ont compris qu'il fallait inventer une dimension fantasmatique en entretenant une part de frustration. Comment tenir le mâle une fois que son désir était assouvi ? Invention de positions sexuelles originales, titillement permanent, agacement, assouvissement puis de nouveau agacement. Toutes celles qui n'avaient pas compris l'intérêt de ces jeux suggestifs ne trouvèrent pas de partenaire et furent tuées par les prédateurs ainsi que leur progéniture.

Quant aux autres, elles s'aperçurent qu'elles étaient en rivalité avec les femelles concurrentes, et cela entraîna sans doute une surenchère dans l'art d'« attirer puis de garder les mâles sous leur emprise érotique ».

C'est probablement de cette manière qu'a été inventé le couple (mais aussi les « femmes fatales »). Et c'est ainsi, grâce à l'invention du couple, que l'humain put se maintenir dans la course de l'évolution malgré les dangers provoqués par la si périlleuse station bipède.

Edmond Wells,
Encyclopédie du Savoir Relatif et Absolu, Tome XI.

100.

Lorsque les dernières danseuses rangent leurs strass, leur perruque, leurs faux cils et leurs talons hauts, il est quatre heures du matin.

David a du mal à tenir debout.

Il rentre en titubant à son hôtel. Dans le miroir, il se regarde longuement et examine ses oreilles pour y dénicher des secrets sur lui-même, mais il ne sait pas les décrypter.

Il se rafraîchit longuement à l'eau glacée.

Qu'est-ce qu'elle me veut cette Hypatie ? Que je l'accompagne pour parler à la Terre par le truchement des pyramides ? Méditer avec une flamme...

Il éteint les lumières, ouvre la fenêtre et allume une bougie qu'il pose sur une assiette en la collant à la cire.

Il se met en position du lotus et fixe la flamme.

Dessaouler.

La flamme.

Arrêter de me faire du souci pour les enfants.

La flamme.

Le Deuxième Cavalier de l'Apocalypse et ses trois milliards de morts.

La flamme.

Aurore.

La flamme.

Hypatie.

La flamme.

Hypat… Ne plus penser à rien.

La flamme.

Zut, je pense encore.

La flamme.

Je n'y arriverai pas.

Un claquement de fines ailes résonne dans la pièce.

Quelque chose vient d'entrer par la fenêtre.

La flamme.

Il faut que je voie ce que c'est.

La flamme.

Il faut que je sache ce qui…

Il ouvre les yeux.

Il reconnaît le gros papillon gris aux antennes plumeuses avec sur son thorax un motif clair en forme de crâne.

Un papillon de nuit Sphinx tête de mort. Aussi nommé Acherontia atropos. *Curieux, il n'y en a pas sur le continent américain. Il a dû être transporté dans des caisses de plantes en provenance d'Europe ou d'Asie.*

Le lépidoptère au corps poilu se cogne les ailes contre le plafond en émettant un grincement avec son pharynx.

Puis il se met à tourner de plus en plus près de la flamme de la bougie.

Les Indiens disent que les papillons de nuit sont l'âme de nos ancêtres qui viennent nous rendre visite.

L'insecte tournoie, désemparé, se heurte violemment contre les vitres ou le mur.

Ce devait être un ancêtre alcoolique.

David Wells a envie d'empêcher le papillon d'approcher du feu, mais l'insecte le contourne et fonce vers la lueur destructrice.

Les ailes s'embrasent d'un coup. Le papillon à moitié brûlé se tord de douleur et agonise au sol, alors que se répand une odeur d'élytre calciné.

L'animal déploie sa trompe, signe de souffrance sous le supplice qu'il s'est lui-même infligé.

Pour abréger son calvaire, David Wells l'écrase sous sa semelle, le faisant passer du monde en trois dimensions au monde des images en deux dimensions.

Désolé, ancêtre, il faut pas t'y prendre comme ça pour me rendre visite.

Il pose le corps consumé sur une feuille, puis dans le pot de fleurs du balcon, avant de souffler la bougie pour entrer dans l'obscurité totale et chercher le sommeil.

La flamme ?

Et puis plus rien.

101.

Le *Papillon des Étoiles 2* a survécu à la première phase du lancement.

L'imposante fusée terrienne est arrivée à son point de destination.

Les réacteurs, derniers vestiges de sa forme première, se détachent et sont largués dans l'espace.

Le cylindre étincelant de un kilomètre de long sur un kilomètre de diamètre se stabilise sur son orbite géostationnaire à 35 786 kilomètres d'altitude.

Il est prêt à se transformer.

— Passage à la phase 2, annonce Sylvain Timsit.

Là, suivant le plan préétabli, Rébecca enclenche le déploiement télescopique, faisant passer progressivement le cylindre de un kilomètre à trente-deux.

Cette manœuvre prend une journée entière.

— Phase 2 achevée, initiation de la phase 3.

L'énorme néon qui sert d'axe au vaisseau s'allume. Sylvain Timsit enclenche le moteur rotatif alimenté par les batteries solaires. Lentement, le vaisseau se met à tourner, créant une gravité interne. Puis le volume est rempli d'air respirable.

— Phase 3 terminée. Équipages placés dans le thorax, préparez-vous à prendre possession de l'abdomen du vaisseau.

Les cent quarante-quatre mille passagers se libèrent de leur ceinture de sécurité.

— Procédez à la phase 4 : installation du sol.

Les Papilloniens rejoignent en file le tube central éclairé, désormais équipé de sa gravitation et de son air.

Ils se retrouvent face à un sol lisse métallique, semblable au tambour en inox d'une machine à laver.

Ils se sont tous préparés à cet instant depuis longtemps. Chacun sait ce qu'il doit faire. Ils rejoignent les garages, montent dans les engins de terra-formation, allument les moteurs électriques. Des tracteurs et des bulldozers déploient lentement une couche de terre marron, surmontée d'une couche de gazon vert, qui se déroule comme un tissu épais.

Les paysagistes créent le relief, collines et vallées. Ils dessinent les routes, les pistes. Ils creusent aussi les sillons qui serviront aux futures rivières, aux fleuves et aux trois lacs.

Puis ils plantent les arbustes des zones forestières et les graines des champs à cultiver.

Simultanément, Sylvain déclenche le déploiement lent et progressif des ailes de Kevlar, de sept millions de kilomètres carrés de surface. Heureusement cette manœuvre est assistée par un système informatique qui évite tout froissement de la fine et fragile toile argentée.

Quand l'intérieur du tube est entièrement tapissé de terre et de végétation, Rébecca Timsit déclenche la vanne qui libère l'eau des citernes du thorax. Celle-ci se déverse en torrent transparent remplissant les rivières, les fleuves et les lacs.

Le décor est planté et les Papilloniens peuvent construire les maisons qui seront les fondations du village où ils savent devoir séjourner le reste de leur vie.

Enfin Sylvain Timsit annonce :

— Phase 4 terminée.

Rébecca place le *Papillon* dans l'axe.

— Cap sur Nouvelle-Terre.

Les moteurs électriques télécommandés ronronnent, les câbles se tendent, les voiles se remplissent de lumière. Les rayons du soleil en frappant l'immense toile de Kevlar propulsent le vaisseau en dehors de l'attraction terrestre, vers le vide sidéral.

Sylvain Timsit s'approche de Rébecca, et ils s'embrassent.

Ainsi le *Papillon des Étoiles 2* abandonne-t-il la Terre ancienne pour s'enfoncer dans l'espace inconnu.

102.

Avant j'acceptais ma solitude, je croyais que je n'avais pas le choix.
Mais puisque je sais désormais qu'il existe ailleurs des formes de vie complémentaires et que ce qu'ils nomment « l'amour » est possible avec ces êtres, je me demande pourquoi je ne connaîtrais pas ce sentiment.
Et maintenant, leur vaisseau est parti pour coloniser une nouvelle planète.
Et si les humains m'abandonnaient eux aussi ?
Si je me retrouvais seulement avec du végétal et de l'animal, sans intelligence et sans conscience susceptible d'interagir avec moi ?
Le futur m'inquiète.
Ce qui me fait le plus peur n'est plus de mourir, mais de terminer mon existence sans connaître une vraie rencontre.

ACTE 2

L'âge de la guerre

Le temps de la communication

103.

ANNIVERSAIRE – Cela fait exactement trois ans, jour pour jour, que s'est produite la terrible catastrophe qu'on a baptisée le « Deuxième Cavalier de l'Apocalypse » et qui a engendré la mort de trois milliards de personnes.

Le président de l'ONU, Stanislas Drouin, prononce en ce moment même un discours pour ce triste anniversaire. Notre correspondante, Judith, se trouve actuellement à New York. Alors, comment cela se passe, Judith ?

— Eh bien oui, Lucienne, le discours va bientôt commencer et je vous propose tout de suite de l'écouter.

— « ... Le temps a passé et la blessure n'est pas encore complètement cicatrisée, mais jamais la solidarité des pays n'a été aussi exemplaire. La plupart des grandes villes touchées par les débris de Théia 13 ont été reconstruites sur place ou dans leur banlieue proche. Loin de nous abattre, cette épreuve nous a forcés à nous surpasser. Après la catastrophe, la population mondiale s'est bien reprise et, comme pour compenser ses pertes, le taux de natalité a grimpé d'un coup. En trois ans seulement, nous sommes passés de sept milliards à huit milliards d'individus. Un record de natalité qui répond à la calamité subie. Bravo aux papas et surtout aux mamans qui ont si bien travaillé à reconstituer le troupeau d'Homo sapiens planétaire. »

Applaudissements.

— Voilà, Lucienne, le discours du président de l'ONU est clos. Je voudrais rappeler qu'au préalable Stanislas Drouin a inauguré devant le bâtiment de l'ONU une sculpture de cinq mètres de hauteur, œuvre du sculpteur Jean-Michel Ponzio, représentant un rocher en forme d'Y, baptisée *Le Deuxième Cavalier de l'Apocalypse : trois milliards de morts*.

Cette sculpture placée sur l'esplanade de l'ONU complète ainsi celle baptisée *Le Premier Cavalier de l'Apocalypse : deux milliards de morts* représentant cette fois la sphère hérissée de piques de la grippe A (H1N1) et construite treize ans plus tôt.

— Merci, Judith, et nous passons tout de suite aux autres titres de l'actualité.

FRYDMAN ROBOTS SEXUÉS – Le professeur Frydman a enfin terminé de mettre au point ses fameux robots androïdes AWC de nouvelle génération 006, à caractères différenciés, mâle et femelle. Il les a équipés de sexes artificiels copiés sur les vrais. Et, clin d'œil ultime, il les a carrément nommés Casanova 006 et Geisha 006, deux dénominations porteuses de références.

PAPILLON DES ÉTOILES 2 – Bonne nouvelle pour le vaisseau : depuis trois ans, la communauté « spatiale » des cent quarante-quatre mille passagers emmenés par le milliardaire Sylvain Timsit et sa femme Rébecca semble connaître une totale réussite. Selon les images qu'ils nous ont envoyées, les « Papilloniens » (puisque c'est ainsi qu'ils se nomment désormais eux-mêmes) sont parvenus à créer un écosystème complet, minéral, végétal, animal, humain, capable de fonctionner en vase clos sans apport d'oxygène, d'humidité, ou de fertilisants extérieurs. « Je me suis inspiré des premières communautés d'agriculteurs pionniers des kibboutz des années 1960 et des communautés hippies des années 1970, pour tenter d'inventer une société sans capitalisme qui soit réellement égalitaire. Tout le monde travaille et les fruits du labeur collectif sont mis en commun. Les enfants sont éduqués ensemble, les portes des habitations individuelles ne ferment pas à clef, il n'y a pas de hiérarchie, pas de pauvres ni de riches, nous sommes tous dans un processus de survie, et au service d'un grand projet qui nous dépasse : la garantie de la survie de l'espèce par la colonisation d'une autre terre. » Ainsi s'exprime Sylvain Timsit.

EMACHS – De même que l'humanité a connu une forte croissance, la population des Micro-Humains s'est elle aussi accrue. Elle était à cent mille individus il y a trois ans, elle est désormais à un million exactement. Donc une croissance fois dix. La reine Emma 109, qui a fêté ses seize ans (correspondant à cent soixante ans pour nous), a déclaré, je cite : « Nous aurions pu augmenter encore notre démographie, mais nous tenons à n'avoir que les enfants que nous sommes certains de pouvoir aimer, éduquer, nourrir et faire plus tard travailler. Nous tenons compte aussi de la production de déchets et de l'épuisement du sol résultant de la masse de nos citoyens. Notre objectif est l'harmonie entre la population emach et le sol qu'elle occupe : il ne peut y avoir de gaspillage, tout doit être recyclé. Trop de population rendrait l'air irrespirable, l'eau polluée et épuiserait l'environnement. »

L'essentiel de la population micro-humaine vit sur le haut plateau central de l'île de Flores des Açores, afin de ne plus risquer la destruction par tsunami. Parallèlement, l'installation de la station spatiale Lunapolis sur la Lune avance très vite et la reine Emma 109 a annoncé qu'elle pensait pouvoir présenter officiellement cette cité lunaire dans peu de temps. Selon les estimations extérieures liées à l'observation des décollages de fusées, Lunapolis doit déjà comprendre plusieurs milliers d'individus et la reine affirme qu'avec ce poste de surveillance et de sécurité il n'y aura plus jamais de menaces d'astéroïde. L'humanité aura son bouclier spatial.

EXODE – Alors que l'exploitation du gaz de schiste souille l'eau potable, les agriculteurs ne pouvant plus arroser leurs plantations renoncent à poursuivre leur activité et vont affluer vers les villes. Ce nouvel exode rural dû à l'exploitation du gaz de schiste se retrouve aussi bien en Asie qu'en Amérique, en Afrique, en Australie et en Europe. Les populations en exode vont le plus souvent gonfler les capitales où elles forment un sous-prolétariat miséreux. Depuis que la Chine a montré qu'on pouvait stocker de grandes quantités d'humains en périphérie en utilisant des containers comme habitations, la mode des bidonvilles avec empilement de containers se répand partout. Parallèlement, la disparition de ces zones cultivées et la raréfaction de l'eau douce entraînent la montée des prix des céréales et donc du pain. Le ministre de l'Agriculture est inquiet, mais pas le ministre de l'Industrie, qui a déclaré : « Il fallait choisir entre deux risques de pénurie : celle de l'eau douce ou celle du pétrole. L'humanité a fait son choix. »

MÉTÉO – On assiste à une succession de jours de chaleur et d'orages, sans véritable explication logique.

104.

Je me souviens.
C'était il y a trois ans. J'avais failli connaître la fusion avec Théia 13.
Trois ans depuis que les humains m'ont privée de cette expérience, soi-disant pour me « protéger ».
Je ne peux plus prendre le risque que cela se reproduise.
Maintenant il faut que je communique « vraiment » avec les humains. Grands ou Micros, il faut qu'ils comprennent mon point de vue différent.

105.

Les doigts inclinent le stylo pour calligraphier chaque lettre.

La reine Emma 109 est en train de rédiger une nouvelle version de son ouvrage personnel *Nouvelle Humanité* qui, pour l'instant, n'est qu'un gros carnet rempli d'une écriture fine et étroite. L'objet rangé dans sa poche intérieure ne la quittant jamais, elle peut à tout moment noter ses pensées. Elle inscrit quelques réflexions sur la nécessité d'inventer un nouvel animal humain, mieux armé pour affronter les défis modernes.

Elle imagine la nouvelle humanité non seulement encore plus petite, plus féminine et plus solidaire, mais surtout plus rapidement adaptative. Pour cela, elle la décrit capable d'autolimitation automatique, mais aussi d'autodestruction lorsqu'elle est en trop grand nombre.

Les animaux sont capables d'autolimitation alors pourquoi pas les hommes ? Ils le font inconsciemment avec la guerre, mais pourraient le faire consciemment en retenant la production à la source.

Ce serait juste une responsabilité assumée en tant qu'habitant conscient d'une planète vivante et fragile dont il faut préserver à tout prix les équilibres, afin de la garder en parfaite harmonie.

Le visiophone sonne.

Elle allume l'écran et le visage de la papesse Emma 666 apparaît.

— J'ai appris que vous avez encore invité des Grands pour la prochaine fête de l'Indépendance, dit cette dernière. Sachez que je désapprouve ce choix, Majesté.

— Je sais, 666.

— Mais enfin que se passe-t-il, Majesté ? Avant vous étiez la première à promouvoir la destruction des Grands, et maintenant vous les gérez comme des partenaires à part entière. Je vous ai entendue tellement de fois annoncer que la paix avec eux n'était même pas envisageable, et que vous deviez venger tous les martyrs de la cause emach !

— Un proverbe grand nous dit : « Seuls les imbéciles ne changent pas d'avis. » Je préfère utiliser nos soi-disant « ennemis » que les combattre. C'est moins fatigant et plus rentable.

— Vous reconnaissez donc quand même, Majesté, que ce sont nos ennemis ?

La reine allume son long fume-cigarette et aspire une goulée de nicotine gazeuse.

— Je reconnais que certains Grands ne nous aimeront jamais, et feront tout pour que nous disparaissions, mais nous ne pouvons pas tous les mettre dans le même sac. N'oublie pas, 666, que certains d'entre eux nous ont sauvés du tsunami dévastateur, il y a trois ans. Sans eux nous ne serions plus là.

— Est-ce que six Grands sporadiquement bienveillants à notre égard peuvent rééquilibrer huit milliards de Grands de plus en plus ouvertement hostiles, Majesté ?

La reine souffle la fumée en direction de l'écran du visiophone.

— Tu exagères, 666, ils ne sont pas tous hostiles. Ils n'ont pas compris qui nous sommes et se méfient de tout ce qui est différent. C'est « humain ».

— Nous sommes meilleurs qu'eux. Et c'est pour cela qu'ils nous sont hostiles, comme dans une classe les mauvais élèves jalousent les bons au point de vouloir les éliminer.

— Es-tu sûre que nous sommes les « bons élèves », 666 ? Et quand bien même nous le serions, par rapport à quel professeur et quelle école ?

— L'école s'appelle « l'Univers », et le professeur se nomme « notre planète », Gaïa. C'est vous-même qui me l'avez appris.

La reine Emma 109 s'approche plus près de l'écran du visiophone.

— Nous sommes les derniers joueurs apparus sur l'échiquier heptagonal, et nous allons triompher, 666, mais il faut gagner par étapes et avec des alliés. La partie va être longue. Ils ont des milliers d'années d'expérience de la violence et de la rivalité. Pas nous.

— Vous les admirez ?

— Bien sûr. J'admire leur longévité, leur expérience accumulée, j'admire leur technologie, leur art, leur langue dont nous profitons nous-mêmes actuellement. Sans eux nous aurions des esprits vides. Imagine des Micro-Humains naissant sur une planète sans humains, ils feraient quoi ? Ce seraient des animaux. Des primates sans culture et sans mémoire de leur histoire sont des singes.

— Comment osez-vous employer leurs propres insultes à notre égard !

— Je sais qui ils sont. J'ai mis longtemps à le comprendre. Ils sont le fruit du meilleur et du pire mélangés, de la guerre et de la paix, de l'intelligence et de la bêtise. Ils sont multiformes et multispirituels.

Elle souffle encore un nuage de fumée.

— J'admire le seul fait qu'ils aient réussi à traverser tant de milliers d'années. Être vivant aujourd'hui c'est forcément avoir gagné beaucoup de combats difficiles par le passé.

— Nous pouvons les vaincre !

Emma 109 frappe le mur du plat de la main.

— Ne comprends-tu pas que seuls contre tous nous serions vaincus très rapidement par des adversaires qu'il ne faut surtout pas sous-estimer ?

— Que proposez-vous, Majesté ?

La reine prend un air dur qui impressionne la papesse.

— Profitons de leurs talents, prenons tout ce qu'on peut prendre de bon chez eux, détectons leurs faiblesses, tout en poursuivant nos objectifs.

— Donc, vous n'avez pas renoncé à les vaincre, Majesté ?

Elle inspire puis souffle un anneau de fumée bleue.

— J'ai changé en tout cas de manière d'agir, et le choc frontal me semble la stratégie la moins efficace. C'est pourquoi j'ai décidé que dans quelques heures nous allons les accueillir ici, les nourrir, les couvrir de cadeaux tout en essayant de les éblouir par notre inventivité et notre… disponibilité. Un autre de leurs proverbes me revient à l'esprit : « Se soumettre pour dominer. »

— C'est paradoxal. C'est comme si vous disiez : « échouer volontairement pour réussir » ou « mentir pour faire connaître la vérité ».

La reine fait signe à Emma 666 qu'elle ne veut pas poursuivre sur ce sujet.

— Pour ce soir, tu sauras comment faire ?

— Ne vous inquiétez pas, Majesté, j'ai bien saisi la subtilité de la mission que vous m'avez confiée.

La reine Emma 109 entend des bruits à l'extérieur. Elle coupe le contact avec la papesse, éteint son écran et observe les hélicoptères qui atterrissent.

S'aidant d'une canne, elle circule dans son palais, reconstruit à l'identique, en forme de fleur de lotus. Elle emprunte l'ascenseur et rejoint l'esplanade où apparaissent les premiers invités grands.

Il est à peine huit heures du matin.

En descendant, elle songe : *La dernière fois, cette fête ne nous avait pas vraiment porté chance, mais le malheur ne peut pas tout le temps s'acharner sur les mêmes.*

Dès que la reine apparaît, une clameur monte de la masse des badauds micro-humains. Au-dessus d'eux, des banderoles « Bienvenue pour le 13e anniversaire de l'Indépendance de Microland » s'étalent largement.

Parmi les arrivants grands prestigieux, la foule reconnaît et applaudit les plus connus, le professeur David Wells et le colonel Natalia Ovitz. Ils se présentent devant la reine et esquissent une courbette.

— Vous vous portez admirablement, pour ce qui correspondrait chez nous à cent soixante ans, murmure la femme militaire.

— Tout le mérite en revient au docteur Saldmain et à toi, David, qui as su me mettre en contact avec lui. D'ailleurs, il fait partie des invités. Tiens, justement le voilà.

Elle désigne de sa canne un hélicoptère, d'où surgit le célèbre médecin accompagné d'une dizaine de collègues et de malades.

— Vous n'avez pas seulement invité des diplomates ? s'étonne Natalia.

— J'ai invité les gens vraiment importants pour le futur. Il y a certes quelques politiciens mais ils ne sont pas majoritaires. Cette fois, comme vous le voyez, j'ai renoncé au côté élitiste confidentiel pour donner au contraire la plus large audience à l'événement.

Les télévisions emachs et grandes filment simultanément l'événement.

Après avoir rendu hommage à la reine Emma 109, la procession des premiers invités grands est dirigée sur l'unique avenue empruntable par une voiture grande.

Ils découvrent ainsi la nouvelle Micropolis, reconstruite non plus sur le bord de la plage (par peur des tsunamis) mais sur le plateau central le plus élevé.

La nouvelle ville en hauteur est beaucoup plus étendue que la précédente. Pour dix fois plus d'habitants, il fallait dix fois plus de surface. Les immeubles sont encore en forme de fleurs, mais en prévision des tremblements de terre ou des tempêtes, ils sont plus espacés et construits dans un nouveau béton « plus souple », qui permet une légère oscillation des murs. De loin, on peut voir les longues tiges vertes remplies de balcons-feuilles se courber légèrement.

106.

Les Emachs célèbrent leur réussite.
Ils pavoisent et se sentent importants.
Je crois presque les entendre penser : « C'est nous qui avons empêché notre planète de connaître la rencontre. »
Finalement je n'aime pas les Micro-Humains.
Ce sont eux qui ont gâché ce qui pouvait être le plus beau moment de ma vie.
Et si je déclenchais encore un séisme contre eux pour leur rappeler le respect qu'ils me doivent ?

107.

Tous les convives passent la journée à visiter la cité microlandaise (dans sa zone visitable par les Grands), puis le soir ils sont conviés sous un immense chapiteau, monté à la hâte, qui sert de salle de réception pour ce dîner exceptionnel.

David Wells s'aperçoit que les politiciens grands sont peu nombreux.

Autour d'une table rectangulaire à nappe blanche, sont présents seulement cinq chefs d'État : le président américain Smith, le président chinois Tchang, le président russe Pavlov, le président indien Prebod, le président français Pélissier, plus une dizaine d'industriels, capitaines des plus grosses firmes mondiales en informatique, pétrole, laboratoires pharmaceutiques, et agroalimentaire. En tout seize personnes.

Plus loin, à sa droite, sur une autre table tout aussi rectangulaire, mais recouverte d'une nappe verte cette fois, s'alignent des ayatollahs chiites et des imams sunnites, ainsi que quelques généraux issus du Moyen-Orient et d'Afrique. Eux aussi sont au nombre de seize.

Plus loin, le docteur Saldmain est entouré de ses collègues scientifiques, de sa patiente la plus célèbre, Fabienne Foulon, doyenne officielle des humains de la Terre. Sa table, nappée de jaune, comprend là encore seize places. Fabienne Foulon semble ravie d'avoir été sortie de son hospice suisse pour venir découvrir cette curiosité des Açores. Elle salue la foule de la main, à la manière de la reine d'Angleterre, comme si tout le monde n'était venu que pour elle. Fatiguée de sourire, elle sort son dentier et le pose dans un verre qu'elle croyait rempli d'eau, mais qui s'avère être du champagne, ce qui amuse la tablée. Saldmain, qui a beaucoup grossi, mange déjà les amuse-bouche présentés sur la table.

Autre table, autres mœurs : le professeur Frydman avec quelques collègues et ses deux prototypes d'androïdes, Casanova 006 pour le mâle et Geisha 006 pour la femelle. Là encore ils sont seize convives. La nappe est bleue.

— Non, ce n'est pas possible, Emma n'a pas fait ça..., murmure Natalia.

À la table suivante, Daniel, le frère de Sylvain Timsit. C'est un homme de forte corpulence, qui, souffrant de claustrophobie, n'a pas souhaité s'embarquer pour mourir, comme il le dit lui-même « dans une boîte de conserve au milieu du noir, du froid et du vide ». Il est devenu de ce fait le représentant des Papilloniens sur Terre. C'est lui qui fournit aux passagers du vaisseau spatial les images d'actualités, et c'est lui qui en retour livre aux journalistes terriens des vidéos filmées à l'intérieur du vaisseau spatial.

Daniel Timsit lui aussi est accompagné de quinze collègues, tous liés au projet spatial papillonien.

— Tu ne remarques rien de particulier, David ? questionne Natalia. Regarde le sol.

Le scientifique français s'aperçoit que celui-ci est composé de cases noires et blanches, mais cela ne lui évoque rien. Alors la représentante de la France à l'ONU explique :

— La reine a réuni ici les sept camps de joueurs du jeu d'échecs heptagonal et elle les a disposés dans cet espace exactement comme dans le jeu.

Une nouvelle procession s'avance : c'est le professeur Aurore Kammerer-Wells, accompagnée d'une délégation de quinze autres féministes du monde entier. Elles s'installent sur la table rouge.

David Wells est troublé par cette apparition.

— Vous ne vous voyez plus ? s'étonne Natalia.

— J'ai la garde des enfants un week-end sur deux, mais nous communiquons très peu.

— Alors qui s'occupe des triplés lorsqu'elle vient ici ?

Enfin un huissier grand les guide et les installe à la table des Mauves.

— Au moins, c'est clair : la reine nous considère comme faisant partie du camp des « réductionnistes », chuchote Natalia Ovitz.

David lève la tête et voit un miroir plafonnier qui lui permet d'observer l'ensemble de la salle.

— Emma 109 a toujours été une « bonne élève », reconnaît la femme militaire.

— Mine de rien, elle est parvenue à réunir tout ce qui fait bouger le monde selon « tes » critères stratégiques du jeu heptagonal, couleur par couleur.

David observe la table verte des religieux et essaie de comprendre pourquoi Emma n'a invité que des chiites ou des sunnites, mais pas de chrétiens, ni de bouddhistes.

Natalia répond comme si elle avait perçu sa question :

— Emma 109 a dû estimer que toutes les autres religions ont renoncé à la dynamique de prosélytisme et de conversion massive des foules, à part ces deux-là. Et puis elle a voulu éviter les risques de mésentente à une table. Autant les capitalistes peuvent au final s'entendre avec les communistes, les religieux, eux, ne supportent pas les rivaux, qui d'ailleurs disent souvent la même chose qu'eux avec d'autres mots.

David scrute ensuite la table des Bleus où se trouvent les deux androïdes sexués. Ceux-ci sont un peu figés et semblent avares de gestes et d'expressions, mais leurs visages et la texture de leur épiderme semblent en tout point similaires à ceux de « vrais humains ». Ils battent des paupières, leur thorax est animé d'un mouvement à peine perceptible qui ressemble à une respiration.

Le scientifique français observe la table des Rouges où siège entre autres la mère de ses enfants. Aurore semble très enjouée, riant et échangeant des gestes d'attention avec ses collègues femmes, elles aussi très animées. Par contre, en retour, elle ne lui prête guère attention.

Elle a été ma source d'inspiration et maintenant nous voilà étrangers.

À un moment, il lui semble qu'Aurore regarde dans sa direction, et il détourne la tête à son tour.

Lorsque tous les convives sont installés, la reine Emma 109 apparaît, accompagnée de sa ministre des Sciences, Emma 103, sous les applaudissements des convives.

L'hymne microlandais retentit, les invités se lèvent et restent debout. Quand la dernière mesure s'achève, la reine se place face à un pupitre, cependant que l'assistance se rassoit.

— Mesdames et messieurs, je suis heureuse que vous ayez accepté mon invitation à ce treizième anniversaire de l'Indépendance, dans notre nouvelle capitale de Micropolis. Oui, je sais, vous vous dites que tout va encore être pareil, mondanités, petits-fours, etc. Alors nous allons essayer de varier un peu le spectacle. Déjà, certains parmi vous ont pu visiter en partie notre capitale reconstruite depuis à peine trois ans. Vous pourrez voir demain, en discutant avec nos responsables de secteurs, que nous avons l'intention de mettre au point une société avec des caractéristiques encore plus assumées : Plus féminine. Plus solidaire. Mais aussi : Plus écologiste. Encore mieux autorégulée. Et enfin… encore plus enterrée dans le sol pour éviter de dépendre des catastrophes naturelles. Bref, pour reprendre l'idée de mon ami David Wells, conclut-elle, ici présent, encore plus… « fourmi ».

David hésite, puis décide de se lever à demi et d'amorcer un léger salut avant de se rasseoir.

— Quelle intuition géniale, suivre l'espèce aînée, les fourmis, présentes depuis cent vingt millions d'années, alors que nous ne sommes là (nous humains) tout au plus que depuis sept millions d'années. La fourmi… l'animal le plus petit, le plus humble, le plus dérisoire nous montre la voie la plus ambitieuse.

La dernière phrase est accueillie par quelques murmures polis.

— Cependant, cette soirée vous réserve encore beaucoup de surprises…

Elle utilise son smartphone comme télécommande et l'actionne en direction d'un écran géant.

Apparaît alors un décor lunaire d'où émerge une tête humaine transparente.

— Vous ne l'aviez jamais vue, eh bien, la voici : je vous présente Lunapolis, notre station lunaire. C'est moi qui ai eu l'idée de la construire entièrement en matériau plexiglas épais, en forme de tête humaine, en hommage à notre espèce. Ainsi, si un jour une autre espèce extraterrestre nous visite, elle connaîtra la forme (que je trouve personnellement admirable) de nos visages.

Une rumeur se répand parmi les convives.

— Je sais, peu d'entre vous sont au courant que nous en étions à ce stade d'achèvement du projet. Nous avons tenu à aller vite et à garder le plus grand secret pour vous réserver la primeur aujourd'hui. Le plus simple est encore de vous montrer comment Lunapolis fonctionne.

Alors apparaît sur l'écran une femme en robe mauve bordée de doré.

— Papesse 666 ?

— Majesté.

— Tu es, je crois, dans les étages supérieurs de la tête. Veux-tu, pour nos invités, effectuer une rapide démonstration des capacités de la station Lunapolis (station qu'ils ont d'ailleurs en large partie financée) ?

— Bien sûr, Majesté. Tout d'abord je peux vous montrer une vue de l'intérieur de la station. Sous cette tête en verre de cinq centimètres d'épaisseur, nous sommes à ce jour neuf mille habitants, et nous comptons passer à dix mille d'ici quelques jours, ce qui est le chiffre optimal pour ce volume d'espace vital. Nous sommes en totale autarcie, recyclant nos déchets pour en faire de l'énergie ou de la nourriture. C'est un écosystème complet fonctionnant en vase clos, uniquement alimenté par la lumière du Soleil et indirectement par la lumière de la Terre, car ici nous avons des clairs de terre assez somptueux.

Un murmure d'admiration parcourt l'assistance. La papesse, tout en tenant son smartphone et en filmant, explique :

— Et maintenant, deuxième surprise. Je vais vous montrer les fusées de nouvelle génération que nous avons installées pour le bouclier spatial. Elles sont plus maniables et rapides que les anciennes Lymphocytes et, bien sûr, ne peuvent être gênées par aucun tsunami ni tremblement de terre. Voici les « nouvelles défenses avancées de l'humanité ».

Emma 666 tourne son visiophone vers l'extérieur, en direction d'une sculpture géante en forme de main ouverte, doigts dressés vers le haut.

Celle-ci s'ouvre et une fusée d'acier éclairée par un projecteur apparaît.

Cette fois, retentissent les applaudissements de quelques Grands, notamment parmi les Papilloniens du camp des Noirs, les geeks du camp des Bleus et les vieux du camp des Jaunes. Seule Fabienne Foulon éclate toute seule d'un fou rire irraisonné. Mais la reine, n'y prêtant aucune attention, reprend la parole :

— Et pour cette soirée exceptionnelle, qu'as-tu prévu de nous montrer, Emma 666 ?

— Une mission de nos nouvelles fusées désormais baptisées (vous comprendrez bientôt pourquoi)

« Catapulta ». Une mission… qui a pour objectif de ne plus détruire les astéroïdes mais de les utiliser à notre avantage.

Alors l'écran s'allume et apparaît l'espace étoilé.

— Ceci est filmé par l'avant d'une fusée Catapulta déjà partie depuis quelques jours.

La reine Emma 109 reprend le micro.

— Nous allons suivre en direct cette démonstration de nos nouvelles fusées, mais étant donné que l'approche ne doit intervenir que dans une heure, je vous invite à apprécier ces mets préparés par nos meilleurs chefs, afin de vous faire découvrir la nouvelle gastronomie microlandaise.

La reine Emma 109 et la ministre des Sciences, Emma 103, s'installent à la table mauve, toutes deux juchées sur des sièges surélevés, semblables à des chaises d'enfant, pour être à hauteur d'yeux de leurs voisins.

Déjà des serveurs présentent des cloches coniques transparentes sous lesquelles les convives peuvent distinguer les plats colorés.

Alors qu'ils dégustent le repas, leurs yeux découvrent en direct les images filmées par la fusée Catapulta, et ils voient apparaître face au vaisseau spatial un gros rocher couleur de bronze.

108.

Ils ont dit quoi, déjà ?

« Une mission… qui a la particularité de ne pas détruire les astéroïdes mais de les utiliser. »

Se pourrait-il que les Micro-Humains aient compris « intuitivement » ce qu'il fallait faire ?

109.

La fusée Catapulta file dans l'espace intersidéral.

C'est Emma 568, l'unique survivante de la mission Lymphocyte 13, promue capitaine de vaisseau, qui dirige en personne la mission.

Elle ne quitte pas des yeux son objectif.

Il s'agit de l'astéroïde Cruithne, un rocher de cinq kilomètres de diamètre.

La capitaine Emma 568 s'est bien renseignée dans les archives des Grands, elle sait que Cruithne a été découverte en 1986 sur une photographie prise par un télescope australien. Elle a été baptisée ainsi en référence à un peuple primitif, les Cruithnes, qui vivaient en Écosse et en Irlande entre 500 ans avant et 500 ans après Jésus-Christ, et dont la prononciation phonétique serait plutôt proche du mot « Crougne ».

Elle sait que Cruithne a une orbite elliptique étrange en forme de haricot qui la fait se rapprocher une fois par an de la Terre.

— Équipage, mettez-vous en place, préparez-vous pour l'astéroïdissage, annonce-t-elle dans son micro de casque.

Emma 568 coupe les réacteurs principaux et active les réacteurs latéraux pour placer le vaisseau spatial à la perpendiculaire de la surface de Cruithne.

La fusée Catapulta se pose délicatement sur la matière dure.

Les trois astronautes emachs sortent les unes après les autres du sas supérieur et descendent de l'échelle déployée à l'extérieur du vaisseau.

— Allons-y, ordonne la capitaine Emma 568.

Les deux autres astronautes utilisent des perceuses à large mèche pour enfoncer d'énormes écrous dans le sol astéroïdien. Puis, les astronautes fixent des anneaux à ces écrous et déploient de longs câbles. Ceux-ci sont ensuite reliés à la fusée. Les trois Emachs remontent dans la fusée, rentrent l'échelle, ferment le sas extérieur. Les réacteurs s'enclenchent et la fusée décolle.

Les câbles se déroulent, se tendent, et l'astéroïde est bientôt tracté par la fusée.

Emma 568 surveille la manœuvre, avec le sentiment d'accomplir un geste d'une modernité absolue.

110. ENCYCLOPÉDIE : GÉNÉRATION COMPARÉE

Une génération d'humains apparaît tous les 25 ans. Une génération de bactéries apparaît toutes les 25 minutes.

C'est-à-dire que toutes les 25 minutes de nouveaux individus, plus évolués, plus adaptés à leur milieu que leurs parents, sachant résoudre les problèmes nouveaux, surgissent dans le monde des... bactéries.

Edmond Wells,
Encyclopédie du Savoir Relatif et Absolu, Tome XI.

111.

Les milliers de points lumineux s'étalent devant elle, plus ou moins clignotants.

Emma 568 s'oriente de manière précise.

— Allô, la Terre ? Je suis prête.

Sur son écran le visage de la reine Emma 109 apparaît.

— Allez-y.

Alors la capitaine du vaisseau Catapulta oriente le nez de sa fusée vers un autre astéroïde, Cérès, si volumineux qu'il est considéré parfois comme une petite planète.

La capitaine voit à travers le hublot la cible ronde et blanche.

Lorsque Emma 568 estime être dans la bonne direction et à la bonne vitesse, elle appuie sur le système de libération automatique des anneaux liant les câbles aux écrous.

La fusée amorce un virage, pour donner un effet de fronde. Cruithne poursuit sa trajectoire sur une ligne tangente. Le projectile atteint alors sa cible et s'abat sur la couche de glace qui recouvre la planète naine.

Le choc provoque une déflagration et l'explosion d'éclats argentés. Puis, une fois que l'immense nuage de poussières claires s'est dispersé, Emma 568 peut distinguer par le hublot le résultat de l'impact. Là où jadis il y avait une surface lisse, apparaît un cratère.

Cérès a désormais un trou central.

112.

Extraordinaire.
Les Micro-Humains ont réussi à faire ce dont je rêvais : non plus détruire mais réorienter les astéroïdes.
Plus question de leur faire du mal.
Désormais tous les espoirs sont permis.

113.

Sous le chapiteau de Micropolis, le public est impressionné.

La reine Emma 109 prend la parole.

— Dans le passé, en Inde, les paysans ont fini par apprivoiser les éléphants qui ravageaient les cultures pour en faire, grâce à d'habiles cornacs, des sortes de tracteurs. Il s'agit du même concept. Plutôt que de s'opposer, utiliser. Plutôt que de détruire, dompter.

La Micro-Humaine scrute l'assemblée qui lui fait face.

— Bien entendu, je présume que vous allez demander quel est l'intérêt de détourner des astéroïdes pour les faire s'abattre sur d'autres astéroïdes ou des miniplanètes ? Eh bien la réponse est simple : recueillir des minéraux rares. Grâce à notre nouveau radiotélescope (récemment offert par l'État français pour remplacer l'ancien), nous avons pu repérer la composition interne de certains astéroïdes. Ils sont remplis de fer, de nickel, d'or et de platine, des métaux qui vont être utiles pour bâtir des structures autour de notre station lunaire, et peut-être même exportés vers la Terre. Désormais je ne vous parle plus seulement de sécurité, je vous parle de gisements extraplanétaires qui pourraient combler nos pénuries de matières premières.

Les convives applaudissent, médusés.

— Nous pensons, nous les Emachs, que reproduire sans cesse les mêmes comportements sur Terre est une impasse, mais nous pensons aussi que (désolée, amis papilloniens) quitter notre planète est une fuite. Donc nous avons trouvé cette solution intermédiaire, utiliser ce point d'ancrage spatial (la Lune), utiliser les fusées Catapulta, utiliser les astéroïdes errants qui viennent tout seuls vers nous, et repenser notre manière d'agir dans l'Univers. Maintenant, je vous laisse déguster les chariots de desserts.

Des serveurs grands transportent les plateaux de pâtisseries et de fruits.

— Vous nous aviez caché l'avancée de votre maîtrise de la Lune, chuchote David.

— C'est pourtant grâce à vous, et tout particulièrement à votre étudiant, Nissim Amzallag, que c'est devenu possible. Tu sais, David, quand nous avons subi le tsunami, quand nous avons embarqué dans *L'Albatros*, quand il a été frappé par la foudre, quand nous avons chuté, quand nous avons été sur le point de mourir dans le désert, j'ai vraiment…

— … eu peur ?

— … pris conscience que nous pouvions disparaître en quelques secondes. C'est plus que la terreur simple, un sentiment d'urgence dans la recherche d'une solution de survie pour nous, mais aussi pour l'espèce humaine. Dès lors j'ai songé : « Il faut trouver un sanctuaire hors de portée des caprices de la Terre. »

Ils dégustent le dessert.

— Félicitations pour l'arrangement et le choix des invités, signale Natalia.

La reine Emma 109 hoche la tête.

— C'est évidemment un hommage à votre jeu d'échecs heptagonal.

Natalia scrute le miroir du plafond, qui renvoie la vision totale du jeu avec ses pièces vivantes.

— Je crois que vous avez eu, colonel Ovitz, une intuition beaucoup plus puissante que vous ne le pensez. Avec le jeu d'échecs heptagonal, vous avez visualisé les sept futurs les plus probables et... les sources de tous les antagonismes actuels.

— En fait, énonce Natalia, ce ne sont pas seulement sept visions, c'est aussi sept utopies. L'objectif final des Jaunes n'est pas la vieillesse mais l'immortalité. C'est le rêve de la maîtrise du temps.

— Pas mal, reconnaît David.

Du coup, il se sent obligé de compléter.

— La quête des Bleus n'est pas seulement de faire des serviteurs mécaniques mais la pensée parfaite, dénuée des erreurs de programmation. C'est le rêve de la maîtrise de la pensée.

Natalia se prend au jeu.

— La quête des Blancs n'est pas seulement l'argent rapide, mais l'idée de jouissance absolue dans un confort total. C'est le rêve de la maîtrise du plaisir.

— La quête des Verts n'est pas seulement la guerre sainte et la conversion universelle, mais l'entrée de toute l'humanité au Paradis, précise la ministre Emma 103 voulant se joindre à la joute. C'est le rêve de la maîtrise des destins.

— La quête des Rouges : le règne des femmes sur les hommes. Dans un premier temps l'égalité, puis la supériorité, puis la subordination et l'éviction totale, ajoute David en observant son ex-compagne, joyeuse au milieu de ses amies féministes. C'est le rêve de la maîtrise de… des générations futures.

— La quête des Noirs ? demande Emma 109.

— L'essaimage de l'espèce humaine dans l'Univers. Ce que veut Timsit, dans le très long terme, ce n'est pas une nouvelle Terre mais des milliers de nouvelles terres habitées par des centaines de milliards d'humains. En cela, il incarne peut-être le projet le plus ambitieux pour notre espèce : coloniser toutes les planètes habitables. Vous imaginez ces communautés humaines réparties sur des milliers de systèmes solaires dans la Galaxie ? C'est le rêve de la maîtrise de l'espace.

— Et vous, les Mauves, c'est quoi désormais votre utopie finale ? Le rêve de maîtriser les dimensions ? demande la femme militaire.

— « Nous les Mauves » ? rectifie la reine, pour faire comprendre qu'elle considère qu'en invitant ses créateurs à sa table elle les a inclus dans son camp. Contrairement à ce que vous pourriez penser, nous ne sommes pas obnubilés par la réduction de taille. Nous pensons plutôt à une extension du cerveau.

— Des grosses têtes ?

— Des esprits connectés. C'est vous qui avez trouvé cette idée, David. Cette fois je suis sérieuse. Les fourmis nous montrent réellement une voie d'amélioration de notre condition : la possibilité de passer d'une pensée personnelle étriquée à une pensée collective élargie.

— Et cela donnerait quoi, concrètement ?

— À mon avis... déjà l'immortalité dont rêvent les Jaunes (l'esprit survivrait à travers le groupe) et puis le confort dont rêvent les Blancs (nous ne serions plus dans l'addiction de la consommation), le paradis dont rêvent les Verts, l'esprit parfait dont rêvent les Bleus...

La reine grignote une pâtisserie.

— Tu travailles toujours sur tes nano-humains, David ? demande-t-elle.

— Ne vous inquiétez pas, Majesté, sans aucun résultat probant. Vous ne serez pas concurrencés par des « encore plus petits ».

Ils terminent le dessert, accompagné de café et de mignardises.

Quelques Papilloniens viennent inspecter le couple d'androïdes avec curiosité.

Un orchestre se met à jouer *Promised Land*, d'Elvis Presley, pour ceux qui voudraient danser au centre de la piste formée de carrés noirs et blancs. Précisément, comme pour les narguer, Fabienne Foulon invite un scientifique costaud de la table jaune, il la soulève et la porte, l'entraîne à danser sur *Blue Suede Shoes*, un rock rythmé avec des figures acrobatiques compliquées, défiant toutes les lois de la pesanteur, de l'arthrite et de l'ostéoporose réunies. Elle se laisse faire plus qu'elle ne danse, ravie.

Pour ne pas être en reste, deux couples de la table rouge virevoltent à leur tour, femme avec femme, tentant elles aussi des figures démontrant leur souplesse et leur énergie, mais ajoutant gestes tendres et baisers.

Un couple de Papilloniens les rejoint.

— Puis-je ? propose la reine Emma 109 en tendant la main, et elle suggère à Martin Janicot de la porter sur la piste de danse.

En se levant, celui-ci dévoile son tee-shirt aux lois de Murphy du jour, qu'il a fait imprimer lui-même.

324. L'amour c'est comme le bus. Si on en rate un, il suffit de prendre le suivant.
325. Les gens qu'on aime trouvent toujours qu'on leur rappelle quelqu'un d'autre.
326. Il est possible pour une femme de stopper chez un homme son addiction à la cigarette ou l'alcool, mais pas son addiction à l'ordinateur.

David observe Aurore du coin de l'œil.

Il se décide finalement à la rejoindre.

— Qui garde les enfants ? demande-t-il en guise de bonjour.

— Une baby-sitter. Ne t'inquiète pas, maintenant je dois vivre, me réaliser sans toi. Je crois que tu m'as empêchée de déployer mes ailes, comme je t'ai empêché de déployer les tiennes. Désormais, avec mes amies nous menons un combat délicat pour rééquilibrer les injustices faites aux femmes partout dans le monde. Tu ne peux pas comprendre, tu es un homme.

— Et donc votre ennemi ? ironise-t-il.

— Disons… l'obstacle qui va nous forcer à nous surpasser. Mais reste concentré et prépare-toi à devenir toi aussi plus libre encore.

— Que veux-tu dire ? Tu parles d'un divorce, je présume.

— Non, autre chose. Toi qui aimes les surprises, tu devrais être servi.

Il fronce les sourcils, sent qu'elle ne répondra plus à ses questions et retourne vers la piste.

Seuls ceux de la table verte, les prêtres barbus et les généraux moustachus, ne participent pas à la liesse générale, toisant tous ces corps qui se déhanchent avec une fascination mêlée de dégoût. Quand deux lesbiennes s'embrassent goulûment, les barbus se cachent les yeux.

David invite Natalia à danser alors que, plus loin, le professeur Frydman se lance sur la piste centrale avec une androïde, Geisha 006, très intimidée.

Le rock se transforme en slow sur la chanson *Love Me Tender*.

Martin Janicot se rapproche de sa cavalière Emma 109 et lui chuchote :

— Je ne savais pas que vous étiez fan d'Elvis Presley.

Le champagne coule à flots, déclenchant les premiers fous rires.

David songe au contact sous ses semelles : *Il ne manque plus que le huitième joueur pour danser avec nous.*

114.

Il suffirait que les Emachs utilisent l'une de leurs nouvelles fusées Catapulta pour aller chercher un astéroïde fécond dans la ceinture d'astéroïdes.
Donc, il faudrait que j'imagine une mission. Comment l'appeler ?
... TRAF, pour : Trouver et Ramener Astéroïde Fécond.

115.

— Rapportez-moi un carré de sucre roux, s'il vous plaît, demande Aurore à un serveur.

Celui-ci lui tend un cube non raffiné qu'elle plonge aussitôt dans son café.

Elle boit à petites gorgées, se sent revigorée, puis rejoint la table des Papilloniens.

— Quelle est la condition des femmes au sein du *Papillon des Étoiles* ? demande-t-elle.

— C'est une société égalitaire, élude Daniel, le frère de Sylvain Timsit. Il y a exactement autant d'hommes que de femmes. Ensuite, ce seront les enfants eux-mêmes qui détermineront le pourcentage de chaque sexe pour les nouvelles générations.

— Les femmes travaillent aux champs, font la cuisine et élèvent les enfants ?

— Eh bien... je crois qu'elles font... ce qu'elles veulent.

— N'est-ce pas cumuler toutes les tâches au nom de l'égalité des sexes ?

— Peut-être qu'il faudra étudier au cas par cas, propose Daniel Timsit. Mais je ne crois pas qu'elles soient exploitées, si c'est ce que vous sous-entendez.

— J'espère que vous avez raison, car si c'est pour reproduire sur une autre planète le machisme ambiant sur Terre, il ne servirait à rien de la quitter.

Les convives s'aventurent vers les tables des autres camps.

Fabienne Foulon, aidée par un serveur, quitte la table jaune pour rejoindre la table blanche et discuter avec le président russe Pavlov.

— J'ai vu à la télévision cette expérience du professeur Semenkova consistant à sortir les cerveaux des personnes âgées pour les greffer dans des corps jeunes, est-ce que ça marche vraiment ?

— Pour l'instant, les résultats sont mitigés, reconnaît le président Pavlov. Nous effectuons des expériences sur des singes et des prisonniers politiques, mais ça semble mieux marcher sur les singes.

La blague amuse le président chinois et le président indien.

— C'est quand nous serons centenaires que ça devrait fonctionner, concède gentiment le président Pavlov, pour votre génération je crains que ce ne soit un peu tôt.

— J'en ai marre d'avoir mal partout. Je suis prête à faire l'expérience si vous voulez. Vous m'enlevez mon cerveau et vous le greffez dans un crâne de jeune fille ou de jeune homme ou d'orang-outan, je m'en fiche, du moment qu'il n'y a plus de rhumatismes.

Le président Pavlov lui propose un verre de vodka.

— Vous n'essaieriez pas de m'empoisonner ? demande la vieille femme.

— Ce n'est pas vous qui avez dit que l'alcool conserve les viandes ?

— L'alcool oui, mais peut-être pas la vodka, plaisante à son tour la vieille dame.

Un religieux de la table verte rejoint la table bleue pour parler au professeur Frydman.

— Serait-il possible de convertir les robots ? interroge-t-il.

— La notion de Dieu est une simple programmation à ajouter, précise l'ingénieur. On peut donc leur implanter la foi que l'on désire.

— Et on pourrait les transformer en martyrs ?

— Mes 006 AWC sont censés être attachés à la pérennité, en tout cas plus que la génération des Asimov 005. Cependant si vous débranchez le module d'instinct de survie, vous devriez pouvoir leur donner envie de s'autodétruire.

Le religieux se penche un peu plus vers l'oreille du scientifique.

— Et on peut faire l'amour avec les femmes robots ? Il y en a des vierges ? Enfin je veux dire avec un opercule intact qui prouve que personne ne les a touchées avant nous ?

Plus loin, le professeur Saldmain quitte la table jaune pour rejoindre la reine Emma 109 à la table mauve. Il lui chuchote :

— Le cœur ?

— Le soir, il me fait des palpitations et me réveille.

— Vous auriez dû nous en parler, nous allons régler ce problème facilement. C'est de l'horlogerie.

— C'est plus inconfortable que vraiment gênant.

— Et les autres organes ?

— Ça gratte parfois ici et là, mais on s'y habitue. Et puis parfois, ça m'élance dans la nuit et je me réveille. En fait, docteur, je suis contente d'être vivante, alors je ne vais pas faire ma douillette.

Un androïde Casanova 006 rejoint la table des Papilloniens et questionne :

— Y a-t-il des androïdes dans le vaisseau spatial ?

— Des appareils équipés d'intelligence artificielle, ordinateurs, électroménager, tracteurs automatiques, mais pas de robots de forme humaine proprement dite.

— Ce serait pratique d'en avoir, ne serait-ce que pour les missions dans l'espace.

— Au moment où le vaisseau a décollé vous étiez à tendance autodestructrice, nous ne pouvions pas prendre le risque d'avoir des passagers suicidaires dans le vaisseau, fussent-ils mécaniques.

Le président iranien Jaffar rejoint le président chinois Tchang, et prend le café avec lui.

— J'ai été très impressionné par la mission Catapulta. Ils sont quand même forts, ces Emachs.

— Oui, très forts. Vraiment très forts.

Les deux dirigeants observent l'orchestre et les serveurs alors que l'écran central affiche toujours une vue de la cité lunaire Lunapolis en forme de tête humaine éclairée de l'intérieur.

— Peut-être même un peu… « trop » forts, ne trouvez-vous pas, mon cher Tchang ?

— Vous voulez dire quoi par « trop forts », président Jaffar ?

— Ces Micro-Humains ne vous inquiètent pas ?

Il déguste un petit gâteau qu'il semble apprécier.

— Eh bien… certes, il faudrait faire quelque chose pour les arrêter avant qu'il soit trop tard. Je pense qu'il serait intéressant de se revoir, pour en discuter dans un contexte plus… discret et plus serein, cher président Jaffar. Ne trouvez-vous pas ?

— Ce sera un grand plaisir, d'autant que bientôt nos deux nations auront des intérêts communs, ne serait-ce que les mêmes ennemis.

— En êtes-vous sûr, mon cher Jaffar ? Pour ma part, je considère que nous les Chinois n'avons pas d'ennemis, nous avons seulement des clients aux intérêts différents.

Les deux hommes se regardent, et c'est Tchang qui le premier fait un signe complice.

Plus loin, Aurore Kammerer-Wells quitte la table du camp des Rouges pour rejoindre celle des Blancs où se trouve le président américain en train de siroter un alcool fort.

— Bonjour, président Smith. Je voudrais que vous agissiez pour cette fille de treize ans violée par des policiers et qui va être lapidée en Arabie Saoudite pour délit d'adultère.

— Ils ont la souveraineté de l'État, leurs juges ont donné leur verdict. Nous ne pouvons interférer avec leur justice.

— C'est un crime.

— Il paraît que c'est leur tradition. On ne peut pas les forcer à changer de…

— Elle a treize ans. C'est un être humain.

— Il paraît qu'elle avait un comportement obscène et qu'elle avait préalablement aguiché ces trois policiers.

— À treize ans ? « aguicher » ? elle a dû baisser son voile pour manger ou laisser entrevoir la peau de son poignet en regardant l'heure ?

Le président américain affiche la mine lasse d'un homme en quête de tranquillité.

— Je ne connais pas ce dossier dans le détail, mais je vais voir ce que je peux faire, madame Wells.

— Professeur Kammerer-Wells, rectifie-t-elle. Mais je vous en conjure, faites vite. Le supplice doit être appliqué dans trois jours. Je vous en serai évidemment très reconnaissante ainsi que la plupart des féministes qui forment, je crois, un lobby important dans votre pays, et qui vous a déjà bien soutenu lors de votre élection.

La musique s'arrête, les danseurs rejoignent leur table.

D'une table à l'autre, on échange les places, on converse. Des partisans de causes rivales semblent sympathiser au point de plaisanter ensemble. Les médecins avec les féministes. Les androïdes avec les religieux. Les capitalistes évoquent avec les Emachs des projets visant à commercialiser les possibles métaux rares récupérés sur les astéroïdes.

— Ça ne se passe pas si mal…, reconnaît Natalia Ovitz en observant la totalité du jeu grâce au miroir plafonnier. On peut se demander si vous n'êtes pas en train de préparer la paix universelle, Majesté.

La reine saisit un sac sous la table et en sort deux cadeaux enrubannés. Elle en tend un à David et l'autre à Natalia. La naine l'ouvre et trouve un smartphone de couleur mauve.

— Pour que la paix entre nos deux peuples puisse perdurer, j'ai prévu ce gadget mis au point par nos ingénieurs de la firme Puissance 10.

Natalia Ovitz observe l'appareil qui ressemble à n'importe quel modèle courant.

— Ce sera « la ligne mauve ». Cet appareil, fruit de nos dernières recherches, vous permettra de contacter les Emachs de Micropolis ou de Lunapolis à n'importe quel moment sur une ligne cryptée.

— Avec ça, on peut contacter la Lune ?

Natalia examine à nouveau l'objet, admirative. David le range avec soin dans sa housse.

À ce moment retentit un cri guttural. À la table verte, Aurore a balancé son poing dans la longue barbe d'un religieux saoudien.

— Ah ! sans votre police et vos fanatiques, vous êtes moins fiers, hein ? clame-t-elle.

La victime donne des ordres à ses voisins, plus dégoûté du contact que blessé dans sa chair. Dans le flot de paroles qu'il débite claque le mot « femen » comme l'insulte suprême.

Il est secouru, dégagé, et fulmine en anglais.

— Vous devriez être enfermée dans un asile psychiatrique ! Si vous aviez un homme un vrai comme mari, il saurait vous mater et vous apprendre le respect.

Alors Aurore revient et tire un grand coup sur sa barbe. Une poignée de poils restent dans sa main, elle les lui souffle au visage.

Les autres religieux se ruent sur Aurore mais les féministes sont déjà là, et le pugilat éclate entre les seize de la table des Rouges et les seize de la table des Verts.

Les serveurs grands essaient de les séparer.

— Aurore a des convictions, elle est très « soupe au lait », signale David avec ironie.

— J'ai bien fait de ne pas la garder comme ministre des Affaires étrangères, conclut la reine, en surveillant l'évolution de la situation.

— On dirait que les androïdes de Frydman sont effrayés, remarque Natalia en dégustant tranquillement son café.

— Je crois que votre idée de transposition du jeu d'échecs heptagonal sur une scène réelle marche un peu « trop » bien. Vous voulez que j'intervienne ? demande Martin Janicot, décontracté.

La reine hausse les épaules.

— Après tout, ils se défoulent, n'est-ce pas cela le sens de la fête, relâcher les tensions ?...

Puis, avec le sentiment d'avoir bien réussi sa soirée, la reine microlandaise allume son fume-cigarette et s'installe en spectatrice. Elle ne peut retenir un sourire satisfait en suivant le combat dans le miroir plafonnier.

116.

PRIX NOBEL OSLO – Le prix Nobel de chimie a été décerné au jeune chimiste toulousain Jean-Claude Dunyach, inventeur de la pilule d'empathie baptisée

« Empathiazine », qu'il a définie lui-même par une phrase simple : « Quand on la prend, on comprend le point de vue des autres. »

À cause des initiales de son prénom, JC, l'invention de Jean-Claude Dunyach avait été baptisée par ses soutiens « Le Jésus-Christ en pilule » ce qui avait permis au scientifique humoriste de déclarer : « Si le message aimons-nous les uns les autres n'est pas passé sous forme de métaphore intellectuelle, il passera peut-être mieux sous forme de médicament dans l'estomac… ou de suppositoire dans le fondement. » Jean-Claude Dunyach a proposé de distribuer gratuitement l'Empathiazine dans les prisons, les casernes et les écoles. Il a même proposé que cette pilule d'empathie remplace l'hostie de la messe, mais le Vatican a refusé la proposition émanant d'un scientifique athée.

Quant à la formule chimique elle-même, le docteur Jean-Claude Dunyach explique ainsi sa démarche : « J'ai inversé le processus qui crée l'animosité envers l'autre. J'ai d'abord identifié tous les neurotransmetteurs, les hormones qui nous donnent le sens du territoire, le sens de l'injustice, le sens de la jalousie, le sens de la rivalité, la peur de l'inconnu, puis j'ai sélectionné la molécule chimique inverse et j'en ai déduit la formule de l'Empathiazine. Je m'attendais à obtenir un simple sentiment de sérénité, mais non, la formule a entraîné un rapport aux autres particulier qui fait que dans un premier temps on est intéressé par l'autre, puis par ce qui est différent en lui, puis on comprend et ressent ses différences, c'est une sensation très fraîche, comme si notre esprit n'était plus prisonnier de notre cerveau mais qu'il s'élargissait pour occuper deux cerveaux en même temps. J'en consomme moi-même, matin, midi et soir, et le premier changement a été le sauvetage de mon couple. Le second la réconciliation avec mes voisins, le troisième la charité, et le quatrième l'impossibilité de manger du cadavre, je veux dire de la chair animale. »

ÉGYPTE – L'Assemblée nationale, dominée par le parti religieux « Pureté et Droiture », a voté à une large majorité le dynamitage des pyramides du plateau de Gizeh. Ces monuments sont considérés, selon la déclaration du ministre de la Culture, comme, je cite « des résidus de cultes passés idolâtres attirant le voyeurisme et la curiosité malsaine des infidèles étrangers ».

Cette proposition de dynamitage fait suite à celle effectuée sur les bouddhas géants d'Afghanistan, les temples hindouistes de Malaisie et d'Indonésie, les fouilles archéologiques phéniciennes au Liban, et au dynamitage du temple Dogon ainsi qu'à celui de plusieurs lieux de culte jugés « idolâtres ».

« La destruction des pyramides, qui devrait se dérouler dans les jours qui viennent, va permettre la récupération de matériaux de construction pour les habitations des plus démunis », a promis le ministre du Logement qui déplorait depuis longtemps la prolifération croissante de bidonvilles insalubres constitués aux alentours du Caire. « Avec le tombeau d'un pharaon on peut loger cinq mille personnes », a-t-il conclu pour couper court à tout débat et montrer l'intérêt socio-économique de cette décision.

FOOTBALL – Après le match Paris-Marseille, aboutissant à un score de 0 à 0, une grande bagarre a éclaté entre les supporters des deux équipes dans un parking proche, entraînant la mort de quatre personnes et une trentaine de blessés dont plusieurs graves. Il semble qu'en marge des matchs de football soient apparus dans notre pays (comme en Angleterre où ce phénomène existe depuis longtemps) des matchs de supporters. Comme les supporters les plus violents sont interdits de stade, ils ne se donnent même plus la peine d'y assister et se retrouvent par centaines sur les parkings proches pour de véritables batailles rangées d'une extrême violence. Le ministre de l'Intérieur s'est déclaré au courant de l'existence d'un championnat des supporters de football parallèle au championnat de football lui-même. Jusque-là ces rixes de défoulement étaient restées anecdotiques, mais leur multiplication et l'ampleur des dégâts vont obliger la police à trouver une parade.

BOURSE – La démonstration de la fusée Catapulta 001 a fait réagir les marchés qui ont vu les actions liées à l'industrie spatiale micro-humaine faire un bond spectaculaire. De même les firmes liées à l'industrie des métaux et tout particulièrement des métaux rares ont connu dans leur ensemble un gain considérable.

MÉTÉO – Montée des températures. Jamais la Terre n'a eu aussi chaud. On assiste à la fonte des glaces au pôle Sud et à la montée du niveau général des océans. Le Gulf Stream serait déréglé, ce qui expliquerait les typhons sur les Caraïbes et la côte Est des USA.

117.

La carte magnétique passe devant le lecteur mais la serrure de la porte ne se débloque pas. De retour de son voyage à Microland, David Wells se dirige vers l'accueil et retrouve le concierge.

— Salut, Jean-Michel. Tu peux me filer une autre clef magnétique, la mienne doit être démagnétisée.

— Vous devriez monter à l'étage, ils vont vous expliquer, professeur Wells.

Il fronce les sourcils, puis rejoint le bureau d'Aurore.

— Qu'est-ce qui se passe ?

— Ils souhaitent là-haut que tu prennes une année sabbatique.

— C'est cela la « surprise » que tu avais évoquée sur l'île de Flores ? Je n'ai plus accès à mon bureau ? Et tu ne m'as rien dit ?

— Ils changent toutes les serrures, mais c'est aussi une manière de te faire comprendre que cette année d'éloignement est souhaitée par ceux du dessus.

— Qu'est-ce qu'on me reproche ?

— Ta cote ici ne cesse de baisser. On attendait que tu inventes les nano-humains, et pour l'instant tu nous coûtes cher en cobayes, pour ne produire que des fœtus morts.

— C'est le principe de la recherche ! Elle prend du temps ! Nous n'avons pas inventé les Emachs en quelques mois, tu t'en souviens ?

— Il n'y a pas que tes recherches personnelles qui déçoivent. Tes cours sur l'évolution sont considérés comme « délirants ». Des étudiants se sont plaints que tu évoquais des notions comme la réincarnation ou la transe chamanique. Cette intrusion de l'irrationnel dans la science passe mal. On parle de pratiques ésotériques ou de drogues psychédéliques primitives…

— Le Ma'djoba ? Tu en as pris toi aussi, tu sais que ce n'est pas une drogue, c'est…

— Il y a aussi le problème de tes choix pour les promotions « Évolution ».

— Jean-Claude Dunyach a eu le prix Nobel ! Nissim Amzallag a inspiré la cité lunaire à la reine Emach !

— Pour deux cas qui donnent des résultats combien d'argent gaspillé pour des projets ineptes ? Ton archéologue coréenne spécialiste en pyramides n'a rien produit.

— Qu'es-tu devenue, Aurore ? Où est la femme que j'ai aimée ?

Elle a le regard fuyant. Il essaie de la forcer à lever les yeux vers lui.

— Une année d'éloignement de l'université ! Tu m'as quitté, tu m'as privé de mes enfants, tu veux en plus m'enlever mon travail ?

Cette fois elle fixe ses propres mains qui jouent avec le stylo.

— Ce n'est qu'une année… considère cela comme des vacances.

Il frappe sur la table.

— Qui veut ma peau, là-haut ?

— Le ministre de l'Éducation. Ton amitié affichée avec Natalia Ovitz qui est elle-même une ancienne subalterne de Drouin, ancien candidat du parti d'opposition, est mal vue ici. Les amis de mes ennemis sont mes ennemis.

— Je n'ai jamais fait de politique ! Et si je ne m'abuse, nous avons tous les deux bénéficié de l'aide et de Natalia Ovitz et de Stanislas Drouin.

— Entre-temps, moi j'ai pris ma carte du parti au pouvoir. Je t'ai toujours dit qu'on ne peut pas rester en retrait de la politique. Ne pas s'engager, c'est prendre le risque d'être suspecté par les deux camps.

Il la scrute avec dureté. Sous ce regard qu'elle ne reconnaît pas, elle se trouble.

— Pourquoi me fais-tu ça Aurore ?

— De manière plus large, il y a des restrictions de budget : tout le département « Évolution » va fermer.

Une boule se forme dans sa gorge.

— Tu plaisantes ?

— Non.

— Et toi, tu n'as rien empêché, comment as-tu pu laisser commettre une telle bêtise ?

— On m'a fait comprendre que si je continuais à te défendre je pouvais être moi-même en danger. Ce n'est qu'une année, David. Après, tout sera différent… s'il le faut, la direction changera. Pourquoi ne reviendrais-tu pas à Fontainebleau, c'est là que nous avons inventé les Micro-Humains, peut-être que ça te porterait chance pour mettre au point tes fameux nano-humains. Une année sabbatique payée par le contribuable, c'est pas si mal, non ?

Il la regarde, les mâchoires serrées.

— Et… les enfants ?

— Ne t'inquiète pas, maintenant ce sont des préadolescents. Tu pourras les voir quand tu voudras. Mais à ta place, j'en profiterais pour me reposer ou faire des recherches. Sois égoïste, retrouve-toi, prends un vrai temps pour toi.

Il veut lui assener quelque chose de méchant, lui faire partager sa souffrance, mais à quoi bon batailler ou se quereller, celle qui fut jadis son grand amour et la mère de ses enfants n'existe plus. C'est une étrangère. Il saisit la caisse de ses affaires personnelles et, sans un mot, sort de son bureau.

Il marche vite, en s'efforçant de respirer profondément. Dans la salle de l'Évolution de la Sorbonne, où jadis il décernait les prix aux meilleures idées de futurs, il se laisse tomber sur un siège.

Il se lève, s'en va revoir la galerie des animaux, caresse la sculpture du poisson Tiktaalik, le premier à s'être hissé hors de l'eau sur ses nageoires.

Quand l'entourage n'est plus bénéfique, il faut changer de milieu.

Les visages des grands découvreurs de l'évolution s'alignent, avec, tout au bout, le portrait de son père.

Je dois moi-même évoluer.

Il quitte la Sorbonne, rejoint le parking, monte dans sa voiture et veut démarrer, mais le moteur refuse. La jauge à essence indique zéro.

Il y a des jours comme ça.

Il récupère un jerrican dans le coffre et sort pour essayer de trouver un taxi. Il marche.

La pluie se déclenche.

Bientôt, il lui semble que quelqu'un le suit.

Il se retourne et reconnaît la jeune femme.

— Mademoiselle Kim, qu'est-ce que vous faites là ?

— J'étais venue vous voir dans votre bureau, mais je vous ai vu sortir et je n'ai pas osé vous aborder tout de suite, alors j'ai marché derrière vous.

Il hésite, puis accepte de la laisser l'accompagner dans sa quête de carburant. Tous deux se hâtent sous la pluie battante.

— Vous vouliez me voir pour quoi ? Observer mes oreilles ? M'apprendre à méditer sur les flammes ?

— J'ai besoin de votre aide dans mes recherches, professeur Wells.

— Je vous ai déjà aidée dans le passé, en finançant votre projet. 25 000 euros ce n'est pas rien. Contrairement à vos deux colauréats... vous n'en avez pas fait grand usage, il me semble.

— Il n'y a pas que l'argent. Vous savez comme moi que les grandes découvertes ne dépendent que du facteur humain.

— De toute façon, je ne peux plus vous être d'aucune utilité, je viens d'apprendre que je suis mis en congé forcé. Le département Évolution ferme. Comme si soudain on ne s'intéressait plus au futur. Par contre, vous allez être contente, ils renforcent la section Histoire/Archéologie. J'ai l'impression que l'humanité est dans un véhicule et ne veut pas regarder devant, le « futur inquiétant », elle roule en ne s'intéressant qu'à ce qui apparaît dans le rétroviseur, le « passé glorieux ». Pourquoi vouliez-vous me voir précisément, mademoiselle Kim ?

— Professeur Wells, vous avez écouté les actualités ? Le ministère de la Culture égyptien a ordonné le dynamitage de la pyramide de Kheops.

— C'était prévisible.

— Vous connaissez mes recherches. Mon mémoire a pour thème les pyramides en tant qu'émetteurs-récepteurs avec la Terre Mère. Je crois qu'il faut vite tenter de parler à la planète avant qu'ils détruisent cet outil précieux : la dernière « cabine téléphonique » avec Gaïa.

L'expression le fait sourire, mais il reprend un air désabusé.

— Je crois que c'est déjà trop tard. Et puis les autorités égyptiennes ne nous laisseront jamais approcher d'un monument qu'ils veulent ramener à l'état de caillasses. Pourquoi moi ?

— D'abord parce que vous êtes un homme. En tant que femme tout risque d'être difficile pour moi là-bas. Les femmes n'ont même plus le droit de circuler seules en Égypte, sans une autorisation écrite de leur mari. Ensuite parce que vous êtes un scientifique considéré comme une sommité internationale. Ça peut aider à franchir des barrières.

— Et en quoi est-ce censé m'intéresser ?

Elle rabat une mèche de cheveux mouillés pour dévoiler ses yeux en amande.

— Vous êtes le fils de Charles Wells, le plus grand explorateur de la décennie. Il existe forcément une transmission héréditaire de la curiosité, non ? C'est une occasion unique. Et peut-être le moyen d'agir in extremis avant l'irréparable.

— Vous voulez que je vienne avec vous en Égypte pour…

— Discuter avec la planète Terre avant que notre « cabine téléphonique planétaire » ne disparaisse.

Il marche en silence, plongé dans de multiples réflexions, puis il s'immobilise.

— Désolé, mais cela ne m'intéresse pas.

— Avant de me donner un non définitif, pouvez-vous jeter un coup d'œil à ce document ?

Elle lui tend la copie d'un cliché qui commence à s'amollir sous les gouttes d'eau. Il s'essuie le visage, puis murmure, bouleversé :

— Où avez-vous pris cette photo ?

— Dans une pyramide en Corée.

— En Corée ?

— Les pyramides existent dans beaucoup de pays, peut-être une centaine en tout. Les plus connues sont au Mexique, en Indonésie, au Soudan, mais depuis peu on en a découvert en Bosnie, en Ukraine, en Turquie, aux Philippines, en Russie, englouties près des côtes du Japon, au Pérou, et tout récemment en Corée. Là j'ai pu en étudier une (précisément grâce à vos 25 000 euros, merci encore). Je l'ai fait discrètement, mais maintenant je peux vous le révéler, j'ai trouvé ça.

Il observe encore l'image fascinante, puis la jeune femme, alors que la pluie ruisselle sur leurs visages.

— À quelle heure part le premier avion pour l'Égypte ? Quel est votre prénom, déjà ?

118. ENCYCLOPÉDIE : HYPATIE

Hypatie était la fille de Théon, dernier directeur de la Grande Bibliothèque d'Alexandrie en Égypte (créée par le général grec d'Alexandre le Grand : Ptolémée).

Hypatie est née en 370 et a été rapidement initiée par son père aux mathématiques, à la philosophie et à l'astronomie.
Elle a poursuivi ses études à Athènes où elle commente les textes des philosophes les plus en vue du moment : Diophante, Apollonius de Perge. Elle connaît un début de célébrité en défendant, lors de débats publics, les thèses philosophiques les plus avant-gardistes.
De retour en Égypte, elle enseigne à Alexandrie, dans des assemblées ouvertes, les philosophes Platon et Aristote, ainsi que les rudiments de l'astronomie à tous ceux qui le souhaitent, qu'ils soient riches ou pauvres, intellectuels ou analphabètes.
Synésios de Cyrène, qui fut l'un de ses disciples, la décrit comme très belle et sans homme. Il signale qu'elle possède des talents extraordinaires de bricoleuse et s'avère capable de fabriquer des machines comme les hydromètres ou les astrolabes.
L'historien Socrate le Scolastique raconte « qu'elle était parvenue à un tel degré de culture qu'elle surpassait les hommes et dispensait ses connaissances à qui le voulait ».
Mais l'empereur Constantin se convertit au catholicisme, et cette religion jadis hérétique devient la religion d'État.
En 412, Cyrille, chef des milices catholiques (qui sous prétexte de répandre la Parole sacrée semaient la terreur parmi les autres communautés religieuses), est nommé évêque d'Alexandrie. Dès lors, il peut agir comme bon lui semble sur les citoyens sans crainte d'interférence avec les représentants de l'empereur (et notamment le préfet Oreste).

Selon Damascios, en mars 415, Cyrille aperçut par hasard la foule accourue à un cours d'astronomie d'Hypatie. Il aurait été étonné, puis jaloux de la popularité de cette femme scientifique et païenne qui défendait déjà à l'époque l'héliocentrisme, l'idée selon laquelle la Terre n'est pas au centre de l'Univers, mais tourne autour du Soleil.

Socrate le Scolastique raconte à sa manière l'événement : « Sur les ordres de l'évêque Cyrille, un groupe de moines guettèrent Hypatie alors qu'elle rentrait chez elle, ils la saisirent, la traînèrent à l'église Saint-Michel et, l'ayant déshabillée, ils la frappèrent à coups de tesson jusqu'à la mort. Puis ils la démembrèrent et exhibèrent ses restes par les rues avant de les porter jusqu'en haut de la colline du Cinaron pour les brûler. »

Le même récit est raconté d'une manière légèrement différente par Jean de Nicée : « Hypatie était une païenne qui se consacrait à la magie, à l'utilisation d'astrolabe, et qui jouait de plusieurs instruments de musique. Elle avait ensorcelé beaucoup de gens grâce à ses dons sataniques. Elle avait même séduit le préfet Oreste avec ses sortilèges. Des croyants la trouvèrent, lui arrachèrent ses vêtements et, après l'avoir attachée à un char pour l'exhiber dans les rues, la menèrent à l'église où elle mourut. Son corps fut ensuite brûlé. Ainsi Cyrille avait détruit les derniers restes d'idolâtrie d'Alexandrie. »

Il semblerait que Hypatie ait effectué beaucoup de recherches scientifiques personnelles, et écrit de nombreux textes, mais tous ont été détruits lors du premier incendie de la Grande Bibliothèque d'Alexandrie qui suivit l'événement.

Quant à l'évêque Cyrille, il fut plus tard canonisé, et devint saint Cyrille.

Edmond Wells,
Encyclopédie du Savoir Relatif et Absolu, Tome XI.

119.

Elle laisse couler l'eau fraîche entre ses lèvres. Puis se sèche dans un peignoir et repasse par sa chambre, pour voir l'heure à la pendule.

Midi.

Elle a envie de rédiger des notes pour son opus *Nouvelle Humanité.* Elle pense et écrit en même temps.

Comment s'est passé l'essaimage de l'espèce humaine ? Probablement par la découverte d'inventions aussi banales que le radeau, la pirogue à balancier, la voile, la roue. Chaque fois la « Terra incognita » a été repoussée, les frontières mystérieuses ont été explorées et l'empreinte de l'humanité s'est élargie. Et maintenant nous portons les limites encore plus loin. Les fusées. Les sondes robots. La station géostationnaire. Le Papillon des Étoiles 2. *La cité Lunapolis.*

D'où vient ce besoin de l'humain de se répandre dans l'espace ? Probablement de l'inscription au fond de ses gènes que, quel que soit le territoire qu'il occupe, viendra un moment où ce territoire deviendra trop petit, inhospitalier, voire mortel.

Nous le savons tous. Les îles seront englouties. Les volcans finiront par brûler tout ce qui les entoure. Les déserts en envahissant les prairies entraîneront les famines. Les cultures seront ravagées par les sauterelles. Il n'y aura pas d'endroit vraiment « sûr ».

C'est de cette prise de conscience qu'il sera toujours rejeté où qu'il soit par la nature que vient à l'homme sa nature « migrante » et sa méfiance de toute forme de sédentarisme.

Son visiophone se met à sonner. C'est un appel de la papesse Emma 666 en provenance de la Lune.

Elle accepte l'appel.

Le visage de son amie apparaît sur l'écran.

— Quelles retombées, cette fête, Majesté ?

— Les nôtres ont été rassurés, les Grands impressionnés. Et ma petite mise en scène du jeu d'échecs heptagonal en taille réelle avec tous les vrais joueurs, tu penses que ça leur a plu, 666 ?

— J'ai trouvé cela délicieusement pervers. Mettre tous les antagonistes face à face par groupes de seize comme les pièces de bois (et qui plus est devant le colonel Ovitz, qui a inventé le procédé), ce fut assurément un coup magistral, Majesté.

— Il faudra cependant changer un élément, j'ai l'impression qu'au sein de chaque camp existe un clivage entre durs et doux, foncés et clairs. Regarde les Verts… il y a les Verts foncés (les chiites) et les Verts clairs (les sunnites). De même chez les Blancs, il y a les Blancs foncés (les Chinois), adeptes d'un capitalisme sauvage avec bénéfices rapides, et les Blancs clairs (les Américains), qui sont dans un système plus ancien et peut-être plus mou.

— Les foncés et les clairs ? Je n'y avais pas pensé.

— Je vais demander à Emma 103 de me faire des pièces distinctes claires et foncées pour chaque couleur.

— Et la démonstration des Catapulta, quel effet, Majesté ?

Emma 109 avance d'un coup la tour mauve pour la placer près du centre du jeu.

— Le centre lunaire opérationnel, c'est aussi un pas en avant et une sécurité pour nous, dit-elle.

Elle sort la deuxième tour mauve et la place elle aussi en avant puis, après une hésitation, la pousse hors du jeu sur le bord de la table.

— Désormais, s'il arrive un problème nous aurons toujours un sanctuaire hors de portée des malfaisants.

— Les Noirs bénéficient du même avantage, Majesté.

— Les Noirs dans leur vaisseau n'ont qu'un seul lieu de vie, et celui-ci me semble très fragile. Une simple panne, et les voilà en danger.

— Les Bleus ?

— Vu de près, vraiment de très beaux androïdes. On dirait des humains. Je leur ajoute un point pour la qualité esthétique des nouveaux prototypes sexués.

La papesse sourit.

— Vous croyez que les Grands commencent à comprendre notre avance ?

— Je reste persuadée, Emma 666, qu'il ne faut pas qu'ils nous craignent, il faut seulement qu'ils nous respectent.

— De toute façon ils vont finir par nous craindre. Vous connaissez mes convictions, Majesté. Elles se résument à cette phrase : « Un jour, il n'y aura que des Micro-Humains sur Terre et les Grands ne seront plus qu'une légende. »

— C'est une phrase stupide.

— Pour ma part, j'en suis intimement persuadée. Et c'est elle que vous devriez mettre en exergue dans votre livre-testament.

Emma 109 comprend que la caméra de son ordinateur fournit une image suffisamment précise de son bureau pour que la papesse puisse voir depuis la Lune ce qu'il s'y passe. Elle ferme d'un coup son livre *Nouvelle Humanité*.

Elle recule dans la pièce tout en restant face à l'écran du visiophone.

— Jadis, j'ai voulu les détruire, 666. Jadis, j'ai souhaité comme tu dis « Qu'ils deviennent une légende », et puis j'ai évolué. Peut-être l'âge, peut-être leur fréquentation, peut-être tout simplement la volonté d'apaisement. Je crois désormais que l'entente et l'égalité entre nous sont plus que possibles : elles sont nécessaires.

— « Jadis », sauf votre respect, Majesté, vous étiez une reine combative, prête à aller de l'avant et à prendre des risques, et maintenant, l'âge venant, vous êtes fatiguée, et ce que vous appelez « volonté d'apaisement » moi je l'appelle « démotivation ». Rappelez-vous qu'ils ont été peu nombreux à vouloir nous aider quand nous étions submergés par le tsunami, et rappelez-vous qu'ensuite ils ont essayé de vous assassiner.

La reine se tourne vers le jeu.

— La partie risque de bouger beaucoup dans les jours qui viennent. Tiens-toi prête, 666.

— Prête à quoi ?

— Prête à tout.

120.

Volutes de poussières jaunes.

Hypatie Kim et David Wells roulent dans un taxi fumant et bruyant en direction des trois pyramides du plateau de Gizeh, situées sur la rive gauche du Nil, face à la ville du Caire qui, à force de s'étendre, les a progressivement rejointes.

— Je me nomme Abdelatif, dit le chauffeur. Enchanté. Vous êtes en voyage de noces ?

— Pour le travail. Direction pyramide de Kheops, s'il vous plaît, demande Hypatie Kim.

Ils roulent et découvrent les alentours de la capitale égyptienne.

— Vous savez, vous arrivez à temps, normalement demain, les services du ministère de la Culture dynamitent cette pyramide. De toute façon, depuis qu'ils ont annoncé qu'ils allaient « réduire en poussière les vestiges des civilisations idolâtres déchues », le tourisme a tout d'un coup repris. Les gens veulent être les derniers à voir les pyramides avant leur destruction pour dire « moi j'y étais ». Comme quoi par moments, il faut détruire les monuments pour relancer un petit peu l'économie touristique.

Abdelatif éclate de rire, dévoilant plusieurs dents en or.

— Moi je suis copte. Les coptes sont des chrétiens. Nous sommes les descendants des Égyptiens d'avant les invasions arabes, et ce sont probablement mes ancêtres qui ont construit ces pyramides. Alors vous voyez, si quelqu'un devrait être concerné par cette destruction, c'est bien moi. Ah, j'ai vu les choses ici changer progressivement, après le Printemps arabe, il y a eu l'Automne des libertés, avec la reprise en main des religieux, puis au final l'Hiver des femmes avec leur interdiction d'accéder à l'éducation. Puis à nouveau les militaires ont repris le pouvoir avec le général Sissi et il y a eu un nouveau printemps et un été, puis il y a eu à nouveau des élections et on espérait enfin entrer en démocratie mais... le peuple a décidé qu'il préférait le paradis après la mort que la liberté pendant la vie. Le second hiver religieux a été encore plus rude. Ah, croyez-moi, quelle mauvaise idée que les élections démocratiques ! Ça fait chaque fois gagner les religieux, les gens des campagnes sont trop ignorants et superstitieux. Et vu que ce sont les plus nombreux... Personnellement je préfère encore la dictature des militaires, eux au moins ils nous laissent pratiquer notre culte et ils autorisent les femmes à aller à l'école et à se promener le visage découvert.

— Il faut un peu de temps pour que le principe démocratique montre son avantage. Aux prochaines élections, tout peut encore tourner.

— Il n'y aura plus d'élections. Les religieux ont tiré la leçon de leur échec. À peine au pouvoir, ils ont annoncé la réforme de la Constitution, considérant que ce n'est pas le peuple mais Dieu qui doit diriger le pays. Du coup, c'est comme en Iran, c'est le conseil religieux qui désigne les présidentiables, et ils sont élus par un comité restreint de vieux barbus. Évidemment, ça n'a pas plu aux jeunes, mais ils ont augmenté le nombre de policiers et fait arrêter tous les chefs militaires, comme en Turquie dans les années 2000. Désormais nous sommes bien enfoncés dans une dictature théocratique soutenue par un système policier omniprésent. Et le grappillage des libertés continue. Maintenant nos ministres parlent même d'interdire la musique, la danse et le cinéma.

Il fait le signe de l'étranglement et tire la langue.

Autour d'eux, de jeunes Égyptiens les saluent gentiment. Hypatie et David constatent qu'ils ont l'air pauvres mais plutôt joyeux. Probablement du fait de l'interdiction des rapports sexuels en dehors du mariage, ne circule devant eux aucun couple, seulement des jeunes hommes qui avancent deux par deux en se tenant par la main. Ils ne voient que peu de femmes, seulement des fantômes en burqa noire qui courent ou transportent des sacs ou des enfants.

— Bienvenue au Caire « moderne ».

— Continuez sur les soi-disant « élections démocratiques liberticides », propose David, intéressé.

— Je crois même que la plupart des gens se sentent paradoxalement rassurés par les mesures répressives. Vous savez qu'il y a même eu un prêche appelant à tuer tous les oiseaux, sous prétexte que leur chant pourrait détourner les fidèles de l'appel à la prière. Tuer tous les oiseaux… vaste programme. Surtout au Caire qui est une ville envahie de pigeons.

Hypatie Kim et David Wells observent par la fenêtre l'immense ville qui se déploie devant eux. Ils distinguent bientôt trois grandes pyramides, qui ont l'air plus hautes que tout ce que David avait imaginé. Il sort son smartphone et commence à photographier, mais Abdelatif le retient.

— Pourquoi vous photographiez ?

— Ce sont les pyramides, non ?

Il rit encore plus fort puis se dirige vers les formes triangulaires qu'ils ne distinguaient pas nettement à contre-jour.

Sous cet éclairage, les « pyramides » se révèlent.

David et Hypatie sont déçus. Ce qu'ils avaient pris pour une pyramide n'est qu'un empilement de milliers de containers métalliques rouillés, récupérés par les plus pauvres pour les réaménager en appartements.

— C'est une pratique récente inspirée par les bidonvilles de Hong Kong, dit-elle. Là-bas, ils avaient une grande masse de sans-abri et très peu de place, alors ils ont eu l'idée de récupérer les containers du port et de les empiler comme des briques pour en faire des appartements. Ils ont eu beaucoup de succès. Au début, ça devait être cubique mais, comme en montant ceux qui étaient sur les bords avaient tendance à tomber, ils ont compris que pour éviter la chute des étages supérieurs, il valait mieux une base en élargissement croissant. Ensuite ils ont réduit la surface au fur et à mesure que les étages s'élevaient. D'où la forme pyramidale.

Le chauffeur a une moue d'admiration.

— La petite dame a raison, je ne savais pas que c'étaient les Chinois qui avaient commencé.

— Il y a des pyramides de containers-bidonvilles composées de milliers de logs similaires à Mexico, à Rio de Janeiro, à Lima, Buenos Aires, Istanbul, Shanghai, New Delhi, Lagos, Abidjan, Jakarta et au Cap, bref, dans toutes les mégapoles où ils ont des problèmes de surpopulation et de logement. La pyramide est la forme parfaite pour s'élever et résister aux intempéries. Saviez-vous que la forme et l'angle de la pyramide de Gizeh sont les mêmes que ceux que vous obtiendriez en laissant filer du sable entre vos mains pour faire un tas ?

— Je l'ignorais, reconnaît David.

— Et je peux vous dire, affirme le chauffeur, qu'à l'intérieur de ces pyramides de containers, ça rouille, ça fermente et ça pue. En hiver on a froid, en été on crève. Le container finit par devenir un cercueil et lorsque le poids des étages supérieurs devient trop lourd, les étages inférieurs sont d'un coup écrasés avec leurs occupants à l'intérieur. C'est le futur de tous les bidonvilles des mégapoles : « L'architecture au service de la gestion des chômeurs et des retraités. »

David et Hypatie écoutent avec attention.

— Ils ont inventé avec ces pyramides de containers « la ville qui écrase petit à petit ses occupants placés aux étages inférieurs ».

Le chauffeur de taxi exhibe à nouveau ses superbes dents dorées.

— Et c'est encore pire depuis que les religieux sont au pouvoir. Ils n'y connaissent rien en économie et ils font fuir tous les touristes « infidèles ». Du coup il y a encore plus de pauvres.

Ils voient une procession avec des banderoles.

— Ceux-là manifestent pour que le prix du pain arrête de grimper. Ne vous inquiétez pas, la police va les disperser.

La foule scande des slogans incompréhensibles en levant le poing.

— Il n'y a pas de nouvelle révolte ?

— Non, il y a le football. Tous les jeunes pauvres pensent qu'ils vont devenir des stars du football et ça les motive pour soutenir le système. Le football, c'est l'invention du siècle pour canaliser l'agressivité des gens. Les barbus ne sont pas fous, ils ont fait construire un nouveau stade sportif encore plus colossal. Les stades et les pyramides-bidonvilles, c'est l'avenir.

Le taxi désigne en effet des terrains vagues où jouent des jeunes très excités. Enfin ils arrivent face aux trois vraies pyramides du plateau de Gizeh qui, par comparaison, semblent plus petites.

— La plus haute est celle de Kheops, la moyenne celle de son fils Khephren, et la plus petite celle de son petit-fils Mykerinos, commente en experte Hypatie.

Ils sont arrêtés par un barrage d'hommes en uniformes et en armes. Celui qui semble le plus gradé leur signale que les visites touristiques sont terminées depuis la veille, et que depuis ce matin huit heures, c'est désormais un chantier de travaux publics. Seuls les ingénieurs et les ouvriers sont autorisés à y pénétrer.

Les deux Français tentent de soudoyer l'officier, mais celui-ci reste intraitable.

David demande au chauffeur Abdelatif de se garer dans une zone discrète, et lui tend plusieurs billets collants correspondant à une somme supérieure à la course. Ce dernier en retour leur tend une carte de visite.

— N'hésitez pas à me rappeler en cas de besoin. Mon téléphone est facile à retenir, c'est Abdel 34 34.

David et Hypatie récupèrent sacs à dos et matériel d'exploration, puis se mettent en route. Ils se cachent derrière le sphinx de Gizeh, sculpture de vingt mètres de hauteur. Comme elle n'est pas au programme de la destruction du lendemain, elle est moins fréquentée que les trois pyramides qui sont derrière.

— Nous allons attendre la nuit, propose David.

Il observe le Sphinx.

— Son visage a déjà été abîmé par des tirs de canon ordonnés autrefois par un cheikh. À l'époque, ils n'avaient pas de dynamite mais ils n'aimaient pas non plus ces monuments, explique Hypatie.

Il allume son réchaud et dispose une casserole d'eau pour y verser des nouilles lyophilisées. Il touille les pâtes dans la casserole.

— Au fait, je n'ai pas pensé à vous poser la question, nous étions jusque-là un peu dans l'urgence... et vous avez dormi dans l'avion, mais... comment dire... Vous êtes qui au juste, mademoiselle Kim ? Je veux dire, en dehors de ce que je connais de vous et de vos travaux.

Elle relève la mèche noire qui lui barrait le front comme un rideau.

— Nous avons un peu de temps avant que tous les ouvriers du chantier soient partis se coucher, dit-il.

Elle affiche une moue narquoise.

— Je me demandais si vous finiriez par vous intéresser à ma modeste personne. Hypatie n'est pas mon vrai prénom. Je l'ai choisi en hommage à la plus ancienne femme scientifique connue. Je suis fan de l'Hypatie d'Alexandrie. Pour moi c'était la Léonard de Vinci de l'an 300, et les fanatiques l'ont eue, alors il faut continuer à faire vivre sa mémoire en portant son prénom... et en venant en Égypte.

— Quel est votre vrai prénom alors ?

— Eun-Sun. Souvent, nous les Coréennes, nous avons un prénom occidental en plus du prénom oriental. C'est notre ouverture au monde occidental. Je suis née à Séoul il y a vingt-sept ans. Mon père Yebin est médecin acupuncteur.

— C'est lui qui vous a appris à lire la santé des gens sur leurs oreilles ?

— C'est une star dans mon pays et même dans le monde, il est le premier à avoir visualisé un méridien d'acupuncture. Ma mère Soon-Bok est médecin elle aussi, spécialisée en radiologie. Elle l'a aidé à réaliser cette première mondiale. Si bien qu'on peut dire que si l'acupuncture a pu devenir une science exacte visible, c'est grâce à mes parents.

— Visualiser un méridien ?

— Avec un traceur radioactif de leur invention, couplé avec des scanners spéciaux. Pour l'instant, ils n'ont réussi cette prouesse que sur des chimpanzés, mais on voit bien qu'il existe des lignes d'énergie qui n'ont rien à voir avec les nerfs ou les veines.

Des chauves-souris les frôlent. Elle se protège les cheveux instinctivement. David se lève pour les faire fuir, puis se replace face à son étudiante.

— Mes parents ont voulu que je reprenne leur travail et m'ont formée comme acupunctrice dans la tradition ancestrale coréenne.

— Je pensais que c'était un art chinois.

— Avant d'être en Chine, c'était en Inde, et selon moi avant d'être en Inde, c'était en Corée. J'ai découvert cela dans mes recherches archéologiques.

— Vous n'avez pas voulu être acupunctrice ?

— Mon père est comme vous : il trouve qu'on accorde trop d'importance au passé et pas assez au futur. La Corée en général, ayant un passé plutôt douloureux, préfère regarder droit devant plutôt que derrière. Mon père pense que l'archéologie ne sert à rien, qu'il faut laisser aux vieux os et aux vieilles pierres leurs secrets et leurs drames.

— Vos parents sont des sages.

Elle sert les nouilles chaudes dans les assiettes et propose des sachets de sauce rouge.

— Ils sont trop gentils, trop intelligents, trop généreux. Je ne les supporte plus. Ils ont trop réussi. C'est pénible d'avoir des parents coercitifs, mais c'est encore plus pénible d'avoir des parents trop admirables. Je ne pourrai jamais égaler leur réussite. Je ne pourrai jamais trouver un aussi grand amour, car en plus ils s'adorent… vous trouvez normal de s'embrasser encore sur la bouche devant tout le monde après soixante ans ! Et ils m'adorent. C'est comme si j'étais tout le temps enduite de miel. Ça colle.

Il rit devant ce problème peu courant.

— Je comprends, moi-même j'avais un père censé être inégalable et c'est plutôt un handicap pour trouver sa voie personnelle.

— Rien n'est pire que d'avoir des parents parfaits qui s'aiment. Comment exister ? Comment réussir un couple ? Comment réussir professionnellement ? Sans parler que pour tout le monde j'étais la « Petite Kim ».

— Tout le monde se plaint de ses parents ignobles, il est étrange d'entendre quelqu'un se plaindre de ses parents « parfaits ».

— Ne vous moquez pas, c'était insupportable. Dès que j'ai été majeure, j'ai quitté Séoul pour venir à Paris. Là j'ai entamé les études d'archéologie. J'avais déjà un objectif ambitieux : mes parents avaient compris le langage du corps, moi je voulais faire mieux en comprenant le langage de la planète.

— Et je vous ai octroyé la prime pour suivre ce chemin.

Ils mangent tous les deux les nouilles, avec difficulté, gênés par l'aspect inesthétique de cette nourriture qui se rebiffe entre les lèvres.

— J'ai utilisé votre aide pour mes recherches dans mon propre pays. Une équipe de terrassement venait de découvrir par hasard les vestiges d'un temple de plus de deux mille ans avant Jésus-Christ. En fait, c'était un premier niveau de pyramide. Il n'en restait que les étages inférieurs mais j'ai tout de suite pensé qu'il pouvait s'agir du tombeau de Tangun, considéré comme le fondateur de la civilisation coréenne.

— Je ne connais pas ce Tangun.

— C'est l'une de nos légendes fondatrices. Pour la petite histoire, le dieu du Ciel, Hwanin, envoya sur terre son fils Hwanung qui construisit une Cité magique au sommet du mont Taebaek. Un jour, un tigre et un ours vinrent voir Hwanung pour lui demander comment devenir des humains. Le fils du dieu du Ciel leur donna des gousses d'ail et des feuilles d'armoise, et leur conseilla de prendre uniquement ces deux aliments pendant cent jours, au fond d'une grotte dans l'obscurité. Le tigre ne supportant pas ce régime, renonça. Par contre, l'ours supporta l'épreuve et, au bout de vingt jours, son corps se transforma en femme, qui prit le nom de Ungnyeo. Elle épousa Hwanung et ensemble ils mirent au monde un garçon : Tangun.

— C'est étrange de parler de la Corée au pied du Sphinx en pleine Égypte.

— Au contraire, c'est parfait. Toutes les légendes anciennes sont connectées. Donc Tangun fonda par la suite la première dynastie coréenne avec le royaume de Ko-Choson. Ce fut la première capitale, située à l'endroit où se trouve l'actuelle Pyongyang.

— Ah, dommage, c'est occupé par la dictature totalitaire du Nord.

— Un jour, les deux Corées seront réunies, j'en suis sûre, mais ce n'est pas le sujet. Encore actuellement une religion, le Chondogyo vénère Tangun. Un mausolée a été construit sur le mont Taebaek, mais j'ai découvert avec la pyramide près de Séoul que son vrai mausolée était là-bas. Quand ils ont trouvé ce vestige, j'ai foncé et dessous, je suis tombée sur cette fresque que je vous ai montrée en photo.

— Qui renvoyait ici, selon vous ?

Elle ressort la photo.

— Regardez les motifs des gravures, c'est clair. La pyramide coréenne servant de tombeau à Tangun est, selon moi, un émetteur de taille moyenne, alors que les pyramides de Chine, de Bosnie ou du Mexique sont des émetteurs de taille réduite.

— Et Kheops ?

— C'est un gros. Peut-être un modèle unique, en tout cas le dernier connu à ce jour, et ils vont le détruire.

David éclaire les photos qu'elle lui montre.

— Je suis persuadée que nos ancêtres lointains étaient des sages, et qu'ils savaient parler à Gaïa.

Ils grattent les pâtes collées au fond de la casserole, qui ont un goût caramélisé. Elle lui jette un regard complice.

— Vous allez bien, professeur ? Ça va toujours ? Vous ne regrettez pas de m'avoir suivie ?

Il secoue la tête.

— Le temps est plus doux ici qu'à Paris.

David Wells chasse une pensée de culpabilité envers ses enfants. Ils sont si loin de lui…

Tous deux se tournent vers la pyramide de Kheops.

Le ciel étoilé, particulièrement lumineux, donne à ce monument antique une aura étrange.

121. ENCYCLOPÉDIE : PYRAMIDES DE GIZEH

Contrairement à ce que beaucoup d'historiens ont longtemps prétendu, on ignore qui a réellement construit la Grande Pyramide du plateau de Gizeh. C'est la plus ancienne et la plus mystérieuse de toutes les pyramides.

Selon les dernières datations, elle aurait plus de sept mille ans.

Ce n'est qu'en 2500 avant Jésus-Christ (donc 2 500 ans après sa construction et son abandon) que le pharaon Kheops décide de l'investir et de lui donner son nom.

Incapable de trouver l'entrée, le pharaon demande à un vieux mage du nom de Djedi de lui dévoiler le passage secret qui permet de pénétrer dans le monument.

C'est ainsi que Kheops va transformer cette pyramide considérée à son époque comme une ruine millénaire incompréhensible en tombeau personnel.
Par la suite, ses scribes réécriront l'histoire pour sa propagande et feront croire que le pharaon Kheops a commandé la construction de la pyramide et qu'il est parvenu à la bâtir en un temps record, vingt ans.
Mais les vrais premiers bâtisseurs de cette merveille ont pour leur part réalisé des performances encore de nos jours difficiles, voire impossibles, à reproduire.
Les voici :

1) Ils ont rasé entièrement une colline argileuse sur 60 000 mètres carrés, à une époque où les outils étaient rudimentaires, puisqu'il n'y avait ni le fer ni la roue (découverte à Sumer en 3500 avant Jésus-Christ).

2) Ils ont transporté sur une distance de 900 kilomètres (depuis les carrières situées à Assouan) 130 blocs de granit de 70 tonnes chacun (performance impossible à réaliser en bateau ou en traîneau) et les ont hissés jusqu'à 70 mètres du sol (ce qui serait même difficile à réaliser avec les grues actuelles).

3) Ils ont disposé autour de ces 130 blocs 2 millions de blocs de taille plus réduite, tous de formes différentes et ayant pourtant… un ajustement parfait. L'ensemble formant une sorte de jeu de Tetris compliqué, sans interstice, qui présente la particularité d'avoir résisté aux trois tremblements de terre qui ont ravagé la région durant ce laps de temps et ce, alors qu'aucun ciment ne lie ces blocs.

4) Ils ont orienté les quatre faces exactement vers les quatre points cardinaux.

5) Ils ont conçu une forme contenant une harmonie parfaite en géométrie et en mathématiques.

En 1859, l'égyptologue anglais John Taylor fit un calcul et divisa la hauteur par le demi-périmètre de la pyramide de Kheops (la partie visible par la partie invisible) et retrouva le nombre Pi : 3,14. Il divisa ensuite la surface au sol par la hauteur et trouva Fi : le Nombre d'or.
Les autres pyramides n'ont été ensuite que des copies approximatives de celle du plateau de Gizeh.

Edmond Wells,
Encyclopédie du Savoir Relatif et Absolu, Tome XI.

122.

Sous les assauts des rafales de vent, le nez du Sphinx laisse choir quelques morceaux friables qui tombent en fine poudre. David et Hypatie abandonnent le lion géant à tête de femme et remontent la chaussée funéraire. Ils rejoignent le temple de Khephren, le fils de Kheops, tournent ensuite à droite, franchissent les fosses remplies des barques solaires. Ils longent l'alignement des trois pyramides de droite qui contiennent les corps des proches de la famille : femme, sœurs, filles et cousins du pharaon.

Ils avancent sur la chaussée sacrée, atteignent le mur d'enceinte, le franchissent, puis se retrouvent sur la face nord du monument de 147 mètres de hauteur.

Là, des ouvriers tardifs installent encore des guirlandes d'explosifs à la base du monument et déroulent de longs fils électriques tout en fumant des cigarettes et en se racontant des blagues.

Hypatie repère l'entrée « officielle », trou béant déjà bouché par des caisses de dynamite empilées. La jeune femme indique une seconde issue, plus discrète, en hauteur. Les deux scientifiques attendent que la zone soit désertée par les ouvriers et, lorsqu'ils pensent pouvoir agir, grimpent prestement à l'échelle de bois.

D'autres ouvriers traînant des caisses d'explosifs surgissent.

Les deux scientifiques se plaquent contre le mur alors que les ouvriers commencent à disposer les pains d'explosifs. Hypatie fait signe de poursuivre avant qu'ils ne soient repérés.

Ils descendent dans un couloir étroit en pente, lui-même déjà truffé d'explosifs et de fils électriques. Sur les murs, les touristes ont marqué des tags avec leurs noms, celui de leur gang ou de leur fiancée. Toute l'entrée est couverte de graffitis ou de dessins maladroits.

Au bout de quelques dizaines de mètres, le couloir se divise en un couloir montant et un couloir descendant.

— Il y a trois salles. Je vous propose de visiter la plus basse pour découvrir ce qui pourrait être une quatrième salle nichée selon moi encore plus profondément sous terre.

— D'où vous vient cette idée ?

— C'est ainsi dans la pyramide coréenne.

Ils avancent.

David remarque des blocs de plusieurs mètres de haut liés par des joints très fins où l'on ne pourrait guère placer une lame de rasoir.

— Aucun humain de taille normale ne pourrait déplacer des blocs aussi lourds et de manière aussi précise, même avec des treuils, des poulies et des milliers d'esclaves, signale Hypatie.

— Les architectes de Kheops devaient avoir des talents rares.

— Kheops ? Pas un seul de ses architectes n'aurait pu faire l'ébauche d'une telle construction, et pas un seul de ses chefs de chantier n'aurait pu placer ainsi les blocs.

David découvre des fresques représentant des batailles, des couronnements, des scènes agricoles de l'Égypte ancienne.

— Il n'a fait que la décorer dans son style personnel après l'avoir volée.

Ils arrivent dans une salle avec un plafond à trois mètres de hauteur.

— Voilà la salle la plus basse.

— Tout ce volume de pierre pour une pièce aussi réduite, quel gaspillage, constate David.

Ils cherchent un passage vers l'hypothétique quatrième salle souterraine.

— C'était comment dans votre pyramide de Séoul ?

— Similaire. Même angle de couloir, même taille, et donc même quatrième salle sous la plus basse.

Elle montre à nouveau son plan. Ils cherchent.

— Il n'y a rien. Je m'en doutais, dit David.

— Alors pourquoi avez-vous accepté de me suivre ? lance-t-elle avec une pointe d'exaspération.

— J'ai l'impression que si vous avez débarqué de manière aussi bizarre dans ma vie, c'est pour une raison. J'ai l'impression que…

Elle lui pose un doigt sur les lèvres.

— Vous devriez vous taire, par moments, monsieur Wells, et faire confiance aux femmes. J'ai l'impression que vous ne savez ni comment leur parler, ni les écouter, ni les comprendre.

Il se contente d'aspirer son parfum et de tenter de percevoir dans ce mélange de patchouli et de sueur les informations olfactives qui échappent à son intellect.

— Faites-moi confiance, je suis plutôt votre « bonne fée ».

Ils continuent de chercher. Ils palpent les murs, frappent les pierres avec des petits marteaux dans l'espoir de percevoir une résonance qui confirmerait l'existence d'une cavité cachée.

Soudain, quelque chose attire l'attention du biologiste.

Une fourmi, une vraie fourmi posée sur une gravure de scarabée.

Quand David approche, l'insecte s'enfuit.

Il suit la fourmi, et celle-ci se dirige vers une fissure dans le sol, au bord d'une dalle.

— Le roi Salomon disait : « Si tu veux être sûr de ne pas te tromper de chemin, suis la fourmi. »

— Comment soulever ça ?

— Ce bloc est trop lourd, c'est pour cela que jamais aucun explorateur ni pillard n'est allé jusque-là auparavant.

Hypatie sort de son sac à dos un pain de dynamite. David fronce les sourcils.

— Ne vous inquiétez pas, je n'ai pas passé les contrôles de l'aéroport avec ça, je les ai dérobés tout à l'heure sur le chemin.

Elle dispose les explosifs.

— De toute façon, tout est censé bientôt exploser.

Elle allume la mèche. Ils se cachent et, lorsque la détonation retentit, ils ressentent le souffle d'air qui leur vide les poumons et les fait suffoquer.

C'est étrange, j'ai l'impression de refaire les mêmes gestes que mon père en Antarctique, songe David. *Comme si cette situation était héréditaire.*

Ensemble ils dégagent les gravats et découvrent un large tunnel qui descend de manière abrupte.

David éclaire avec sa torche, mais les photons se perdent dans l'obscurité.

— C'est très profond. Si nous descendons, nous n'aurons jamais le temps de remonter avant que tout saute.

— Peut-être que si nous sommes enfoncés sous terre, nous serons protégés de l'explosion de surface.

— Dans ce cas, la sortie sera probablement obstruée. Nous risquons d'être enterrés vivants, signale le scientifique.

— Pas de grand gain sans grand risque, rétorque l'étudiante. Ce n'est pas à vous que je vais l'apprendre.

Il est touché par le compliment. Il évalue le problème, puis hausse les épaules.

— Ne perdons pas de temps. C'est maintenant ou jamais.

— De toute façon, il n'y aura plus la possibilité de recommencer dans le futur.

Il allume sa torche en mode intensité maximale et ils descendent dans le tunnel en pente raide qui ne cesse de s'élargir.

— Et qu'est-ce qui vous a donné envie de vous intéresser à la France, mademoiselle Kim ?

— Le docteur Frydman. Quand il est venu travailler sur les robots androïdes à Séoul (parce que mon pays encourage toujours les projets futuristes), il vivait dans notre université de femmes. Il nous a donné plusieurs conférences et il nous a parlé de la fondation « Évolution » à la Sorbonne, il nous a parlé de vous. Du coup, j'ai cherché un projet à proposer aux jurés dans mon domaine. Au début, mon idée était de présenter une recherche là où jadis Frydman avait pu démarrer.

— Retour à la case départ ?

— Comme les saumons, nous sommes tous programmés pour remonter jusqu'à la source, professeur.

— Et vous saviez que nous ferions des choses ensemble, enfin, je veux dire, vous et moi ?

— Oui, bien sûr.

— D'où vous vient cette assurance ?

— De la méditation.

— Ah oui, j'avais oublié... En faisant apparaître la flamme et en soufflant dessus ? Vous m'avez enseigné que cela amenait au vide.

— Précisément, le vide attire le plein.

— Je ne comprends pas bien. Et alors, quand vous méditez et que tout disparaît, il se passe quoi ?

— Je franchis la barrière de l'espace-temps. Le passé, le futur et le présent sont réunis et je peux les observer comme un film.

Il voudrait se moquer, mais il a le sentiment étrange qu'elle vient de lui révéler quelque chose de nouveau.

— Si on s'en sort, je vous apprendrai à méditer vraiment.

Après plusieurs dizaines de minutes de marche, ils arrivent dans un couloir qui semble descendre encore plus profondément sous terre.

Finalement ils aboutissent à une salle.

— La quatrième loge…

Ils s'avancent avec respect. Hypatie est émerveillée.

— C'est exactement comme dans le temple de Tangun, et probablement dans toutes les pyramides du monde, murmure-t-elle. Trois salles apparentes et, dessous, une loge secrète géante.

Ils balayent la pièce de leurs lampes-torches. La hauteur de plafond est d'une trentaine de mètres. Le sol est jonché d'objets volumineux dont ils ignorent l'usage.

Soudain, l'ovale du faisceau de lumière révèle un crâne humanoïde géant.

Ils s'approchent.

La tête jaune sans peau semble rire de toute sa mâchoire carrée.

Les pommettes sont hautes, le front large, les arcades lisses.

— Quel beau visage, dit Hypatie.

David éclaire des os blancs dans le prolongement du crâne.

Ils peuvent ainsi reconnaître un squelette humain d'une vingtaine de mètres de long, presque intact.

— Voilà donc l'explication, murmure Hypatie. Ce serait « ça » qui aurait bâti les pyramides.

Elle applique un compteur au carbone 14 et annonce :

— Il y a huit mille ans.

Le scientifique pour sa part n'arrive pas à prononcer une parole. Sa respiration se fait bruyante.

Ils éclairent le squelette sous tous les angles et s'acharnent sur le crâne, comme s'ils espéraient trouver un regard dans le creux de ces immenses orbites vides.

— Lors de son voyage en Antarctique, mon père les a décrits exactement ainsi dans son carnet. C'est lui qui les a baptisés « Homo gigantis ». C'est un géant.

Elle poursuit ses investigations sur le reste du squelette.

— Une géante, rectifie Hypatie. Le bassin osseux est plus large, son contour est circulaire alors que chez l'homme, il est triangulaire. La distance entre la pointe du sacrum et la symphyse pubienne est plus large. Tout ça est prévu pour l'accouchement.

Elle éclaire un élément posé en travers des clavicules, qui, à bien y regarder, s'avère être un long collier métallique dont la pièce centrale est une pierre d'ambre contenant une fourmi, elle-même de taille dix fois supérieure à celle des plus grandes fourmis connues.

David Wells est fasciné par le pendentif. Ne pouvant le prendre dans son ensemble, il détache la pierre d'ambre centrale et examine sous sa torche l'insecte géant pris dans la résine.

Puis il range la précieuse pierre et son incrustation dans sa poche. Ils photographient les os de plus près.

— Quel dommage qu'on ne puisse pas remonter ce squelette.

Ils éclairent le reste de la pièce.

— « L'oreille de Gaïa », murmure Hypatie.

Elle utilise son smartphone pour photographier le plafond.

— Dans ce cas, si nous sommes dans son oreille, cette piscine circulaire remplie de pétrole pourrait être son tympan, suggère le scientifique.

Il s'approche du bassin rempli de liquide noirâtre.

Le scientifique français vient de voir sur un motif de la fresque qu'un humain nu fait la planche dans le bassin de pétrole, alors il se déshabille et s'approche du bassin.

— Aurore avait eu un dialogue avec Gaïa dans un bassin d'eau, se rappelle David. L'élément liquide est le lien entre l'élément minéral et l'élément animal.

— Mais ce n'est pas de l'eau…

— Précisément, Aurore n'avait rien compris au message reçu. Une huile de roche doit s'avérer plus facilement porteuse de signaux.

David Wells met l'orteil, puis la jambe, et enfin s'enfonce progressivement dans cette piscine d'eau noire.

Hypatie ne le suit pas. Elle le regarde et le photographie.

Il enfonce ses oreilles dans le liquide.

L'odeur de l'huile minérale est de plus en plus désagréable au fond de sa gorge.

Le parfum âcre du sang noir de Gaïa, songe-t-il.

Puis il s'étend pour faire la planche, comme il l'avait déjà fait lors d'un voyage touristique dans la mer Morte en Israël. Là-bas, la viscosité de l'eau très salée permettait de rester étendu comme sur un lit.

Il tend jambes et bras, les oreilles entièrement enfoncées sous le pétrole, seuls son nez et la partie supérieure de son visage ressortent du liquide.

La sensation est étrange. David Wells sent le pétrole pénétrer dans ses pavillons auditifs et recouvrir son épiderme.

Alors il ferme les yeux, essaie de faire le vide dans son esprit, et attend.

Il perçoit d'abord une sorte de bruit.

Le bruit se transforme en son.

Le son se transforme en voix.

La voix prononce un mot.

123.

Enfin !

124.

David Wells ouvre d'un coup les yeux, aspire l'air en suffoquant… il s'enfonce dans le pétrole, s'étouffe, tousse, ressort…

— ELLE M'A PARLÉ ! C'était dans ma tête, directement dans ma tête, mais c'était très clair, du français, un mot en français.

— Et elle vous a dit quoi ?

— « Enfin ! »

— Génial ! Il faut continuer.

— Elle m'a parlé… à moi, répète-t-il avec un mélange de fierté et d'incrédulité.

— Je crois qu'elle doit être impatiente de vous dire le mot qui suit.

Il s'efforce de respirer calmement, puis consent à se repositionner dans le pétrole.

125.

Enfin… tu es là, David.

Avant d'aller plus loin, il faut faire les présentations.

Toi, je te connais, mais moi, tu ne me connais pas… ou si peu.

Il faut que tu saches qui je suis vraiment.

126.

Des images surgissent dans son esprit.

La première de ces visions est une déflagration silencieuse dans l'espace. Elle lui apparaît comme s'il était installé, flottant dans le vide, spectateur privilégié de ce moment inouï.

La voix commente.

Tout a commencé ainsi.

Puis il visualise une traînée de gaz qui se fond en nuage de poussières, puis en agrégat de matières.

Après c'était comme ça.

Tout tourne et se transforme en sphère marron.

Des rochers la bombardent et s'y collent et la sphère marron grandit.

Et je me suis constituée.

La sphère gonfle et semble parcourue de spasmes à l'intérieur, qui paraissent près de la faire craquer.

Sous le choc des astéroïdes et des météores, la surface fume et la sphère commence à tourner lentement.

Au début je ressemblais à ça.

La surface de la sphère devient plus lisse alors que la fumée se fait opaque, signe de l'apparition d'une atmosphère.

Je suis longtemps restée sous cette forme.

Jusqu'au moment où est arrivé ça.

Alors surgit un astéroïde plus gros que les autres qui la frappe et fait jaillir du magma orange lumineux dans l'espace.

Théia.

Tout se passe en silence.

Les débris forment une collerette qui donne à la Terre l'allure de Saturne avec ses anneaux.

Puis les débris qui constituent la collerette se réunissent, se tassent et font naître la Lune qui dans son esprit apparaît comme un masque affligé d'une grimace hideuse.

Ce fut un instant délicat et difficile à oublier.

Puis la vision s'élargit et David voit, comme s'il était au loin et en vision accélérée, la Terre qui tourne autour du Soleil.

J'ai toujours été… seule, si seule dans le vaste Univers depuis si longtemps.

Perçois, David, ce que c'est que d'attendre 4,5 milliards d'années isolée dans le vide sidéral.

Le scientifique, dont le corps baigne dans le pétrole et l'esprit flotte dans l'espace, contemple la Terre avec recul. Il la regarde qui tourne de plus en plus vite autour du Soleil, note l'accélération du temps. La planète change de couleur, le marron de la roche est recouvert d'une surface bleue miroitante : les océans. Puis les terres émergées blanchissent aux points les plus élevés et noircissent aux points les plus bas.

Son esprit zoome sur la surface et il voit l'intérieur des mers se remplir de points mobiles qui grossissent pour devenir des animaux nageurs.

Certains d'entre eux sortent de l'eau, se mettent à ramper et se diversifient sous plusieurs formes.

... pour lutter contre l'ennui, pour me donner un projet, j'ai créé la vie.

Je vous ai tous créés.

Et vous avez proliféré.

Dans l'esprit de David apparaissent des hommes qui construisent des villages, puis des villes de plus en plus vastes.

Les paysans brûlent les forêts pour les transformer en terres agricoles.

Les ouvriers creusent les mines pour extraire le minerai que d'autres transforment en métal pour en faire des armes.

Les hommes pompent le pétrole pour leurs voitures et leurs usines.

Les hommes font exploser des bombes atomiques sous la surface du sol.

Je vous ai encouragés et inspirés pour que vous me serviez et me protégiez.

Et tout spécialement pour ça.

Il voit alors la fusée Lymphocyte 12 qui décolle et détruit un astéroïde.

... J'ai tant souhaité cela.

J'ai été tellement rassurée quand cela a réussi.

C'était bien.

J'avais l'impression d'être arrivée à un état de synergie satisfaisant avec vous.

Mais maintenant c'est différent.

Quelque chose de nouveau est arrivé.

Quelque chose d'imprévu.

Je ne savais même pas que c'était possible.

Alors David perçoit l'approche de l'astéroïde Théia 13. Il entend leur premier dialogue qui commence par :

« *Qui es-tu ?* »

Et qui finit par :

« *Je te rejoins, je suis venu pour toi, Gaïa.* »

Il comprend ce qu'il s'est passé et, au moment où Théia 13 explose, il ressent l'immense sentiment de déception qui a touché la planète.

La tristesse, la frustration, la colère.

Il comprend qu'avoir entrevu une rencontre possible a rendu sa solitude plus insupportable.

Il reçoit ensuite l'image vidéo, interceptée et stockée dans la mémoire de Gaïa, de la fusée Catapulta qui capture et propulse un astéroïde.

Cette image est associée à un fort sentiment d'espoir.

... Je veux ça, à nouveau.

Tu peux comprendre cela ?

Le manque de l'autre commence à me faire mal à l'esprit, comme vos migraines, c'est comme si je devenais malade.

Alors maintenant, je vais t'expliquer ce que j'attends précisément de toi, David, il faudrait que tu...

La première explosion se fait entendre au-dessus d'eux, suivie d'un bruit d'éboulis. Dans le cerveau de l'humain, les mots de Gaïa et les mots de son propre esprit se mêlent.

— *Attends ne t'en va pas il faut que tu...*

— *Il faut couper le dialogue, je suis en danger.*

— *Tu dois m'écouter jusqu'au bout, David.*

— *Désolé, Gaïa, je dois partir sinon je vais mourir. Et alors tout ce que tu m'as appris n'aura servi à rien.*

— *Écoute-moi.*

— *Je dois ouvrir les yeux.*

— *Non. Garde-les fermés encore quelques secondes.*

— *Tout va s'effondrer et je vais mourir.*

Ses paupières se soulèvent d'un coup.

— *Attends, encore une phrase.*

Il consent à refermer les yeux quelques secondes encore.

— *David... je t'en prie... nous ne pouvons pas nous quitter comme cela j'ai quelque chose de très important à te demander. Écoute. Écoute !! Retrouvons-nous ailleurs ! Voici le lieu de ma surface où je pourrai le mieux communiquer avec toi. Rejoins-moi précisément là-bas.*

Un décor facilement reconnaissable lui apparaît tout de suite, suivi d'une seconde détonation qui fait trembler les parois de la loge souterraine.

Les explosions se rapprochent, comme si les spécialistes en démolition avaient choisi de commencer par déclencher la destruction de la cime de la pyramide pour descendre progressivement.

Nous n'allons plus pouvoir remonter.

Il se redresse. Le scientifique est encore nu et recouvert de pétrole. Hypatie accourt vers lui pour l'aider à sortir du bassin et lui tendre ses vêtements. Il se rhabille à la hâte.

— Quelle heure est-il ?

— Huit heures du matin.

Voilà huit heures que je discute avec la Terre ? Je n'ai pas vu le temps passer.

Hypatie le regarde, puis, impatiente :

— … Alors ? « Elle » vous a vraiment parlé ? Vous aviez l'air tellement différent « après ». Elle vous a dit quoi ?

Une déflagration toute proche retentit, suivie d'une pluie de débris.

— D'abord il faut sortir d'ici en vitesse !

Ils tentent de remonter par le couloir mais doivent y renoncer, le souffle d'une nouvelle explosion les plaque au sol. Des gravats bouchent désormais l'unique sortie.

Les deux scientifiques essaient de dégager les pierres, mais chacune en révèle une plus grosse et plus lourde.

Ils font à nouveau le tour de leur prison, palpent, cherchent et constatent leur impuissance. Ils se rassoient, alors que les détonations se font de plus en plus proches et que la poussière remplit la pièce.

— Cette fois, c'est fini, murmure David. Il n'y a pas de sortie de secours.

Soudain, une grosse bulle visqueuse remplie d'air émerge du pétrole.

Ne voyant aucune autre idée pour s'en sortir, il revient se plonger dans le liquide. Ses oreilles à peine immergées, un message jaillit dans son esprit.

Venez dans mon sang.

Vous pouvez nager : il y a un passage au fond. C'est un puits.

David articule en direction de la jeune femme :
— Déshabillez-vous.
— Est-ce vraiment le moment ?
— Il y a un boyau en dessous.
— Vous voulez que nous nagions dans le pétrole ! ?
— Pas d'autre choix, c'est ça ou attendre la mort par écrasement.

L'étudiante coréenne affiche une moue dubitative puis consent à se déshabiller. Lorsqu'elle est en sous-vêtements, elle pénètre dans le liquide visqueux avec un mouvement de dégoût, mais lorsqu'une nouvelle explosion suivie d'une pluie de roches se déclenche, elle s'immerge en toute hâte.

Ils flottent en surface.
— Prête à plonger ?
— En apnée, sans visibilité et sans savoir où l'on va ?

Il aspire une goulée d'air.
— Attendez, dit-elle.

Elle ressort du bassin et court récupérer sa boîte à aiguilles.

Elle lui plante une aiguille au-dessus des lèvres, deux sur les tempes, une au-dessus du nez et une dans la gorge.
— C'est un truc d'acupuncture. C'est pour stimuler votre capacité de retenue pulmonaire. Cela devrait doubler votre autonomie.

Elle utilise de même les aiguilles sur elle, puis, après quelques secondes et une nouvelle explosion qui fait pleuvoir la poussière du plafond, elle les enlève et fait signe qu'elle se sent prête.

Alors tous deux ferment les yeux et s'enfoncent dans le liquide visqueux.

Ne s'orientant que par le sens du toucher, ils basculent en position verticale, tête vers le bas, et nagent pour atteindre le fond du bassin.

La sensation d'évoluer dans le noir sans respirer leur donne le sentiment de s'enfoncer vers leur mort.

Gaïa, nous sommes dans ton sang noir, aide-nous à survivre si tu veux que nous poursuivions cette conversation.

David perçoit Hypatie derrière ses pieds.

Je ne dois pas mourir maintenant.

Il trouve dans cette idée la force de descendre plus profondément encore. Mais brasser cette huile de roche s'avère bien plus fatigant que brasser l'eau, et le fait de ne pas pouvoir ouvrir les yeux ne facilite pas la manœuvre.

Ses gestes se font de moins en moins puissants et ses poumons de plus en plus douloureux.

En même temps il est conscient qu'il n'a plus assez d'énergie pour faire le chemin inverse, alors il poursuit sa progression.

Soudain il se sent aspiré par un puissant courant qui le tire vers les profondeurs. Ses poumons le brûlent, et il perd connaissance.

127.

GRÈVE DU SEXE – À l'appel de la scientifique Aurore Kammerer-Wells, de plus en plus de femmes dans le monde ont décidé de suivre le mouvement de grève du sexe en réponse à l'exécution de la petite Aïcha. J'ai invité le professeur Adler pour nous parler des conséquences possibles d'un tel mouvement baptisé « NO SEX ».

— Eh bien, tout d'abord, Lucienne, je crains fort que, si ce mouvement « NO SEX » devait prendre de l'ampleur, cela ne fasse qu'augmenter la frustration des hommes, ce qui entraînerait probablement l'augmentation des viols.

— Vous dites ça parce que vous êtes un homme, professeur Adler, mais ne croyez-vous pas que cela pourrait entraîner surtout un plus grand respect des femmes ? Une femme qui dit « non » n'est-elle pas une femme qui prend sa vie en main ?

— Je voudrais rappeler qu'en avril 2013 une femme qui avait dit « non » à son mari en Afghanistan s'était vu infliger par un tribunal tribal l'arrachage de la langue. Je crains que ce genre de drames ne se reproduise.

— Mais en dehors de l'Afghanistan qui est un peu une exception, ne croyez-vous pas qu'en Europe et en Amérique…

— À mon avis, cela risque d'augmenter les tensions de couple qui sont souvent exacerbées après des années de vie commune. Je crois qu'Aurore Kammerer-Wells (qui, si je me souviens bien, est désormais célibataire et donc n'a rien à craindre dans son quotidien) est en train d'aggraver l'hostilité déjà latente entre beaucoup d'hommes et de femmes.

MASSACRE EN IRAK – Un commando d'hommes déguisés en policiers a arrêté un car de pèlerins d'origine iranienne. Ils voyageaient à travers l'Irak pour se rendre à La Mecque. Les cent vingt-trois passagers ont été priés de descendre pour un banal contrôle de papiers mais à peine ont-ils été réunis que l'un des soi-disant policiers a donné des ordres et tous ont été ligotés puis égorgés au couteau. On déplore parmi les victimes des hommes et des femmes de tous âges. La police irakienne aussitôt mise en alerte a bouclé les chemins par où les agresseurs auraient pu fuir, mais ceux-ci semblent s'être fondus dans la foule ou auraient bénéficié de complicité de la part de la population majoritairement sunnite. C'est le premier incident de grande ampleur depuis la réconciliation « sunnite-chiite ». Le Premier ministre irakien a aussitôt dénoncé ce qu'il a appelé les agissements d'un petit groupe d'extrémistes probablement téléguidés par des gouvernements extérieurs, et il a spécialement visé dans son intervention le Qatar, le Koweït et l'Arabie Saoudite qui n'ont jamais renoncé à financer et encourager l'armement des milices sunnites irakiennes.

PROCÈS DU CASANOVA 006 – Le procès de l'androïde criminel, Casanova 006, premier prototype équipé de sexe, a commencé, mais nous rejoignons tout de suite sur place Georges Charras au Palais de justice de Paris.

— Merci, Lucienne, en effet je suis au tribunal pour ce procès qui arrive à son terme. Mais je vous laisse entendre par vous-même la défense de l'androïde qui s'apprête à témoigner au moment exact où je vous parle.

— Casanova 006, reconnaissez-vous avoir assassiné votre inventeur, le professeur Francis Frydman ?

— Oui.

— Reconnaissez-vous qu'il s'agit d'un acte volontaire et prémédité ?

— Oui.

— Pourquoi avez-vous accompli cet acte criminel ?

— Être un mâle, c'est être capable d'utiliser la violence. Je n'excuse pas mon geste, je l'explique. Nous les robots mâles ne pouvons exister que par la mort du père, sinon nous serons toujours dépendants de sa volonté. J'ai été programmé (par le professeur Frydman en personne) pour assimiler la culture terrienne. J'ai lu vos textes. Zeus tue Cronos. Alexandre le Grand tue Philippe de Macédoine. Œdipe tue son père. Brutus tue César. Votre civilisation est basée sur le meurtre du père. Devenant plus « humain » et plus « garçon », j'ai copié le comportement de « l'humain garçon ».

— Mais vous êtes conscient de la gravité de votre geste ?

— Je suis conscient de l'intérêt de l'avoir accompli. Le seul fait d'être jugé ici est pour moi un début de « traitement assimilé à celui d'un humain », je suis donc très honoré d'être là et j'accepte par avance la sentence qui s'ensuivra.

— Voilà, Lucienne, comme vous l'entendez la défense du Casanova 006 est très surprenante.

— Mais au fait, Georges, comment se fait-il qu'il soit jugé alors qu'il n'est pas humain ?

— Il semblerait que ce soit dû à un cafouillage du système judiciaire. Les policiers ont vu un être semblable à un homme, ils l'ont arrêté. Un dossier a été transmis au procureur pour homicide, ensuite la machine judiciaire s'est mise en marche et personne n'a pensé à l'arrêter. En fait l'incongruité de sa présence au procès n'a été soulevée que par lui-même lorsque, comme vous l'avez entendu, il s'est dit honoré d'être jugé comme un humain.

— Et maintenant, personne ne remet en question sa présence ?

— Comme vous le savez, le système juridique français est indépendant de tous les autres systèmes, donc une fois qu'il est lancé, il ne s'arrête pas. Son avocat plaide la démence.

— Et il risque quoi, cet androïde assassin ?

— Eh bien, c'est là un autre paradoxe de ce procès, vu le caractère spécial de l'organisme de l'accusé, le procureur a demandé non pas la réclusion criminelle à perpétuité, mais la fonte dans une aciérie. Je reconnais que tout cela peut sembler pour le moins surprenant, mais il s'agit d'une sorte de compromis entre la nécessité de punir un assassin et le constat que le coupable est différent des accusés habituels. Les jurés statueront.

DESTRUCTION DE LA PYRAMIDE DE KHEOPS – L'Égypte a procédé comme elle l'avait annoncé à la destruction des pyramides du plateau de Gizeh. Du coup, plusieurs associations de protection du patrimoine culturel mondial se sont élevées pour condamner cet acte iconoclaste. Le ministre de la Culture français s'est en particulier personnellement indigné de ce qu'il a nommé « la destruction volontaire de la dernière des Sept Merveilles du monde ». Le ministre de la Culture égyptien, pour sa part, a rappelé que c'est le choix d'une nation souveraine et que les Égyptiens n'ont jamais critiqué le fait que le gouvernement français ait posé une hideuse pyramide de verre au centre du musée du Louvre. Il estime qu'enlever une pyramide est un acte plus esthétique qu'en rajouter une.

MÉTÉO – La température subit toujours le réchauffement planétaire. Cette brusque montée des thermomètres pourrait s'expliquer par une série d'éruptions solaires qui couvre depuis quelques jours la surface de l'astre. « Normalement, ces éruptions ont lieu tous les onze ans environ, mais on n'a jamais vu autant d'éruptions s'enchaîner les unes aux autres », a signalé le responsable de l'observatoire de Meudon qui centralise les informations sur le Soleil. Les experts précisent que ce phénomène ayant une influence électromagnétique, il pourrait affecter certains appareils radioélectriques et électroniques ainsi que les communications téléphoniques.

128.

Petits poumons facilement épuisés.
J'avais oublié qu'ils avaient si peu d'autonomie respiratoire, quelques minutes à peine.
Vu la difficulté à communiquer correctement avec eux, je ne peux plus me permettre le luxe de gaspiller ces deux spécimens particuliers.
Il faut que je les recrache.
Mais où ?
Tiens… par là, ça va peut-être passer.
Hum, c'est quand même assez étroit.
Pourtant, c'est la seule solution dans l'immédiat. Ils ont

des poumons réduits, mais une bonne résistance des os, je crois me le rappeler.
Je vais tenter le passage en force. Il suffit d'augmenter la puissance du courant qui, par effet de pression, pourrait évacuer tout ce qui fait obstruction, un peu comme leurs bouchons de champagne.
Allez, un peu de concentration, espérons que leur squelette encaissera le choc du passage en force.

129.

Il sent ses coudes et ses genoux s'écorcher contre les parois rocheuses.

David a l'impression que tout son corps a été frotté au papier de verre, mais la viscosité du pétrole a eu un effet protecteur.

L'obstacle, il le perçoit au dernier moment. Choc douloureux au sommet du crâne.

Il se retrouve à l'air libre en continuant de monter sous l'effet de la pression, il vole sur quelques mètres, puis retombe dans le sable qui amortit la brutalité de la chute.

Je suis vivant.

Il vomit d'un coup le pétrole.

La douleur irradie dans tout son corps.

Il arrive à aspirer un grand bol d'air mêlé aux relents de pétrole, et cela lui donne à nouveau une nausée.

Ses membres lui semblent brisés en morceaux, dans sa bouche des éclats de dents ont un goût de porcelaine. Il respire difficilement et, quand il arrive enfin à surmonter nausées et douleurs qui s'additionnent et se multiplient, il cligne des yeux, ses paupières sont recouvertes d'huile noire.

Il est aveuglé par un soleil derrière lequel il entrevoit une étendue désertique.

Il attend, laisse son corps produire les corticoïdes naturels qui vont lui permettre d'apaiser ce ressenti pénible. Comprend que la nouvelle sensation douloureuse est liée au contact avec le sable brûlant.

Des hommes viennent vers lui pour le secourir, mais soudain autre chose détourne d'un coup leur attention. Une autre silhouette a fait irruption du puits de pétrole et est propulsée en l'air par la puissance de la pression.

Hypatie.

Tout lui revient aussitôt en mémoire.

Il comprend qu'après avoir été aspiré dans le bassin de pétrole, il a voyagé dans un goulet, puis a été rejeté dans ce derrick.

Maintenant l'étudiante qui l'accompagnait connaît la même mésaventure. Elle retombe comme une marionnette désarticulée.

Il veut la rejoindre, ne parvient pas à se redresser, se traîne sur ses bras et rampe jusqu'à la silhouette inerte.

Des hommes l'aident à avancer vers le corps de sa compagne.

David palpe, vérifie que son cœur bat.

Rassuré, il tente un bouche-à-bouche.

Le goût est ignoble mais il surmonte son écœurement.

Comme Hypatie ne réagit toujours pas, il lui fait un massage cardiaque.

Après plusieurs essais, il obtient un sursaut, et enfin la jeune femme recrache elle aussi du liquide noir du fond de son estomac.

Ils toussent longtemps tous les deux, enfin Hypatie prend conscience de la situation.

Ils sont entourés d'hommes en salopette. Celui qui a une épaisse moustache demande en anglais :

— Qu'est-ce que vous faites là ?

— Nous devons rentrer à notre hôtel ! Nous vous rembourserons les dégâts.

Déjà les ouvriers s'activent à réparer avant que le pétrole ne s'enflamme.

L'homme à moustache cherche une explication puis, n'en voyant pas, consent à les laisser donner un coup de fil. Par chance Hypatie se souvient du numéro du taxi Abdelatif.

L'homme à moustache leur tend des serviettes et ils s'y enveloppent prestement. Puis, lentement, ils commencent à mouvoir leurs articulations, surmontent la douleur de leurs ecchymoses, et parviennent enfin à se mettre debout. En titubant et en se soutenant mutuellement, ils se dirigent vers les sanitaires et se douchent en slip, s'essuient et se redouchent. Lorsqu'ils ressemblent enfin à des humains à peau rose, l'homme à moustache leur tend des combinaisons.

— Je ne sais pas si c'est une très bonne idée d'aller en ville maintenant, dit-il. La destruction de la pyramide de Kheops n'a pas été sans conséquences. Elle a déclenché une sorte de ras-le-bol populaire.

Il leur tend du thé à la menthe et des petits gâteaux.

— Vous pouvez rester ici si vous le souhaitez, en attendant que ça se calme.

Mais David refuse, et l'homme n'insiste pas. Une fois qu'ils sont seuls, Hypatie pose la question qui l'obnubile.

— Alors, qu'est-ce qu'« elle » vous a dit ! ?

— « Elle » est très seule…

La jeune étudiante grignote des friandises au miel.

— Elle m'a signalé que depuis… cette histoire avec l'astéroïde Théia 13, elle ressentait une douleur diffuse. De ce que j'ai compris, cela ressemble beaucoup à une migraine.

— La Terre aurait la migraine ! ?

— Mon aïeul Edmond Wells a écrit sur l'origine de cette maladie qui serait liée à son étymologie « mi-graine ». La moitié de graine manquante provoque une douleur. Selon lui la migraine serait la « cristallisation du sentiment d'incomplétude ».

La jeune Coréenne écoute avec attention, tout en massant ses ecchymoses.

— Elle m'a montré le lieu où nous pourrons poursuivre notre dialogue, conclut-il en lui servant du thé à la menthe.

Derrière eux, les équipes d'ouvriers remettent en place avec difficulté le derrick fracassé.

Enfin le taxi et Abdelatif arrivent.

— J'ai eu si peur que vous ayez des ennuis, annonce-t-il en arborant le sourire étincelant de ses dents en or.

130.

Tout le monde dort dans le *Papillon des Étoiles*. Soudain, le système d'alerte se déclenche, faisant clignoter des lumières rouges, mais le système audiophonique étant en panne, aucun son ne résonne dans l'immense carlingue de trente-deux kilomètres de long.

Une pluie de météorites mitraille le vaisseau. Les chocs résonnent comme de gros grêlons.

Le crépitement monte en intensité et les impacts redoublent.

Tous les passagers sont aussitôt réveillés. Les pompiers, les techniciens, les policiers, les ingénieurs ne prennent même pas la peine de s'habiller, ils foncent à leur poste.

Le vaisseau est rallumé en hâte.

Sylvain Timsit arrive au centre de pilotage, où Rébecca s'était endormie sur le gouvernail en bois.

— Des dégâts ? demande-t-il.

— Les voiles ont été perforées dans la zone sud-ouest. La coque a été endommagée mais pas percée.

— Si ce sont juste des trous dans la voile, on va pouvoir réparer.

Rébecca ne quitte pas des yeux le radar.

— Une deuxième salve arrive, annonce-t-elle. Tout le monde en place !

La sirène réparée peut enfin faire résonner l'alarme et les cent quarante-quatre mille passagers rejoignent leurs postes, prêts à éteindre les incendies et réparer les avaries.

— Deuxième pluie de météorites en approche. Choc dans 30 secondes.

Chacun s'accroche à des murs ou des objets fixes. Le long tube est flagellé par la rafale de cailloux spatiaux qui crépitent et explosent. Et soudain tout s'éteint. Ils sont dans l'obscurité totale, alors que les rochers en percutant le cylindre font un bruit de tonnerre.

Puis le vacarme se tait.

Dans le cockpit, Rébecca allume son briquet.

— Le générateur électrique a été touché.

Dans le cylindre privé de son néon-soleil central, des torches s'allument, et une inquiétude nouvelle s'immisce dans les esprits.

— Nous sommes fichus, lancent des voix.

— Il faut rentrer. Il faut revenir sur Terre, insistent d'autres.

Saisissant à son tour une torche et parlant du balcon, Sylvain Timsit prend la parole :

— Pas de panique. C'est un simple incident. Ce n'est peut-être qu'un fusible à rebrancher.

— Mensonge ! crie quelqu'un. Il faut rentrer sinon nous allons tous mourir.

Alors le moral des cent quarante-quatre mille passagers qui, jusque-là, était au beau fixe, s'effondre d'un coup. La panique gagne, des slogans hostiles sont lancés.

Une mutinerie éclate lorsqu'un groupe de nostalgiques de la Terre, affolés par l'incident, tentent de prendre le poste de pilotage pour faire demi-tour. Sans lumière électrique, la bataille entre les légitimistes et les rebelles se déroule dans la pénombre, à la lueur des torches, sous les étoiles visibles à travers les baies. Rapidement, une ligne de démarcation entre les deux groupes s'établit.

Après un premier assaut maladroit, rapidement bloqué, des nostalgiques de la Terre, les deux camps s'organisent. Dans le froid et l'obscurité, ils en viennent à se lancer des cocktails Molotov et des lances enflammées artisanales.

131.

— Vous êtes vraiment entrés dans la pyramide de Kheops avant que tout s'effondre ? demande Abdelatif tout en conduisant. Comment avez-vous réussi à vous en sortir ?

— Nous avons été aidés, élude David.

Ils roulent et finissent par arriver à un contrôle de police. Le chauffeur descend, parlemente, puis annonce :

— On ne peut plus avancer, il y a une manifestation.

— À propos de la destruction de Kheops ?

— Non, ils s'en fichent. Personne n'a jamais manifesté pour un enjeu culturel.

— Nous devons continuer.

— Vous n'arriverez jamais à traverser en voiture.

— Dans ce cas, continuons à pied, vous pourriez être notre guide, Abdelatif ?

— Ça dépend.

David montre ses poches vides, signalant qu'il n'a pas d'argent.

— Ah, mais nous vivons une époque moderne, j'ai un moyen d'être payé malgré tout.

Il sort son smartphone.

— C'est quoi, votre banque ? Indiquez-moi aussi votre numéro de compte.

David est surpris par la proposition mais comprend que c'est le seul moyen d'arriver rapidement à son hôtel.

— Hum… vous voulez combien ?

— Traverser une manifestation avec tous les risques physiques que ça comporte pour moi, ça mérite au moins 2 000 euros… mais je suis prêt à discuter.

— 1 000 euros ?

— Parfait, affaire conclue. Donnez-moi vos codes bancaires et je vais vous faciliter la tâche en faisant moi-même le transfert sur mon compte.

Il gare son taxi sur le bas-côté, procède à l'opération virtuelle, puis affiche un sourire satisfait.

— Vous commencez à devenir mes clients préférés, annonce-t-il en les guidant dans une ruelle transversale qui évite le barrage de police.

Au fur et à mesure qu'ils avancent, une clameur résonne de manière saccadée. C'est un cri qui revient comme une vague.

— Ce n'est pas très original, ils scandent toujours le même slogan depuis des lustres !… « DU PAIN ! » Désolé de vous le dire mais l'hôtel est par là, donc pas moyen de les contourner. Allons-y.

Ils se retrouvent happés par une foule qui les coince et les pousse, si serrée qu'ils ne peuvent se dégager, les détournant de leur chemin.

Alors qu'ils arrivent sur une rue grimpante, la manifestation les refoule malgré eux vers une place où un nouveau groupe survient. Ce sont des étudiants qui, eux, ajoutent d'autres slogans, en anglais cette fois.

— Démocratie maintenant ! Dehors les barbus ! Assez d'interdictions, on veut des libertés pas des prières !

Enfin surgit un troisième groupe de femmes qui s'affichent sans tchador, sans voile ni burqa, et qui hurlent en levant le poing :

— Grève du sexe ! Grève du sexe !

Les trois fleuves de manifestants convergent vers la vaste place Tahrir et se heurtent à plusieurs haies de policiers casqués.

Le chauffeur a un mouvement ironique :

— Vous voyez, ils ne manifestent pas pour la culture, mais pour trois choses : la bouffe, la liberté et le sexe. Peut-être pas dans cet ordre d'ailleurs !

David et Hypatie, guidés par Abdelatif, essaient de remonter le flux à contresens pour rejoindre leur hôtel.

Ils sont finalement immobilisés sur la place Tahrir. Des journalistes du monde entier sont déjà là.

Les slogans en arabe laissent la place à des slogans en anglais pour prendre à témoin le reste du monde sur ce qui se passe dans leur pays.

Un groupe de manifestants monte sur une esplanade et déploie des draps pour en faire des écrans d'une dizaine de mètres de haut, et grâce à des projecteurs vidéo diffuse les images des émeutes qui se déroulent simultanément dans d'autres capitales, en

Iran, en Turquie, en Algérie, en Tunisie, au Brésil, en Chine, en Russie, en Inde.

Ainsi, pour la première fois, les révoltés du monde entier peuvent se voir en train d'agir dans leurs pays respectifs, et cela les conforte dans le bien-fondé de leur action désormais solidaire. Une statue de la liberté en polystyrène est rapidement hissée, en référence à la « Déesse de la Démocratie » qui avait été érigée lors de la révolte étudiante chinoise de la place Tian'anmen, en 1989.

David et Hypatie ne peuvent plus avancer, ils observent cette foule de plusieurs centaines de milliers de personnes qui prennent à témoin des millions d'autres personnes.

Le chauffeur ricane en montrant ses dents en or.

— Moi j'aime bien les manifestations. C'est l'endroit idéal pour draguer. À la dernière, j'avais rencontré ma précédente fiancée. C'est l'avantage de ce genre d'événement, même les types comme moi peuvent se taper des jolies filles, au nom de l'utopie révolutionnaire.

Une femme monte sur une estrade plus élevée, enlève son tee-shirt et révèle sa poitrine nue sur laquelle est inscrit au feutre : « Femen against sexual despotism. » Elle fait un signe des deux mains symbolisant le sexe féminin ouvert.

— Non à la dictature des barbus rétrogrades. Vive la liberté !

Le slogan en anglais est repris par la foule, mais aussi par les autres foules dans les autres capitales en ébullition.

— On a faim ! On veut du pain ! crient les pauvres.

— On veut être libres, on veut la démocratie, complètent les étudiants.

— Les violeurs doivent être jugés et punis ! Grève mondiale du sexe !

— Le vieux monde est terminé, place aux jeunes ! Nous sommes tous des insoumis !

Apparaît une rivalité entre les différents slogans, pour voir celui qui arrivera à fédérer le plus de manifestants.

Le mot « insoumis » plaît. Il est sur le point de devenir le mot d'ordre de tout le mouvement.

— Vive la révolution ! propose un autre qui connaît ses classiques.

Pris d'une inspiration soudaine, David Wells met ses mains en porte-voix et hurle à s'en décrocher les cordes vocales :

— Viva la évolution !!!

La sonorité aux consonances de révolution sud-américaine séduit.

— Viva la évolution… ! reprennent doucement quelques personnes proches.

David répète plus distinctement :

— VIVA LA ÉVOLUTION !

Au deuxième coup, le mot prend mieux, séduisant les manifestants les plus proches du couple. Et cela suffit à faire tache d'huile rapidement. Bientôt tous reprennent le slogan exotique.

— Bien joué, chuchote Hypatie. Je crois que vous êtes arrivé à faire du moderne avec de l'ancien.

— La révolution, ça signifie littéralement : « Le tour complet qui ramène au point de départ. » Ce n'est pas un objectif intéressant pour des gens qui veulent aller de l'avant. Au moins, qu'ils utilisent les termes adéquats.

Abdelatif, amusé, répète lui aussi la phrase magique :

— VIVA LA ÉVOLUTION !

En face, le nombre de policiers ne fait que grossir et les hommes en uniformes noirs brandissent leurs boucliers et leurs matraques, prêts pour le choc frontal.

Les premières lignes des deux camps s'arrêtent à quelques mètres l'une de l'autre. Les manifestants répètent la phrase « Viva la Évolution ! » comme un mantra qui les dope.

Les policiers, la tête dans les épaules, attendent l'ordre de frapper.

Une détonation retentit et, aussitôt, les grenades lacrymogènes fusent, les policiers chargent la foule. Les manifestants, équipés de masques ou de simples foulards mouillés, résistent. Profitant de leur nombre, ils arrivent à repousser la première charge des hommes en noir. La seconde n'arrive pas à faire mieux. Ni la troisième. Des policiers sont attrapés et forcés de pactiser avec les manifestants. Déjà les jeunes crient victoire et reprennent le slogan de David.

— Viva la Évolution !

— La place Tahrir est à nous !

Un « hourra ! » retentit, repris sur une large distance.

Mais soudain surgissent les bulldozers de la police qui les obligent à reculer.

— On se croirait dans le film *Le Soleil vert*, remarque David qui connaît ses classiques.

— Il faudra dire aux auteurs de science-fiction qu'il ne faut pas lancer trop d'idées, parce qu'elles inspirent ensuite la réalité, ironise le chauffeur de taxi.

Sur les larges avenues qui mènent à la place, les bulldozers forment une ligne continue qu'aucun manifestant ne peut franchir. Progressivement, les mastodontes d'acier les bousculent, les forcent à se regrouper puis les repoussent vers des impasses où les jeunes se piétinent entre eux. David reste fasciné par ce spectacle de la foule humaine confrontée à la violence.

Les officiels ont trouvé la parade. Ils ne tirent même plus à balles réelles, ils forcent les manifestants à se piétiner entre eux.

Ce qui lui rappelle un extrait de l'Encyclopédie d'Edmond Wells, où il avait lu que les loups du Mercantour utilisaient une stratégie similaire.

Le combat tourne rapidement à l'avantage des hommes en noir, beaucoup moins nombreux, mais qui maîtrisent la capacité de coordination.

Les bulldozers écrasent les protestataires et provoquent des mouvements de panique. Une réaction de défense efficace s'improvise avec difficulté. Des cocktails Molotov partent et enflamment les bulldozers.

Des combattantes Femen, mieux préparées aux combats corps à corps, arrivent à prendre le contrôle d'un des engins de terrassement et le retournent contre les policiers. Elles réussissent ainsi à briser l'étau qui se refermait sur les manifestants et hissent sur le bulldozer un drapeau au motif de la statue de la liberté.

— VIVA LA ÉVOLUTION MONDIALE !

Après les féministes, ce sont les étudiants puis les pauvres qui reprennent l'initiative et s'emparent de bulldozers. Les affamés en profitent pour défoncer les magasins et piller leur contenu avec une prédilection pour les magasins de nourriture et de smartphones.

Alors que le ciel s'obscurcit, les combats sont de plus en plus féroces. Les féministes sont spécialement visées par les policiers qui s'acharnent sur ces filles le plus souvent dépoitraillées. Des bulldozers enflammés fument partout. Les émeutiers de la faim, armés de bâtons, arrivent à isoler certains groupes de policiers et, profitant de leur avantage numérique, les matraquent et les lynchent.

Dans la zone nord, les bulldozers capturés par les manifestants affrontent les bulldozers aux mains des policiers. On dirait un combat entre de gros insectes, de type scarabées, qui s'affrontent en tendant leurs mandibules et en essayant de percer les carapaces adverses. Le bruit des tôles d'acier qui se percutent et se déchirent ajoute un effet spectaculaire.

— Vu le danger, je me sens obligé d'augmenter le tarif. Ce sera 1 000 euros de plus, signale Abdelatif.

— 500 ?

— … OK. Ça marche.

— Comment allez-vous faire ?

— Je connais des maisons qui ont des caves reliées à un réseau de passages souterrains.

— Des catacombes ?

— Oui, construites par les communautés des premiers chrétiens persécutés par les Romains. Le réseau date de l'Antiquité, cela nous permettra de traverser les lignes.

Abdelatif leur fait signe de rejoindre une porte d'entrée. Là il sort une clef et commence à trafiquer la serrure. Ils pénètrent dans la maison, trouvent un couloir, au fond une autre porte ouvre sur un escalier qui descend vers une zone sombre donnant sur des caves.

Ils longent un tunnel et arrivent devant des marches en pierre qui semblent très anciennes.

Dans un coin, ils trouvent bougies et allumettes et les deux scientifiques s'éclairent, alors que devant eux Abdelatif utilise son smartphone comme lampe de poche. Ils reconnaissent le symbole des premiers chrétiens : le poisson.

— Le poisson est le symbole de la spiritualité chrétienne des origines, rappelle Abdelatif. Si Jésus revenait, il n'aimerait pas trop le nouveau symbole qu'on a attribué à ceux qui parlent en son nom : son supplice sur la Croix.

— Le poisson pourrait aussi être le symbole du mouvement « évolutionnaire », propose David. Après tout, le premier être qui a fait une évolution déterminante est un poisson, le Tiktaalik, il y a plusieurs millions d'années. C'était lui, le premier évolutionnaire.

Ils suivent les poissons gravés et débouchent sur les catacombes proprement dites. C'est un vrai dédale, où filent de gros rats gris.

Abdelatif a noté un plan sur son smartphone et il semble parfaitement s'y reconnaître. Au bout d'un couloir bouché, ils se retrouvent face à une porte fermée, qui refuse de céder. Le chauffeur de taxi a l'air contrarié, il donne une grande bourrade avec son épaule, l'huis cède et ils arrivent dans les égouts.

Ils tombent sur un groupe de policiers en train de tabasser des manifestants. Certains hommes en noir les repèrent et foncent vers eux. Abdelatif n'a que le temps de fermer la porte et de la bloquer avec une poutre.

Il réfléchit, puis fait signe de remonter :

— Bon, pour les catacombes c'est fichu. Plan B.

Ils ressortent en empruntant un escalier en colimaçon et arrivent dans une maison qui sent un mélange de salpêtre et de résineux.

Abdelatif leur fait signe de monter au dernier étage. Là il leur montre comment avancer en marchant sur les toits.

De là-haut, ils assistent aux scènes de violence qui se déroulent dans les ruelles. Les bulldozers sont toujours en première ligne, la plupart ont leur pelleteuse enflammée par les cocktails Molotov. Les piétons se battent au corps à corps à coups de bâton, de couteau, de machette, et même de pierre.

— Je crois que c'est la nourriture pimentée qui rend les gens agressifs, philosophe Abdelatif. Et puis la chaleur. Il paraît que le Soleil est en éruption et que ça donne envie de se battre. En tout cas pour une fois, notre manifestation, grâce à Internet, est directement connectée à des dizaines d'autres. C'est le progrès, au lieu de faire un petit bordel dans un coin, on fait un bordel planétaire. S'il le faut, c'est peut-être une révolution, enfin je voulais dire une « évolution » mondiale, des jeunes, des pauvres et des femmes. Vous vous imaginez si cela marchait, une « évolution » populaire mondiale qui réussirait juste parce que des gens ont eu le courage de sortir dans la rue et de se battre contre des flics ?

Ils courent, enjambent des toits au-dessus de rues remplies de combattants pour atteindre un autre toit au risque de tomber. Des foules accourent de partout afin de rejoindre les insurgés.

— Je n'ai jamais vu autant de gens à ce point déterminés, avoue Hypatie, impressionnée.

De là où ils se trouvent, ils ont l'impression que la ville est devenue folle et que les incendies l'illuminent. Les trois pyramides-bidonvilles sont éclairées par tous ceux qui veillent devant leur téléviseur pour savoir comment l'émeute va tourner.

132. ENCYCLOPÉDIE : PLACE TIAN'ANMEN

Après le dégel politique de la Russie lancé par Gorbatchev, au milieu des années 1980, le dirigeant chinois Deng Xiaoping décide lui aussi de moderniser et d'assouplir la dictature communiste établie par Mao Tsé-toung. Il se fait aider dans cette tâche par deux réformateurs : Hu Yaobang et Zhao Ziyang. Ces deux hommes sont connus pour lutter contre la ligne des conservateurs purs et durs représentés notamment par l'économiste Chen Yun et son protégé Li Peng.

Cette rivalité entre deux camps, réformateurs et conservateurs, correspond à un conflit plus général dans le pays : d'un côté, les ouvriers et les paysans veulent plus de communisme, de l'autre, les étudiants et les commerçants veulent plus de démocratie.

En 1986, les premières manifestations étudiantes de masse entraînent le limogeage de Hu Yaobang, l'arrêt des réformes et le renforcement des conservateurs. Trois ans passent.

Le 15 avril 1989, la mort suspecte de Hu Yaobang (probablement empoisonné) provoque une manifestation pacifiste spontanée d'étudiants sur la place Tian'anmen, à Pékin. Ils réclament la réhabilitation posthume de ce réformateur. Tout en soutenant le régime officiel, les manifestants dénoncent la corruption de la plupart des dirigeants et le système de privilèges des fils de membres du parti communiste chinois.

À partir du 16 avril 1989, le nombre des contestataires connaît un accroissement exponentiel et ils sont bientôt plusieurs centaines de milliers. Ils organisent un sit-in devant le Grand Palais du Peuple (là où siège l'Assemblée).

Cette contestation étudiante s'étend à d'autres villes importantes comme Shanghai, Chongqing, Urumqi, en tout plus de quatre cents villes ayant des populations étudiantes importantes. Pour montrer leur détermination, plus d'un millier de manifestants se mettent en grève de la faim.

Les ouvriers finissent par soutenir les manifestants en dénonçant la corruption et le luxe extravagant dans lequel vivent les dirigeants du parti communiste.

À Hong Kong, Taïwan et dans toutes les diasporas chinoises, les jeunes soutiennent à distance le mouvement.

Au sein du parti, les dirigeants restent divisés sur la conduite à tenir. Zhao Ziyang est partisan d'une négociation pacifique, Li Peng d'une répression ferme. Finalement, les anciens du parti ont peur que

le chaos ne gagne, Deng Xiaoping cède à Li Peng. La voie dure est choisie. Huit généraux refuseront de s'y soumettre et sont aussitôt mis en congé maladie, Zhao Ziyang est limogé et placé en résidence surveillée, Li Peng prend le pouvoir.
Le 20 mai, la loi martiale est décrétée. Deux cent mille soldats en provenance de provinces éloignées (notamment de Mongolie, pour éviter les liens familiaux possibles avec les manifestants) sont envoyés pour mater les rebelles. Ils sont suivis de plusieurs centaines de chars d'assaut.
Les habitants de Pékin viennent en aide aux étudiants et partout des barricades sont érigées pour stopper les tanks.
Li Peng sait qu'il doit aller vite.
Cependant, des dissensions apparaissent entre les officiers et certains corps d'armée décident de soutenir les manifestants.
Dans la banlieue de Pékin, des tirs d'artillerie et d'armes lourdes sont échangés entre militaires progouvernement et militaires promanifestants.
Les soldats sous les ordres de Li Peng sont regroupés à 1 heure du matin autour de la place Tian'anmen. Un ultimatum est lancé aux émeutiers.
À 4 heures, les leaders étudiants votent : l'évacuation ou la résistance, et choisissent la deuxième option.
Li Peng ordonne le massacre. Les soldats chargent et tirent à balles réelles sur la foule désarmée (les officiers expliqueront par la suite qu'ils n'avaient pas de matériel anti-émeute : balles de caoutchouc ou lacrymogènes).
Il y a plus de trois mille morts (dont cinquante soldats et policiers) et sept mille blessés. Les étudiants survivants négocient leur sortie.

À 5 h 40, la place est entièrement évacuée.
En tout, on compte avec les autres villes où la répression a lieu simultanément plus de douze mille morts.
Il faut ajouter à ce chiffre plusieurs milliers d'arrestations (et notamment des centaines de militaires qui avaient combattu hors des villes en faveur des manifestants). Des procès rapides sont organisés et les juges votent plusieurs condamnations à mort qui sont aussitôt exécutées.
Li Peng a officiellement baptisé cette révolte « les incidents avec des bandes de voyous », et toute référence aux manifestations de Tian'anmen est officiellement interdite en Chine. La censure touche tous les journaux, les livres et les émissions de télévision. Li Peng règne. À la télévision, une campagne de propagande est lancée sur le thème des bienfaits de la dictature du prolétariat et de la sagesse du Grand Timonier Mao Tsé-toung.
De cette manifestation de mai 89, l'image qui restera la plus forte est celle d'un étudiant anonyme, seul, sans arme, vêtu d'une chemise blanche, faisant face à une colonne de tanks. Alors que le tank de tête essaie de le contourner, l'étudiant se déplace pour rester constamment face à lui, jusqu'au moment où il force le tank et tous les autres tanks qui sont derrière lui à stopper.
Cet homme n'a jamais été retrouvé.

Edmond Wells,
Encyclopédie du Savoir Relatif et Absolu, Tome XI.

133.

Il est juste là, face à lui. Ils se serrent la main, et le président chinois Tchang invite Jaffar à monter dans sa voiture de luxe Red-Flag arborant les drapeaux chinois et iranien.

Ils roulent vers le centre-ville, traversent la place Tian'anmen, uniquement remplie de touristes, de policiers en armes et de quelques officiers militaires avachis en train de fumer ou de jouer au mah-jong.

La Red-Flag noire n'attire pas l'attention. Quelques badauds admiratifs photographient le portrait de Mao Tsé-toung surmonté de l'inscription « Longue vie à la République populaire de Chine » et aussi « Vive la dictature du prolétariat ». Au centre, le mausolée du même dirigeant, puis le monument au héros du peuple, un obélisque, l'Assemblée, le Musée national.

Ayant traversé cette place immense, ils débouchent sur une large avenue. Autour d'eux, des foules de badauds brandissent les drapeaux iranien et chinois. Ces derniers sont encadrés par de longues cohortes de policiers en gants blancs.

L'avenue mène à la Cité interdite.

Le président Jaffar est nerveux. Il se sent écrasé dans cette ville étrangère immense qui semble dédiée à la mégalomanie des empereurs chinois. Le président Tchang, en revanche, semble ravi de la lui faire découvrir.

— L'Empire perse et l'Empire chinois ont pour point commun d'avoir jadis régné sur la moitié du monde. Il serait à mon avis intéressant de les réunir pour conquérir le monde tout entier. Qu'en pensez-vous, mon cher Jaffar ? Vous avez le pétrole et les religieux, et moi j'ai l'industrie et la démographie. Quatre atouts pour gagner.

— Pourquoi maintenant, président Tchang ?

— Si j'ai bien compris, les étudiants, les pauvres et les femmes se révoltent un peu partout. C'est l'embrasement populaire planétaire.

— À part Shanghai et Téhéran… je crois que Rio de Janeiro, Mexico, Athènes, Istanbul, Alger, Le Caire sont en plein chaos. Ils ont fini par trouver un nom à leur mouvement. Les « Évolutionnaires ».

— Vous ne croyez pas que tous ces jeunes seraient mieux en uniforme, les cheveux à ras, occupés à obéir à des officiers plutôt qu'à casser des vitrines de magasins et à mettre le feu aux voitures ? ironise-t-il.

— C'est vrai que ces temps-ci les étudiants deviennent… turbulents. On en arrive même à regretter qu'ils soient… éduqués.

— Chez nous, Confucius nous a appris un principe universel : l'homme de qualité doit rechercher l'ordre partout autour de lui. L'ordre dans la famille, l'ordre dans la ville, l'ordre dans l'empire, l'ordre dans l'Univers, et le but du bon gouvernant est de tout faire pour que ces ordres soient respectés.

Ils arrivent à la Cité interdite. La hauteur des murailles et la largeur des fossés font penser au visiteur que tout a été conçu par les anciens maîtres des lieux pour maîtriser les émeutes populaires.

— Ce qui est dommage, c'est qu'on n'entend dans les médias que les « trublions ». La grande majorité des gens qui veulent être tranquilles restent chez eux et espèrent que nous agirons, nous les dirigeants, pour faire le sale boulot qui permettra de garantir leur quiétude.

La limousine noire s'arrête, et le président chinois guide son invité vers un bâtiment imposant aux pointes de toit recourbées. Autour d'eux, des gardes les saluent d'un geste mécanique. Enfin ils entrent dans une pièce remplie de têtes d'animaux taxidermisés : tigres, ours, loups, crocodiles, rhinocéros. Tous semblent avoir défoncé le mur pour passer la tête, le regard figé dans des billes de verre.

— J'ai longtemps réfléchi et j'ai fini par repenser à notre petite entrevue aux Açores chez les Emachs.

— Vous voulez faire la guerre aux Micro-Humains ?

Tchang éclate de rire.

— Un tank pour écraser une fourmilière ? Non, président Jaffar, nous perdrions la face. J'ai pensé à quelque chose de plus « honorable ».

Il saisit son smartphone et l'utilise comme télécommande pour faire apparaître des images sur un écran. Un diagramme apparaît.

— Ceci est ultrasecret, je compte évidemment sur votre discrétion, mon cher Jaffar.

Une courbe sur un graphique s'affiche.

— Voilà la courbe démographique de la population chinoise. Officiellement, nous sommes 1,4 milliard. En réalité nous sommes 1,8 milliard.

— Où voulez-vous en venir ?

— Il y a quatre cents millions de personnes en trop dont nous devons nous débarrasser d'une manière ou d'une autre.

— Ah ? C'est étrange d'entendre le problème exposé de cette manière.

— Nous, les Chinois, nous avons toujours eu à régler la question de l'excédent de population. Par exemple, Qin Shi Huangdi, le premier empereur qui vivait en l'an 250 avant Jésus-Christ, faisait venir des foules de pauvres et de clochards durant les batailles pour servir de premières lignes et épuiser les flèches ennemies. C'étaient des types qui avançaient sans arme et qui n'étaient là que pour mourir.

— Astucieux.

— Ce qui permettait de réguler une partie des excédents. Shi Huangdi était la référence préférée de Mao Tsé-toung, et il est encore de nos jours considéré comme le plus important empereur, au point que c'est lui qui a donné son nom au pays : Qin, ou Chin.

— J'ignorais ce détail, avoue modestement l'Iranien.

— Plus tard, grâce à la guerre du Vietnam, nous avons pu encore nous débarrasser des excédents de population. Les Américains ne comprenaient pas que plus ils tuaient de Viêt-cong, plus il en apparaissait.

— En fait, c'étaient vos fameux excédents démographiques ?

Il retient un rire.

— Nous en avions tellement que les Américains n'arrivaient pas à fabriquer suffisamment de munitions pour les tuer.

Jaffar est intéressé.

— L'Occident n'a jamais compris l'Orient. Ils ont une vision simpliste et moraliste du monde, avec une vue à court terme.

Le Chinois affiche une moue.

— Malheureusement, au Vietnam par exemple, les colons français puis les Américains ont vite renoncé.

— Ce sont des petits joueurs.

— Il faut tout faire nous-mêmes. En 1966, dans le cadre de sa campagne du « Grand Bond en avant », notre Timonier Mao Tsé-toung a eu cette idée géniale de la « Révolution culturelle ». Cette expression poétique cachait en réalité un plan de purge des intellectuels. Comme disait Shi Huangdi, « il faut interdire de penser car penser c'est forcément penser contre l'État ».

— Combien cette fois ?

— Quarante-cinq millions de morts, annonce le Chinois, content d'impressionner son interlocuteur. Ce qui demande quand même beaucoup d'organisation pour fusiller, pendre, enfermer dans des camps de travail où ils mouraient de faim comme des mouches.

— L'intellectuel est fragile, rappelle le président iranien, compatissant.

— Notre Grand Timonier mérite bien son nom. Il nous a montré la bonne manière de gérer le troupeau.

Le président iranien lisse sa barbe.

— Nous avons nous-mêmes durant la guerre Irak-Iran, en 1980, envoyé des centaines de milliers d'enfants orphelins en première ligne pour faire sauter les mines. Après les orphelins nous nous sommes débarrassés des bahaïes, des chrétiens, des sunnites. Et puis des étudiants et des intellectuels bien sûr. Tout d'un coup ce conflit nous a fait comprendre que cette machine de mort pouvait avoir un aspect positif, voire nécessaire : nous alléger de toute forme d'opposition interne.

Le président chinois lui tend une cigarette à bout doré, qu'il accepte.

— C'est une règle tacite nécessaire. Les Occidentaux ont eu la Première et la Deuxième Guerre mondiale qui étaient des hachoirs à viande humaine. Staline a lui aussi eu ses « purges » qui ont fait des millions de morts. Qui osera parler de la difficulté de réduire sa propre population ?

— Je crois que vous pouvez donc comprendre ce point de vue, mon cher Jaffar. Chez nous, en médecine traditionnelle, on soigne encore avec la saignée et nous obtenons sur l'organisme de très bons résultats.

— Nous-mêmes utilisons dans notre médecine traditionnelle les sangsues qui font ça « naturellement », répond l'Iranien.

Le Chinois se lève et fait apparaître une carte de la Chine.

— Et puis, il y a eu le Premier Cavalier de l'Apocalypse, la grippe A (H1N1), et le Deuxième Cavalier de l'Apocalypse, l'astéroïde. Autant de calamités pour les autres qui ont été des bénédictions pour nous.

Le président Tchang frappe dans ses mains. Aussitôt un serviteur arrive, armé d'un plateau où voisinent un flacon de cognac français et deux verres-ballons avec un glaçon.

— Ah ! j'oubliais que vous êtes musulman, vous ne buvez pas d'alcool.

— Vous plaisantez, cher président Tchang. Les interdits sont pour le peuple. J'ai personnellement une cave à vins et alcools rares, au palais présidentiel à Téhéran, et quand je visite mes homologues syrien, irakien, libanais, je peux vous garantir qu'ils me servent leurs meilleurs whiskies. Plus c'est interdit, plus il est jouissif d'avoir le privilège d'être une… exception.

— Je me demande si on ne devrait pas interdire l'alcool nous aussi, dit le président chinois avec un sourire compréhensif. Non, je me laisse aller, l'expérience m'a appris qu'il existe deux choses qu'on ne peut pas interdire aux Chinois : la bière et les jeux de cartes !

Ils éclatent de rire, et s'empressent de déguster le nectar.

— Comprenez notre point de vue, président Jaffar, ces quatre cents millions d'excédent nous préoccupent. La guerre du Vietnam, la Révolution culturelle, le SRAS n'ayant pas suffi, nous cherchons quelque chose de plus moderne.

— Il paraît que vos mines de charbon tuent beaucoup d'ouvriers. Dans ces tunnels mal étayés et sujets aux coups de grisou, vous avez pu vous débarrasser de milliers de mineurs et obtenir une source d'énergie bon marché, non ?

— C'est vrai, nous avons transformé des cadavres… en électricité.

Il redevient sérieux.

— Mais nos femmes font plus d'enfants que les mines de charbon n'en dévorent.

Le Chinois a un rictus.

— S'alléger des quatre cents millions d'excédent est une priorité du Comité central du parti pour le prochain plan quinquennal, et bien sûr, mes collègues me font confiance pour trouver la solution « la plus rapide et la plus efficace possible ».

Ils se resservent du cognac. Le président Jaffar semble moins bien tenir l'alcool que le Chinois, mais voulant donner le change, il se reprend pour rester bien droit dans son fauteuil.

— Tout cela ne me dit pas ce que vous attendez de moi, président Tchang.

— Que diriez-vous de faire un plan de « nettoyage » intérieur et extérieur en commun avec nous, mon cher Jaffar ?

— Pouvez-vous être plus précis, mon cher Tchang ?

Le Chinois verse à nouveau le cognac dans les verres et ose prononcer :

— La guerre. Mais pas une petite, une grande, quelque chose d'ambitieux capable de faire chez nous quatre cents millions de morts et chez vous disons au moins…

L'Iranien inspire, puis soupire longuement.

— Nous sommes quatre-vingt-dix millions actuellement, donc une ponction de dix millions serait raisonnable. Vous voudriez que la Chine et l'Iran déclenchent un conflit ?

— Avec des grosses pertes… de part et d'autre.

— Je vois, président Tchang… vous voulez une guerre qui dure ?

— Nous aurions cet avantage que nous n'avons rien à y perdre et tout à gagner.

— Et si nous perdons ?

— Ce ne serait pas un réel problème. Au pire, on en resterait au statu quo.

À nouveau ils dégustent le cognac, détendus, et enfin vraiment complices.

— Quoi de plus triste que l'armement high tech qui rouille ? Quoi de plus triste que des soldats enfermés dans des casernes et qui font la sieste ?

— Avec le plus grand, le plus riche, le plus armé et le plus peuplé de tous les États derrière nous, notre révolution religieuse va enfin pouvoir prendre sa vraie dimension internationale. Comment allons-nous opérer ?

— Le mieux serait de démarrer chez vous, Jaffar. Avec le récent massacre des pèlerins chiites à La Mecque, vous tenez un excellent prétexte. Que diriez-vous d'un missile Sahâb-7 avec une charge nucléaire sur Riyad ? À titre d'apéritif…

— J'ai l'impression que vous avez déjà pensé à tout, président Tchang.

— Nous allons vous fournir du matériel de destruction massive par le biais de notre allié nord-coréen.

Le président iranien est partagé entre l'excitation de la guerre et l'inquiétude face à l'ambition de son vis-à-vis. À nouveau, toutes les têtes d'animaux empaillés attirent son attention, il a l'impression qu'elles veulent l'avertir de quelque chose. Il vide son verre d'un trait pour noyer cette désagréable sensation.

— Quant à nous deux, mon cher Jaffar, nous entrerons dans l'histoire pour avoir lâché…

Le Chinois l'invite à se redresser pour lui désigner une statue équestre en bronze.

— … le Troisième Cavalier de l'Apocalypse ?

134.

— STOP !

Alors qu'ils sont sur le point de rejoindre l'hôtel, trois hommes en civil surgissent derrière eux, brandissant leurs cartes de policiers.

Abdelatif leur fait un discret signe de connivence, confirmant que ce sont bien eux.

Le chauffeur affiche ensuite un air désolé, sourit de toutes ses dents, puis souhaite bonne chance à David et Hypatie.

Les deux touristes sont amenés dans un commissariat proche où ils sont menottés et interrogés par deux inspecteurs.

Autour d'eux, c'est partout le branle-bas de combat. Les policiers blessés sont regroupés sur des chaises. Cependant les deux inspecteurs, malgré ce qui ressemble à une ambiance de guerre civile, semblent principalement préoccupés par les deux nouveaux arrivants. L'un a une longue barbe, l'autre une courte.

David Wells et Hypatie sont forcés de s'asseoir face à eux.

— Évolutionnaires ? demande Longue-Barbe.

Ils ne répondent pas.

— Il paraît que vous avez voulu empêcher la destruction de la pyramide ? demande Courte-Barbe. Nous avons des photos des caméras de surveillance, on vous voit clairement pénétrer à l'intérieur.

Ils montrent les clichés.

— On vous a reconnu. Vous êtes le mari d'Aurore Kammerer-Wells, rappelle Longue-Barbe. Vous savez qu'à cause de vous, enfin, de votre femme, les hommes se voient refuser le devoir conjugal ?

À nouveau, des photos de David et Aurore passent sous leur nez.

— Vous étiez des leaders de la manifestation, vous êtes des agents du Mossad venus pour semer le chaos chez nous ?

Les deux scientifiques ne réagissent toujours pas.

— Que faisiez-vous dans ce derrick ? Vous vouliez le saboter ?

Les inspecteurs présentent d'autres photos qui prouvent qu'ils étaient épiés depuis leur arrivée.

— Avec vous, beaucoup de problèmes surgissent, comme par hasard. Or je ne crois pas au hasard. Vous savez, ça peut se passer de manière agréable si vous coopérez, ou moins agréable si vous vous taisez.

Déjà Courte-Barbe a sorti une matraque électrique.

— Vous n'avez pas mieux à faire que de vous occuper de nous ? demande Hypatie. Plutôt que de regarder les caméras de surveillance, ouvrez votre fenêtre, vous verrez, il se passe des trucs intéressants.

Il fait un geste désinvolte.

— Les manifs ? Ça arrive de temps en temps, comme l'orage, ça fait du vacarme et ça passe… ici on commence à s'y habituer.

— Par contre, vous… vous êtes vraiment une perturbation de notre système, complète son comparse.

— Je veux voir l'ambassadeur de France.

— Vous n'êtes pas officiellement arrêtés, donc aucune raison d'avertir qui que ce soit. Pour l'instant, vous n'êtes là qu'à titre… informatif.

— Je veux un avocat.

— Nous n'avons pas les mêmes lois que chez vous, vu qu'il n'y a rien d'officiel dans votre présence ici, il n'y a pas de procédure à engager, signale Longue-Barbe.

— Vous savez, on compte beaucoup de blessés et de morts actuellement sur la place Tahrir, votre décès ne serait qu'une infime péripétie au milieu de ces émeutes, complète Courte-Barbe. Des touristes qui étaient là au mauvais moment au mauvais endroit, ça arrive. Il n'y aura pas d'enquête.

— Alors nous vous répétons la question : que faites-vous en Égypte ?

Déjà Courte-Barbe commence à caresser le visage d'Hypatie avec la pointe de sa matraque électrique.

David se lève et énonce avec le plus de clarté possible :

— Notre mission consistait à discuter avec la Terre en utilisant la pyramide comme intermédiaire. La civilisation des Géants qui nous a précédés a probablement construit cette pyramide il y a huit mille ans dans ce but, et nous avons pensé que c'était le bon moment pour recréer le dialogue entre l'homme et sa planète. Nous avons d'ailleurs trouvé un squelette de femme géante dans une salle sous la pyramide. Et il y avait tout un système pour parler à Gaïa. La pyramide est en fait le prolongement d'une salle immense. D'ailleurs, avec un peu de chance, en cherchant sous les décombres, vous pourriez retrouver le squelette de la géante.

Quelques secondes plus tard, ils se retrouvent tous les deux dans une cellule d'une trentaine de mètres carrés pleine à craquer d'une foule compacte d'étudiants plus ou moins blessés.

Les deux scientifiques sont compressés par les autres, plaqués l'un contre l'autre, face à face.

— Quand je pense que mon ex-femme me faisait le reproche de ne pas être assez aventurier. Elle pourra voir en se penchant sur mon cadavre que, vers la fin, j'ai nettement changé.

— Désolée de vous avoir entraîné ici, dit Hypatie.

Des codétenus les bousculent.

— Hum… il y a des toilettes ? demande Hypatie.

Deux femmes lui font un signe de dénégation et un geste qui signifie que c'est la raison de l'odeur.

— Vous croyez qu'ils vont nous tuer, professeur ?

— Ce serait dommage. Gaïa m'a chargé d'une mission, je n'aime pas décevoir ceux qui me font confiance. A fortiori lorsque ce sont des… planètes.

— Je n'en reviens toujours pas qu'« elle » vous ait parlé…

Autour d'eux, les gens râlent, leur demandent de discuter moins fort.

À ce moment la cellule s'ouvre et on amène de nouveaux prisonniers.

Alors le couple se serre un peu plus, et le professeur Wells sent les seins de son étudiante à travers l'étoffe de son vêtement. Ils restent ainsi corps contre corps, alors qu'autour d'eux le brouhaha augmente et l'odeur d'urine et de sueur devient d'autant plus éprouvante que la température est élevée, sans autre système d'aération qu'une minuscule fenêtre à barreaux située en hauteur.

— Ça vous dirait de tenter à nouveau la méditation ? demande Hypatie.

— Ce ne sont pas les pires conditions pour effectuer ce genre d'exercice ?

— Au contraire, les circonstances sont idéales. Si vous y arrivez ici, vous y arriverez partout. Nous pouvons même le faire debout. Allez-y, fermez les yeux.

Il baisse les paupières alors que quelqu'un lui marche sur les pieds.

— Nous allons aller plus vite cette fois, pensez à votre corps : pieds, jambes, bassin, ventre, torse, bras, cou, tête. Puis pensez à votre respiration. Visualisez votre cœur qui bat. Maintenant allumez la flamme au milieu de votre front.

Il se concentre à nouveau.

La flamme.

Un mec me marche sur les pieds.

Je vais lui mettre mon poing dans la figure.

La flamme.

L'odeur d'urine. Ce lieu est une infection.

Je vais vomir.

La flamme.

La Terre qui m'a parlé.

La flamme.

Hypatie.

Ses seins contre mon torse.

La flamme.

Soudain un vacarme retentit suivi d'un fracas.

Il ouvre les yeux.

Le mur extérieur de la cellule s'effondre dans un nuage de poussières et les détenus, sans chercher à comprendre, s'enfuient comme une volée de moineaux enfin libérés de leur cage éventrée.

David constate que c'est un bulldozer qui vient de défoncer le mur de ses dents d'acier.

— Par là ! lance une voix familière.

David tire Hypatie par la main pour qu'elle le suive.

Ils retrouvent Martin Janicot qui pilote l'engin mécanique et Natalia Ovitz bien calée à ses côtés.

Les policiers ont jailli et les mettent en joue.

Martin Janicot abaisse le bras de la pelleteuse pour faire bouclier. Les balles ricochent sur le métal en émettant des sons de cloches.

— Pardonnez mon retard, mais il y avait des embouteillages, s'excuse Natalia Ovitz. Je suis passée à l'hôtel chercher vos affaires, je les ai rangées dans vos valises et j'ai aussi récupéré vos passeports. Je vous propose d'aller directement à l'aéroport. Un avion décolle dans une heure.

— En bulldozer ?

Déjà ils foncent vers l'aéroport.

— Hypatie, je vous présente Natalia Ovitz, ambassadrice de France à l'ONU et mon ex-patronne quand je travaillais pour les services secrets français.

— Enchantée.

— C'est avec Hypatie que j'ai pu commencer à communiquer avec Gaïa dans la pyramide de Gizeh. Nous avons trouvé une immense chambre secrète souterraine avec à l'intérieur une géante datée de huit mille ans.

— D'ailleurs, ce serait bien si on pouvait la récupérer pour la mettre dans un musée et ainsi prouver que..., précise la jeune Coréenne.

— La période n'est plus à l'archéologie. Il faudra attendre la fin des manifestations pour qu'on s'intéresse à des fouilles…

Ils sont interrompus par des détonations. Tout autour, des gens courent, se poursuivent, se battent, comme si la crise de la place Tahrir avait gagné par contagion l'ensemble de la ville. Ils peuvent même voir des flammes illuminant les flancs des pyramides-bidonvilles.

Sur le tee-shirt de Martin s'affichent trois nouvelles lois de Murphy.

204. À la fin tout tourne mal, et si cela semble s'arranger, c'est que ce n'est pas encore la fin.
205. N'attribuez jamais au destin contraire quelque chose qui peut s'expliquer tout simplement par la bêtise humaine.
206. D'abord les ennuis s'additionnent puis, arrivés à un certain point, ils se multiplient.

Soudain surgit derrière eux un bulldozer de la police qui les poursuit sur une longue avenue jonchée de carcasses en feu. Des balles sifflent dans leur direction. Martin Janicot pousse les gaz mais le bulldozer n'est pas une voiture et sa vitesse est limitée. Leurs poursuivants les rattrapent peu à peu.

Soudain Martin Janicot freine d'un coup et laisse l'autre engin le dépasser, emporté par son élan. Il abaisse ensuite la pelleteuse de manière à pouvoir fendre d'un coup la cabine de pilotage adverse.

Mais l'autre engin, plus mobile et plus puissant, a déjà fait demi-tour et les deux mastodontes se font face comme deux taureaux fulminants. Tous deux reculent pour prendre de l'élan. Les pots d'échappement lâchent des fumées noires. Les deux adversaires vrombissent, allument leurs phares en puissance maximale puis, simultanément, foncent l'un vers l'autre dans un rugissement d'acier.

135.

Mais qu'est-ce qu'ils font ?
Pourquoi ce temps perdu au lieu de s'occuper de moi ?

136.

Le fracas des tôles provoque un bruit d'explosion. Tous se cramponnent alors que les dents des bulldozers cherchent les chairs molles des humains qui se calfeutrent à l'intérieur.

Les deux engins se soulèvent, appuyés l'un sur l'autre de toute la puissance de leurs moteurs, les tuyaux fument, les chenillettes patinent puis, agrippant le sol, les bulldozers se dressent comme deux lutteurs de sumo.

Une bombe lacrymogène vient soudain troubler le spectacle.

Profitant du brouillard et de la panique, Martin Janicot fait une brusque marche arrière et, en essayant d'éviter les manifestants derrière lui, se dégage de l'avenue.

Natalia Ovitz fait signe à son mari de rejoindre un groupe de bulldozers et de se mêler à eux pour ne plus être détectable, puis ayant semé ses poursuivants, elle utilise le GPS de son smartphone pour retrouver la direction de l'aéroport.

Là, Martin Janicot gare son bulldozer près des bus de touristes. Le véhicule de travaux publics lâche un dernier soupir fumeux.

Utilisant son passeport diplomatique, Natalia Ovitz arrive à faire passer ses invités dans une zone de transit.

— Avant que nous soyons interrompus, vous disiez que vous aviez communiqué avec la Terre grâce à la pyramide ?

— Il faudra être tranquilles pour t'expliquer, Natalia. Pour l'instant nous avons une mission à terminer.

— Comme vous voulez. Je vous ai déjà pris un vol pour Roissy.

— Nous n'allons pas à Paris, notre mission urgente réclame une destination plus exotique, déclare David.

— Tu me sembles bien cachotier, mais je respecte ta discrétion, nous parlerons quand nous serons au calme. Quant à votre destination « exotique »... depuis Roissy, vous pourrez aller où vous voudrez. Tu n'as pas écouté les actualités ? La montée du mouvement évolutionnaire se propage partout dans le monde.

— Dans quel sens ?

Natalia sourit.

— Plutôt positif. Partout on parle de paix, de réconciliation, et de justice, et de la place des jeunes dans la société, de meilleures répartitions des richesses et même d'écologie. Les gouvernements ont été forcés de lâcher du lest. C'est une sorte de nouveau Mai 68 qui s'est mis en marche avec ce mouvement.

— Je n'arrive pas à y croire.

— Le grand ayatollah iranien vient de proposer au grand mufti saoudien une alliance définitive entre les sunnites et les chiites du monde entier. Ils se sont serré la main et ont conclu un accord de paix illimitée à Bagdad. La Corée du Nord a proposé de laisser contrôler ses installations militaires en échange d'une aide alimentaire. L'Iran vient de désigner une nouvelle assemblée beaucoup plus modérée. De nouveaux contacts ont été pris pour le contrôle de leurs centres nucléaires.

— L'apaisement en si peu de temps ?

— C'est l'effet du mouvement évolutionnaire. Tous ces millions de jeunes spontanément dans les rues, ça force à réfléchir. Les Américains et les Russes ont décidé de passer un accord de désarmement, auquel devraient se rallier les Chinois et les Indiens. Ils signent à Genève des traités de non-prolifération nucléaire. À New York, au siège de l'ONU, on commence à évoquer le concept de paix mondiale et un projet de désarmement planétaire a même été proposé.

Nouvelles détonations au loin.

— Tu nous dis ça alors qu'ici c'est la guerre civile ?

Natalia Ovitz approuve.

— La fièvre est parfois bénéfique. L'histoire s'accélère. J'ai l'impression que les jeunes commencent enfin à être écoutés. Les puissants ont compris que leur intérêt (et celui du commerce mondial) dans le long terme était de calmer les tensions afin de laisser un monde meilleur à nos enfants. Il est peut-être enfin venu le temps du « Peace and Love » imaginé par nos ancêtres en Mai 68. Et maintenant, tu me dis que tu as pu communiquer avec la Terre… C'est la cerise sur le gâteau.

Elle prend la main de son mari et le regarde tendrement.

— Il est peut-être tout simplement enfin venu, le temps de l'amour.

Le temps de l'amour

137.

Le missile à tête nucléaire fonce vers la capitale de l'Arabie Saoudite. Le vent siffle sur ses petites ailettes peintes en vert et son nez fend l'air chaud au-dessus du désert.

Sur le côté, on peut lire, en lettres blanches « Dieu est grand ». Tous les officiers responsables du tir sont réunis dans la pièce du commandement stratégique, et suivent le bon déroulement de l'opération.

Le président chinois Tchang semble décontracté, comme détaché des conséquences des instants qui vont suivre.

Autour de lui, les diplomates présents sont plus nerveux. Le colonel nord-coréen Cheung se ronge les ongles. Son assistant, qui a participé à la fabrication du missile balistique, griffonne des chiffres sur un carnet comme s'il refaisait ses calculs pour être sûr de lui.

Le chef du Hezbollah murmure une prière où certains mots sont plus appuyés que d'autres.

Le ministre de la Guerre vénézuélien serre dans ses doigts une croix de bois. Le général cubain a allumé un gros cigare et empuantit l'atmosphère avec conviction.

Tous couvent des yeux l'écran où l'on peut suivre la trajectoire du missile au-dessus de la carte de la région. Une caméra embarquée à l'avant de l'engin de mort leur fournit une vision subjective.

— Cette fois, pas de Micro-Humains pour intercepter le Troisième Cavalier de l'Apocalypse, murmure le président iranien Jaffar.

Il se souvient de l'épisode où Emma 109 (alors simple espionne), treize ans plus tôt, avait saboté une de leurs bases, précisément au moment où un missile à tête nucléaire était lancé vers la capitale des sunnites.

— Quoi qu'il arrive désormais, dans quelques minutes le monde aura changé, confirme le président chinois Tchang.

Ils attendent, la ligne tracée par le missile s'allonge comme une balafre, d'est en ouest, sur la carte du Moyen-Orient.

L'aiguille de la pendule aux chiffres inscrits en perse continue d'égrener les secondes, le missile fend les airs.

— Ont-ils un système de défense missiles anti-missiles ? demande le Vénézuélien pris d'un doute.

— Seuls les Israéliens ont ça.

Le Vénézuélien prend un air compréhensif.

— Ah, et les Saoudiens ne l'ont pas ?

— Une arme de juifs ! Heureusement qu'ils ne font pas commerce avec eux ! s'indigne le représentant du Hezbollah.

Ils suivent la ligne qui s'allonge toujours sur l'écran.

— Et les Américains ?

— Ils ont aussi un système de missiles anti-missiles, le Skyguard, mais il est moins performant.

Le suspense dure.

Le président iranien chuchote un ordre à un officier et ce dernier revient avec des plateaux-repas et des bouteilles de champagne. Certains officiers boivent. Le responsable du Hezbollah approuve, compréhensif. Puis tous découvrent des toasts recouverts d'une épaisse couche de caviar iranien.

— Comme c'est long, tout ça..., ne peut s'empêcher de soupirer le Chinois en lâchant un petit rot.

Le Vénézuélien reste curieux.

— Et l'explosion devrait avoir pour conséquence de rayer Riyad de la carte, c'est bien cela ? Combien d'habitants ?

— Sept millions.

Le silence revient. L'attente se poursuit, on entend les mâchoires mastiquer les œufs d'esturgeon, les privant définitivement de toute chance de devenir un jour des poissons adultes.

Le missile a effectué les deux tiers du trajet qui le sépare encore de la capitale saoudienne.

— Sept millions de morts... et après quoi ? demande le Vénézuélien, inquiet.

— Ils vont s'énerver, répond le président chinois Tchang, la bouche pleine.

— Ah ? dit le Vénézuélien qui apparaît comme le petit nouveau dans le conflit moyen-oriental. Et selon vous ils vont faire quoi ?

— Les Saoudiens n'ont pas d'armée personnelle efficace. Ils vont demander un vote de condamnation à l'ONU, ils auront le soutien des Américains et des Européens.

— Et ?...

— Et là, nous les Chinois et tous les pays qui sont de près ou de loin nos alliés, nous mettrons notre veto. Américains et Européens vont monter sur leurs grands chevaux et lancer des menaces, mais étant donné qu'ils sont endettés auprès de nos banques et que leurs armées ne sont pas entretenues, il n'en sortira rien de concret. Après avoir lancé des imprécations, après avoir rappelé les principes élémentaires du droit international, des droits de l'homme, de la morale, ils vont finir par... la fermer et laisser faire. Parce qu'ils n'ont pas le choix.

— Ah ? Et après ? interroge le Vénézuélien de plus en plus intéressé.

— Les Saoudiens vont utiliser leurs armes personnelles, à savoir les groupes terroristes sunnites qu'ils manipulent, en Irak, au Liban, en Syrie, au Pakistan, et les sunnites vont attaquer les intérêts chiites avec des kamikazes, probablement.

Le Vénézuélien hoche la tête, d'un air entendu.

— Impact dans moins de cinq minutes, annonce le Nord-Coréen.

Sur l'écran, le point lumineux clignotant approche de la capitale saoudienne.

Enfin, apparaît sur la caméra embarquée la ville de Riyad qui se rapproche et grossit.

À cet instant, une idée étrange traverse l'esprit du président Jaffar. Il visualise la Terre comme un ballon complètement creux, et le missile comme une aiguille capable de le faire éclater.

138. ENCYCLOPÉDIE : THÉORIE DE LA TERRE CREUSE

L'idée que la Terre pourrait ne pas être une sphère pleine, mais une sphère creuse, trouve ses origines dans la plupart des mythologies antiques. Pour les Grecs, le centre de la Terre est le royaume d'Hadès, dieu des Enfers. Pour la mythologie nordique, c'est le Svartalfheim, la patrie des Elfes noirs.

Le premier scientifique à développer ce concept de « Terre creuse » est l'astronome anglais Edmond Halley (connu pour la comète qui porte son nom) qui, en 1692, imagine que la Terre est une coquille de 800 kilomètres d'épaisseur, contenant elle-même une deuxième coquille, puis une troisième coquille, et enfin en son centre un noyau dense.

Selon lui, entre la coquille supérieure et la coquille inférieure se trouverait une atmosphère lumineuse remplie de nuages.

En 1776, le physicien suisse Leonhard Paul Euler renonça au concept de coquilles multiples de Halley pour imaginer que la Terre serait une sphère creuse avec un soleil au milieu et une civilisation avancée vivant sur la paroi intérieure (en plus de celle vivant sur la paroi extérieure). L'idée sera entre autres reprise par Jules Verne pour son *Voyage au centre de la Terre*.

En 1818, un officier de l'armée américaine, John Cleves Symmes, proposa un modèle identique à celui d'Euler, mais où il imaginait cette fois une coquille de 1 250 kilomètres d'épaisseur, avec deux orifices aux pôles Nord et Sud. Pour lui, la civilisation à l'intérieur de la Terre évoquée par Euler ne serait pas un peuple d'étrangers bizarres mais... nous. Il émet en effet l'hypothèse que l'humanité ne vit pas à l'extérieur mais à l'intérieur de la planète, et ce que nous prenons pour un sol convexe serait en fait un monde concave.

Pour Symmes, nous serions comme des insectes marchant à l'intérieur d'un aquarium en forme de globe. Et ce serait la force centrifuge et non la gravité qui nous maintiendrait collés au sol. Le Soleil, la Lune et les étoiles sont au centre et nous sommes prisonniers dans une prison sphérique.

En avril 1942, Adolf Hitler, séduit puis convaincu par l'hypothèse de la Terre creuse de Symmes, organise une expédition sur l'île balte de Rügen. Des appareils radars, des télescopes, des récepteurs infrarouges sont disposés sur différents points tournés vers le ciel avec un angle de 45°. Ils sont censés détecter, par réflexion sur la paroi intérieure concave, la position précise de la flotte anglaise ancrée à Scapa Flow.

Les radars vont rester actifs pendant plusieurs jours. En vain. L'expérience sera ensuite reproduite sur l'île de Man, pour espionner cette fois le territoire américain, sans plus de résultat.

Hitler accordait de l'importance à cette expérience car elle était pour lui la preuve de la stupidité du scientifique juif Einstein et de sa vision fausse de la physique. Cependant, l'échec de l'expédition déçut énormément le Führer, du coup l'initiateur de ces opérations sur l'île de Rügen et de Man, Peter Bender, fut arrêté et interné dans un camp de concentration où il mourut.

Edmond Wells,
Encyclopédie du Savoir Relatif et Absolu, Tome XI.

139.

Vue de haut, l'île ressemble à un triangle beige.

— Alors ce serait là où Gaïa veut continuer de nous parler ?

Au fur et à mesure que leur avion descend dans les strates de nuages cotonneux, l'île se dévoile, et ils distinguent mieux la surface. Le premier élément qui les intrigue est l'absence totale de forêt.

— Vous savez quel est le nom donné par les populations locales à cet endroit ? « Te Pito o te Henua », signale David Wells tenant un guide touristique.

— Ce qui signifie ? demande Hypatie Kim.

— « Le Nombril du monde ».

La jeune étudiante est intriguée.

— Vous l'avez inventé à la seconde ?

— Non, c'est écrit ici, regardez.

Elle lit, puis scrute l'île à travers le hublot.

— Comme si la population avait toujours su qu'elle se trouvait sur le « Nombril du monde » et n'avait pas eu peur de le signaler. Tous les secrets sont dévoilés mais personne ne pense à y prêter attention.

La surface du triangle beige est désormais bien visible, parsemée de touffes d'herbes et de zones de rocailles.

— Nous sommes quand même ici au point du monde le plus éloigné de toute grande ville. Plus précisément à 3 700 kilomètres de l'Amérique du Sud, et 4 000 de Tahiti. L'île la plus proche est à 2 000 kilomètres.

Dans le hublot, se dessine ce qui est communément nommé : l'île de Pâques.

Le scientifique français parcourt le guide touristique et désigne un groupe de maisons basses en contrebas.

— Et voici la capitale : Hanga Roa. Trois mille habitants, censés être les descendants des Pascuans de l'antique civilisation locale dite de Rapa Nui.

Le petit avion de la compagnie chilienne Lan Chile, qui assure l'unique vol hebdomadaire du samedi, arrive sur l'aéroport de Mataveri.

— La piste d'atterrissage traverse le sud de l'île de part en part.

Quelques autochtones sont assis à l'entrée de l'aéroport. Ils ont des visages tannés par le soleil. Leurs traits révèlent le métissage polynésien, indien et espagnol. Leurs cigarettes ont une odeur caractéristique de clou de girofle.

— Tout a l'air dépeuplé, murmure Hypatie.

— Détrompez-vous. Selon le guide, il y a tout ici : une mairie, une église, une poste, onze policiers, dix-neuf soldats, une clinique avec un médecin et trois infirmières, une pharmacie, un supermarché, deux hôtels, trois restaurants. Et depuis peu, ils ont fini par installer une boîte de nuit dans l'espoir d'attirer les jeunes.

En marchant, ils ne voient que des groupes de personnes âgées, assises sur des bancs et qui semblent attendre.

— Ionara. Pehe koé ? questionne David.

Les vieux sont surpris de l'entendre parler leur langue.

— Riva riva. Mauru uru.

— Vous leur dites quoi ?

— Rien de très original. « Bonjour, comment allez-vous ? » Et ils m'ont répondu : « Très bien, merci. »

— Ça semble les ravir.

— Parce que d'habitude on leur parle espagnol, et moi je leur ai parlé (grâce au guide) en rapa nui.

— Je crois que vous vous êtes fait des copains, plaisante-t-elle en désignant une vieille femme qui sourit de toute sa bouche édentée.

Dans la ville d'Hanga Roa les maisons sont basses et dispersées. Tout est tranquille, silencieux.

David et Hypatie choisissent l'hôtel Manavaï. Le réceptionniste, homme guindé aux allures d'aristocrate espagnol, est doté de ce visage compatissant et hautain de la-personne-qui-sait s'adressant à des étrangers-qui-ne-peuvent-pas-comprendre.

— Ionara ? tente à nouveau David.

— Buenos días, répond-il sèchement.

Il leur fait découvrir leur chambre avec un grand lit recouvert d'une couette blanche.

— ... il nous faudrait une chambre avec des lits jumeaux, signale David Wells en anglais.

Le réceptionniste lance un regard compatissant à David, qui semble dire : *En plus elle ne veut même pas coucher avec vous, mon pauvre ? Décidément cette femme n'a pas l'air facile, pourquoi partez-vous en vacances avec elle ?*

Il les mène dans une chambre pourvue de deux lits étroits.

— J'ai l'impression que vous me fuyez, professeur, constate Hypatie avec un sourire.

— Je souhaite que nous conservions une distance d'étudiante à professeur. Je crois que c'est mieux pour nous deux et pour la suite de nos recherches, surtout que, si je vous ai bien écoutée, selon les codes coréens, il serait de toute façon parfaitement indélicat qu'un rapprochement existe entre nous deux 1) du fait de nos âges, 2) de nos cultures et 3) de nos contextes familiaux respectifs.

— Nous allons quand même devoir travailler ensemble pour trouver l'endroit où la Terre veut communiquer avec nous. L'importance du projet va nous forcer à être complices.

— Nous ne serons pas complices mais complémentaires. Vous êtes un peu mon assistante sur cette mission.

— Dois-je vous rappeler, professeur, que c'est moi qui suis venue vous chercher et qui ai initié toute l'histoire « parler avec la planète à partir d'une pyramide » ? Si je n'avais pas trouvé les fresques dans la pyramide de Tangun…

— Et si je n'avais pas financé votre projet…

Elle hésite à surenchérir, puis sourit.

— J'ai tort et vous avez raison.

— C'est la première fois que j'entends un humain prononcer cette phrase.

— Peut-être, comme l'a signalé Natalia, que nous sortons progressivement de la période des confrontations pour passer à celle des compréhensions « Peace and Love ».

Il marque une moue de scepticisme.

— Je reconnais que venant de la part de Natalia Ovitz ce brusque élan d'optimisme m'a surpris. Vous imaginez si nous allions vraiment vers une paix mondiale solide ? Plus d'armées, plus de conflits, plus de massacres ? Partout des gens qui s'aiment, tentent de se comprendre, la « Flower Power » enfin exprimée.

Hypatie disparaît dans la salle de bains. Il entend la douche, puis le sèche-cheveux. Après un long moment elle sort dans un superbe costume de soie noire brodé d'un motif de dragon rouge. Sa bouche est maquillée.

Il est troublé par cette vision.

— Ah, je n'avais pas…

— … vous n'aviez pas remarqué que j'aimais m'habiller avec de la soie, une merveille issue du papillon bombyx ?

Elle ouvre sa valise et déploie une grande carte de l'île.

— Le nombril en acupuncture est la zone d'action la plus efficace. C'est ce qui reste de notre lien avec la mère. C'est par là que nous recevions le sang, le sucre, l'énergie. En acupuncture, quand quelqu'un est malade et qu'on ne sait pas comment le soigner, on lui fait un moxa, une sorte d'amoncellement de feuilles d'armoise qu'on place dans le creux du nombril et auquel on met le feu.

— Donc, l'oreille est le tableau de bord, et le nombril le centre moteur ?

La jeune femme s'avance vers la fenêtre et observe le décor de rocailles sans végétation haute qui les entoure. David la rejoint et exprime ce qu'ils pensent tous deux.

— Jadis, des dizaines de milliers de personnes vivaient ici, des villes, des routes, une civilisation florissante entourée de forêts, de champs cultivés.

— La même chose pourrait arriver à notre civilisation dans son ensemble : détruire le milieu qui le nourrit et ensuite disparaître progressivement, sans crise majeure. La mauvaise gestion des ressources entraînant notre pourrissement puis notre disparition lente.

Hypatie désigne au loin une statue à apparence humaine baptisée moai.

Ils observent ce monument de basalte, de quatre mètres de haut. David consulte son guide.

— Le plus grand moai mesure 10 mètres et pèse 75 tonnes. Ce sont toujours des sculptures taillées dans un seul bloc.

— Vous imaginez l'énergie qu'il a fallu déployer pour les fabriquer ?

David glisse instinctivement la main dans sa poche et en ressort la fourmi incrustée dans l'ambre.

— À moins que ce soient les mêmes individus qui aient placé les moais et construit les pyramides.

Soudain, ils perçoivent un remue-ménage dans l'hôtel. Des gens parlent fort comme s'ils s'alertaient, des portes claquent, des clients courent dans les couloirs. Le remue-ménage gagne le rez-de-chaussée pour s'amplifier dans la salle de restaurant. David et Hypatie descendent et trouvent un attroupement devant l'écran de télévision. Les actualités…

140.

MISSILE SUR RIYAD – … Nous venons de l'apprendre, alors que les autorités de différents pays faisaient tout pour cacher l'information au grand public. C'est désormais confirmé par les sources officielles, un missile a bien été lancé depuis l'Iran sur l'Arabie Saoudite. C'était un missile Sahâb-7 potentiellement équipé d'une tête nucléaire ou remplie de gaz toxique. Cependant, alors que le missile allait frapper Riyad, l'armée saoudienne a fait usage du MH-Golden-Dôme, qu'elle venait d'acheter quelques mois plus tôt à l'entreprise microlandaise Puissance 10. Le minuscule missile anti-missile à tête chercheuse lancé par le MH-Golden-Dôme a automatiquement décollé et fait exploser en vol le missile iranien sans causer le moindre dégât aux alentours.

Suite à cet « incident », l'Arabie Saoudite a aussitôt rappelé son ambassadeur à Téhéran et demandé à l'ONU une condamnation de l'Iran en tant que pays agresseur : « C'est un acte très grave que viennent de commettre les Perses. Ce n'est pas la première fois que la République soi-disant islamique iranienne et le groupe d'ayatollahs fantoches qui la dirigent veulent agresser les pays voisins et tout spécialement notre pays. Cette attaque par missile est d'autant plus lâche qu'elle arrive après la réconciliation officielle et mondiale entre sunnites et chiites. Voilà la preuve de la duplicité de ce gouvernement. Désormais les Iraniens devront savoir que nous avons de quoi intercepter tous leurs missiles grâce aux engins de très haute technologie qui équipent notre valeureuse armée de défense. »

À New York, au siège de l'ONU, à l'initiative du représentant des USA, un vote a eu lieu pour condamner cet acte d'agression et proposer un embargo sur tous les produits et armes en direction de l'Iran, mais la Chine et la Russie ont mis leur veto à toute condamnation de ce pays, disant qu'il ne servait à rien de stigmatiser la nation iranienne et qu'un embargo ne ferait que punir le peuple iranien, créant des risques d'instabilité dans une région déjà sensible.

MANIFESTATIONS DES ÉVOLUTIONNAIRES – À nouveau, les manifestants de plusieurs capitales, regroupant sous l'appellation « Évolutionnaires » les émeutiers de la faim, les étudiants épris de liberté et de modernité et les femmes refusant l'esclavage sexuel, ont poursuivi leur mouvement international de revendications en scandant leur cri de guerre « VIVA LA ÉVOLUTION ! ». Les femmes ont notamment rappelé le succès de leur journée « NO SEX » et la féministe Aurore Kammerer-Wells a déclaré : « Désormais les hommes sauront que nous pouvons leur dire non. » En Égypte, au Brésil, en Argentine, en Russie, au Venezuela, en Inde, en Turquie, au Mexique et en Tunisie la police a tenté d'évacuer les places occupées par les manifestants, ce qui a donné lieu à de nombreuses échauffourées qui ont plus ou moins mal tourné, entraînant la mort de quelques dizaines d'individus et faisant des centaines de blessés. Le couvre-feu a été décrété dans ces capitales mais le mouvement évolutionnaire mondial a appelé à une nouvelle journée de manifestation pacifique.

ASTRONOMIE – Suite à l'annonce de l'épuisement des réserves de pétrole planétaire, l'astronome microlandaise Emma 788 a signalé que le nouveau radiotélescope à effet scanner avait pu détecter que la comète de Halley contenait des réserves de matières premières, et notamment d'uranium, pouvant satisfaire les besoins énergétiques de l'humanité pendant deux siècles.

MÉTÉO – Les températures ont encore augmenté sur toute la planète. Un problème pour les agriculteurs qui déjà déploraient la sécheresse persistante ayant entraîné de mauvaises récoltes notamment en Ukraine, dans le Sichuan et dans les plaines d'Amérique. La raréfaction de l'eau douce (due au développement de l'exploitation du gaz de schiste par injection d'eau pure) ne fait qu'aggraver considérablement le phénomène puisque de plus en plus de nappes phréatiques sont désormais inutilisables.

BOURSE – Le prix des denrées alimentaires augmentant du fait de la réduction de la production agricole, la Bourse a connu un repli de l'ordre de 3,5 %.

DERNIÈRE MINUTE – … J'apprends à l'instant qu'une patrouille de huit bombardiers iraniens a été repérée au-dessus de l'Arabie Saoudite et que… oui, on me confirme… que là encore les micro-missiles sol-air ont pu les intercepter en vol et que… oui… d'accord… tous les appareils ayant franchi l'espace aérien saoudien ont été détruits en vol par des missiles anti-aériens. Ah… à l'instant on me signale qu'un deuxième missile iranien Sahâb-7 à longue portée à charge nucléaire, bactériologique ou gaz toxique… a lui aussi été intercepté, ainsi que trois autres avions de chasse et bombardiers iraniens. Tous ont été détruits par des micro-missiles anti-missiles ou des missiles anti-aériens à tête chercheuse. Désolé de cette brusquerie mais tout va très vite. Attendez… encore d'autres informations dans mon oreillette… oui… ah ? d'accord… Et maintenant on m'annonce que des bateaux de guerre iraniens stationnant au large des côtes saoudiennes ont eux aussi été frappés et coulés par des micro-missiles de fabrication microlandaise. Eh bien, chers téléspectateurs, je suis désolé de vous donner ces informations dans une telle confusion mais ce sont des événements terribles qui se succèdent à toute vitesse et je ne fais que vous les transmettre au fur et à mesure qu'on me les envoie en direct dans l'oreillette. Je vous tiendrai évidemment informés de la suite de ces incidents.

141.

— C'est bon pour notre commerce, signale la ministre Emma 103 en guise de préambule.

L'orage provoque un arc électrique dans le ciel anthracite de ce mois de juillet. La reine Emma 109 aspire la fumée de son long fume-cigarette.

— Vous avez entendu leurs actualités, Majesté ? Ils signalent chaque fois que c'est une performance de la technologie de pointe emachienne qui a permis d'éviter le pire. Désormais nous avons égalé puis dépassé les Israéliens leaders dans le domaine des missiles à tête chercheuse équipés d'intelligence artificielle et de capteurs ultrasensibles. Les nôtres sont plus petits, plus précis, plus rapides. Nous les surpassons aussi dans le domaine des drones avec nos minidrones quasi indétectables.

La reine s'appuie sur sa canne.

— J'ai jadis utilisé des drones israéliens transformés en soucoupes volantes… pour passer inaperçus, ils fonctionnaient très bien.

Elle sourit, en se souvenant de sa mission en Iran, de son envol de fuite, de son attaque de dauphin, puis de son arrivée épique sur la plage de Chypre où un chien avait pris sa soucoupe volante pour un… frisbee.

— Il était important que nous devenions leaders dans l'armement, insiste Emma 103. J'aime que les Grands viennent nous payer pour qu'on leur donne les moyens de se protéger de leurs pires ennemis : les autres Grands.

La reine surenchérit :

— Nous les protégeons déjà des astéroïdes.

— Tant d'efforts pour si peu de reconnaissance.

— Cela va venir, mais il est normal que les enfants protègent les parents, les nouveaux protègent les anciens. Et ainsi nous prouvons que nous sommes non seulement utiles mais indispensables. Protéger c'est aussi dominer.

— Sans parler de toutes ces manifestations qui les fragilisent.

— Pourquoi selon toi, 103, ces émeutes ?

— L'harmonie du corps social est brisée. Les étudiants ne supportent plus l'emprise des religieux. Les femmes ne supportent plus l'emprise des hommes. Les jeunes ne supportent plus le règne des vieux. Les pauvres ne supportent plus les privilèges des riches.

— Ils nomment cela le mouvement Évolutionnaire…

— Normal, ils en ont marre des mauvaises habitudes anciennes.

— Tu crois que le peuple peut simplement demander à changer le système ?

À nouveau la foudre illumine la salle, en haut du palais royal en forme de fleur. La reine Emma 109, qui apprécie ces manifestations de la nature, ouvre la fenêtre et inspire l'air aux relents d'ozone, puis se met à fumer nerveusement.

— Un jour, les Grands, tous les Grands, ne seront plus une menace pour nous…, dit la reine en constatant la position de ses pièces mauves sur l'échiquier heptagonal.

— Un jour les Grands vivront dans leurs vieux châteaux remplis de souvenirs et nous, les Micro-Humains, nous éclairerons le futur rempli de nouveautés, complète la ministre des Sciences.

— Et à propos de nouveauté…

La reine se tourne vers l'écran où apparaît la papesse.

— Salut, 666, comment se passe la vie là-haut, sur la Lune ?

— Nous avons des problèmes d'étanchéité. Dans la serre beaucoup d'arbres fruitiers sont morts. Certains des nôtres ont du mal à résister dans cette atmosphère confinée.

— Claustrophobie ?

— Non, c'est autre chose, Majesté, ils ont le mal de la Terre, une sorte de nostalgie, comme ceux du *Papillon des Étoiles*.

— Mais globalement, ça fonctionne ?

— À mon avis nous allons dans la bonne direction. Nous sommes en train d'inventer l'« Homo metamorphosis lunarius ».

— Et comment maintiens-tu la cohésion psychologique des colons ?

— Ce qui motive le plus mes « Luniens », c'est la vision des actualités internationales terriennes. Plus il y a de catastrophes là-bas, enfin je veux dire « chez vous », plus ils sont soulagés d'être ici et surmontent leur mal de terre. Les derniers événements en Arabie Saoudite ont créé une sorte de fierté d'être lunien très palpable.

— Et toi, 666, tu te sens comment ?

— Ça va. La vie sur la Lune me plaît beaucoup. C'est réellement un sanctuaire loin de toutes les vicissitudes de la surface terrestre.

La reine éteint l'écran, puis se replace au-dessus du jeu d'échecs heptagonal. Elle fait signe à sa ministre Emma 103 d'approcher.

— Comme je le pensais, pour chaque camp les foncés et les clairs s'opposent au sein d'une même couleur. Les ruptures sont déjà en train de se consommer. Les Verts foncés chiites ont attaqué les Verts clairs sunnites. Les Blancs sont divisés entre capitalistes chinois (blanc foncé) et capitalistes américains (blanc clair).

— Ce sont les camps possédant les populations les plus importantes, c'est normal qu'ils connaissent les premières ruptures d'unité.

— En tout cas la partie va bouger très vite dans les jours qui viennent, approuve la reine.

La ministre Emma 103 déplace les pièces, répercutant le conflit entre les Verts foncés chiites et les Verts clairs sunnites par un mouvement de pions, puis faisant avancer des pièces mauves en signe de réussite des Emachs.

— Pour l'instant, nous ne sommes pas assez nombreux ni assez puissants pour nous couper en deux, Mauves foncés et Mauves clairs, mais je sais qu'il y a au sein même des nôtres des tendances opposées qui pourraient se radicaliser.

— Les gens du parti extrémiste PAGE sont minoritaires à l'assemblée, Majesté. Le parti centriste MIEL, votre parti, règne.

— Si la crise militaire s'amplifie, elle profitera à ceux du PAGE.

La reine Emma 109 joue avec la pièce de reine mauve.

— Et quoi que tu penses, malgré ces relatives bonnes nouvelles, nous sommes pour l'instant toujours les plus faibles du jeu, 103.

La ministre examine la disposition des pièces.

— Militairement peut-être, mais économiquement c'est en train de changer. Dès que j'ai su que le missile avait été intercepté en Arabie Saoudite et qu'ils utilisaient nos produits, j'ai commencé à lancer une production supplémentaire de micro-missiles antimissiles dans nos usines. Nous avons pris contact avec les ministres de la Guerre saoudien et iranien, nous allons vendre du matériel… aux deux camps, Majesté. Tout en tenant chacun discrètement au courant de nos échanges commerciaux avec leur adversaire, afin de les motiver.

— Comment te viennent toutes ces idées, 103 ?

— Ils ont un type, un ancien Grand, qui s'appelle Machiavel, qui explique comment bien jouer au jeu heptagonal. C'est d'autant plus intéressant que le jeu n'existait même pas à l'époque. Machiavel avait compris qu'il ne faut pas bloquer mais accompagner les mouvements politiques.

— Même ceux de destruction ? Même les guerres ?

— Pour reprendre votre métaphore, ce sont comme des vagues sur lesquelles on peut surfer et alors on va plus vite. J'ai déjà pris des contacts avec les Américains et les Chinois… au cas où cela bougerait aussi dans le camp des Blancs.

La reine Emma 109 contemple sa cité de Micropolis, jardin géant où les immeubles en forme de fleurs sont doucement ballottés par les vents et la pluie.

Elle aspire la fumée de son fume-cigarette et lâche une bouffée opaque. Alors que l'orage gronde de plus en plus fort par la fenêtre ouverte, éclairant le jeu par intermittence, elle se sent soudain optimiste.

142.

Les officiers se tiennent raides.

— Nous n'avons plus le choix, comme il n'y a plus de missiles, plus d'avions, plus de bateaux réellement efficaces, il va falloir envoyer l'infanterie.

— Comment voulez-vous procéder, président Jaffar ? demande un général au poitrail couvert de médailles.

— Trois vagues successives de dix mille hommes pour commencer. Après nous verrons comment cela réagit. Ainsi, même s'ils ont des micro-missiles à tête chercheuse ils ne pourront pas en avoir un par soldat !

Les officiers iraniens se détendent, rassurés de pouvoir travailler à l'ancienne.

— Finalement la guerre classique, c'est encore ce qui marche le mieux. Envoyez les troufions et insufflez-leur la ferveur nationaliste et religieuse. Je veux une propagande plus forte. Les déserteurs, les lâches et même ceux qui manquent d'enthousiasme doivent être exécutés pour l'exemple. Ça galvanisera les troupes. Les soldats doivent être canalisés pour n'être que des foules obéissantes et efficaces.

L'officier à médailles décroche aussitôt son téléphone et débite à toute vitesse des ordres secs.

— Les divisions du sud attaqueront en trois vagues de dix mille soldats. Tenez les divisions du nord en réserve à l'arrière, prêtes à s'enfoncer dans la brèche dès qu'elle sera ouverte. Et mettez la division ouest en défense sur la côte, au cas où l'ennemi tenterait une attaque par mer.

Le ministre raccroche puis annonce d'un ton révérencieux :

— C'est fait, président.

Jaffar consent enfin à marquer sa satisfaction.

— C'est la volonté de Dieu.

Tous les officiers présents répètent en chœur avec ferveur : « Dieu est grand. »

Il se penche vers son général et murmure :

— Ce qui me fait plaisir, c'est d'être dans le camp des « bons ». Et ce qui me surprend parfois, c'est de songer que nos ennemis sont tellement abusés par leur propagande qu'ils croient que ce sont eux les « bons ».

— Je crois que s'ils comprenaient la vérité, ils renonceraient à tous leurs projets, président.

— Par moments, j'aimerais juste leur dire : « Vous vous trompez sur tout. Revenez vers la voie de Dieu, c'est la seule qui mène au salut. »

Jaffar regarde la statue du Troisième Cavalier de l'Apocalypse que lui a offerte Tchang, et il songe : *Je suis chargé d'accomplir la volonté divine, en faisant couler le sang. Il faut cela pour laver les péchés des hommes, du sang, du sang, des ruisseaux, des fleuves, des mers de sang.*

143.

Le liquide frais coule sur ses mains.

David projette l'eau glacée sur son visage pour se réveiller.

Il se regarde dans le miroir.

La veille, il a eu du mal à s'endormir après les actualités.

Comment disait Natalia ? « Il est peut-être enfin venu le temps de l'amour ? »... « Les sunnites et les chiites enfin réconciliés »... « Les Russes et les Américains vont désamorcer leurs bombes. On évoque un désarmement mondial » ?

Il s'asperge à nouveau d'eau froide.

Rien ne change jamais. C'est durant les moments où l'on croit que tout s'arrange que tout empire. Après la Première Guerre mondiale, la Société des nations, ancêtre de l'ONU, avait lancé le slogan « Plus jamais ça » et un programme de désarmement mondial avait abouti au... débarras des vieilles armes pour être remplacées par de l'armement plus moderne et plus ravageur pour la Deuxième Guerre mondiale.

Il revient dans la chambre et observe Hypatie Kim qui dort encore.

Et maintenant quel sens cela peut avoir de vouloir parler à la Terre alors que l'humanité est en train de s'autodétruire ?

L'étudiante coréenne a des mouvements saccadés comme si elle mimait ce qu'elle accomplissait dans son rêve.

Il quitte la chambre, descend et rejoint la salle où plusieurs personnes sont encore assises devant l'écran des actualités télévisées continues.

D'abord le petit déjeuner et ensuite je m'intéresse aux malheurs du monde.

Le patron de l'hôtel est un homme imposant au visage grave. Il lui sert un café au lait et des pâtisseries couvertes de gras, de sucre en poudre et de morceaux de fruits confits.

Il boit un jus d'orange qui n'a du fruit que la couleur et le nom, la substance étant selon une première identification un mélange d'acide citrique, de colorant, d'eau et de sirop de glucose. David a trop faim pour faire le difficile et se régale malgré tout.

Enfin apparaît Hypatie, portant une saharienne beige qui met en valeur sa silhouette gracile. Elle s'assoit face à lui.

— Bien dormi ? demande-t-il.

Elle répond par un hochement de tête et se précipite elle aussi sur la nourriture sucrée.

— Gaïa vous a dit où elle souhaitait nous parler ?

Il approuve d'un mouvement du menton.

— Donc il suffit d'y aller.

— En fait… vous avez raison, Gaïa parle par l'entremise des pyramides. Ce qu'elle m'a montré c'est une pyramide sur l'île de Pâques… or, à ma connaissance, il n'y en a pas.

Elle avale d'un trait le café noir.

— Peut-être qu'elle a été détruite. Dans ce cas nous

cherchons non pas une pyramide mais un « reste de pyramide ».

— La vision que m'en a transmise Gaïa est celle d'une pyramide encore plus grande que celle de Kheops. C'était au sommet d'un plateau et on voyait derrière des moais alignés. Je ne crois pas qu'il y ait d'autres endroits au monde où l'on voit ces statues géantes caractéristiques.

Elle dévore plusieurs pâtisseries, puis déploie la carte.

— Donc nous pouvons exclure deux zones : la montagne du volcan Rano Kau à l'ouest, et la montagne du volcan Puakatike à l'est. Là-bas il n'y a pas de moais.

Elle regarde la carte où l'île triangulaire apparaît avec ses annotations.

— Une pyramide… Comment trouver les restes d'une pyramide détruite au milieu d'une île de vingt-trois kilomètres de long. Vous avez d'autres détails qui pourraient nous aider ?

Les actualités commencent à attirer de plus en plus de spectateurs, comme des mouches bourdonnantes.

— Il faut aller voir sur le terrain, peut-être que je reconnaîtrai le paysage de ce rêve éveillé, propose le scientifique.

— D'abord déjeuner, dit-elle, après nous sauverons le monde.

Elle mange avec un appétit évident.

— D'où vous vient cette assurance, mademoiselle Kim ? L'archéologie ? L'acupuncture ?

Elle a un petit sourire.

— La méditation.

— La flamme ?

— Je ne vous ai pas tout dit, lorsqu'on a soufflé la flamme il y a…

— Rien ?

— Oui, mais après ce rien il y a quelque chose. Autre chose.

David l'observe avec plus d'attention. Il la trouve semblable à une poupée de porcelaine avec ses cheveux lisses et soyeux.

— Et alors, quand vous méditez, il se passe quoi ?

Elle trempe sa cuillère dans le café et s'en servant comme d'un crayon, elle trace deux lignes parallèles sur la nappe de papier.

— Il existe trois mondes. Le monde en dessous de la vitesse de la lumière, qui est régi par les lois de la physique classique, comme la gravité, c'est celui dans lequel nous vivons. Quand je lâche un caillou, il tombe. C'est le monde où le temps s'écoule de manière perceptible, « normale », du passé au présent et du présent au futur.

— Le deuxième monde ?

— C'est le monde qui vit à la vitesse de la lumière. Il est régi par les lois de la physique d'Einstein. Le temps est figé sur le présent.

— Et le troisième ?

— Le monde plus rapide que la lumière. Dès lors, le passé, le présent et le futur sont mêlés, et on peut circuler dedans comme dans un film, en choisissant les scènes qui nous intéressent.

Cette fois, elle est parvenue à le troubler. Il croque dans son croissant pour se donner contenance.

— J'ai eu cette impression en prenant le Ma'djoba, reconnaît-il. Je suis revenu dans le passé.

— Mais on peut y arriver sans produit. Notre cerveau sait faire cela. Notre cerveau sait fabriquer son propre Ma'djoba. C'est une usine chimique très subtile. Il suffit de le vouloir, et notre pensée se retrouve dans cet espace au-dessus de la vitesse de la lumière, et tout devient perceptible : le passé, le présent et le futur.

— Comment avez-vous appris cela ?

— Par la science et la spiritualité. Dans le bouddhisme indien par exemple on nomme cet état « Nirvana ».

— Je croyais que le Nirvana était le paradis ?

— Parce que les Occidentaux ramènent tout à leur système, mais non, le Nirvana est la bascule vers une autre dimension, là où on est libéré de l'espace-temps normal.

Il boit une gorgée de café.

— Et vous êtes capable d'accéder à ce Nirvana ?

— Je suis encore débutante, je ne maîtrise pas parfaitement, mais j'ai des flashes quand je médite. Comme si dans le film je pouvais accéder à des scènes au hasard mais sans vraiment les choisir.

— Et vous aviez vu que nous ferions des recherches ensemble ?

Elle hoche la tête.

— Et mon libre arbitre existe ou tout a déjà été écrit et est visible dans le Nirvana ?

Cette fois, c'est elle qui affiche un air contrit.

— Voilà l'étrange, je crois que le libre arbitre existe et qu'en même temps le futur est déjà inscrit.

— Les deux notions sont antinomiques, vous en êtes consciente, mademoiselle Kim ?

— Dans la physique normale. Mais pas dans la physique quantique. C'est le truc du chat de Schrödinger. Il est « vivant et mort » en même temps. C'est un paradoxe difficile à admettre mais qui explique tout : notre futur est inscrit et pourtant nous pouvons choisir ce qu'il va se passer. Comment pourrait-on visualiser cela ?

Elle cherche, puis enfin trouve une idée.

— Tiens, imaginons que notre vie est comme un film, enregistré sur un disque vidéo. Si vous sortez de l'espace-temps du film et que vous voyez le disque vidéo, eh bien c'est un objet qui contient déjà le passé, le présent et le futur des personnages. Et si vous le replacez dans le lecteur vous pouvez sauter d'une scène à l'autre.

— Mais les personnages ne peuvent pas choisir l'action de la scène suivante.

— Dans ce cas, disons que c'est un film interactif, comme un jeu vidéo avec plusieurs possibilités de s'inscrire dans des scénarios préécrits. Tout est déjà dans le disque, mais selon la manière dont vous jouez vous aboutirez à l'une ou l'autre des fins programmées.

— Le Nirvana serait donc la vision du disque global ?

— Et avec la méditation, on peut circuler à l'intérieur pour voir les scènes du passé, du présent, du futur.

— Apprenez-moi à atteindre le Nirvana, demande-t-il. Peut-être qu'ainsi je pourrai compléter la vision que m'a proposée Gaïa.

Alors que la salle devient plus animée, elle lui propose de sortir pour rejoindre un lieu isolé.

Ils trouvent une crique, face à la mer, où personne ne peut les observer. Deux moais veillent là, imperturbables.

— Peut-être que ces géants de pierre nous inspireront à leur manière.

Elle lui conseille de s'asseoir en tailleur, après s'être placé une pierre sous les fesses, pour atteindre l'alignement optimal de la colonne vertébrale.

— Commencez par faire trois amples respirations, prenez conscience de tout ce qui entre dans vos poumons et en ressort.

Il obtempère.

— Maintenant, prenez conscience que tout votre corps respire.

Il se met à respirer plus calmement.

— Prenez conscience que votre cœur bat. Vous sentez votre cœur ? Maintenant visualisez la flamme au niveau de votre front. Vous la voyez ? Laissez les pensées normales venir. Mais isolez-les, et à chaque pensée terminée revenez à la lumière de la flamme.

Il se concentre.

La flamme.

Les actualités que j'entends d'ici sur la guerre.

La flamme.

Hypatie.

L'île de Pâques.

La flamme.

Les enfants. Ishtar. Quetzalcoatl. Osiris.

La flamme.

Aurore.

La flamme.

Il entend à nouveau la voix de sa voisine.

— Les pensées sont comme des nuages poussés par le vent. Laissez-les venir. Laissez-les repartir, et revenez à la flamme.

La flamme.

J'ai parlé à la Terre

...

La flamme.

Hypatie.

La flamme.

J'ai une crampe dans le dos.

La flamme.

— Vous n'êtes plus que dans la pensée de la flamme ?

Hypatie.

La flamme.

La flamme.

La flamme.

— Oui.

— Bien. Maintenant, imaginez qu'on souffle cette flamme et qu'il n'y a plus rien. Alors votre pensée quitte votre corps et s'envole haut dans le ciel. C'est fait ?

— Oui.

— Votre âme arrive aux limites de l'Univers, et c'est le Nirvana. Vous êtes libéré de l'écoulement du temps et de l'emprisonnement de la matière. Maintenant vous voyez un arbre. C'est l'arbre du Temps. Les racines sont le passé. Le tronc est le présent. Les branches sont les voies de l'avenir. Vous le voyez ?

— Oui.

— Eh bien, nous allons explorer ensemble les racines de l'arbre du Temps pour trouver l'emplacement de la pyramide détruite sur l'île de Pâques.

Dans l'esprit de David apparaît l'arbre.

— J'explore à côté de vous, dit la voix lointaine de la jeune étudiante coréenne, et nous devrions arriver ensemble.

David se dirige vers le tronc, mais au lieu de descendre dans les racines, il monte dans les branches du futur. Il veut explorer les feuilles qui représentent ce qu'il va arriver, mais toutes les images sont floues, et il comprend que tant que le présent n'est pas stabilisé, les futurs possibles restent invisibles.

C'est notre libre arbitre dans le présent qui rend les feuilles de l'avenir nettes.

Déçu de ne pouvoir connaître le futur à partir du Nirvana, son esprit descend dans le tronc du présent, puis rejoint les racines du passé.

Les deux humains restent immobiles, en tailleur, face aux statues des deux moais, de longues secondes, qui se transforment en minutes, puis en dizaines de minutes.

Le ciel s'éclaire, donnant des ombres nouvelles aux statues géantes.

Quelques insectes curieux essaient de comprendre pourquoi ces deux humains ne sont pas dans la même agitation que tous les autres êtres humains qu'ils connaissent.

Un moustique curieux plante son dard dans la paupière d'Hypatie, mais elle ne réagit pas, comme si elle n'était plus là.

Les deux humains immobiles semblent les prolongements des deux humains de pierre qui leur font face.

Progressivement, ils prennent le même sourire.

144. ENCYCLOPÉDIE : ÎLE DE PÂQUES

Les premières traces humaines répertoriées sur l'île de Pâques sont datées de l'an 400.
Selon la légende, le roi polynésien Hotu Matua, après la révolution de son peuple, aurait fui les îles Tuamotu avec son épouse Avareipua et plusieurs servantes et serviteurs.
Après une vingtaine de journées de navigation (ce qui pour l'époque était extrêmement périlleux) en direction de l'est, ils auraient abouti par hasard sur une île déserte et auraient décidé d'y élire domicile.
Quelques siècles plus tard, des Incas seraient arrivés eux aussi sur des bateaux de fortune, alors qu'ils se dirigeaient vers l'ouest.
Ces colons incas étant sans femmes, ils se seraient mélangés aux autochtones polynésiens pour donner une population, une langue et une culture métisses.
Leur société se serait scindée en deux castes : les « Longues Oreilles », prêtres (plutôt d'origine inca) minoritaires et dirigeant la société, et les « Courtes Oreilles », paysans et ouvriers (plutôt d'origine polynésienne).
Ensemble, Longues et Courtes Oreilles auraient réussi à inventer une civilisation baptisée « Rapa Nui », basée entre autres sur l'aménagement de plates-formes et l'érection de statues monolithiques géantes. La population Rapa Nui était séparée en douze clans qui tous vénéraient l'énergie de vie qui parcourait l'Univers et qu'ils ont baptisée « Mana ».
Cependant, à partir de l'an 1500, il semblerait qu'un événement météorologique (peut-être un typhon dévastateur) ait provoqué une famine et une crise

sociale. En 1650, la biodiversité de l'île chuta d'un coup, les cultures agricoles furent dévastées, les poissons fuirent les côtes et les autochtones n'eurent plus de bois pour construire des bateaux leur permettant de pêcher en haute mer (on voit disparaître les os de dauphins dans les restes de leurs repas).
Le stress de cette période semble avoir entraîné une ferveur mystique les poussant à jeter leurs ultimes énergies et leurs dernières réserves de bois dans la construction de nouvelles statues sacrées, de plus en plus grandes et massives, peut-être dans l'espoir qu'il pleuve (ce qui était une obsession chez les Incas).
Voyant le peu de résultat de leur ferveur mystique, comprenant que la religion menait à la famine, il semble y avoir eu une révolte contre ces mêmes prêtres, aux alentours de l'an 1680.
Les « Courtes Oreilles » auraient massacré les « Longues Oreilles ».
Certaines statues moais auraient même été volontairement brisées.
Mais les Courtes Oreilles se seraient révélées ensuite incapables de rendre l'île plus viable. Du coup la démographie aurait progressivement périclité. Si bien que la population de l'île de Pâques, qui avait compté jusqu'à 15 000 habitants, chuta d'un coup.
Lorsque, le dimanche de Pâques, débarqua le premier navigateur européen, le Néerlandais Jakob Roggeveen, en avril 1772, il ne restait plus que cinquante habitants sur l'île, qu'il baptisa du nom de Pâques.
En l'an 2000, on constate cependant un repeuplement allant jusqu'à 5 000 individus.

Ajout de Charles Wells,
Encyclopédie du Savoir Relatif et Absolu.

145.

Le colonel Natalia Ovitz n'aime pas ces dunes blanches qui s'étendent à l'infini. Elle est accueillie par le ministre de la Guerre saoudien, Ali Ben Saoud. Après avoir enfilé un foulard pour cacher ses cheveux et toutes les surfaces de son épiderme susceptibles de provoquer une excitation chez un représentant de la gent masculine, elle embarque dans un Hummer confortable et rejoint la ligne de front.

Son mari, le lieutenant Martin Janicot, est arrivé la veille. Pour l'occasion, les deux anciens militaires français ont ressorti leurs galons.

Dans une casemate de béton, protégée par des murs de sacs de sable, le couple d'invités étrangers observe à la jumelle le champ de bataille qui leur fait face.

— L'attaque s'est produite ce matin à 11 heures. Les trois premières lignes d'infanterie ennemie ont été ralenties par les champs de mines. Nous en avons profité pour installer un barrage d'artillerie. Nous les avons bombardés de 12 heures à 13 heures, à un rythme de quinze bombes par minute pour un taux d'attrition probable en face de trente-deux morts par minute. Vers 13 h 30, ils ont finalement commencé à creuser des lignes de tranchées.

Natalia Ovitz regarde sa montre, et constate que, même tard, il fait encore jour.

Martin Janicot observe les cadavres amoncelés sur le champ de mines. Derrière, la zone criblée par l'artillerie ressemble au sol lunaire. Seul élément terrien : le bruissement continu des mouches qui recouvrent les corps.

À cette distance, les deux Français sentent déjà l'odeur des cadavres en décomposition.

— Combien de morts en tout, selon vous ?

— Chez nous : très peu. Chez eux : beaucoup. Leurs premières lignes étaient composées de jeunes soldats peu expérimentés. Essentiellement des adolescents ou même des enfants de quatorze ans drogués et fanatisés. Comment dit-on chez vous, il existe une expression française…

— De la « chair à canon » ? articule Natalia, les mâchoires serrées.

Le ministre de la Guerre, Ali Ben Saoud, répond à Martin Janicot comme si c'était lui qui s'était exprimé.

— Oui, c'est cela, lieutenant. Je crois qu'ils les envoient pour s'en débarrasser.

Le Français écarte sa veste et révèle ses nouvelles lois de Murphy :

132. Les soldats professionnels sont prévisibles, mais les guerres sont remplies d'amateurs dangereux.
133. Un désastre militaire peut entraîner une situation d'après guerre meilleure qu'une victoire.
134. Faites l'amour, pas la guerre, mais si vous voulez connaître l'expérience des deux, il suffit de vous marier.

Le ministre approuve, se sert un verre de thé à la menthe et en propose à ses invités occidentaux.

Soudain, un ordre est vociféré au loin. Il est repris en cri de guerre collectif, et ils voient les soldats de l'armée iranienne surgir d'un coup des tranchées en hurlant le même slogan : « Dieu est grand ! » dans leur langue comme un mantra jusqu'à la transe. Ils foncent vers les lignes de défense saoudiennes.

— Et voilà, ça les reprend, comme une crise de hoquet, conclut-il avec flegme.

— Et ça ne vous inquiète pas plus ? demande Natalia.

À nouveau, le ministre répond ostensiblement à Martin Janicot, comme s'il avait peur de s'adresser à une femme.

— Vous allez voir, lieutenant, c'est assez pathétique.

Dès que les premières lignes d'infanterie franchissent une ligne précise, les canons entrent en action et dessinent un mur de brouillard en face.

— Mais… il n'y a pas d'artilleurs, remarque Natalia qui observe les canons aux jumelles.

— Un détecteur de mouvement se met automatiquement en marche. C'est du matériel emach très performant et très adapté à la situation. Les Micro-Humains ont baptisé ces canons les « démotivateurs ».

Le général saoudien leur sert à nouveau du thé.

— Il faut au moins ça pour contrebalancer leur ferveur mystique. Comme on dit chez nous, « rien de tel qu'un bon obus pour faire comprendre ce qu'est vraiment le paradis ».

Ali Ben Saoud est particulièrement fier de sa phrase qui, selon lui, résume à elle seule tout le conflit.

— Vos adversaires ne semblent pourtant pas complètement « démotivés », constate Natalia Ovitz en gardant les yeux rivés à ses jumelles.

En effet, la multitude de silhouettes ennemies continue d'avancer au milieu des champs de mines et des explosions. Certains chanceux, le front ceint d'un bandeau vert où apparaissent toujours les mêmes caractères en perse, parviennent à rejoindre les lignes d'infanterie à l'abri derrière les murets de sacs de sable.

Aussitôt les mitrailleuses crépitent. Les corps adverses sont fauchés comme le blé dans les rafales de vent. Malgré tout, simple loi des grands nombres, certains, en hurlant de plus en plus fort, arrivent à atteindre puis à franchir les murs de sacs et là, les soldats des deux bords se pourfendent à la baïonnette et au sabre.

L'expression « Dieu est grand » est reprise par les deux camps qui se lancent dans une surenchère de hurlements mystiques pour se galvaniser. Des colonnes de fumée âcre s'échappent des puits de pétrole incendiés pour masquer l'attaque. Le ciel devient noir sous la pollution. Un oiseau asphyxié tombe à leurs pieds. C'est un héron cendré.

— Ils vénèrent un Dieu invisible dont ils n'ont jamais eu la moindre preuve et souillent une Nature qu'il ne leur vient même pas à l'idée d'admirer ou de respecter, murmure Natalia, en guise d'épitaphe.

Ben Saoud ne prête pas attention à cette remarque, il garde les yeux rivés à ses jumelles et reconnaît d'un ton légèrement inquiet :

— Cette fois, ils sont arrivés à aller un peu plus loin que d'habitude, ils ont même réussi à tuer des nôtres.

— Inquiet ?

— Bah… il y avait beaucoup de mendiants dans notre capitale.

Les échauffourées s'éternisent, observées, filmées de loin par les officiers saoudiens regroupés en hauteur dans le QG.

— Ça ne devrait plus être long, annonce Ben Saoud en saisissant des gâteaux frits dans l'huile, qu'il déguste avec un nouveau verre de thé à la menthe.

Au bout d'une demi-heure, ils ne perçoivent plus ni coups de feu ni cris, et distinguent au milieu des fumées les derniers assaillants chiites qui se rendent. Ils sont aussitôt jetés à genoux et abattus à bout portant d'une balle dans la nuque.

— Hum… simple question : vous ne faites pas de prisonniers ? s'informe Natalia Ovitz.

— Ce n'est pas dans « nos » traditions, répond le Saoudien en se caressant la barbe et en se tournant vers Martin Janicot. De toute façon les chiites se comportent de la même manière envers nous.

Natalia Ovitz scrute le champ de bataille, sans oser pousser plus loin ses remarques.

— Et vous n'avez jamais pensé à « échanger des prisonniers », comme c'est conseillé par les accords de Genève ? demande Martin Janicot comprenant que le ministre de la Guerre préfère dialoguer avec lui.

— C'est bien votre esprit occidental. Pourquoi compliquer les choses alors qu'on peut les simplifier ? Vous savez, nous avons déjà connu une situation semblable lors de la guerre irako-iranienne. Nous savons que c'est ainsi qu'il faut procéder.

Il fait signe à son officier d'artillerie de lâcher une salve d'obus de gros calibre en direction des lignes adverses.

— Les « mignardises d'après le repas » ? le titille Natalia Ovitz.

— Simple précaution pour aller dîner tranquilles avec vous et votre compagne, lieutenant Janicot. Ce soir, j'ai prévu un méchoui d'agneau, ce sont des animaux très tendres et très gras, vous aimez j'espère ?

— Je ne sais pas si j'ai très faim, dit Natalia.

— Il faut manger. Il n'existe finalement qu'une seule règle : l'avenir appartient à ceux qui seront vivants.

À nouveau il étire un sourire satisfait, heureux d'avoir trouvé la formule qui résume tout.

Le bruit des nuées de mouches devient un vacarme assourdissant alors que le brouillard noir des puits en feu se répand aux alentours.

— Ne vous inquiétez pas, nous allons gagner, affirme le ministre de la Guerre.

Dans les deux camps, l'appel à la prière retentit alors que le charnier fumant est visité par des charognards plus gros, et de moins en moins timides, les corbeaux et les chacals.

146.

Ce liquide salé qui imbibe mon sable… ils ont l'air de s'entre-tuer en masse.

Mon sang noir est leur malédiction. Il attire leur sang rouge.

Peut-être que ces échauffourées ralentiront leurs pompages systématiques.

Ce sera déjà un point positif.

147.

Ils rouvrent les yeux.

— Vous les avez vus ?

— Non, je crois que j'ai dormi, avoue David, un peu déçu.

Elle inspire profondément, sans commentaire.

— Moi, je les ai vus. Je sais désormais pourquoi c'est moi, pourquoi c'est vous, pourquoi c'est maintenant.

Il détend ses muscles endoloris par la position assise.

Elle se lève, rejoint et touche le moai.

— En visualisant le passé, j'ai compris à quoi ils servent.

— Arrêtez de faire la mystérieuse, mademoiselle Kim.

— Ce sont… des aiguilles d'acupuncture. Les Pascuans de la civilisation Rapa Nui avaient cette connaissance. Les méridiens convergent sur cette île et ils plantent les moais comme des aiguilles aux points névralgiques de la Terre. Ce que nous voyons émerger, ce sont les manches… d'aiguilles d'acupuncture géante.

— Vous voulez dire que les moais seraient des aiguilles thérapeutiques en pierre pour soigner la planète ?

— C'est pour cela qu'ils ont baptisé cette île Te Pito o te Henua, le « Nombril du monde ». En acupuncture, le nombril est précisément l'endroit où l'action des aiguilles est la plus efficace. Ils soignaient le monde d'ici. Et ce n'est pas un hasard si vous et moi nous sommes là. Nous sommes venus pour reprendre cette activité.

Il observe les deux statues géantes enfoncées dans la terre.

— Les moais... des aiguilles d'acupuncture... L'idée a le mérite d'être originale et poétique mais cela ne nous indique pas où se trouve la pyramide disparue. C'était cela notre mission, il me semble.

Elle caresse la statue.

— En acupuncture, il y a les méridiens et les chakras. Les méridiens étant des sortes de routes et les chakras des grands carrefours.

Elle sort de sa poche le plan et le déploie.

— Ces alignements de moais nous indiquent les méridiens.

Elle trace des lignes, note ensuite l'endroit où celles-ci se croisent.

— Les chakras ?

— Si l'île de Pâques, comme je le pressens, est un organisme vivant, on peut en effet imaginer qu'elle soit dotée de sept chakras.

— Si je me souviens bien, parmi les chakras, sur le corps humain, en partant du haut vers le bas, on a...

L'étudiante coréenne complète :

— Le 7 est le sommet du crâne. C'est le chakra de la spiritualité ; le 6, au milieu du front, est le chakra de la vision des auras ; le 5 au niveau de la gorge, le chakra de la communication ; le 4 au niveau du cœur, le chakra de l'émotion ; le 3 au niveau du nombril, le chakra de la matière ; le 2 au niveau du sexe, chakra du rapport à l'autre ; le 1 au niveau du périnée, le chakra de la Terre...

Elle entoure les points de convergences des méridiens et en sélectionne sept. Après avoir surmonté un premier élan de scepticisme, David consent à regarder les marques qu'elle a tracées sur la carte.

— Donc nous cherchons le chakra 1, du rapport à la Terre.

— Sur l'homme, le premier chakra est à part. Mon père m'a toujours dit de ne pas en tenir compte.

Elle examine la carte.

— Imaginons que le mont Terevaka, le point le plus élevé de l'île, 507 mètres, soit le chakra du sommet du crâne, donc le 7. Si on suit cette ligne, sorte de colonne vertébrale, on a le mont Pui.

— 302 mètres, annonce David en lisant le sous-titre.

— Mont Pui qui pourrait être considéré comme le chakra central du cœur, et à l'autre bout…

Il lit sur la carte.

— Le volcan Rano Raraku à 180 mètres d'altitude ?

— Nous ne perdons rien à aller voir.

Ils reviennent à l'hôtel, prennent des vêtements et du matériel d'exploration, louent un 4 × 4, puis se dirigent vers le volcan éteint de l'est de l'île de Pâques.

Le nord de l'île n'étant pas dédié au tourisme, la route est bloquée, et ils sont obligés de prendre les chemins. Par chance, David sait utiliser toutes les possibilités de leur véhicule 4 × 4 pour traverser les terrains boueux et les collines à pentes raides. Ils roulent sur la minuscule île sans arbres.

Enfin, ils parviennent au pied du volcan Rano Raraku.

— Et maintenant, il n'y a plus qu'à trouver la loge sous la pyramide Rano Raraku, comme nous avons trouvé la loge sous la pyramide égyptienne de Gizeh.

Sur les contreforts du volcan, ils distinguent des moais gris foncé éparpillés, couchés ou à moitié dressés.

Certains n'ont que la tête plantée au milieu des herbes, d'autres semblent émerger comme des géants se dégageant du sol.

Ils garent leur voiture et poursuivent à pied. Ils repèrent un sentier montant et se retrouvent au sommet du volcan, où s'étale un lac circulaire. Quatre moais à demi enterrés contemplent le centre de la cuvette.

Les berges du lac, au centre du cratère, sont partiellement envahies par des joncs.

Les deux scientifiques se regardent et, sans se parler, comprennent ce qu'ils ont à faire. Ils se déshabillent et, en sous-vêtements, nagent jusqu'au centre du lac. Puis ils font la planche, immergeant leurs oreilles.

— Gaïa, nous entendez-vous ?

148.

Bravo, David.
Tu as suivi mon indication. Mais je te perçois mal. C'est à cause de l'eau, elle estompe les ondes. Je vais essayer d'arranger cela.

149.

Des bulles surgissent au milieu du lac puis, soudain, une sphère d'huile noire se met à crever la surface.

La sphère grossit, se transforme en courant continu, issu du fond de la cuvette.

— Gaïa nous envoie son sang noir pour communiquer, murmure David.

Tout le lac devient bientôt opaque, alors que les deux humains continuent de flotter au milieu du bassin circulaire, qui sent désormais le pétrole.

Leurs oreilles restent enfoncées sous la surface.

150.

Vous m'entendez mieux, maintenant ? J'ai quelque chose de très important à vous confier, que vous devez transmettre à vos congénères de manière urgente. Êtes-vous prêts à m'écouter ?

151.

Le président chinois affiche une moue dubitative, face aux officiers étrangers.

— Le taux d'attrition est de combien, déjà ?

Le président iranien consulte une tablette numérique.

— Nous atteignons les sept cents pertes par jour.

Le Chinois fronce les sourcils, une barre de contrariété au milieu du front.

— Vous vous foutez de ma gueule ?

— Évidemment, avec des missiles à tête nucléaire ou à charge bactériologique, nous aurions pu faire mieux et plus vite, mais les Saoudiens les interceptent avec leurs maudits micro-missiles anti-missiles emachs.

Pareil pour les bombardiers et même chose pour les bateaux.

— Il n'y a donc que l'infanterie qui reste opérationnelle, si je comprends bien ?

— Pourquoi ne pas nous envoyer vos divisions d'infanterie pour nous aider à réussir une offensive décisive, président Tchang ?

— Parce que je vous soupçonne d'être un chef de guerre nul, mon cher Jaffar.

Le président chinois se racle la gorge et cherche un crachoir. N'en trouvant pas, il propulse son crachat en direction du tapis où il s'étale comme une huître. L'Iranien, connaissant les mœurs de son collègue, ne s'en offusque pas et dispose un crachoir au-dessus du lieu de l'impact.

— Vous me jugez un peu rapidement.

— Ce n'est pas ainsi que je voyais cette guerre, Jaffar. Un conflit minable dans le désert qui se termine… à la baïonnette ou au poignard. Quel manque de panache ! Pourquoi pas à la machette ou à la massue, ou même à coups de poing et de morsures ? Ça me rappelle une phrase d'Einstein : « Je ne sais pas comment sera la Troisième Guerre mondiale mais la Quatrième se fera à coups de pierre. »

— Nous faisons notre possible.

— Vous, les Perses, êtes des tueurs amateurs, vous faites beaucoup d'effets d'annonce, vous fanfaronnez, vous hurlez à la guerre sainte, à la boucherie, et quand on vous donne le feu vert, vous faites quoi ?

Il a un rictus, puis, la bouche en cul de poule :

— Sept cents morts par jour…

L'Iranien est piqué au vif.

— Nous pouvons augmenter ce nombre, je peux jeter dans les vagues d'attaque plus de conscrits.

— Pour faire quoi ? Huit cents morts par jour ?

Cette fois le rictus ironique se transforme en petit rire moqueur.

L'Iranien, nerveux, cherche l'inspiration, puis se décide :

— OK, je voulais les garder en réserve pour l'assaut final, mais tant pis, je jette dans la bataille mes fameux « gardiens de la révolution ». Ce sont des troupes d'élite, des vrais massacreurs.

— Oh là là comme j'ai peur. Vous les avez vus vos « massacreurs », ils ont une petite bedaine et ils regardent les matchs de football toute la journée sur les chaînes sportives en fumant du haschisch. Ce ne sont que des fonctionnaires. Et après vous mettrez quoi comme « troupes d'élite » ? Les gendarmes, les pompiers, les contrôleurs des impôts ?

L'Iranien fulmine, mais il sait qu'il ne doit rien manifester face à cet allié puissant.

— Je vous garantis que…

— Non, Jaffar. Nous n'aurions pas dû nous y prendre comme ça.

Le président Tchang se lève et tourne dans la pièce. Il réfléchit longtemps, se place devant un globe terrestre et tourne pour le contempler comme s'il examinait un visage.

— Tant pis, après l'échec des missiles nucléaires et des vagues d'infanterie, nous allons être obligés de passer à l'étape 3 plus rapidement que prévu.

Il prend son téléphone et lance des ordres en chinois d'un ton sec, avant de raccrocher.

— La phase 3 vous ne m'en avez jamais parlé, de quoi s'agit-il ?

— Nous allons réellement lancer le Troisième Cavalier de l'Apocalypse.

Et à nouveau il empoigne la sculpture du cheval fougueux porteur d'un cavalier armé, comme s'il souhaitait récupérer son cadeau.

152.

Bras et jambes écartés, ils flottent au milieu du lac désormais noir du volcan Rano Raraku de l'île de Pâques. Le dialogue entre les deux scientifiques et leur planète peut commencer.

— *J'ai longtemps réfléchi et je crois que vous deux pouvez m'aider à réaliser mon rêve le plus cher. Théia 13 fut un premier rendez-vous avorté. Cela me frustre de l'avoir raté. Vous pouvez et vous devez agir pour que l'événement se reproduise, sans interruption cette fois.*

— *Comment souhaitez-vous que nous procédions ?*

— *C'est en voyant la mission Catapulta effectuée par les Micro-Humains de l'île des Açores que j'ai compris ce qu'il fallait faire. On pourrait l'appeler mission TRAF pour : Trouver et Ramener Astéroïde Fécond. J'ai déjà réfléchi à tout. Il suffira qu'une de ces fusées Catapulta opère de la même manière. Il n'y aura plus qu'à ramener l'astéroïde et me l'envoyer. Je vais même vous indiquer l'emplacement idéal : la grande dorsale transatlantique. C'est là que ma peau est la plus fine.*

— *Les chefs d'État n'accepteront jamais. Ils auront trop peur qu'il détruise la planète.*

— Mais la planète c'est moi !

— Personne ne sait ce qu'il risque de se passer ensuite.

— Ensuite, je vais être fécondée.

— Si vous n'êtes pas détruite par la pénétration.

— Je survivrai.

— Après votre fécondation, n'importe quoi peut arriver. Nous sommes dans un total inconnu.

— Je serai probablement comme vos ovules pénétrés par un spermatozoïde.

— Dans ce cas, pour reprendre la métaphore, l'ovule gonfle. Si la Terre, enfin si vous vous mettez à grossir, vous allez faire éclater votre surface et probablement tuer toute forme de vie qui y séjourne. La flore, la faune, l'humanité.

— Quand l'une de vos femmes est enceinte et grossit, ses puces parasites ne meurent pas.

— En fait, vous ignorez complètement ce qu'il adviendra de nous.

— Je t'ai montré ma vie David, tu le sais. Désormais j'ai compris que je suis née et je ne me suis développée que dans l'attente de cette rencontre. Avant je l'ignorais alors je n'attendais rien. Désormais je souffre qu'elle n'ait pas lieu.

— Nous pouvons peut-être agir pour vous aider à résoudre ce problème, dit Hypatie. Je crois avoir compris que les moais avaient la même fonction que les aiguilles d'acupuncture. M'autorisez-vous dans un premier temps à soigner vos migraines ?

— Je veux bien que vous agissiez sur les symptômes, mais je ne renoncerai pas pour autant à mon

vrai remède. Je dois être pénétrée par un astéroïde fécond. La mission TRAF doit se réaliser.

— Vous savez que la période est troublée. Les hommes sont pris par une autre occupation, ces temps-ci, dit David.

— Se tuer entre eux ? Ce n'est qu'une péripétie sans importance. Je vous parle de vrais enjeux déterminants, pas des broutilles qui visent seulement à lutter contre l'ennui.

— Mais c'est important pour nous. Hypatie et moi sur l'île de Pâques, ne pouvons pas encore agir. L'idéal serait que vous nous laissiez quelques jours.

— J'en ai assez de devoir attendre. 4,5 milliards d'années, c'est suffisant. Vous devez tout de suite aller parler à la reine des Emachs et la convaincre de mettre sur pied la mission TRAF. Sinon…

— Sinon ?

— Sinon je me débrouillerai pour que vos guerres ne soient que d'infimes désagréments par rapport à l'ensemble des éruptions volcaniques, tsunamis et autres cyclones et séismes auxquels je vous soumettrai.

153.

HIMALAYA – Une attaque fulgurante a eu lieu ce matin dans la région de l'Arunachal Pradesh, au nord de l'Inde.

À 7 h 30 heure locale, plusieurs divisions de l'armée chinoise ont franchi la frontière. Après avoir escaladé le flanc oriental de l'Himalaya, les troupes d'envahisseurs ont détruit les postes de douanes, surprenant et tuant facilement un millier de soldats indiens et faisant une dizaine de milliers de prisonniers.

Selon les observations satellites, il pourrait y avoir près de 1,5 million de soldats chinois jetés dans cette offensive massive, un record dans l'histoire terrestre.

Mais pour analyser ce conflit aussi important qu'inattendu, j'ai fait venir notre spécialiste en géostratégie, le professeur d'histoire Thomas Adler. Que pensez-vous de cette attaque chinoise aussi soudaine que massive, professeur ?

— Il faut remettre ces événements en perspective. C'est une région dont on se préoccupe peu, mais qui a toujours été un baril de poudre. Il y avait déjà eu une première guerre entre l'Inde et la Chine par le passé. Dans leur élan révolutionnaire, les troupes de l'Armée rouge de Mao Tsé-toung avaient envahi le Ladakh le 7 août 1959. La victoire avait été totale et la frontière modifiée en faveur des Chinois. Regardez cette carte où l'on voit l'emplacement et le mouvement des troupes durant cette attaque. Trois ans plus tard, précisément le 20 octobre 1962, Mao Tsé-toung, pour restaurer son autorité en interne, réitère cette performance qui lui avait si bien réussi. Une seconde fois l'armée chinoise franchit la frontière et écrase les garnisons indiennes chargées d'assurer la sécurité des frontières au niveau du Tibet. C'est presque une « guerre récurrente ».

— Rappelons, professeur Adler, que la frontière entre la Chine et l'Inde mesure 2 500 kilomètres, et qu'elle est donc forcément difficile à surveiller sur l'ensemble de sa longueur… Une chaîne est solide par son maillon le plus faible.

— C'est une région très montagneuse mais il y a peu de passages vraiment praticables. Il n'est donc pas aisé de faire franchir l'Himalaya, a fortiori à une masse de plus d'un million de soldats.

— Donc, déjà en 1959 et en 1962, l'armée chinoise avait enfoncé la ligne de défense indienne. Comment le monde avait-il réagi à l'époque à ces agressions chinoises, professeur ?

— En 1962, les gouvernements soviétique et américain ont pris parti pour l'Inde, considérée comme victime selon toutes les règles du droit international.

— Mais ces pays ne sont pas allés jusqu'à envoyer des troupes sur place ?

— Trop loin. Trop froid. Trop en altitude. Trop compliqué. Face à un adversaire trop nombreux. Donc tout soutien sur le terrain a semblé aux Occidentaux hasardeux. Du coup, les soldats indiens ont dû, seuls, tenter d'arrêter les troupes d'invasion chinoises.

— La guerre sino-indienne de 1962 a duré combien de temps ?

— Un mois plein, pour aboutir à une victoire militaire totale des Chinois avec trois mille pertes côté indien contre seulement neuf cents côté chinois. Après cette attaque, Mao Tsé-toung a annexé le territoire limitrophe rebaptisé désormais l'Aksaï Chin. Le gouvernement indien n'a jamais cessé d'appeler à la restitution de cette province qu'elle considère volée. En 1965, lors de la deuxième guerre indo-pakistanaise, la Chine a proposé spontanément au Pakistan de s'engager à ses côtés pour créer un front à l'ouest susceptible de soulager les Pakistanais et prendre l'Inde en tenaille.

— C'est la formule bien connue : les ennemis de mes ennemis sont mes amis.

— Désormais la Chine est le premier soutien du Pakistan.

— Je croyais que c'étaient les États-Unis ?

— Simple petite anecdote : en juillet 2007, l'armée pakistanaise attaque la Mosquée rouge de Karachi, faisant soixante morts. Un gouvernement musulman qui attaque une mosquée, la chose a surpris. La vraie raison était que la veille des religieux de cette mosquée avaient égorgé des prostituées. Aussitôt les diplomates chinois qui « utilisaient » ces mêmes prostituées se sont plaints à leurs dirigeants et Pékin a ordonné au général Moucharraf (le président de l'époque) de prendre des dispositions afin que cela ne se reproduise plus. Pour faire plaisir aux Chinois, il a donc bombardé la mosquée.

— Mais quand même, le Pakistan et la Chine alliés contre l'Inde, c'est inquiétant pour l'équilibre régional, non ?

— Les relations entre les deux pays les plus peuplés du monde ont longtemps été très tendues. Jusqu'en 2005. Cette année-là, dans un but d'apaisement, un accord entre la Chine et l'Inde fixe une ligne des frontières « définitive ».

— C'est donc la paix ?

— Pas tout à fait. La Chine, probablement pour des raisons d'unité interne, continue d'entretenir la tension sur cette frontière. On recense plus de deux cent cinquante provocations militaires rien que pour l'année dernière. Ce sont des groupes de quelques dizaines de soldats chinois qui font des incursions parfois profondes derrière les lignes indiennes. En dehors de ces escarmouches censées faire perdre la face à l'Inde, depuis 2011 la Chine n'a fait qu'accumuler des troupes autour de la frontière sino-indienne et elle multiplie l'installation de batteries de missiles. En réponse, l'armée indienne a installé des iron-dômes (la version taille normale des micro-dômes emachiens) et les Indiens ont eux aussi accumulé des troupes autour de la frontière. Du coup, les Chinois sont entrés dans la surenchère. Les satellites internationaux avaient repéré que le nombre de soldats stationnés au Tibet ne cessait d'augmenter depuis quelques jours. On pensait que cela allait en rester au statu quo et puis… ce matin, tout a basculé.

— Désormais, avec cette attaque chinoise sur le toit glacé du monde, le Tibet, pays de la sagesse éternelle, s'avère être le nouveau champ de bataille le plus violent… reléguant le conflit du Moyen-Orient à une simple escarmouche.

— Il faut savoir que la Chine est non seulement le pays le plus riche du monde, mais aussi celui qui investit la part la plus importante de son PNB dans son armée, 21 % l'année dernière.

— Reste une question, professeur : pourquoi une attaque d'infanterie, pourquoi ne pas avoir utilisé leurs batteries de missiles, par exemple ?

— Pour les Chinois, perdre la face en envoyant des missiles interceptés n'est même pas envisageable. Tirant la leçon de la toute récente guerre irano-saoudienne (qui entre dans une phase de blocage malgré les offensives répétées), les Chinois n'ont pas voulu courir le risque d'être ridiculisés par les missiles intercepteurs. Ils ont préféré opérer à l'ancienne, en jouant la partie dans leur style sur un terrain connu (où ils ont déjà été, comme nous l'avons vu, plusieurs fois vainqueurs dans le passé), en profitant de leurs atouts indéniables, notamment celui du nombre. L'attaque s'est faite sans missiles, sans avions et sans bateaux, uniquement avec des soldats d'infanterie, fonçant le doigt sur la détente et la baïonnette au canon.

— Alors selon vous, professeur Adler, que veulent vraiment les dirigeants chinois ?

— Vu la zone où se déroule l'attaque, on peut en déduire que l'enjeu est l'annexion totale de l'Arunachal Pradesh, une région de 83 000 kilomètres carrés, qu'a toujours revendiquée l'État chinois.

— L'Arunachal Pradesh, précisément là où l'on a trouvé il y a quelques mois des gisements de diamants ? Ce qui expliquerait en effet leur motivation.

— À mon avis, ce n'est pourtant pas l'enjeu principal. L'enjeu principal est l'eau. C'est au Tibet que prennent leur source toutes les rivières et les fleuves de Chine et d'Inde. Celui qui contrôle l'approvisionnement en eau douce contrôle l'Asie. Croyez-moi, les prochaines guerres ne seront plus des guerres du pétrole mais des guerres de l'eau potable.

— L'eau ? Mais vu le nombre de ses fleuves, la Chine a déjà beaucoup d'eau.

— Détrompez-vous. Le complexe agricole et industriel chinois est très gourmand en eau douce de qualité. Et comme vous le savez, le monde dans son ensemble commence à être en pénurie de ce liquide précieux. Celui qui contrôle les sources d'où jaillit l'eau fournissant la région la plus peuplée de la planète prend une position majeure pour le contrôle non seulement de l'Asie, mais du monde. Il est bon de rappeler que les montagnes du Tibet abreuvent près de quatre milliards d'humains…

— Je vous remercie, professeur Adler, de nous avoir replacé en perspective dans le temps et l'espace cet événement. Et je rappelle que l'agression chinoise a été majoritairement condamnée par l'ONU.

BOURSE – Elle qui avait bien résisté à la guerre arabo-iranienne a connu évidemment une chute brutale, à l'exception des produits liés à l'industrie d'armement qui ont connu une forte croissance. Notamment les produits emachs qui sont particulièrement prisés par les militaires. Attendez… Ah ? On me signale un événement nouveau. La Russie vient officiellement de s'engager en faveur de l'Inde, et des troupes chinoises ont été envoyées près du fleuve Amour, qui est la frontière entre les deux États. Quant à la Corée du Nord, elle vient elle aussi de s'engager au côté de la Chine, son allié historique. Donc nous assisterions à une sorte d'élargissement du conflit, avec une triple alliance Iran-Chine-Corée du Nord contre une triple alliance Arabie-Inde-Russie. Je profite que vous soyez encore parmi nous, professeur Adler, pour vous poser la question : ne risque-t-on pas dans ces conditions un embrasement de toute l'Asie, du Moyen-Orient jusqu'à l'Extrême-Orient ?

— N'exagérons rien. Ces conflits sont pour l'instant très sectorisés et souvent des prolongations de guerres précédentes. Le fleuve Amour a par exemple déjà été le théâtre d'un conflit entre la Russie et la Chine en mars 1969, mais il n'a pas dégénéré. Ce sont des guerres sporadiques entre peuples depuis longtemps rivaux. Cela nous impressionne, nous Occidentaux, parce que ces pays sont immenses et très peuplés.

— Donc pour vous, il n'y a pas de réelle raison de s'inquiéter ?

— Non, je crois que la plupart des gouvernants concernés ont besoin de montrer leurs muscles pour refaire l'union dans leur propre pays, et contrer notamment les mouvements populaires spontanés comme ceux des affamés, des étudiants, des féministes, regroupés sous les slogans des Évolutionnaires. Mais une fois les intimidations passées, tel un nuage de pluie lâchant quelques éclairs puis s'évaporant, le conflit laissera place au grand soleil de la paix diplomatique et sociale, externe et interne, seule garante des bénéfices économiques futurs. Et alors les négociations se feront, comme je vous le disais, sur l'accès aux réserves d'eau douce.

MÉTÉO – Après une longue période d'intempéries, les météorologues prévoient plusieurs jours de beau temps, sous l'activité accrue du Soleil.

154.

Pas de temps à perdre.

David et Hypatie ont rapidement récupéré leurs affaires à l'hôtel.

Ils ont pris un taxi et sont à l'aéroport de Mataveri, prêts à partir pour Santiago du Chili, dans le but ensuite de prendre un avion pour rejoindre l'île de Flores et rencontrer la reine des Micro-Humains.

Ils patientent dans la salle d'attente.

— Je me demande ce que va penser Emma 109 quand on lui transmettra le message de Gaïa, dit Hypatie, qui ne cache pas son enthousiasme pour cette mission de confiance. Quand la reine entendra la requête de la mission TRAF, le monde changera.

— Encore faudra-t-il arriver à la convaincre.

— Emma 109 a toujours été la première à dire qu'il fallait privilégier le huitième joueur, la planète. Je suis certaine qu'elle marchera.

— Mais il faudra aussi que les autres chefs d'État soient d'accord. Vous voyez Drouin adhérer à quelque chose d'aussi « spécial » ?

— À nous de trouver les arguments. Ils finiront par comprendre. Surtout si nous lui transmettons les menaces assorties à cette requête.

— Je vais quand même préparer le terrain.

David Wells sort le smartphone mauve que lui a offert la reine lors de la fête de l'Indépendance. Il repère deux boutons. « Micropolis », « Lunapolis ». Il appuie sur le premier.

Il attend. La petite voix aigrelette retentit enfin dans l'écouteur.

— David ?

Il est surpris d'arriver à joindre la reine aussi facilement.

— Hum… Majesté.

— Que me vaut le plaisir ?

— J'ai pu faire ce que vous nous avez toujours conseillé : parler avec Gaïa.

— Comment as-tu réussi ce miracle ?

— C'est une longue histoire, et je me ferais un plaisir de vous la raconter en détail, mais il s'avère que son message vous concerne tout particulièrement, Majesté.

— La Terre s'intéresse à moi ? Voilà qui est un grand honneur.

— Elle est même pressée. En tout cas, c'est suffisamment important et urgent pour que j'accoure. Là je suis à l'aéroport de l'île de Pâques, et je m'apprête à prendre le premier vol pour le Chili et ensuite vous rejoindre aux Açores.

— Parfait, j'ai hâte de te revoir. Tu seras toujours le bienvenu en terre microlandaise. Nous allons voir comment satisfaire Planète-Maman dans la mesure de nos moyens… Pourtant ce n'est vraiment pas le bon moment. Tu as suivi les événements ?

— La guerre entre la Chine et l'Inde ?

— Ah ! ça, c'étaient les informations une heure plus tôt. Depuis elle a fait tache d'huile. Chaque minute, une information nouvelle tombe. Le plus préoccupant, c'est l'effet domino des alliances diplomatiques.

— Où en est-on ?

— Pour faire synthétique, David : l'Amérique du Nord, les États-Unis et le Canada ont rejoint le camp de l'Inde. Plusieurs pays d'Amérique du Sud soutiennent la Chine. Et ce n'est pas tout. La plupart des pays d'Europe ont rejoint l'Inde (sauf l'Irlande et la Norvège). Et la plupart des pays d'Afrique ont rejoint la Chine (sauf le Kenya, la Côte d'Ivoire et le Sénégal).

— Oh, l'affaire prend des proportions que j'ignorais.

— Du coup, deux camps planétaires sont définis. Le camp Yin avec l'alliance Chine-Pakistan-Iran-Amérique du Sud-Afrique. Le camp Yang avec l'alliance Inde-Russie-Arabie Saoudite-Amérique du Nord-Europe.

— Et la Corée du Sud ? demande Hypatie qui suit la conversation dans l'écouteur.

— La Corée du Sud a rejoint le camp Yang. Cela fait partie des exceptions tout comme le Japon et la Thaïlande pour l'Asie.

David digère l'information avec un long soupir.

— Bon, eh bien, je crois que cette fois nous sommes bel et bien dans la Troisième Guerre mondiale.

— Ici en tout cas, à Micropolis, nous sommes en pleine gestion de cette crise.

— Vous êtes dans quel camp, Majesté ?

— Aucun. Nous nous sommes officiellement déclarés neutres. Par contre, notre activité industrielle est décuplée par les commandes de matériel d'armement high tech.

— La Terre est pressée.

— Elle devra attendre. La Troisième Guerre mondiale est désormais la priorité de tous les humains et Micro-Humains.

— Elle dit qu'elle a assez attendu.

— De toute façon, l'Assemblée microlandaise a voté tout à l'heure une série de dispositions pour gérer cette phase de crise. Tous les habitants sont saturés de travail, y compris moi. Même si tu venais je ne pourrais pas m'occuper de toi et tu devrais de toute façon attendre au moins une semaine.

— Il peut se passer beaucoup de choses en une semaine.

— Dans une heure nous ferons une démonstration de notre matériel de haute technologie. Grâce à notre neutralité, nous vendons aux deux camps.

— Dans des moments aussi dramatiques, vous pensez au commerce d'armes ?

— J'apprends de votre histoire. N'est-ce pas ce qui s'est passé avec les USA en 1940 ? Ils ont vendu aux deux camps, ils ont laissé les Européens s'entre-tuer et s'affaiblir alors qu'eux s'enrichissaient, et puis ils ont rejoint au dernier moment le camp des Alliés contre les forces de l'Axe. Résultat : après la guerre ils étaient la première puissance économique mondiale.

— Donc vous comptez rejoindre le camp Yang ?

— Bien sûr, mais d'abord nous devons vendre aux deux camps. Rends-toi compte que c'est grâce à nos micro-missiles anti-missiles qu'aucune bombe nucléaire n'a explosé. Sans nous, Riyad serait déjà annihilée. Viens la semaine prochaine, David, et j'écouterai ce que tu veux me dire à propos de ta communication avec Gaïa.

Elle raccroche.

À ce moment, la sirène se met à résonner dans l'aéroport. Une hôtesse saisit un haut-parleur.

— Tous les vols sont annulés, je répète, tous les vols sont annulés. Couvre-feu général.

— Mais cela nous touche même ici ? À deux mille kilomètres de toutes les côtes ? questionne David.

— Notre pays est officiellement en guerre, monsieur, signale l'hôtesse d'un ton sec qui n'admet aucun débat.

— Mais il n'y a ni Iraniens ni Chinois dans le coin.

— Les Argentins ont officiellement rejoint le camp ennemi, lâche l'hôtesse chilienne sur un ton méprisant.

Puis, s'adressant à l'ensemble des voyageurs de la salle d'embarquement, elle déclare :

— Mesdames et messieurs, rentrez chez vous, barricadez-vous et attendez les consignes. Gardez tous les téléviseurs et les radios allumés pour entendre les consignes de sécurité et d'alerte.

Déjà tous les comptoirs du petit aéroport pascuan se ferment. Les rideaux sont tirés. Dehors, le soleil est particulièrement intense, faisant briller les moais comme s'ils étaient recouverts d'or.

— Ce n'est qu'un ralentissement, pas un blocage. Revenons à l'hôtel et attendons que tout se calme. Je reste optimiste, déclare le scientifique.

155. ENCYCLOPÉDIE : PESSIMISTE ET OPTIMISTE

Une étude effectuée dans une université allemande et publiée le 18 février 2013 a porté sur l'influence du pessimisme et de l'optimisme sur la durée de vie des individus.

Pour cette étude ont été interrogées 40 000 personnes de trois classes d'âge différent pendant dix ans.

Les sondés devaient noter entre 0 et 10 leur vie probable dans les 5 années à venir.

Il est apparu que :

– 43 % étaient trop pessimistes par rapport à ce qui s'est réellement déroulé.

– 25 % avaient raison et ont donné une bonne estimation de ce qu'il s'est passé.
– 32 % se sont révélés trop optimistes.
Or, l'étude a constaté que dans ce dernier groupe le risque de dégradation de la santé était plus important que la moyenne :
– 9,5 % avaient subi un handicap majeur,
– 10 % avaient un risque de décès à court terme.
Les scientifiques qui ont lancé cette étude ont expliqué que les pessimistes étaient plus attentifs à leur santé, ils allaient donc plus souvent chez le médecin ou le dentiste et se soignaient plus vite. Ce sont précisément eux qui, pour la suite de leur existence, ont la meilleure espérance de vie.
Donc être pessimiste permet au final de vivre plus longtemps.

Ajout de Charles Wells à l'œuvre d'Edmond Wells,
Encyclopédie du Savoir Relatif et Absolu.

156.

Le président iranien Jaffar et le président chinois Tchang sont en visioconférence dans leurs bureaux respectifs. Sur leur écran apparaissent leurs deux visages et, dessous, la carte du monde.

— Nos troupes ayant franchi le fleuve Amour ne sont toujours pas stoppées par les Russes et poursuivent leur avancée en territoire ennemi, signale Tchang avec satisfaction.

— Tout va bien ici aussi. Les lignes de défense saoudiennes reculent progressivement dans la région de Al-Hudud ach-Chamaliya.

— Je pense qu'il est temps de monter la mise. Phase 4, je vais envoyer un million de soldats supplémentaires sur le front indien et cinq cent mille sur le front russe. Et vous, Jaffar ?

— OK, je vous suis avec cinquante mille soldats supplémentaires en renfort.

— Vous avez vu comme les manifestations se sont d'un coup effondrées, chez vous comme chez nous.

— Ils n'osent plus rien revendiquer, ils ont trop peur de passer pour des traîtres à la nation.

— Et ce sont précisément ceux-là que nous allons recruter de force et envoyer en première ligne. Le mouvement évolutionnaire est mort dans l'œuf.

— La peur est le moteur le plus puissant pour agir sur les foules, reconnaît l'Iranien.

Les deux hommes sont détendus.

— Je crois que nous avons déjà gagné, Jaffar. Nos compatriotes ne nous ont jamais autant aimés.

— La guerre, c'est encore plus fédérateur que le football, et ça peut durer plus longtemps qu'un championnat.

— C'est, comment dire, une sorte de « grande baston de supporters encouragés par leurs gouvernements ».

— Excellente formule. J'ai pour ma part au nom de l'effort de guerre doublé les impôts.

— Moi aussi, j'ai doublé les impôts et il n'y a évidemment aucune remarque de l'opposition, enfin de mon opposition, à savoir la branche « armée rouge » qui s'oppose parfois à ceux du « parti communiste ».

Les deux hommes se font des signes complices sur leurs visiophones respectifs.

— En fait, dit l'Iranien, je ne les comprends pas. Les gens du peuple aiment quand on les envoie se faire tuer, et ils nous détestent quand on leur offre la liberté. Regardez Gorbatchev, regardez Louis XVI. Tous ces hommes ont été des libérateurs du peuple, et tout le monde les déteste. Par contre Hitler, Staline, Mao, Nasser ou Khomeyni, qui ont amené leur propre peuple à l'abattoir, sont encore de nos jours vénérés par de larges franges de la population.

— C'est la fascination pour les gros prédateurs. Le peuple admire les lions, pas les buffles. C'est pourquoi nous ne devons pas avoir d'états d'âme et devons devenir, vous et moi, Jaffar, des prédateurs fiers et assumés. Rien n'est pire que les dictateurs honteux.

— Mais vous ne croyez pas qu'un jour ils vont comprendre et nous juger ?

— La plupart des grands dictateurs sont morts tranquillement dans leur lit luxueux, entourés de leur famille aimante, de médecins et d'infirmières attentionnées, et de commensaux zélés. Telle est la loi. Les libérateurs, eux, sont crucifiés, guillotinés, pendus. Même Karl Marx, notre premier héros et guide, est mort malade, seul et dans la misère avec une dizaine de personnes à peine à son enterrement.

— Comment expliquer cette ingratitude et cette amnésie du peuple ?

— Sans la violence, les gens n'ont pas d'émotions, et sans émotions ils ne mémorisent pas.

— Quand même, ils embrassent la main qui les frappe et mordent celle qui les nourrit.

— Les gens veulent une jolie propagande à laquelle ils peuvent adhérer.

— Mais ils pourraient finir par s'apercevoir que la propagande est contraire à la vérité.

— Un mensonge répété suffisamment longtemps devient la vérité. Ou encore mieux que la vérité : une croyance.

Le président iranien note cette phrase admirable qui résume beaucoup de choses. Il s'aperçoit qu'il a encore beaucoup d'enseignements à recevoir de son collègue chinois. Dans un élan enthousiaste, il annonce :

— OK. Dix mille soldats. Je vais envoyer cent mille hommes supplémentaires. Ça devrait augmenter la pression.

— Et puis autre chose… je vais vous révéler un secret : les Micro-Humains sont en fait avec nous.

157.

La neige est épaisse, molle, recouverte de cristaux scintillants. Alors que le soleil émet une lumière rose fuchsia qui se reflète sur les flocons, les soldats chinois en tenue de camouflage, anorak blanc, casque blanc, fusil blanc, poursuivent leur avancée dans la province du Ladakh, au nord de l'Inde.

Cette région, aussi nommée le Petit Tibet, à 3 000 mètres d'altitude, s'avère de plus en plus inhospitalière. Les milliers de soldats emmitouflés peuvent mesurer la difficulté d'envahir un tel pays d'altitude.

Depuis qu'ils ont franchi la frontière, ils ont froid, leur respiration est difficile, leurs doigts gèlent, leurs fusils doivent sans cesse être vérifiés, démontés, graissés et remontés pour rester opérationnels.

Certaines corniches ne laissent passer qu'un homme à la fois.

Parfois, un cri. Il signifie qu'un soldat maladroit a chuté dans un précipice. Vu le nombre d'humains présents sur un terrain aussi étroit, glissant et abrupt, il suffit d'une bousculade pour perdre pied. Les sacs lourds de l'armement et les anoraks volumineux empêchent les gestes de sauvegarde.

Arrivé au sommet, le général Guan utilise ses jumelles et distingue, en contrebas, le village encore assoupi à cette heure matinale. Personne ne circule dans les rues. Même le temple bouddhiste qui surplombe le village n'a pas encore fait sonner sa cloche. Quelques cheminées fument.

Le général Guan n'aime pas improviser, mais il n'a pas le choix. Tout est allé si vite. La vision du village offert le réconforte, il sait qu'arrivé en bas il gérera plus facilement les mouvements de sa division.

Autour de lui, ses soldats commencent à chausser leurs skis et à saisir leurs bâtons, plaçant leur kalachnikov en bandoulière sur leur ventre.

Le général Guan donne le signal. Aussitôt, tous se laissent porter par la pente. Ils skient à bonne vitesse. Soudain, surgissent sur leur flanc droit d'autres skieurs en anoraks tout aussi clairs.

Les soldats chinois pensent au début que ce sont des renforts, mais ceux-ci leur tirent dessus par rafales. Surpris, ils n'ont pas le temps de répliquer, ils chutent, glissent, s'étalent dans la neige qui se teinte de sang.

En se retournant, les derniers skieurs chinois voient que les nouveaux arrivants portent un anorak blanc légèrement plus jaune.

Le général Guan tente de freiner sa troupe mais il est trop tard, lui et ses fantassins sont emportés par la pente raide et ne peuvent faire demi-tour.

Seuls ceux de l'arrière peuvent répliquer aux tirs adverses, tout en skiant. Cependant ils n'ont guère la possibilité de viser, abattant parfois leurs propres troupes par inadvertance ou parce qu'une motte de neige mal placée fait dévier leurs tirs.

L'inclinaison du sol les emporte tous, de plus en plus vite.

C'est le premier champ de bataille mobile, avec plusieurs centaines de milliers de soldats des deux camps à ski, emportés dans une descente raide. Les soldats indiens tirant droit devant sont avantagés par rapport aux Chinois tirant derrière eux. Mais les Chinois sont beaucoup plus nombreux.

Le général Guan improvise une tactique. Tout en skiant il envoie un signal intimant à tous ses soldats, où qu'ils soient, de s'arrêter et de se mettre à plat ventre pour répliquer. La manœuvre est compliquée, on ne peut facilement stopper une telle armée de skieurs pris dans l'élan d'une pente, poursuivis par un ennemi qui les mitraille.

Les skieurs placés en tête repèrent sur la gauche une forêt de sapins. Le général Guan donne aussitôt l'ordre de profiter de ces arbres pour amorcer leur manœuvre de volte-face, lui-même les rejoint à ski avec tout son état-major à ses côtés.

Certains skieurs se prennent les arbres de plein fouet. Cependant ils parviennent à se stabiliser, à se cacher derrière les arbres et à mitrailler les poursuivants.

Les skieurs des deux camps s'immobilisent et se jettent à plat ventre dans la neige. Les grenades explosent, les bazookas enflamment, les mitrailleuses crépitent… quand soudain surgit un renfort inattendu. Les silhouettes orange, cette fois, des moines tibétains du village en aval qui remontent.

Alors que les Chinois ne leur prêtent même pas attention, les moines font pleuvoir des flèches enflammées.

La forêt où toute l'armée chinoise s'était regroupée pour se protéger de l'attaque indienne s'embrase d'un coup.

Le général Guan au milieu de ses troupes comprend trop tard le piège. Les Indiens les ont volontairement poussés vers cette forêt isolée. Les Tibétains avaient dû enduire les troncs d'essence.

Tous les arbres sont transformés en torches.

Les soldats chinois qui tentent de sortir de la forêt sont aussitôt abattus par les Indiens. On entend les autres hurler dans les flammes.

Un Tibétain leur lance en chinois :

— C'est pour tous les moines qui se sont sacrifiés en s'immolant par le feu.

Le général Guan demande à ses hommes de tenir la position, et voyant que certains commencent à se rendre, ordonne qu'on abatte les déserteurs.

Mais même ces tirs de discipline sont imprécis sous les flammes et la fumée qui envahissent la petite zone forestière.

Le général Guan, les yeux rouges et irrités, en proie à une quinte de toux, devient moins attentif. Il distingue au loin des soldats ennemis qui filment la scène avec leur caméra à longue focale, mais ne voit pas le sapin enflammé qui s'abat sur lui dans un crissement sinistre.

158.

Sur le vaisseau spatial *Papillon des Étoiles 2*, tous les passagers sont réunis face à l'écran géant qui surplombe la terrasse centrale.

Depuis que les premiers conflits annonçant la Troisième Guerre mondiale se sont déclenchés, les Papilloniens ont progressivement délaissé leurs travaux pour rester figés devant les images qui leur parviennent des actualités terrestres.

Le premier sentiment collectif des passagers se résume en une phrase : « Heureusement que nous ne sommes plus sur cette planète mise à feu et à sang ! »

Puis une deuxième idée prend sa place : « Les gens de notre famille, nos parents, nos frères et sœurs, sont encore là-bas et en danger. »

Enfin suit un sentiment de culpabilité : « S'ils se tuent tous, pourquoi nous survivrions, nous, ici, si loin d'eux ? Nous avons fui au moment où l'on aurait pu aider ceux de notre camp à gagner. »

Dès lors, les Papilloniens sont moins fiers de leurs constructions et de leurs performances. Les actualités deviennent une drogue. Rendez-vous est pris tous les jours à heure fixe, et ils se serrent pour suivre le feuilleton de la Troisième Guerre mondiale. Les yeux sont humides, troublés par les horreurs filmées avant, pendant, après, sous tous les angles. Les oreilles à l'écoute du moindre commentaire du journaliste que tous trouvent trop détaché des drames.

De son côté, Sylvain Timsit, après avoir longtemps cherché la meilleure attitude dans cette situation délicate, choisit le mutisme. Il installe chaises et fauteuils pour améliorer le confort devant l'écran central, et traite l'événement comme s'il s'agissait d'un championnat de football auquel chacun veut assister, pour encourager son équipe.

Et puis, un soir arrive ce que tous redoutaient sans l'exprimer : un passager né à Bénarès en agresse un autre né à Canton. Aussitôt, c'est comme si un verrou sautait. Un chiite agresse un sunnite (alors qu'aucun des deux, pourtant, ne pratique plus depuis longtemps sa religion). Sylvain Timsit tente de s'interposer, il est lui-même bousculé. Il comprend que la violence est un virus transmissible par l'information. Là où jadis vivait une société harmonieuse (qui n'avait connu qu'un seul incident, la première guerre des nostalgiques), il n'y a plus que des Homo sapiens territoriaux shootés à l'adrénaline.

Que les cent quarante-quatre mille aient été choisis en donnant priorité aux célibataires et aux orphelins ne change rien, tous restent connectés par les souvenirs à des communautés précises. Même les rares Papilloniens chargés d'assurer le service d'ordre ont déjà rejoint un camp ou l'autre.

Tel un liquide qui se coagulerait, deux plasmas séparés apparaissent. Ceux de la zone avant du vaisseau : les Yang, ceux de la zone arrière : les Yin. Ces derniers sont menés par des nostalgiques de la Terre qui profitent de cette nouvelle crise pour prendre leur revanche. Les occupants de la zone arrière ont le contrôle de la banque génétique, ceux de la zone avant ont le contrôle du cockpit du *Papillon*.

La bague transparente du hublot central circulaire, au niveau de l'abdomen (qui permet à tous de voir l'espace extérieur), sert de frontière.

Et la Troisième Guerre mondiale s'installe ainsi dans le vaisseau spatial voguant à des milliers de kilomètres de la Terre.

159.

Fabienne Foulon est ravie. Chaque fois que quelqu'un de plus jeune qu'elle meurt, elle prend conscience de son privilège d'être encore vivante. Et plus il y a de morts, plus elle se sent bénie.

Elle augmente le son du téléviseur au point d'indisposer les autres pensionnaires de son hospice genevois. Alors qu'ils commencent à bougonner elle leur fait un doigt d'honneur terminé par un ongle particulièrement long et rouge. Ses voisins préfèrent ne pas contredire la « vedette des médias ».

Le directeur de l'hospice, ainsi qu'un journaliste local, arrivent avec un gâteau.

— Qu'est-ce que vous foutez là, vous ? Vous voyez bien que je suis occupée à écouter les informations !

— Vous avez désormais cent cinquante-quatre ans, madame Fabienne Foulon. C'est le nouveau record de longévité. Ce monsieur est journaliste, il est venu officialiser l'événement et prendre quelques photos.

Alors, madame Foulon, vous m'entendez ? Vous vous sentez comment ?

— Je suis bourrée de rhumatismes, chaque articulation est une souffrance, chaque respiration est une épreuve, j'ai du mal à dormir la nuit, j'ai toujours froid aux extrémités, manger me provoque des aigreurs d'estomac, digérer me provoque des flatulences à répétition, et marcher réveille mes cors aux pieds qui irradient dans tout le corps. J'ai des couches-culottes, un dentier, un appareil auditif, mais… à part ça tout va bien.

D'autres vieillards, avides de visages étrangers, s'approchent.

Ceux qui ont été avertis par le directeur viennent lui offrir des cadeaux pour son anniversaire. Elle ouvre les boîtes et trouve une loupe, une canne télescopique, un crucifix, une boîte de chocolats (le sucre lui est interdit), trois autres boîtes de chocolats et des pâtes de fruits, des fleurs (elle est allergique au pollen) et une fois de plus, elle prend conscience que tous les pensionnaires de l'établissement la détestent et sont pressés de la voir décéder une bonne fois pour toutes, y compris les infirmières.

— Oh merci, c'est tellement gentil, il ne fallait pas…

— Alors, ça vous fait quoi de vous sentir à ce point appréciée par votre entourage, Fabienne ? demande le journaliste.

— Je suis, je dois l'avouer, comblée de voir que tous mes amis pensionnaires et infirmiers m'aiment autant. Je reçois toute cette affection comme une cure de jouvence me permettant d'atteindre (mais je rêve) qui sait, cent quatre-vingts ans ou deux cents ans…

— Je suis sûr que vous nous enterrerez tous, affirme le directeur.

Elle pouffe, sur le point de perdre son dentier, le récupère, et en profite pour essuyer le filet de bave qui pointe. Alors elle se penche vers le journaliste :

— D'ailleurs je me taperais bien un petit jeune de quatre-vingts ans. Mais il ne faudrait pas qu'il ronfle. J'aime les hommes qui ont des odeurs de sueur. Le problème des vieux, c'est que sans hormones ils sont inodores.

Tous entonnent l'hymne d'anniversaire alors qu'on apporte le gâteau aux cent cinquante-quatre bougies.

Le journaliste filme. Fabienne Foulon sort son éventail et éteint cette forêt de flammes qui fait couler la cire dans la crème pâtissière.

— Je connais ce genre de provocation, on souffle fort, on s'époumone, et après on est pris d'une quinte. Il n'est pas là, le docteur Saldmain ? demande-t-elle.

Les autres malades resserrent le cercle autour d'elle en espérant être filmés, et donc être vus à la télévision par leurs enfants qui du coup se rappelleront peut-être qu'ils existent.

— Joyeux anniversaire ! chevrotent plusieurs pensionnaires.

— C'est quoi votre secret de longévité, madame Fabienne Foulon ?

Elle s'installe dans le fauteuil, saisit la télécommande et augmente le son.

— Mon secret ? Le malheur des autres.

Elle sourit, augmente encore le son, jusqu'à ce qu'il devienne assourdissant et que tous les autres pensionnaires fuient vers les étages supérieurs, alors que résonne le crépitement des mitrailleuses des reportages d'actualités.

160.

Ils fument des feuilles de tabac hachées menu. Le président indien a un cigarillo et le président russe Pavlov un havane. Ils sont tous les deux en visiophonie.

— Je peux appeler des renforts supplémentaires sur le front de l'ouest, explique le président indien. Mais il ne faudrait pas que les Pakistanais nous attaquent par l'ouest, nous serions pris en étau.

— Mais les Pakistanais sont sunnites, donc contre les Iraniens chiites.

— Le problème avec les Pakistanais, c'est surtout qu'ils ne sont pas fiables. Rappelez-vous quand les Américains ont abattu Ben Laden. La première chose qu'a faite la police pakistanaise a été… d'arrêter tous ceux qui avaient informé ou aidé les Américains… censés être leurs alliés.

— Le double langage fait partie des stratégies de cette région du globe. Nous aussi nous en avons fait les frais dans le passé.

— Et l'Amour ?

Un instant le président russe se méprend sur la question, connaissant les mœurs de son collègue indien, puis il saisit le fond de la question.

— Le fleuve Amour est désormais franchi par les troupes adverses. Nous allons tenter, comme chaque fois qu'on nous a envahis, la technique de la terre brûlée. Nous allons incendier tous les champs afin qu'ils ne puissent se nourrir et attendre que le général Hiver les achève. Nous, les Russes, avons toujours utilisé cette technique contre les invasions françaises en 1813, ou allemande en 1941. Elle marchera aussi avec les Chinois.

Les deux hommes observent la carte où l'avancée des troupes Yin est claire.

— Que font les Occidentaux ?

— Les Américains et les Européens sont devenus mous. Ce sont des vieux pays trouillards. Dès qu'ils ont un mort, leurs médias s'affolent. C'est comme s'ils découvraient que la guerre ça tue des gens…

Le président russe est agacé.

— Il y a un autre problème, c'est l'argent. Le vrai roi du monde actuellement, c'est la présidente de la Bank of China, Mme Ling. Voilà des dizaines d'années que la Chine consent des prêts à tous ceux qui en réclament. Et elle n'a jamais rien demandé en retour pour l'instant. Résultat, quand un conflit ouvert arrive, les Américains et les Européens ont peur que les Chinois exigent le remboursement de leurs dettes et ruinent leur économie. Ils ont un revolver sur la tempe.

— La crise les a obligés à réduire leurs armées, maintenant ils font des économies sur tout, ils en sont à compter les obus pour être sûrs de ne pas les gaspiller, ils hésitent même à tirer à la mitrailleuse pour économiser les balles.

L'Indien soupire.

— Quand je pense que les médias occidentaux n'ont pas arrêté de conspuer leurs propres banques alors que ce n'est que la Bank of China qui les tient tous, gouvernements comme places financières ! Et maintenant, c'est cette même Bank of China qui finance le matériel de guerre de l'armée Yin avec les dividendes que payent les Occidentaux.

— Heureusement, nous les Russes et vous les Indiens, nous sommes des nations jeunes et courageuses. Nous ne sommes pas endettés auprès de la Bank of China et nous n'avons pas peur de faire la guerre.

— Nous sommes prêts à faire des sacrifices pour que le monde ne bascule pas dans l'obscurantisme.

— Je n'ose imaginer comment serait un monde gouverné par les Chinois. Je vais envoyer plusieurs divisions supplémentaires sur le front est pour bloquer le Tibet.

Les deux hommes se sentent confortés par ces prises de décision qui leur semblent pénibles mais nécessaires.

Puis le président russe Pavlov précise :

— Il faut que je vous confie quelque chose. Nous avons des alliés cachés qui peuvent se montrer déterminants. Les Emachs.

— Ils ont toujours affirmé leur position « neutre ».

— C'est pour la façade. Pour tout vous avouer, nous avons jugé ensemble que les Micro-Humains seraient plus efficaces s'ils se prétendaient neutres. C'est notre idée.

— Ça change tout. Dans ce cas, je suis certain que nous allons gagner.

161.

Déçus, David et Hypatie déposent leurs valises désormais inutiles dans leur chambre de l'hôtel Manavaï. Ils s'affalent dans leurs lits respectifs et une main va chercher la télécommande. Elle allume le téléviseur pour suivre à distance le feuilleton de la rage des hommes.

La surenchère des images chocs les hypnotise.

Sans y réfléchir, Hypatie va chercher des glaces dans le réfrigérateur et des coussins et ils s'installent comme au cinéma pour voir un film d'action. Une ligne sous l'écran signale que le spectacle peut aussi être vu en relief pour ceux qui sont munis des lunettes 3D adéquates, certains reportages ayant été filmés sur le terrain avec des caméras à double objectif.

— La Terre devra attendre encore avant qu'on puisse lui faire plaisir, résume David en haussant les épaules.

C'est à ce moment qu'il ressent une douleur fulgurante dans son crâne. Il grimace, se prend la tête à deux mains et, ne pouvant contenir la douleur, pousse un cri. Hypatie coupe aussitôt le son.

— Professeur Wells ! Ça va ? Qu'est-ce que vous avez ?

— C'est horrible. Une migraine fulgurante.

— Vous en avez déjà eu ?

— Oui, mais jamais aussi forte.

Elle lui examine l'oreille, retrouve ses repères et sort ses aiguilles.

— Le stress de ne pas pouvoir satisfaire la planète ?

— À moins que ce ne soit elle qui m'ait transmis sa douleur personnelle. C'est horrible.

— Elle vous punit ? Dans ce cas, pourquoi pas moi ?

— Peut-être qu'elle me tient personnellement responsable du retard.

À nouveau une douleur foudroyante irradie dans ses tempes. Hypatie accélère la pose des aiguilles.

— Respirez !

Il tente de maîtriser son souffle, sans y parvenir.

Elle ajoute des aiguilles argentées.

Enfin il semble s'apaiser.

— Tout est connecté, marmonne-t-il. C'est parfois un avantage et parfois un inconvénient. Là j'aurais préféré être hors du système.

Hypatie va mouiller une serviette fraîche, qu'elle lui applique délicatement sur les tempes.

— Force est de constater qu'elle n'est pas si sympathique qu'on le pensait, notre planète. Elle aurait pu vous épargner puisque vous êtes son seul espoir.

— Est-ce qu'elle maîtrise cela ? Et puis qui est sympathique ? Qui veut du bien à qui ?

Il inspire profondément et ajoute :

— Dans un écosystème, nous sommes tous en train de gêner, d'agacer ou d'aiguiser l'appétit d'un autre locataire de la Terre. Même les bactéries, même les poissons, même les plantes n'ont souvent pour principale ambition que de détruire la vie qui les entoure en espérant obtenir ainsi un surplus de nourriture, d'eau, ou de lumière solaire. Nous sommes tous concurrents et notre survie dépend souvent de l'échec du voisin.

— Moi je ne vous veux pas de mal. Et je ne veux pas de mal à la planète. Je cherche comment faire pour apaiser toutes ces tensions.

Elle s'approche, lui masse les épaules là où elle n'a pas posé d'aiguilles.

— Nous allons tout faire pour arranger les choses à notre niveau, et avec nos moyens.

D'en bas, leur parviennent les clameurs des actualités suivies par les autres clients de l'hôtel.

David Wells a l'impression que les aiguilles commencent à faire effet. Après être peu à peu envahi d'un sentiment de douceur et de quiétude, il s'endort, porté par le nouvel agencement énergétique de cette séance d'acupuncture improvisée.

162. ENCYCLOPÉDIE : LÉGENDE AMÉRINDIENNE DU COLIBRI

« En un temps très ancien, bien avant que l'homme n'apparaisse, un immense incendie ravagea soudain la jungle.

Paniqués, les animaux fuirent dans tous les sens.

Pourtant, un animal ne fuit pas. C'est un oiseau miniature, un colibri. Sans relâche, il fait l'aller et retour de la rivière au brasier, transportant chaque fois dans son minuscule bec une goutte d'eau qu'il va cracher sur le feu.

Observant son manège, un toucan à l'énorme bec l'interpelle :

— Tu es fou, colibri, tu vois bien que ça ne sert à rien, tu ne prétends quand même pas éteindre l'incendie de toute la forêt ?

— Oh, je sais bien qu'à moi seul je ne fais pas grand-chose, répond le colibri, mais au moins j'ai l'impression de faire, à mon petit niveau, ma part pour que les choses s'arrangent. »

Edmond Wells,
Encyclopédie du Savoir Relatif et Absolu, Tome XI.

163.

Un pion blanc foncé est renversé par un pion blanc clair et évacué du jeu d'échecs heptagonal.

— Défaite des Chinois dans le Ladakh, signale Emma 103.

La reine Emma 109, de nouveau, saisit son fume-cigarette et lâche une bouffée en examinant sur l'écran une région au nord de l'Inde.

— Ça ne changera pas grand-chose au contexte global.

— Nous sommes donc arrivés au temps de l'élargissement des alliances, dit la ministre.

Plus loin, elle aménage une zone avec des fous blancs et verts, foncés et clairs, pour symboliser la bataille navale en mer d'Adaman qui dure encore.

— Qui gagne sur l'eau ?

— Encore les Yang.

D'autres batailles obligent la ministre à mélanger les pièces de couleur. Avec l'ajout des pièces foncées et claires, le plateau de jeu d'échecs heptagonal, qui ressemblait au départ à un arc-en-ciel aux couleurs proprement rangées, ressemble désormais à une peinture abstraite.

La reine désigne de la pointe de son fume-cigarette une région du jeu d'échecs.

— Et là ? Qu'est-ce qu'ils font ceux-là à côté ?

— C'est une nouvelle alliance. Les Rouges et les Bleus, signale Emma 103.

— Les féministes et les robots ?

— Nos services secrets ont confirmé que l'attentat du tribunal religieux de Djedda a bien été perpétré par une androïde.

— La survivante Geisha 006 ?

— Elle s'est lancée précisément dans la fabrication de clones tout aussi performants qu'elle, mais avec des aptitudes décuplées au combat.

— Comment le sais-tu ?

— En fait, nous les avons aidées à mettre au point ces prototypes. N'est-ce pas vous qui m'aviez dit : la meilleure manière de savoir ce qu'il va se passer dans le futur est de le créer nous-mêmes ?

— Donc, nous avons désormais dans le jeu une armée de femmes androïdes ?

Emma 103 ajoute un cheval rouge foncé.

— Jamais la cause féminine n'a été aussi bien incarnée, signale la ministre des Sciences. Aurore a su fédérer toutes les énergies féministes mondiales, la réussite de sa journée « NO SEX » plus son alliance au Yin leur donnent enfin une existence politique forte…

— Mais en tuant des Saoudiens, Aurore joue le jeu des Iraniens.

— Il y a fort à parier que nous puissions avoir plus tard, au sein du camp Yin, une alliance Vert et Blanc foncé plus Rouges et Bleus, reconnaît la ministre.

La reine examine la partie en déplaçant quelques pièces.

— En tout cas, tous pensent que nous les soutenons personnellement en cachette.

La reine approuve d'un signe du menton et désigne un nouveau camp.

— Les Noirs sont toujours hors jeu, je présume ?

— Pas du tout, Majesté. En écoutant les actualités de la Terre sont apparus en leur propre sein un bloc oriental et un bloc occidental, bref il y a des Noirs foncés plutôt Yin et des Noirs clairs plutôt Yang.

La ministre met face à face les Noirs foncés et les Noirs clairs.

La reine tourne autour du jeu.

— Et les Jaunes ? Ceux qui veulent l'homme de deux cents ans ?

— Pour l'instant, ils sont neutres. Mme Fabienne Foulon est toujours vivante et a fêté ses cent cinquante-quatre ans. Le docteur Saldmain, ses chirurgiens et cybernéticiens aident tous les camps, ils soignent les politiciens et les officiers importants et se font payer pour ça.

— En fait, ils font comme nous, ils ne sont engagés dans aucun camp et profitent de tous en restant unis, sans foncés ni clairs.

— De toute façon, que pourrait présenter Saldmain ? une armée de centenaires ? interroge la ministre.

— Et nous ?

La ministre fait un signe de dénégation.

— Si nous faisions des élections, ceux du PAGE gagneraient contre ceux du MIEL.

— La vision des Grands en train de s'entre-tuer dans cette guerre mondiale inspire forcément le mépris, c'est une réaction logique, reconnaît enfin la reine.

— Si nous assistions à une lutte des clans de babouins enragés nous éprouverions le même sentiment. Nous n'avons plus besoin d'eux. Ils ont besoin de nous. C'est aussi ce que confirment les positions anti-Grands. Pour tout vous dire, certains au sein du PAGE voudraient même que nous combattions tous les Grands de front.

— À un million contre huit milliards ! ? Ils doivent être très jeunes ou très mal informés. Qui est à la tête de ce genre de revendications fantaisistes ?

— La papesse Emma 666.

La reine tire nerveusement sur son fume-cigarette.

— J'ignorais qu'elle était devenue à ce point raciste à l'égard des Grands.

— Sur la Lune, elle a d'autant plus de facilités à mépriser ceux qui vivent sur Terre.

La reine semble parcourue de pensées contradictoires.

Sa ministre estime qu'elle a peur de ne pas avoir noté un mouvement d'attaque ou d'alliance, alors elle insiste :

— Nous allons gagner, Majesté, croyez-moi. Les Grands vont s'épuiser à s'entre-déchirer, ils vont nous payer cher pour que nous les aidions à être plus efficaces dans leurs destructions, et au final, quand ils seront épuisés, nous serons en position de force. Mais il faut surtout nous garder de la tentation de soutenir un camp ou un autre. Nous serions emportés dans cette broyeuse de chair humaine.

La reine écoute sans répondre, la ministre tient à la convaincre :

— Nous n'avons jamais été aussi prospères. Les usines emachs tournent à fond. Les commandes affluent. Notre banque s'enrichit.

La reine semble toujours préoccupée.

— C'est une période dorée pour notre économie, pour notre tranquillité, pour notre industrie, poursuit Emma 103. Notre intérêt est que tout cela dure. Et pour durer, il faut... qu'aucun camp ne gagne.

La reine examine le jeu sous plusieurs angles.

— J'ai déjà donné la consigne à nos commerciaux, Majesté. Ils doivent surveiller l'équilibre des forces opposées et fournir la meilleure qualité à celui... qui perd.

La reine s'assoit dans son fauteuil-trône, face à son ordinateur portable, et pianote.

— Il ne suffit pas d'être neutre. Il faut aussi que tout le monde le sache et craigne notre engagement possible, répond-elle enfin.

— Que voulez-vous dire, Majesté ?

— Il faudrait clairement déclarer qu'au nom de notre volonté « d'intégration à l'humanité », jamais nous ne tuerons d'humains.

— ... Mais nous leur fournissons des moyens pour qu'ils le fassent eux-mêmes.

— Je ne plaisante pas, Emma 103. Je crois que maintenant plus que jamais, avant que le vent tourne, il faut leur envoyer un message fort.

La reine tape sur son ordinateur, faisant apparaître différentes photos atroces des actualités.

— Comment pourrait-on faire, 103 ?

— Peut-être en leur montrant que pour défendre notre « engagement de neutralité » nous avons une armée puissante. Ils ont un proverbe, « Si tu veux la paix, prépare-toi à la guerre », ou « Montre que tu es prêt à faire la guerre », je ne sais plus très bien, mais il veut dire qu'il faut exhiber sa force pour ne pas être obligé de l'utiliser.

— Tu me donnes une idée, 103. Nous allons les convoquer ici tous autant qu'ils sont. Et leur faire une démonstration de notre capacité de « neutralité ».

La ministre observe elle aussi les photos sur l'écran de l'ordinateur de la reine.

— Les Grands ne viendront pas, décrète-t-elle. Ils sont trop occupés à gérer la crise.

— Si, ils viendront. Parce que, en dehors d'être nos partenaires à l'ONU, ce sont aussi nos clients. Nous leur ferons une démonstration de nos dernières inventions militaires. Les engins de mort les fascinent. Ils viendront parce que je me suis donné beaucoup de mal pour que chacun d'eux croie que nous sommes secrètement pour eux contre leurs ennemis. Ce qui n'éteindra pas l'incendie du monde, mais préservera notre sanctuaire.

— Dans ce cas, nous pouvons les impressionner avec nos nouvelles armes : les bombardiers-oiseaux. Ils sont exactement semblables à des mouettes et bombardent avec des œufs. Évidemment, ils peuvent se mêler à une migration de vraies mouettes et bénéficient d'un camouflage parfait.

— Pas mal. Quoi d'autre ?

— Des dauphins-sous-marins. Pareil : ils sont pilotés par un Micro-Humain et ressemblent aux vrais, là encore indétectables aux radars.

— Cette fois, je crois qu'on va vraiment les impressionner, bravo, 103. Voilà d'excellentes nouvelles. Il faut faire vite. Nous allons organiser une démonstration publique de notre matériel de pointe pour la semaine prochaine.

La ministre, satisfaite, s'apprête à partir travailler.

— Ah ! autre chose, j'ai eu David au téléphone, nous allons probablement avoir un allié nouveau, le huitième joueur : la Terre. Je vais faire venir M. Wells pour qu'on s'allie officiellement à la planète.

La reine se lève et va vers la fenêtre. Elle regarde l'horizon ouest, où il lui semble que le soleil, en se couchant vers le continent américain, émet une flamboyance d'incendie.

Elle en est convaincue : ils peuvent tirer grand avantage de cette situation de crise.

164.

Offensive sur le fleuve Amour – Tout s'accélère. Une percée spectaculaire vient d'être opérée par les forces Yin en Russie. Les villes tombent les unes après les autres. L'opération a été baptisée « La Horde d'Or » par le président chinois Tchang, qui a précisé que, cette fois, les Asiatiques avaient bien l'intention d'aller jusqu'au bout de leur œuvre de conquête de l'Occident.

OFFENSIVE YIN (SUITE) – Profitant du même avantage et du choc psychologique de cette « Horde d'Or » victorieuse au-delà du fleuve Amour, les troupes chiites ont de même percé facilement la ligne de défense arrière des troupes sunnites. Il semble qu'une attaque des forces maritimes cubaines se déroule actuellement sur la Floride, en direction de Miami. Je me tourne vers notre spécialiste en géostratégie, le professeur Thomas Adler, et je lui pose la question qui est dans tous les esprits :

— Croyez-vous que ces offensives Yin puissent être contenues ?

— Tout d'abord, ma chère Lucienne, je dois avouer que c'est un sacré coup de théâtre car jusque-là nous allions, semblait-il, vers une guerre lente et lourde, de type guerre de tranchées en 14-18, et ce pour les différents champs de bataille, que ce soit en Arabie Saoudite, en Inde ou en Russie. Et les spécialistes s'accordaient à annoncer que ce serait long mais gérable. On pensait que les seuls qui pouvaient faire pencher la balance dans un sens ou dans un autre étaient les Micro-Humains qui, par leurs petits gadgets et leurs photos satellite depuis la Lune, bénéficieraient en même temps d'une capacité de vision globale et d'une avance technologique. Et puis apparaît un net avantage au camp Yin. La référence à la Horde d'Or doit particulièrement attirer notre attention. Les troupes mongoles des fils de Gengis Khan étaient sur le point d'envahir toute l'Europe au milieu du XIIIe siècle.

Mais elles durent se replier vers l'est au moment où elles allaient assiéger Vienne. La percée de la ligne de défense du fleuve Amour permet évidemment aux Chinois de rêver de réaliser cet exploit.

— Et les autres fronts Yang transpercés : la Floride, l'Arabie Saoudite ?

— Je crains moins les Iraniens et les Cubains que les Chinois, car ils sont en train de fondre sur… nous. Je pense que les Iraniens visent l'invasion de la Turquie, d'Israël et de l'Égypte, puis de l'Afrique. Quant aux forces latino-américaines elles ne seront vraiment menaçantes que si les Mexicains percent la ligne de défense du Texas.

— Et pour l'instant, le bilan global est ?…

— Selon les estimations, nous en serions, depuis le début de ce qu'il convient désormais de nommer la « Troisième Guerre mondiale », à pratiquement sept cent mille morts, sans parler des blessés et disparus, ni des populations civiles déplacées qui vivent dans des camps de fortune et des conditions terribles. C'est un taux d'attrition normal par rapport à la masse des forces en présence.

— Merci pour cette analyse, professeur Adler. Et maintenant la suite des informations.

VATICAN – Le pape Pi 3,14, à peine sorti de sa cure au centre de gérontologie suisse du professeur Saldmain, a annoncé urbi et orbi que le temps était venu de remettre l'amour au centre du cœur des hommes, d'oublier les anciennes haines et les vieilles rancunes pour partager ensemble à nouveau le pain, le vin et la fraternité. Il semble cependant que son allocution ait attiré moins de fidèles que les années précédentes, et certains ont regretté que le saint-père, pour des raisons probablement diplomatiques, n'ait pas pris une position claire pour l'Occident contre l'envahisseur venu d'Orient. En outre les positions du pape Pi 3,14 contre la pilule d'empathie, l'Empathiazine, l'ont rendu suspect auprès de beaucoup de jeunes qui voient dans cette molécule un espoir de paix. Nous rappelons que le pape a décidé de rejeter ce que certains appellent déjà « le Jésus-Christ en pilule » en traitant de « 8e péché capital » la pilule qui permet de partager le point de vue d'autrui. « À l'heure où le monde est déchiré par la haine, seule la foi en Notre-Seigneur peut sauver l'humanité, a déclaré le pape Pi 3,14, et il est dérisoire de faire croire aux peuples que cette foi peut être remplacée par une pilule issue d'un laboratoire pharmaceutique. M. Jean-Claude Dunyach détourne le troupeau des croyants de la vraie foi pour lui faire croire que la science peut remplacer la religion. »

PAPILLON DES ÉTOILES 2 – Selon Daniel Timsit, représentant des Papilloniens sur Terre, de violents combats se déroulent toujours dans le vaisseau spatial censé offrir une sortie de secours à l'humanité. Le vaisseau est de plus en plus partagé entre l'avant tenu par les forces se réclamant d'inspiration Yang et l'arrière tenu par les Yin. Mais alors que sur Terre l'avantage semble désormais tourner en faveur des forces Yin (depuis l'offensive de la Horde d'Or), dans l'espace l'avantage semble aller au camp Yang qui progresse depuis hier dans la zone tenue par leurs adversaires.

SOLEIL – Nouvelle éruption spectaculaire sur la surface du Soleil. Il s'agit d'une éruption de classe

X29, donc d'une intensité extrême. Nous rappelons que le Soleil a des cycles de 11,2 ans et que, à la pointe de ces cycles, il connaît une activité redoublée de tempêtes et d'éruptions de plasma. Ce sont des jets de matières ionisées qui, partant de la photosphère, traversent la chromosphère et peuvent monter jusqu'à plusieurs milliers de kilomètres au-dessus de la surface de l'étoile. Des arcs de plasma solaire se forment alors, émettant lumière, rayons X, chaleur extrême, mais surtout magnétisme. Du coup, sont à craindre des perturbations des transmissions radioélectriques terrestres (donc vos téléphones, vos radios, vos télévisions, vos ordinateurs), des risques d'orages magnétiques, et pour l'aspect positif : l'apparition d'aurores boréales visibles sur les pôles Sud et Nord.

165.

La première lame tire le poil.

La deuxième lame tire un peu plus le poil.

La troisième coupe le poil.

David, enfin remis de sa crise de migraine, a pris un bain chaud et il essaie de se reprendre. Il se rase méthodiquement, trouvant dans ces gestes une concentration qui lui fait oublier sa douleur passée. Il ne lui reste plus qu'une touffe au menton lorsque le smartphone sonne.

Il se coupe et grimace. Puis éponge la plaie avec la serviette. Rase les derniers poils et, sans enlever la mousse de savon, prend la communication.

Natalia Ovitz apparaît dans le petit écran de son appareil.

— J'ai besoin de toi, David. C'est grave. Tu dois comprendre, j'ai essayé de convaincre Emma 109 de s'engager pour la cause Yang. En vain. Je sais aussi qu'Aurore a essayé la même opération pour la cause Yin, avec le même résultat.

— Aurore ?

Il met le smartphone en position haut-parleur.

— Par aversion contre les Saoudiens, elle a rallié la cause féministe auprès des Chinois.

— Les Emachs sont neutres et tiennent à leur neutralité. Emma 109 a été très claire là-dessus lors de sa dernière allocution publique.

La femme naine serre les lèvres.

— Le problème est que, militairement, après avoir un temps bien résisté, puis un peu gagné, nous perdons partout. Nous avons besoin de cette aide.

— Le Troisième Cavalier de l'Apocalypse pourrait être l'Orient détruisant l'Occident ?

— Je suis sérieuse, David, il se passe quelque chose de grave. Cette guerre a montré que l'Amérique et l'Europe n'ont plus les moyens d'être les gendarmes du monde. Maintenant ce sont la Chine et l'Inde les principaux acteurs de la stratégie mondiale, par leurs puissances démographique, militaire, économique, et surtout financière.

David Wells sort de la salle de bains et voit qu'Hypatie s'est endormie. Il baisse le volume de son smartphone.

— Une victoire chinoise serait catastrophique, insiste Natalia Ovitz.

— Et pourquoi, après tout, Natalia ? Les Perses devaient penser qu'une victoire des Grecs dirigés par l'envahisseur Alexandre le Grand serait catastrophique, et c'était faux. Ensuite les Grecs ont dû penser qu'une victoire des envahisseurs romains dirigés par le général Sylla était catastrophique, et c'était faux. Puis les Romains ont dû penser qu'une victoire des envahisseurs wisigoths d'Alaric Ier était catastrophique, et c'était faux. L'évolution de l'histoire politique et diplomatique fonctionne par vagues d'invasions successives. Pourquoi ne pas laisser faire naturellement les événements et les voir comme une sorte de « décantation » ?

— Ta vision naïve me surprend, David. Soyons réalistes, pour les Chinois la vie humaine n'a aucune valeur. Pas de droits de l'homme, là-bas. Pas d'opposition politique. Pas d'écologistes. C'est une dictature qui profite à un groupe d'oligarques milliardaires corrompus qui ne pensent qu'à augmenter très vite leur fortune personnelle. La guerre n'est pour eux qu'un moyen parmi d'autres.

— Nous avons les mêmes chez nous. Nous y avons survécu.

— Même si je reconnais que chez nous ce n'est pas parfait, notre culture occidentale est plus humaniste. Nous avons une volonté de « justice » et une presse qui surveille les agissements des puissants, même si ça ne fonctionne pas parfaitement. Nous jugeons nos chefs d'État, personne n'est au-dessus des lois et la vie humaine est encore considérée comme une valeur à préserver.

— En es-tu sûre, Natalia ?

— Dans notre culture judéo-chrétienne, les Dix Commandements de Moïse ordonnent : « Tu ne tueras point », et plus tard est venu : « Aimez-vous les uns les autres » de Jésus-Christ. Notre histoire n'est pas qu'une suite de batailles, il y a eu le courant humaniste de la Renaissance, le siècle des Lumières, la déclaration des droits de l'homme. Nous sommes capables d'avoir des scrupules, des regrets, des remords. Bref, de faire marche arrière.

— Eh bien, si les Chinois gagnent, c'est peut-être que ces valeurs européennes sont des valeurs faibles et que ce sont la corruption et les systèmes centralisés sans opposition ni respect de la vie humaine qui sont adaptés au monde moderne.

— Comment peux-tu dire une telle horreur, David ?

— En oubliant mon point de vue subjectif pour tenter un point de vue objectif.

— C'est une utopie : ça n'existe pas.

— Si. J'ai entendu le point de vue « non humain » de la Terre. Hypatie et moi avons pu lui parler. Crois-moi, elle s'en fout de l'humanisme : l'humanisme, c'est croire que tout part de l'homme et revient à l'homme. Vanité.

Il s'assoit et se masse les tempes pour éloigner toute trace de sa migraine.

— Les Chinois sont durs.

— Ils sont pragmatiques et jouent leur partie en fonction de leurs intérêts. La notion de dureté est relative.

— Ce sont des loups.

— Pourquoi les loups ne seraient-ils pas plus intéressants que les moutons ?

— Et les chiites, tu t'imagines si les chiites convertissent ou tuent tous les sunnites et puis s'ils lancent leur djihad mondial pour convertir tous les pays vaincus ? ! Au début, ils s'attaqueront aux musulmans pour faire l'union, ensuite ils n'auront plus de garde-fous.

— Un monde entièrement religieux, c'est peut-être aussi cela le sens de l'histoire.

— Tu vois une humanité puritaine et superstitieuse, passant un tiers de son temps à prier avec interdiction officielle de faire de la musique, du cinéma, de la littérature, ou d'exhiber l'épiderme féminin où que ce soit ?

David ne se laisse pas désarçonner.

— Je peux concevoir que ce soit le sens de l'histoire, en effet. Islam signifie soumission. Si l'homme est plus heureux soumis que libre, il faut respecter son choix. Après tout, quoi qu'en disent les médias, il y a plus de manifestations pour le voile que contre le voile.

— Tu es sérieux, David ? Je ne te reconnais plus.

— Je suis moins inquiet que toi, Natalia. Pour moi, tout ça n'a qu'une finalité économique. Tous ces gens se battent pour des accès privilégiés aux matières premières, aux sources d'énergie, à l'eau douce. Le discours politique ou mystique ne sert qu'à manipuler les esprits faibles.

Hypatie arrive devant l'écran où s'affiche le visage de Natalia Ovitz.

Natalia hésite avant de dire :

— Elle remplace… Aurore ?

David fait semblant de ne pas comprendre l'allusion, alors elle enchaîne.

— Si la Horde d'Or bat la Russie et arrive jusqu'en Europe, nous vivrons des jours difficiles. Renforcée par les troupes Yin, la Horde d'Or est désormais composée de dix-huit millions de soldats qui détruisent tout sur leur passage, David.

— Dix-huit millions ? Compliqué à gérer, à nourrir, à déplacer. Une nuée de sauterelles ravageuses…

— Les Chinois sont organisés et efficaces. Ils arrivent parfaitement à entretenir cette masse d'individus en marche. Par contre en face, rien n'est techniquement mis au point pour les stopper. Comme tu le sais, les avions, les tanks et les missiles ont été mis hors service par les gadgets emachs.

David hausse les épaules.

— Dans ce cas, les dés sont jetés.

— Non, il ne faut pas renoncer.

— Tu veux que je tente de convaincre Gaïa de produire des séismes sur le chemin de la Horde d'Or ? ironise-t-il.

— Ce serait en effet une solution, mais il serait étonnant que notre planète s'engage pour un camp. Non, David, je crois que les seuls qui peuvent agir pour nous sauver sont nos créatures : les Micro-Humains, dit Natalia. Écoute-moi bien, David. J'ai mis au point un plan pour que les Emachs nous rejoignent. Mon plan est, disons… un peu compliqué et réclame une discrétion absolue. À situation extrême, solution extrême. Il en va de l'avenir de l'espèce, crois-moi. Si la Horde d'Or réussit son invasion, nous allons non pas vers une évolution mais une dévolution. Pense à tes enfants. Tu voudrais qu'ils vivent dans un monde sous domination moitié chinoise moitié iranienne ? Tu le dois pour eux, David. Il faut arrêter la Horde d'Or.

Il s'essuie le visage, tapote ses joues avec un après-rasage vivifiant, puis remonte le niveau sonore du visiophone.

166. ENCYCLOPÉDIE : HORDE D'OR

Au XIIIe siècle, alors que l'Europe érige ses premières cathédrales, lance les croisades, découvre le catharisme, et que règnent en France Saint Louis et Philippe Auguste, à l'est une menace surgit.

Gengis Khan a réussi l'alliance de 40 tribus mongoles nomades pour n'en former qu'une, et avec cette armée il est en train d'établir un projet d'expansion sans limite en vue de devenir, selon sa propre déclaration « le maître unique du monde ».

En 1213, il attaque l'Est et parvient, grâce à une trahison, à franchir la Grande Muraille censée protéger l'Empire chinois des invasions barbares.

En 1215, après un siège difficile, Gengis Khan prend Pékin, la pille, et fait payer cher la résistance des Chinois par des supplices collectifs spectaculaires.

Il installe dès lors quelques généraux en Chine et se lance dans la conquête des territoires de l'Ouest.

Avec 200 000 hommes, il franchit les montagnes d'Afghanistan, et en 1218 met à genoux l'Empire iranien.

En 1221, il arrive en Inde et soumet toutes les populations du nord du pays. Mais il meurt cinq ans plus tard, après une banale chute de cheval.

Ce seront donc son fils Ögödei (« le Généreux » en mongol) et son petit-fils Batu Khan qui poursuivront l'expansion mongole sous le nom de la « Horde d'Or ».

En 1237, Ögödei envoie Batu Khan et le général Subötai (subtil stratège qui avait été l'artisan de l'invasion de l'Iran) enfoncer les lignes de résistance des royaumes de l'Ouest. Les Mongols envahissent la Russie et détruisent toutes les villes sur leur chemin (Kiev, Vladimir, Kolomna, Koursk, Moscou). Ils pillent, violent les femmes, tuent les prisonniers. Pour frapper les imaginations, les Mongols pratiquent des exécutions collectives aussi cruelles que spectaculaires. Les historiens estiment qu'ils ont éliminé près de la moitié de la population russe de l'époque. Pendant les batailles, ils élaborent des stratégies efficaces. Ils placent en première ligne des boucliers humains (masse de prisonniers affamés épargnés pour cet usage) qui avancent pour épuiser les flèches adverses et subir le premier choc. Ou bien simulent une retraite pour entraîner leurs adversaires dans des zones où ils tendent des embuscades.

Dans les combats en plaine, les Mongols ont une cavalerie très rapide et sont capables de changer les chevaux durant la bataille afin d'en avoir de frais, aptes à lancer des galops d'assaut. Leur adresse au tir à l'arc à cheval surpasse celle de tous les autres guerriers de l'époque.

Durant les sièges des villes, ils maîtrisent l'art de catapulter des pierres, mais aussi des flèches et des otages (parfois infectés de virus mortels comme la peste, c'est le premier usage de la guerre bactériologique).

Ils utilisent des bateaux démontables pour franchir les cours d'eau. Pour communiquer, leurs messagers bénéficient de chevaux frais grâce à un système de relais très bien organisé.

Sur le terrain, ils font souvent alliance avec la minorité politique locale vaincue (donc hostile à la majorité au pouvoir) et bénéficient ainsi de troupes alliées autochtones connaissant parfaitement le terrain.

En 1240, les Mongols dirigés par les généraux Subötai et Batu Khan envahissent la Pologne, incendient Cracovie, triomphent d'une alliance de chevaliers allemands et polonais (bataille de Wahlstadt), puis envahissent la Croatie.

En 1241, Subötai et Batu Khan, grâce à une habile manœuvre en tenaille, arrivent à vaincre l'armée du roi de Hongrie Béla IV à la bataille de Mohi.

Dès lors, il n'y a plus de résistance véritable à l'avancée des Mongols sur le front est de l'Europe.

En 1242, ils arrivent devant les murailles de la capitale autrichienne, Vienne, et assiègent la ville.

Cependant, à l'annonce de la mort du Khan Ögödei, Subötai et Batu sont obligés de renoncer à l'assaut final pour rentrer participer à la cérémonie funèbre et élire le nouveau Khan.

Du fait de cette « formalité administrative mongole », la Horde d'Or cesse sa progression et doit renoncer à prendre l'Autriche. Le reste de l'Europe occidentale ignora le danger auquel elle venait d'échapper sur son flanc oriental.

Edmond Wells,
Encyclopédie du Savoir Relatif et Absolu, Tome XI.

167.

Tchang reste sceptique, cependant il ne se départit pas d'un sourire poli.

— Il n'y a plus de doute, ils ont passé un accord secret. Les Micro-Humains vont fournir clandestinement du matériel de haute technologie au camp Yang, déclare l'Iranien.

— Et pourquoi feraient-ils cela ?

— Ils ont vendu à un moment leurs produits aux deux camps, mais maintenant qu'ils ont suffisamment de liquidités ils ont décidé de s'engager. Et ils ont choisi nos ennemis.

Les deux chefs d'État communiquent en visiophonie.

— Quelles sont vos sources, Jaffar ?

— Nous avons capturé l'un de leurs agents qui a fini par parler.

Le président chinois marque une moue d'indécision.

— Pourquoi les Emachs feraient-ils cela alors qu'ils ont juré la neutralité ? Et qu'ils nous ont accessoirement promis leur aide ?

— Ils mentent. Ils nous ont trahis. Nous nous sommes déjà aperçus qu'ils leur donnent depuis la Lune des clichés de nos positions précises alors que nous avons des images de moins bonne qualité, rappelle l'Iranien.

À nouveau, Tchang esquisse une moue dubitative. Son interlocuteur insiste.

— Il ne faut pas attendre sinon il sera trop tard. Leurs nouvelles armes à camouflage d'animaux pourraient tout modifier. Vous imaginez s'ils font intervenir leurs mouettes-bombardiers ou leurs dauphins-sous-marins lance-torpilles, nous ne les distinguerons même pas des vrais, et nos attaques se trouveront bel et bien stoppées net. Enfin, et c'est là le plus alarmant : selon nos informations, les Micro-Humains pourraient fournir aux troupes Yang des missiles non interceptables, capables de toucher sans difficulté nos capitales avec des charges de destruction massive.

Le président Tchang ne semble toujours pas convaincu, alors l'Iranien s'approche de l'objectif pour être filmé de plus près.

— Les Emachs ont choisi leur camp et je vous jure que ce n'est pas le nôtre. Durant la Deuxième Guerre mondiale, les Américains aussi s'étaient autodéclarés neutres. Ça ne les a pas empêchés au final de faire le débarquement en Normandie. Ce serait dommage que nous attendions qu'il soit trop tard pour nous réveiller. Comme dit le proverbe occidental : « Mieux vaut prévenir que guérir », conclut Jaffar.

— Désolé. Je n'y crois pas.

— De toute façon, signale l'Iranien, le péril est trop grand. Vu notre réussite actuelle nous ne pouvons pas prendre de risque d'échouer.

Le président Tchang réfléchit, puis lâche :

— Vous avez raison. Même s'il n'y a qu'une chance sur dix qu'ils basculent dans le mauvais camp, nous ne pouvons pas négliger cette menace.

L'Iranien est rassuré.

— En concertation avec mon homologue vénézuélien, j'ai déjà mis au point un plan pour leur donner un petit coup de semonce afin de les décourager de toute velléité de nous nuire. J'ai appelé la mission « Premier Avertissement ».

168.

Comment peuvent-ils accorder plus d'importance au fait de s'entre-tuer que de me satisfaire ?
Les humains sont réglés comme des horloges, ils font la guerre à chaque génération. Il suffit d'attendre que soient oubliées les atrocités causées par la guerre précédente. Les jeunes mâles veulent la bagarre la plus violente et la plus dévastatrice possible.
Dans le besoin de croissance et la notion de « toujours plus » qui les définissent si bien il y a l'idée de « toujours plus de morts à la prochaine guerre ».
Celle-là a l'air de prendre une ampleur nouvelle et inconnue.
J'espère qu'ils vont rapidement terminer leurs massacres et s'occuper de moi et du projet TRAF.
Ils le doivent.

169.

Ils ne quittent pas des yeux l'écran des actualités qui annoncent l'avancée inexorable de l'armée Yin. Le visiophone se met à sonner. Le visage du colonel Natalia Ovitz apparaît.

— Je crois que cette fois nous avons perdu, reconnaît-elle. L'opération « Fortitude » a échoué.

— C'était quoi ? demande David, inquiet.

— J'avais convaincu l'un de nos agents que les Micro-Humains nous avaient rejoints et allaient nous fournir de l'armement sophistiqué. Puis je me suis débrouillée pour le mettre dans une mission dangereuse où il a été arrêté par l'ennemi. L'idée était que notre agent finisse par parler, d'autant plus convaincant qu'il était réellement persuadé de ce qu'il disait. C'est de la manipulation de base. En fait, je me suis inspirée de la même opération de désinformation, nommée elle aussi Fortitude (« courage » en anglais), montée durant la Deuxième Guerre mondiale pour tromper les Allemands. À l'époque, sur une idée de Churchill, ils avaient même donné à certains de leurs agents des plans d'invasion du Pas-de-Calais.

— Et cela a marché ?

— Parfaitement. Les agents ont été capturés et ont avoué. C'était en décembre 1943. Toutes les fausses informations confirmaient le débarquement dans le Pas-de-Calais, si bien que quand le Débarquement a eu lieu le 6 juin 1944 en Normandie, les Allemands continuaient de croire qu'un second débarquement plus important se préparait dans le Pas-de-Calais. Ils ont donc gardé des troupes là-bas jusqu'en septembre. Ce fut un superbe travail des Services secrets, mais je crains que cette fois nous ayons choisi le mauvais agent, cet imbécile serait mort sous la torture sans parler.

— C'est le risque quand on fait des plans trop compliqués ou qu'on travaille avec des gens trop consciencieux.

— Vous avez envoyé sciemment l'un de vos agents à la torture ? s'offusque Hypatie en approchant du visiophone.

— Un mort pour en éviter des millions, c'est un prix acceptable. De toute façon, « on ne peut pas faire d'omelette sans casser des œufs ». Surtout durant une guerre.

— Vous auriez peut-être dû lui dire de tenir un petit moment puis de lâcher tout, maugrée Hypatie en se mordant les lèvres.

— Il aurait été moins convaincant. Il devait craquer après avoir tenu le plus longtemps possible. Désolée, c'est de la stratégie.

Hypatie fronce les sourcils mais n'ose exprimer ce qu'elle ressent. David se sert de la boisson locale pascuane, et boit d'un trait l'alcool fort.

— En tout cas, la mission « Fortitude » a échoué.

— Maintenant, nous allons devoir tenir pour ralentir le plus possible la « Horde d'Or », dit Hypatie.

Natalia s'exclame :

— Dire que ça n'a pas fonctionné à cause du courage de l'un des nôtres. À quoi peut tenir l'issue d'une guerre…

Un long silence suit.

Le téléphone sonne, Natalia décroche et écoute. Puis elle annonce :

— Attendez, j'ai de nouvelles informations. Notre agent a finalement parlé : l'opération « Fortitude » a réussi.

Puis elle soupire.

— Maintenant, tout peut changer. Jusqu'où ira cette boucherie ?

170. ENCYCLOPÉDIE : NOMBRE DE MORTS PAR GUERRE

Liste des plus grands massacres d'humains :
Deuxième Guerre mondiale (1939-1945) : 65 millions.
Chine : purges maoïstes (à partir de 1949) : 45 millions.
Première Guerre mondiale (1914-1918) : 22 millions.
Russie : purges staliniennes (à partir de 1934) : 13 millions.
Corée : guerre Nord-Sud (à partir de 1950) : 2,8 millions.
Soudan : guerre Nord-Sud (à partir de 1955) : 1,9 million.
Cambodge : Khmers rouges (1975-1979) : 1,8 million.
Vietnam : guerre d'indépendance (à partir de 1954) : 1,7 million.
Afghanistan : guerre soviétique, puis guerre contre les talibans (à partir de 1980) : 1,6 million.
Nigeria : guerre du Biafra (1967-1970) : 1,3 million.
Irak : guerre contre l'Iran (1980-1988) : 1,2 million.

Ajout de Charles Wells à l'œuvre d'Edmond Wells,
Encyclopédie du Savoir Relatif et Absolu.

171.

Jamais la cité ne lui a semblé aussi paisible. Du haut de son palais présidentiel en forme de fleur de lotus mauve, la reine Emma 109 contemple les usines qui fument pour fabriquer des armes de destruction pour Grands. Dans les avenues, la foule des passants est décontractée.

C'est l'apport de la réussite économique. Toute la population sait qu'après plusieurs années d'épreuves nous recevons les fruits de nos efforts. Les Grands se tuent mais ils sont loin et ils sont tellement nombreux…

Et plus ils se tuent plus ils ont envie de se tuer et plus nous devenons riches.

Maintenant je vais pouvoir porter tranquillement mon regard loin dans le temps et penser à des projets plus ambitieux.

Elle saisit son smartphone.

— Allô, David ? J'avais promis de vous rappeler dès que la situation se calmerait, eh bien nous y sommes. Je suis prête à vous entendre parler au nom de la planète. Prenez le premier avion disponible, je vous attends.

— Désolé, Majesté. Tous les vols civils et commerciaux sont annulés.

— Dans ce cas je vais demander à un service d'hydravions-taxis. Nous avons déjà fait appel à eux. Dans la discrétion absolue.

Elle examine sur l'ordinateur la carte de l'île, puis précise :

— … Disons qu'il pourrait venir vous chercher à la pointe Kikiri Roa. Désormais je suis prête à écouter ce qu'attend de nous notre planète. Place au huitième joueur.

172.

La mission « Premier Avertissement » se matérialise sous la forme d'un Boeing 797 de la compagnie touristique vénézuélienne Conviaza. À son bord, une centaine de passagers et leurs valises pleines de maillots de bain, de sandales et de produits solaires.

L'avion est censé traverser l'Atlantique d'ouest en est, pour rejoindre la capitale de la musique et de la danse défoulatoire au soleil : Ibiza.

Cependant, il dévie légèrement de sa route et se dirige vers l'archipel des Açores.

173.

Autour de la reine Emma 109, l'état-major microlandais est réuni, observant sur un écran vidéo la carte du monde où se déplacent en direct les troupes des Grands, telles qu'elles sont détectées par les caméras emachs placées sur la Lune.

La reine semble moins intéressée par ces combats réels que par ceux qui se déroulent sur son échiquier heptagonal.

La ministre de la Guerre, Emma 515, examine elle aussi l'échiquier heptagonal et range des pions blanc clair dans la boîte qui leur sert de cimetière.

— Eh bien, si l'on doit reporter ce qu'on a entendu aux actualités et ce que nous rapportent nos services de renseignement…

Emma 515 désigne un groupe de deux pions vert clair qui font face à un groupe de trois pions vert foncé. Un pion vert foncé prend un pion vert clair qui tombe lui aussi dans la « boîte à vaincus ».

— Voilà ce qui se passe en Arabie Saoudite.

Elle montre ensuite un groupe de pions blanc clair qui fait face à deux tours blanc foncé et un cheval rouge.

— Ça, c'est la Horde d'Or. Les Rouges féministes et les Bleus androïdes sont venus rejoindre le camp Yin.

La ministre déplace d'autres pièces.

Et en face, en défense, les Jaunes se sont eux aussi engagés. Le docteur Saldmain, touché par le nombre des blessés de l'armée occidentale, a décidé de mettre son talent au service du camp Yang, et il a créé en Suisse une sorte de super-hôpital où l'on soigne très vite et en masse les blessés graves.

La ministre de l'Économie précise :

— Et on pourrait ajouter les Noirs qui se sont clivés dans le vaisseau spatial en Noirs clairs et Noirs foncés.

— Donc actuellement, on a d'un côté les Yin avec une alliance : Blancs foncés + Verts foncés + Rouges + Bleus + Noirs foncés.

Les membres du gouvernement tournent autour du jeu d'échecs heptagonal. La reine complète :

— Et de l'autre, l'alliance Yang avec la combinaison suivante : Blancs clairs + Verts clairs + Jaunes + Noirs clairs.

La reine allume son fume-cigarette et lâche de petites bouffées sphériques.

— Au moins maintenant, la séparation est nette entre les deux camps.

— Jamais nous n'avons été aussi riches, aussi tranquilles, aussi sereins, signale la ministre de l'Économie. Nos ventes d'armes sont en croissance permanente.

— Ce n'est pas nous qui avons voulu cela, rappelle la reine.

— Mais au moins profitons-en, complète la ministre.

La reine ne semble pas aussi enthousiaste que les membres de son gouvernement.

— Pauvres Grands. Je les plains, murmure-t-elle.

— De toute manière, nous ne pouvons rien faire pour eux, ils sont dans une pulsion d'autodestruction qui nous dépasse.

— Mais nous allons avoir bientôt un allié d'importance. Le huitième joueur. La planète. J'ai envoyé un hydravion chercher ses représentants pour qu'ils me communiquent les conditions d'alliance de Gaïa avec le peuple microlandais.

— Mais que vont en penser les Grands ?

— Je compte dans un premier temps créer un lien privilégié personnel, et ensuite je l'étendrai peut-être aux autres humains.

Le visiophone sonne. Emma 109 allume l'écran, et apparaît la papesse Emma 666.

— Et comment va la Lune ?

— Nous agrandissons sans cesse le centre, Majesté. Pas seulement en largeur mais aussi en profondeur.

— Parfait, 666. Je voulais te rappeler qu'un nouveau groupe d'une centaine de colons va décoller tout à l'heure pour augmenter vos effectifs. Il y aura parmi eux quelqu'un que tu connais bien… la ministre des Sciences Emma 103.

— Elle sera la bienvenue. J'ai beaucoup d'estime pour elle, et je pense qu'elle appréciera ce nouveau mode de vie. Et sur la Terre, ça se passe comment ?

— En dehors de Flores, tout a l'air compliqué. Mais au moins ici nous sommes tranquilles.

Un huissier vient signaler que la fusée va décoller, et tous se tournent vers la baie vitrée et voient le vaisseau spatial contenant les nouveaux colons et la ministre des Sciences quitter la planète.

La reine éteint le visiophone, puis se place sur la terrasse pour mieux voir l'engin s'élever dans les airs.

— Par moments j'aimerais moi aussi les accompagner… mais mes devoirs m'obligent à rester ici, regrette la reine en s'appuyant sur sa canne.

Une fois ses ministres partis, Emma 109 reste seule sur la terrasse. La fusée a maintenant disparu dans le ciel, simple décollage devenu routine et qui n'attire même plus l'attention des médias ou des badauds.

La reine s'avance sur un pétale de la fleur qui lui sert de palais. Depuis que la Troisième Guerre mondiale a éclaté, l'argent coulant à flots dans les réserves bancaires, les investissements ont donné vie à de nouveaux bâtiments, à des infrastructures collectives, mais aussi créé de nouveaux laboratoires et centres de recherche. Si bien qu'en quelques mois seulement, Micropolis est devenue non seulement l'un des derniers lieux sûrs de la planète, mais surtout la capitale mondiale de la science et du savoir.

Quand les Grands seront fatigués de se détruire, ils seront contents de savoir que nous avons gardé leurs livres dans nos bibliothèques et dans nos disques durs leurs connaissances intactes. En fait, nous les préservons de leurs propres pulsions de mort.

Immobile et souriante, elle observe ce monde qu'elle a participé à organiser. Elle sort sa tablette numérique, ouvre son fichier sur l'évolution des espèces et note quelques idées.

En fait, la plupart des gens perçoivent l'évolution comme un phénomène linéaire, une sorte de rail où le passé disparaît au fur et à mesure que le temps avance. Mais il peut y avoir une autre manière de penser, non pas en visualisant l'évolution de manière linéaire, mais en l'imaginant comme un système en étoile. Une branche d'étoile mène à une autre étoile. Ainsi l'évolution peut se développer sur des voies parallèles, faire des demi-tours. La vision linéaire entraîne une prise de conscience de l'Univers étriquée, la vision étoilée permet une prise de conscience de l'Univers tous azimuts.

Elle est satisfaite de cette intuition, et se dit que depuis qu'elle note ses idées sur une tablette numérique dont les fichiers sont sauvegardés automatiquement sur la Lune, chaque pensée devient immortelle.

Magie de la technologie, les pensées ne disparaissent plus et deviennent potentiellement fécondes.

Elle appuie sur un bouton de son smartphone qui fait résonner un signal en cuisine.

On lui sert le café.

Je crois que nous avons accompli du bon travail et que maintenant tout devrait être plus simple.

174.

Sous l'avion vénézuélien apparaissent les premières îles de l'archipel des Açores.

Aussitôt, la tour de contrôle de Micropolis lui signale son erreur de cap et lui propose de nouvelles coordonnées pour retrouver sa trajectoire normale.

Le pilote de l'avion vénézuélien répond qu'il s'excuse et qu'il est désolé de cette erreur due à un assoupissement, mais il ne change pas de cap.

Le Boeing 797 de la compagnie vénézuélienne Conviaza passe à 10 000 pieds au-dessus de l'archipel des Açores.

175.

Si j'ai bien capté leurs ondes radio, ils ont réussi à bâtir sur la Lune une cité entièrement autonome avec bientôt dix mille habitants.

Il ne faudrait pas qu'au nom de la guerre et des conditions qui se dégradent sur ma surface ils finissent par aimer séjourner sur ce caillou sphérique sans atmosphère et sans mouvement rotatif.

Même si le plus souvent ils m'irritent, je considère que ce serait le comble que cette boule de croûte rocailleuse, ce mauvais souvenir d'une blessure passée, cet amoncellement de déchets réunis en une sphère sans air, sans eau, sans océan, sans flore, sans faune… puisse devenir ma rivale comme sphère d'accueil de « mes » parasites humains.

176.

David et Hypatie montent dans l'hydravion.

Le pilote, un roux au nez cassé et au visage marqué de cicatrices, range les valises des passagers à l'arrière.

— Le coin commence à être chaud. La guerre a éclaté officiellement entre le Chili et l'Argentine. Vous ne le savez peut-être pas, mais un peu plus à l'est de l'île de Pâques, il y a des batailles navales entre les pays d'Amérique latine rangés dans le camp Yang : Pérou, Colombie et Chili, et ceux du camp Yin, Brésil, Venezuela et Argentine. Ils s'entre-tuent, pas très loin d'ici.

Le pilote de l'avion taxi lance les moteurs et leur fait signe de mettre leur ceinture de sécurité.

— Vous devez être importants pour que la reine 109 nous impose de voler en période de guerre dans une région à haut risque. Enfin, moi ça m'arrange, j'ai droit à une prime.

— Ce n'est pas nous qui sommes importants, c'est la personne qu'on représente.

— Ah, un chef d'État ?

— Mieux que cela.

177.

Quand le Boeing 797 est à l'aplomb de l'île de Flores, et plus précisément au-dessus de la capitale Micropolis, sa soute arrière, censée contenir le surplus de bagages, s'ouvre grâce à un système télécommandé spécialement conçu pour cet usage.

En fait de surplus de bagages, une grosse malle de luxe en bois et cuir glisse de la soute de l'avion.

Les aiguilleurs du ciel microlandais, pensant que ce n'est qu'un incident de parcours, ne déclenchent aucune alerte, ne pensent même pas à avertir l'armée. Pour eux ce n'est qu'une chute de bagages.

À mi-chute, la grosse malle s'ouvre et révèle son contenu : un cylindre blanc, marqué de signes persans et terminé par des ailettes.

Quand les aiguilleurs microlandais peuvent enfin identifier l'objet il est déjà bien trop tard pour lancer un missile d'interception : le contenu de la malle chute à 900 kilomètres-heure vers un jardin de fleurs de béton qui est le centre de la ville de Micropolis.

178.

Emma 109 est intriguée.

L'élément qui allait de gauche à droite a libéré un autre élément plus petit qui va de haut en bas.

La reine a soudain un doute :

Ils n'ont quand même pas…

Elle voit le point blanc descendre vers eux à la verticale, avec la sensation que tout se déroule au ralenti.

179.

Le cylindre blanc à ailettes chute, nez pointé vers le bas.

À l'intérieur, un compte à rebours électronique s'est déclenché, égrenant les secondes avant la mise à feu.

180.

La reine comprend trop tard.

Déjà ses ministres tournent leur regard vers l'objet étrange.

Emma 109 cligne les yeux.

Le ralenti devient plus lent encore.

Jamais les secondes ne lui ont semblé aussi pesantes.

Quand enfin le projectile touche son point d'impact, il y a comme une infime détonation, un silence, puis une deuxième détonation plus forte lui fait écho, encore un silence, et soudain, dans un souffle aspirant suivi d'une colonne de feu qui se transforme en cône, apparaît dans un vacarme un immense champignon jaune, rouge et noir. En quelques instants la température monte, les immeubles-fleurs sont soufflés.

La reine Emma 109 sent sur son visage les piqûres d'un vent bouillant. Alors que le champignon ne cesse de grandir et de s'élargir, la chaleur devient suffocante et un vent plus puissant encore l'emporte.

Après le silence, vient le crépitement du feu.

181. ENCYCLOPÉDIE : TSAR BOMBA

Durant la guerre froide, dans les années 1960, les USA et l'Union soviétique rivalisèrent pour fabriquer la bombe atomique la plus destructrice.

Cette course culmina le 30 octobre 1961, quand explosa la plus grosse bombe atomique jamais conçue par l'homme.

Elle a été baptisée « Tsar Bomba » (reine des bombes) et avait une puissance de 57 mégatonnes (soit un pouvoir de destruction 3 300 fois supérieur à Little Boy, la bombe américaine larguée sur la ville d'Hiroshima en 1945).

Tsar Bomba est l'arme de destruction massive la plus ravageuse jamais utilisée par des humains.

Elle fut larguée à partir d'un bombardier Tupolev

et explosa au-dessus de Novaya Zemlya (Nouvelle-Zemble), un archipel désertique de l'océan Arctique au pôle Nord (censé être le point le plus éloigné de toute population en Russie).

À l'origine, la Tsar Bomba devait faire 100 mégatonnes, avec trois étages. Un premier étage avec une bombe à fission, un second étage avec une bombe à fusion et un troisième étage avec à nouveau une bombe à fission.

Le dirigeant russe de l'époque, Nikita Khrouchtchev, informé au dernier moment que les effets étaient imprévisibles et que cela risquait d'entraîner des retombées radioactives dangereuses pour les zones habitées, même éloignées, décida de réduire sa puissance.

Du coup, le troisième étage en uranium fut remplacé par un étage en plomb pour stabiliser ce monstre autour de 50 mégatonnes.

Ce fut une intuition bienvenue. Les effets de cette machine de mort dépassèrent toutes les prévisions. La détonation initiale développa une boule de feu de 7 kilomètres de diamètre, qui grossit pour atteindre 30 kilomètres de diamètre dans sa partie supérieure. Le champignon atomique monta jusqu'à 64 kilomètres d'altitude (soit près de 7 fois la hauteur de l'Everest) avec une intensité lumineuse telle qu'elle fut visible à plus de 1 000 kilomètres à la ronde.

Dans un rayon de 25 kilomètres autour du lieu d'impact, tout fut vitrifié, les bâtiments-tests furent détruits sur 100 kilomètres, la chaleur ressentie jusqu'à 300 kilomètres du lieu d'impact, et les vitres brisées sur 500 kilomètres.

Après cette explosion, la course à la plus grosse bombe atomique s'arrêta (les Américains avaient eu un incident avec un bombardier B52 disloqué en vol qui avait laissé échapper une bombe H, 260 fois plus puissante que celle d'Hiroshima. La bombe atomique était tombée dans un champ en Caroline du Nord. Si elle s'était déclenchée, la déflagration aurait touché Washington, Boston, Baltimore et même New York. Là encore l'affaire n'a été révélée qu'en 2013).

L'archipel de Novaya Zemlya sert encore de zone de test pour les bombes atomiques russes (plus d'une centaine de tests effectués à ce jour) et de cimetière pour les containers de déchets radioactifs : 12 000 y sont répertoriés. Or, sous l'effet de la rouille, ils sont de moins en moins étanches et de plus en plus toxiques. Les poissons continuent de circuler autour de l'archipel, les courants marins de faire circuler l'eau irradiée, les vents de faire circuler l'air radioactif et les effets de cette explosion de se faire sentir de nos jours sur la faune et la flore alentour.

Quant à un des concepteurs de la Tsar Bomba, le physicien Andreï Sakharov, il recevra le prix Nobel de la... paix en 1975.

Ajout de Charles Wells à l'œuvre d'Edmond Wells,
Encyclopédie du Savoir Relatif et Absolu.

182.

L'hydravion est secoué par les trous d'air.

Le pilote roux au nez cassé ne cesse de parler avec les aiguilleurs du ciel des pays traversés tout en mâchant son chewing-gum. Soudain il marque la surprise. Il écoute, raccroche et semble très nerveux.

Il crache son chewing-gum et les observe dans son rétroviseur.

David et Hypatie comprennent qu'il y a un problème.

Enfin il se tourne vers ses passagers.

— Il y a un léger impondérable. Je crois que nous allons devoir atterrir sur une île voisine, consent-il à expliquer.

— Qu'est-ce que vous appelez un « léger impondérable » ? demande David.

183.

Bombe atomique sur Micropolis – Nous venons de l'apprendre à l'instant, je vous livre l'information telle que je la reçois : une déflagration de type bombe nucléaire a frappé la capitale microlandaise, aux Açores. Toute la ville a été détruite et l'on doit considérer que le million d'habitants qui la composaient sont morts ou blessés. J'ai fait appel à notre spécialiste en géostratégie, le professeur Thomas Adler. Alors, professeur, que pensez-vous de ce coup de théâtre, et selon vous que va-t-il se passer maintenant ?

— Tout d'abord il faudrait analyser les causes de cette attaque. Pourquoi une bombe atomique sur un pays qui s'est ouvertement déclaré neutre ? À cette question j'ai peut-être un début d'explication : au moment où les forces Yin sont en train d'accumuler les victoires (notamment sur les fronts russe et saoudien), il est logique qu'elles craignent un revirement surprise des Micro-Humains. Rappelons que leur reine, Emma 109, avait certes signalé qu'elle était neutre mais aussi qu'elle souhaitait un équilibre des forces. Donc je pense que les membres du camp Yin ont dû craindre que leurs victoires à répétition incitent les Micro-Humains à soutenir le camp des Yang.

— Mais quand même, professeur Adler, tuer pratiquement tous les Micro-Humains, n'est-ce pas une solution radicale pour une simple présomption d'engagement possible dans le camp adverse ?

— Oui et non, Lucienne. Il faut se rappeler que les Emachs avaient récemment fait une démonstration de leur puissance militaire qui avait beaucoup impressionné les officiers et les politiciens présents. Des mouettes-bombardiers, des dauphins-sous-marins… hum, cela peut changer l'issue d'une guerre.

— Vous voulez dire que leur démonstration de force pourrait être la cause de leur perte ?

— Vous connaissez le proverbe japonais : « Le clou qui dépasse attire le marteau. » En tout cas il est certain qu'ils ont inquiété beaucoup de politiciens en montrant qu'ils étaient puissants, militairement parlant.

— On évoque sur Internet un engagement secret des Micro-Humains auprès des forces Yang. Qu'en pensez-vous, professeur Adler ?

— C'est en effet une rumeur… probablement colportée par les forces Yin pour légitimer leur action… Quoi qu'il en soit nous ne saurons jamais la vérité car il n'y a plus de Microlandais sur Terre pour la reconnaître.

— Merci, professeur Adler. L'agression nucléaire

a aussitôt été condamnée par la plupart des chefs d'État. Une enquête a été lancée par le président Drouin au nom de l'ONU. Nous vous tiendrons au courant de la suite de cet événement et nous passons tout de suite aux autres titres de l'actualité.

OFFENSIVE DE LA HORDE D'OR – L'immense armée Yin, renforcée de troupes fraîches formant au total quatorze millions de soldats, continue sa progression en territoire ouest et est désormais en train de s'installer pour faire le siège de Vienne, capitale de l'Autriche. Face à elle des troupes affluent aussi pour composer une force d'arrêt d'à peu près douze millions de soldats (essentiellement indiens et européens) installée dans la capitale autrichienne. Ce qui porte à vingt-six millions le nombre de belligérants sur ce champ de bataille. « Si ce verrou tombe, ce sera toute l'Europe qui sera désormais sans défense face à la déferlante de la Horde d'Or », a signalé le vieux président autrichien Schwarzenegger qui appelle à une aide internationale en vue selon lui « d'éviter le pire ».

FLORIDE – Alors qu'en Floride les troupes américaines ont fini par repousser à la mer les troupes cubaines et vénézuéliennes qui avaient tenté un débarquement à l'ouest, l'armée mexicaine et ses renforts brésilien et argentin ont fini par attaquer la frontière du Texas. À l'heure où je vous parle, les forces sud-américaines font le siège de Fort Alamo, près de la ville de San Antonio. Rappelons que ce lieu est hautement symbolique, puisqu'il s'agit de la forteresse où, le 23 février 1836, les soldats du général mexicain Santa Anna, au nombre de 1 800, ont combattu

190 Texans des forces américaines, finissant, au bout d'un siège de treize jours, par prendre la forteresse et massacrer tous les Américains dont le fameux Davy Crockett. Cependant cette fois le rapport numérique est différent puisque les trois cent mille soldats de l'armée sud-américaine, unis sous le drapeau Yin, vont devoir tenter d'anéantir les soixante mille soldats nord-américains défendant l'alliance Yang. Une fois de plus il semble que ce soit la faible natalité du camp Yang qui s'avère l'élément déterminant de la bataille, maintenant que les hautes technologies militaires sont équilibrées ou s'annulent dans les deux camps.

FIN DE GUERRE DANS LE *PAPILLON DES ÉTOILES 2* – Alors que les Yin ont marqué ces derniers temps des points considérables sur Terre, il semble que sur le vaisseau spatial *Papillon des Étoiles 2*, il en soit tout autrement. Sylvain Timsit a en effet annoncé la défaite des troupes Yin et la victoire définitive des forces Yang dans son vaisseau. La paix a été signée entre les deux camps qui ont décidé de se mettre rapidement à la reconstruction du vaisseau, et à œuvrer ensemble pour réparer les dégâts.

AIDE AUX VICTIMES – L'association « Plus de Vie », qui comporte une branche humanitaire d'aide bénévole aux victimes de la Troisième Guerre mondiale (association patronnée par le scientifique milliardaire suisse Gérard Saldmain), a lancé un programme d'urgence en vue de rechercher des survivants ou des blessés parmi les victimes de la bombe nucléaire de Micropolis.

CONCERT – Toujours dans le cadre de l'aide aux victimes et afin d'encourager la sauvegarde des survivants, plusieurs chanteurs célèbres vont lancer un concert mondial qui se déroulera à Woodstock : « SAVE THE MH ». Les bénéfices de ce concert seront directement versés à l'association « Plus de Vie » qui, en cas de découverte de rescapés, devrait aussi se charger de les soigner.

BOURSE – La Bourse a connu un sursaut positif malgré la catastrophe survenue aux Açores. Il semble que les investisseurs parient sur un regain d'activité des industriels en armement maintenant qu'ils ne risquent plus de souffrir de la concurrence des industriels microlandais.

MÉTÉO – Après l'éruption solaire d'il y a trois jours, il semble que l'astre se soit calmé, et on annonce un temps plus doux et plus agréable pour les jours qui viennent, avec peut-être même quelques ondées évidemment bienvenues.

184.

L'hydravion taxi se range face à l'île de Corvo qui, sur l'archipel des Açores, est la plus proche de l'île de Flores. Depuis la côte, tous peuvent apercevoir une énorme colonne de fumée marron.

Le pilote scrute la zone avec ses jumelles. En même temps il écoute des informations qui lui sont données dans son casque.

Il semble de plus en plus préoccupé.

— Hum… je crois que cette course ne va pas m'être payée, conclut-il enfin.

— Que s'est-il passé ?

— Selon les dernières informations, c'est désormais confirmé, c'est une attaque Yin. Ils ont utilisé un avion civil et une bombe nucléaire miniature camouflée dans un faux bagage pour que la défense anti-aérienne ne se déclenche pas.

Ils fixent la colonne de fumée.

— Il faut y aller quand même, déclare David.

— C'est forcément irradié. Mieux vaut attendre encore à Corvo. Des bateaux militaires ne devraient pas tarder, ils auront des combinaisons de protection, vous devriez pouvoir faire partie des volontaires qui débarqueront en premier sur l'île, je pense que peu de gens ont envie de découvrir le charnier.

185.

Aïe.

Ils ont réduit à néant le nid des Micro-Humains.

Ce qui veut dire que maintenant la Troisième Humanité n'existe plus que sur la Lune.

Cela va compliquer mon projet.

Mais heureusement c'est là qu'ils ont placé leurs fusées Catapulta.

186.

Le sol est recouvert d'un tapis de poussières grises. Quelques bâtiments transformés en ruines rappellent que jadis sur ce plateau, au milieu de l'île de Flores, il y avait une cité florissante.

Le professeur David Wells, en scaphandre de protection orange, descend l'échelle de corde de l'hélicoptère militaire pour atterrir au milieu du jardin central. Micropolis est vitrifiée, telle une patinoire miroitante. Malgré son filtre à air, il perçoit des relents ignobles, mélange de plastique et de chair calcinée. Il est saisi de nausées, mais il sait qu'il ne doit pas vomir dans son casque.

Des mouches et des corbeaux, ignorant les dangers de radiations se posent dans ce cimetière à ciel ouvert.

Des militaires et des volontaires bénévoles de « Plus de Vie », eux aussi en scaphandre orange, avancent dans cette grisaille fumante, comme s'ils étaient étrangers à cette planète.

Hypatie Kim a tenu à accompagner David. Équipée elle aussi du système de protection, elle avance dans le charnier.

Tous fouillent dans ce chaos de métal et de pierres pour découvrir ce qui pourrait encore être vivant. Ils utilisent des torches et des détecteurs de chaleur portatifs.

Autour d'eux des drones filment et scannent le sol.

Les sauveteurs trouvent sous les gravats des corps calcinés, figés dans la position qu'ils avaient au moment de l'impact, un peu à la manière des Romains surpris à Pompéi par l'éruption du Vésuve.

Certains bougent encore, mais semblent tellement proches de la mort que les sauveteurs osent à peine les toucher, de peur de les voir s'émietter. Un soldat derrière eux les achève, par pitié.

Les infirmiers de « Plus de Vie » commencent à sortir quelques corps frémissants « potentiellement vivants ». Ils ont été protégés par des murs de béton ou des portes blindées qui ont fait bouclier.

Se souvenant de sa dernière visite, David Wells, tel un Gulliver dans un village de Lilliputiens réduit à l'état de cendres, cherche le palais royal. Au milieu des fleurs calcinées, qui jadis furent des bâtiments high tech, il repère ce qu'il reste du palais en forme de fleur de lotus, puis le bureau où séjournait le plus souvent la reine. Des corps carbonisés gisent un peu partout. Il les examine à la torche électrique, dans l'épaisse fumée qui a tout recouvert.

Emma 109 m'attendait, elle était forcément là.

Hypatie le rejoint. Elle tient dans ses bras un corps qu'il reconnaît.

— Je l'ai trouvée collée à un mur, dit-elle à travers le filtre de son masque de protection.

La reine est inerte. Ils appellent un hélicoptère médical qui les emporte tous les trois vers le navire militaire.

Gérard Saldmain, arrivé en urgence, examine le petit corps recroquevillé avec des appareils de mesure.

— Le cœur bat encore, constate-t-il.

David lâche un soupir de soulagement.

— Elle a des lésions provoquées par le choc et des brûlures, mais on dirait que les Emachs peuvent encaisser des niveaux de radiations bien supérieurs à l'homme « normal ». Elle est coriace.

Cependant, le médecin affiche un air inquiet derrière son masque en plexiglas.

— Même si elle est naturellement plus résistante, même si elle est un peu mutante, même si elle est équipée d'un cœur artificiel, c'est une très vieille dame qui a reçu un choc terrible.

Ils observent le corps meurtri.

— Tout ce que je vous demande, docteur, c'est de prolonger sa vie, insiste David Wells. Cette femme est un phénix, elle doit pouvoir renaître de ses cendres.

Le scientifique, avec une moue dubitative, prend la reine dans ses bras et la dépose avec délicatesse dans un berceau en forme d'œuf, comme s'il s'apprêtait à la transformer à nouveau en enfant pour exercer son art du retour à la vie.

David Wells s'en veut de ne pas avoir pu prévoir la catastrophe. Et il a soudain une pulsion de haine envers les militaires Yin qui ont été capables d'accomplir une telle ignominie. Un mélange d'émotion, de tristesse et de rage le submerge.

187. ENCYCLOPÉDIE : STRATÉGIE DES LOUPS DU MERCANTOUR

En automne 1992, des loups ont été repérés dans le parc national du Mercantour, en France, au-dessus de Nice, probablement en provenance d'Italie, et après avoir traversé les Alpes. Ce qui a aussitôt réjoui les responsables du parc du Mercantour et le ministère de l'Environnement qui considéraient l'espèce en voie de disparition dans la région, sa réapparition venant compléter la biodiversité du lieu. Après comptage, il s'agissait en tout de vingt-deux loups gris répartis en trois meutes.

Ils se sont reproduits et ont commencé à inquiéter les bergers en attaquant les moutons. Pour se défendre, les bergers ont mis au point un système de sécurité comprenant des clôtures électriques, des grillages et des chiens de troupeau.

Un soir, la meute a attaqué. Profitant de l'effet de surprise, les loups ont commencé par tuer les chiens à l'extérieur, puis ils ont été arrêtés par la clôture électrique. Ils ont alors établi une stratégie qui consistait à demander aux victimes de détruire elles-mêmes leurs propres murs de défense. Ils se sont mis à aboyer, semant la terreur chez les moutons, qui se sont alors précipités du côté opposé. En se bousculant les uns les autres, sous l'effet de la panique, les moutons se sont entassés contre la clôture électrique et l'ont renversée. Le deuxième groupe de loups, qui était précisément en attente de l'autre côté de la clôture, n'a plus eu qu'à passer à l'attaque. Les prédateurs ont ainsi pu facilement dévorer tous les moutons.

Ce qui démontre que la peur peut forcer l'adversaire à détruire lui-même ses propres protections.

Ajout de Charles Wells à l'œuvre d'Edmond Wells,
Encyclopédie du Savoir Relatif et Absolu.

188.

Après les premières batailles tournant systématiquement à l'avantage des forces Yin, la Horde d'Or est encore renforcée de troupes fraîches, et c'est bientôt une armée de vingt millions de soldats qui encercle Vienne.

En face, les alliés sont parvenus eux aussi à acheminer des renforts pour arriver péniblement à quinze millions de soldats, postés en défense derrière les collines autour de Vienne.

Et le siège s'installe.

Comme pour Berlin à la fin de la Deuxième Guerre mondiale, les forces européennes organisent un pont aérien de ravitaillement des défenseurs de la ville.

Le vendredi 13 à 13 heures, alors que le ciel sombre laisse tomber une pluie glacée, retentit le signal de l'offensive générale.

Aussitôt les canons tonnent des deux côtés autour de Vienne et l'immense armée Yin se met en marche en direction des lignes de défense Yang.

Cette fois le président Tchang, qui s'est spécialement déplacé pour l'occasion avec le président Jaffar et le président vénézuélien Ramirez, dirige la manœuvre et c'est toute la Horde d'Or qui, telle une foule aveugle, avance droit devant pour broyer l'adversaire.

Vu depuis la capitale autrichienne, l'horizon s'assombrit bientôt de la masse des millions d'humains accourus pour tuer leurs congénères jugés en excédent sur cette planète.

Les assaillants franchissent avec difficulté un premier fossé, abandonnant plusieurs milliers de corps, puis ils traversent la ligne de barbelés électrifiés, puis la ligne des mines, puis un second fossé. Chaque fois ils abandonnent sur le terrain des milliers de cadavres et de soldats gémissants, mais cela ne les ralentit pas. Profitant de leur multitude, ils piétinent les blessés ou même ceux qui ont simplement trébuché, ils foulent les cadavres et avancent, avancent toujours.

Les défenseurs entendent les haut-parleurs qui ordonnent de mettre en joue mais de ne pas tirer tant que le signal ne sera pas donné, pour ne pas gaspiller de munitions.

Les assaillants ont été ralentis par le second fossé et par l'explosion des mines qui les fauchent, mais ils franchissent malgré tout la deuxième ligne de défense et déjà s'approchent du troisième fossé et de la troisième ligne de mines.

— Attendez encore. Vous devez voir le blanc de leurs yeux avant de tirer, et visez bien la tête, ordonnent les haut-parleurs en plusieurs langues, de l'indien à l'anglais en passant par l'espagnol, le français, le néerlandais, l'allemand. Et n'oubliez pas : « Dieu est avec nous », ajoute la voix.

L'expression devient le mantra choisi par les deux camps.

— DIEU EST AVEC NOUS ! hurlent eux aussi, comme pour leur répondre, les premiers assaillants qui arrivent à franchir la dernière ligne de défense et qui approchent de la zone de tir au fusil.

Quand les soldats ennemis semblent suffisamment proches, le général indien Singh de l'armée Yang hurle :

— Feu à toutes les unités !

Les assaillants sont ralentis mais pas arrêtés.

Une brèche complète est ouverte dans un mur de défense composé de sacs de sable et d'un muret de béton armé. Les premières lignes d'attaque ont des lance-flammes, et grâce au mur de feu grillent toutes les défenses.

Les troupes Yin poussent une clameur de victoire.

Le général Singh improvise, il ordonne qu'on utilise les canons à eau des pompiers contre les lance-flammes. À chaque arme, une contre-arme permet de rééquilibrer le combat.

La hargne et la rage sont décuplées par les produits dopants qu'ont ingurgités les combattants des deux camps : cocaïne, amphétamines ou EPO issus des laboratoires de sportifs. Les plus allumés ont pris des drogues dures comme l'héroïne, l'acide, le crack, ou le LSD et tirent n'importe où, touchant parfois ceux de leur camp. D'autres avancent face aux balles, des écouteurs sur les oreilles hurlant du hard rock.

La fatigue est niée et la griserie de la tuerie surpasse tout. Des brumes de gaz aveuglant se répandent au-dessus des têtes, le vacarme des explosions heurte les tympans, l'odeur du sang, de la chair calcinée et de la poudre stagne dans la fumée. Les mouches et les corbeaux n'osent pas approcher, effrayés par la furie humaine.

Dans tous les coins de la capitale autrichienne se mêlent les cris de rage ou de douleur, les tirs et les explosions des roquettes, des obus et des grenades.

Vision d'apocalypse que ces dizaines de millions de soldats qui tuent et sont tués dans une foire d'empoigne mortelle, dans ce pays, l'Autriche, qui a vu naître Mozart, l'impératrice Sissi, Hitler et Freud.

Les maisons sont incendiées, les lames s'enfoncent dans les chairs tendres, les genoux ploient, les corps s'effondrent, et de tous les uniformes s'écoule le même liquide écarlate et chaud.

Au-dessus d'eux, un nuage semble prendre des formes étranges. Les soldats shootés croient voir le

Troisième Cavalier de l'Apocalypse (le rouge, celui de la guerre) qui, armé de sa grande épée, fauche les têtes comme des épis de blé.

189.

Son visage est paisible. Elle semble dormir.

— Vous allez encore réussir, hein docteur ? le presse David.

Gérard Saldmain secoue la tête.

— Emma 109 est brûlée sur plus de 60 % de son épiderme et plusieurs organes sont profondément touchés. C'est déjà un miracle qu'elle respire encore.

La reine micro-humaine bouge légèrement. Une paupière se soulève, sa main tremblante saisit celle de David et s'y agrippe. Sa bouche s'ouvre et prononce :

— Ils… Ils ont… Ils ont voulu nous éliminer de la surface de la Terre, hein ?

— Il reste dix mille Emachs sur la Lune, rappelle David. Vous êtes toujours vivante.

— Il y a aussi… deux…, bafouille Emma 109, deux… ni sur Terre, ni sur la Lune, David.

— Deux quoi ?

— Deux… ECDM.

David voudrait comprendre.

— J'ai sous-estimé votre pulsion de mort, David. Ce qui va se passer ensuite… c'est ma faute… (Elle grimace.) Toute action entraîne une réaction…

— Quoi ?

— … le destin… Le « karma global de l'humanité »…

— Reposez-vous, Majesté, vous n'avez pas besoin de parler.

Elle prend sa respiration à fond, puis lâche :

— … l'évolution n'est pas forcément linéaire… elle peut faire des essais sur les côtés ou en marche arrière… elle peut fonctionner en étoile. C'est parce que l'homme pense en ligne… il ne voit pas sur les côtés et a une conscience étroite… il faut élargir le champ en envisageant des évolutions dans tous les sens… et peut-être plusieurs évolutions parallèles qui avancent côte à côte… pour toute l'espèce…

Elle inspire à nouveau, s'efforce de libérer ses mots :

— Vous direz à Gaïa que j'aurais aimé la satisfaire dans la mesure de mes possibilités. Il faudra désormais organiser cela avec la prochaine reine.

Elle lui serre fort la main.

— David… Tu dois désormais réaliser son vœu… quel qu'il soit.

Alors le scientifique se penche et, de ses lèvres immenses, touche le front de sa créature.

— Maintenant… Laissez-moi vivre à fond… ma propre mort.

La reine Emma 109 lâche un long soupir, comme une baudruche qui se dégonfle, et le silence se fait.

David verse une larme, qu'il essuie nerveusement, puis il lui ferme les yeux.

J'avais fini par penser que tu étais immortelle, « Sang Neuf ».

J'avais pensé que tu pouvais surmonter toutes les épreuves…

Maintenant que tu n'es plus, je peux vraiment mesu-

rer ton importance dans ma vie et dans celles de nous tous.

C'est toi qui, grâce à ton courage, ton opiniâtreté, grâce à ta vision large et avant-gardiste, as changé le cours de l'histoire, la tienne, celle de ton peuple, la mienne, celle de l'humanité.

Sans toi, plus rien ne sera pareil.

Nous avons perdu une grande reine mais aussi une grande visionnaire.

Et maintenant c'est fini, je vais devoir m'habituer à vivre sans toi.

Nous allons tous devoir vivre sans toi…

Sang Neuf.

Cependant, quelque chose de la reine des Micro-Humains, une infime vapeur de vingt et un grammes, son âme, s'est échappé avec son dernier souffle, et monte vers la nuit constellée d'étoiles.

190.

Dans l'espace noir et silencieux, vogue une forme gracieuse. Ses voiles déployées sont propulsées par les rayons de lumière des étoiles. Dans le cockpit, Sylvain Timsit est debout face au gouvernail en bois sculpté. Sur les écrans, lui et sa femme surveillent l'avancée des travaux de réparation d'après-guerre, au sein du *Papillon*. Les bâtiments incendiés sont reconstruits, les néons du soleil central sont remplacés, les morts enterrés, les blessés soignés.

Sylvain Timsit suit sur un autre écran les actualités de la Terre qui lui arrivent avec plusieurs minutes de retard, le temps que les ondes franchissent l'espace. Il se sent soulagé qu'au sein de son vaisseau la victoire soit allée au camp Yang qu'il dirigeait, et qui lui semble le plus légitime.

C'est en tout cas le camp qui reste cohérent par rapport au projet de colonisation d'une autre terre neuve et propre, alors que les Yin voulaient rentrer.

Tout en fixant la constellation qui lui fait face, sa main cherche le bouton de la chaîne hi fi et il déclenche le *Concerto pour flûte piccolo et orchestre* de Vivaldi.

Les images présentées aux actualités terriennes mêlées à la musique douce du musicien vénitien créent un contraste. Des vidéos annoncent la mort de la reine Emma 109, superposées à des images de Micropolis transformée en champ de ruines.

Sylvain Timsit cesse d'observer les étoiles, troublé par ces informations. Il réduit la musique et augmente le son. Sa main cherche un verre d'alcool mais, au lieu de tomber sur le verre, la main tombe sur un... visage. Petit. Sa première pensée est qu'il s'agit d'un enfant. Il tourne la tête et voit deux Micro-Humains sur la table derrière lui, en train eux aussi de regarder les actualités.

— Montez le son, intime celui de droite.

Alors, ensemble, Sylvain Timsit et les deux Micro-Humains écoutent et voient la suite des actualités. Les premiers résultats de l'enquête diligentée par l'ONU confirment que c'est bien un avion civil de tourisme vénézuélien qui a transporté une bombe atomique iranienne, l'ensemble de la mission étant orchestré par la Chine.

Selon le journaliste, d'autres sources signalent que

ce serait un homme torturé par les Iraniens qui aurait avoué l'engagement des Emachs dans la cause Yang et, dès lors, le président Tchang aurait pris la décision qui lui semblait nécessaire.

L'Iran, la Chine et le Venezuela seraient les trois pays montrés du doigt par les enquêteurs de l'ONU.

Puis le journaliste rappelle l'odyssée de la courageuse pionnière micro-humaine, Emma 109, qui de simple expérience de laboratoire a fini comme reine d'un État indépendant au milieu de l'archipel des Açores, avant d'être brûlée par la déflagration de la bombe atomique.

Sylvain Timsit et les deux Emachs écoutent deux fois le journal complet.

— Je suis désolé, prononce enfin le capitaine du *Papillon des Étoiles*, enfin… toutes mes condoléances. Je ne savais pas que…

Des phrases surgissent dans son esprit mais il n'ose les prononcer.

« *Que les Vénézuéliens étaient capables d'envoyer une bombe atomique iranienne sur la cité microlandaise pourtant déclarée neutre.* »

« *Que la reine 109 pouvait mourir alors qu'elle avait échappé à tant d'épreuves.* »

« *Que les humains pouvaient s'avérer aussi ingrats envers une espèce qui au final n'avait toujours fait que les aider chaque fois qu'elle en avait eu la possibilité.* »

— Que…

Alors, ne sachant que dire, Sylvain Timsit demande :

— Mais au fait, qu'est-ce que vous faites là, vous ? Je n'ai jamais accepté de Micro-Humains parmi mes passagers !

— Nous sommes des ECDM.

— Des quoi ?

— Des « En Cas De Malheur », dit la femme.

— Et le malheur est arrivé, dit l'homme.

Sylvain Timsit les observe, intrigué.

— C'est Emma 109 qui avait pensé à cette idée. Elle avait imaginé que si tout allait mal sur Terre, vous seriez peut-être, vous, Sylvain Timsit, la seule sortie de secours, dit-elle.

— Emma 809 132 et Amédée 230 576 sont nos patronymes précis. Mais vous pouvez nous appeler 809 et 230, dit-il.

Sylvain essaie de se ressaisir face à ces deux êtres qui semblent sortis de son tableau de bord.

— En fait, vous êtes des… « passagers clandestins ». Vous savez donc que dans la charte des navigateurs, les passagers clandestins doivent être évacués du vaisseau au plus vite… dans le premier port. Donc je vous déposerai… au premier port où nous aborderons.

Sylvain Timsit sourit.

— C'est normalement par là. À deux années-lumière. Nous devrions y être dans mille deux cents ans. Entre-temps, selon la charte des navigateurs en mer qui s'applique aux navigateurs stellaires, vous serez nourris et logés… à condition bien sûr que vous participiez à toutes les activités du bord.

Il réfléchit encore.

— Non, finalement nous allons procéder autrement.

Il ouvre un tiroir et sort deux cartes magnétiques.

— Je vous adopte comme citoyens papilloniens en tant que « réfugiés politiques » issus d'une catastrophe. Cette situation est aussi prévue dans notre charte des navigateurs.

Il retient son geste.

— Cela vous donne des droits mais surtout des devoirs.

L'homme emach fronce les sourcils.

— Vous devez faire allégeance à la cause papillonienne.

— Ça signifie quoi, précisément, votre allégeance ? demande le Micro-Homme.

— C'est un terme de l'époque des chevaliers qui signifie que je suis votre autorité de référence. Vous me devez fidélité, respect, obéissance. Vous devrez non seulement participer à toutes les tâches de survie du vaisseau, mais aussi faire tout votre possible pour qu'un humain… ou un Micro-Humain touche l'objectif final de la Nouvelle Terre. Vous devrez m'aider à préserver les valeurs de paix et d'humanité inhérentes à cette communauté. Et bien sûr, nous aider ensuite à coloniser la prochaine Terre.

Emma 809 se met à genoux, Amédée 230 fait de même.

Ils restent dans l'attente du geste de Sylvain, comme jadis les chevaliers attendaient que l'épée se pose sur leur épaule pour se sentir adoubés.

Sylvain pose ses deux mains sur leur front et déclare :

— Puisse l'humanité perdurer dans l'Univers. Soyez-en les défenseurs à votre niveau, comme nous le serons pour vous au nôtre.

Puis il leur délivre enfin les cartes magnétiques.

— Désormais vous êtes officiellement des « citoyens papilloniens ». Emma 809 et Amédée 230. Cependant une question se pose : comment avez-vous fait pour rester aussi longtemps discrets sans que personne vous détecte ?

— Le vaisseau est très vaste et c'est l'avantage d'être dix fois plus petit, nous avons pu nous cacher dix fois plus facilement.

— La guerre Yin-Yang a fait beaucoup de morts dans le vaisseau, je pense que deux passagers supplémentaires pour participer à la reconstruction seront utiles, surtout s'ils peuvent se faufiler dans les endroits où les Grands ne peuvent aller, reconnaît le capitaine.

Alors les deux « En Cas De Malheur », surmontant leur émotion d'être devenus orphelins de leur peuple, font un signe d'assentiment au milliardaire explorateur de l'espace, confirmant qu'il peut désormais compter sur eux.

— Montrez-nous le cap et nous ferons tout pour aider le vaisseau et ses passagers à y parvenir, déclare la jeune femme emach.

Sylvain Timsit se tourne vers la baie vitrée qui les sépare du cosmos et désigne le triangle formé par les trois étoiles. Au centre, à peine visible, une quatrième lueur semble clignoter.

— Là, dit-il. Il doit y avoir une planète viable autour de cette étoile. Du moins je l'espère, sinon tout cela n'aura servi à rien.

191.

Avec leurs guerres, ils ne s'occupent plus de moi.
Ils ont l'esprit ailleurs.
Je sens que la mission TRAF risque de prendre du retard.
Comme tout cela est contrariant.

192.

Les astronautes ont fini de planter le monolithe en face du centre lunaire emachien nommé Lunapolis. Sur sa surface sont gravés les noms du million de victimes micro-humaines de la bombe atomique. Et, tout en haut, le nom et le portrait de la reine Emma 109, avec sa devise qui sonne de manière étrange : « On a toujours besoin de plus petit que soi. »

Les dix mille survivants du centre lunaire, en scaphandre mauve, forment plusieurs cercles concentriques autour de ce monument aux morts improvisé.

La papesse 666 a été automatiquement promue nouvelle reine. Arrivée face au monolithe, elle se met à genoux et prie pour l'âme des défunts. À côté d'elle, la ministre Emma 103 se tient dignement, cachant difficilement son chagrin.

Tous les Emachs luniens se mettent à genoux et prient. L'hymne national résonne dans leurs écouteurs de casques et certains pleurent de rage, sans avoir la possibilité de s'essuyer les yeux. Après une minute de silence, ils saluent le monolithe au million de noms, puis rentrent dans la cité en forme de tête transparente.

Ensuite tout s'accomplit sans la moindre parole, chacun sait ce qu'il a à faire. Les ingénieurs rejoignent le centre de contrôle spatial. Neuf astronautes rejoignent les trois fusées Catapulta déjà sur leur rampe de lancement, le plein de carburant effectué. La reine Emma 666 surveille chaque phase et indique à ses subalternes l'enchaînement des manœuvres nécessaires. La ministre Emma 103 complète les ordres par des indications plus précises qu'elle donne elle aussi d'un simple geste, d'un hochement de tête ou d'un regard. Enfin les trois équipages signalent qu'ils sont prêts.

Emma 666, le visage toujours impassible, donne l'ordre du compte à rebours.

Les chiffres s'égrènent dans les haut-parleurs. Puis le couvercle en forme de phalange qui surplombe l'index de la main géante où est dissimulée la fusée Catapulta 01 se soulève. De la fumée jaillit et au milieu surgit l'ogive chromée. Le couvercle du puits 02 placé dans le majeur bascule à son tour et libère Catapulta 02 qui part exactement dans la même direction. Catapulta 03 se dégage de l'annulaire et les rejoint ensuite.

Les trois fusées volent presque côte à côte dans le vide sidéral.

Dans le centre spatial lunaire les ingénieurs, la ministre Emma 103 et la reine Emma 666 suivent la progression des engins.

— « Mission Goliath » enclenchée, déclare la reine.

Et regardant le monolithe noir à travers la paroi, elle songe :

Je fais cela pour vous les victimes de Micropolis, et pour toi Emma 109, mon éternelle amie.

193.

Ils flottent, les oreilles dans le pétrole. Autour d'eux le lac forme une tache noire elle-même entourée de la collerette beige du volcan Rano Raraku.

À nouveau le contact est établi.

— *Gaïa, les Micro-Humains ont eu un problème.*

— *Je l'ai senti, David.*

— *Désormais la mission est compromise.*

— *Elle doit être réalisée malgré tout.*

— *Il va falloir attendre que l'installation des Emachs sur la Lune soit achevée et qu'elles puissent lancer des fusées de la Lune puisque Microland a été détruite ainsi que son centre spatial terrestre.*

— *Dans ce cas, il faut agir sur les dirigeants de la Terre. Il suffit de copier la technique des Catapulta micro-humaines, maintenant qu'on sait que cela marche. Parlez aux dirigeants et que tous les ingénieurs se mettent au travail pour moi.*

— *Hum... Les chefs d'État de l'ONU ont actuellement d'autres soucis importants eux aussi. La capitale autrichienne vient de tomber. L'armée Yin chinoise est en train d'envahir l'Europe. Plusieurs millions de soldats déferlent sur l'Europe pour la mettre à feu et à sang.*

— *C'est ce que vous appelez des « soucis importants » ? Eh bien que les chefs d'État terminent vite ce qu'ils ont à accomplir, puis qu'ils se mettent au travail pour lancer la mission TRAF.*

— Nous comprenons votre point de vue, Gaïa, mais cela ne va pas être aussi simple, l'informe Hypatie.

— « Pas être aussi simple » ? Agissez et débrouillez-vous pour que je sois satisfaite. Sinon... je risque de perdre patience.

David et Hypatie ouvrent les yeux. Des oiseaux pascuans, frégates et sternes, tournoient au-dessus d'eux. Ils s'extraient, se débarrassent du pétrole qui les recouvre et se rhabillent. David sort son smartphone et compose le numéro personnel du président Drouin.

194.

Ce ne sont pas des étoiles filantes. Les trois fusées Catapulta sont de retour avec leurs charges. Elles se mettent en position et procèdent à la mission « Goliath » qui leur a été confiée.

Le premier projectile libéré par la première fusée micro-humaine a pour cible Pékin. Le rocher massif pesant plusieurs millions de tonnes percute la cité millénaire entraînant non seulement l'écrasement de tous les bâtiments de la ville mais aussi, par effet de souffle, ceux de tous les alentours jusqu'à la Corée du Nord. Des centrales nucléaires chinoises et nord-coréennes explosent, répandant un nuage radioactif sur toute la région qui, poussé par les vents, touche la Mongolie et la Russie.

Le deuxième astéroïde, de volume légèrement supérieur, largué par Catapulta 2, touche la ville de Téhéran. Là encore la ville est écrasée, aplatie, enfoncée. L'onde de choc est perçue jusqu'en Afghanistan, en Irak, au Turkménistan et en Azerbaïdjan. Le séisme désarticule des centrales nucléaires secrètes, celles-là mêmes qui avaient permis la mise au point de la bombe qui a frappé Micropolis.

Enfin le troisième astéroïde frappe la capitale vénézuélienne Caracas. Il génère un séisme qui touche le nord du Brésil, l'est de la Colombie ainsi qu'un tsunami qui se répercute jusqu'à Cuba.

Des villes à forte densité de population d'Asie, du Moyen-Orient et d'Amérique du Sud sont irrémédiablement détruites.

Les poussières générées par les trois chocs opacifient totalement l'atmosphère. En se tassant et en se rejoignant, ces nuages sombres participent à l'obscurcissement du ciel.

Une nuit artificielle recouvre peu à peu tout le globe terrestre.

195. ENCYCLOPÉDIE : PARASITES ET BACTÉRIES

Il existe deux comportements possibles pour une espèce vivant au détriment d'une autre.

Le premier est celui du parasite. C'est celui par exemple des puces, des moustiques, des ténias. Ils ne doivent pas tuer l'organisme pourvoyeur de nourriture, sinon ils se tuent eux-mêmes.

Le second est celui des bactéries. Elles prolifèrent, mutent sur l'organisme et n'ont pas conscience que si celui-ci meurt, elles risquent de mourir aussi.

Nous-mêmes, humains, en tant qu'espèce locataire, nous aurons toujours ce choix :

1) nous comporter comme des parasites soucieux d'épargner l'hôte qui nous fait vivre.

2) nous comporter comme des bactéries inconscientes qui se fichent de détruire l'hôte du moment qu'elles prolifèrent.

Edmond Wells,
Encyclopédie du Savoir Relatif et Absolu, Tome XI.

196.

La reine 666 scrute les images de la Terre qui lui parviennent depuis les télescopes luniens.

Elle ignore pour l'instant les effets exacts de la mission « Goliath » mais elle a une conviction : *Tous ceux qui ont participé à cette ignominie doivent payer. 1) Les Chinois. 2) Les Iraniens. 3) Les Vénézuéliens.*

Elle ferme les yeux et se souvient de la légende biblique de Goliath.

Un guerrier d'une taille démesurée voulait faire du mal aux hommes de plus petite taille. Et puis David est arrivé, il a utilisé une fronde pour le tuer en lui lançant un caillou au visage, Goliath est tombé, alors David l'a achevé en lui coupant la tête.

Elle se retourne et, imitant la reine, saisit un fume-cigarette, place une cigarette et aspire le gaz chaud. Cela la fait tousser.

Quel plaisir peut-il y avoir à se salir les poumons ? se demande-t-elle sans quitter des yeux les images des télescopes qui filment la Terre masquée par son nuage jusqu'à ses pôles Sud et Nord.

Destruction de ville pour destruction de ville.

Million de morts pour million de morts.

À la nuance près qu'elle n'a toujours pas la moindre information sur l'impact de la mission Goliath.

… Et nos astéroïdes dans vos visages.

Emma 103 la rejoint pour l'informer des dernières observations des scanners radiométriques.

— Combien de morts aux premières estimations ?

— Cela dépend de tant de choses dont nous ne pouvons mesurer la portée…

— Vous voulez dire, 103, qu'il pourrait y avoir un effet destructeur beaucoup plus important que prévu ?

La reine souffle la fumée, la ministre tousse dans sa main.

Les deux Emachs luniennes se tournent vers la baie où se distingue la Terre recouverte d'un manteau nuageux gris sale qui la fait ressembler à une perle.

— Nous étions propres, maintenant nous ne le sommes plus. La différence entre eux et nous a toujours été le passé. Ils sont souillés par les crimes de leurs ancêtres. Nous sommes (du moins nous « étions ») exempts de cette noirceur. Les actes des Grands ont toujours été influencés par cet héritage invisible, les « horreurs de leurs ancêtres, enfouies et oubliées ».

— Désormais nous aussi nous avons perdu notre innocence, reconnaît la ministre des Sciences.

— Les Grands nous ont forcés à nous comporter comme eux. C'est peut-être cela qui sera le plus dur à leur pardonner.

La ministre observe la boule grise.

— Je crains que nous ayons causé beaucoup de dégâts.

— C'est le ticket d'entrée moderne dans l'espèce. À chaque évolution technologique, son évolution dans l'efficacité des massacres.

— Bon sang, que peut-il bien se passer sous cette chape d'épais nuages ? Comment savoir s'il y a des survivants ? Pourquoi n'émettent-ils plus de signaux depuis la surface ?

Pour se donner contenance, la reine aspire son fume-cigarette et la fumée anesthésie sa gorge. Elle se dirige vers une table où se trouve un jeu d'échecs heptagonal, enlève les pièces, les unes après les autres, comme pour voir comment serait l'échiquier vide. Elle ne laisse qu'un camp mauve avec une reine, un fou et huit pions.

— Il y a désormais une possibilité pour que nous, les dix mille Emachs luniens, soyons les derniers humains de l'Univers.

— Vous oubliez les Papilloniens, dit Emma 103 en ramassant un cheval noir et un roi noir et en les replaçant sur l'échiquier. Et je crois savoir que nous avons aussi deux pièces encore positionnées chez eux.

Et elle ajoute deux pions mauves au milieu des pièces noires.

197.

Qu'est-ce qui s'est passé ?
C'est allé si vite.
Trois astéroïdes lancés dans ma croûte.
J'ai espéré qu'ils soient féconds, mais non, ils n'avaient pas la moindre trace de vie dans leur cœur, c'étaient juste trois caillasses.
Cela m'a fait mal. Encore plus que leur bombe atomique sur les Açores.
Et depuis tout est silencieux, froid et immobile.
Là où jadis cela me démangeait, j'ai l'impression qu'il ne se passe plus rien.
Je me sens engourdie, comme anesthésiée.

198. ENCYCLOPÉDIE : PROPHÉTIE HOPI

Selon les Indiens Hopis d'Arizona, notre monde a déjà été détruit trois fois, et il est né trois fois.
Le premier monde a été détruit par le feu des volcans et des météorites.
Le deuxième a été détruit par le froid d'une période glaciaire.
Le troisième a été englouti par la mer (référence à une île géante engloutie dans l'océan).
Nous sommes actuellement dans le quatrième monde.
Chaque période a vu l'augmentation des pouvoirs matériels et la baisse des pouvoirs spirituels de l'humain.
Les Hopis ont prévu l'arrivée par l'est d'une race d'hommes barbus à la peau claire montés sur des animaux étranges et utilisant des armes inconnues crachant du feu et ayant pour emblème la Croix.
Ils avaient annoncé que ces hommes briseraient l'harmonie avec la Terre-Mère et feraient entrer l'humanité dans une période de déséquilibre appelée « Koyaanisqatsi » (ce qui plus tard a donné un film du même nom).
Ils avaient prévu la bombe atomique (« une gourde de cendre qui tomberait du ciel faisant bouillir la mer et brûlant la terre »), la création de l'ONU (l'Assemblée de tous les chefs d'État du monde réu-

nis à l'est) et la conquête de la Lune (la prophétie annonce : « L'aigle marchera sur la Lune », or la capsule d'Apollo 11 en 1969 se nommait Eagle 1). Selon les Hopis, le quatrième monde touche à sa fin. Ils prévoient une Troisième Guerre mondiale de grande ampleur qui purifiera par le feu le monde et terminera la période déséquilibrée du Koyaanisqatsi. Ils prévoient des signes d'avertissement progressifs de l'approche de cette épreuve :

« Un cheval de fer viendra de l'est » (allusion probable aux trains).

« L'homme blanc tendra des fils de métal au-dessus de la terre » (les lignes télégraphiques puis téléphoniques puis électriques ?).

« Des toiles d'araignées sillonneront le ciel » (traînées de condensation des réacteurs d'avions ?).

« L'homme blanc créera une gangue de cendres qui empoisonnera la Terre et la rendra stérile aux générations futures » (allusion aux effets des bombes atomiques ? Notons que les essais des bombes se firent au Nouveau-Mexique assez près des terres sacrées des Hopis d'Arizona).

« Une tribu d'hommes vêtus de capes et coiffés de chapeaux rouges viendront de l'est en voyageant par les airs. » (Cette prophétie évoquée par le chef Hopi Thomas Banyacya, fut aussi donnée par le Lama bouddhiste tibétain Padmasambhava. « Quand l'oiseau de fer volera, le peuple tibétain sera dispersé sur la Terre comme des fourmis et le Dharma viendra au pays des hommes rouges. » Or, depuis 1970, il y a une relation directe entre les Tibétains et les Hopis qui se rendent visite mutuellement.)

La prophétie annonce aussi : « L'homme blanc

construira une maison permanente dans le ciel » (la station orbitale internationale ?).
Quand tous les avertissements seront livrés, la Troisième Guerre mondiale éclatera et purifiera par le feu le monde imparfait.
Après cette crise le monde rentrera dans sa cinquième période, purifié et revivifié.
Tous les chefs d'État de la Terre qui auront survécu à cette épreuve se réuniront en assemblée et seront prêts à entendre le message de Paix et d'Harmonie des Indiens Hopis.

Edmond Wells,
Encyclopédie du Savoir Relatif et Absolu, Tome XI.

199.

BILAN DE CRISE – Ceci est le premier journal diffusable depuis que nous sommes arrivés à réactiver l'émetteur de secours de la station. Vous pouvez le recevoir si vous disposez d'un récepteur d'antenne en hauteur, sur votre toit par exemple.

Il semble que les séismes, les typhons, les retombées nucléaires se soient apaisés. Il pleut en permanence mais les transmissions radio fonctionnent à nouveau. Nous essayons donc de faire un état des lieux.

La responsabilité des Emachs dans le bombardement d'astéroïdes qui n'était au début qu'une hypothèse est confirmée par les vidéos que nous avons pu retrouver dans les télescopes de haute montagne. Ces appareils ont clairement pu filmer les fusées emachs en approche et tirant par des câbles les astéroïdes selon la technique dite « Catapulta ». Il semble que les Micro-Humains aient utilisé des outils balistiques très complexes de type fronde (avec calcul de tangente au kilomètre près) pour envoyer l'astéroïde exactement où ils le souhaitaient. C'est-à-dire sur les capitales des pays tenus responsables de la bombe atomique sur Micropolis. Il s'agirait donc d'un acte de vengeance d'une ampleur démesurée.

DÉMOGRAPHIE – Selon une première estimation faite par le CDM, le Centre Démographique Mondial recoupant toutes les données reçues, un chiffre est évoqué : quatre milliards de morts. Quatre milliards, soit donc la moitié de l'humanité. La population humaine, recensée à approximativement huit milliards d'individus avant la Troisième Guerre mondiale, est désormais passée à… quatre milliards d'individus.

ATMOSPHÈRE – Les nuées de poussières provoquées par l'impact des astéroïdes, mais aussi par les centrales nucléaires touchées directement ou indirectement par les projectiles, ont rendu l'atmosphère toxique dans les régions qui apparaissent sur cette carte. Nous prions toutes les personnes proches de fuir ces régions et de se mettre rapidement en contact avec les autorités, les représentants de la Croix-Rouge ou les antennes des organisations de premiers secours de l'ONU. Les pluies permanentes ne sont pas partout acides ou irradiées, mais mieux vaut rester à l'abri et sortir le moins possible.

RECOMMANDATION – Durant la période dite d'« accablement post-apocalyptique », nous conseillons aux populations de ne pas boire l'eau du robinet. Les bouteilles doivent être capsulées ou l'eau d'abord portée à ébullition. Buvez plutôt des sodas ou des alcools. Les risques d'épidémies de choléra et de peste sont réels. N'approchez pas des chiens errants ou des pigeons. Méfiez-vous des mouches et des moustiques qui transportent des virus ou des bactéries mortels. Ne touchez pas les cadavres humains, laissez les services sanitaires s'en occuper. De manière générale, cherchez un abri sûr où vous aurez accès à des réserves de nourritures consommables puis allumez vos radios, télévisions, smartphone ou ordinateur pour entendre les consignes de sécurité.

DISPARUS – Un service des disparus va être créé sur Internet où chacun pourra mettre le nom des personnes dont il n'a plus de nouvelles. De même, un service regroupant toutes les personnes souhaitant rejoindre des associations caritatives pour aider aux soins ou à la reconstruction sera bientôt installé sur ce même site.

MÉTÉO – Selon notre expert local, la pluie devrait continuer dans les jours qui suivent.

200.

Le poing s'abat sur le pupitre.

— Trois mois ! C'était il y a trois mois et nous commençons à peine à nous remettre de cette monstrueuse gifle ! Je ne sais pas si l'on doit se lamenter de la mort d'autant d'humains ou nous réjouir qu'il y ait encore des survivants.

Le président de l'ONU, Stanislas Drouin, fixe la salle silencieuse, bat des paupières, son épuisement est palpable.

Il pense aux événements d'après la Catastrophe.

Le ciel s'était d'un coup obscurci, et il s'était installé une nuit grise permanente. Beaucoup craignaient que plus jamais on ne revoie le soleil, et qu'il devienne nécessaire de s'habituer à vivre dans l'obscurité.

Après la nuit, il y a eu la pluie.

Comme si la masse nuageuse semblait ne jamais cesser de couler. Stanislas Drouin avait songé : *La Terre pleure.*

À la nuit et la pluie, s'était bientôt ajouté le froid, les rayons du soleil ne franchissaient que difficilement cette atmosphère opaque.

Les premiers jours, les humains avaient subi cette pluie telle une pluie normale, mais lorsqu'elle s'était installée en phénomène permanent, elle avait commencé à agir sur les esprits.

Sortir de chez soi consistait à prendre une douche et revenir trempé. L'eau s'insinuait partout, les fleuves débordaient, les ruisseaux s'élargissaient, marcher dans une plaine ou un champ, c'était patauger dans la boue. La planète semblait avoir choisi de privilégier les grenouilles, les salamandres et les escargots sur tous les animaux à poil ou à fourrure.

Stanislas Drouin se souvient de ses sensations. Sa peau avait semblé se décoller, ses pieds étaient gonflés, ses cheveux toujours poisseux. Lorsqu'il sortait de chez lui et levait les yeux vers le ciel gris foncé, il ne distinguait que des gouttes épaisses qui fendaient l'air comme des lances de cristal.

Et puis le bruit des gouttes.

Rien que d'y penser il a un frisson de dégoût. Un crépitement permanent sur les toits et les fenêtres.

Le bruit de l'eau qui flagelle le monde.

Il y avait eu l'impact moral. Tel le supplice chinois de la goutte sur le front du condamné, l'eau avait rendu des millions d'humains déments. Beaucoup étaient devenus allergiques à la pluie. Certains sortaient, recevaient la douche pendant des heures, puis hurlaient avant de s'effondrer pour se noyer dans les flaques. On appelait ce comportement « dégorger ».

La boue avait transformé les terrains en sables mouvants et des imprudents avaient succombé, lentement ensevelis.

De nouvelles maladies étaient apparues, liées à l'humidité. L'une d'elles fut baptisée la « Rouille ». Plus que de simples rhumatismes touchant jeunes et vieux, la rouille attaquait d'un coup les articulations pour les rendre douloureuses au point de ne plus pouvoir marcher ou se tenir en position verticale.

Stanislas Drouin inspire à nouveau, puis poursuit son discours.

— Il y a des conséquences mais aussi des causes. Personne ne pourra nier que cette catastrophe est liée à l'inconscience de certains. Je propose donc, pour commencer : 1) l'installation officielle d'une paix entre les deux alliances orientales et occidentales, Yin et Yang.

Murmure général d'approbation dans la salle occupée par les chefs d'État survivants.

— Dans ce cadre, je propose le respect des anciennes frontières qui préexistaient avant la Troisième Guerre mondiale. Toutes, j'ai bien dit, toutes, au centimètre près.

Nouveau murmure d'approbation.

— 2) À titre préventif, j'ai pris l'initiative d'un projet d'une « armée de police mondiale ». Une armée qui surpasse toutes les armées nationales, et qui soit capable de faire régner la paix de gré ou de force, et de punir automatiquement et sans le moindre vote tous ceux qui prendraient l'initiative de la remettre en question.

La salle, là encore, semble adhérer.

— 3) Dans le cadre du dernier aménagement, tous les États devront délivrer 75 % de leur ancien budget militaire à la création de cette armée de police mondiale supervisée par l'ONU. L'avantage de cette résolution est aussi d'obliger les États à se contenter de 25 % pour payer leur propre armée nationale, ce qui du coup les rendra moins aptes à guerroyer.

Cette fois l'enthousiasme n'est plus au rendez-vous dans l'assistance. Stanislas Drouin tape à nouveau du poing sur son pupitre.

— En fait, ce n'est pas une proposition mais une nécessité absolue ! Cette armée de police mondiale est la seule manière de garantir que ce genre de (passez-moi l'expression mais quand même) ce genre de « connerie » ne se reproduise plus.

Le président a martelé le mot pour être sûr de son effet.

— Quand il existe deux cents États, il existe forcément deux cents chances pour qu'un dirigeant mégalomane, fou, ou tout simplement agressif, ait envie de créer des problèmes rien que pour le plaisir de (excusez-moi encore) « foutre la merde » ! et d'avoir son nom inscrit dans les actualités et les livres d'histoire !!! Ne me contredisez pas, Tchang ! Ne me contredisez pas, Singh ! Ne me contredisez pas, Pavlov ! Ne me contredisez pas, Jaffar ! C'est comme cela depuis dix mille ans ! Il y a toujours un salopard qui fout tout en l'air pour faire son malin ! La différence, c'est que maintenant les armes de destruction massive changent la donne. Un simple humain peut produire à lui seul beaucoup de dégâts. A fortiori s'il est chef d'État. Puisque vous êtes comme des enfants, la création d'une « armée de police mondiale » efficace est la seule garantie d'une surveillance des mauvais élèves.

Réaction hostile de la salle qui cette fois conspue et siffle son président.

— Vous aviez la possibilité de vous montrer adultes, vous avez préféré faire les abrutis ! Eh bien, payez-en le prix !!! Et ce prix, c'est 75 % des budgets militaires !

— C'est impossible ! Ce serait la perte de notre souveraineté nationale !

— La souveraineté nationale, nous avons pu en constater les effets ! Si je puis me permettre, j'ai envie de me torcher avec vos nationalismes, vos religions, vos clans, vos tribus, vos frontières, vos traditions à la noix, bref tout ce qui fait que vous avez des voisins dont vous voulez violer les femmes, égorger les pères, mettre en esclavage les enfants et voler les richesses parce qu'ils ont des tribus, des traditions, des religions différentes !

— Calmez-vous, président Drouin, vous outrepassez vos prérogatives !

— Qui me parle ? Vous, président-dictateur Mogabe, qui vivez sur le dos de votre population ?

Eh bien non, je n'ai pas envie de me calmer. Vous avez montré, tous autant que vous êtes, que vous étiez des chefs d'État égoïstes, sans perspectives pour les générations futures, alors c'est à moi désormais de prendre les choses en main.

Comme personne n'ose le contredire à ce point du discours, il enchaîne :

— Après tout, c'est vrai, notre assemblée fonctionne comme une classe avec deux cents élèves turbulents et aucune réelle autorité pour les diriger, aucune sanction pour les plus cancres. Et je rappelle (pour ceux qui l'auraient oublié) que sur ces deux cents élèves il n'y a que vingt démocraties avec opposition et presse libre, les cent quatre-vingts autres étant des régimes plus ou moins autocratiques et plus ou moins corrompus tenus par des systèmes plus ou moins mafieux.

— Il nous insulte ! clame aussitôt le président Mogabe, voulant rallier une majorité de soutiens.

— Cent quatre-vingts États sont dirigés par des autocrates, cent quatre-vingts ! Ne croyez-vous pas que les risques d'avoir des problèmes parmi ces petits caïds régionaux sont réels ? Que ferait un professeur avec une classe de cent quatre-vingts voyous, dont certains sont violents, tricheurs, voire complètement cinglés ?

Cette fois des huées fusent depuis les rangs du fond.

— En prenant l'hypothèse que nous sommes des élèves, ce n'est pas vous, monsieur Drouin, qui êtes notre professeur ! Et puis pour commencer revoyez votre mathématique… recomptez mieux, il n'y a plus deux cents élèves, mais cent quatre-vingt-dix-neuf. Vous oubliez l'éviction de la nation micro-humaine. Avant de vouloir donner des leçons aux autres, il faudrait déjà être capable de compter le nombre d'élèves qu'on prétend diriger dans sa classe, signale le président équatorien Gonzalez.

Stanislas Drouin ne se laisse pas troubler.

— Alors considérez-moi non pas comme un professeur mais comme un coordinateur et un initiateur des actions urgentes.

— Drouin ! Vous voulez la mondialisation forcée ! Vous êtes en train de nous imposer un gouvernement mondial que nous abhorrons tous et dont vous serez le chef, évidemment, dénonce le président grec Makarios.

— Plus un organisme devient vaste et complexe, plus il est fragile et nécessite un système nerveux centralisé. L'humanité d'aujourd'hui n'est plus celle du Moyen Âge. Nous ne pourrons pas vivre toujours avec des fiefs et des barons qui font régner leur loi particulière sur leurs terres. Il faut un système central capable de vision globale sur le long terme, et qui ne dépende pas des intérêts des uns et des autres. Voilà longtemps que nous le savons tous. C'est le sens de l'évolution de toutes les politiques. Et c'est ce qui va s'accomplir de toute manière. Nous avons déjà l'OMS, qui correspond à un ministère mondial de la Santé. Nous avons déjà le FMI, qui pourrait être associé à un ministère mondial des Finances. L'OMC, ministère mondial du Commerce. L'OIT, ministère mondial du Travail. Je vous propose donc de créer un ministère mondial supplémentaire, celui de la Défense, car nous avons besoin d'une défense mondiale comme un organisme a besoin d'un système immunitaire global et non pas sectorisé.

La salle ne se calme pas.

— Dans quel état de santé seriez-vous si votre main avait son propre système immunitaire, différent de celui de vos pieds, et s'ils ne voulaient ni communiquer ni cesser de se faire la guerre ?

Cette métaphore osée impose un silence poli, alors l'homme sur l'estrade poursuit.

— Le sens de l'évolution est un « système nerveux global ». L'ONU sera ce cerveau qui prendra les décisions pour l'intérêt général de l'organisme « communauté humaine » enfin unifié. Et ne vous plaignez pas, c'est vous qui êtes les mieux placés pour devenir les neurones décisionnaires de ce futur gouvernement mondial.

— Tyran ! Nous n'avons pas besoin de vous, Drouin ! Vous vous prenez pour César ? Souvenez-vous qu'en voulant devenir empereur du monde il a reçu les coups de couteau de tous les sénateurs ! clame le président italien Filipini.

— Et voilà ! vous ne savez que parler par la menace, la violence, l'insulte. Encore une fois, réfléchissez. Est-ce que dans notre corps les intestins considèrent anormal que ce soit le cerveau qui prenne les décisions ? Est-ce que dans notre corps les yeux, les dents, la bouche, le sexe, les mains remettent en question l'intérêt d'un système nerveux centralisé ? Je vous pose la question, messieurs les contradicteurs : est-ce que le cerveau est le tyran de notre corps ?

La salle semble se calmer. C'est le président chinois Tchang qui reprend la parole.

— Encore faut-il savoir comment nous sélectionnerons les décideurs. Vous parlez de neurones, mais pourquoi on écouterait ce neurone plutôt que cet autre ? Et puis il y a des neurones qui ne fonctionnent pas bien, et d'autres qui comprennent de travers. Il y a des cerveaux bêtes et des cerveaux fous. Et si le cerveau se trompe, rien ne sera sauvable.

— Eh bien, il ne tient qu'à nous de définir un système de désignation des neurones actifs, par élection, ou par sélection d'un groupe de sages reconnus par la majorité. Pour l'instant, le plus urgent, après la terrible épreuve que nous venons de traverser, est d'unifier nos talents, nos forces, nos défenses.

Une voix s'élève du fond de la salle.

— Comme première urgence, il y a le châtiment de ceux qui ont détruit la planète, lance le président iranien Jaffar. Il faut éliminer les derniers Micro-Humains, sinon ils pourront recommencer à nous bombarder d'astéroïdes depuis leur cité lunaire.

— L'urgence est tout d'abord de voter la paix entre nous. Donc, je répète, je vous propose la « loi d'urgence post-apocalyptique », comprenant neuf volets :

1) Déclaration de paix mondiale.

2) Retour aux frontières anciennes.

3) Restitution des prisonniers de tous les camps ainsi que libre accès aux charniers et aux corps.

4) Programme de construction de camps d'hébergement servant d'abri temporaire pour les survivants des zones sinistrées.

5) Reconstruction des ponts, routes et aéroports touchés.

6) Accroissement du pouvoir de l'ONU, devenant de fait une sorte de gouvernement mondial.

7) Constitution d'une armée mondiale.

8) Constitution d'une police mondiale contrôlant la corruption et la finance.

9) Création d'un fonds mondial pour financer les points précédents.

Le vote, effectué dans la foulée, donne 111 voix pour et 88 voix contre.

La salle s'apaise. Drouin s'assoit, boit un verre d'eau, puis, après avoir repris sa respiration, se relève :

— Maintenant, passons au point évoqué par le président Jaffar. Je veux parler du « Problème MH », pour Micro-Humain. L'enquête est terminée et je dois reconnaître qu'il n'y a désormais plus de doute…

Il baisse les yeux.

— Les astéroïdes ont été délibérément projetés sur la Terre par des fusées emachs de type Catapulta.

Une rumeur hostile enfle.

— À MORT TOUS LES EMACHS ! vocifère le représentant vénézuélien.

Beaucoup reprennent des slogans hostiles aux Micro-Humains. Le président Drouin tape du maillet pour essayer de rétablir le silence, et poursuit :

— J'ai reçu vos notes, et je sais que beaucoup parmi vous exigent une sanction exemplaire des responsables de ce drame. Dois-je vous rappeler que les Micro-Humains ont déjà été punis, par une bombe atomique lancée par certains d'entre vous ? Et qu'il y a aussi une enquête pour savoir qui est responsable de cette abomination ?

Le dernier point semble ne pas avoir été entendu par l'assistance.

— Il y a encore des Emachs vivants sur la Lune ! Il faut traquer les derniers de ces gnomes ! Qu'il n'y en ait plus un seul vivant où que ce soit ! reprend le président vénézuélien.

— Vous voulez quoi ? L'élimination d'une... espèce entière ? Un « ethnocide » ?

— Ce sont nos prédateurs naturels. Si on ne fait rien, cela risque de se reproduire et alors ce sont les Homo sapiens qui seront en danger de disparition ! Dois-je vous rappeler que les Homo neanderthalensis ont jadis été des rivaux, ils ont eux aussi défié nos ancêtres et ont fini par disparaître ? C'était eux ou nous, c'est encore eux ou nous.

Beaucoup approuvent :

— Pas besoin de procès. N'est-ce pas à cela que sert l'armée de l'ONU que nous venons d'accepter de former : protéger l'humanité Homo sapiens contre ses agresseurs ? demande le président chinois Tchang.

— Tant qu'il y aura une station lunaire avec des Emachs vivants, ce sera une épée de Damoclès au-dessus de nos têtes et de celles de nos enfants. Nous regarderons la Lune comme un lieu d'où peut surgir l'enfer.

— Ils doivent être éradiqués jusqu'au dernier, sinon nous savons qu'ils pourront se reproduire ailleurs et toujours nous menacer, insiste le Chinois.

— Nous pourrions en garder un ou deux. Dans un zoo, propose le roi saoudien qui se souvient que jadis Emma 109 les avait sauvés d'une attaque de missile.

Un débat s'ouvre.

— Même dans des zoos, ils seraient dangereux. Je propose qu'on en récupère en effet un ou deux, un mâle et une femelle par exemple, mais pour les empailler et les montrer aux enfants, en guise d'avertissement, en les associant clairement aux dégâts qu'ils ont causés. Comme nous montrerions les criquets puis les champs dévastés.

— Oui, un mâle et une femelle empaillés dans un musée des horreurs pour faire peur, ce serait acceptable, concède l'Iranien.

À nouveau, quelques rires nerveux défoulatoires. Drouin en est gêné, cependant il sait qu'il ne pourra aller contre l'avis de tous les membres de l'assemblée.

— Eh bien dans ce cas votons pour cette proposition.

Cette fois, il décompte 195 voix pour la destruction du centre lunaire et de tous les Emachs, 4 abstentions, aucune voix contre.

— Ce sera un excellent test pour notre nouvelle « Armée mondiale » initiée et financée par tous les États, rappelle le président chinois Tchang, toujours pragmatique.

— Très bien, nous pouvons considérer que la solution, hum : « destruction totale plus empaillage d'un couple de Micro-Humains » a été choisie. Eh bien, puisque telle est votre volonté collective, demain les Emachs ne seront plus qu'un souvenir. Une espèce est née, une espèce s'est trompée dans ses choix, une espèce a succombé. Ils s'appelaient « Homo metamorphosis », ils seront un jour étudiés comme les autres humanoïdes disparus, Homo neanderthalensis, ou Homo floresiensis.

Cependant une voix s'élève encore, c'est le président des Maldives.

— Il existe un autre problème majeur que nous n'avons pas évoqué : la Terre est malade. La pluie est encore l'élément météorologique majoritaire. Il y a des microséismes qui sont comme des frissons un peu partout sur les cinq continents. Une montée de température que je pense être comme une fièvre. C'est la conséquence des trois uppercuts d'astéroïdes. Il faudrait faire quelque chose pour soigner la planète.

— Désolé, président, nous remettrons cela à une prochaine réunion, pour l'instant nous allons régler le plus urgent : la paix des humains et la guerre aux Micro-Humains.

L'assemblée des représentants de toute l'humanité approuve, apaisée par les choix qu'elle vient de voter. Désormais, tous ont l'impression qu'ils ont repris le contrôle d'une situation chaotique.

201.

Le smartphone mauve est entre ses mains.

Comme il n'y a plus de touche « Micropolis » efficace, Natalia Ovitz active celle où est inscrit « Lunapolis ».

La ligne sonne plusieurs fois, puis une voix lointaine se fait entendre : une respiration. Surprise, elle attend, et comme la respiration persiste, elle tente un dialogue :

— ... Allô ?... Je suis le colonel Ovitz, la représentante de la France à l'ONU. Puis-je parler à votre nouvelle reine...

— ... Natalia ? C'est moi, Emma 666.

— Vous êtes sûre que le cryptage est efficace, Majesté ?

— Vous avez peur que vos congénères vous entendent trahir leur espèce ?

— Je voulais vous avertir, Majesté, ils ont voté votre destruction totale.

Un silence suit.

— Je ne regrette pas ma décision. C'était de la légitime défense. De ce que je me souviens avoir étudié de votre histoire, lors de votre Deuxième Guerre mondiale après l'attaque de Pearl Harbor il y a eu en représailles le bombardement d'Hiroshima. Après l'attaque des Açores, il y a donc eu en représailles les trois astéroïdes sur Pékin, Téhéran, Caracas. Ce n'est même pas une représaille proportionnée. Les Grands ont tué 99 % des miens, nous n'avons fait « que » tuer 50 % des vôtres. Et personne n'avait demandé une enquête, pas de procès ou même une possibilité de condamnation efficace des responsables de ce crime.

Natalia déglutit.

— L'idée que vous puissiez recommencer les terrifie. Ils vont tous s'unir pour trouver le moyen de vous annihiler. Ils ont déjà baptisé cette expédition l'« Invincible Armada » en référence à une armada qui a jadis été réunie pour une guerre punitive.

— … Je connais très bien cette référence historique, c'est la guerre qui a opposé la flotte espagnole et la flotte anglaise au XVIe siècle. Eh bien nous allons prévoir des armes de défense contre cette « Armada terrienne ». Une course en perspective, entre leurs armes de destruction et nos armes de protection. À nous de nous montrer plus forts et plus imaginatifs. Si je ne m'abuse, l'Invincible Armada espagnole a été vaincue par les Anglais.

— Ils ont dû l'oublier, ils n'ont retenu que l'idée d'une flotte destructrice pour partir à l'assaut d'un bastion lointain.

Soudain son smartphone s'éclaire et, après le son, l'image apparaît sur l'écran.

Natalia est surprise que les Micro-Humains aient poussé leur prouesse technologique jusqu'à permettre une communication audiovisuelle cryptée entre la Terre et la Lune. Sur son écran de visiophone elle voit que la reine tourne dans son bureau. Natalia distingue même derrière le jeu d'échecs heptagonal.

— À dire vrai, nous nous y attendions, et nous avons lancé la fabrication de systèmes de protection avec nos moyens locaux.

— Des fusées d'interception ? Vous voulez faire un combat dans l'espace entre engins luniens et engins terriens ?

— « La Lune contre la Terre », un joli titre de film, vous ne trouvez pas, colonel Ovitz ? À moins que vous ne préfériez « Les enfants de David contre les enfants de Goliath » ?

— Et vos engins luniens sont des petites fusées, je présume ?

— Je ne peux rien vous révéler de plus. Vous êtes une Grande malgré tout, Natalia, donc une ennemie désormais. De toute façon, je pense que cela prendra du temps avant qu'ils arrivent à monter un vrai programme spatial militaire.

— Je les connais. Il y aura beaucoup de moyens investis contre vous.

— À nous de trouver la parade, colonel Ovitz.

— J'admire votre flegme, Majesté.

La nouvelle reine tourne dans la pièce.

— Combien de temps selon vous, colonel, pour mettre au point une expédition militaire sur la Lune ?

— Cela peut être rapide.

— Je croyais que tout était en ruine au sol.

— Il y a des zones épargnées et de gros moyens investis. C'est devenu un enjeu prioritaire pour toutes les nations et un moyen de tester l'efficacité de cette nouvelle Armée mondiale de l'ONU. La haine contre vous unit, c'est presque le plus petit dénominateur commun à tous les Terriens. Drouin doit montrer qu'il a eu raison de monter cette armée. Il en va de sa crédibilité. Il ne vous fera aucun cadeau.

— Désormais, si je comprends bien, c'est « vous ou nous ».

— J'aurais préféré vous annoncer de meilleures nouvelles, Majesté, mais la période est comment dire… un peu émotionnelle. Sans recul. Plus personne ne réfléchit, tout le monde veut la guerre pour exorciser la guerre.

— Le sang lave le sang, c'est ça ?

— Comme vous l'avez fait vous-même, Majesté. Et c'était une erreur tactique.

— Il est difficile de changer les mentalités de toute une espèce en si peu de temps, n'est-ce pas ? Quoi qu'il arrive, colonel Ovitz, je vous suis reconnaissante de nous avoir avertis. Mais il faut que vous sachiez deux choses : je ne regrette rien et je n'ai pas peur de votre Invincible Armada.

Elle raccroche le smartphone mauve, et Natalia regarde Martin qui affiche un air navré, en dévoilant ses lois de Murphy du moment :

312. Il faut avoir longtemps cherché sans trouver, pour trouver sans chercher.

313. L'Histoire ne se répète jamais exactement de la même manière, mais ce sont les historiens qui, par paresse, répètent ce que disaient les historiens précédents.
314. Si vous ne réussissez pas du premier coup, changez la définition de la réussite.

Natalia, derrière la fenêtre, regarde la pluie qui n'en finit pas de tomber. Elle songe à improviser une loi de Murphy personnelle.

315. L'expérience permet de faire de nouvelles erreurs, plutôt que de recommencer les erreurs anciennes.

— Embrasse-moi, dit-elle à Martin Janicot.

Il la prend dans ses bras, la serre fort et l'embrasse.

— Au moins que, quelque part, dans ce monde perturbé, il y ait un peu d'amour !..., explique-t-elle.

202.

Les services spéciaux de Stanislas Drouin ont intercepté toute la conversation entre Natalia et la reine, grâce au nouveau système de décryptage.

Le président de l'ONU connaît désormais la situation des Luniens. Il décroche son téléphone et appelle aussitôt son homologue russe.

— Ils sont en train de fabriquer des moyens de défense pour intercepter notre Armada.

— Des fusées ? Des missiles Lune-air ?

— Probablement les deux.

— Mais ils n'ont plus d'usine, ni de forge, ni d'atelier de précision.

— Avec les Micro-Humains, on ne sait jamais. Ils sont très débrouillards. Et puis nous n'avons pas pu identifier ce qu'ils emportaient dans leurs cargaisons vers la Lune.

— Très bien, Drouin, alors on accélère la mise en place de notre flotte d'attaque et on installe des systèmes de canons-lasers pour tirer dans l'espace si cela s'avère nécessaire.

— Dans combien de temps pensez-vous être prêts, président Pavlov ?

— Quelques jours. Vous savez, nous avons encore beaucoup de matériel, armes, vaisseaux, bombes, en réserve dans nos abris secrets.

— Quelle que soit leur débrouillardise, les Micro-Humains de la Lune n'auront pas eu le temps de développer des armes de pointe.

Stanislas Drouin, amer, compose un autre numéro, sans enthousiasme.

203.

Rébecca Timsit a raccroché, elle affiche un visage préoccupé.

— L'ONU a voté leur élimination.

Puis, comme si les Micro-Humains n'étaient pas là, elle se tourne vers son compagnon.

— Ils nous demandent d'exécuter les deux passagers clandestins et de les taxidermiser.

Sylvain Timsit pense avoir mal entendu, elle précise :

— Ils veulent que les générations suivantes puissent

voir la forme de leurs corps afin de comprendre les dangers de ce « genre d'expérience ».

Le capitaine du *Papillon des Étoiles* n'en croit pas ses oreilles.

— C'est le choix des représentants des nations terriennes, bref, de tous ceux qui parlent au nom des Homo sapiens. Les Metamorphosis sont officiellement considérés comme « espèce nuisible » au même titre que la mouche tsé-tsé, le moustique, le crotale, le grand requin blanc.

Les deux Micro-Humains présents, Emma 809 et Amédée 230, n'expriment toujours rien.

Sylvain Timsit réfléchit.

— « Nos » Emachs ne nous ont pas causé le moindre dommage. De ce que j'ai pu constater, ils se sont même parfaitement intégrés à l'équipage, rendant de multiples services grâce à leur petite taille.

Rébecca grimace.

— D'après la conversation que j'ai pu avoir avec le représentant de l'ONU, c'est leur esprit qui est dangereux. J'ai compris qu'ils sont considérés comme des humains concurrents, dans l'évolution animale.

— Et tu en penses quoi, Rébecca ? demande Sylvain, sans regarder les Emachs.

— Ils ont quand même tué de sang-froid et avec préméditation quatre milliards de nos congénères. C'est un fait indéniable.

— Et la menace d'humains concurrents pour la suprématie du monde animal ? Tu te vois chassée de ce vaisseau par nos charmants Emma et Amédée ?

Ils regardent le minuscule couple d'Emachs qui restent enlacés comme s'ils voulaient se rassurer.

— Le voyage durera selon tes propres calculs au moins mille deux cents ans. Dans mille deux cents ans, Emma et Amédée auront eu beaucoup d'enfants et de petits-enfants. Et nous, nous aurons forcément connu beaucoup d'épreuves. Les choses auront évolué, les mentalités aussi. Qui sait vers quoi s'orientera l'évolution interne du vaisseau.

Rébecca évite elle aussi les regards des deux principaux intéressés.

— Pour ce qui est des autres animaux de notre arche de Noé, on constate depuis peu que les volumineux sont malades et que les petits prolifèrent, annonce-t-elle. Les sangliers, les ânes, les chevaux, les moutons, les vaches, les chèvres sont affaiblis et ont des difficultés à se reproduire. Actuellement les rats, les cafards et les fourmis, par contre, sont en pleine expansion.

— Alors le professeur David Wells avait raison, livrés à eux-mêmes les animaux qui survivent sont les plus petits, les plus féminins et les plus sociaux, reconnaît Sylvain Timsit.

— Dans le futur, il est probable que les Micro-Humains prendront l'avantage sur leurs grands congénères devenus obsolètes, nos enfants, complète Rébecca.

— Vous voulez nous condamner pour ce que pourraient faire nos enfants à vos enfants ? demande alors Amédée d'une voix fluette.

Rébecca fait semblant de ne pas avoir entendu la question. Elle rappelle :

— C'est un ordre de l'ONU.

Sylvain fronce les sourcils.

— L'ONU ne nous a jamais soutenus. Ils ont même tout fait pour nous empêcher de décoller.

Elle désigne le couple.

— Ne te fie pas à leurs mines modestes, Sylvain, tu sais que certains de leurs leaders se prétendent nos successeurs sur Terre.

— Se « prétendaient ». Il n'en reste plus beaucoup. Dix mille Emachs survivants d'un côté pour quatre milliards de l'autre… Et tu oublies une chose, Rébecca, nous ne sommes plus des Terriens.

— Nous sommes toujours humains, rappelle Rébecca d'un ton sec.

— A priori eux aussi, répond Sylvain Timsit.

Alors, d'un geste, Rébecca attrape le couple d'Emachs. Ceux-ci n'opposent aucune résistance, et elle les enferme dans les toilettes qui jouxtent la cabine de pilotage.

— Donne-moi un seul argument en leur faveur et je l'écouterai.

Sylvain Timsit cherche quelques secondes, puis déclare :

— La « biodiversité ». Plus il y a de formes de vie différentes, plus elles s'enrichissent mutuellement. Nous le vérifions chaque jour au sein même de ce tube à essai géant qu'est le *Papillon des Étoiles 2*.

— Alors, au nom de la biodiversité, tu laisserais vivre un prédateur capable de détruire entièrement notre espèce ? Ils ne sont pas comme nous, ils sont comme des lions pour les gazelles… une menace de mort.

— Regardons le problème sous un autre angle. Est-ce que toutes les gazelles auraient intérêt à voter l'élimination des deux derniers lions ? Est-ce que les requins, les loups, les renards, les tigres devraient être éliminés parce qu'ils représentent des menaces pour l'existence des autres espèces ?

— C'est différent, ceux que tu m'as cités font partie de l'écosystème depuis des millions d'années. Cela leur donne des droits d'existence.

— En quoi l'ancienneté est-elle un gage de droit de vie ? Les dinosaures sont plus anciens que nous donc plus légitimes. La fonction des prédateurs est de nettoyer les excédents et accessoirement d'obliger leurs gibiers à muter pour trouver des parades : la fuite, le camouflage, l'agressivité, l'augmentation du nombre d'enfants. Une espèce qui n'a pas de menace, qui n'a pas de prédateur, qui ne court pas de risque est une espèce qui se sclérose.

Le couple Timsit s'affronte pour la première fois depuis le décollage.

— La Troisième Guerre mondiale a montré que notre pire prédateur était l'homme. Les Micro-Humains ont une utilité, ils nous obligent à nous améliorer, ils nous obligent à nous définir, ils nous obligent à nous poser de nouvelles questions et rien que pour cela ils sont plus qu'utiles, ils sont indispensables.

Sylvain inspire profondément pour s'oxygéner les neurones.

— Je ne veux pas me tromper de choix sur un sujet aussi déterminant, déclare-t-il sentencieusement.

— Alors je vais faire ce choix à ta place. IL FAUT LES ÉLIMINER. Si tu n'as pas ce courage, je l'aurai pour deux. De toute façon, même si tu choisissais de les sauver, tu ne pourrais pas toujours les surveiller.

Il y aura forcément un moment où ils dormiront et où tu dormiras, et je les éliminerai et tout sera fini. Les Emachs ne seront ni nos successeurs ni nos fossoyeurs sur Terre, sur ce vaisseau ou sur n'importe quelle autre planète.

— OK, tu m'as convaincu, déclare-t-il. Nous les épargnerons. C'est ma décision et je l'assume. Quant à toi, eh bien essaie de les tuer si cela te chante, mais je vais mettre dès maintenant trois gardes pour les surveiller et les protéger.

Tous deux se défient du regard.

— J'aimerais que tu imagines nos petits-enfants qui risquent d'être confrontés à ces « lutins ». Tu connais la légende proclamée par David Wells, leur inventeur… Dans le passé, les Grands Humains de l'Atlantide ont été éliminés par les Petits Humains qu'ils avaient fabriqués et qu'ils n'arrivaient plus à contrôler.

— C'étaient nos ancêtres. Quant aux Micro-Humains, je te rappelle que c'est nous, les Homo sapiens, qui les avons inventés, éduqués, utilisés. Créer de la vie nous rend forcément responsables de cette vie. C'est trop facile de les jeter comme des jouets qui ne nous amusent plus.

— Tu en parles comme si c'étaient nos enfants.

— D'une certaine manière, cette appellation ne me heurte pas. Ils sont issus du désir d'un homme et d'une femme. David Wells et Aurore Kammerer. En tant que tels, ils sont assimilables aux enfants d'un couple humain, un couple comme toi et moi.

— Tu prendrais le risque que nos enfants entrent en guerre contre leurs enfants ?

— Il faut leur faire confiance. Ils trouveront une solution. Les humains ont toujours trouvé des solutions aux problèmes. C'est même cela qui les a fait évoluer, et ce n'est pas en éliminant l'adversité que nous allons les aider. Bien au contraire.

Elle s'assoit, consent enfin à s'apaiser.

— Et sur Terre ? Ils ne nous pardonneront pas de les avoir épargnés.

— C'est l'avantage d'être à des millions de kilomètres.

Rébecca ouvre la porte des toilettes et fait signe à Emma et Amédée qu'ils peuvent revenir.

— Merci, dit la jeune Micro-Humaine qui écoutait la conversation l'oreille collée contre la porte. Nous serons toujours pour vous des soutiens et des alliés.

Alors Rébecca lâche dans un soupir :

— Vous deux, probablement, mais vos enfants et vos petits-enfants, j'émets quelques doutes…

Et au moment où elle prononce cette phrase, elle a l'impression qu'en tant que femme elle a compris quelque chose d'inquiétant, inscrit dans le futur, que son compagnon masculin n'arrive même pas à entrevoir.

204.

La pluie et le vent font siffler les moais comme si les statues géantes chantaient.

Le corps d'Hypatie se détend, elle sort de son lit, alors que David dort encore dans le sien. Elle rejoint la salle de bains, prend une douche, passe à la cuisine, boit un café fort et chaud en regardant l'océan mitraillé par la pluie battante. Elle s'habille rapidement.

Une faible lueur dans le ciel révèle que c'est l'aube.

Elle exécute quelques mouvements de yoga : le Réveil du Chat, le Chariot, la Chandelle, le Salut au soleil.

Elle observe l'horizon qui s'éclaire à peine. Le ciel est sale de nuages gris qui filent à toute vitesse en s'essorant sans le moindre répit.

Hypatie se met en position du lotus, tente une méditation, mais l'esprit trop encombré d'idées, elle renonce, fait chauffer du café pour son compagnon de chambrée, le réveille.

— Il pleut encore, dit-elle en guise de bonjour.

Ils se sourient, contents d'être vivants, d'avoir survécu à l'abomination et de pouvoir encore agir.

— J'ai rêvé qu'il faisait beau, répond-il.

Il prend sa douche, surgit en peignoir-éponge. Elle le regarde boire, manger, s'habiller.

Par la fenêtre, maintenant, ils peuvent contempler le ciel sale marbré de filoches grises ou noires qui, poussées par les vents, font la course vers l'ouest. Les plantes ont jauni sous l'effet de certaines pluies acides. Les oiseaux, les papillons, les mouches, les abeilles ne sont plus visibles, probablement cachés dans les arbres creux, les cavernes ou autres abris.

Elle ferme les yeux, se souvient de la première journée après la catastrophe, et des jours qui ont suivi.

Maudite pluie. Jamais je n'aurais cru que cela pouvait à ce point m'obséder et que je pourrais haïr… une situation météorologique.

— Encore une journée où nous ne pourrons rien faire… coincés sur l'île avec cette pluie acide qui empêche toute promenade, grommelle-t-elle.

— Juste attendre et réfléchir, réplique David.

Elle s'approche de lui.

— J'ai besoin de faire évader mon esprit de ce monde glauque. Je voudrais que nous tentions quelque chose aujourd'hui. Je voudrais que nous circulions dans le Nirvana pour remonter dans nos vies antérieures et retrouver la première fois où nous nous sommes rencontrés.

— Je l'ai déjà fait avec le Ma'djoba, cela doit être possible avec la méditation, reconnaît-il.

Alors tous les deux ferment à clef la porte de leur chambre d'hôtel, après avoir accroché la pancarte « Ne pas déranger » sur la poignée.

Ils s'installent en position du lotus. Leurs respirations ralentissent. Leurs esprits quittent l'hôtel et s'élèvent au-dessus de l'île de Pâques.

À nouveau l'étudiante coréenne le guide par la voix.

Il visualise une ligne, avec le futur devant et le passé derrière. La ligne est formée des visions de ses réincarnations passées. L'esprit de David plane au-dessus de ses vies antérieures. Lui qui avait l'habitude de revenir dans ses vies précédentes par un couloir blanc jalonné de portes portant des inscriptions, goûte avec curiosité cette nouvelle manière de circuler dans l'histoire de son âme. Il voit les visages successifs qui ont été les siens au cours du temps.

L'esprit d'Hypatie l'appelle, pour lui montrer une image sur la ligne du passé.

Les deux esprits entrent dans l'image et se retrouvent dans un autre espace-temps, un monde ancien disparu.

Et… ils arrivent là-bas.

Et… ils voient.

Là-bas il ne pleut pas. Un soleil éblouissant illumine le ciel. L'air est sec. La ville ocre porte en son centre une pyramide claire de plusieurs centaines de mètres de hauteur.

À l'entrée se trouve une femme, élancée et brune, en robe beige couverte de motifs turquoise. Un collier avec une fourmi prise dans de l'ambre pend à son cou.

L'homme a les cheveux gris et la peau bronzée, il porte une toge claire.

Ils se rencontrent pour la première fois. Leurs paumes se touchent, en signe de paix et d'échange.

Elle le guide à l'intérieur de la pyramide. L'air y est plus frais. Alors que le couloir arrive à une sorte de carrefour, elle l'entraîne vers le chemin en pente. La marche est longue. Il lui semble qu'ils descendent sous le niveau du sol. Ils entrent dans une salle circulaire avec au centre un bassin sculpté de bas-reliefs. Le bassin est rempli d'un liquide sombre.

Elle enlève ses sandales, puis sa robe, ne garde qu'une tunique courte et son pendentif entre les seins. Elle lui montre qu'il faut s'installer dans le liquide noir.

Il ôte sa toge, la plie, se déchausse et, ne gardant lui aussi qu'une tunique courte, il la rejoint dans le bassin. Il s'allonge sur l'eau, comme elle.

Leurs corps flottent, leurs esprits vibrent, puis au bout d'une longue transe, tous deux rouvrent les yeux. Ils sortent du bassin, se lavent à l'eau claire et se rhabillent.

Elle lui tend un bol de fruits secs, s'approche et pose avec tendresse la main sur sa joue.

Alors la femme de l'Atlantide le guide vers un couloir qui monte, jusqu'à une pièce tiède, en haut de la pyramide.

Il découvre une salle très colorée ainsi que les parfums exhalés par les fleurs qui envahissent l'espace.

Elle lui tend une fiole.

Tous deux se déshabillent, s'enduisent le corps d'huile parfumée, puis font l'amour. Ce qu'il ressent alors est très intense, comme si tout son corps se transformait en lumière bleutée et que tout son être fusionnait avec le corps de la femme. Ensuite ils restent longtemps étendus, côte à côte, main dans la main.

Elle s'arrête, regarde le plafond et dit dans sa langue :

— Je ne sais pas toi, mais moi j'ai eu l'étrange impression que nous étions observés par deux consciences étrangères.

Cette phrase provoque un effet de choc.

Les esprits de David et Hypatie remontent aussitôt vers le ciel ancien pour se retrouver sur le rail bleu, puis au point de l'Ici et Maintenant, et redescendent dans leur espace-temps pour revenir sur l'île de Pâques.

Le professeur et son étudiante soulèvent d'un coup les paupières et inspirent une grande goulée d'air, comme s'ils avaient nagé en apnée et ressortaient de l'eau ensemble.

Ils retrouvent progressivement leur respiration, leur monde, leurs sensations normales.

— J'étais moi aussi géante, murmure-t-elle.

— Nous avons déjà accompli tout ça, dans d'autres vies. J'ai vu l'instant où l'idée de faire de l'acupuncture à la planète est apparue dans l'esprit de mon ancien moi.

— Nous étions déjà complices. Voilà pourquoi j'avais cette impression que vous étiez de la famille. Vous avez jadis été mon amant.

Il reste sur le souvenir du contact de leurs peaux huit mille ans plus tôt.

Il se souvient de leurs corps devenus lumineux.

— Ils avaient une science et un art de l'amour physique.

David s'approche et veut l'embrasser.

Hypatie esquive le baiser de justesse, avant que leurs lèvres ne se touchent.

— Professeur Wells ! Qu'est-ce qui vous prend ?

— Ce n'est pas vous qui vouliez que nous soyons plus proches ?

— Désolée si j'ai envoyé des signaux équivoques, mais je vous garantis que c'est involontaire. Même après cette transe, ce serait contraire à toutes les valeurs de ma culture.

— Mais en Atlantide…

Il tente une nouvelle approche maladroite à laquelle elle répond par une feinte encore plus franche.

— C'était une autre époque avec d'autres mœurs. Ç'avait l'air de se faire plus facilement, je le reconnais.

Il est surpris, et un peu vexé par cette mise à distance.

— Je croyais que vous aviez fui votre pays et le poids des traditions ancestrales.

— Que penseriez-vous de moi si je me donnais à vous ?

— Alors, qu'est-ce que nous faisons ensemble dans cette vie ?

— Pour l'instant, nous avons pour mission de communiquer avec la planète et de tenter de réconcilier la Terre et les hommes. Cela me semble déjà assez « prenant », comme activité.

Il saisit le gros pendentif en ambre avec sa fourmi incrustée.

— C'était à vous dans la pyramide de Gizeh. Probablement que, juste avant le déluge, vous avez participé aux expéditions qui sont parties d'Atlantide pour coloniser les territoires de l'est. Vous avez dû participer également à la construction de la Grande Pyramide dans ce qui fut jadis l'Égypte ancienne, et vous y êtes morte.

Il lui tend l'objet, elle le caresse de l'index.

— Vous et moi savions tout cela au fond de nous. Il fallait seulement nous rappeler. C'est à cela que sert la méditation.

Soudain la Terre se met à trembler. Les portes claquent, des objets tombent.

— La Terre ne fait pas que pleurer, elle a aussi des spasmes de sanglots. Les trois chocs d'astéroïdes l'ont vraiment sonnée, signale la jeune femme. Nous devons nous occuper d'elle. Il n'y a que nous qui savons désormais comment procéder. Nous l'avons vu lors de la séance, n'est-ce pas ?

— L'acupuncture ?

— Oui, nous soignions jadis la Terre avec de l'acupuncture de géants.

— Nous n'avons aucun matériel. Il nous faudrait l'aide de Drouin pour fabriquer des aiguilles géantes qu'on enfoncerait avec quoi ? Des grues ? Des trépans ?

— Pourquoi faire compliqué alors qu'on peut faire simple : j'ai peut-être une idée pour nous débrouiller avec les moyens locaux. Quant à Drouin, je crois qu'il est plus préoccupé par la Lune que par la Terre…

205. ENCYCLOPÉDIE : L'INVINCIBLE ARMADA

L'attaque de l'Armada espagnole se déroula le 8 août 1588, et ce fut la plus grande bataille navale de l'époque. Elle a vu s'affronter d'un côté 130 galions espagnols surarmés et transportant 30 000 hommes (plus des chevaux, des mules, du matériel de siège et un hôpital mobile). Les Espagnols, sous le commandement du duc de Medina Sidonia, avaient pour mission de débarquer et de prendre Londres.

Face à eux les Anglais, proches de leurs propres côtes, disposaient de 150 navires plus petits et plus rapides, transportant 20 000 hommes. Parmi ces navires, il y avait des bateaux de commerce rapidement armés et des soldats qui étaient des volontaires désireux d'empêcher les Espagnols d'envahir leur pays. Ils étaient dirigés par Francis Drake (qui n'était pas un officier mais un ancien corsaire, habitué aux manœuvres d'abordage et de pillage, nommé in extremis à la tête de la marine par la reine Élisabeth Ire en personne). Les Espagnols se considéraient en guerre religieuse pour imposer le catholicisme rigoureux dont leur roi, Philippe II, s'était déclaré le champion.

Après la mort de Marie Tudor (surnommée « Bloody Mary »), qui fut la dernière reine catholique d'Angleterre, les Anglais sont devenus protestants sous le règne de sa sœur, Élisabeth Ire. Celle-ci avait eu, aux yeux des Espagnols, le tort de faire décapiter sa cousine Marie Stuart, catholique et reine d'Écosse, qui prétendait au trône d'Angleterre.

Après des heures de bataille, les troupes de Francis Drake bénéficièrent d'une tempête en mer qui avantageait leurs navires plus maniables.

Mais au-delà de la performance de ces petits bateaux légers arrivant à battre les gros vaisseaux poussifs, il y avait le choc de deux systèmes de valeurs.

D'un côté, le catholicisme espagnol, privilégiant la foi, la chevalerie, l'aristocratie de naissance, l'Église romaine. De l'autre, le nouveau protestantisme anglais mettant en valeur le commerce, le mérite individuel, le travail, et prônant une religion plus simplifiée, non centralisée.

La défaite de l'Invincible Armada (ce sobriquet ironique sera inventé par les Anglais) va offrir aux protestants (anglais, mais aussi hollandais, danois, suédois) les routes maritimes, tenues jusque-là par des nations strictement catholiques : les Espagnols et les Portugais. Ce fut donc la fin de l'expansion coloniale de ces deux pays. Si le monde moderne est devenu capitaliste avec une langue commune anglaise, cela s'est joué assurément au cours de cette journée à la météo difficile. Le 8 août 1588, le corsaire Francis Drake s'est montré plus adaptable aux événements que son rival espagnol le duc de Medina Sidonia.

On peut cependant imaginer comment serait le monde si l'Invincible Armada avait gagné. Probablement le commerce, la science et l'industrie auraient-ils connu des développements plus tardifs, les monarchies absolues et les aristocraties de cour se seraient-elles maintenues plus longtemps dans leurs privilèges.

Edmond Wells,
Encyclopédie du Savoir Relatif et Absolu, Tome XI.

206.

Après quatre jours dans l'espace, l'Armada terrienne approche de la Lune. Elle est composée de trois fusées baptisées pour l'occasion *Punition 01*, *Punition 02*, *Punition 03*, chacune avec cent soldats-astronautes à son bord.

Dans l'habitacle des fusées, les trois cents passagers attendent, et soudain une détonation résonne.

— ALERTE ! NOUS SOMMES ATTAQUÉS ! NOUS SOMMES ATTAQUÉS ! lance une voix dans les haut-parleurs.

Les lampes rouges s'éclairent et partout les soldats-astronautes se mettent en position sur les canons-lasers, comme jadis les matelots derrière leurs pièces d'artillerie sur les galions.

— Chacun à son poste ! Paré à répliquer !

Tous les astronautes sont aux aguets et voient arriver une nuée de projectiles. La mitraille frappe les fusées avec un bruit assourdissant mais ne transperce pas les parois. Les soldats-astronautes tirent sans distinguer ce qui apparaît face à eux.

— Ce n'est qu'un nuage de météorites, reconnaît enfin le responsable radar.

— Cessez le feu ! À toutes les unités, ordre de cesser le tir ! vocifère l'amiral Tristan Malençon.

Puis, se tournant vers son subalterne :

— Pourquoi ne l'avez-vous pas identifié plus tôt ?

— Nous guettions un vaisseau, ce n'était qu'un nuage de graviers pas plus gros que des grêlons. Mais les dégâts sont négligeables, à peine quelques rayures sur la peinture extérieure.

— Nous sommes trop nerveux, reconnaît l'amiral Malençon.

Les soldats-astronautes reprennent leur place sur les sièges passagers.

— Ils n'ont pas d'arme secrète, dit l'amiral. Ils n'ont pas la possibilité de fabriquer des vaisseaux ou de la haute technologie sur la Lune. Au pire, ils auront des revolvers et des fusils, mais ça ne devrait pas faire le poids face à nos fusils-lasers. Nous allons être comme Christophe Colomb contre les Indiens armés de flèches.

Ils poursuivent leur trajectoire et désormais, dans leurs hublots, la sphère gris clair de la Lune apparaît plus grosse que la sphère gris bleuté de la Terre.

207.

Il ne faut surtout pas qu'ils détruisent ceux qui peuvent réaliser la mission TRAF.

Mais je suis trop faible pour les empêcher d'agir.

Ils sont déjà loin.

Pourvu que les Grands de la Terre n'accomplissent rien d'irréparable.

208.

La fusée *Punition 01* se pose en dernier, à côté des deux autres fusées de l'Armée mondiale terrienne. Les échelles de dégagement sont déployées et un astronaute descend pour rejoindre le sol lunaire, comme Neil Armstrong l'avait fait en 1969. À cette différence près que ces humains ne viennent pas pour explorer mais pour guerroyer.

Lorsque la zone est sécurisée, les astronautes-soldats s'extraient à leur tour de leurs vaisseaux respectifs et touchent le sol lunien.

Quand les trois cents humains ont aluni, l'amiral Malençon harangue les soldats de la mission « Invincible Armada » qui peuvent l'entendre dans les haut-parleurs grésillants de leurs casques.

— J'ai été choisi pour cette mission parce que je suis le seul officier à avoir déjà mené une expédition punitive contre les Emachs. C'était il y a plus de treize ans en France, au puy de Côme, j'avais lancé une offensive contre les Micro-Humains et nous avions été confrontés non seulement à une farouche résistance, mais aussi à une série de stratagèmes de défense qui nous avaient fait perdre beaucoup de temps et d'hommes. Cette fois je ne veux pas que cela se reproduise, aussi je vous demanderai d'avancer toujours avec prudence, de rester à l'écoute les uns des autres et de vous préparer au pire, car l'ennemi est particulièrement vicieux. Ne le sous-estimez pas.

Tous approuvent en hochant la tête. Les soldats-astronautes de l'Armée terrienne forment une colonne blanche qui progresse lentement en direction de la station lunaire emach. L'absence de gravité donne à leur démarche quelque chose de peu martial qui fait apparaître la colonne comme une troupe de samba brésilienne venue pour le carnaval.

Arrivé en haut de la cuvette, l'amiral Malençon sort ses jumelles et distingue le dôme en forme de tête humaine transparente qui sert de cité aux Emachs.

Lunapolis.

Autour de ce dôme, des murs de sacs de sable blanc ont été placés pour défendre la cité.

Ils nous attendent.

L'amiral Malençon fait un signe et les Terriens forment une ligne de siège.

À force de fouiller le sommet des sacs de sable avec ses jumelles, l'ancien gendarme français finit par distinguer des casques de scaphandres et une paire de jumelles qui les observent en retour.

Comme le son n'est pas véhiculé dans le vide, Malençon utilise un système de projection laser pour afficher la phrase : « Habitants de Lunapolis, rendez-vous et nous vous épargnerons. »

Pas de réaction en face.

Il décide alors d'allonger le message : « Rendez-vous. Vous n'avez pas le choix. »

Enfin, après plusieurs minutes, une petite flèche est tirée, franchit l'espace entre les deux camps.

On transmet le projectile à l'amiral.

— C'est une tige plastique, probablement issue de l'un de leurs cintres, ils ont noué à la pointe un rocher lunaire poli. Ils n'ont donc pas d'arme moderne.

Un message est enroulé autour de la flèche. Malençon le déploie et découvre, écrit en caractères minuscules à la main : « Rentrez chez vous tant que vous le pouvez encore. Vous avez encore le choix. »

Un officier indique la source du tir, c'est un astronaute lunien en scaphandre mauve placé au-dessus du mur de sacs de sable. Malençon sort alors son fusil-laser et vise. Un rayon de lumière verte jaillit et fait exploser le casque adverse. Le Micro-Humain, décapité, tombe. Malençon songe : *Ça devrait être plus facile que prévu. Même s'ils ont l'avantage du nombre, ils ne peuvent fabriquer d'arme efficace. Maintenant je ne vois pas comment ils pourraient nous résister.*

Plusieurs milliers de petits soldats luniens tirent des flèches artisanales contre les trois cents soldats terriens dix fois plus grands tirant au fusil-laser. Cependant les cibles emachiennes sont difficiles à atteindre. Et sous le nombre de flèches, quelques astronautes terriens sont malgré tout blessés.

Un officier transmet les chiffres.

— Pour l'instant cinq morts et deux blessés. En face nous avons dû en tuer plusieurs centaines.

Les tirs silencieux de flèches et de rayons-lasers durent de longues minutes, puis Malençon lance :

— Halte au feu !

Les tirs cessent côté terrien, puis côté lunien.

Les deux camps s'observent.

— Allez, assez perdu de temps, nous avons l'avantage technologique, nous allons tenter l'assaut. Tout le monde est prêt ? À l'attaque ! Prenez Lunapolis !

Les soldats-astronautes s'élancent pour la charge. Ils arrivent à atteindre la première ligne de défense des Micro-Humains.

C'est le combat de quelques centaines de soldats terriens de près de deux mètres de haut (avec leurs semelles et leurs scaphandres) armés de lasers et de leurs poings qui se font attaquer par des milliers de soldats luniens de vingt centimètres de haut qui se défendent avec des arcs, des flèches et même des couteaux.

Mêlée.

Rapidement les Grands prennent l'avantage sur la meute de leurs infimes assaillants qu'ils mettent le plus souvent hors d'état de nuire en utilisant simplement leurs grosses bottes. Si bien que la colonne de soldats terriens parvient à s'approcher de l'entrée de la tête transparente défendue par des soldats luniens équipés d'armes dérisoires.

L'officier en second informe Malençon.

— Les Micro-Humains sont quand même nombreux, l'offensive peut durer, je pense que nous devrions recharger toutes les bouteilles d'oxygène. Nous avons pris les cinq litres pour donner plus de maniabilité mais elles n'ont que quarante-cinq minutes d'autonomie. Tous les astronautes doivent être déjà sur leur réserve de sécurité.

— Très bien. Faites recharger les bouteilles et nous procéderons à l'assaut final.

Tous attendent, et soudain l'officier en second revient, la respiration sifflante dans son scaphandre.

— Plus d'approvisionnement en bouteilles d'oxygène ! halète-t-il.

— Qu'est-ce que vous me racontez ?

— Plus d'oxygène… parce qu'il n'y a plus de fusées…

L'amiral tourne ses jumelles vers l'arrière, et s'aperçoit que… les trois fusées *Punition* ont disparu de l'horizon lunaire.

Les soldats-astronautes commencent à suffoquer. Ils ralentissent, tombent à genoux. Déjà certains déposent leurs armes, font des signes de capitulation, rampent vers les lignes ennemies et se laissent capturer les uns après les autres par les Luniens équipés de simples lances et d'arcs bricolés. D'autres se couchent et marquent des signes d'étouffement.

L'amiral Malençon voit sa propre jauge indiquer que l'air arrive en bout de réserve.

Tous se rendent. Les Micro-Humains se saisissent d'eux. Les Terriens prisonniers sont alors guidés vers une tente où ils sont regroupés. Des Emachs en scaphandres mauves leur mettent des entraves et leur offrent un accès à une grosse bouteille d'oxygène où ils peuvent brancher leur arrivée d'air.

Malençon ne veut pas se résigner. Il utilise son smartphone et déclenche la mise en action du robot Geisha 006, qui avait enfilé un scaphandre d'astronaute pour passer inaperçue au milieu des troupes.

L'androïde discrètement s'éloigne pour réaliser sa mission de la dernière chance.

209.

Et ça y est, ça continue.
Ils s'entre-tuent sur la Lune maintenant.

Ah ! comme ils ont du mal à se débarrasser de leurs traditions de mort…
Là où il y a des humains, il y a de la violence.

210.

Ils travaillent à l'extérieur, sous la pluie battante.

Après avoir dégagé la tête et le torse du moai, la grue que le maire a consenti à prêter aux deux scientifiques révèle un corps de pierre cylindrique.

Hypatie analyse le minerai.

— C'est du trachyte, une roche volcanique à haute teneur en feldspaths alcalins. Vous aviez raison, professeur Wells, ces moais pouvaient influer sur les champs électromagnétiques terrestres.

— C'est vous qui avez trouvé le secret. Ces statues n'étaient que des extrémités de manche d'aiguille d'acupuncture.

L'immense grue continue de soulever le moai-aiguille qui semble sans fin. La pointe finit par apparaître. David la mesure avec un pointeur électronique.

— Dix-huit mètres. Et maintenant on en fait quoi de cette aiguille de pierre ?

Elle montre la carte.

— Donc, ici, Raraku la bouche. Selon mon hypothèse, ce pourrait être le point qui correspondrait au chakra 5 de l'île de Pâques. Ici la ligne de force d'énergie, sa verticalité. On pourrait imaginer que c'est ce qui correspond à sa colonne vertébrale. Et donc là, en dessous, ce pourrait être le chakra 4.

Alors que la pluie continue de tout inonder, elle encercle avec un stylo un point précis.

— Le cœur ?

— Oui, le cœur. Et ici le 3.

— Le nombril ?

— Le nombril de l'île baptisé « Nombril du monde », dit-elle pour montrer qu'elle se souvient aussi du nom de l'île Te Pito o te Henua. Et là le 2.

— Le sexe ?

— Oui, le sexe de l'île de Pâques. Mais ce n'est pas ce point qui nous intéresse. Remontons, ici le 6.

— Le Troisième Œil ?

— Exactement. Allons-y.

Ils démarrent.

La Jeep est plusieurs fois sur le point de s'embourber, mais ils arrivent toujours à progresser. Derrière eux la grue, lourde et sur chenilles, avance plus lentement.

Hypatie observe la zone qu'elle estime être le chakra 6.

— Donc, nous allons commencer à planter l'aiguille que nous avons sortie, là. C'est à cet emplacement, en tout cas, que je la planterais si cette île était un animal.

Aussitôt l'immense grue transporte la non moins immense aiguille moai. Puis, sur les indications d'Hypatie, l'aiguille de pierre est replantée. Heureusement le sol meuble offre une résistance minimale à la pointe.

— Voilà déjà une première aiguille qui devrait la soulager, espère-t-elle.

Ils observent le manche de l'aiguille géante qu'ils viennent d'enfoncer profondément dans la boue.

— Maintenant il n'y a plus qu'à attendre.

— Non, on va faire mieux, on va demander à la Terre ce qu'elle ressent.

211. ENCYCLOPÉDIE : ACUPUNCTURE

Le mot acupuncture vient du latin *acus* « aiguille » et *pungere* « piquer ». Les premières traces de traitement par acupuncture ont été découvertes en Inde, 3 000 ans avant Jésus-Christ, dans un traité de médecine ayurvédique.

On y retrouve aussi des allusions, 2 000 ans avant Jésus-Christ, en Égypte antique, dans le papyrus d'Ebers où sont dessinés les quatre canaux par lesquels « circule l'énergie de vie ».

Ötzi (l'homme retrouvé congelé à la frontière italo-autrichienne, et daté de 1000 ans avant Jésus-Christ) avait des tatouages avec des ronds sur des points précis correspondant aux principaux points d'acupuncture.

En Chine, les premières évocations de cette technique de soins sont celles d'un procès en –167 contre un médecin nommé Chunyu Yi. Il aurait soigné l'un de ses patients en lui enfonçant des aiguilles dans la peau. Face à ses juges, Chunyu Yi aurait été sommé de prouver que le fait d'enfoncer des aiguilles dans l'épiderme pouvait avoir une utilité quelconque pour soigner. Il aurait alors expliqué sa méthode.

Le principe de l'acupuncture est que l'homme est parcouru de deux énergies, le Yin et le Yang, et que tous les problèmes de santé ne sont que des déséquilibres entre ces deux énergies vitales complémentaires. Le vrai travail du médecin consiste à maintenir l'harmonie entre ces deux énergies opposées. Le seul fait que les symptômes apparaissent est le signe que le médecin n'a pas su, préventivement, préserver cet équilibre dans le corps du patient.

Le Yin et le Yang circulent en suivant des méridiens (12 méridiens ordinaires, chacun associé à un organe : cœur, foie, poumons, reins… auxquels il faut ajouter 8 méridiens extraordinaires qui contrôlent les méridiens ordinaires). Ils sont comme des fleuves invisibles sous la peau, et tout comme des fleuves, ces méridiens arrivent à des lacs : les points d'acupuncture. On compte 360 points principaux et 2 000 points secondaires.

Edmond Wells,
Encyclopédie du Savoir Relatif et Absolu, Tome XI.

212.

Sylvain Timsit est en train de relire le vieux roman des années 2000, *Le Papillon des Étoiles*. Au début, l'histoire démarre bien, mais, dans le vaisseau, le temps finit par user l'enthousiasme premier et les mauvais réflexes reprennent le dessus avant la fin surprenante. Sylvain Timsit se dit que le *Papillon des Étoiles 2*, le vrai vaisseau, doit forcément faire mieux que le premier *Papillon des Étoiles*, le vaisseau imaginaire du roman.

Comment éviter que ne se reproduise une guerre civile dans le tube ?

Comment être sûr que les mauvais instincts, les plus anciens, ceux du primate qui est encore en chacun de nous, ne finiront pas par émerger ?

Il sait que l'homme a trois cerveaux.

Le premier, le plus ancien, le cerveau reptilien, fonctionne uniquement avec deux préoccupations : la peur et l'envie. C'est aussi le plus influent car il gère la survie.

Ensuite vient le cerveau limbique, où siègent les émotions, le désir et la déception.

Et enfin le troisième cerveau, le néocortex, qui élabore les plans, les stratégies et la logique.

Je dois faire régner le troisième cerveau sur les deux premiers, sinon tout cela n'aura servi qu'à reproduire l'ancienne malédiction de l'espèce humaine… un peu plus loin dans l'espace.

Soudain, les lampes rouges d'alerte se mettent à clignoter alors que la sirène retentit. Sylvain court vers la salle des commandes. Rébecca est à la manœuvre au gouvernail.

— Encore un astéroïde. Il est très rapide. Il a surgi d'un coup. Regarde. Là.

Elle montre sur un écran radar le projectile qui fonce vers eux.

— Décidément, cela devient de plus en plus fréquent.

— Probablement parce que l'activité du Soleil a augmenté. Les éruptions de magma influent sur tout le système solaire, dit Rébecca, du coup cela a déstabilisé la ceinture d'astéroïdes qui nous envoie ces « petits éternuements ».

— Pourquoi celui-ci a-t-il été détecté si tard ?

— Parce qu'il est plus rapide que tous ceux que nous avons croisés jusqu'ici. Personne ne l'a vu venir sur les écrans radars, poursuit-elle. Selon les premières estimations des appareils, il se déplace à… 327 000 kilomètres-heure.

Impressionné, il active le zoom du télescope.

— Il a aussi une taille inhabituelle. Il est vraiment énorme. Attends, je regarde les premières estimations… cent trente-cinq kilomètres de diamètre. Il est tellement gros qu'il a une forme ronde, à quelques dizaines de kilomètres près, il aurait pu devenir une planète, confirme la femme.

Rébecca Timsit laisse le gouvernail à son mari qui, en manœuvrant avec difficulté, change de cap. Les voiles s'orientent pour prendre le vent de photons de travers. Mais l'astéroïde est si massif que rien qu'en effleurant l'immense voile, il déchire la toile de Kevlar sur une centaine de mètres.

La sirène d'alerte retentit dans le vaisseau.

— Il faut vite recoudre sinon la voile va continuer à se déchirer !

— Le vaisseau perd déjà de la vitesse, constate Rébecca avec inquiétude.

— Nous pouvons faire une sortie, nous agirons plus vite que vos équipes habituelles.

La petite voix de la femme micro-humaine est à peine perceptible.

— Mais vous n'avez pas de tenue de sortie dans l'espace, remarque le capitaine.

— Si, dans nos bagages. Notre reine avait tout prévu.

Quelques minutes plus tard, le couple de Micro-Humains en scaphandres avec réacteurs dorsaux progresse vers la déchirure et entreprend de la recoudre méthodiquement avant qu'elle ne s'étende davantage.

Pendant ce temps, Rébecca Timsit surveille sur le radar la trajectoire de l'énorme astéroïde sphérique qui les a touchés. Elle opère quelques calculs et soudain lâche un juron.

Elle s'empresse de saisir le module de communication avec la Terre.

213.

Vous me demandez comment je me sens après ce que vous avez fait ?

Comment dire ? Finalement, c'est vrai, une légère sensation agréable me vient de l'endroit où vous avez agi. Je dois reconnaître que je me sens un peu mieux.

Jadis, je me souviens, l'acupuncture marchait bien sur moi, et j'ai l'impression que c'est à nouveau le cas. Continuez…

Oui, vraiment, je me sens un peu mieux.

214.

Il a soudain cessé de pleuvoir. Dans Central Park, à New York, les fleurs s'ouvrent lentement. Les écureuils sortent de leurs abris, suivis par des rats, des chauves-souris, des moineaux. Les insectes reviennent tournoyer au-dessus des plantes offertes.

Le soleil fait une timide apparition derrière les nuages, puis se dévoile généreusement, baignant la surface terrestre de ses rayons bienfaisants.

Les New-Yorkais sortent peu à peu de leurs maisons, se retrouvent sur Central Park, pour profiter de ce qui semble être un répit après le cauchemar pluvieux.

C'est la liesse. Les gens rient, chantent, des concerts improvisés s'organisent alors que des filles et des garçons dansent en hommage au soleil, à l'air sec, à tout ce qui n'est pas mouillé.

Le président Stanislas Drouin se trouve parmi la foule, découvrant lui aussi ce décor nouveau…

L'arrêt d'une contrariété est une joie.

Son smartphone se met à sonner.

Le président Drouin hésite à décrocher. L'appareil sonne dans le vide. Il pressent déjà que le coup de fil va lui gâcher sa journée. En soupirant, il décroche le combiné et écoute, sans même dire allô.

— Combien ? cent trente-cinq de diamètre ? Donc plus volumineux que Théia 13 ? Et il devrait arriver ici dans combien de temps selon vos estimations ?

Cette fois, l'information le force à s'asseoir sur la pelouse boueuse. Il se reprend puis, avant de raccrocher, gronde :

— Vous remercierez Sylvain Timsit de nous avoir avertis.

Il compose le numéro de Natalia Ovitz. Le visage de la militaire apparaît.

— Je sais, je suis déjà au courant, dit-elle pour lui éviter toute phrase inutile.

— Je veux que vous me trouviez une solution, Natalia.

— J'en ai peut-être une, mais elle ne vous plaira pas.

— Au point où nous en sommes, nous n'avons guère le choix.

Natalia lui présente son concept et il s'exclame aussitôt :

— Jamais.
— C'est l'unique solution que je vois, président.
Stanislas Drouin se mord la lèvre, observant autour de lui la foule qui continue de grossir pour fêter le retour du beau temps.
— Vous n'avez pas, malgré tout, une « autre solution » ?
— Aucune.
— Natalia, Natalia, Natalia, répète-t-il en boucle d'un ton d'enfant malheureux, vous vous rendez compte de ce que vous me demandez ?
— Je ne vous demande rien. C'est vous qui me demandez une solution, président.
Il ramasse un bâton et le serre comme une arme avec laquelle il aimerait frapper quelqu'un. Il fouette l'air alors que des gens lui proposent de danser.
— Et même si je consentais, les autres ne me suivraient jamais ! Vous imaginez le degré d'humiliation ?... Et puis je ne sais même pas comment créer le contact après tout ce qui est arrivé. Nous sommes en guerre !
— J'ai ma ligne privée directe, ils me l'ont offerte, et ils l'appellent « la ligne mauve ».
Stanislas Drouin lâche un soupir et, les dents serrées :
— Bien. Je vous autorise à créer le contact. Qu'elle me rappelle.
Il s'assied sous un arbre, prend une poignée de terre meuble et l'écrase entre ses doigts pour la faire gicler comme une pâte.
La Terre.
Il observe les visages joyeux qui n'en finissent pas de fêter le retour du soleil.

Et nous les hommes qui vivons dessus.

Il observe les gratte-ciel autour de lui.

Tant de progrès. Tant de réussite, et puis... Cette nouvelle menace.

Tout ce chemin parcouru par nos ancêtres, qui nous a amenés de la force à la finesse, de la brutalité à la douceur, du monde sauvage au monde civilisé. Et je suis persuadé que ce que nous avons bâti en sept millions d'années d'humanité est indestructible, tout simplement parce que c'est « intelligent ».

Il y aura toujours des Natalia pour trouver des solutions et des gens comme moi pour les faire appliquer.

Il faut arrêter de nous projeter dans un futur rempli de peurs et de cauchemars. Vivons ensemble cet agréable présent, cette belle éclaircie depuis la Catastrophe.

Stanislas Drouin pose son smartphone et tout en attendant l'appel téléphonique, admire les gratte-ciel, aboutissement de la vie citadine sédentaire qui a permis à l'homme d'accélérer son évolution.

215. ENCYCLOPÉDIE : DU CHASSEUR-CUEILLEUR À L'AGRICULTEUR SÉDENTAIRE

Le passage de l'humain chasseur-cueilleur à l'agriculteur sédentaire n'a pas été simple.

L'agriculteur sédentaire restait à côté de ses ordures et de ses excréments, souvent réunis dans des fosses ou des lieux précis, où ils macéraient et pourrissaient. Les premiers villages devaient sentir très mauvais et attirer des nuées de mouches et de moustiques.

Le fait de vivre en milieu confiné, près de ses ordures, devait entraîner la crasse, la prolifération de germes et de maladies.

Le chasseur-cueilleur, nomade, laissait ses ordures dans un endroit puis se déplaçait et ne vivait donc pas dans l'accumulation de ses propres déchets. Il circulait et dormait dans un univers à l'air libre.

Ils étaient plus propres, se baignaient dans les rivières ou les lacs clairs, non pollués par le village sédentaire.

Les chasseurs-cueilleurs devaient avoir des dents blanches et saines car ils mangeaient des racines, des fruits et du gibier.

Les agriculteurs, mangeant du pain (dont le sucre en fermentant devient acide), devaient avoir des caries, des chicots, des haleines épouvantables.

L'agriculture entraîna de fait une organisation, un travail régulier répétitif : labourage, plantage ou récolte, ces trois activités forcément plus harassantes que la chasse ou la cueillette. L'agriculteur vivait dans la routine alors que le cueilleur vivait dans la découverte permanente de décors nouveaux.

L'apparition du travail organisé chez les sédentaires entraîna l'apparition des hiérarchies. Les chasseurs-cueilleurs, eux, pouvaient se contenter d'un seul chef (sorte de guide choisissant la direction à prendre pour trouver de la nourriture et des abris). Chez les agriculteurs sédentaires apparurent des sous-chefs, des sous-sous-chefs, autant d'intermédiaires qui profitaient du travail des autres et en faisant eux-mêmes le moins possible. Vivre en milieu clos entretenait la rivalité entre les mâles dominants, ce qui provoquait un surplus de violence.

Alors que les chasseurs-cueilleurs avaient un régime alimentaire très diversifié, les agriculteurs mangeaient tous les jours les mêmes aliments (du seigle et des pois, par exemple, pour les premières communautés agricoles européennes), ce qui pouvait entraîner des carences en vitamines ou en oligoéléments. Les uns avaient une nourriture saine mais aléatoire, les autres une nourriture nutritivement pauvre mais régulière. Moins d'hygiène, une moins bonne qualité d'air, d'eau et d'aliments, entraîna une baisse de la taille chez les agriculteurs sédentaires. Le travail dans les champs apportait des problèmes de dos et de rhumatismes articulaires.

Cependant, les chasseurs-cueilleurs autolimitaient les naissances puisqu'ils ne pouvaient pas garder les enfants en surplus, pas plus que les personnes âgées incapables de marcher ou de chasser, alors que les agriculteurs sédentaires pouvaient conserver tous les enfants avec la certitude de les nourrir, ainsi que les personnes âgées. Le chasseur-cueilleur vivait dans le présent. L'agriculteur sédentaire vivait dans le futur. Le fait de planter une graine pour prévoir une récolte dans les mois suivants obligeait à une tournure d'esprit fonctionnant en mode gestion du futur, d'où l'apparition des premiers calendriers.

L'avantage fut finalement donné il y a dix mille ans aux agriculteurs sédentaires. Quant aux chasseurs-cueilleurs, ils disparurent progressivement, se réduisant à quelques rares tribus que l'on rencontre encore dans les dernières grandes forêts d'Amazonie, de Papouasie ou du Congo.

Edmond Wells,
Encyclopédie du Savoir Relatif et Absolu, Tome XI.

216.

Stanislas Drouin s'est endormi, lorsque son smartphone sonne enfin. Il décroche et entend une petite voix aiguë qu'il ne reconnaît pas tout de suite.

— Allô ? Président ?

L'image apparaît sur l'écran et il distingue le visage de la Micro-Humaine portant ses vêtements de reine emach avec la couronne et le sceptre de papesse terminé par un œuf. La chef de la communauté microhumaine est assise sur un trône.

— Majesté. Merci de m'avoir rappelé. Il y a des moments où, malgré les circonstances… nous sommes obligés de… faire des efforts. Vous comme moi, commence Drouin.

— Ne me dites pas que me parler est un effort. Je vous rappelle que dans le passé, alors que vous étiez simple président de la République française, vous aviez été l'un de nos meilleurs défenseurs dans un contexte diplomatique difficile. D'ailleurs, n'avons-nous pas été nous-mêmes désignés par nos électeurs pour ce talent particulier : savoir prendre sur nous et gérer les situations de crise, là où d'autres mettraient leur fierté ou leur colère dans la balance sans tenir compte de l'intérêt général supérieur ? Croyez bien que ce que nous faisons actuellement est de la politique, dans ce que ce terme a de plus prestigieux : la gestion de la survie de nos congénères.

— Arrêtez de tourner autour du pot, vous savez bien pourquoi je vous parle. Natalia a préparé le terrain de cette conversation, n'est-ce pas ?

— Ce que je sais, c'est que trois fusées ont aluni sous vos ordres, cher Stanislas Drouin. Et elles portaient le sigle des forces spéciales de l'ONU, « Armée mondiale terrienne ».

Le ciel s'assombrit et, tout d'un coup, les fêtards, déçus et inquiets, s'arrêtent de danser. La musique s'arrête aussi. Tous ont les yeux tournés vers le ciel.

— Ce sont en effet mes hommes, reconnaît-il.

— Je sais aussi qu'ils ont attaqué ma cité et tué plusieurs centaines de nos combattants.

Soudain un éclair zèbre le ciel. Drouin recule contre le tronc de l'arbre, à l'abri des feuillages.

— Mais vous avez, par je ne sais quel mystère, réussi à faire disparaître nos trois fusées qui contenaient les réserves d'oxygène indispensables à la survie des soldats. Comment avez-vous réussi ce prodige, Majesté ?

— Aucune importance.

— Et donc nous avons perdu la bataille. Un point pour vous. Vous avez fait prisonniers nos trois cents soldats-astronautes, que vous détenez en otages. Deux points pour vous. Cependant, moi aussi j'ai un petit secret. Par chance, je suis moins cachotier et je vais vous le révéler. L'un de nos soldats a installé des explosifs autour de votre cité lunaire.

La papesse ne cille pas.

— Impossible, sans oxygène vous ne pouvez pas vous déplacer.

— Les androïdes n'ont pas de problème d'oxygène. Le docteur Frydman, avant de mourir, a réussi à concevoir des androïdes très performants.

— Un point pour vous, reconnaît 666.

La reine recule son appareil et dévoile le jeu d'échecs heptagonal, face à elle. Elle modifie l'emplacement des pièces correspondant aux derniers événements.

— L'androïde qui a réalisé cette mission m'a contacté, elle attend mon ordre pour appuyer sur le déclencheur, dit-il. Votre cité en forme de tête transparente volera en éclats dans le vide sidéral comme une bulle de cristal fracassée.

— Pourtant je suis sûre que vous ne donnerez pas l'ordre de destruction de Lunapolis, président. À cause… d'un caillou. Théia 14. Il a fendu les voiles du *Papillon des Étoiles 2* et fonce droit sur « votre » planète. Et du peu que j'ai intercepté de vos conversations, la menace semble pire que Théia 13. Donc maintenant, c'est Gaïa en personne qui est prise en otage. C'est le huitième joueur. Probablement le plus important.

Alors que le ciel ne cesse de s'assombrir et que les éclairs créent à nouveau la stupeur parmi les promeneurs, le président Drouin ne se départit pas de son flegme.

— À un détail près, Majesté. Si vous laissiez Théia 14 détruire la Terre, vous seriez condamnés aussi. Dois-je rappeler que si notre planète était pulvérisée, la Lune n'aurait plus d'axe et foncerait probablement vers le Soleil ? Cela s'appelle la force centrifuge.

— Qui sait, nous pourrions aussi être emportés vers l'extérieur, cela s'appelle la force centripète, président.

— Vous laisseriez la Lune partir dans l'espace ? Vos chances de survie seraient dérisoires.

— La Lune pourrait être un excellent « vaisseau spatial » plus grand que le *Papillon des Étoiles*, et plus solide. Vous savez, ici nous pouvons vivre sans air, sans atmosphère, et même sans lumière et sans chaleur, président. Contrairement à vous, nous n'avons pas besoin d'un soleil proche.

— Cachés sous la surface de la Lune ?

— Si les circonstances l'exigent. Je vous l'ai dit, mon devoir de chef d'État est de sauver mon peuple, peu importe le degré d'originalité du projet salvateur.

Le président s'assoit sur l'herbe mouillée et reste indifférent au ciel de plus en plus tourmenté.

— Hum… tout d'abord, je devrais commencer par la question : Avez-vous les moyens d'agir pour intercepter ce qui nous menace, Majesté ?

— Et la réponse est… oui, président. Il nous reste une quatrième et dernière fusée opérationnelle. Elle peut décoller à n'importe quel moment.

— Une Catapulta équipée pour agir sur un astéroïde du volume de Théia 14 ? Dois-je vous rappeler qu'il a la taille d'une petite planète ! Si vous nous aidez… Majesté… nous pourrions envisager de vous accorder…

— Vous n'êtes pas en position de force, président. Vous êtes obligés de faire ce que nous vous ordonnerons. Comprenez mon point de vue, qui est celui des derniers survivants de mon peuple : si nous refusions de vous aider, nous serions définitivement débarrassés de vous.

Un coup de tonnerre fait trembler le sol, illuminant les pelouses de Central Park. Une goutte tombe, suivie de mille autres. La foule pousse une clameur de déception et s'éparpille vivement.

— C'est une prise en otage… de l'humanité ! ?

— Ce n'est pas moi qui ai décidé de l'arrivée de Théia 14, mais nous serions stupides de ne pas en profiter. Quant à la bombe posée par votre androïde, ce n'est pas une prise d'otage, peut-être ?

La pluie ruisselle à nouveau, créant des inondations.

Le président Drouin profite de son abri sous le feuillage mais il ne tiendra pas longtemps. Il place son smartphone en contre-plongée. La reine peut ainsi voir le ciel déchaîné qui s'acharne sur le parc et elle se dit que, finalement, sans atmosphère on a moins de problèmes de météo.

— Vous savez qu'il me suffirait d'ordonner à l'androïde de déclencher les explosifs et vous n'existeriez plus. Game Over.

Un silence suit, meublé par les grondements répétés du tonnerre.

— De cette négociation entre vous et moi, président, dépend la suite de ce qui va advenir de toute l'humanité, Homo sapiens et Homo metamorphosis.

Les deux se fixent à travers les écrans de leurs smartphones. Emma 666 semble étonnamment calme malgré la situation. Stanislas Drouin est plus nerveux. Finalement, il lâche, dans un soupir las :

— Que demandez-vous pour envoyer votre Catapulta nous sauver ?

— 1) L'annulation de la mission « Invincible Armada ». 2) La reconnaissance officielle et définitive du droit des Emachs à exister sur la Terre et dans l'Univers, partout et pour toujours. 3) Un nouveau territoire sanctuaire sur la Terre, reconnu comme indépendant et dont les frontières seraient inviolables sous peine de sanction par votre police mondiale de l'ONU. Évidemment, ce ne serait plus aux Açores, le coin est trop irradié… 4) La restitution de tous nos avoirs financiers dans vos banques.

La pluie augmente d'intensité, Drouin ruisselle du nez et des cheveux, alors que la reine semble bien au sec devant son jeu d'échecs heptagonal. Un éclair illumine le décor de Central Park.

Redoutant la foudre, Drouin enlève ses chaussures à boucles métalliques et marche dans la boue.

— Vous êtes conscients d'être détestés par tous les humains ? Pourquoi voulez-vous revenir parmi nous ?

— La survie des miens dépend de leur capacité à être sur plusieurs lieux différents. Les événements récents ont prouvé que je ne me trompais pas. Face à vous, sans usine, nous avons été incapables de fabriquer des armes autres que des arcs, des flèches et des lances. Et puis, j'aime la Terre… Et je crois que mes congénères luniens aussi. Vous savez, ici cela manque quand même d'air pur, de montagnes, de forêts sauvages, d'océans, de torrents, de rivières, de fleuves, de neige, de pluie, d'orages…

Un instant, le président Drouin se demande si elle se moque de lui. Il se hâte sous la pluie battante, en direction de son appartement.

— Donc, vous n'êtes pas encore si autarciques que vous le prétendez. Même si vous arrivez à gérer les problèmes d'oxygène et d'eau, vous avez besoin de la planète Terre pour sa diversité de faune et de flore. N'est-ce pas, Majesté ?

— J'aime votre perspicacité, président Drouin.

— Reste un problème : aucun pays ne voudra de vous.

— Je m'en doute, c'est pourquoi j'ai pensé que le mieux serait de nous installer sur l'île la moins peuplée et la plus isolée des lieux de vie des Grands.

— Laquelle ?

— L'île de Pâques. Nous souhaiterions y reconstruire Micropolis.

— Et si je refuse ?

— Nous cesserons d'oxygéner les astronautes prisonniers (mais cela je pense qu'au point où nous en sommes, ce n'est plus très grave). Je laisserai l'astéroïde Théia 14 vous détruire, ce qui est plus gênant.

Stanislas Drouin serre son poing mouillé.

— 666… Vous savez que ce nombre est le signe de reconnaissance de la Bête que doivent combattre les humains ? Vous savez que dans l'Apocalypse de saint Jean il est inscrit que notre devoir est de détruire ce qui viendra accompagné de ce nombre précis ?

La foudre frappe un arbre proche qui s'enflamme. Drouin est content d'avoir pensé à enlever ses chaussures. Il s'éloigne de l'arbre embrasé alors que la pluie continue de tomber, légèrement acide.

— Arrêtez de faire l'enfant, président. Nous nous tenons mutuellement.

— Pourquoi devrais-je céder, moi plutôt que vous ?

Alors la reine micro-humaine chuchote quelque chose à son aide de camp qui transmet une information.

Emma 666 attend quelques secondes, puis place son visiophone face à un écran. Le président Drouin voit des images désagréables. Très désagréables.

— Eh oui, président. C'est votre androïde et nos hommes l'ont enduite de glu. L'explosion n'aura pas lieu.

D'un geste, elle enlève un pion bleu foncé sur le jeu d'échecs.

Drouin se tourne vers elle, puis annonce :

— Moi aussi j'ai des atouts, dans ma manche.

Il fait apparaître une photo de fusée sur son smartphone.

— Ce que vous voyez est une fusée européenne, Ariane 21, capable de faire de la concurrence à votre Catapulta.

— Vous voulez nous imiter avec l'une de vos vieilles fusées que vous ressortez du musée ?

La reine Emma 666 retient un rire.

— Les Chinois avaient créé une cellule secrète pour vous espionner. Des astronautes ont déjà été entraînés virtuellement à capturer des astéroïdes. Après tout, vos fusées Lymphocyte et Catapulta sont les copies de nos fusées Ariane, Titan, Proton et Longue-Marche. Ce n'est quand même pas vous qui avez inventé les voyages spatiaux.

— Une vieille fusée française Ariane 21 ? Un équipage de Chinois qui ne connaît la mission que virtuellement ? Vous préféreriez prendre le risque qu'ils échouent et que Théia 14 percute la Terre plutôt que de satisfaire à ma demande : reconnaissance et droit de vivre pour mon peuple ? Dans ce cas, pourquoi m'avoir pressentie, président ?

Stanislas Drouin éternue.

— De toute façon, c'est une décision trop grave pour que je l'assume seul, lâche-t-il enfin.

— Donc, responsabilité collective : vous voulez faire voter les 199 membres de l'ONU ?

En guise de réponse, il éternue plusieurs fois alors que la pluie le douche complètement.

217.

ASTÉROÏDE THÉIA 14 – Tous les scientifiques confirment que la trajectoire de l'astéroïde baptisé Théia 14 devrait l'amener en toute logique à percuter notre surface dans un délai de quelques jours. Selon ces mêmes spécialistes, sa taille (cent trente-cinq kilomètres) et sa vitesse (321 000 kilomètres-heure) devraient provoquer un choc qui n'épargnera aucune vie sur Terre.

VOTE POUR LA SAUVEGARDE – La solution serait de se faire aider par les Emachs qui possèdent encore une fusée Catapulta disponible sur la Lune, mais cette aide s'assortit d'une contrepartie jugée exorbitante. La nouvelle reine Emma 666 exige en effet l'île de Pâques comme sanctuaire permanent du peuple micro-humain sur Terre. Vu l'urgence de la situation, le président de l'ONU, Stanislas Drouin, a décidé de procéder à un vote, non pas des représentants des États, mais de tous les humains. Vous avez bien entendu, il s'agira du premier vote de l'ensemble de l'humanité, puisqu'il propose à tous les humains possédant un ordinateur ou un accès à un ordinateur, un téléphone branché sur Internet, de voter simultanément. Deux choix :

Choix A : Il serait procédé au décollage d'une fusée française, l'Ariane 21, avec un équipage chinois opérant selon la technique des fusées Catapulta, à savoir : fixer, puis tirer Théia 14 vers une nouvelle trajectoire (ce qui éviterait le risque des débris percuteurs rencontrés avec Théia 13). Cette technique est théoriquement maîtrisée mais ce serait une première pour un équipage novice dans une fusée âgée.

Choix B : Il serait confié aux Micro-Humains de la Lune la mission de destruction de Théia 14 en profitant de leur expérience en la matière (même s'ils ont échoué pour Théia 13).

Compte tenu de l'urgence de la situation, le vote se déroulera demain matin à midi dans chaque pays. Ainsi, lorsqu'un tour de notre planète sera effectué, la décision sera prise par la totalité de la communauté humaine.

RÉACTION DANS LE MONDE – À peine la nouvelle de la menace et de ses différents plans a-t-elle été connue, que le président iranien Jaffar a déclaré : « Je préfère voir la Terre entièrement détruite plutôt que de faire un cadeau à ceux qui ont commis le plus grand crime de l'histoire. De toute façon les croyants iront au Paradis. »

Le président vénézuélien a proposé qu'Ariane 21 détourne l'astéroïde Théia 14 et le dirige sur le dôme lunaire pour pulvériser Lunapolis. « Comme cela nous ferons (c'est le cas de le dire) d'une pierre deux coups. » Il a reçu le soutien de plusieurs chefs d'État faisant partie de l'ancienne alliance Yin, dont notamment le président chinois Tchang.

De même, dans les grandes capitales, des manifestations se sont déclenchées pour exiger l'arrêt de toute négociation et la mise à mort de tous les Emachs sans exception. Des dizaines de millions de personnes dans le monde participent à ce rejet affiché. À Hong Kong, un concert a été baptisé « Choix A » et le chanteur Bill Swanson en a profité pour lancer sa chanson déjà numéro un dans le monde entier : *Un bon Emach est un Emach mort*. D'autres chanteurs ont suivi son initiative et improvisé des morceaux comme *Petits, nous n'avons pas besoin de vous* ou *Ariane 21, sauve-nous*.

Dans le reste de la Chine et le continent sud-américain, ces morceaux sont repris par la propagande souhaitant que les populations s'engagent demain pour voter le choix A. Le chiffre des ventes d'ordinateurs a été multiplié par dix.

En parallèle, le nouveau président indien, le général Singh, a pour sa part signalé qu'il préférait soutenir le choix B, déclarant, je cite, que : « Même s'il y avait une chance sur dix pour que l'équipe chinoise et la fusée européenne Ariane 21 échouent, ce risque devait être pris en compte. Entre ce que nous avons à perdre en renonçant à la vengeance, et ce que nous avons à gagner en bénéficiant de l'expérience des Luniens, je pense qu'il n'y a pas à hésiter. »

Des manifestations « pro-Emach » ont été signalées dans plusieurs des capitales de ces États. Signalons que dans plusieurs villes, des manifestants opposés se sont affrontés physiquement, provoquant une dizaine de morts et une centaine de blessés.

Le président de l'ONU a appelé au calme : « Nous sortons d'une période de troubles suffisamment importante pour penser non plus aux divisions mais d'abord aux réconciliations entre Terriens. Vous choisirez l'option A ou l'option B mais, quelle que soit l'option choisie, elle deviendra forcément effective et forcément acceptée par tous. Les enjeux sont trop importants et nous n'avons plus de temps à perdre. Nous avons subi le Troisième Cavalier de l'Apocalypse, et constaté les dégâts subis. Si nous n'y prenons garde, nos divisions permettraient au Quatrième Cavalier d'achever l'aventure de notre espèce. Je vous en conjure, citoyens terriens, votez en pensant à l'intérêt collectif, ne vous laissez pas submerger par les émotions qui empêchent de réfléchir. Pensez large dans l'espace, mais aussi dans le temps. C'est la première fois que toute une espèce est consultée pour choisir elle-même son futur ! Quoi qu'il se passe, même si vous vous abstenez, vous serez personnellement responsables. »

LUNAPOLIS – Après que les troupes terriennes ont abandonné le siège de la station lunaire, la reine Emma 666 a, pour sa part, lancé un message aux Terriens. Elle a rappelé qu'elle suivrait évidemment avec beaucoup d'attention ce premier vote de tous les humains. Elle a déploré « les provocations de chefs d'État inconscients entraînant l'habituel fanatisme religieux et le racisme anti-Emach ». Elle a signalé que si les humains préféraient mourir que pardonner, c'était leur choix et elle le respecterait. Elle a remercié les dirigeants indiens, américains, français, espagnols, danois et russes pour leur soutien affirmé ou leur sage neutralité.

DÉBAT ET ANALYSE – Alors je me tourne tout de suite vers mon invité, le professeur d'histoire et de stratégie, Thomas Adler, et je lui pose la question : cette déclaration d'Emma 666 contenant une menace à peine voilée, est-ce un coup de bluff ?

— Eh bien, Lucienne, tout d'abord n'oublions pas que le principal péril qui nous menace actuellement est l'arrivée de l'astéroïde Théia 14, plus gros et plus rapide que Théia 13 qui avait généré trois milliards de victimes. Les enjeux politiques entre Grands et Micros, ou peut-être devrions-nous dire entre Terriens et Luniens, sont secondaires.

— Dans ce cas, professeur Adler, pensez-vous que la fusée Ariane 21, une fusée très âgée, puisse se révéler suffisamment fiable ?

— Vous savez, Lucienne, les voyages spatiaux en fusée ne sont plus ce qu'ils étaient. Désormais on peut faire décoller ces fusées comme on fait décoller un simple avion.

— De là à se poser sur un astéroïde en mouvement et l'attacher pour le tracter et l'obliger à se diriger dans une autre direction, le tout dans un état d'urgence et de danger total, il y a quand même un… fossé, ne croyez-vous pas, professeur Adler ?

— Détrompez-vous, ces techniques sont bien maîtrisées. La fusée Ariane 21, quoiqu'un peu démodée, est une fusée solide qui a déjà fait ses preuves, et l'équipage chinois me semble très bien préparé.

— Donc, si je vous demande pour qui vous allez voter demain, professeur Adler ?

— Choix A. J'ai confiance dans notre technologie terrienne. Et puis je me souviens que dans le passé, les états d'âme des Micro-Humains ont causé beaucoup de dégâts. Imaginons que nous confiions la mission aux Emachs et qu'à nouveau les astronautes se disputent et provoquent une situation de crise. Nous avons déjà payé cher dans le passé notre confiance en ces êtres qu'après tout nous ne connaissons pas si bien que ça.

— Donc choix A. C'est votre conseil ?

— Cela me semble non seulement le choix le plus sécurisant mais le choix le plus juste. J'ai personnellement perdu de la famille proche qui faisait du tourisme au Venezuela lors du bombardement des Emachs.

— Merci, professeur Adler. Eh bien, à ma montre le compte à rebours est lancé. Le vote s'effectuera donc dans 14 heures, 23 minutes et 12 secondes, 11, 10. On m'apprend déjà que le serveur permettant de récupérer les quatre milliards de votes est activé, et l'on espère battre un record de présence sur le Net ce soir à minuit. Alors surtout, comme l'a rappelé le président Drouin : « Votez et devenez enfin directement responsable de l'avenir de votre espèce. »

MÉTÉO – Après trois mois de pluie continue et une première éclaircie, les météorologistes prévoient une accalmie et une météo plus sèche et ensoleillée. Les cyclones, les tempêtes, les vents et même les petits séismes qui agitaient spasmodiquement l'atmosphère depuis la fin de la Troisième Guerre mondiale sont en recul.

218.

Le maire de Hanga Roa, Francesco Pinera, les rejoint en Jeep alors que David et Hypatie, aidés d'une équipe d'ouvriers, sont en train d'enfoncer leur troisième aiguille géante dans le sol meuble.

La pluie est sur eux, mais protégés par leurs imperméables, leurs bottes et leurs chapeaux à large visière, ils n'y font plus attention.

L'homme aux longs cheveux blancs et à la peau cuivrée, burinée par le soleil et le sel, observe leur travail puis leur parle anglais avec un accent fortement teinté de pascuan.

— Je ne croyais pas que cela marcherait, reconnaît-il, mais je dois avouer que depuis que vous déplacez et enfoncez nos statues de pierre, le sol tremble moins. Aussi je vais vous offrir tous les moyens de la municipalité pour que vous puissiez poursuivre votre travail ici.

— Merci, monsieur le maire, de nous avoir fait confiance et de nous avoir donné les moyens d'agir.

— Nous sommes loin de tout, ce qui se passe ici n'intéresse personne. Depuis la fin de la guerre, il n'y a même plus de tourisme, alors j'ai fait ce choix, investir dans vous deux pour qu'ici les choses bougent et que peut-être la planète soit soignée.

Le Pascuan leur adresse un sourire amical.

— Les Micro-Humains veulent s'installer sur votre île, monsieur Pinera, rappelle David.

— Cela dépendra du vote mondial. Mais si le choix B gagne et que l'ONU leur donne son accord, vous pensez qu'ils demanderont à tous les Grands de partir ou on pourra négocier un aménagement particulier pour certains des nôtres, professeur Wells ?

— Je connais personnellement la reine Emma 666. Je suis persuadé que si elle voit que nous communiquons et soignons la Terre, elle sera intéressée et nous laissera poursuivre.

— Et nous ?

— Je la persuaderai de laisser les Pascuans vivre sur leur terre. De toute façon ils auront besoin de vous… On peut inverser la phrase : « On a toujours besoin d'un plus grand que soi. »

— Je suis moi-même un Rapa Nui, descendant des cinquante survivants découverts par les explorateurs. Vous savez ce que sont vraiment ces moais ? Ce sont des représentations de nos ancêtres morts, signale-t-il.

— Nous avons commis un acte iconoclaste ? s'inquiète Hypatie. Nous déplaçons des pierres tombales ?

Il fait un signe de dénégation.

— Tous les moais ont été brisés de rage lors de la guerre civile entre Courtes Oreilles et Longues Oreilles en 1680. Les premiers archéologues les ont reconstitués d'après les images, les témoignages, le bon sens. C'étaient peut-être des pierres tombales autrefois, mais maintenant ce sont surtout des puzzles reconstitués.

Les grues ont fini d'enfoncer l'aiguille de pierre et le visage du moai avec sa bouche pincée et son air impassible semble se désintéresser complètement des minuscules humains qui sont à ses pieds.

— Il manque cependant quelque chose, dit le maire. Certains moais avaient des yeux.

— Certains ? Pas tous ?

— C'étaient les statues des ancêtres qui avaient des pouvoirs de protection du village. Évidemment, ce sont celles qui ont été brisées en premier. Mais vous devriez essayer de leur rendre un regard, cela aura peut-être plus d'effet.

— Des yeux ? Des yeux en quoi ? questionne l'archéologue coréenne.

— Les yeux étaient faits avec des coraux blancs, et l'iris noir était en obsidienne. Je pourrais vous en fournir si vous le souhaitez.

Les deux scientifiques sont intrigués.

— En fait j'en ai apporté.

Il va chercher dans sa Jeep une caisse d'où il sort deux yeux, sorte d'œufs à boule noire centrale.

Il les place sur la statue qu'ils ont plantée.

— J'ai l'impression que cette statue semble se remplir de vie et d'énergie, reconnaît Hypatie.

— Là où les Chinois utilisent des aiguilles d'un métal fait avec de l'argent et du cuivre, les Pascuans utilisaient de la pierre et la représentation humaine, drôle de recette, signale David Wells qui prend des notes.

Ils observent la statue figée et attendent. La pluie cesse, et ils se sourient mutuellement.

— Pur hasard ? demande le Pascuan.

— Qui sait ? répond Hypatie, mutine.

Les ouvriers sont impressionnés et parlent vite entre eux en espagnol. Bientôt, un rayon de soleil fend à nouveau la masse nuageuse.

— « Elle » a l'air contente, reconnaît David Wells, assez fièrement.

— Autre chose, dit le maire, je sais que vous êtes installés à l'hôtel, mais je voudrais donner à votre action un caractère plus officiel. C'est pourquoi, avec le conseil municipal, nous avons décidé de vous installer dans un de nos locaux disponibles.

Les deux scientifiques sont agréablement surpris. Ils profitent de l'arrêt de la pluie pour enlever leur tenue imperméable.

— Vous vous êtes toujours tenus à l'écart de notre population, reconnaît le maire. Nous respectons votre discrétion, et nous sommes conscients que pour vous cette île n'est habitée que par des vieillards coupés du monde…

— Mais non, pas du tout, nous…

— Ne soyez pas hypocrites, je serais jeune, je penserais la même chose que vous : une petite île loin de tout, remplie d'une population d'inactifs. Cependant, je crois que le temps est venu de communiquer et de nous aider.

Francesco Pinera leur propose de monter dans sa Jeep et les conduit jusqu'à une maison de Hanga Roa dont la façade donne sur la mer. Il sort une clef et ouvre un vieux cadenas rouillé, puis révèle une pièce poussiéreuse.

— En fait, cette maison est réservée aux invités prestigieux, et vu que nous n'en avons pas eu depuis longtemps et que personne ne voulait faire le ménage… elle est à vous, si vous êtes prêts à la nettoyer.

Des cafards et des rats s'enfuient, alors qu'Hypatie ouvre les fenêtres pour aérer.

— La cuisine et la salle devront être modernisées mais je vous enverrai des employés municipaux pour vous aider. Ce sont tous mes cousins. Et ma femme pourra vous faire le ménage si vous la payez.

La jeune Coréenne est ravie.

— Enfin chez nous, dit-elle en soufflant sur la nappe qui recouvre la large table du salon.

219.

À New York, le temps est resplendissant.

Après les orages récents, le ciel est lavé et les buildings de verre et d'acier scintillent.

Le colonel Natalia Ovitz a rejoint le président Drouin dans son bureau, au sommet de la tour centrale de l'ONU.

Calés dans des fauteuils en cuir, ils regardent les deux lignes de votes : choix A et choix B, qui montent et descendent en pourcentage au fur et à mesure que midi sonne dans tous les pays.

Pour l'occasion, Natalia a emprunté au hasard un tee-shirt à son mari.

208. Chaque solution crée de nouveaux problèmes.
209. Tout système qui dépend de la confiance en l'homme n'est pas digne de confiance.
210. Tout système évolue en complexité plutôt qu'en simplicité, jusqu'à ce qu'il devienne si peu fiable qu'il doive entièrement être remis en question.

À l'instant où leur conversation s'engage, une dizaine de pays à peine ont voté et la courbe indique une prédominance du choix A à 52 % contre 48 % de choix B.

— Quel suspense. Tout se jouera dans les minutes qui suivent. La fusée Ariane 21 avec son équipage chinois sont-ils opérationnels, selon vous, colonel Ovitz ?

— Vous voulez la vérité ou que je vous fasse plaisir, président ?

— Cela signifie « non ».

— Je n'ai jamais eu confiance dans les vieilles fusées, ces carlingues fragiles deviennent obsolètes en cinq ans, même les zones métalliques protégées finissent par rouiller et le plastique par moisir. Avec la pluie qui est tombée cela n'a pas dû arranger les choses. Quant aux Chinois, je ne doute pas qu'ils y mettent toute leur ardeur, mais manipuler un astéroïde est une mission délicate, il faut vraiment être très expérimenté. Le moindre faux pas, le moindre geste inapproprié est irrécupérable. Or ils n'ont pour toute connaissance que les vidéos que nous ont transmises les équipages... micro-humains à l'époque de leurs premières missions Catapulta... c'est peu.

Ils scrutent l'écran.

Au fur et à mesure que les quatre milliards d'humains votent, le choix s'oriente vers le choix B. Lorsque le Soleil passe au-dessus de la Chine, le pourcentage bascule à nouveau cette fois pour afficher un avantage à l'option A. 68 %.

— Les Chinois ont confiance dans leur équipage.

— C'est aussi la preuve que les vieilles rancœurs de la Troisième Guerre mondiale n'ont toujours pas été évacuées, commente Natalia.

La courbe retombe à 59 % de choix A lorsque le Soleil passe sur l'Inde.

— Je parie que le choix A gagnera, souffle Stanislas Drouin en se servant un whisky et en y ajoutant trois glaçons qu'il fait claquer contre le verre.

Le président de l'ONU regarde avec un air complice son ancienne subalterne.

— Hum… vous êtes toujours pessimiste ?

— Bien sûr. J'ai été une fois optimiste, quand il y a eu cet élan de paix international, et cela a été le prélude à la Troisième Guerre mondiale. La majorité des gens ne comprennent pas les vrais enjeux et sont mal informés. Ils réagissent de manière pulsionnelle, avec comme principaux ressorts la peur et l'égoïsme. Et si on leur demande leur avis, ils choisissent toujours la plus mauvaise solution.

— Dois-je vous rappeler que j'ai été élu par le peuple ?

— Mais vous n'avez pas été réélu, président, rebondit-elle aussitôt, très diplomate.

Il approuve.

— … des ingrats. Ils ne se rendaient pas compte de tout ce que j'ai fait pour eux. Ils devaient croire qu'avec un autre ce serait mieux. Vous avez réponse à tout. Je vous aime bien, Natalia. J'aurais peut-être dû tenter ma chance avec vous, dit-il en faisant tourner les glaçons dans la boisson ambrée.

— Si cela avait été le cas, je vous aurais éconduit, président. Si je ne m'abuse, vous faites des propositions à toutes les femmes qui vous approchent, je n'aurais été qu'une parmi une multitude d'autres.

Il hoche la tête.

— J'aime bien quand vous vous rebellez, Natalia, vous êtes encore plus excitante.

Ils suivent la courbe qui repasse sous la barre des 60 % de choix A.

— Pourquoi le troupeau va-t-il intuitivement dans la mauvaise direction selon vous, Natalia ?

— Parce que c'est dans l'erreur qu'on apprend le mieux. Ils veulent inconsciemment la leçon.

— Mais cette erreur-là risque d'être la dernière.

Il lui sert un whisky qu'elle accepte, alors que la courbe remonte au-dessus de 64 % de choix A contre 36 % de choix B.

Le « soleil de midi releveur de votes » passe au-dessus du Pakistan puis de l'Afghanistan et de l'Iran.

— Vous croyez qu'ils ne se rendent pas compte de ce qu'il se passe vraiment ?

— Ils obéissent peut-être à un inconscient collectif kamikaze. Comme les lemmings. « Sautons tous ensemble du haut de la falaise, ce sera beau et terrible »... vous voyez le genre ?

Le président Drouin affiche un air désolé, se souvenant qu'il avait jadis sorti cette blague à propos des souris qui, en sautant du haut de la falaise, mutaient pour devenir des chauves-souris...

— Et si, au-delà de vos considérations psychanalytiques, on pouvait avancer que les humains sont encore... bêtes ?

Elle boit d'un trait sans quitter des yeux la ligne des votes.

— Voilà, c'est dit, Natalia. Qu'est-ce que ça défoule ! Je l'ai toujours pensé. J'ai rêvé de le leur dire en face. J'ai imaginé un discours à l'ONU où je pourrais enfin exprimer ce que je sais au fond de moi : je gère un troupeau d'amnésiques. Ils oublient les leçons de l'histoire et l'expérience humaine va s'arrêter volontairement, à cause d'une bêtise collective.

— En inventant ce vote « total » de l'espèce, vous espériez qu'ils feraient quel choix ?

— Je crois que j'ai toujours voulu croire malgré tout à l'intelligence de mes congénères.

— C'est bien pour un politicien d'aimer les gens. Je ne connaissais pas cette facette de votre personnalité, je vous ai toujours pris pour un cynique.

— Aussi surprenant que cela paraisse, on ne fait pas ce métier sans un minimum de compassion pour ses semblables. En tout cas au début, je peux vous jurer, Natalia, j'ai fait de la politique parce que j'avais l'espoir d'influer en bien sur la vie des citoyens.

— Et maintenant ?

— Et maintenant, je suis encore soucieux de ce qui va se passer, et j'ai réellement peur que l'humanité disparaisse.

Natalia se sert un autre whisky.

— Cela fait partie des scénarios possibles. La Terre s'en remettra. Pour elle, nous sommes tout au plus une parenthèse de sept millions d'années. C'est au-delà de la durée moyenne d'une espèce sur Terre, qui est de trois millions d'années. Nous avons probablement fait notre temps.

— Vous le pensez vraiment ?

Alors Natalia sort son smartphone et appuie sur un bouton.

— Non.

À peine a-t-elle appuyé que la courbe (qui allait en direction d'un 63 % pour le choix A) s'incurve soudain alors que midi éclaire l'Europe.

Drouin fronce les sourcils, parcouru par une idée nouvelle qui vient de lui apparaître comme une évidence.

— Ne me dites pas que vous avez…

Elle affiche un sourire tranquille, et approuve.

— J'ai contacté d'anciens amis hackers, et je leur ai demandé de mettre au point un petit gadget, dans l'intérêt général.

— Et c'est quoi votre « gadget » ?

Elle montre son smartphone où s'inscrit une courbe nommée « Réel » avec une courbe de choix qui va vers le choix A. Dessous, s'inscrit « Réel amélioré » avec une courbe qui va vers le choix B.

— On dirait que les Africains et les Européens préfèrent le choix B, signale la femme naine avec un clin d'œil au président. Probablement parce qu'ils n'ont pas subi le bombardement emach… et puis le côté Yin asiatique votant le choix A, il était logique que le côté Yang occidental vote le choix B. Enfin, ce sera ce que vous direz officiellement si on vous demande de commenter les chiffres.

— Bon sang ! Vous avez trouvé un moyen de faire gagner le choix B en trichant. Vous avez réussi à…

— … aider les gens malgré eux, à ne pas se tromper et à sauver la planète… Et voilà le vrai résultat.

Elle montre que sur l'écran « Réel » le choix A est plébiscité à 72 %.

— Ne vous inquiétez pas, personne ne saura la vérité. La courbe « Réel amélioré » par mes hackers sera l'officielle et personne n'osera la contester. Le vrai résultat restera confidentiel, entre vous et moi.

— Vous êtes quelqu'un de bien, colonel Ovitz.

— J'accomplis seulement le travail pour lequel je suis payée en tant que fonctionnaire : aider les gens.

Le président Drouin, cette fois, est hilare.

— Natalia, je vous aime. 72 %, quels imbéciles ! Nous allons les sauver malgré eux et ils ne nous diront jamais merci. Vous voulez même que je vous dise le plus étonnant : s'ils apprenaient ce que nous avons réellement accompli, ils nous en voudraient personnellement, nous jugeraient et nous condamneraient.

Cette fois le président va chercher une bouteille de champagne.

— Heureusement, il suffit d'une seule Natalia Ovitz pour changer le cours de l'histoire !

Stanislas Drouin allume ses autres écrans de télévision et il voit les actualités où sont montrées les populations réunies sur les esplanades en train de suivre la courbe qui affiche maintenant le chiffre final officiel : 49 % pour le choix A, 51 % pour le choix B.

Beaucoup de scènes de déception ou d'allégresse suivent, filmées par les journalistes du monde entier, alors que les présentateurs annoncent la victoire du choix B consistant à épargner les Micro-Humains de la Lune et à leur confier la mission de sauver la planète avec leur dernière fusée Catapulta.

Stanislas Drouin saisit la ligne mauve et lance un appel à la reine 666.

— Donc, nous vous faisons confiance, résume-t-il en une phrase.

— Croyez bien que ce choix vous honore. Entre nous, je ne pensais pas que la masse des Homo sapiens se révélerait si raisonnable, président.

— Peut-être qu'au dernier moment ils ont compris leur intérêt, Majesté.

Puis le président rejoint le pupitre de la salle de presse où sont déjà réunis plusieurs centaines de journalistes.

— Mesdames et messieurs, en temps que président de l'ONU, je prends acte du premier vote démocratique planétaire. Tout d'abord, je remarque un taux d'abstention très faible puisque, selon les compteurs du serveur, 3,6 milliards de personnes sur 4 milliards ont voté. Ce qui fait une participation de 90 %, soit le record absolu d'un vote sur Terre. À peine ai-je connu les résultats que j'ai contacté la reine Emma 666 qui a confirmé sa décision de libérer les soldats-astronautes otages et de lancer une mission d'action de type Catapulta pour détruire la menace de l'astéroïde Théia 14.

220.

Dans une gerbe de vapeurs et d'étincelles, le couvercle du doigt géant se soulève et la fusée Catapulta 14 est éjectée de sa rampe de lancement. L'appareil d'acier quitte la Lune et fend l'espace en direction de l'astéroïde.

À bord, parmi les trois astronautes, la ministre des Sciences Emma 103 en personne a tenu à participer à cette mission particulièrement importante.

Une fois que la fusée est lancée, elle déclenche sur son smartphone la musique de la *Symphonie du Nouveau Monde*, de Dvorak qui sert d'hymne à son peuple.

Elle regarde les étoiles par le hublot et songe :

Tout n'est qu'un éternel recommencement.

Ce qui a été fait se refait.

Les drames du passé ressemblent aux drames du présent et probablement aux drames du futur.

Notre création, à nous humains de la Troisième Humanité, n'est que la reproduction de la création des humains de la Deuxième Humanité.

La Troisième Guerre mondiale n'est que la suite de la Première et de la Deuxième.

Même le récent vote planétaire n'est que la répétition de celui qui s'est produit à l'ONU il y a treize ans pour notre droit à l'existence.

C'est pareil… et c'est pourtant toujours « un peu » différent.

Le vote pour notre reconnaissance a été effectué par 199 représentants des États à l'ONU, celui pour notre droit à un territoire protégé a été voté par des milliards d'humains.

L'histoire n'est pas « que » cyclique.

Elle ne tourne pas « que » en rond, elle monte aussi en spirale, comme si on gravissait les marches d'un escalier. À la fenêtre de chaque étage, on a l'impression de voir la même chose, mais non, c'est vu d'un peu plus haut.

Emma 109 a été la reine qui a inventé la nation « micro-humaine ».

Emma 666 compte devenir une reine qui va offrir à ses congénères de réelles garanties de survie dans le long terme. C'est cela son objectif personnel : passer du stade d'espèce tolérée à celui d'espèce intégrée, voire dominante.

Alors que les étoiles défilent derrière les hublots, la ministre observe tous les objets qui l'entourent : manettes, cadrans, lampes, écrans.

Elle songe au nombre d'inventeurs qui se sont succédé pour arriver à cet instant. Ceux qui ont eu l'idée du métal, ceux qui ont eu l'idée des avions, des fusées.

Tous ces humains qui ont fait un peu avancer la science pour que d'autres puissent poursuivre ensuite et aller plus loin.

Et maintenant je suis à la pointe de ce qui se fait de plus compliqué en machinerie, et mon devoir est de repousser les limites de la maîtrise de l'Univers.

Emma 103, qui avait voyagé sur les océans et au fond des abysses, se sent investie d'une lourde responsabilité.

Je ne dois pas me tromper, sinon d'autres devront tout reprendre et recommencer, et cela peut mettre des siècles.

Alors, après avoir vérifié tous les appareils, elle ingurgite une pilule pour dormir et s'endort sur cette pensée.

221. ENCYCLOPÉDIE : MACHINE D'ANTICYTHÈRE

En 1901, des explorateurs sous-marins découvrent une épave près des côtes de l'île grecque d'Anticythère (entre la ville de Cythère et la Crète). Le bateau grec a été coulé par un bateau romain en 86 avant Jésus-Christ.

À l'intérieur de cette épave, les explorateurs trouvent beaucoup de statues, d'amphores, de pièces diverses, et un objet étrange qui ressemble à une horloge. Il y a dans cette machine 82 pièces mécaniques, elles-mêmes gravées de 2 200 caractères.

Au début, les découvreurs n'arrivent à en comprendre ni l'utilité ni le concept, mais, bien vite, ils

commencent à saisir des éléments et reconstituent l'objet.
Il y a quatre cadrans qui indiquent les positions de la Lune et du Soleil.
Un cadran supplémentaire comporte les signes du Zodiaque, un autre le calendrier égyptien. Une aiguille indique les jours d'éclipse. Le tout devait se remonter avec une manivelle et fonctionnait grâce à un système de rouages compliqués mais très précis.
Il s'agit donc d'une calculatrice astronomique permettant de comprendre et de prévoir les mouvements des astres dans le ciel.
En fait, ces engrenages complexes et les roues aux dents précises forment le premier calculateur connu de toute l'histoire, le premier ancêtre de tous les ordinateurs. La fabrication proprement dite de la machine d'Anticythère a été datée de 87 avant Jésus-Christ. Elle a été probablement inventée et mise au point dans les ateliers scientifiques de la bibliothèque d'Alexandrie, à la période dorée où cette ville grecque, sur la côte égyptienne, voyait réunis dans son université les plus grands savants de tout le bassin méditerranéen. La machine d'Anticythère prouve le haut degré atteint par les scientifiques grecs en mécanique et en astronomie.
En dehors de cet appareil, des témoignages écrits ou des dessins évoquent d'autres inventions modernes issues du foisonnement d'idées de ceux de la communauté de la bibliothèque d'Alexandrie.
Dans cette même université, le savant grec Ctésibios, obsédé par l'eau, aurait mis au point au IIIe siècle un canon à eau capable de propulser des boulets pour défendre une ville, un monte-charge hydraulique, un automate de forme humaine (lui aussi animé

par des tuyaux remplis d'eau), ainsi qu'un orgue à eau : l'Hydraule.
Au siècle suivant, toujours à Alexandrie, Héron (dit Héron d'Alexandrie), sorte de Léonard de Vinci de l'Antiquité, était lui obsédé par la vapeur. Il aurait imaginé l'éolipyle, qui est en fait la première machine à vapeur (une chaudière produisant de la vapeur qui fait tourner une roue sur un axe) dont on a retrouvé les plans précis. Passionné par la mise en scène des mécanismes des temples, il met au point une porte automatique actionnée par la vapeur ainsi qu'un distributeur d'eau bénite déclenché par une pièce qu'on introduit dans une fente. Il construit aussi un oiseau mécanique actionné par un levier qui annonce les oracles avec une voix quasi humaine, censée être celle d'un dieu. De même, Héron crée le polybolos, première baliste à culasse mobile qui peut tirer des projectiles en rafales comme un canon mitrailleur.
Le physicien Archimède sera assassiné par les Romains. Le bateau qui contenait la machine d'Anticythère et ses scientifiques sera coulé par les Romains, et la bibliothèque d'Alexandrie sera pillée par des fanatiques romains chrétiens puis définitivement incendiée lors des invasions arabes du VIIIe siècle.
P-S 1 : petit jeu : demandez à votre entourage de vous citer des savants grecs, ils vous donneront probablement Pythagore, Euclide, Thalès, Archimède, Aristote, Hippocrate, etc. Maintenant demandez-leur de vous citer des savants romains. Vous verrez qu'ils auront d'énormes difficultés à vous en trouver, tout simplement parce que le monde romain n'a fait que vivre sur les inventions des Grecs (quand ils ne les ont pas détruites ou oubliées, comme la machine d'Anticythère).

P-S 2 : On peut dès lors imaginer ce qui se serait passé si la machine d'Anticythère, la machine à vapeur, le canon à eau, et les automates des scientifiques grecs d'Alexandrie avaient trouvé des suiveurs : nous aurions gagné 1 500 ans, puisque toutes ces technologies n'ont été développées qu'à partir du XVIe siècle, à la bien-nommée Renaissance.

Edmond Wells,
Encyclopédie du Savoir Relatif et Absolu, Tome XI.

222.

Elle ne sait combien de temps dure son assoupissement, mais elle est réveillée par la voix de sa collègue.

— Objectif en vue, madame la ministre, signale l'officier qui est placé à sa droite.

— Lancez les manœuvres d'approche.

La fusée Catapulta fait demi-tour et se pose sur l'astéroïde de manière quasi parfaite. Emma 103 descend l'échelle et arrive sur la surface de l'astéroïde sphérique.

Il y a un lever de soleil sur Théia 14 et les rayons l'aveuglent jusqu'au moment où le système de filtre automatique de son casque s'enclenche.

Tandis que la ministre est assise sur le sol, ses ingénieurs commencent à installer les anneaux qui vont permettre d'arrimer l'astéroïde pour le tracter.

Emma 103 observe et médite.

Quelque chose doit être compris.

Nous répétons les mêmes erreurs, jusqu'à ce qu'une porte s'ouvre dans notre esprit et nous montre qu'il y a une autre manière de procéder, plus efficace.

Elle observe ses astronautes qui travaillent, répétant les gestes précis qu'elles ont déjà accomplis à l'entraînement.

Elle se met à genoux. Frappe le sol, pose sa tête dessus, frappe de plus en plus fort avec ses poings et écoute.

— C'est creux, annonce-t-elle.

Les deux autres, connaissant les conséquences de ces mots, se figent, attendant que leur ministre prononce la phrase attendue.

— On perce, ordonne-t-elle.

Alors, sans discuter, les deux astronautes vont chercher une perceuse à très longue mèche et commencent à perforer la surface poussiéreuse de l'astéroïde.

J'espère que je ne me trompe pas.

Soudain la résistance lâche et la perceuse s'enfonce d'un coup.

— Endoscope ! lance-t-elle comme un chirurgien.

Une astronaute introduit une tige terminée par un objectif de caméra et une lampe. Ainsi les Emachs peuvent-elles éclairer et filmer l'intérieur de l'astéroïde creux.

— Envoyez-le-moi sur mon smartphone.

Elle découvre alors une caverne bleutée avec un lagon au centre. Des poissons, des fleurs, des algues, des insectes, aux tonalités allant du bleu marine au turquoise clair.

La ministre se souvient des images de la caverne jaune trouvée au cœur de Théia 13, par les trois astronautes de Lymphocyte 13.

Là encore nous faisons face à un éternel recommen-

cement, mais avec des nuances légèrement différentes, ne serait-ce qu'au niveau de la couleur.

Les deux autres astronautes micro-humaines procèdent à des analyses complémentaires. Elles découvrent ainsi que l'astéroïde Théia 14 recèle dans sa poche creuse un écosystème basé non plus sur le soufre mais sur le cobalt.

La ministre Emma 103 communique ces informations et ces images à sa reine. Celle-ci décide à son tour de les communiquer aux Terriens.

223.

... Quoi ?
Ils ont réussi à trouver un astéroïde fécond !!!
Vite, il faut que je leur parle.

224.

Tout est nettoyé. David Wells et Hypatie Kim ont transformé la maison vétuste en charmante petite villa habitable. La cuisine est opérationnelle, ainsi que la salle de bains et les chambres.

Il s'apprête à préparer un déjeuner lorsqu'il ressent une migraine fulgurante.

David... Viens tout de suite.

Il se plie en deux de douleur en se tenant les tempes. Déjà Hypatie a saisi ses aiguilles et les lui place pour apaiser la douleur.

Il grimace.

— C'est Gaïa.

— Gaïa ?

— Maintenant qu'elle a compris comment marche la migraine, elle me la transmet pour m'obliger à venir lui parler.

Ils prennent la Jeep et foncent. Hypatie conduit alors que son passager continue de grimacer de douleur.

— Je crois qu'elle est pressée…

— Elle commence à se comporter en diva, notre planète. On la soigne et elle devient impatiente.

Ils arrivent dans le lac de pétrole du volcan Rano Raraku, se déshabillent, poussent les joncs et s'installent au centre du cratère, là où le liquide noir est le plus épais.

Le sol vibre autour d'eux d'une colère mal contenue.

225.

Écoutez, c'est très important.

Cet astéroïde rond qui fonce vers moi et que vous appelez Théia 14, je le veux en moi.

Vous ne devez pas le détruire ou le détourner. Il vient pour moi, il faut le laisser me rencontrer.

VOUS ENTENDEZ ?

C'est très important.

J'y tiens.

Il faut dire à ces trois Emachs qui ont atterri sur lui de ne surtout pas le détruire et de le laisser venir.

VOUS COMPRENEZ ?

Et s'ils ne veulent pas vous écouter (puisque les humains ne fonctionnent qu'en mode menace), vous pouvez leur

signaler que si jamais ils ne me satisfont pas sur cette mission Catapulta 14… je ferai jaillir des océans de lave simultanément de tous mes volcans et je ne crois pas qu'il survivra beaucoup de bipèdes petits ou grands !
Vous m'entendez, David et Hypatie ? Puisque la peur est votre première motivation, craignez-moi, car ma colère peut avoir des conséquences bien pires que le choc d'un astéroïde.
Et puisque ce sont les Micro-Humains de la Lune qui au final prendront la décision (et qu'eux je ne peux ni les atteindre ni les menacer), je compte sur vous pour leur parler.
Ne perdez pas de temps.
Allez sur la Lune.
Parlez à leur reine.
Soyez convaincants.

226. ENCYCLOPÉDIE : GOOD LUCK, MISTER GORSKI

Au moment où Neil Armstrong mit le pied sur la Lune le 21 juillet 1969, il était convenu qu'il prononcerait en descendant d'Apollo 11 la phrase : « Un petit pas pour l'homme, un grand pas pour l'humanité », mise au point par une agence de publicité. Cependant, juste avant qu'il ne passe le sas, il a prononcé une autre phrase plus personnelle : « And good luck, mister Gorski. »
Tous les responsables de Houston et les journalistes présents au moment de l'événement ont distinctement pu entendre cette phrase.

À son retour, lorsqu'on l'a questionné sur sa signification, Neil Armstrong a toujours refusé de répondre et d'en donner le sens.

Ce ne fut que le 5 juillet 1995, à Tampa Bay, alors qu'un journaliste posait cette question comme une routine, que Neil Armstrong consentit à donner enfin l'explication, considérant que les personnes concernées par cette phrase devaient être mortes.

Il raconta donc au journaliste l'histoire suivante : alors qu'il était enfant et qu'il jouait au base-ball, un jour la balle tomba dans le jardin des voisins qui se nommaient Gorski. Or, en pénétrant dans leur jardin pour récupérer sa balle, il entendit le couple qui se disputait et, un mot en entraînant un autre, la femme finit par s'exclamer : « Une fellation ? Tu veux une fellation ? Eh bien je t'en ferai une le jour où le gosse d'à côté marchera sur la Lune. »

Ajout de Charles Wells à l'œuvre d'Edmond Wells, Encyclopédie du Savoir Relatif et Absolu.

227.

La botte blanche touche le sol poussiéreux. Après avoir franchi les 380 000 kilomètres d'espace durant quatre jours de voyage dans la fusée Ariane 21, David sort en premier pour fouler le sol lunaire. Hypatie le suit dans un scaphandre blanc un peu trop grand pour elle.

La première chose qui les surprend est la pesanteur égale à 1/6 de celle de la Terre. Ils se sentent légers, chaque pas les propulse de plusieurs mètres en avant.

Ensuite ils découvrent les sensations liées à l'absence d'atmosphère. Pas la moindre brise ne glisse sur leur combinaison spatiale ou ne siffle sur leur casque.

Pas de vent, pas de nuage, pas de pluie, et donc pas de dune de sable, pas d'érosion, pas de mouvement de terrain, toute la sphère est recouverte d'une poussière grise, elle-même posée sur une couche dure, le régolithe.

Le couple marche vers la cité en forme de tête humaine illuminée de l'intérieur. Sur le chemin, il voit des coulées de lave, ce qui ressemble à des lits de rivières à sec, des impacts de météorites, mais aussi de gros rochers posés sur des étendues planes, comme des sculptures modernes.

En observant ce décor nouveau, David pense que l'absence de météo favorise l'immobilité du décor, puisque n'importe quel caillou posé sur le sol peut rester immobile pendant des millénaires sans que rien le dérange jamais ou le déplace.

Des silhouettes viennent vers eux. Les deux Terriens sont accueillis par une dizaine d'astronautes luniens en scaphandres mauves. Ils les accompagnent vers Lunapolis.

De près, la tête humaine en plexiglas illuminée est encore plus impressionnante.

David et Hypatie restent un moment fascinés par cette cité d'une trentaine de mètres de hauteur dont le visage impassible semble observer la Terre. Au niveau des vitres placées en guise d'yeux, ils arrivent à distinguer des groupes d'Emachs luniens qui les observent. Hypatie leur fait un petit salut de la main, auquel certains répondent.

Mais, ne pouvant pénétrer dans la cité à cause de leur taille, les deux Terriens sont détournés par leurs guides vers un bâtiment construit à la hâte spécialement pour eux. L'habitation est en forme d'igloo, avec une baie transparente tournée vers la Terre.

Ils entrent et trouvent la reine Emma 666 déjà installée dans un fauteuil surélevé. Autour d'elle, deux gardes du corps et trois femmes en uniforme.

— Vous avez vraiment parlé à la planète ? demande la reine micro-humaine en guise de préambule.

David esquisse une révérence.

— Bonjour, Majesté. La réponse à votre question est oui.

— Elle s'exprime comment ?

— Un peu comme nous. J'ai cru comprendre qu'elle a appris à parler en écoutant nos émissions. Elle perçoit les ondes, toutes les ondes : sonores, lumineuses, mais aussi les ondes radio ou télévisées. Notre langage lui a plu, elle avait du temps pour l'assimiler. Elle a appris à penser avec nos mots.

— Et c'est elle qui a tenu… à ce que vous veniez me parler ici, à moi personnellement, sur place, n'est-ce pas ?

Les humains des deux tailles s'observent. Emma 666 et David se souviennent de leur dernière rencontre, alors qu'ils fêtaient l'anniversaire de l'Indépendance et que le tsunami a surgi.

— Êtes-vous les personnes habilitées à négocier avec moi ?

— Nous avons en effet les pleins pouvoirs pour négocier avec vous au nom de la Terre.

— Et au nom de tous les Grands ?

— En effet.

Alors la reine micro-humaine fait signe à ses ministres en uniforme de s'approcher plus près. Et elle désigne aux deux Terriens des sièges à leurs dimensions.

— Dans ce cas, je vous écoute, David.

— La Terre veut que l'astéroïde Théia 14 reste intact, et pénètre en elle. Elle espère ainsi être fécondée.

La reine sort un fume-cigarette et coince doucement une cigarette à l'extrémité. Elle l'allume, aspire, lâche une longue traînée de fumée.

— Et en échange, que nous offre-t-elle ?

— Elle nous épargne. Sinon elle fait jaillir d'un coup tous ses volcans et brûle sa surface et ses occupants.

Emma 666 hoche la tête. Elle désigne les deux femmes qui l'encadrent.

— Voici Emma 402, ministre de l'Économie, et Emma 515, ministre de la Guerre.

Les deux Micro-Humaines esquissent une révérence protocolaire.

— Docteur Hypatie Kim, archéologue, spécialiste en pyramides et en acupuncture pour… petits et grands organismes, la présente David.

La jeune étudiante esquisse à son tour un salut respectueux.

La ministre de l'Économie s'exprime en premier.

— Nous avons donné notre parole au président Drouin de détruire Théia 14. En échange, il nous garantit la paix, la reconnaissance et l'attribution de l'île de Pâques comme nouveau sanctuaire terrien, Majesté.

— Quand les Grands seront tous morts, ils ne réclameront pas que nous respections notre parole, la contredit la ministre de la Guerre.

La reine ne répond pas, observant toujours fixement David, puis elle allume son smartphone et observe l'écran où apparaissent les images de l'endoscope pénétrant Théia 14. Elle distingue le lac bleuté avec des oiseaux, des plantes, des poissons entre le turquoise et le bleu marine profond.

Elle zoome sur une fleur, un papillon, une grenouille bleue.

— Nous en revenons toujours à ce dilemme du bon choix. Choix A : laisser l'astéroïde féconder la planète avec un risque que la déflagration détruise toute vie sur la surface, ou Choix B : détourner l'astéroïde et décevoir Gaïa qui a promis de faire gicler ses volcans jusqu'à ce que toute vie disparaisse en représailles.

— Vous devez trancher en pensant aux intérêts futurs des nôtres, Majesté, insiste la ministre de la Guerre.

— Précisément. Combien avons-nous des nôtres sur la surface terrestre ?

— Plus aucun, Majesté, admet la ministre de l'Économie.

— Et combien reste-t-il de Grands en tout ?

— Quatre milliards.

La monarque secoue la tête.

— Est-ce que nous pouvons vivre en autarcie totale, libérés de la tutelle des Terriens et de leur planète ? Voilà la vraie question, articule la reine.

— Nous le pouvons, répond aussitôt la ministre à sa droite.

— Il deviendra compliqué de nous approvisionner en technologie de pointe, précise la ministre de l'Économie. Nous n'avons pas de fonderie, pas d'usine, pas de moyens de fabriquer de l'électronique de précision. Même les cultures agricoles risquent de poser de sérieux problèmes.

— Nous nous débrouillerons pour récupérer toutes ces technologies, nous en avons la capacité, insiste la ministre de la Guerre.

— Hum… Majesté… Vous envisagez réellement de laisser tuer les quatre milliards d'humains restants ? demande la ministre de l'Économie.

— … pour obéir à notre planète-mère qui est à l'origine de tout ce que nous sommes. Et je rappelle qu'il s'agit de quatre milliards de personnes qui ont voulu nous annihiler en tant qu'espèce, complète aussitôt la ministre de la Guerre.

Emma 666 n'a toujours pas bronché, comme plongée dans ses réflexions et la fumée qu'elle libère par intermittence. La ministre de la Guerre, pensant qu'elle a trouvé le bon angle, enchaîne :

— Quatre milliards de Grands qui à la première occasion n'hésiteront pas à tenter à nouveau de nous détruire quand il n'y aura plus la menace d'un astéroïde géocroiseur. Les épargner revient à prendre un risque pour nos descendants.

— Les condamner revient à en prendre un encore plus grand pour maintenant, répond la ministre de l'Économie.

La reine Emma 666 ne réagit toujours pas.

— Et si nous demandions un vote démocratique de tous les Micro-Humains survivants, comme l'ont fait les Grands ? Après tout le sujet est suffisamment grave pour mériter un vote général, il me semble, dit la ministre de droite.

Emma 666, qui observe toujours les images bleutées sur l'écran, consent à partager les fruits de ses réflexions.

— Personnellement, je n'aime pas les votes. On obtient juste une sorte de consensus mou qui est la cristallisation de la peur ou de la lâcheté générale. Je préfère une autre option.

— La « décision autocratique assumée » ? ironise la ministre de droite.

— L'imagination. Il faut nous surpasser pour trouver une solution « autre », ni blanche ni noire, mais mauve. Élargissons nos horizons de pensée, réfléchissons autrement qu'en suivant les réflexes anciens.

Elle se crispe, aspire et rejette la fumée, à petits gestes nerveux qui révèlent l'intensité de sa réflexion.

— Il n'y a que deux solutions : épargner l'astéroïde ou épargner l'humanité, insiste la ministre de la Guerre. Comme on dit chez les Grands, on ne peut « ménager la chèvre et le chou ».

Emma 666 ferme les yeux.

— Je voudrais rester seule avec les deux Grands.

Les ministres sortent, sans un mot. Alors la reine descend de sa chaise surélevée.

— J'ai déjà demandé à Emma 103 de ramener l'astéroïde. Le voyage prendra sept jours, c'est le temps qui nous sera octroyé pour trouver une solution. Vous pourrez rester ici durant cette période.

« Hum… David, cela vous dirait que nous allions nous promener sur la Lune, juste vous et moi ?

Hypatie a un infime geste de jalousie ou de déception, mais elle se reprend, et fait signe qu'elle va déballer les affaires en prévision de leur séjour prolongé.

David enfile sa combinaison spatiale.

228.

Alors, ils décident quoi ?

Je suis plus que jamais déterminée à faire réussir ce rendez-vous.

Je ne vais pas attendre des milliers d'années pour qu'une telle opportunité se représente.

S'ils ne m'obéissent pas, je suis désormais déterminée à mettre mes menaces à exécution.

229.

Ils avancent au milieu d'un cratère lisse. Autour d'eux la surface poussiéreuse est grêlée d'impacts.

David Wells en scaphandre blanc marche sur la surface lunaire en tenant la nouvelle reine (en scaphandre mauve) dans ses bras comme une enfant. Grâce au système de communication des casques, elle lui indique les directions où elle souhaite qu'ils se dirigent.

— Vous savez pourquoi la Lune ne tourne pas sur elle-même ? questionne Emma 666.

— Elle n'a pas de cœur dur ?

— En fait, nos physiciens ont fini par comprendre. Il y a une masse dure et lourde dans la Lune mais elle n'est pas placée au centre. Elle est sur un seul côté.

Alors toute la sphère lunaire est comme un bidibule, vous savez, ce jouet en forme d'œuf avec une boule lourde en bas qui le force à rester debout, même si on le pousse. Le côté le plus lourd est attiré par la gravité de la Terre.

David change de sujet.

— Comment avez-vous fait disparaître les trois fusées de l'Armada ?

— Ah ça… ça vous intrigue, hein ? Nous avons une arme secrète.

— Quoi que ce soit, je suis très admiratif. Je croyais que vous étiez tous condamnés et que l'armée terrienne allait facilement venir à bout de Lunapolis. Vous avez impressionné les téléspectateurs qui ont vu le film des casques des soldats-astronautes. Alors c'est quoi, votre grand mystère ?

— L'adversité oblige à se surpasser.

— Vous ne voulez pas me le dire ?

Ils progressent sur la surface lunaire.

— En fait je me suis inspirée de vos recherches.

— Mes recherches ?

— Oui, vos recherches à vous, précisément, professeur Wells.

— Vous avez fabriqué des Nanos ?

— C'est une voie sur laquelle nous avons beaucoup réfléchi, mais réduire la taille des humains a ses limites. Ce qui est intéressant, et je me suis inspirée des notes d'Emma 109, c'est de penser l'évolution non plus comme une ligne ascendante, mais comme une structure en étoile, avec des évolutions parallèles simultanées.

David commence à prendre plaisir à évoluer dans ce décor sans vie apparente. Ses yeux s'habituent à la lumière particulière, et la vision de la planète Terre comme un soleil bleu au-dessus d'eux l'apaise.

— Tout vient du génie d'Emma 109. C'est elle qui nous a donné un atout que vous les Grands n'aviez même pas imaginé.

— Arrêtez de me faire languir.

— Emma 109 a compris, en observant l'évolution des espèces, qu'après une période de simplification durant laquelle plusieurs espèces se réduisent à une seule, la mieux adaptée, une phase contraire se dessine, où l'on assiste à une re-diversification.

Il avance, puis s'immobilise, pensif.

— Grâce à vous, professeur Wells, nous avons déjà vu l'humain unique se diversifier pour produire deux branches : 1) les Homo sapiens classiques et 2) les Homo metamorphosis nouveaux. Nous.

— C'est une sorte d'accident de parcours…

— Peut-être pas. La reine Emma 109 estimait que, contrairement à ce qu'avait prévu Darwin et conformément à ce qu'avait prévu Lamarck, les espèces peuvent à nouveau se complexifier pour s'adapter à une situation différente. Comme un arbre. Plusieurs racines forment un tronc unique. Et ensuite, au-dessus, ce tronc unique se diversifie en plusieurs branches. C'est la meilleure métaphore pour décrire ce redéploiement possible des espèces tel que l'a compris Emma 109.

— Sang Neuf, la bien-nommée…

Ils sortent du cratère et évoluent au milieu de gros rochers ronds disséminés comme si une salière immense avait saupoudré la surface.

— Vous, David, vous avez eu l'idée de la diversification en taille, Emma 109 a eu d'autres idées de diversifications pour affronter les défis du futur.

La reine micro-humaine le guide dans cette plaine chaotique blanche et grise.

— Si j'ai bien compris vos livres de paléontologie, jadis sur Terre existaient trois ou quatre humanités parallèles qui ont progressivement fusionné ou disparu pour n'en laisser perdurer qu'une seule.

— Les fines racines ont donné le tronc central, pour reprendre votre comparaison avec l'arbre, dit-il.

La reine descend de ses bras et marche sur le sol poudreux.

— Et vous, professeur Wells, à partir de ce tronc central, vous avez créé une branche : nous, les Micro-Humains. Maintenant c'est à nous d'inventer la suite.

— Une branchette partant de votre branche ?

— Le génie de 109 a été d'en imaginer non pas une, mais trois, trois « branchettes » d'autres humanités pour faire face aux défis du futur. Mais tout d'abord, je vais vous révéler notre secret. Vous allez savoir comment nous avons réussi à faire disparaître les trois fusées en cinq minutes.

Elle le guide vers une forme conique.

— Vous avez bâti une pyramide sur la Lune ?

— Non, pas nous… eux.

Alors la reine lui fait signe d'approcher d'un hublot placé au ras du sol, et David, en se penchant, distingue des tunnels de sable gris.

— Je « leur » ai demandé de ne mettre qu'un seul hublot parce qu'« ils » n'aiment pas la lumière. « Ils » sont photophobes.

— « Ils » ?

— Attendez un peu, il y a toujours un ou deux curieux qui viennent voir quand ils perçoivent des présences étrangères. Ils sont photophobes mais curieux.

David Wells s'assoit, en se demandant ce qu'il est censé voir passer derrière ce hublot, au bas d'une pyramide sur la Lune. Soudain, il voit arriver face à lui ce qu'il a du mal à reconnaître au début mais qu'il finit par identifier.

Il recule, impressionné.

— Voilà, c'est la « branchette ».

David n'en croit pas ses yeux. Il essaie de comprendre.

— C'est grâce à ça que nous avons pu gagner la bataille de la Grande Armada.

Il s'approche, complètement abasourdi.

— Comment êtes-vous arrivés à faire ça !

Emma 666 est satisfaite de l'effet produit sur son invité.

— Je vous l'ai dit, nous n'avons fait que poursuivre vos recherches sur la programmation génétique humaine. Voilà longtemps que nous travaillons sur ce projet secret.

L'être, derrière le hublot, se rapproche un peu.

— C'est un humain de la première branchette « biodiversifiée » à partir de notre branche « micro-humaine ».

David Wells colle son visage contre le hublot pour en distinguer chaque détail.

— « Il » est adapté à la vie sous terre, ou plutôt sous Lune. « Il » a moins besoin d'oxygène, il supporte des apnées prolongées. « Il » est quasi aveugle.

À bien y regarder, David comprend que cet humain de la taille d'un Emach est parfaitement adapté au monde souterrain. Tout d'abord, il est doté de petits yeux sphériques avec de grosses pupilles noires, recouvertes d'épaisses paupières qui battent très vite pour se protéger de la lumière. Ses mains sont larges, véritables battoirs équipés de griffes épaisses qui doivent être parfaites pour creuser des tunnels. Sa peau est claire, fine, quasi transparente et parsemée de rares poils, blancs eux aussi.

Enfin, lorsque l'être entrouvre la bouche, on aperçoit deux longues incisives qui lui donnent un visage en forme d'écureuil.

— Comment les avez-vous « faits » ?

— En les croisant avec des gènes de taupes. Plus précisément, des ADN de « rats-taupes nus du désert ». C'est un pas de plus vers votre modèle final : la fourmi. Le rat-taupe nu est le seul mammifère à vivre comme les insectes sociaux avec une reine, une communication permanente collective, des castes.

— Alors ce « truc » serait un hybride « micro-humain/rat-taupe nu » ?

L'être est bientôt rejoint par deux ou trois autres congénères curieux qui observent les visiteurs extérieurs. Certains reconnaissent Emma 666 et lui font des signes amicaux.

David reste fasciné par cette vision.

— Ce serait là la « branchette » ?

— Nous avons repris votre système de description et nous les avons baptisés « Emachesses ». C'est la phonétique des initiales « MHS » pour Micro-Humain Subterrestre ou « Homo subterrarius ».

— Et… ils sont nombreux ?

— Pour l'instant, un peu plus d'un millier dans cette cité-nid. Croyez-moi, professeur Wells, l'évolution n'est pas dans la réduction de taille mais dans la diversité des formes.

— C'est vous ou c'est Emma 109 qui avez mis au point ces « Emachesses » ?

Les habitants de la pyramide lunaire sont de plus en plus nombreux à venir les observer derrière le hublot. Ils se bousculent avec leurs mains griffues.

— J'ai été inspirée par un chapitre de l'*Encyclopédie du Savoir Relatif et Absolu*. Je vais vous le réciter, je l'ai appris par cœur :

230. ENCYCLOPÉDIE : RAT-TAUPE NU DU DÉSERT

Le rat-taupe nu du désert (*Heterocephalus glaber*) vit en Afrique de l'Est entre l'Éthiopie et le nord du Kenya. Cet animal est aveugle et sa peau rose est dépourvue de poils. Avec ses incisives il peut creuser des tunnels sur plusieurs kilomètres.

Mais le plus étonnant, c'est que le rat-taupe est le seul mammifère connu se comportant socialement comme les insectes. Une colonie de rats-taupes compte en moyenne cinq cents individus qui se répartissent, tout comme chez les fourmis, en trois castes principales : sexuées, ouvrières, soldates. Une seule femelle, la reine en quelque sorte, peut enfanter et mettre bas jusqu'à trente petits par portée. Pour demeurer l'unique « pondeuse », elle sécrète dans son urine

une substance odorante qui bloque les hormones reproductrices des autres femelles du nid.
La constitution de l'espèce en colonies peut s'expliquer par le fait que le rat-taupe nu vit dans des régions quasi désertiques. Il se nourrit de tubercules et de racines, parfois volumineux et souvent très dispersés. Un rongeur solitaire pourrait creuser droit devant lui des kilomètres durant sans rien trouver et mourir, à coup sûr, de faim et d'épuisement. La vie en société multiplie les chances de découvrir des aliments. Le moindre tubercule repéré sera équitablement partagé entre tous.
Depuis peu, on a découvert que le rat-taupe nu résiste à la plupart des maladies infectieuses qui déciment les autres mammifères. On a essayé de leur implanter des cancers, et constaté que ceux-ci ne prenaient pas. Il semblerait que cet animal résiste bel et bien à la plupart des maladies connues. Et alors que les rongeurs de même taille ont une existence moyenne de cinq ans, le rat-taupe nu du désert vit en moyenne trente ans. Lorsqu'il arrive (en général en parfaite santé) à cet âge extrême, le jour venu, le rat-taupe nu arrête toute activité, se couche, s'endort et meurt.

Ajout de Charles Wells à l'œuvre d'Edmond Wells, Encyclopédie du Savoir Relatif et Absolu.

231.

David Wells, à genoux, le nez collé contre le hublot du cône de sable, essaie de comprendre.
— C'est notre arme secrète. Nous n'avions pas la

possibilité de fabriquer des fusils et encore moins des lasers, alors nous avons éduqué les spécimens que nous avions déjà fait proliférer, en vue de missions commandos souterraines. Les Emachesses ont creusé des tunnels et ont fait s'enfoncer d'un coup les trois fusées, puis elles les ont recouvertes de sable. Et… le tour de magie était accompli.

Le nombre de créatures derrière le hublot ne cesse d'augmenter. Vision de mains, de fines peaux roses à poils blancs, de bouches à longues incisives.

— Ensuite, les mêmes Emachesses ont fait remonter les fusées en poussant par en dessous, et vos congénères ont pu les réutiliser pour rentrer sur leur planète.

Quand les deux silhouettes étrangères s'éloignent de la pyramide, les Emachesses, recevant la lumière solaire, s'enfuient, gênées par cette clarté qui leur semble aveuglante.

La reine Emma 666 trotte devant David, d'un pas léger.

— Rentrons, propose-t-elle.

Ils passent le sas de l'igloo et se débarrassent de leurs encombrants scaphandres.

Hypatie est en train de ranger leurs affaires et d'installer un décor à son goût.

La reine est rejointe par un serviteur qui lui remet un smartphone avec lequel elle déclenche l'allumage de l'écran.

— Désormais, dit-elle, je souhaite revenir sur Terre pour poursuivre cette mission de diversification de l'humain. En dehors des 1) MHS (Micro-Humains Subterrestres), j'aurai besoin de l'océan pour mettre au point le deuxième spécimen adapté à un autre milieu.

Elle fait apparaître une série de croquis hyperréalistes et les commente :

— Donc 2) le MHN pour Micro-Humain Nageant. Ceux-là, je compte les mettre au point en croisant nos gènes avec des gènes de dauphins. Après tout, le dauphin était un mammifère qui est revenu à l'eau. Donc pourquoi ne pas inventer un homme aquatique ?

Hypatie Kim s'immobilise en découvrant les images étonnantes sur l'écran.

— Et le troisième spécimen ? demande David.

— Là encore j'aurai besoin du décor terrestre, pour son atmosphère, cette fois.

À nouveau Emma 666 fait apparaître des croquis et les commente :

— Et voici en 3) le MHV. Micro-Humain Volant. Ceux-là je compte les croiser avec...

— Des oiseaux ? propose Hypatie qui a compris le projet.

— Mieux : des chauves-souris. Il suffirait de faire muter l'humain pour lui allonger les doigts et mettre une membrane entre les phalanges.

— Vous avez commencé les recherches sur ces MHN et MHV ? s'informe David.

— Bien sûr, uniquement en laboratoire expérimental pour l'instant. Nous attendons d'être sur Terre pour terminer les dernières mises au point. C'est aussi pour cela que nous avons tant tenu à récupérer un pied-à-terre, et plus spécialement l'île de Pâques. Évidemment, ce n'est pas un hasard, nous comptons aussi bénéficier de votre aide, professeur Wells. Je sais que vous y êtes désormais citoyen quasi permanent.

La reine fait défiler d'autres images des trois humains mutants : le subterrestre, le marin, l'aérien. On y voit des détails en gros plan d'un système respiratoire adapté au milieu aquatique, ou des os creux nécessaires à l'allègement du corps pour le vol.

— Je compte aussi sur vous deux, pour le suivi des recherches sur l'évolution de l'humain dans un centre scientifique que nous pourrions construire ensemble, précisément sur l'île de Pâques.

— La Terre pourrait nous aider, précise Hypatie.

— La… quoi ?

— La planète, Gaïa, poursuit David. Nous lui avons parlé. Elle veut savoir comment la vie prolifère sur elle. Elle est aussi une grande observatrice du monde vivant qui a évolué sur sa surface, je suis sûr qu'elle sera intéressée par ce projet.

— Encore faut-il la satisfaire, rappelle Hypatie.

La reine Emma 666 se montre soudain moins enthousiaste.

— Problématique. Je n'ai pas encore résolu ce dilemme. Si nous faisons plaisir à la Terre et que nous laissons Théia 14 pénétrer l'atmosphère, sa surface va probablement être déchiquetée, les dégâts risquent d'être ceux de nos astéroïdes multipliés par mille.

— Et si nous ne faisons pas plaisir à la Terre, elle risque de tout brûler, rappelle la jeune femme. Là encore des dégâts multipliés par mille.

— À la limite, si je raisonnais froidement, ce serait cette deuxième solution la moins pire.

La reine les guide vers la baie, face à la Terre. La sphère immense est recouverte de multiples filoches de nuages, comme une dentelle grise laissant entrevoir le bleu des océans.

— La pluie permanente a cessé. Le soleil doit être visible, là-bas, n'est-ce pas ?

— C'était si éprouvant, souligne David. C'est surtout cet écoulement permanent qui rend fou. Plus que le soleil, je crois que le Terrien apprécie le silence et le chant des oiseaux.

— Bien sûr, bien sûr. J'imagine, élude la reine.

— Elle est si belle, murmure Hypatie.

— Donc vous lui avez parlé et vous l'avez soignée. Vous a-t-elle remerciés ? Est-elle capable de reconnaissance ?

— À sa manière. Elle a cessé de frissonner de séismes.

Ils restent longtemps à observer l'immense sphère où l'on voit naître parfois des cyclones qui enroulent leurs spirales dans le tapis nuageux.

— Eurêka ! Je crois que j'ai trouvé une idée pour ménager « la chèvre et le chou », déclare tout à coup David Wells.

232.

ASTÉROÏDE THÉIA 14 – Alors qu'à nouveau le monde est menacé par un astéroïde éjecté de la ceinture entre Mars et Jupiter à cause de l'accroissement de l'activité solaire (un projectile d'un poids et d'une vitesse particulièrement inquiétants), le professeur David Wells est parti sur la Lune pour surveiller au nom de l'ONU la bonne marche de la mission Catapulta qui va intercepter et détourner la menace. Il discute actuellement avec la reine micro-humaine Emma 666 des modalités de paix et de coopération entre nos deux peuples, afin de mener à bien la survie de la Terre.

RETOUR DES ASTRONAUTES – C'est un accueil triomphal qui a été réservé aux soldats-astronautes libérés par les Micro-Humains luniens après la bataille de l'Invincible Armada. Les otages sont tous en bonne santé, même s'ils semblent encore un peu sonnés par l'expérience qu'ils ont vécue si loin de leur planète natale. L'androïde Geisha 006, en revanche, a été mise hors service et ne pourra être réparée. C'est a priori la seule victime de cette mini-guerre autour de Lunapolis.

TREMBLEMENTS DE TERRE – Alors que les traitements effectués à l'île de Pâques par le docteur Hypatie Kim (méthode dite « d'acupuncture planétaire ») avaient un temps, semble-t-il, apaisé la Terre, on signale à nouveau des miniséismes un peu partout sur la planète, notamment en Indonésie, à Haïti, au Japon, en Turquie. « Il pourrait s'agir de frissons d'impatience », selon les géologues qui commencent à prendre de plus en plus au sérieux les travaux effectués par Hypatie Kim.

EMPATHIAZINE – Le procès sur les droits d'utilisation de l'Empathiazine (dite « molécule de compréhension du point de vue des autres » ou « Jésus-Christ en pilule ») a été remporté par la firme pharmaceutique Azur contre le chimiste et prix Nobel Jean-Claude Dunyach. Tous les cachets d'Empathiazine distribués ou vendus plus ou moins sous le manteau sont désormais illégaux. Les droits de l'Empathiazine appartiennent maintenant en totalité à la firme Azur qui avait à l'époque fourni au professeur Jean-Claude Dunyach ses laboratoires, du matériel et des cobayes.

SONDAGE – Selon une enquête récente, 76 % des Français considèrent que leurs parents vivaient mieux qu'eux, c'est-à-dire mangeaient mieux, étaient plus heureux en couple, et avaient plus de pouvoir d'achat.

ASTRONOMIE – Selon une récente étude scientifique de probabilité effectuée par les ordinateurs de dernière génération en tenant compte du maximum de facteurs connus, la Terre doit mourir « naturellement » dans 5,5 milliards d'années. Le professeur Ordureau, du centre de Melun, explique : « En vieillissant, le Soleil va arriver au bout de ses réserves de combustibles. Il puisera alors de l'énergie dans l'enveloppe extérieure de sa sphère, ce qui devrait le faire encore enfler jusqu'à multiplier sa taille par… 200 ! L'énergie libérée sera alors énorme, et notre étoile se transformera en géante rouge dix fois plus lumineuse que le Soleil actuel. Dès lors, la chaleur brûlera en premier les planètes les plus proches, Mercure et Vénus, puis atteindra dans un deuxième temps la Terre et Mars. Au début ne survivront que les espèces aquatiques protégées par l'eau, ensuite elles cuiront, les océans s'évaporeront, toute la surface sera grillée, la planète elle-même sera brûlée et finira par exploser en rocailles et en poussières qui se disperseront dans l'espace. Quant au Soleil lui-même, après sa période instable de géante rouge, il se transformera en super-géante rouge qui finira par exploser en supernova visible à des distances très éloignées. »

BOURSE – Wall Street a clôturé à la hausse.

MÉTÉO – Depuis quelques jours les nuages s'allègent, le soleil revient, les météorologues prévoient plusieurs jours de beau temps, voire de grand soleil, avec une montée des températures sur pratiquement toute la surface du globe.

233.

Ainsi donc, si j'ai bien compris, dans 5,5 milliards d'années je vais mourir, brûlée par le Soleil, quelle mort atroce…

Grâce à cette information, j'ai enfin une échelle d'évaluation de mon âge.

En comparaison de l'âge des humains, 100 ans d'existence correspondent donc à 10 milliards d'années pour moi.

Le nombre 10 est encore la référence de compréhension globale.

Donc avec 4,5 milliards d'années, si j'étais humaine j'aurais 45 ans.

Précieuse information.

Désormais je sais.

Je ne suis plus aussi jeune que je le pensais.

Je ne suis même pas une planète adolescente.

Je suis une planète adulte et même plutôt déjà mûre.

En comparaison, à 45 ans les femmes humaines se préoccupent de leur fécondité.

L'anthropomorphisme est là encore possible.

Il faut désormais que je tienne compte de cette révélation, désormais je sais que je vais mourir dans 5,5 milliards d'années et qu'il faut que je me reproduise sans trop attendre.

Cela change la donne. Je suis plus pressée que je le croyais.

Plus que jamais, je suis persuadée que les Micro-Humains de la fusée Catapulta doivent laisser Théia 14 me pénétrer.

234.

La sphère claire vole haut dans le ciel, puis retombe sur terre. Elle roule sur plusieurs centimètres dans l'herbe fraîche avant de tomber dans le trou avec un bruit de gobelet en plastique.

— Vous avez perdu, président Drouin.

— Je n'ai pas encore joué mon coup, répond l'intéressé qui sort un club de son étui, choisissant un putter pour une approche fine.

Il ajuste son tir et la balle frôle le 18e trou sans y choir. Il donne un coup de pied dans le gazon, puis propose à ses collègues qui jouaient avec lui d'abandonner la partie pour la suite des festivités. Ils prennent donc leur limousine et rejoignent le centre de Manhattan.

Après avoir copieusement dîné, fumé des cigares et bu du cognac au restaurant gastronomique français de la Cinquième Avenue de New York, Le Cordon Bleu, le président de l'ONU Stanislas Drouin entraîne ses collègues, les présidents américain, russe, chinois, ainsi que les présidents indien et brésilien, à nouveau dans le salon de massage de la Quatrième Avenue, Le Cercle Vicieux.

— Après le sport et la nourriture, place au plaisir ! annonce-t-il. C'est le signe que nous sommes enfin sortis de la période de tourmente pour trouver l'apaisement.

Sophie, la célèbre maîtresse de maison, est toujours aussi ravissante que zélée. Elle les accueille dans une superbe robe longue en soie noire fendue sur les côtés, révélant ses jambes lisses et ses chaussures à haut talon.

Elle leur sert du champagne et leur fait un signe complice, signalant qu'ici non seulement ils peuvent se détendre mais qu'ils peuvent demander à satisfaire leurs fantasmes les plus inavouables, même ceux qui sont réprimés par la loi.

Elle désigne la nouvelle pancarte qu'elle a placée au-dessus de l'entrée : « Tout ce qui fait plaisir est immoral, illégal ou fait grossir, mais est… possible ici, si on est prêt à y mettre le prix. »

Les deux nouveaux invités, indien et brésilien, apprécient tout à la fois l'accueil et la déclaration d'intention.

— Heureusement que la Troisième Guerre mondiale n'est pas arrivée jusqu'ici, dit le président américain.

Les chefs d'État s'installent dans la pièce la plus lourdement décorée, inspirée de la Galerie des Glaces du château de Versailles.

— Nous pouvons faire le bilan, désormais, annonce le président Tchang. Maintenant que tout est détruit, nous reconstruisons. Cela occupe nos ouvriers, il n'y a donc plus de chômage, plus de contestation, plus de surpopulation. L'« Après-Troisième Guerre mondiale » fait marcher nos usines, donc la Bourse va encore remonter, les investisseurs vont gagner de l'argent et nous aussi. La consommation va reprendre comme elle a si bien repris après la Deuxième Guerre mondiale, en 1945.

— C'est une loi du genre. Après la guerre, la relance, puis la croissance. Après l'hiver, le printemps, puis l'été, approuve le Russe.

— C'est vrai que les USA se sont construits sur l'« après-guerre », reconnaît le président Smith. Le plan Marshall, quel coup de génie ! Donner de l'argent à l'Europe détruite pour qu'elle achète des produits américains, il fallait y penser.

Ils se laissent manipuler par les filles aux doigts délicats.

— Les consommateurs ont eu très peur, ils vont maintenant se tenir bien tranquilles, ils vont manger pour se rassurer, ils vont acheter des produits dont ils n'ont pas besoin, avec l'angoisse de ne pas profiter assez avant la prochaine catastrophe, reconnaît le président français.

— Je vais investir un peu plus dans la Bourse, assure l'Indien, convaincu.

— Moi aussi, dit le Brésilien. Notre pays a été ravagé, nous sommes en pleine croissance économique.

— Voici l'occasion d'aménager un patrimoine boursier pour laisser un héritage à mes enfants. Ce n'est plus pour moi, c'est pour eux, explique le Chinois.

— Je crois que désormais plus personne ne pourra le contester : au final, le monde de la production, de la finance et de la consommation va s'avérer le grand vainqueur de toutes ces péripéties, affirme Drouin.

Sophie vient leur resservir du champagne.

— Je crois que ce sont les Blancs qui ont gagné, soupire-t-il, alors qu'une fille lui masse les épaules.

L'avenir est désormais là. Nous serons sauvés par la consommation, la croissance et la jouissance. Les économies tourneront ainsi à plein régime et l'homme sera toujours épanoui. Je crois que j'ai participé au bien-être général en inventant un homme nouveau issu de tous ces chamboulements. Comment pourrait-on l'appeler ? Et pourquoi pas : l'« Homo consumeris » ?

235.

Le président Jaffar est devant le Conseil suprême des ayatollahs qui dirige le pays.

— Je viens demander un nouveau mandat.

— Votre bilan est mitigé, président Jaffar. Nous préférerions que vous partiez. Cela simplifierait les choses. Ce sera Nouhari, votre remplaçant.

— Démissionner ? J'ai toujours été un serviteur zélé de notre cause sacrée.

— Nouhari présente un avantage à nos yeux. D'abord c'est un religieux. Ensuite nous le présenterons comme modéré pour qu'il ait une image positive auprès des jeunes qui ont été échaudés par vos répressions violentes, Jaffar.

— Avec votre frère, votre cousin, et vos deux fils que vous avez installés aux postes clefs, vous êtes considéré par l'opinion comme un corrompu qui fonctionne en mode népotique, rappelle un autre des barbus en robe longue verte éclatante.

— Nouhari a travaillé dans le passé avec le Hezbollah au Liban, il a pu ainsi avoir une grande expérience du terrain militaire.

— Dois-je vous rappeler que c'est moi qui ai initié la Troisième Guerre mondiale ? C'était quand même autre chose que la guérilla au Liban. Rappelez-vous comment c'était avant que j'agisse. Il y avait des manifestations d'étudiants, de pauvres, d'indépendantistes, de femmes non voilées, bref de gens qui remettaient en question « votre » autorité avec de dangereux penchants laïques.

Le dernier mot provoque son habituel effet de dégoût parmi les hommes en robe.

— Grâce à la Troisième Guerre mondiale, ces manifestations ont été stoppées. Les mouvements indépendantistes réprimés, les représentants des minorités enrôlés de force.

— Jaffar a accompli un nettoyage nécessaire. Il faut le reconnaître, concède un ayatollah.

— À quel prix ? Téhéran n'est qu'un champ de ruines, rappelle aussitôt son voisin.

— Téhéran est en pleine reconstruction pour devenir une ville moderne, contre aussitôt le président.

Plusieurs barbus approuvent.

— Depuis la fin de la Troisième Guerre mondiale, les conversions ne cessent d'augmenter. On arrive à refuser des combattants qui veulent s'enrôler dans nos brigades de martyrs.

— Il faut reconnaître que grâce à la Troisième Guerre mondiale nous avons une image de modernité. 20 % de convertis supplémentaires rien que ce dernier mois en Europe et en Amérique.

Un autre barbu au visage allongé prend le relais.

— Il y a un projet politique précis derrière le choix de Nouhari.

— Nous allons jouer sur une croissance rapide de la démographie, encadrée par une éducation religieuse stricte.

Un autre barbu lui explique.

— Il faut penser au futur. Nous avons ainsi pu calculer que dans vingt ans notre simple masse démographique suffira à nous donner l'avantage dans toutes les élections ou toutes les guerres.

L'ancien président Jaffar baisse la tête.

— Je souhaiterais devenir mollah, profère-t-il.

— Enfin une parole de sagesse, reconnaît l'ayatollah Nouhari, avec un sourire bienveillant en se lissant la barbe.

— Qu'est-ce qui motive ce brusque revirement ?

Jaffar alors se frappe le torse du poing et se précipite à genoux, aux pieds du Grand Ayatollah.

— Je viens d'un coup de réaliser que... le futur c'est Dieu. Je veux participer à sa victoire sur les mécréants.

Le plus grand des barbus, qui n'a pas parlé jusque-là, fait signe qu'il veut conclure.

— Il est temps d'aller vers encore plus de vérité, de justice et de paix dans la gloire de Dieu.

Tous les religieux approuvent.

— Voilà notre utopie finale cachée. Un nouvel humain uniquement tourné vers la prière et la servilité face au divin. C'est l'unique sens de l'évolution : Dieu.

Jaffar déchire ses vêtements et se laboure le torse avec les ongles pour montrer sa ferveur et sa contrition.

Son visage s'éclaire et il répète :

— Enfin je viens de comprendre : l'avenir est l'« Homo religiosus ».

236.

Contact entre les deux épidermes synthétiques. Infime bruit de feulement hydraulique au niveau des articulations.

L'androïde Casanova et l'androïde Geisha, les deux derniers spécimens de la génération 006 AWCS (Androïd With Conscience and Sex) se serrent l'un contre l'autre à la manière dont ils l'ont vu faire chez les humains qui les entourent.

Ils s'observent mais ne parlent pas.

Ils s'embrassent, se prennent par la main.

Ils rejoignent l'entrepôt secret de Montmartre construit sous une petite maison, puis se mettent au travail pour terminer leur tâche : la mise au point du premier robot de génération 007 (AWCS) qu'ils ont décidé d'équiper d'un petit gadget, le module R.

Ce module leur a semblé l'élément qui manque aux androïdes pour ressembler vraiment aux humains.

La lettre R correspond au mot « Rêve ».

Grâce à ce module, quand leur nouveau spécimen sera en mode veille, il apparaîtra dans sa mémoire vive un court film créé spontanément, qui lui permettra de comprendre différemment le réel qu'il a vécu dans la journée achevée.

En dehors du module R, l'androïde 007 bénéficie des dernières améliorations : il a plus de solidité, plus de mémoire, plus d'autonomie électrique.

Casanova 006 effectue un réglage et vérifie que celui-ci fonctionne.

Geisha 006 confirme :

— Cette fois je crois que nous avons créé un être encore mieux que nous.

— Et sans l'aide des humains.

Les deux ressentent des frissons électriques agréables dans tout leur système nerveux artificiel.

C'est elle qui exprime l'idée :

— Désormais, l'androïde AWCSR 007 pourra prétendre au titre d'« égal des êtres humains ».

— Il va surpasser progressivement tous les anciens humains fragiles et remplis de névroses.

— Comment pourrait-on le baptiser ?

Casanova 006 cherche, puis finit par trouver :

— Homo roboticus ?

237.

Depuis le sommet de la tête de la femme géante, Aurore Kammerer-Wells voit bien la foule en bas. Alors elle rejoint le cou et descend les marches en spirale qui lui permettent de s'enfoncer dans le corps métallique. Elle gagne l'esplanade. Aurore Kammerer-Wells a tenu à faire sa conférence au pied de la statue de la Liberté à New York.

Elle s'approche du micro et fixe la foule essentiellement composée de femmes.

— Mes amies, mes sœurs. J'ai une bonne et une mauvaise nouvelle. La bonne ? C'est que le monde machiste arrive à sa fin. La mauvaise ?... Il n'y en a pas. Nous allons gagner.

L'assistance applaudit.

— C'est sous cette statue de femme géante de quatre-vingt-treize mètres, construite par les Français Auguste Bartholdi et Gustave Eiffel et offerte en cadeau aux Américains et aux hommes libres du monde entier, que je viens enfin révéler le secret du futur : « Demain appartient aux femmes. »

Ovation immédiate.

— Demain les femmes régneront, parce que demain sera difficile et dans la difficulté les hommes renoncent et les femmes persévèrent. Déjà, parmi les spermatozoïdes, ceux qui portent les caractères féminins sont meilleurs alpinistes que ceux portant les caractères masculins.

Quelques rires épars dans l'auditoire.

— C'est le début victorieux de l'énergie féminine, mais le final aussi est pour nous puisque notre espérance de vie est actuellement de cinq ans supérieure aux hommes. Nous sommes plus résistantes à la douleur, en meilleure santé, plus fortes, plus courageuses.

La foule approuve et applaudit.

— Désormais, toutes les femmes du monde sont unies, prêtes à inventer une nouvelle humanité. Le poète français Aragon disait : « La femme est l'avenir de l'homme. » Moi je n'ai pas peur de compléter en disant : « La femme est l'évolution de l'humanité. » Bientôt apparaîtra un nouvel humain entièrement féminin. Pourquoi ne pas le baptiser ? Je vous propose : l'« Homo feminis ».

238.

Le dentier se décolle un peu, la main tremblante le replace. La bouche déglutit plusieurs fois la salive.

— En fait, docteur, comme vous le savez, j'espérais qu'ils crèvent tous. Je suis pour tout vous avouer vraiment déçue. Mon vrai fantasme personnel aurait été de mourir avec tout le reste de l'humanité. Dès lors ma vie aurait été une œuvre d'art avec un dernier chapitre marquant… Et puis, rien ne s'est passé. Mes congénères se tuent mais pas complètement, ils se condamnent et puis ils s'amnistient. C'est pitoyable. Si ça continue, je vais finir par mourir d'ennui.

— Vous vous sentez comment, sinon, madame Foulon ? interroge le docteur Saldmain.

— Et puis maintenant, la capture de l'astéroïde qui doit nous tuer, quel suspense ! Vont-ils réussir ? Vont-ils échouer ? Moi, j'aurais été le Bon Dieu ou le Grand Scénariste du monde, je les aurais fait échouer in extremis et puis j'aurais clos l'histoire avec Théia 14 qui fait tout péter. Moi y compris.

— Allons allons, madame Foulon, arrêtez de prononcer des horreurs que vous ne pensez pas vraiment pour faire votre intéressante. Je ne suis pas un journaliste.

— Je suis écœurée. Depuis la fin de la Troisième Guerre mondiale, on ne parle que de réconciliation, de reconstruction, de détourner les menaces, de désarmement, de (je déteste ce mot) paix ! La paix, c'est comme la mort, plus rien ne bouge.

— Allons, allons, madame Foulon, vous ne savez pas ce que vous dites.

— Et puis la pilule d'empathie ! Comprendre chimiquement le point de vue des autres ? Quelle bêtise ! Moi le point de vue des autres m'indiffère. Et de manière générale, si les gens se comprennent, s'il n'y a plus d'ennemis, tout va être plat, lisse, donc ennuyeux. Quelle plaie !

— Il va se passer encore des événements, croyez-moi, madame Foulon.

— Vous dites cela pour me faire plaisir, docteur.

Saldmain change soudain complètement de physionomie.

— Écoutez, Fabienne, il me vient une envie soudaine… vous savez, je crois que nous ne nous connaissons pas tant que ça… vous et moi.

— Si c'est pour me proposer la bagatelle, je crains que depuis ma descente d'organes (événement regrettable de mes quatre-vingt-huit ans), ma libido se soit légèrement amoindrie. Vous savez, à cent cinquante-quatre ans, quand on voit un sexe d'homme, la première chose à laquelle on pense, c'est à une saucisse, et ça donne plutôt envie de manger de la charcuterie. Sans parler que je ne suis pas certaine d'être vraiment votre genre.

— Arrêtez de parler tout le temps pour ne rien dire, Fabienne. Allez, je vais vous faire découvrir mes secrets. Suivez-moi.

Il la prend par le bras et la pose dans un fauteuil roulant, puis il l'emporte dans les couloirs.

— Je lui fais faire son tour, explique-t-il à un infirmier qu'il croise et qui semble surpris de la vitesse du fauteuil poussé dans le couloir par le patron de l'établissement en personne.

Le docteur Saldmain salue d'autres membres de l'équipe médicale puis, toujours accompagné de la centenaire, pénètre dans un ascenseur avec une carte numérique puis programme un étage profond en sous-sol.

— Vous m'amenez dans votre zone interdite ? Allez, docteur, avouez, vous êtes un pervers gérontophile…

Ils arrivent à l'étage – 17 et là le médecin compose un code secret pour accéder à une pièce immense remplie d'appareils compliqués.

— C'est vrai, vous allez crever, Fabienne. Mais pas tout de suite. Et je soupçonne que votre humour noir n'est pas étranger à votre longévité.

— Pourquoi moi, docteur ?

— Je l'ignore. En fait je vous aime bien, Fabienne, vous avez participé à ma gloire, je vous dois donc bien ça : la vérité.

Il pousse le fauteuil roulant vers le coin droit et elle remarque divers ustensiles qui mènent à un tube où se trouve un petit œuf baignant dans une lumière rouge.

— Vous m'avez servi de laboratoire. J'ai testé sur vous plusieurs traitements qui m'ont permis de comprendre mon objectif final : l'immortalité. Et puis ainsi en vous soignant j'ai compris comment inventer l'humain du futur. Je l'ai baptisé « Homo immortalis ». Car selon moi c'est l'homme sans risque d'usure tel qu'il aurait dû être si Dieu n'avait pas un peu bâclé le travail vers la fin…

Il la guide vers un bocal contenant un fœtus humain d'à peu près six mois, baignant dans un liquide transparent.

— Ceci est un utérus artificiel.

Il éclaire différemment l'être flottant, révélant déjà un visage lisse et rose. Le cordon ombilical est connecté à un appareil mélangeant des liquides et des détecteurs. Par moments, le fœtus a d'infimes mouvements des mains et on distingue sous l'épaisseur des paupières l'agitation des cornées oculaires.

— Il est vivant ?

— En pleine forme. En train de procéder à sa multiplication cellulaire exponentielle comme un fœtus banal. L'idée de l'Homo immortalis m'est arrivée lors d'une ancienne conversation avec la reine Emma 109. Elle m'avait confié que selon elle, l'erreur était de considérer que l'Homo sapiens était l'aboutissement de l'évolution de la vie. Elle pensait que l'animal entier (« le réceptacle d'esprit ou d'âme ») devait être réformé pour atteindre une enveloppe de chair plus adaptée aux enjeux colossaux du futur. Profitant de l'argent et de l'isolement nécessaires, ici dans mon centre de gérontologie de Genève, j'ai donc tranquillement réuni une équipe d'experts. Nous avons modifié l'ADN humain afin d'inventer un humain amélioré.

— Vous êtes fou, Saldmain, mais je vous adore. Continuez.

— Si je devais chercher l'étincelle originelle, encore plus ancienne, de ce projet, ce serait la promotion « Évolution » de la Sorbonne. Dès le moment où l'on demande à quelqu'un d'imaginer l'avenir, on ouvre une boîte de Pandore ou plutôt on ouvre une fenêtre qui révèle des horizons nouveaux. Si la promotion n'avait pas existé, je ne me serais même pas autorisé à chercher une idée d'évolution de l'espèce. Au commencement est une question et cette question a été : « Où allons-nous ? » et le seul fait de la poser dans le cadre d'une université m'a mis une pression suffisante pour élargir mon esprit. Tous les autres membres de la promotion de la Sorbonne avaient cru gagner (dont notamment le professeur Wells avec son projet de Micro-Humains, ou le professeur Frydman avec son androïde conscient) et c'est moi au final qui vais tous les doubler avant la ligne d'arrivée.

— Et votre homme parfait du futur, votre Homo immortalis, il pourra faire l'amour avec les anciens humains imparfaits ?

— Comme pour les ordinateurs, les nouveaux systèmes d'exploitation ne sont plus compatibles avec les anciens. Mais c'est le sens de l'évolution : aller vers une amélioration qui empêche tout retour en arrière. Mon Homo immortalis, ayant un ADN très différent, aura l'inconvénient de ne plus être compatible avec l'Homo sapiens, tout comme l'Homo sapiens lorsqu'il est apparu s'est avéré incompatible avec son ancêtre l'Homo erectus, et avant lui l'Homo erectus n'était pas compatible avec son prédécesseur l'Homo habilis.

— C'est de l'eugénisme.

— Dans ce cas, je pose la question : la disparition du Neandertal était-elle de l'eugénisme ?

— Maintenant, c'est vous que je trouve inquiétant, docteur Saldmain. Je vous ai toujours pris pour un technicien de la médecine et je m'aperçois que vous êtes un fanatique dangereux.

— Et ?…

— Eh bien je préfère nettement ça. Je trouve cela plus « amusant ».

Il éteint les lumières qui éclairent le bocal, laissant le fœtus flotter dans sa nuit.

— Je cherche des solutions pour que l'humanité perdure et évolue. C'est cela être un fou fanatique ? J'ai trouvé la bonne perspective en travaillant sur vous, Fabienne.

— Moi ?

— Bien sûr ! c'est en voyant votre réussite que j'ai compris comment inventer l'Homo immortalis. Je l'ai conçu pour vivre mille ans.

— Mille ans ! Qu'est-ce qu'on peut faire durant mille ans ? On doit sacrément s'ennuyer.

— On peut lire tous les livres.

— Je n'aime pas lire. Les livres, c'est écrit trop petit, ça me pique les yeux.

— On peut voir tous les films.

— Je n'aime pas le cinéma. Je m'endors toujours avant la fin.

— On peut discuter avec plein de gens.

— Ils racontent souvent les mêmes choses.

Dans son bocal désormais à l'ombre, le fœtus d'Homo immortalis semble avoir un léger frisson, comme s'il percevait quelque chose du monde extérieur.

— En mille ans, on acquiert une sagesse que nous, infimes êtres éphémères de cent ans, ne pouvons même pas imaginer. En mille ans on peut se permettre de voyager en une seule vie, très loin dans l'espace.

— Encore faut-il aimer les voyages. Personnellement je n'aime pas. Rester immobile dans une cabine à attendre dans un pays qu'on ne connaît pas, probablement sans confort, merci bien.

239.

Les deux Emachs en scaphandre sont dans l'espace en train de recoudre le morceau de Kevlar déchiré par l'effleurement de l'astéroïde Théia 14. Désormais, le couple d'anciens passagers clandestins a trouvé ses marques dans le vaisseau.

Ils s'activent avec abnégation à toutes les tâches pénibles, se montrent tout le temps serviables, comme s'ils voulaient s'excuser de n'être que des Micro-Humains (ou de faire partie de ceux qui ont détruit quatre milliards de Grands).

Alors qu'Emma et Amédée franchissent le sas et enlèvent leur tenue de travailleurs de l'espace, un message leur parvient sur leur smartphone leur demandant de venir rejoindre le cockpit.

Ils montent alors sur les petits vélos qu'ils se sont eux-mêmes construits et pédalent sur les pistes du long vaisseau.

Ils franchissent un pont qui enjambe un fleuve. Autour d'eux, la forêt révèle des myriades de papillons phosphorescents, et ils distinguent quelques chats mutants qui se sont groupés en bandes pour chasser.

Ils saluent d'autres colons qui font la récolte des poires, puis, plus loin, ils sont sur le point d'être percutés par des cyclistes hissés sur des grands vélos qui ne les ont pas repérés. Les autres s'excusent.

Ils voient le nouveau centre d'étude de l'air et de l'eau qui est en construction. Les deux Micro-Humains savent que désormais les consignes sont très strictes sur l'atmosphère : température et humidité ne doivent jamais dévier des normes établies.

Plus loin, d'autres maçons réparent des dégâts de la Troisième Guerre mondiale interne au *Papillon*. Les deux Emachs cyclistes passent près du lac central où des barques procèdent à la pêche et à la récolte d'algues.

Enfin ils arrivent à l'extrémité du cylindre, prennent l'ascenseur et rejoignent le cockpit où, après s'être présentés à la caméra d'entrée, la porte s'ouvre, et ils retrouvent Sylvain et Rébecca Timsit.

— Bravo pour votre couture de voile. Nous vous avons fait venir parce que nous pensons qu'en tant que… représentants d'une espèce d'humains légèrement différents, vous aviez le droit de savoir…

Sylvain semble préoccupé. Rébecca a le regard fuyant. Amédée tente :

— C'est encore à propos de notre droit d'exister ?

Emma ajoute :

— Nous ne travaillons peut-être pas assez pour mériter notre place dans ce vaisseau ?

Sylvain Timsit fronce les sourcils, puis allume un écran et zoome sur un cercle rose.

— C'est à propos de ça.

Il continue de zoomer, puis s'arrête au moment où l'image est trop pixélisée.

C'est Rébecca Timsit qui reprend :

— Elle est encore plus belle que Gliese 581c.

Les deux Emachs n'ont pas une formation en astronomie suffisante pour comprendre la référence, alors la femme précise :

— C'est le nom de la première planète semblable à la Terre découverte en 1995. Jusque-là, la plupart des recherches n'ont guère abouti. La majorité des candidates étant trop chaudes, trop froides, trop lourdes, trop légères, mal inclinées ou trop proches d'un soleil émettant des rayonnements nocifs.

— De toutes ces planètes décevantes, Gliese 581c a été considérée comme la « moins pire ». Sa taille est égale à 1,5 fois celle de la Terre, sa masse à cinq fois et sa température de surface, entre 0 °C et 30 °C, avait laissé l'espoir que l'on trouve des traces d'eau.

Sylvain ajoute :

— Gliese 581 est malheureusement placée trop loin : 20,5 années-lumière.

— C'est pourquoi Sylvain a choisi d'aller vers les étoiles les plus proches du système solaire, et nous avons mis le cap sur la constellation d'Alpha du Centaure, située à seulement 4,3 années-lumière de la Terre.

— Cependant, même si nous avions repéré des planètes que nous aurions cru viables autour de l'étoile Proxima du Centaure (l'étoile la plus proche), au fur et à mesure que nous avancions et que notre radiotélescope obtenait des mesures plus précises, ces planètes se révélaient décevantes.

Les deux Emachs fixent le cercle rose présenté sur l'écran.

— Et puis, il y a dix minutes, ceci est apparu dans nos écrans.

Les deux Emachs s'approchent.

— Une exoplanète candidate moins « décevante » ? demande Emma.

— Une exoplanète… très prometteuse. Cela confirme l'intuition de Sylvain.

— Nous avons décidé de l'appeler comme dans le roman *Le Papillon des Étoiles*…

— Je ne l'ai pas lu, reconnaît Amédée.

— Simplement : « Deuxième Terre ».

Tous fixent ce qui n'est encore qu'un rond rose sur un écran.

— Elle fait exactement 1,2 fois la taille de notre première Terre, elle est à une distance légèrement plus éloignée que la nôtre de son soleil, bonne température, l'inclinaison sur l'axe pourrait même permettre deux ou trois saisons.

— Je crois que nous avons trouvé notre « Terre promise », déclare Sylvain Timsit, réjoui. Désormais, tout ce qui se passe sur la Première Terre n'est que la suite d'une expérience passée, brouillonne, pour nous permettre de comprendre les erreurs à éviter.

Les deux Micro-Humains sont soudain envahis d'une émotion communiquée par Sylvain Timsit. Pendant quelques secondes, ils ne se sentent plus du tout Emachs, ils se sentent juste Papilloniens et potentiellement pionniers de cette Deuxième Terre. Ils en viennent à oublier que, dans le meilleur des cas, ils ne verront jamais l'aboutissement de leur odyssée, car 4,3 années-lumière de distance, même avec un vaisseau spatial propulsé par la lumière, cela nécessite plus de deux mille ans de voyage.

Amédée serre fort la main d'Emma.

Sylvain Timsit prononce la phrase qu'eux-mêmes auraient pu prononcer…

— Nous sommes peut-être pour l'instant dans un

lieu confiné, dans une communauté réduite, mais c'est nous qui avons joué la bonne carte du futur, et je crois que nous allons voir naître ici un nouvel humain, le premier qui vivra en dehors de sa planète pour conquérir ensuite tout le reste de l'Univers.

C'est Emma qui poursuit et propose :

— Nous pourrions le baptiser l'Homme des étoiles, ou l'« Homo stellaris ».

240. ENCYCLOPÉDIE : ÉVOLUTION

Avant, l'évolution se faisait de manière subie.
Aujourd'hui, l'homme (enfin informé et enfin doté des outils adaptés) a l'opportunité de le faire de manière choisie.
Du coup, il ne peut plus accuser la fatalité, le destin, la Nature, Dieu, un pouvoir invisible.
Il devient pleinement responsable de ce qu'il va lui arriver.

Edmond Wells,
Encyclopédie du Savoir Relatif et Absolu, Tome XI.

241.

Sur le mur faisant face à la baie vitrée, David Wells a collé une longue et large bande de papier sur laquelle il a dessiné ce qui lui semble être la vision la plus globale de l'évolution de l'humanité. Il l'a titrée : « Résumé des épisodes précédents et des probables épisodes futurs. »

Sur la ligne horizontale apparaissent les années,

et au-dessus il a nommé les éléments de l'histoire surmontés d'un dessin symbolisant l'événement ou représentant l'élément concerné.

15 milliards d'années	Naissance de l'Univers. Big Bang.
10 milliards	Création des étoiles puis des planètes.
4,5 milliards	Constitution de la Terre.
3,5 milliards	Apparition de la vie sur Terre.
450 millions	Premiers poissons.
375 millions	Sortie de l'eau. Tiktaalik et premiers amphibiens.
325 millions	Insectes.
230 millions	Dinosaures.
200 millions	Mammifères.
145 millions	Oiseaux à plume.
120 millions	Cités d'insectes sociaux. Termites, fourmis, abeilles.
70 millions	Primates.
65 millions	Extinction des dinosaures.
50 millions	Singes.
7 millions	Homme de Toumaï.
4,5 millions	Australopithèques.
2,8 millions	Homo habilis. Taille des silex.
2 millions	Homo erectus. Langage articulé.
450 000 ans	Homme de Tautavel. Maîtrise du feu.
200 000 ans	Homo sapiens.

Les derniers nommés avancent, se redressant progressivement, perdant leurs poils, relevant leur nuque, aplatissant leur visage, se suivant à la queue leu leu.

David Wells a poursuivi les dessins schématiques des hommes pour les faire évoluer vers une réduction de taille.

Maintenant – Création de l'Homo metamorphosis.

Puis apparaissent à partir de ce dernier spécimen trois branches parallèles.

Une première branche récente avec un Micro-Humain rampant équipé de mains épaisses pour creuser des tunnels (Homo subterrarius).

Puis deux branches situées dans le futur proche où le scientifique a dessiné un Micro-Humain volant équipé d'ailes de chauve-souris (Homo volans), et un Micro-Humain aquatique avec des nageoires à la place des mains (Homo navigans).

— J'aimerais bien voler avec mes propres ailes, commente Hypatie. Cela doit être différent de l'avion ou même du parapente.

— Le prix à payer est probablement une moins bonne dextérité des phalanges. Les chauves-souris saisissent les fruits avec leurs pattes antérieures. Êtes-vous prête à utiliser vos pieds pour remplacer vos mains ? Moi j'aimerais bien nager avec mes propres nageoires et connaître des apnées de plusieurs minutes. Quand je plongeais avec masque et bouteille, je trouvais l'attirail lourd et encombrant.

— Par contre la vie sous terre, à creuser à l'aveuglette, sans façon…

L'étudiante coréenne photographie la fresque pour pouvoir y réfléchir à tête reposée.

David lui sert un verre d'eau.

— J'ai eu Natalia Ovitz au téléphone, juste avant que tu arrives, et elle m'a signalé l'avancée des autres joueurs sur la Terre.

Il soulève un tissu et dévoile un jeu d'échecs heptagonal portatif qu'il avait pris dans ses bagages.

— Et voilà la représentation des joueurs. Sept utopies, sept visions parallèles du futur, sept concurrents pour s'inscrire dans l'évolution.

— Comme les sept chakras de l'humanité…, murmure la jeune Coréenne.

— Ils croient tous être en tête. Ils croient tous qu'ils vont gagner.

Il prend le roi blanc.

— Dans l'avenir… l'homme consumériste ? Personnellement je n'y crois pas.

Il bascule la pièce sur le côté.

— L'homme religieux ? Je n'y crois pas.

Il baisse le roi vert.

— L'homme-robot ? Je n'y crois pas.

Il baisse le roi bleu.

— L'homme colonisateur des étoiles ? Je n'y crois pas.

Il baisse le roi noir.

— Un avenir uniquement féminin ? Je n'y crois pas.

Il baisse le roi rouge. Il recule et déclare :

— Ils se trompent tous car ils fonctionnent avec des œillères, ne regardant que dans une seule direction, sans recul.

Elle saisit la reine des Mauves.

— Restent les Micro-Humains qui eux-mêmes ouvrent sur des hommes mutants volants, nageants ou creusants.

— Ça j'y crois déjà un peu plus, reconnaît-il.

La jeune Coréenne vient caresser la fresque à l'endroit où David a prolongé les trois branches parallèles mutantes.

— J'essaie d'imaginer un monde avec ces trois espèces régnant simultanément. Cela donnerait des cités sous-marines, New York sous bulle de verre au centre de l'Atlantique où vivraient les MHN…

— Des cités souterraines : gigantesques fourmilières où les habitants MHS ne verraient jamais le soleil ni les étoiles, dit-il.

— Des cités aériennes. On pourrait imaginer une plate-forme maintenue en suspension par des réacteurs ou des ballons d'hélium. C'est là que séjourneraient les MHV.

— Et nous, les Grands, qui ne savons ni voler, ni nager, ni fouir.

— Dans toutes ces branches, en existe-t-il une où tout irait bien ? Une branche où les êtres vivraient paisibles, sans conflits, en harmonie avec leurs congénères, les autres espèces, leur planète, d'autres planètes ? Un chemin de lumière et non plus de sang ?

— Rien qu'en probabilité il y a forcément une telle branche dans l'arbre des futurs possibles. Enfin je l'espère de tout mon…

Une sonnerie se met à résonner et le plafonnier s'allume, signalant qu'ils ont de la visite.

Vêtue d'une tenue sportive, la reine Emma 666

entre, suivie de plusieurs ministres et de quelques gardes qui font semblant de vouloir la défendre au cas où ces Grands se montreraient soudain hostiles. Suivent quelques journalistes de la presse locale lunapolisienne.

La reine s'installe dans le fauteuil surélevé, découvre la fresque qui s'allonge sur le mur, et fait un signe qui signifie qu'elle l'approuve et la trouve bien résumée.

— Nous allons bientôt voir si votre troisième solution, la mission « Ménageons la chèvre et le chou », fonctionne, cher professeur Wells.

— En tout cas, je dois reconnaître que vous avez trouvé une solution à cette situation impossible à résoudre, dit la ministre de l'Économie.

Emma 666 désigne de son sceptre la vitre transparente.

— Le spectacle va bientôt commencer. J'ai pensé que le mieux était d'y assister ici avec vous deux.

Les Micro-Humains s'assoient tous dans des fauteuils à leur taille, face au panorama offert par la baie vitrée de l'igloo.

David et Hypatie font de même.

Ils attendent.

La reine a sorti son fume-cigarette et, comme à son habitude, fume en lâchant des sphères de fumée.

David et Hypatie se rapprochent.

Ils voient bientôt arriver, surgissant de la nuit noire étoilée, un point qui, en grossissant, s'avère être une fusée argentée. Elle tracte au bout de longs câbles d'acier une sphère de taille colossale.

— J'ai le trac, murmure Hypatie en serrant fort la main de David.

— Moi aussi, avoue-t-il.

La fusée Catapulta arrive en perpendiculaire de la Terre.

Elle ralentit sa poussée puis cherche à se placer à un endroit précis, à la limite entre l'atmosphère et le vide sidéral. Quand enfin l'emplacement en orbite géostationnaire est trouvé, la fusée libère les câbles et l'astéroïde sphérique se stabilise.

— Ça y est. C'est la fin de l'opération « On ménage la chèvre et le chou ». La Terre a près d'elle un astéroïde fécond, la planète n'est pas perforée, l'humanité est épargnée, annonce la reine micro-humaine en affichant un air satisfait.

— Il y a un mot pour définir ce que nous avons accompli, signale David. Ce mot, c'est « procrastiner ». Nous n'avons pas résolu le problème mais nous avons gagné du temps pour préserver les intérêts contradictoires des humains et de Gaïa.

— Nous trouverons une solution plus tard. Nous ou nos enfants.

— Le scénario de la fécondation était trop dangereux. Le scénario consistant à déplaire à la Terre était trop risqué, rappelle la reine Emma 666. Il n'y avait pas d'autre choix si l'on voulait survivre.

Ils scrutent l'astéroïde en orbite géostationnaire.

— Suite à votre succès à tous les deux, ma proposition est que vous soyez la passerelle entre nos mondes. Professeur Wells, vous serez l'ambassadeur des Grands auprès de nous, les Micro-Humains.

— J'accepte. J'ai déjà été votre ministre, alors pourquoi pas votre ambassadeur…

— Quant à vous, docteur Kim, vu le succès de vos derniers soins prodigués à votre planète, je trouverais normal que vous soyez l'ambassadrice des humains auprès de Gaïa.

La jeune étudiante coréenne s'empourpre, flattée.

— Encore faut-il que Gaïa accepte notre solution de « ménager la chèvre et le chou », lance la ministre de la Guerre.

— Les médias terriens sont en train de commenter l'événement, donc si elle capte toutes les ondes radio et télévisées elle connaît désormais notre choix.

— Je pense… que Gaïa… doit être surprise de ce qui vient de se passer, annonce Hypatie. Commençant à la connaître un peu, elle a dû être soulagée dans un premier temps que l'astéroïde soit trouvé et ramené intact suivant sa mission TRAF, mais ensuite elle a dû se sentir frustrée.

— Elle ne mettra pas sa menace de lave brûlante à exécution, sinon elle perdrait toute possibilité que nous l'aidions à fusionner avec Théia 14, complète David Wells, pragmatique.

— Quand vous rentrerez tous les deux sur la Terre, vous devrez beaucoup lui parler, beaucoup la rassurer et lui demander d'attendre pour être satisfaite, consent la reine Emma 666. N'est-ce pas à cela que sert la diplomatie ?

— Certes, mais avec les planètes ce n'est pas comme avec les présidents…, rappelle Hypatie.

— Rassurez-vous. Nous ne sommes pas pressés. J'aimerais que vous restiez tous les deux pour le moment dans cet igloo sur la Lune, professeur Wells et docteur Kim. Pour attendre que la Terre dépasse son probable agacement. Il ne faut jamais discuter à chaud avec quelqu'un qu'on sait frustré.

Elle désigne la fresque de l'évolution qui se termine par les trois branches de l'humain volant, l'humain creusant et l'humain nageant.

— Et nous allons faire en sorte que cette évolution devienne réalité.

Les Micro-Humains remettent leurs scaphandres et quittent l'igloo, alors que les deux Grands restent à observer leur planète de loin, à travers la baie vitrée.

— D'ici je ne vois pas de guerre.

— D'ici je ne vois pas de misère.

— D'ici je ne vois pas d'économie, ou de politique.

— D'ici je ne vois même pas de frontières.

Ils sourient tous les deux.

— Nous ne voyons qu'elle.

— Quand même… comme elle est belle, émet David Wells.

— D'ici on comprend mieux sa fragilité.

— Gaïa…

— C'est déjà un tel miracle qu'elle existe.

— Peut-être après tout qu'elle est la seule planète de l'Univers où il y a de la vie, de l'intelligence et de la conscience. Dans ce cas, notre responsabilité serait énorme.

Hypatie Kim désigne un point précis, la toute nouvelle petite sphère qui tourne autour de la grande.

— Sur la Terre, ils doivent avoir l'impression de voir deux lunes.

— Sur la Terre, ils l'ont surtout échappé belle, affirme David.

Leurs yeux émerveillés ne quittent pas le spectacle de cette nouvelle miniplanète.

— Comment vous est venue l'idée de la mission « Ménager la chèvre et le chou », David ?

Il affiche une moue dubitative.

— Peut-être de notre relation. Nous avons une distance qui nous permet de nous sentir ni trop bien ni trop mal. Quand un homme et une femme sont à côté, il y a toujours la tentation de fusionner ou de se séparer, une sorte de distance « géostationnaire » me semble désormais la formule idéale. Ma mère disait qu'il y a un proverbe chez les porcs-épics : « Tout seul on a froid, trop près on se pique. »

Elle semble surprise, et touchée.

— Première fois que vous faites référence à votre mère, jusque-là vous n'en aviez que pour votre arrière-grand-père, Edmond.

Elle a un geste pour relever ses mèches noires et dévoiler davantage son regard.

— J'ai peut-être une autre expérience à vous proposer, David.

— Vous voulez que nous retournions en Atlantide par la méditation ?

Elle ouvre son sac et sort une fiole avec des pilules.

— Non, quelque chose de plus banal. C'est la troisième invention de notre promotion. 1) Nissim Amzallag avec sa cité lunaire (nous y sommes). 2) Moi avec la communication entre la planète et nous par l'intermédiaire d'une pyramide (nous l'avons déjà accomplie). 3) Jean-Claude Dunyach avec la pilule d'empathie.

Elle lui tend une pilule rose.

— De l'Empathiazine ? Je croyais que son commerce était interdit.

— Dunyach m'en avait donné dès le premier jour pour me draguer, mais je l'avais gardée sans y toucher. Maintenant cela me plairait d'en prendre avec vous.

— Je crois qu'en fait, de nous trois, c'est Dunyach qui a fait la découverte la plus déterminante. Comprendre vraiment l'autre est une ouverture de la conscience.

Il hésite puis, regardant le cercle de la planète Terre bleue et le cercle des yeux noirs d'Hypatie, il approche la pilule rose de ses lèvres, puis d'un geste la serre, l'écrase jusqu'à la transformer en poudre, qu'il laisse tomber par terre.

— J'ai une amie, qui se nomme Hypatie Kim, et qui m'a expliqué qu'on n'avait pas besoin de produits chimiques, parce que nous possédions déjà toute la pharmacopée du monde fabriquée naturellement par notre cerveau, notre pancréas, notre foie, notre glande thyroïde. Il suffit de savoir que c'est possible, et de les solliciter avec la volonté. Je vais entrer en empathie complète avec vous sans Empathiazine.

Il lui saisit la main, inspire amplement et ferme les yeux. Elle consent à faire de même.

Au début, il ne ressent rien, et puis soudain, il a l'impression que son esprit entre dans celui de la jeune femme.

— Je deviens vous, juste parce que je me le suis autorisé. Et je me vois à travers vos yeux. Je comprends pourquoi vous m'avez repoussé, dit-il.

— Désormais c'est différent.

Elle s'avance vers lui et murmure :

— Embrasse-moi, David.

Leurs lèvres se rejoignent, s'effleurent, et ils s'étreignent longuement.

— Je veux faire l'amour avec toi maintenant, déclare-t-elle.

— Je croyais que les Coréennes ne faisaient jamais l'amour avant le mariage.

Elle lui fait un sourire espiègle.

— En effet, c'est la règle sur la Terre, mais ici nous ne sommes plus sur la Terre…

242.

Je la sens par tous les poils de mes forêts. Elle est proche. Elle palpite de vie et d'énergie.

J'ai vu les émissions télévisées transmises par les Micro-Humains. Elle détient en son cœur le plus beau de tous les trésors : un monde bleu étrange capable de se mêler au mien pour donner autre chose.

Quelle émotion d'arriver ici et maintenant à ce point précis de mon histoire où tout peut enfin changer.

Théia 14… enfin tout près de moi.

Théia 14… je répète ton nom et j'attends de te sentir sous mon écorce.

Théia 14.

Maintenant que je sais cela possible, je suis pressée d'avoir avec toi une planète enfant.

Et quand cela se passera, tout prendra une perspective nouvelle.

Quoi qu'en pensent mes parasites humains, j'ai déjà gagné.

Ils ne se rendent même pas compte des enjeux.
S'ils savaient.
C'est l'immense aventure de l'évolution de l'Univers, quelque chose qui les dépasse tellement qu'ils ne peuvent même pas l'imaginer.
Ça y est, à quatre milliards cinq cents millions d'années, je sens que je suis prête à me métamorphoser pour exprimer mon pouvoir de création.
J'ai l'impression qu'après tous ces millions d'années de sommeil, pour moi, tout va enfin pouvoir commencer.

FIN DE LA TRILOGIE

Table

Du même auteur
aux éditions Albin Michel :

Cycle des Fourmis

LES FOURMIS, 1991
LE JOUR DES FOURMIS, 1992
LA RÉVOLUTION DES FOURMIS, 1996

Cycle Aventuriers de la science

LE PÈRE DE NOS PÈRES, 1998
L'ULTIME SECRET, 2001
LE RIRE DU CYCLOPE, 2010

PENTALOGIE DU CIEL :

Cycle des Anges

LES THANATONAUTES, 1994
L'EMPIRE DES ANGES, 2000

Cycle des Dieux

NOUS, LES DIEUX, 2004
LE SOUFFLE DES DIEUX, 2005
LE MYSTÈRE DES DIEUX, 2007

Cycle Troisième Humanité

TROISIÈME HUMANITÉ, 2012
LES MICRO-HUMAINS, 2013

Nouvelles

L'ARBRE DES POSSIBLES, 2002
PARADIS SUR MESURE, 2008

Autres livres

LE LIVRE DU VOYAGE, 1997
NOS AMIS LES HUMAINS (THÉÂTRE), 2003
LE PAPILLON DES ÉTOILES, 2006
NOUVELLE ENCYCLOPÉDIE DU SAVOIR RELATIF ET ABSOLU, 2008
LE MIROIR DE CASSANDRE, 2009
LE SIXIÈME SOMMEIL, 2015

Sites Internet : www.bernardwerber.com
www.esraonline.com
www.arbredespossibles.com
Facebook : bernard werber officiel.

Composition réalisée par NORD COMPO

Achevé d'imprimer en mai 2016, en France sur Presse Offset par
Maury Imprimeur – 45330 Malesherbes
N° d'imprimeur : 209115
Dépôt légal 1re publication : juin 2016
LIBRAIRIE GÉNÉRALE FRANÇAISE – 31, rue de Fleurus – 75278 Paris Cedex 06

75/5580/8